后浪

THE RHETORIC OF FICTION

小说修辞学

[美] 韦恩 · 布斯 / 著　　华明 胡晓苏 周宪 / 译

图书在版编目（CIP）数据

小说修辞学 / (美) 韦恩·布斯著；华明，胡晓苏，周宪译. -- 北京：北京联合出版公司，2017.5

ISBN 978-7-5596-0137-7

Ⅰ. ①小… Ⅱ. ①韦… ②华… ③胡… ④周… Ⅲ. ①小说—修辞学 Ⅳ. ①I054

中国版本图书馆CIP数据核字(2017)第079507号

小说修辞学

著　　者：[美] 韦恩·布斯　　译　　者：华　明　胡晓苏　周　宪
选题策划：后浪出版公司　　出版统筹：吴兴元
责任编辑：夏应鹏　　特约编辑：黄杏莹　欧阳潇
营销推广：ONEBOOK　　装帧制造：墨白空间·韩凝

北京联合出版公司出版
（北京市西城区德外大街83号楼9层　100088）
北京富达印务有限公司印刷　新华书店经销
字数402千字　720毫米×1030毫米　1/16　26.5印张
2017年7月第1版　2017年7月第1次印刷
ISBN 978-7-5596-0137-7
定价：68.00元

目 录

修订版序 1

译 序 9

序 言 18

第一编 艺术的纯洁性与小说修辞 1

第一章 “讲述”与“显示” 3

早期故事中专断的“讲述” 4

《十日谈》中的两个故事 9

作者的多种声音 15

注 释 18

第二章 普遍规律之一：“真正的小说一定是现实主义的” 21

从正当的反叛到残缺的教条 22

从不同的种类到普遍的性质 27

早期的普遍标准 31

普遍标准的三个根源 34

现实主义幻觉的强度 36

作为直接现实的小说 43

论现实主义之间的区别 46

强度的安排 52

注 释 56

第三章　普遍规律之二："所有的作者都应该是客观的"　63
中立性和作者的"第二自我"　64
公正性和"不公正的"强调　71
"冷漠性"　75
非人格化技巧所促进的主观主义　76
注　释　79

第四章　普遍规律之三："真正的艺术无视读者"　83
"真正的艺术家只为自己写作"　84
纯艺术的理论　85
伟大文学的"不纯性"　90
纯小说在理论上是合意的吗？　100
注　释　105

第五章　普遍规律之四：感情、信念和读者的客观性　111
"在审美上，眼泪和笑声都是欺骗"　112
文学趣味（和距离）的类型　116
趣味的结合与冲突　122
信念的作用　125
举例说明信念：《荒唐故事》　132
注　释　135

第六章　叙述的类型　139
人　称　140
戏剧化与非戏剧化的叙述者　141
旁观者与叙述代言人　143
场面与概述　144
议　论　144
自觉的叙述者　145

距离的变化　145
赞同或修正的变化　149
不受限制的叙述　149
内心观察　152
注　释　154

第二编　小说中作者的声音　157

第七章　可靠议论的运用　159
提供事实、“画面”，或概述　160
塑造信念　166
把个别事物与既定规范相联系　171
升华事件的意义　182
概括整部作品的意义　183
控制情绪　186
直接评论作品本身　190
注　释　194

第八章　作为显示的讲述：戏剧化的叙述者，可靠的和不可靠的　197
作为潜在作者的戏剧化代言人的可靠叙述者　198
《汤姆·琼斯》中的“菲尔丁”　201
菲尔丁的模仿者　203
《项狄传》和形式整一性的问题　205
三种形式传统：喜剧小说、文集和讽刺作品　207
《项狄传》的整一性　212
项狄式评论，好的与坏的　216
注　释　222

第九章　简·奥斯丁的《爱玛》中的距离控制　227
《爱玛》中的同情与判断　227
通过控制内心观察得到同情　229
判断的控制　232
可靠的叙述者和《爱玛》的思想规范　237
对爱玛·伍德豪斯的明确判断　243
作为朋友和指导的隐含作者　244
注　释　246

第三编　非人格化的叙述　249

第十章　作者沉默的作用　251
再一次的“作者隐退”　251
同情的控制　254
清晰与含混的掌握　262
作者与读者之间的“秘密交流”　275
注　释　283

第十一章　非人格化叙述的代价之一：距离的混淆　289
令人困惑的《螺丝在拧紧》　290
早期文学中反讽导致的困难　293
《青年艺术家的肖像》中的距离问题　299
注　释　309

第十二章　非人格化叙述的代价之二：亨利·詹姆斯与不可信的叙述者　315
从有缺陷的反映者到主题的发展　316
《说谎者》中的两个说谎者　322
“阿斯彭遗稿的窃取”与“威尼斯的召唤”　329

“深谙世故的读者，要当心！” 339
注　释 346

第十三章　非人格化叙述的道德与技巧 351
诱人的观察角度：以塞利纳为例 353
作者道德判断的晦涩 358
精英的道德 363
注　释 368

参考文献 371
出版后记 396

修订版序

“小说会杀人吗？”

如果直接这么提问，会显然有些幼稚可笑。小说所讲的故事当然是虚构的，这是妇孺皆知的常识。但是，如果认真地对待这个问题，这个提问倒也触及文学复杂的社会功能和伦理影响。法国新小说派作家罗布-格里耶的小说《窥视者》曾流行一时，该小说作品的封面有文字介绍云：阅读此书必使读者深入到书中杀人狂的内心深处，进而去强烈地体验杀人狂的感觉，并使读者最终成为杀人“同谋”。如此煽动性的语言虽不免有些夸大，却也道出了小说与“杀人”的某种可能的关联，只不过阅读小说中的“杀人”未必一定变成读者的外在社会行为，但在读者内心造成某种深刻的影响却是完全可能的。看来，文学的虚构性并不能与某种道德后果的脱离干系。

文学批评的“芝加哥学派”（又称“新亚里士多德学派”）第二代人物布斯（Wayne Booth, 1921—2005），曾在其代表作《小说修辞学》中，非常严肃地讨论了小说叙事技巧与伦理关系。这部著作的书名颇有些歧义，乍一看来是在讨论文学叙事修辞方面的技术问题，实则揭橥了一个深层的文学问题：虚构性的文学修辞与小说家的道德责任之间的潜在关系。该书英文版于1961年面世，曾被批评界誉为20世纪小说研究的“里程碑式的”著述。时隔26年后，中译本由北京大学出版社发行，距今已有30年。后浪出版公司现在要出版该书的修订版，作为该书的译者之一，我欣然应允为新版写个简短的序言。然而，一提起笔竟不免唏嘘，感慨良多。记得20世纪80年代早期，刚刚大学本科毕业不久的我，算是一个初出茅庐的文学批评后生，对任何新理论新观念都十分好奇，偶尔在一本英文工具书中看到对布斯《小说修辞学》的高度评价。于是四处寻找这本书，众里寻他千百度地得到复印本后，约好友华明和胡苏晓一起翻译。前前后后经历好几年，后由北京大学出版社出版发行。

现在回想起来，80年代是一个激动人心的年代，那时是文学有某种异常独特的影响力，它后来被文学史家称为“新时期文学”，在当时勇敢地承担了解放思想和更新观念的角色。每当一部有思想锋芒和道德力量的新作问世时，都会掀起大大小小的“轰动效应”，成为坊间争相传看的文本。文学的功能在那个时代被放大了，但确实助推了整个社会的思想解放，这与今天娱乐至死的文学迥然异趣。“新时期文学”颇有些类似晚清和新文化运动时期，小说承担了开启民智的功能。如“小说界革命”的倡导者梁启超所言：“今日欲改良群治，必自小说界革命始；欲新民，必自新小说始。”

然而，80年代的文化面临着一些特殊问题，一方面要破除极“左”的文艺思潮的束缚，另一方面又迫切需要改变文学研究观念和方法，所以80年代中期兴起了文学研究方法论大讨论。不过，当时可资借鉴的国外小说研究的资源并不多，记得一本内部发行的福斯特的《小说面面观》，在文学批评界广为传看。在这样的情况下，翻译布斯的《小说修辞学》对推进国内小说研究就具有积极意义。虽然当时并未意识到这一点，但时隔30年后回头看，这本书的中译本的面世，的确对国内的小说研究起到了相当积极的推动作用，布斯在此书中提出的那些独特概念，诸如“隐含的作者”“讲述—显示”“叙述距离的控制”和“非人格化叙述”等，很快成了当今小说研究文献中习见的术语了。

布斯的《小说修辞学》中译本在80年代刊行，也遭遇到一些意想不到的问题。现在回顾起来，大致有两方面的问题。首先是80年代思想解放运动，在文学艺术领域启动了对“文化大革命”和“十七年”文学艺术的批判性反思，尤其是对那种曾经占据主导地位的政治说教式的文学艺术的深刻批判。文学艺术的创作摆脱了政治教条束缚，开始走向了百花齐放百家争鸣的新局面。正像一切社会文化现象所有的物极必反趋向一样，厌恶了说教式的文学艺术，当然也会抵制一切与之相关的理论主张。布斯这本书有一个基本主题，那就是小说家如何通过叙事技巧的运用来践履文学的道德责任。可以想见，这个主张在当时一定不为人们所重视，甚至被人们所鄙夷，因为在“十七年”乃至“文化大革命”有过太多的道德说教和意识形态规训。在这样的背景中，布斯的《小说修辞学》就难免被误解和误读。很多批评家和研究者将其叙事技巧形式的理论与其叙事伦理内在关联，生硬地割裂开来，把一系列布斯式的概念，诸如“讲述—显示”的二分、“隐含的作者”概念、叙述“视点”“类型”与“距离控制”等，当作小说叙述的技巧范畴加以理解，与其最为关切的叙事伦理全无关联。其实，这是一个经常会看到的跨文化接受的规律性现象，本土对任何外来文化的接受，总是要受到接受者自己的现实语境的制约。接受者有所选择地理解甚至误读外来文化并为我所用，常常在所难免。据说，鲁迅当年曾一度非常钟爱挪威画家蒙克，并打算编撰译介蒙克的画集。遗憾的是此事一直没有付诸实施，他很快移情别恋于德国画家珂勒惠支，并大力宣介珂勒惠支的版画，带动了“新兴木刻运动”。我猜想大概是当时中国的社会文化境况，并不适合引入蒙克式的高度自我张扬的表现主义，珂勒惠支的写实主义以及对下层民众疾苦的艺术表现，则是一个当时语境的合适选择。布斯的小说修辞学理论的中国接受情况亦复如此，当时对文学的道德说教的反感和抵制，驱使这本书的读者生生地在布斯小说修辞学中劈开一个裂隙，只取其小说叙事技术一半，而摒弃了叙事伦理的另一半。

另外一个可观察到的有趣现象，是英美小说理论与法国结构主义叙事学在中国接受中所产生的某种张力。从整个西方学界的情况来说，80年代是法国结构主义叙事学一统天下的局面，英美小说理论显得有点颓势和过时。布斯的《小说修辞学》中译本在80年代后期面世，正巧遭遇了这一局面。我们知道，英美小说理论与法国叙事学是两个不同的理论学派，前者有英美经验主义的色彩，后者则带有欧陆理性主义的传统，这就形成了对小说叙事研究完全不同的理路。80年代一些英美小说理论的著作陆续被译介，初步形成了一个小小的理论场域。最初是80年代初内部发行的福斯特《小说面面观》，尔后詹姆斯的《小说的艺术》、卢伯克的《小说技巧》、洛奇的《小说的艺术》等著述相继问世，当然，布斯的这部著作作为英美小说理论的一部分，也在这一时期被介绍进来，并成为英美小说理论的中国接受的关键一环。在我看来，较之于法国叙事学更加技术性和符号学的学理性研究，英美小说理论带有更明显的实用性和实践性，因而与小说创作和批评分析的关系更为密切。换言之，如果说法国结构主义叙事学更偏向于理论分析和符号学建构的话，那么，以布斯为代表的英美小说理论则更倾向于现实的文学问题和批评实践，所以叙事伦理在小说修辞学中被提出是合乎逻辑的。只消把布斯的《小说修辞学》和托多洛夫的《散文诗学》稍加比较，可以清晰地看出两者差异：前者更加偏重于小说叙事的伦理学，而后者则强调小说叙事的技术层面和语法层面。也许正是这个原因，布斯的《小说修辞学》对叙事伦理的讨论，在如日中天的法国结构主义叙事学面前略显保守。此外，还有一个值得注意的现象，英美小说理论往往先于法国叙事学提出一些概念，但后者会将这些概念纳入其结构主义叙事学的理论框架，往往重新界定，因而形成一个全新的概念。如英美小说理论的"视点"概念，到了法国结构主义叙事学，便发展成为所谓的"聚焦"概念。随着法国结构主义叙事学的强势登场，人们在大谈法式"聚焦"概念时，却忘记了它源于英美式的"视点"概念。这大概就是理论发展的逻辑，新概念取代了旧概念成为时尚后，后者的历史贡献很容易一笔勾销。另一个颇为有趣的比较是，布斯在论证小说修辞学的伦理特性时，选择了法国新小说作家罗布-格里耶的《窥视者》这样的前卫作品，这也许是因为越是前卫的文学，在叙事技巧上就越是富于创新，同时也就越容易彰显叙事伦理问题的迫切性。布斯所要证明的问题是，小说叙事方式及其叙述距离的控制，并不只是一个简单的技术问题，而是牵涉到叙事所产生的复杂的道德效果。反观托多洛夫的叙事学研究，则较多地选取了《奥德赛》《一千零一夜》或《十日谈》等古典作品，但他要谈及的却是一个很前沿和时髦的叙事语法和结构分析问题。

布斯的《小说修辞学》在中国被有所选择地加以理解甚至误读，也许是这本书在中国"理论旅行"（萨义德）的必然命运。然而过了30年，当我们重读这部经典著作时，却会有不同的想法。在娱乐至死风气很盛的今天，在叙事技巧无所不用其极和叙述内容无所不及的当下，媚俗的、情欲的、暴力的、过度娱乐化的和消费主义意识形态的文学叙事，已经成为当代文学的普遍景观，于是，叙事伦理便成为任何严肃的理论研究不可忽视的问题。布斯这部著作的再版，可谓恰逢其时。从20世纪80年代对说教式文学的鄙夷，到21世纪对叙述伦理的重新关注，看起来只是一个“三十年河东三十年河西”风水轮转，实际上却更触及当代中国社会和文化转变中的一些深层次问题。今天，中国的道德危机已经非常明显，社会道德底线被一再突破，从食品安全问题，到环境风险，从大学生投毒案，到电话诈骗，整个社会的道德规范处于岌岌可危之中。文学对这种道德困境不能袖手旁观，作家有责任在促使社会向善转变方面有所作为。所以，重读布斯的《小说修辞学》便有某种积极意义。布斯所提出的小说修辞学的道德意涵，在今天来看是一个不可小觑的问题。2005年10月10日，芝加哥大学新闻办公室就布斯逝世发表了一篇特稿，把布斯视为一个践履了学者、教师、人文主义者和批评家多重角色的思想家，赞誉他是20世纪最重要和最有影响的批评家之一，其理论贡献是“把技巧和伦理分析相结合，从而改变了文学研究的形貌”，并宣称布斯的著作业已成为文学研究中伦理批评的“试金石”。

那么，文学对道德重建能起作用吗？换句话说，文学能阻止杀人吗？我想起了布罗茨基的一个精彩说法：“与一个没读过狄更斯的人相比，一个读过狄更斯的人更难因为任何一种思想学说面向自己的同类开枪。”为何狄更斯的作品或者更为广阔的文学会具有如此功能呢？布罗茨基坚信：“文学是人的辨别力之最伟大的导师，它无疑比任何教义都更伟大，如果妨碍文学的自然存在，阻碍人们从文学中获得教益的能力，那么，社会便会削弱其潜力，减缓其进化步伐，最终也许会使其结构面临危险。”较之于布罗茨基道义上的论断，布斯更强调文学必须回到修辞学的本原，那就是修辞学乃是“发掘正当信仰并在共同话语中改善这些信仰的艺术”。在《小说修辞学》之后，布斯进一步发展了这一学术理念，理直气壮地举起了“倾听的修辞学”之大旗，他强调文学有必要“致力于推动当前争论中的各方相互倾听对方的观点”，进一步彰显出修辞学的伦理学作用，因为道理很简单，“修辞学（涉及了）人类为了给彼此带来各种效应而分享的一切资源：伦理效应（包括人物的点点滴滴）、实践效应（包括政治）、情感效应（包括美学），以及智性效应（包括每个学术领域）”。

也许我们有理由说，布斯的理论所以不同于“文以载道”，就是在于他并没有把文学修辞学当作达成特定伦理目标的工具，毋宁说，在布斯的文学理念中，文学修辞学本身就是伦理学不可或缺的一部分。更重要的是，在布斯看来，最好的伦理思考往往并不直接指向“你不应该如何”，而是鼓励人们追求一系列“美德”，即：值得称赞的行为举止之典范习惯。因为他确信文学教育和文学阅读总是以这样或那样的形态改变着读者。以我之见，这一点在当下的中国文学中显得尤为重要，而布斯《小说修辞学》的修订再版也正是在这一点上值得我们重视。布斯后来在其一系列论著中深化了他的修辞伦理学观念，他深有体会地说过：“英语教师从伦理上教授故事，他们比起最好的拉丁语、微积分或历史教师来说对社会更为重要。”因为“我们都应该努力用故事世界塑造有自我推动力的学习者”，“从伦理上去教故事比其他任何教学都更重要，实际上，它还比其他任何教学都更难”。细读《小说修辞学》，我们可以清晰地感悟到布斯深刻伦理关怀的人道主义。

在信息爆炸和出版物汗牛充栋的今天下，很难想象一本书30年后会有修订再版的机会。如果作者布斯先生活着，他大概也会欣喜万分的。大约十年前，我在译林出版社主编了一套“文学名家讲坛”的书系，特意又选择了一本《布斯精粹》，进一步译介了布斯的文学思想。作为文学批评的“芝加哥学派”第二代领军人物，布斯秉承了这一学派奠基人麦克基恩（Richard McKeon）和克莱恩（R. S. Crane）的基本理念，一方面并不为时髦的多元论所迷惑，另一方面又在多元论的语境中亮出并恪守自己的道德底线。这样就保持了某种必要的平衡，既认可多元论的积极意义，又警惕多元论后面的怀疑主义和虚无主义。他坚信自己的方法是既不皈依一元论也不属于无限多样论，他辩证地指出，“完全意义上的批评多元论是一种‘方法论的视角主义’，它不但确信准确性和有效性，而且确信至少对两种批评模式来说具有某种程度的准确性”。这里，布斯在“方法论的视角主义”基础上，提出了一个独特“双重视角”的方法。如果我们用这种方法来看小说修辞学，一方面是要关注叙事修辞学的技巧，另一方面则须谨记小说修辞技巧所具有的伦理功能。这样的方法论在避免了形式主义的极端化和片面性的同时，又摆脱了道德主义者的文以载道的教条。我想，这大概就是布斯作为人文主义的文学批评家过人的睿智之处。

如果我们历史地看待布斯的修辞伦理研究，还可以置于更加广阔的20世纪文学理论格局中加以审视，放到形式主义和文化政治两种取向的紧张关系中加以理解。照伊格尔顿的说法，1917年俄国形式主义批评家什克洛夫斯基的《文学即技巧》一文的面世，拉开了形式主义文学思潮的大幕。此一观念深刻地影响了当代文学理论的走向，有力地塑造了当代文学理论的地形图。毫无疑问，形式主义文学理论显然有其存在的深刻理由，它深化了我们对文学形式和审美层面的理解，奠定了文学研究作为一门学科的合法性与基本研究范式。但形式主义的局限性也是显而易见的，它排斥了文学与社会的复杂关联，把文学研究当作某种纯形式和文学技巧的分析，进而抽离了文学的政治意义和社会功能。也许正是由于形式主义的这一局限性，20世纪60年代后结构主义思潮崛起，导致了文学研究的激进转向，高度政治化的文学研究大行其道，理论家和批评家们放弃了早先关注的风格、修辞、技巧、形式等问题，热衷于讨论诸如阶级、性别、种族、身份认同等问题。形式主义和文化政治的紧张可以说始终未能真正缓解，一直到21世纪初，才出现了审美回归的思潮，"新形式主义"登上历史舞台。然而，如果我们回溯20世纪60年代布斯的《小说修辞学》以及后来他的一系列著述，会惊异地发现，他的文学理论很好地解决了这个矛盾，化解了形式主义和文化政治的张力。布斯深信文学研究始终面临着一个两难困境：一方面，文学研究的流行观念是强调"诗就是诗，不是别的什么"；另一方面，热爱文学的人又不得不秉持一个信念，即"好的文学对我们的生活至关重要"。正是基于对这一两难困境的深刻体认，他才努力扮演文学研究中的一个"双重角色"，即：他不但是一个精于技巧或形式分析的大师，比如他对叙述视点、距离、隐含作者的创新性发现；同时，他又是一个有着深刻人道关怀的思想家，他重返修辞学的伦理根基，将形式分析与道德关怀有机地结合起来，这也许就是"芝加哥学派"值得我们关注的思想遗产，也是这本书再版的意义所在。

最后，我要感谢后浪出版公司颇有见地地再版此书，感谢华明教授拨冗修订疑译文。"子在川上曰，逝者如斯夫。"翻译此书时我们几位译者还在"而立之年"，修订再版时我们已到了"耳顺之年"了。作为本书的译者和最早的读者，

30年时光使我们可以更加从容地评价布斯的《小说修辞学》，更加深入全面把握这本著作的精髓。此外，30年时光披沙拣金，在中国社会和文化经历了巨大变迁之后，在汗牛充栋的西学著述中，《小说修辞学》仍为出版家和读者们所钟爱，这意味着什么毋庸赘言。

是为序。

周　宪

2016年12月

译 序

小说，文学家族中的后生。

诗与戏剧有着灿烂的过去，在它们久远历史光辉的照映下，小说那几百年经历似乎显得有点黯然失色了。然而，小说并不羞赧于自己短暂的历史，她后来居上，很快在文学殿堂中争得了一席之地。如今，可以毫不夸张地说，小说是文学中读者最多的一种样式。小说理论的命运与小说相仿，在诗与戏剧被奉为雄霸文坛的正宗时，它也遭受了默默无闻的冷遇。沃伦（A. Warren）说的是事实，“无论从质上看还是从量上看，关于小说的文学理论和批评都在关于诗的文学理论和批评之下”（《文学理论》，中译本）。然而，沃伦40年代末所说的这段话，也许已不适合于晚近的新情况了。随着小说自身的繁荣，小说理论批评也活跃起来，大有与诗和戏剧理论并驾齐驱之势。《小说修辞学》就是这种勃兴之势中涌现出的一本很有影响的小说理论专著。

该书作者布斯（Wayne Booth,1921—2005）是美国芝加哥大学教授，当代颇有影响的文学批评家。他1944年毕业于布雷翰姆·扬大学，1950年获芝加哥大学博士学位，曾受教于美国当代著名文学批评家克莱恩（R. S. Crane，1886—1967）。当时，芝加哥大学以克莱恩为首，形成了“新亚里士多德学派”。他们上承亚里士多德的诗学传统，反对“新批评派”的一些极端做法，如用刻板的“细读”方式去研究千变万化的文学作品，主张批评的多元论。布斯是受到“新亚里士多德学派”思想熏陶而成长起来的文学理论家。他系统地阐发了这一学派的许多思想，写了不少有影响的理论专著，主要有《现在不要说服我：轻信时期的散文与反讽》（1970）、《反讽修辞学》（1974）、《批评的理解：多元论的效力与界限》（1978），以及大量的批评论文。

《小说修辞学》出版于1961年，以后再版多次。该书在欧美评价甚高，已经被列为西方现代小说理论的经典之作，在现代英美的文学批评和小说理论文献中，几乎没有不提及这部书的。《美国百科全书》(1980)将该书誉为“20世纪小说美学的里程碑”。里蒙-凯南(Rimmon-Kenan)评价说：“这本书对叙事角度、叙述者类型、文本规范、隐含的作者概念等，做出了英美人最系统的贡献”(《叙事小说》，伦敦，麦修出版公司，1983)。布斯在书中提出的一些思想和概念，为不少批评家所接受，如“接受美学”的代表人物伊瑟尔(W. Iser)就吸收了布斯“隐含的作者”的概念，并做了新的发挥。

与整个现代艺术反叛传统的潮流一致，现代小说对传统的悖离也是偏激的。这也明显地反映到小说理论中来。自福楼拜之后，许许多多的小说家强烈地感到，讲述一个故事的老套数应抛进历史的垃圾箱，诚如斯坦泽尔所说：“在世纪之交，普鲁斯特、乔伊斯的小说之后，出现了新时代的黎明”，现代小说的主要特征之一是“对叙述技巧和程序的试验”(《20世纪世界文学百科全书》，第2卷，纽约，1969)。于是，一些小说理论家步小说家后尘，匆忙地宣布：“讲述”与“显示”是传统小说与现代小说泾渭分明的标志。正像一切事情都有相反的一面一样，这种匆忙而偏颇的概括，有使小说走上歧途的危险。对此，需要冷静地反思和深入具体地分析。布斯便从这个问题入手，开始了小说修辞学的研究。

把讲述与显示对立起来，这在布斯看来是一个错误的教条，因此，必须把小说家和批评家从这种抽象的教条的束缚中解放出来。布斯指出，机械地划分讲述与显示是很武断的，在形形色色的小说中，往往是既有讲述又有显示，错综纠结，互相渗透。说早期小说全是讲述，现代小说都是显示，或者说只能用显示而不能用讲述，这种轻率的规定显然是不合理的，因为世界上根本就找不到用纯粹的显示而趋避讲述的小说。诚然，这并不否认现代小说出现了悖离作者在作品中直接控制读者反应的历史转变，越来越普遍地采用了显示即自然而然地客观地展现人物活动和事件经过。布斯通过睿智的分析揭示了一个被人们忽略的问题，这就是显示中潜藏着讲述，一个象征细节，人物的某个特定动作等，都有一种潜在的讲述功能，不是讲述消失了，除非你对它视而不见，而是讲述以隐蔽的方式出现，变换了新的形式而已。在这样分析的基础上，布斯对几种被奉为小说一般规律的流行观念做了批判考察，这包括：“真正的小说必须是现实主义的”“所有的作者都必须是客观的”“真正的艺术无视读者”等。

在《小说修辞学》中，布斯最关心的问题，是作者、叙述者、人物和读者之间的关系。在他看来，这种关系就是一种修辞关系，亦即作者通过作为技巧手段的修辞选择，构成了与叙述者、人物和读者的某种特殊关系，由此达到某种特殊的效果。他把该书取名为《小说修辞学》，并不是去探讨我们通常理解的措辞用语或句法关系，而是研究作者叙述技巧的选择与文学阅读效果之间的联系，这便回到了古希腊的修辞学本义上去了。

许多现代小说家和批评家都主张，作家不应介入小说，不应在作品中说三道四品头评足，因此，采用客观的显示技巧是必须的，否则，小说会充满了主观说教和人为造作的痕迹，从而破坏了小说的艺术性。比奇宣告：现代小说最引人注目的事件是“作者的隐退”！果真如此？布斯通过深入的分析和有力的证据驳斥了这种片面之说。就小说本性而言，它是作家创造的产物，纯粹的不介入只是一种奢望，根本做不到。“在小说中，提出它们的行动本身就是作者的介入。”萨特也说过，小说中的任何东西都是作者操纵的表现。即使是被现代小说家奉为不介入楷模的詹姆斯、福楼拜等人，也无法避免介入。既然作者的介入必不可免，那么，关键的问题就不在于要不要介入，而是转到了讨论如何介入的问题上来了。介入的方式多种多样，作者依据小说写作的实际需要必有所选择。布斯认为，作者直接的、无中介的介入是拙劣的，因此，他便提出了“隐含的作者”这一重要概念，亦即小说世界中一个作者潜在的“替身”，一个“第二自我”。换言之，任何小说中都有作者的存在，较之于传统小说作者直接出头露面的简单形式，现代小说的作者介入更为复杂、隐蔽和精巧，介入的方式变了，作者并未在小说的大千世界中销声匿迹，这就是“隐含的作者”。这一结论是很有说服力的。布斯之所以得出作者介入是绝对必要的这一看法，是基于如下假设：小说的阅读有“一种基本要求，读者需要知道，在价值领域中，他应站在哪里——即需要知道作者要他站在哪里”。这种从总体上来控制诱导读者的功能必须由“隐含的作者”来承担，因此，“隐含的作者的传感和判断是伟大作品的构成材料”。这里，我们可以明显地看到布斯的理论与亚里士多德的诗学传统的内在联系。

作者无法从小说世界中脱身，那么，通过什么途径来控制呢？一些现代小说家和批评家鼓噪得最凶的方式是“非人格化”。这个概念源于英国著名诗人T. S.艾略特。艾略特宣称：“诗不是表现个性，而是逃避个性”，“艺术的情感是非人格化的”。许多现代小说家秉承并发挥了艾略特的这一思想，鼓吹作家应是“非人格化”的，叙述亦须“非人格化”。走向“非人格化”的途径是客观性，而客观性的三个基本要求是中立、公正与冷漠。于是，不少作家开始恪守这三个要求进行创作，相当一批批评家亦据此来品评小说。在布斯看来，这三个要求实际上是难以实现的。作家对材料、事件等有所取舍，这本身就潜藏着一定的倾向性，不可能中立。同时，中立还可能有导致降低作家个性和作品风格的危险。无论如何，作家总含有对人物情感、道德评价上的认识，纯粹的公正也难以保持。超然的冷漠，无动于衷，这也不是作品成功与否的必要条件。当然，我们不要误解布斯的看法，以为他主张以个人的偏见和热情来写小说，不是的！他提出：“我们都希望，小说家以某种方式在我们自己对真理和正义的热情的水平上来写作，即一种就其定义来说绝不属于偏见的热情。”这个要求是合理的。更进一步，布斯还提出了非人格化叙述的道德问题。乍一看来，叙述技巧与道德有何干系？其实不然。他通过深入分析指出，现代小说的许多主人公是邪恶堕落的人物，不动声色的非人格化叙述，往往会导致对这些人物的同情，如福克纳《大宅》中的斯诺普斯。这样一来，读者阅读时便会出现理解和判断的混乱与困惑，不道德的叙述者有力的花言巧语使读者产生误解。所以，“作者对非人格化、不确定的技巧选择有着一个道德尺度”。“道德问题就是一位作者是否负有责任，要在这个意义上写好作品。”这里，我们又一次看到布斯理论与亚里士多德诗学（如“净化”理论）的联系。尽管布斯主张从道德立场出发来选择修辞，这种观点遭到许多西方批评家的抨击，但这个问题的确是很重要的，不管你承认不承认，它始终存在。不过，问题又有另一面，这就是不能用某种狭隘的道德主义立场来强求作家，不要忽略了读者自己阅读时主动积极的道德评价。我以为，布斯在全书中有一个核心的思想是片面的，即他把整个重心一股脑儿全放在作家一边，只强调作者对读者的控制诱导，忽略了，至少是轻视了读者在阅读小说时的主动性，仿佛读者唯有对作者判断的被动接受，而无自己的主动的介入和评判。这与晚近兴起的接受美学、读者反应批评和读者定向批评的见解正好背道而驰。依据这些新的理论，读者在阅读活动中的主动性是异常重要的，阅读就是读者一种主动建构和认同的过程。伽达默尔说得好："只有理解者顺利地带进了他自己的假设，理解才是可能的。"（《解释学》）霍兰德（N. N. Holland）则认为，每个人都是把自己的人格、个性、风格带入阅读过程，"我们主动地处理文学，以便重建我们的认同"（《阅读与认同》）。布斯有一个信条："作家创造他的读者！"难道我们不能反过来说：读者创造文本以至创造作家！不过，我们也不能脱离历史来苛求布斯，该书写于20世纪60年代初，不能不受到当时理论界的某种局限。

议论，是小说中一种最常用的手段，布斯对此也不乏精彩之见。国内前几年曾就这一问题展开过论争，这是一个老问题了，西方对此也有过讨论。那么，就让我们来看看布斯是如何认识这一问题的。首先，他明确指出："现在我们很容易看出20世纪初还不那么清楚的东西：不论一位非人格化的小说家是隐藏在叙述者后面，还是躲在观察者后面，……作者的声音从未真正沉默。"既然作者的声音不会沉默，议论的必然性自不待言。毋庸置疑，传统小说中的大段议论往往显得生硬造作，未能成为小说有机结构的一个组成部分，因而读来令人感到枯燥乏味。于是，那些过激的人要求把议论从小说领地清除出去。但是，布斯却举出了几个反例有力地证明了议论之妙，比如，斯特恩的《项狄传》的议论妙趣横生，读来使人兴趣勃然；陀思妥耶夫斯基的《卡拉马佐夫兄弟》的议论，那样恰到好处地出现，因而使作品的主题得到了升华。看来，问题不是要不要议论，而是如何议论。布斯并不讳认，"直接的无中介的议论是不行的"，而现代小说中所创造的一些新的有效的议论形式需要加以认识，这些议论大都经过乔装打扮，成为小说中事件的一部分。比如，戏剧化的议论，也就是小说中人物对事件、其他人物或自身的评论；含蓄的议论，即在描写的字里行间潜在地透露出来的隐含的作者的看法：象征也是一种暗示性的评论，小说中的某些细节、场景作为一种特殊设置、对照物或背景，也都具有某种程度的议论功能，表明了作者对人物、事件的倾向性，等等。布斯的立场很明确:“各种议论，都是为提高读者对一本书的特殊要素的体验强度服务的。……它的主要的正当作用，是按照一种或另一种价值尺度来造就读者的判断。”这里，特别需要强调布斯的一个重要思想，即依据他的看法，现代小说由于出现了种种新的情况，叙述者大都是“不可信的”，又往往采用反讽和故意的含混，同时，主人公性格的复杂程度远远超出了传统小说，美丑善恶常常非常特殊地统一在一个人物身上，乖张多变，反复无常，你很难说是好人还是坏人，所以，“很自然，对作者评价的需要增加了”。议论绝非可有可无，而是比以前任何时候都显得更为重要。这个看法是很有见地的。从另一方面来看，对议论本身的要求也随之提高了，要避免那种充满说教味儿的议论，反对那种“直接的无中介的议论”和与人物事件游离的从外部生硬地拼凑上去的议论，提高议论本身的艺术性和同作品整体的有机统一性。有胆识和创见的小说家，不是抛弃而是扬弃议论，创造富于变化的、有效而又有趣的议论形式，是一个无法推诿的任务。

布斯理论上的另一贡献，是把布洛审美距离的概念引入小说分析，在讨论含混与反讽的基础上，提出距离控制的问题。这样，作者、叙述者、人物和读者之间的复杂关系，就从另一个角度被揭示出来了。布洛的审美距离概念，是指审美活动中一种主客体关系的心理描述。布斯引进这个概念，意在说明作者、叙述者、人物和读者之间在不同方面的差距、区别等，是由作家选择特定修辞技巧所造成的，因而可以造成一些不同的文学阅读效果。“任何阅读经验中都有作者、叙述者、其他人物、读者四者之间含蓄的对话。……那些通常归诸‘审美距离’而加以讨论的因素当然要开始研究:时空的距离、社会阶级习惯与言谈或服饰习惯的差异——这些和许多别的因素用来控制我们涉及审美对象时的感觉，就像某些现代戏剧和其他非真实的舞台效果具有间离作用一样。”布斯认为，小说中的距离主要有如下几种:价值的距离，指作者、叙述者、人物和读者之间价值判断上的差异;理智的距离，指四者对事件理解上的差别;道德的距离，指四者道德观念上的差距;情感的距离，指四者对同一对象同情、厌恶等不同情感的区别;时间的距离，指作家写作、叙述者叙述、人物活动及读者阅读之间时间上的差距;身体的距离，指作品中叙述者或人物与读者形体上的悬殊，如卡夫卡《变形记》中格里高尔变成了甲虫，因而与读者显著不同。距离在文学阅读过程中是动态而富于变化的，可以从大幅度的距离降至零，也可以从完全同一到截然对立。这里，几种主要的距离便涉及信念与规范。在价值、道德与理智上，隐含的作者、叙述者、人物和读者各自的信念与规范往往有很大差别，而最佳的阅读效果是随着阅读的展开，作者与读者的信念与规范达到一致，换言之，读者最终接受了作者的信念与规范。布斯深入分析了反讽所造成的距离效果。所谓反讽，意指作者选取的叙事角度，是一个与作者自己信念和规范完全不同甚至截然对立的“不可信的”叙述者，这个叙述者自身有明显的缺陷，他冷嘲热讽，着意欺骗，但他表面上所要否定的东西，恰恰就是作者要肯定和赞美的东西。如马克·吐温的《哈克贝利·费恩历险记》中，叙述者哈克是个流浪儿，他帮助黑奴逃跑，公然蔑视法律，并“声称要自然而然地变邪恶，但作者却在他身后默不作声地赞扬他的美德”。正是通过这种反讽，形成了作者与叙述者之间的距离，意在体现哈克的正直善良和蓄奴社会的虚伪堕落。阅读这类作品，读者一般在开始时总是与叙述者有距离，甚至会厌恶、鄙弃他们。但随着叙述的展开，这种距离逐渐缩小，读者也随之把握到隐于其后的信念与规范，这时，要么读者背离叙述者的信条与规范转向作者，要么三者达到某种一致。布斯认为，开始距离大而结局时则趋于同一，是现代小说最理想的距离控制模式。布斯引入距离概念来描述作者与读者等之间复杂多变的关系，是很有意思的，后来法国结构主义批评家托多洛夫（T. Todorov）也在此基础上做了新的阐释。我以为，用距离模式来分析小说中作者与读者等之间的复杂关系，确实是一个很有用的参照结构，我们现在国内的小说理论，对这些现象多还停留在宏观的总体研究水平上，进入这些微观层面，采用某种参照系（如距离等）来细致分析与描述，还做得很不够。因此我想，距离理论也许会给我们带来一些有益的启发。

最后，我想再谈谈布斯有关叙述类型的看法，这个问题，晚近国内也引起了不少注意和讨论。我们知道，西方一般把叙述类型分成三类，即第一人称、第三人称和全知观点。布斯认为，这种分类用处不大，因为它既不能说明这些叙述类型之间质的区别，也无法运用这种分类来说明为什么某种叙述是成功的，而另一种则可能会失败。比如詹姆斯《使节》中的叙述者斯特瑞塞，虽是第三人称叙述，可效果却接近第一人称。所以，从人称角度区分叙述类型并没抓住叙述的核心问题。由此出发，布斯提出以作者声音在小说中的多种形式来考察叙述，并提出了新的分类范畴。

戏剧化的叙述与非戏剧化的叙述，是布斯提出的最重要的一对叙述类型。戏剧化的概念源于詹姆斯，又经卢伯克（P. Lubbock）做了阐发，布斯在此基础上又做了新的发挥。“在叙述效果中，最重要的区别也许取决于叙述者本身是否戏剧化。”所谓戏剧化的叙述者，就是“把他们变成与其所讲述的人物同样生动的人物”。有时，这些叙述者有明确的称谓，比如福楼拜《包法利夫人》中，福楼拜写道，当查理·包法利进来时，我们“正在教室里”，这里的“我们”便被戏剧化了。然而，现代小说中许多戏剧化的叙述者并无明确称谓，亦即“非人格化的叙述者”，海明威的《杀人者》就属此类。这种戏剧化的叙述会产生一种特殊的真实效果，它往往使没有经验的读者产生某种“误解”，感到整个故事无中介地进入他的意识，他无人引导便自然而然地处于千变万化不断展开的故事之中。布斯认为，戏剧化的叙述，其核心在于小说中承担叙述功能的角色，根本未被称作叙述者，表面上他们似乎只在表演自己的角色，但实际上他们却经过乔装打扮，他们的每次讲话、每个动作实际上都是在讲述，以便告诉读者一些必需要知道的东西。戏剧化的叙述者，又有旁观者与叙述代言人之别，前者一般不影响到情节进程，后者则置于情节之中并影响到情节的发展。与戏剧化的叙述者相对，非戏剧化的叙述者，也就是小说中明确承担叙述功能，并直接以叙述者面目出现的人。通过“我”或“他”的眼光和意识来讲述故事，他们未被戏剧化，与作品中的人物有明显区别。布斯认为，这种明确承担叙述功能的“我”或“他”，一旦出现在小说中，便形成一种中介，使读者产生一种经验意向，即叙述者的观察叙述角度，与故事本身是间离的，因而读者便与故事隔了一层，这种效果与戏剧化的叙述正好相反。

除此而外，布斯还提出另外两种叙述类型，一是“可信的”和“不可信的”叙述，前者表现为叙述者的信念、规范与作者一致，后者则相背离，因而导致了反讽与含混。二是“受限制的”与“不受限制的”叙述，前者由于选择一个特定叙述者角度，必然受到现实眼光和推理的局限，后者则可以突破个人局限，无所不知地自由运转。

我以为，布斯此书是一本很有特点的小说理论专著。他在阐发每一个论点时，总是力求言之有据，引证丰富的西方小说史材料，既从现代的理论纷争中去澄清问题，又追根溯源寻找历史联系。同时，他明确主张反对抽象的教条，鼓励小说家采取灵活多样的态度。艺术是多元的，条条道路通罗马，以一种艺术技巧君临一切地排斥其他技巧是不合适的。除去上面提到的一些内容外，书中精彩之处颇多，诸如他提出：“每种艺术都只有在追求自己的独特前景时，它才能繁荣”，“越来越清楚，一旦艺术与现实的缝隙完全弥合，艺术就将毁灭”，这些都极富启发性。

在有限的篇幅内要全面介绍评述布斯的小说理论是不可能的，此序撮要述之，以期有助于读者更好地领略此书的精妙之处。

周　宪

1986年10月于北京大学

序　言

在写《小说修辞学》的时候，我主要不是对用于宣传或教导的说教小说感兴趣，我的论题是非说教小说的技巧，即与读者交流的艺术——当作家有意或无意地试图把它的虚构世界灌输给读者时，他可以使用史诗、长篇小说或短篇小说的修辞手法。虽然在这个意义上，修辞所引起的问题存在于像《格列佛游记》《天路历程》和《1984》这种说教作品中，但是它们在像《汤姆·琼斯》《米德尔马契》和《八月之光》这样的非说教作品中是更为明显的。可以从美学立场提出为一种充满了修辞感染力的艺术辩解的理由吗？哪种类型的艺术会允许福楼拜闯进他的情节中，去把爱玛描绘为"没觉察到她现在正迫切想对使她愤怒的事屈服"，以及"完全没有意识到她自己正在卖淫"？不管答案是什么，这类明显可辨的修辞时常使批评家们感到为难；但是，无须深入分析就能证明，现代小说加以掩饰的修辞也引起了同类问题，虽然是以不太明显的形式；当亨利·詹姆斯说，因为读者而不是主人公需要一个朋友，所以他便创造了一个"傀儡"的时候，这个明显的戏剧性步骤仍然是修辞的；它是由要帮助读者掌握作品的努力所决定的。

我知道自己在探讨作者控制读者的手段时，已经武断地把技巧同所有影响作者和读者的社会、心理力量隔离开来了。在很大程度上，我必须把不同时代的不同读者提出的不同要求排除在外——即Q.D.利维斯在《小说与读者大众》中，理查德·奥尔蒂克在《英国普通读者》中，以及伊恩·瓦特在《长篇小说的崛起》中极为敏锐地讨论到的修辞关系的诸方面。我甚至更为严格地排除了引起对小说普遍感兴趣的读者心理特点诸问题——即西蒙·莱塞在《小说与无意识》中讨论的那类问题。最后，我还得略去作者的心理以及它如何与创作过程相联系的整个问题。简言之，我已经排除了关于小说的许多极其有趣的问题。我的理由是，只有这样做，我才能充分讨论修辞是否与艺术协调这一较为狭窄的问题。

在把技巧作为修辞来讨论时，我可能已经把创作这一想象自由而神妙的过程降低为商业化娱乐提供者的技艺性构思了。有意识构思的艺术家与只表现自己而不考虑去影响读者的艺术家之间的区别，总的来说是个重要问题，但是应该把它同一位作者的作品是否传达作品自身这一问题区别开来，不管作品的来源是什么。作者修辞的成功并不取决于他在写作时是否想到了他的读者：如果说“纯粹的构思”并不能确保成功，那么同样正确的是，即使是最无意识的和迷狂的作家，也只有当他们使我们加入舞蹈时才是成功的。由于我的任务的性质，我不能同样对待与构思毫无关系的那些艺术成功的根源，但是，人们可以接受这一局限，而不必否定不可构思的事物的重要性，也不必限制对于有意识地想到读者的作者的那些作品进行研究。

如不远离我自己的专业训练的安全港，我就完全无法进行这一研究。尽管我已努力小心，但是我也知道，研究每一时期或每位作家的专家们都必将发现别的专家不该犯的史实方面或解释方面的错误。但是我希望，我的主要论题成立与否并不取决于读者是否同意我的所有分析。它们的意图是解释，而非限定；虽然我想本书包括了在阅读单篇著作中得到的收益，但是，每个重要结论都可以用其他许多著作来说明。如果我们的例证中有什么不妥的话，有经验的读者将能够提供例证来替换那些在他看来有错误的例证。我的目的不是让每个人都受我喜欢的小说家的束缚，而是要有系统地用优秀小说家事实上所做的事来提醒读者和作者，把他们从关于小说家们应该做什么的抽象规律的限制中解放出来。

我曾受惠于一些已经发表的论文，并尽可能充分地在注释中和文献书目中表示感谢。对于具体的个人帮助，我要感谢塞西尔·霍尔维克——他的帮助远不止于打字——以及那些对手稿提出具体意见的人：罗纳德·S.克莱恩、利·吉比、朱迪丝·阿特伍德·格特曼、马塞尔·格特沃思、劳伦斯·勒纳、约翰·克劳·兰森，以及一稿又一稿、一年又一年辛勤伴我工作的妻子。我要感谢约翰·西蒙·古根海姆基金会，它的赞助使我得以完成第一稿；感谢厄尔哈姆学院，它给了我一年休假，使我得以完成最后一稿。

第一编

艺术的纯洁性与小说修辞

诗人立场的第一需要，是使自己讨人喜欢。

——特罗洛普

我的任务……是使你观看。

——康拉德

除非在整个计划中评价这些事物并给每件事物指点位置，否则它们在艺术世界中并不具有意义。

——凯瑟琳·曼斯菲尔德:《反对多萝西·理查森的方法》

作者创造他的读者，正如他创造了他的人物。

——亨利·詹姆斯

我写，让读者学着阅读。

——马克·哈里斯

第一章 “讲述”与“显示”

行动、语调、手势、恋人的微笑、暴君的怒容、小丑的怪相——一切都必须［在小说中］讲述，因为没有一样东西可以显示出来。因此，对话便与叙述混合，因为作者不仅必须讲述人物实际上说的话．这时他的任务和戏剧作者的一样，而且他还必须描绘语调、面容、手势，即他们的讲话所伴随的东西——简言之，讲述戏剧中一切本属于演员表达范围的东西。

——沃尔特·司各特

诸如萨克雷、巴尔扎克或H.G.威尔斯这样的作者……总是对读者“讲述”发生了什么，来代替向他们显示场面，告诉读者怎样看待人物，而不是让他们自己判断或让人物们彼此间互相讲述。我喜欢把“讲述”的小说家和那些［像亨利·詹姆斯那样］“显示”的小说家区别开来。

——约瑟夫·沃伦·比奇

不管小说家寻求的是什么路线，始终束缚小说家的唯一定律是，需要坚持某个计划，遵循他已经采纳的原则。

——珀西·卢伯克

小说家可以根据不同情况变换叙事角度。狄更斯和托尔斯泰就是如此处理的。

——爱德华·摩根·福斯特

早期故事中专断的“讲述”

故事讲述者最明显的人为技法之一，就是那种深入情节表面底下，去求得确实可信的人物思想感情画面的手段。无论我们关于讲述故事的自然技法的概念是怎样的，每当作者把所谓真实生活中没人能知道的东西讲述给我们时，人为性就会清楚地出现。在生活中，通过完全确实可信的内心信号，我们除了知道自己之外不能知道其他任何人，而且我们中的大多数人对自己的了解也是相当偏颇的。然而在文学中，从开头起，就以奇特的方式直接地和专断地告诉我们各种思想动机，而不是被迫依赖那些我们对自己生活中无法回避的人们所做的可疑的推论。

“在乌斯地方有个男人，他的名字叫约伯；此人纯洁正直，是个敬畏上帝、不做坏事的人。”不知名的作者一下就给了我们一种在现实的人身上，即使是在我们最亲密的朋友身上也不曾获得过的信息。如果我们要把握随后发生的故事，我们就必须毫无疑问地认可这个信息。在生活中，如果一位朋友说出他的朋友是“完美正直的”这么一种看法，那么我们就要带着我们对说话人性格的了解，或我们对人类难免失误的认识所产生的限制，来接受这一信息。我们永远不会像我们相信作者关于约伯的公开陈述那样，完全相信哪怕是最确定可信的证词。

我们在《约伯记》中紧接着进入由并非根本不受限制的信息所表现的两个场面：撒旦对上帝的诱惑和约伯最初的损失与悲哀。但是，我们用任何观察者都不能从真实事件中得到的判断来结束了第一部分：“在所有事物中约伯都无罪，也没有愚蠢地指责上帝。”我们怎么知道约伯无罪呢？谁对这个问题表了态？只有上帝自己才能确定无疑地知道约伯是否愚蠢地指责过他。然而，作者还是做出了判断，并且我们毫不怀疑地接受了他的判断。

开始时，作者好像不要求我们相信他的未经证明的话，因为他还给我们以上帝自己与撒旦谈话时所做的鉴定，以证实他有关约伯道德完善的观点。在约伯被他的三个朋友纠缠，说出了对自己经历的意见后，上帝又被带上台来证明约伯意见的真实可信。但是十分清楚，上帝陈述的可靠性最终还是取决于作者本人，正是他提到了上帝并要我们确信这些话真是他的。

直到近代，这种形式的人为的专断还表现在大多数故事中。尽管亚里士多德赞扬荷马，说他比其他诗人更少以自己的声音讲话，但即使荷马也很少写下一页不对事件的主旨、预测和相对重要性做某种直接阐述的诗篇。虽然众神本身时常是不可信的，但是荷马——我们所知道的荷马——却并非不可信。他讲述给我们的东西经常比我们从现实的人和事中可能得知的东西更深刻更精确。例如,《伊利亚特》开头的几行假托引文明确地告诉我们这个故事是关于什么的。“佩琉斯之子阿喀琉斯的愤怒和它的破坏。”[1]故事直截了当地说，我们得关心希腊人胜过关心特洛伊人。并告诉我们,希腊人是具有“强大灵魂”的“英雄们”。还告诉我们，他们要变成“猛犬精美的筵席”正是宙斯的意愿。我们还得知，“万军之主”阿伽门农和“英武”的阿喀琉斯之间的具体矛盾是由阿波罗挑起的。在现实生活中，我们永远不会相信任何这类事物，然而当我们一直和荷马并肩穿过《伊利亚特》时，我们却确信了这类事情，它严格地支配着我们的信念、兴趣和同情。虽然他的议论一般是简短的并时常装扮成明喻，但我们却从中了解到了每颗心的确切特性，我们知道谁无辜地死去，谁死有应得，谁愚笨，谁聪明。而且每当有某种理由要我们知道人物在想什么的时候，我们就知道了，“图丢斯的儿子疑虑地沉思／……在他的心灵中，他三次陷入反复沉思……”（该书第八卷第二章第167—169行）。

在《奥德赛》中，荷马以同样明确和系统的方式，使我们保持着这类评价。虽然在不能从荷马的作品中发现他本人的真实生活经历这个意义上说[2]，E. V. 里欧称荷马为“非人格的”和“客观性的”作者无疑是正确的，但是荷马有意和明显地“强要”我们对“英雄的”“足智多谋的”“令人钦佩的”“聪明的”奥德修斯做的评价。“然而众神都为他难过，除去波塞冬，因为他怀着残酷的恶念追击着英雄奥德修斯，直到他返回自己国家的那一天。”

的确，在宙斯宫殿里开场的主要理由不仅仅是对奥德修斯受困的事实进行陈述，荷马还要求我们对受困这一事实富有同情地介入，雅典娜对宙斯的公开回答提供了对随后事件的权威性评价。“我的心正是为奥德修斯而绞痛——这聪明而不幸的奥德修斯，他已经和他所有的朋友分离了这么久，现在被困在大海中一个遥远而孤寂的岛屿上。”对于她因为人们为遗忘奥德修斯而做的指责，宙斯回答：“我怎么会忘记可敬的奥德修斯呢？他不仅是活着的人中最聪明的，而且他的奉献也是最慷慨的……波塞冬……竟对他如此不宽容……”

当我们碰到奥德修斯的敌人时，诗人再一次毫不犹豫地要么以他自己的身份说话，要么提供出神的昭示。珀涅罗珀的求婚者们在我们看来一定显得很坏，忒勒马科斯则一定是令人敬佩的。荷马不仅详细叙述了雅典娜对忒勒马科斯的赞扬，还给自己的直接评价加上美好的色彩。“傲慢的”“狂妄的”和“凶恶的”求婚者们被拿来与“聪明的”（虽然几乎还是个稚弱青年）忒勒马科斯和“善良的”曼陀相对照。“忒勒马科斯现在显示了他良好的判断力。”曼陀“现在挺身而出，向他的同胞们提出忠告，显示了他善良的愿望”。我们很少碰到没有受到诗人某种直接攻击的求婚者，“这就是他们自负的情形，虽然他们这些人一点也没猜到事情究竟如何”。每当对一个人物所处的地位可能存在疑问时，荷马就会直接向我们指出，“‘我的女王’，弥东回答，他绝不是一个恶棍……过了几百页之后，当弥东幸免于奥德修斯的屠杀时，我们几乎不感到惊奇。”

所有这些直接指示都和雅典娜的神圣证言结合了起来，她的证言是，众神与忒勒马科斯“没有争执”，并决定他“将平安回家”，其结果是，当我们开始在第五卷中进入奥德修斯的第一次历险时，我们完全清楚我们能期待什么事件和担心什么事件；我们会明确地对英雄们表示同情，并对求婚者们表示轻蔑。不用说，要是另一位诗人从求婚者的角度来处理这一系列情节，他也许会轻易地引导我们带着截然不同的期待与担心进入这些历险。[3]

我们在《约伯记》和荷马作品中看到的这种直接而专断的修辞法，一直没有从小说中完全消失。但是正如我们都知道的，如果我们打开一部典型的现代长篇小说或短篇小说的话，这些可能是看不到的。

> 吉姆有一种旅行时就要玩的嗜好。例如，他正乘坐着火车，到某个小镇去，好，比如说吧，像本顿那样的小镇。吉姆会打车窗里往外张望，浏览商店的招牌。
>
> 例如，它们是这么个招牌，“亨利·史密斯谷物商店”。好，吉姆就要

写下这个名字和这个小镇的名字，当他到达他要去的地方，他就寄一张明信片给本顿镇的亨利·史密斯，并非不署姓名。但他要在明信片上写下，好，比如说，“问问你妻子上周来消磨了一下午的订货商”，或者“问问你太太，上次你在卡特威尔时她是如何摆脱寂寞的”，然后他在明信片上签名，“一位朋友”。

当然，他永远不会知道这些玩笑中的任何一个真正引起了什么事，但他能够想象可能会发生什么，这就够了……吉姆是个怪人。

拉德纳[①]《理发》（1926）一书的大多数读者都已经看出来，拉德纳对吉姆的看法在此是与叙述者的看法截然不同的。但是故事里却没有人这么说过。拉德纳没有出来这么说，没有，至少就荷马在其史诗中出现这一意义上说是没有。就像许多其他现代作家一样，他自我隐退，放弃了直接介入的特权，退到舞台侧翼，让他的人物在舞台上去决定自己的命运。

在睡眠中她知道她在自己床上，但却不是几小时以来她一直睡的那张床，房间也不是原先的，而是她在哪儿见过的那个房间。

她的心脏是她身体外面压在胸前的一块石头，她的脉搏迟缓并停顿，她知道某种奇异的事情就要发生，甚至在晨风凉爽穿过窗棂的时候……

现在我必须起床，在他们都安静的时候出去。我的东西在哪儿？在这儿东西都有它们自己的意志，藏在它们喜欢藏的地方……现在我该为这次我不想踏上的旅程借什么样的马呢？……来吧，格雷利，她说，抓住缰绳，我们必须脱离死神和魔鬼……

在这里，作者与叙述者的关系更复杂了。凯瑟琳·安妮·波特[②]的米兰达(《灰骏马·灰骑手》[1936])无法像拉德纳的理发师那样被简单地归因于道德和智

① 林·拉德纳（1885—1933），美国小说家。——译者注，以下皆同。

② 凯瑟琳·安妮·波特（1890—1980），美国小说家。

力的低下；在人物、作者和读者之间起作用的反讽是更难描述的。然而对于读者来说，问题基本上与《理发》中的相同。故事被不加评价地表现出来，使读者处于没有明确评价来指导的境地。

自从福楼拜以来，许多作家和批评家都确信，“客观的”或“非人格化的”或“戏剧式的”叙述方法自然要高于任何允许作者或他的可靠叙述人直接出现的方法。有时，正如我们在后面三章中将看到的，涉及这一转变的各种复杂问题，已被简单地归纳为艺术的“显示”和非艺术的“讲述”的区别。“我将不告诉你任何事情，”一位优秀的青年小说家①在为他的艺术辩解时说，“我将让你去偷听我的人物说话，有时他们要说真话，有时他们要撒谎，你必须在他们这么干时自己去判断。你每天都是这么做的。屠夫说：‘这是最好的货色。’你就回答：‘那是你说的。’我的人物难道应该比你的屠夫更多地暴露心思吗？我可以多‘显示’些,但仅仅是显示……指望小说家确切地告诉你某些事情是‘怎样’叙述的。就像指望他站在你椅子旁边给你拿着书一样的不可能”[4]。

但是对作家在小说中的声音发生了变化的看法，却引起了远比这种简单化的关于角度的看法更深刻的问题。珀西·卢伯克②在40年前教导我们相信，“直到小说家把他的故事看成一种‘显示’,看成是展示的,以致故事讲述了自己时，小说的艺术才开始”[5]。在某种意义上，他可能是正确的——但是这么说引起的问题比它所回答的问题更多。

为什么菲尔丁所“讲述”的一段情节，能够比詹姆斯或海明威的模仿者一丝不苟地“显示”的许多场景更充分地打动我们呢？为什么某些作家的议论毁灭了这种有议论的作品，而《项狄传》③中大段的议论仍然能吸引我们？最后，当一位作家“介入其中”，告诉我们有关他的故事的某些事情时，他所做的到底是些什么呢？这些问题迫使我们仔细去考虑，当一位作者使一个读者充分介入一部小说作品时会出现什么；它们把我们引向一种关于小说技巧的观点，这种观点必然会超出我们有时根据“角度”概念所认可的理论上的简单化。

---

① 指马克·哈里斯（1922—2007），美国小说家。

② 珀西·卢伯克（1879—1965），英国文学批评家，代表作有《小说的技巧》（伦敦，1921）。

③ 英国小说家劳伦斯·斯特恩（1713—1768）的小说。

《十日谈》中的两个故事

如果我们一开始就谈人们为从小说之屋里清除修辞杂质大伤脑筋之前早已写下的某些故事，那么我们的工作将会简单一些。例如，薄伽丘的《十日谈》中的故事似乎是极其简单的——甚至有些笨拙和可笑——如果我们在其中问及许多现代故事引导我们发问的问题的话。那些人物正像我们所说的那样，是平面的，没有揭示出任何深度，这是很糟糕的；叙述者的“角度”在人物中变换而完全无视当今普遍盛赞的那种技巧性的集中或一致，那就更糟了。但是，如果我们以这些故事本身的方式来阅读它们，我们很快就会发现一种潜藏在效果单一性之下的绝妙而复杂的技巧。

第五天第九个故事的素材本身的确是平凡而肤浅的。从前有位年轻恋人费得里哥，他倾家荡产地向一位贞洁的已婚妇女蒙娜·乔凡娜求爱。遭到拒绝后，他落魄到了生活窘困的境地，他从前所有的财产仅剩下一只爱鹰在身边。那个妇女的丈夫死去了。她的儿子渐渐地爱上了费得里哥的那只鹰，以致身患重病，他要蒙娜把那只鹰弄来安慰他。她被迫到费得里哥那儿去要那只鹰。费得里哥为她的来访激动得不知所措，决心尽管自己贫困也要好好款待她。但是他的餐柜空空如也，因此他宰了那只鹰来招待她，他们发现彼此间闹了个误会，那位母亲只好空着手回到孩子身边，孩子随即死了。但是丧子的寡妇被费得里哥奉献爱鹰的慷慨行为所打动，选择了他作为自己的第二个丈夫。

用这种方式简化为赤裸裸的概要的这个故事，可以被写成无数具有根本不同效果的充分展开的情节。它可以是一个笑剧，强调费得里哥的极端可笑，他在考虑奉献给他所爱的人作为早餐的东西时的滑稽行为，以及出人意料的结局的荒诞不经。它可以是关于命运令人啼笑皆非的转折的沉思的、喜剧性的或具有反讽意味的作品，强调蒙娜从傲慢抵抗到迅速投降的转变——某种类似于克里斯托弗·弗莱[①]取自佩特罗尼乌斯[②]故事写成的《常来的凤凰》那样的作者。它也可以是从注定要像鹰一样死去，似乎是使幸存者快乐的丈夫和儿子的角度

① 克里斯托弗·弗莱（1907—2005），英国戏剧家、诗人。

② 盖厄斯·佩特罗尼乌斯（？—66），古罗马小说家。

写成的讽刺故事。诸如此类，不胜枚举。

事实上，现有写法沿着与上面所说的不同的方向发展。现在的故事是要使读者在蒙娜和费得里哥应得好运的令人同情的喜剧中获得最大快感，使读者在这个作为第五天讲述的所有故事的主题，即“历尽艰难折磨，有情人终成眷属”的实例中感到愉快。[6]虽然人们不会以悲剧眼光来看待这些人物或他们“可怕的或灾难性的历险”，虽然事实上人们会笑话费得里哥的过度热情，以及他坚持到底直到穷困的意志，但是我们的笑声必然始终是同情的。正像费得里哥应倒霉一样，他在故事结尾时也应该有得到蒙娜的好运气。

为确保我们在这样一种结局中获得快感，——考虑到有九个其他故事企图获得相同的效果，这种快感的确已经够淡薄的了——两位主要人物必须极其精确地加以塑造。首先，女主人公蒙娜·乔凡娜必须使人感到完全值得费得里哥“极其炽热”地爱。在一个较长的，不同类型的故事中，这一点可以用显示她的美好德行来做到，人们可以花费不管多少篇幅，来把她戏剧化，以配得上费得里哥令人难以置信的忠诚，但是在这里经济至少和准确一样重要。而让读者留下对于她美好德行印象的经济的方法，对于叙述者来说，则是把她的美德“讲述”给我们听，并用某些经过审慎选择的，用现代标准来看是非常简单和不现实的情节来证明他的讲述。它们可以是两种类型，不是以被詹姆斯称为“跟在后面”来揭示女主人公的思想感情活动的那种形式，就是以公开行动那种形式。因此，叙述者从形容她“最美丽”和“最风雅”，以及“美德不亚于美丽”开始。在这种简单的故事中，她的美丽和风雅所需要的不过是费得里哥戏剧化激情的证实。我们相信她的美德，但是——肯定是相信薄伽丘的比美丽和风雅更靠不住的天才——是由她面对求爱而持久不衰的贞洁，以及更重要的，由每当我们进入她的内心就会发现的思想品质这两者所证实。

于是这位夫人思量了一番，琢磨着这事应该怎么办才好。她知道费得里哥早就爱上了她，她却连一个好脸色也不曾回报过。她心里想：“我听说他那只鹰是天下最好的鹰，而且是他平日唯一的安慰，我怎么能够叫他割爱呢？人家什么也没有了，就只剩下这么一点乐趣，要是我再把它剥夺

> 掉，那岂不是太不近人情了吗？”虽然她明知只要向费得里哥去要，他一定会给他，但她总觉得有些为难，一时竟不晓得如何回答她儿子是好，只得沉默了片刻不作声。最后，她爱子心切，终于打消了一切疑虑，决定无论如何要使儿子满意，亲自去把那只鹰要来给他。[①]

这段故事的趣味性当然在于它所表现的道德选择和包含在选择中打动我们情感的效果。虽然这一选择一方面是相对不重要的，但是另一方面，它却远比生活在薄伽丘的世界中的人物们所面对的大多数选择更为重要。由于它被详细地戏剧化了，事实上也就被写成了故事的中心情节——虽然产生的故事应该与我们现在看到的大相径庭。像现在的处理，这种选择是严格地根据它在全篇中应有的重要程度来写成的。因为我们直接体验到蒙娜的思想感情，我们只得同意叙述者对她的高度评价。她不仅在贞洁一类普通的问题上具有美德，而且能在更重要的问题上具有道德美感：不像薄伽丘笔下大多数女性，她绝非为了自己的目的而随意支配她的情人。甚至这种本身就可赞叹的美德还能被一种更重要的价值所压倒，“她爱子心切”。而所有这些都严格地限于使我们对费得里哥和那只鹰产生更大兴趣；毫无疑问，我们会像作为一个人的蒙娜一样转入心理上或情感上的深深的困境。

因为叙述本身已经“讲述”给我们怎样看待她，然后简洁地“显示”她本人来证实他的说法，始终精心地使我们的同情和赞美从属于整部作品的喜剧效果，我们就会带着明确的和——在它们特有的性质中的——强烈的期望，进入最重要的情节。我们会带着明确集中于对他们最终结合的“好运”的希望，进入蒙娜向费得里哥要那只鹰时所做的相当长的和极为精彩的讲话。

如果可敬的蒙娜的所有这些巧妙表现能够成功，我们就必然视费得里哥本人为同样可敬的人物，虽然还不是真正的英雄人物。太高的道德境界会损坏喜剧；而太低的道德境界则会破坏我们对于他的成功的热望。通过他的行动来显示他的美德是不够的；他唯一可敬的行动是奉献爱鹰，而这很容易被解释成他

---

① 《十日谈》，方平、王科一译，上海译文出版社 1980 年版，第 510—511 页。

那极端可笑举止的进一步发展。除非用显示他尽管极端却很高尚的情节而使故事不适当地拖长，否则叙述者就必须向我们做出他真实性格的简洁而直接的必要说明。因此，他被悄悄地以只有无所不知的叙述者才能成功地使用的词语加以描绘，如“倜傥的”“彬彬有礼的”“坚韧的”，以及最重要的，“比以前更美”之类，这样，他的欲望境界就明显地有别于其他故事中许多人的欲望境界；而在那些故事中，爱情则是为了喜剧目的而被降低为色欲。

叙述者看法的这些完全直率的陈述，是用我们所看到的费得里哥本人的思想来证实的。他没有东西款待他所钟爱的客人，这令人啼笑皆非的苦恼，以及决定牺牲爱鹰的坚定信念，都用精确的细节加以描绘，还带着频繁的——虽然按现代标准是浅显的——内心展示，他的贫穷“被深切体会到了”，他“苦恼到了极点”，他“在内心深处”诅咒着“他的厄运”。“他痛苦地希望这位夫人不至于不体面地离开他家，渴望尽自己主人之谊的想法远胜过自己自尊心方面的考虑。”所有这些确保了那出关于早餐的精彩喜剧将是一出充满同情的笑声的喜剧：我们始终完全赞同费得里哥的追求。我们的喜好又被这种对情景的揭示所运用的表现方法所增强。“费得里哥刚一明白这位夫人要的是什么，**立即就为自己无法为她效劳而悲恸起来**……他落下泪来……”开始蒙娜以为“他是舍不得与他的爱鹰分别而哭泣”，如果不是由于我加了点的作者提供的那个分句的帮助的话，我们也可能犯同样的错误。

一旦我们以这种方式明确了解了费得里哥的性格，他的话就像蒙娜·乔凡娜的话一样成了内心想法的对应物。这是因为我们知道，他所说的一切都是他真实思想状态的可靠反映。他关于鹰的解释的长篇讲话，其结果使我们坚信我们知道了关于他的一切，当他最后说“我恐怕将永远不再有心情的平静了”的时候，我们相信了他的忠诚，虽然我们完全有把握地确知，并从一开头就知道，这个故事是以“好运”来结尾的。

既然已经看到这么多，我们也就无须多说了。要使蒙娜按遗嘱中规定的那样成为继承人，她的儿子必须在比前面谈及其夫之死的几行文字要长的某一段落中死去。她对费得里哥的“高尚行动”的“内心评价”，使她决定嫁给他而不是嫁给一个富有的求婚者，“我宁愿要一个没有财富的男子汉而不愿要没有男子汉的财富”。费得里哥是个男子汉，正如我们现在所知道的那样。虽然他相貌平常，“无精打采的”“平板的”，但这包含了我们所需要的一切。因此我们会不带嘲讽地接受叙述者的概括判断，即娶了这么个好妻子他将幸福地生活一辈子。菲亚美达的听众们都“称赞上帝，说他给了费得里哥应得的好报”。

如果我们分享了看到滑稽而高尚的主人公得到应有好报的快乐，其原因并不能从素材的内在特点中去找，而要到把能够被多种不同方式使用的素材加工成这个生动情节的巧妙构思中去找。丈夫及其孩子的死，在现有的版本中仅仅是为费得里哥的成功提供了方便，而在任何真正公正的看法中，都应该比费得里哥对没有东西款待他情人感到的焦虑占有更重要的地位。在公正的处理中，孩子的死肯定要和母亲向费得里哥要鹰的犹豫同样充分地戏剧化。但是现有情节需要有一种能使我们站到费得里哥方面的技巧。

十分明显，这种技巧不能用现代要求的一致性标准来评价，故事无法从一个始终如一的角度来写，否则就要拖长到现有长度的三倍，从而失去其强烈的喜剧力量。完全通过费得里哥的眼睛来讲述将需要更长的一段介绍；如果我们看不到比费得里哥所能知道的更多的准备阶段的话，来访取鹰的喜剧性也将部分地失去。因为这主要是有关费得里哥的故事，所以通过蒙娜的眼睛来看它将需要大量的处理与扩展。这些假想的修改在某种程度上是荒唐的，因为薄伽丘本人几乎从未想到过这些。但是它们有助于越过把我们要探讨的显然更严谨的方法与薄伽丘的技巧分开的巨大鸿沟。在这个故事中，没有对真实的重大揭示，没有强烈的幻想，也没有具有反讽意味的复杂事物，没有预言性的幻象，也没有对多层次道德意义上的铺张描写。有某种附带的反讽，这是真的，但是整个故事的出色之处不在于幻象十分强烈，而在于极端简洁的境界所产生的喜剧性快乐十分强烈。

在考察由其他故事提供的截然不同的体验后，我们所可能有的任何把它的成功归之于无意识的或偶然的原始做法的企图都应被排除。因为他的与众不同的要旨是基于与众不同的道德规范，薄伽丘从未假定他的读者在进入任何一个故事时会精确地持有正确态度。他肯定没有假定他的读者对他最放肆的故事中的违背常规的做法表示赞同。甚至于第奥纽，即那十个叙述者中最淫荡的一个，也必须花费很大力气才能使我们进入这样一些人的营地，他们带着清醒意识对第奥纽淫荡，并且有时是残酷的故事发笑。在圣者鲁斯谛科如何利用教导年轻天真的阿莉白把魔鬼送进地狱来诱奸她这样一个潜在的令人痛心的故事中（第三天，第十个故事），注意力是放在纯朴姑娘的性格及其最终命运上，为的是引导我们去嘲笑许多社会，包括薄伽丘所生活的社会中的那些人，与其说是可笑，倒不如说是残酷和亵渎的品行。

如果第奥纽这位好色的青年朝臣肯定在淫荡故事中注意了自己的修辞的话，那么菲亚美达这位可爱的小姐就肯定会在她赞扬不忠时更加注意修辞。第七天的主题是“妻子或为了愉快，或是为了应急，而对丈夫使用种种诡计，有的被丈夫发觉了，有的瞒过了丈夫”。在《鹰》中，菲亚美达是要赞美费得里哥和蒙娜·乔凡娜的美德，现在（第五个故事）她使用了完全不同的修辞。因为她的任务是使我们在对一位情有可原地嫉妒的丈夫的惩罚中获得快感，所以她的议论直接说出了我们通过对那位丈夫思想的观察应产生的认识：他是一个“可怜的家伙，没有什么见识”，理应受罚。更重要的是，她用一小段演讲作为故事的导言，长度约为整个故事的七分之一，直接指导我们的判断：“鉴于以上原因，我们的结论便是：一位妻子如果对一位毫无道理地嫉妒的丈夫进行报复的话，她就应该受到赞扬而不是指责。”

为了证明这一总的观点，整个故事就是以使读者期望丈夫受到喜剧性惩罚的方式来处理的。它的大部分情节是通过女人的眼睛看到的，着重强调她在一位霸道的傻瓜手下所受到的喜剧式苦难。高潮是他以受到妻子的一番巧妙痛斥的形式得到惩罚。在菲亚美达得出结论说，戴绿帽子者的妻子现在取得了“放纵的特权”时，读者们会感到他完全是咎由自取。

在我们阅读《十日谈》时，这些极端的例子，并未穷尽我们由变幻着的修辞手法引导而接受的多种思想规范。判断标准的变化如此剧烈，以致在实际上，要辨别出薄伽丘地毯上的花纹是非常困难的。[7]我将在后面讨论这样一些问题，即一位作家以损害其道德真理或真实的一般观念，来提高特殊效果所引起的某些问题。这里，重要的是认识到，讨论这位作家的创作实践时，讲述—显示的区别是完全不合适的。薄伽丘的艺术才能不在于坚持任何理想的叙述方法，而在于他使用各种形式的显示时安排多种形式讲述的能力。

作者的多种声音

在后面三章中，我将详细地考察某些更重要的关于作者的客观性或非人格化的观点。它们中大多数要求排除某些作者存在的明显标志。但是，正如我们会预料到的，一个人的客观性乃是另一个人所厌恶的东西。如果我们要在前进中扫清对作者声音的责难并看清道路的话，我们就必须对这一声音在小说中和对小说的责难中可能有的各种形式，具有某种初步的概念。事实上也就是说，如果我们企图把作者从小说领域中驱逐出去，我们可以去掉些什么？

首先，我们必须除去所有对读者的直接致辞，所有以作者本人身份做出的议论。当《十日谈》的作者以引言和结论的形式向我们直接说话时，我们可能有的正直接与菲亚美达和她的朋友们打交道的一切幻觉便都被破坏了。从福楼拜以来，数量惊人的作家和批评家都一致认为，这种直接的、无中介的议论是不行的。甚至于那些承认这种方法的作家们，像E. M. 福斯特①，也经常禁止它出现，除了在某些有限的主题方面[8]。

但是什么才真正是“议论”？如果我们同意去掉所有那种由菲尔丁使用的个人介入，那么我们是否同意去掉那些更少介入性的议论？当福楼拜允许他自己告诉我们在某处你可以发现全区最糟的软白干酪，或告诉我们爱玛“不能理解她没有经历过的事物，不能认识没有用普通措辞表示的东西”时，他是否违反了他自己的非人格化原则呢？[9]

然而，即使我们去掉所有这些明确的判断，每当作者进出于人物的内心时——即我们已经表述过的：当他“转换他的角度”时——作者的存在还是十分明显的。福楼拜告诉我们，爱玛对查理的细致关心“从不是像他认为的那样，是为了他的缘故……而是为了她自己，是出于极大的虚荣心”。很清楚，正是福楼拜把爱玛的思想与查理对这一思想的看法并列在一起，每当一个新的思想

① 爱德华·摩根·福斯特（1879—1970），英国小说家、散文家和文学批评家。

被引进来时，很明显地也同样是介入性的“声音”。当爱玛的父亲告别爱玛和查理时，他回忆起“他自己的婚礼，他自己的往日……他那时也非常快活……他感到凄凉，像一座被洗劫过的空房子”。转向卢欧的这一片刻，是福楼拜向我们提供对婚姻的评价和预示未来事件的一种方法。如果我们对作者出现的所有信号都感到烦恼的话，我们也会对这一段感到烦恼。

但是如果我们要反对上述这些，为什么不进一步反对所有内心观察而不仅仅是那些需要转换角度的内心观察呢？在生活中，这样的角度是不会有的。在小说中，提出它们的行动本身就是作者的一种介入[10]。

就此而言，我们应反对任何一个戏剧化了的人物的可靠叙述，而不仅是反对用自己声音说话的作者，因为即使最高度戏剧化的叙述者所做的叙述动作，本身就是作者在一个人物延长了的“内心观察”中的呈现。当菲亚美达说“她的爱子之心占了上风”时，她给了我们一种真实的蒙娜的内心观察，她也给了我们一种她自己对这一系列事件的评价的角度。而两者都是作者的操纵手段的表现。

但是为什么停在这里？作者出现在所有以各种方式具有可靠性的人物的任何讲话之中。一旦我们知道上帝就是《约伯记》中的上帝，一旦我们知道蒙娜在《鹰》中说出了最真实的话，那么我们也就知道每当上帝和蒙娜说话时，就是作者在说话。在介绍伟大的拉里维耶尔博士时，福楼拜说：

> 他属于毕莎建立的伟大的外科学派，目前已不存在的哲学家兼手术家的一代，爱护自己的医道，如同一位狂热的教徒，行起医来，又热情，又聪敏！他一发怒，整个医院就发抖。学生们尊敬他到了这步田地，牌子才一挂起，就尽力学他……他看不起奖章、头衔和科学院，又仁慈，又慷慨，周济穷人，不相信道德，却又力行道德，简直可以看成一位圣者了，如果不是头脑细致，别人怕他就像怕魔鬼一样。

这一权威性的明确赞扬大大有助于后面几页的影响力，在后面拉里维耶尔为我们评价了我们看到的每一件事。但是即使他这样有用，他也得被去掉——

要是作者的声音算是个缺点的话。

我们甚至也不能停在这里，虽然许多对作家的声音持批评态度的人已经在这儿停下了。我们可以继续往下干，从作品中清除每一种看得出的个人色彩，每一种特殊的文学典故或生动的比喻，每一种神话的或象征的形式，因为它们都明确地进行了评价。任何一个有眼力的读者都能辨别出它们受到了作者的影响。[11]

最后，我们甚至可能会跟随让-保罗·萨特，以“持续的现实主义”的名义来反对作家干预事件的自然顺序、比例和事件持续的一切迹象。萨特说，早期作者们试图证明“不断通过明说或通过隐喻让读者去注意到作者存在的可笑的讲故事方法”是正确的。与此相反，存在主义小说，则是“急剧跌落的，被忽略的，不被注意的”，把读者拖进“一个没人见过的宇宙中”。小说应该以“事物、植物、事件的方式存在，而不是首先以人的产物的方式存在”。[12]如果是这样，那么作者一定永不概括，永不对谈话做剪裁，永不把三天的事件压缩在一段作品中。“如果我把六个月的事塞进仅仅一页书中，读者就会跳到作品之外。”

萨特声称每一件事物都是作者操纵的表现信号，这肯定是正确的。例如，在《卡拉马佐夫兄弟》一书中，曹西玛老头皈依宗教的故事在逻辑上说可以放置在任何地方。在小说开始前很久，曹西玛故事的事件已经发生了，除非把它们放在故事开头，这种情况自不必谈，否则就没有任何正当理由把它们放在一个地方而不放在另一个地方。不管把它们放在哪儿，它们都将引起对作者的有选择的出现表示注意，正如每当《奥德赛》选取它19年时间中前后许多大段历程之一的时候，荷马就醒目地出现在我们面前一样。陀思妥耶夫斯基把曹西玛的故事作为伊万梦见宗教法庭长的接续之事讲给我们，这并非偶然。作者是想使之成为按那个梦所暗示的价值做出的一个判断，正如伊万后来发生的每一件事都是对他自己理想的明确批评一样。因为后果并不受作者目的之外的任何东西所支配，它就露出作者的声音，按萨特的说法，这大概就不行了。

但是，正如萨特所苦恼地承认的（参看后面第三章），即使删除所有这些各种形式的作者的声音，我们所剩下的也还将向我们揭示出一种令人羞愧的人为做作。除非作者精确地以公众流传的存在形式简单地复述《三只熊》或俄狄浦斯的故事——即使这样，也必然存在用哪一种流行的形式来讲述的选择问题——他对他所讲的东西做出的选择还是要暴露给读者。他选择讲奥德修斯的故事，而不去讲述塞壬或独眼巨人的故事。他选择了讲述蒙娜和费得里哥的欢快故事，而不是对蒙娜的丈夫和儿子作哀婉的描写。他选择了讲述爱玛·包法利的故事,而不是拉里维耶尔博士潜在的英雄传奇。作者的声音在写《奥德赛》《鹰》或《包法利夫人》的决定中，就已经像它在菲尔丁、狄更斯或乔治·艾略特①所使用的最明显的直接评价中一样，充满情感地表现出来了。他所显示的每一件事物都将为讲述服务，在“显示”与“进述”之间划定界线，在某种程度上是武断的。

简而言之，作者的判断，对于那些知道如何去找的人来说，总是存在的，总是明显的。它的个别形式是有害还是有益，这永远是一个复杂的问题，是一个不能随便参照抽象规定来决定的问题。当我们现在要开始讨论这个问题时，我们永远不要忘记，虽然作者可以在一定程度上选择他的伪装，但是他永远不能选择消失不见。

注 释

1. 里奇蒙·拉蒂莫尔译本（芝加哥，1951年）。所有引文都出自该译本。

2.《奥德赛》，E.V.里欧译本，第10页。后面引文均出自里欧译本，第1—4卷。不同的译文给予荷马的道德判断不同的评价，某些译本使用了不如里欧译文有力的形容词。但是没有哪位译者能够描绘一位中立的荷马。

3. 某些读者可能害怕在这一点上我正误入“感情谬见”的歧途。我将在第3—5章回答他们的正当顾虑。

4. 马克·哈里斯,《来之不易》,载《当代小说》,格兰维尔·希克斯编（纽约,1957年）,第117页。

5.《小说的技巧》（伦敦，1921年），第62页。

6. J.M.里格译本（人人版，1930年）。所有引文均出自该版本。

---

① 乔治·艾略特（1819—1880），英国女小说家。

7. 例如，埃里克·奥尔巴克抱怨说他无法发现所有故事后面的基本道德态度和无法接近所有故事后面的真实。只要他考察薄伽丘“为喜剧效果的缘故”所做的事，那么他就会为他对世界的“批判意识”和“坚定而又富有弹性的敏锐眼力（这眼光没有抽象说教，却指派给所有现象以它们特殊的、仔细区别的道德价值）”而赞扬他。(《模仿：西方文学中真实的再现》[伯尔尼，1946年]，威拉德·特拉斯克译本[铁锚版，1957年]，第193页。）只是在对所有故事来说，不论当时的不同需要，所共同的、最一般的特点的标准方面，奥尔巴克遇到了困难，抱怨薄伽丘“早期人本主义”的“含糊和不定”（第202页）。奥尔巴克的意见，在说明薄伽丘的所有故事共有的风格，如何作为一种迫使读者相信他的世界的真实的修辞发挥作用方面，价值无量。

8. 福斯特不会允许作者“对读者吐露他的人物的真情”，因为“亲密只有付出幻觉与高贵才能获得”。但是他允许作者对读者吐露他的“世界”的真情(《小说面面观》[伦敦，1927年]，第111—112页）。

9.《包法利夫人》，弗朗西斯·斯蒂格马勒译本（纽约，1957年），第80页。

10. 这种强加在旨在成为历史的叙述中尤为明显。但是，直到最近，知识分子才能毫不困难地表面阅读圣经这样充满如此非法进入隐秘内心的历史记载。对我们来说，十分奇怪，福音书的作者们竟然声称知道这么多基督感到和想到的东西。“他为怜悯所动，伸出手去摸他”(《马可福音》，第1章第41节）。“耶稣自己感到力量从自己身上发出……”（第5章，第30节）。谁对作者报道了这些内心事件？谁告诉作者伊甸园中发生的事，当时人人都睡觉了，只有耶稣除外？谁对作者报道说基督乞求上帝“让这杯酒消失”？这些问题，像摩西如何能够描写自己的死亡和入葬一样，在历史批评中可能是必不可少的，但在文学批评中却很容易做过了头。

11. 爱德蒙·威尔逊在谈到乔伊斯的《尤利西斯》时，曾经抱怨说，只要“我们知道乔伊斯本人在他的文本中系统地铺陈”，填塞谜语、象征和双关语，“梦的幻觉就消失了”(《詹姆斯·乔伊斯》，载《阿克瑟尔的城堡》[纽约，1931年]，第235页）。

12.《1947年作家的处境》，载《文学是什么？》，伯纳德·弗拉彻曼译本（伦敦，1950年），第169页。

第二章　普遍规律之一："真正的小说一定是现实主义的"

必须严格遵守的规律，首要的限制，纯粹的禁令（你不要说这个，你不要看那个），必定已经为它们的时代服务了，而这种情形的本质，则将除了造成武断的感觉之外，绝不会打动精力充沛的天才。一种健康的、颇有活力的和日益发展着的艺术，总是充满了好奇，喜欢实践，有着对严格禁令的永久的怀疑。

——亨利·詹姆斯

自从斯蒂芬·克莱恩那时以来，所有的严肃作家们都专注于努力把个别场面描绘得更加生动。

——卡罗林·戈登

在小说提供给我们的东西中，我们越是看到那"未经"重新安排的生活，我们就越感到自己在接触真理；我们越是看到那"已经"重新安排的生活，我们就越感到自己正被一种代用品、一种妥协和契约所敷衍。

——亨利·詹姆斯

没有一种东西能够像小说那样，真实地把人类生活的不确定性描绘得像我们所知道的那样。

——弗朗索瓦·莫里亚克

我的新作的情节发生在夜里。夜里发生的事情不那么清楚，这是很自然的，不是吗？

——詹姆斯·乔伊斯针对庞德指责其《为芬尼根守灵》"朦胧"而做的辩解

从正当的反叛到残缺的教条

对于声称反对旧式的专断修辞的首批作家来说，小说中作者声音的问题是极为复杂的。例如，詹姆斯的《前言》，对作家技巧所进行的机智和必要的探讨[1]，没有轻率地把技巧问题归纳为讲述对显示的简单的两分法，也没有偏袒詹姆斯自己的方法而否定所有其他方法。事实上，詹姆斯自己的方法是极为多样化的。对于詹姆斯来说，顽固的敌人就是心智上和艺术上的懒惰，而不是任何特定的讲述或显示故事的方法。的确，他发现自己对探讨用“描绘艺术”所能做到的事情越来越感兴趣，并对用他自己的声音进行叙述越来越不满意。他确信，他找到了一种以一个实质上戏剧化的方式从事传统修辞任务的方法，就是使用一个可以观看和感觉一切事物的“意识中心”。而且，有时他的谈话确实好像对自己的新方法的评价高于对所有其他方法的评价。但是他一般强调的是以下事实，即小说的房屋不是“一个窗户，而是一百万个窗户”[2]，即实际上一个故事有“五百万种”讲述方法，其中每一种只要给作品提供一个“中心”，它就是正当的[3]。他的宽容并不局限于技巧方面。在《小说的艺术》中，他明确拒绝做出任何努力来“肯定地预言优秀小说应该是怎么回事”。对他来说，唯一绝对的要求就是“它应当有趣”[4]，他会赞扬像《金银岛》①这样一本小说，因为它“在它所要达到的方面极其成功”，虽然这与詹姆斯在自己的小说中追求的那种主题和方法的现实主义没有什么关系。

福楼拜也是如此，他是对讲述与显示的区别感兴趣的批评家们最经常提到的另一位作家。虽然他的话可以经常被引用来证明这个或那个信条，但是他却时时对小说家所面临的几乎所有重要问题都感兴趣。他了解通常可以指望的东西与特殊情况下可能的东西之间的真正张力。

但是，这些具有灵活性的探讨不久就变得公式化了。甚至在最早为詹姆斯辩护的批评家们的著作中，我们也会发现，这一归纳过程已经开始。在珀西·卢伯克的《小说的技巧》（1921）一书中，詹姆斯对许多文学问题的论述——论作者的人物，论作者寻找主题的方法，论某些主题比其他主题的优越之处，论

---

① 英国小说家罗伯特·路易斯·史蒂文森的作品。

寻找可靠的意识中心的困难，论掩饰个人修辞策略的方法[5]——都被归纳为一件必要的事情：小说应该戏剧化。卢伯克的见解比詹姆斯更为清楚，更为系统化；他为我们提供了关于"概述""图画""戏剧""场面"这些术语之间关系的简洁而实用的纲要。这是一条可以引用詹姆斯来加以证实的纲要，但按詹姆斯的意见，它还要带有一些已经开始被卢伯克所忽略了的重要限定。

同样，约瑟夫·沃伦·比奇①在作者议论的问题上只是间或地教条主义。即使在他欢呼说作者的"隐退"是"有关现代小说的最引人注目的事情"的时候，他还能够说出"如果作者在有效地表现主题方面取得成功的话……我们就不必就他个人的露面进行争论……我们主要是和那种用他个人的露面代替主题的艺术表现，认为讨论主题就等于表现主题的作者进行争论"[6]。甚至当卢伯克和比奇变得有点过分激动时，我们也感到，他们具有所有为新事业的提倡者而辩护的正当理由：旧式累赘的讲故事方法已经占领了阵地，无须加以捍卫。而正如比奇在詹姆斯去世两年之后所写的那样，"代表着英国最值得重视的典范的新型小说家"，才需要加以捍卫。[7]

但是，对新事物的合理辩护不久就僵化成了教条。对于福特·马多克斯·福特②来说，为真理和光明所进行的战斗——反对一种在所有情况下都是坏的技巧的战斗——最终是胜利了，他在1930年就写道：

> 小说家绝不能用加入某方来展示他的偏爱……他必须……描绘而非讲述……
>
> 总的来说，那些从未成为英语小说特性的特性，现在已经成为它的特性了。也就是说，今天没有人会企图用班扬、笛福、菲尔丁的追随者们所写的那种小说去赢得不管是受过教育的、还是几乎无知的人们的赞赏……没有一位作家今天会像萨克雷那样，把他那破鼻子和眼镜伸到自己写的最激动人心的场景之中，为的是告诉你，虽然他的女主人公是个邪恶之徒，

① 约瑟夫·沃伦·比奇（1880—1957），美国文学批评家。
② 福特·马多克斯·福特（1873—1939），英国小说家、文学批评家。

但是他自己的心却在正确立场上。[8]

很自然，当这种制造规律工作进一步降到不害臊的商业性批评家之手时，它就被简化成一种低劣仿效的论点。

现在考察这段文字［科博尔德·奈特在1936年要求一位有抱负的青年作者］：

“多年以前我听说拉塞尔爷爷已经再次结婚了，并有了另一个儿子，约翰……”

读这段文字时你看到了什么？你什么也没看见。没有画面表现出来……

现在的这种讲述方法显然不是戏剧化的讲述。它正是我所说的“第二手”的叙述。一位叙述者以他自己随意的方式谈及某件很久以前发生的事。这件事……肯定不是在讲述它自己。一个无情的事实是，故事还根本没有开始发展……

现在注意下列文字：

“大型轿车驰过急转弯处，逃亡者对弯曲的山区公路投去了痛苦的一瞥。在他下面很远的地方，一溜黄色的烟尘正越来越近，那是复仇者。”

这就是戏剧化的讲述。故事在讲述它自己，请注意。……这就是戏剧化的讲述。——直说吧，它就是编辑们要求的和愿意付钱的唯一的一种故事讲述方法。

一句话，“故事在讲述它自己”。[9]

不幸的是，不光是在商业性手册中，技巧才被降低为如何抛弃肯定是很糟糕的议论的问题。在严肃的学校教科书中，人们已经发现并还在发现，讲述与显示的区别被表现为理解现代小说的非凡成就的可靠线索。有这样一本教科书，它先是哀叹司汤达的某些“毫无生气的”段落，并把爱伦·坡和霍桑基本上当作现代作家的真正先驱加以讨论，最后谈到乔伊斯的《死者》。赞扬这篇优秀故事的那段文字值得全文引出：

> 事实上，整个故事从头到尾没有讲述给我们任何东西，而是向我们显示一切。举例来说，没有告诉我们故事的环境（法语：milieu）是19世纪末20世纪初都柏林偏窄的、中产阶级的"文明社会"，没有告诉我们加布里埃尔代表着这个社会感情上的贫乏（作为对照的是他妻子格雷塔的"乡下人的"充实）……我们看到的一切都被戏剧化了，使这一切都变得富有活力。从外部的全知角度我们得不到任何东西……只有对加布里埃尔的简略描写；但这不是乔伊斯的描写；我们看待他，是像莉莉那样看待他——或可能那样看待他的，如果她具有乔伊斯的对整个局势的绝对支配权的话。事实上，这就是《死者》的方法。从这一点出发，我们从未远离加布里埃尔眼睛的视野；然而，我们却不断通过他的眼睛来看待他所不具备的价值与见识。
>
> 环境的意义、加布里埃尔为他妻子而感到的满意、她对她的情人迈克尔·富里的浪漫幻想……要是在詹姆斯以前，通过作者的直接解说，以评注和议论的形式摆在我们面前，那将是索然无味的。[10]

事实上，我们许多最严肃的学术和批评著作也利用了艺术的显示与非艺术的、仅仅是修辞的讲述二者之间这个逻辑上的对立。有一位学者，他表面上为特罗洛普①使用的"评注"进行辩护，却又发现自己的确"经常为作者的评注感到羞愧"，这些"介入"是"对艺术性的践踏"，但是特罗洛普十分聪明地使用这种非艺术的方法，以致他不时地"从缺点中产生了优点"[11]。另一位学者满怀同情地为18世纪的伟大作家——议论者们著文，花费了不少时间来为他们在这方面缺乏艺术性的做法辩护。她发现，必须为菲尔丁的介入进行"辩护"，因为那时小说还没有一个固定的形式，那个时代需要道德化的议论，结果是没有一个小说家能获得"道德批评家和创造性的艺术家之间完美的融合……"[12]。

---

① 安东尼·特罗洛普（1815—1882），英国小说家。

还有对托马斯·哈代作品最为敏感的权威批评家之一①，他认为由于受时代的影响，哈代的局限乃是“介入其叙述之中以使他的哲学或他对人物及人物所置身其中的事件的判断更为清楚”这样的倾向[13]。他没有做出任何努力来区分好的议论与坏的议论。对他来说，就像对于其他许多人来说一样，议论本身，特别是如果“过多”的话——虽然什么是“过多”通常未经考察——肯定是坏的[14]。

人们无法轻易地利用为讲述所匆忙进行的辩护来恢复它的批评尊严——不能在这个战场上。它的反对者们拥有大量有效的武器弹药。许多小说被草率的介入严重损害。而且，很容易证明，如果我们必须在讲述与显示二者之间，在仅有的两种技巧的两极之间进行选择的话，显示的情节比讲述的同一情节有效得多。最后，那些对讲述不满的小说家和批评家已经为小说赢得了作为一种主要艺术形式的声誉，而这一点在福楼拜之前一般是被否认的，而且这些小说家和批评家经常表现出对他们那种艺术的严肃与专注，即那种体现了他们所坚信的教条的艺术。如果对詹姆斯和福楼拜说，我们赞赏他们在艺术严肃性方面进行的试验，但是我们现在宁愿把我们的标准放宽一点，鼓励小说家们回头去调制詹姆斯所谓的“伟大的液体布丁”的话，我们就将得不到任何东西，的确，一切都将丧失。在小说的房子里甚至会有为无形式的布丁——大概可供人们在消闲之时或垂暮之年进行阅读——准备的空间。但是我不喜欢把它们当作艺术并且借口它们无形式来为其辩护。

但是我们是否面临像拥护显示的人们有时声称的那种简单而又为难的选择呢？提出这两种表达故事的方法是否有意义？即一种全好，另一种全坏；一种完全是艺术和正当形式；另一种完全是笨拙和不相干的东西；一种完全是显示，是描绘，是戏剧，是客观物；另一种完全是讲述，是主观物，是说教，是毫无生气的。艾伦·塔特看来是这样认为的。“这一情节，”他在读到《包法利夫人》中的一段——这是一个精彩片断——时说，“这一情节不是从作者的角度来说出的，而是以情境和场面来呈现的。使这一点成为小说艺术的生命属性，实质

① 指赫维·C. 韦伯斯特。

上是创造了小说的艺术。”“正是通过福楼拜，小说最终赶上了诗。”[15]这是戏剧性的、挑战性的——也许它就是这种鼓舞人心的纲领，它能使一个年轻的小说家确信自己为达到这一纲领所做的事情是非常重要的。但是这是真的吗？

我不能证明它不是——若按塔特“艺术”和“诗”的定义。但是我希望说明的是，它充其量是被误解了，它那作为基础的区别是不恰当的，不仅在讨论像《十日谈》那样的早期小说时是这样，而且在讨论最近才受到行家赏识的作品时也是如此。

首先，考察广泛接受这一区分的某些理由是很有用的。如果我们得出结论说，毕竟在福楼拜之前就有了小说的艺术，甚至在最非人格化的小说中艺术也并非全部归于生动的戏剧化描绘的因素，那么为什么还要对被描绘的场面之外的一切都进行如此广泛的猜疑呢？

从不同的种类到普遍的性质

一种答案在于，现代人有对“所有小说”“所有文学”或“所有艺术”进行概括的爱好。

“所有的艺术都追求音乐形态。”“所有小说都试图成为诗。”“小说的本质就是对事实感兴趣。”真正的小说要这样做，真正的文学要那样做。“所有艺术‘名副其实’的一个目标，就是给世界已失去的秩序留下一个见证。”[16]对于奥尔特加·伊·加塞特①来说，概括了所有本质上是现代小说的七种普遍倾向是：“一、把小说非人格化；二、避免使用现有的形式；三、注意到艺术作品只是艺术作品而不是其他东西；四、认为艺术是游戏而不是其他东西；五、本质上是反讽的；六、严防虚假，因此追求严格的现实化；七、把艺术看成是一种没有超越后果的东西。”[17]对于福特·马多克斯·福特来说，像詹姆斯、克莱恩②、康拉德和他自己这些优秀现代小说家们的共同目标，是“带领读者，使他完全沉浸在一种‘状态’之中，既不意识到他正在阅读，也不意识到作者的身份，这样

① 奥尔特加·伊·加塞特（1883—1955），西班牙文学批评家、哲学家。

② 斯蒂芬·克莱恩（1871—1900），美国小说家。

最后他会说——并且也相信：‘我去过［那里］，我确已去过了’”[18]。这是些截然不同的纲领，虽然福特的纲领也许可以包含在奥尔特加的第六条中。但是他们都共同努力寻找所有作品，或所有优秀现代作品中共有的东西。奥尔特加说，他在寻找“现代艺术成就中最普遍和最主要的特点”，他在“艺术非人格化的倾向”中找到了它。“我对现代艺术的个别倾向不太感兴趣，而且除少数而外，对个别著作更不感兴趣。”卡罗琳·戈登同样明确地寻找“从索福克勒斯、埃斯库罗斯直至构思巧妙的童话，即所有的优秀小说”所显示的“永恒性”。她的意见故意保持着最大可能的普遍性，“一个人打算写作或阅读作品时，最重要的是，当他碰上这些‘永恒性’时能够认识它们，如果它们没有表现在一部小说作品中，要能注意到它们的欠缺”[19]。

这种在所有优秀文学或所有优秀小说中对永恒事物进行的普遍探索，为了某种目的是有用的——的确，有关文学和生活的某些最有趣的问题，是无法以其他方式回答的。但是，从这种一般定义开始的批评，只是奇特地导向进入价值判断，并不充分考虑到那些判断是否以比这种一般定义最初的武断排他性更多的任何东西为基础。仔细阅读上述每段引文可以看出，规定性的术语不是已经悄悄进入就是已经故意包含在公式之中了。读过戈登小姐对从“所有优秀小说”中找到的永恒性的定义之后，我们对她摒弃奥尔德斯·赫胥黎①的作品，以及所有“观念小说”的态度就毫不奇怪了。[20]“但是为什么呢？”她的一位犯有对赫胥黎作品感兴趣这种不可饶恕的罪过的年轻朋友这样问道，“难道只能有一种小说和一种小说家？我不能既赞赏×（一位戈登小姐赞赏的现代小说家），又赞赏赫胥黎吗？”她的普遍原则将迫使她回答说，“我恐怕你不能”。

但是，她的“永恒性”是从哪儿来的呢？我们不必成为赫胥黎的热心辩护者就能认识到，在评价他的那种奇特的讽刺性幻想作品时，我们必须依据的标准，是与适用于戈登小姐自己认为的优秀小说——不用说，那些展示了她的所有永恒事物的小说——的标准是截然不同的。

最终，批评家们所面对的是一个非常简单的逻辑问题，虽然这个问题的解

---

① 奥尔德斯·赫胥黎（1894—1963），英国小说家、散文家。

决远非简单。已经推导出某种小说的，或作为某种文学的"那种小说"定义之后，怎样使用这个定义作为标准来评价一部特定的小说呢？只有提出正当理由使人相信，这部小说适合这一定义，或应该适合这一定义，以及它是否如此。我的定义不是描述性的就是规范性的。如果它们仅仅是描述性的，那么它们没有给我因为一部作品不属于描述范围而去指责它的根据。如果它们是明确的规范性的，那么我当然就有一个首先为我的标准，并且为我认为它们应该适用于所有叫作小说的东西这一见解说出理由的问题。

人们不必阅读很多现代批评就会发现，批评家们如何经常地回避这个问题，他们中有多少人愉快地从广泛概括转到个别作品，好像每个小学生都知道的，每部低劣小说都拼命试图躲在那种令人舒适的概括的保护之下一样。在允许一个被描述的主题变成规范性的这样的主题批评中，这一过程尤为致命。甚至小心谨慎的批评家们有时也会被他们自己的定义强制说服。看看R.W.B.路易斯在他那很有价值的著作《邪恶的圣者》中，是怎样很快地忘记了自己做出的他的定义并不是规范性的警句的。"本书的目的，"路易斯说，"是鉴定和描述欧美具体的一代小说家。"[21]他告诉我们说，其著作副题中"代表形象"，是指"语言的形象、这一代特有的隐喻，以及小说中的人物形象和作家们自己的形象"。"按照我的理解，探测这些形象并描述由他们组成的世界，就是现代批评的主要作用。"路易斯把莫拉维亚①、西洛内②、加缪、福克纳、格雷厄姆·格林③和马尔罗④等作家的人的世界，与普鲁斯特⑤、乔伊斯和曼等上一代作家的艺术的世界区分开来，以可敬的勤奋和洞察力，实现了他的这个目的。第二代作家的"人的"特点由它的代表性主人公来显示，这个神圣的无赖"体现"在他的"下流"甚至是他的"罪行"中，这个主人公"在生活中十分可信，十分可亲，这正是当代小说着重强调的"。

路易斯努力对这一普遍主题进行说明的工作是有价值的；读者感到自己对

---

① 阿尔贝托·莫拉维亚（1907—1990），意大利小说家。
② 伊尼亚齐奥·西洛内（1900—1978），意大利小说家。
③ 格雷厄姆·格林（1904—1991），英国小说家。
④ 安德烈·马尔罗（1901—1976），法国小说家、政治家。
⑤ 马赛尔·普鲁斯特（1871—1922），法国小说家。

当代小说的普遍趋势的认识丰富了。但是，正如可以预料到的那样，对这些趋势的认识并未产生出评价个别作品成功的令人满意的标准。尽管路易斯为了公正地对待个别作品，不断努力“观察和强调重要的差别”，但是，毫不奇怪，他碰到了他的论题和他在评价上做出的努力之间的矛盾。当他的判断令人信服时，这些判断则来自即使不是全部也是大部分与他的普遍主题无关的特殊标准：毕竟最坏的作品也和最好的作品一样，可以体现“邪恶的圣者”的主题。在他谈到好像小说家们应该使用他正在描述的主题时，他的判断是最不可信的。“当代小说的强烈感的基本要素直接来自艺术家进行描绘的努力，以及所创造的人物要变成（按我们说的）既是圣者又是罪犯、既是超然的又是可亲的、既要体现可见的真实又要体现隐秘的追求的努力之中。这种努力（还是小说家和人物两者的吗！）绝非总是成功的。而成功的地方也绝非同样如此。它很容易‘落入’（还是小说家和人物两者吗？）过分人性或过分神性的倾向中：艾克·麦卡斯林[①]无疑在艺术上受后面一种错误之害，而莫拉维亚的罗马妓女阿德里亚纳则受前者之害……”因此，这毕竟是一种艺术上的“衰落”；福克纳和莫拉维亚都没能使他们的人物符合路易斯的普遍标准。但是，他根据什么理由断定，福克纳和莫拉维亚的小说也像他讨论的所有其他著作一样，是企图实现这同一个图画呢？如果福克纳的目的所需要的就是一个更“神圣”的人物，如果莫拉维亚的目的所需要的就是一个更“有罪”的人物，那么，我们怎么能说，他们所描绘的图画，在艺术上是受到他们在做各自作品所需要的事情时所取得的成功之害呢？这部优秀著作充满了诸如此类的疑难，有时这些疑难也得到了承认，譬如路易斯认识到西洛内的《面包与酒》优于《路加的秘密》，尽管后者表现了“当代小说能够提供的勇于牺牲精神的人类英雄主义的最好形象”。这样的判断只能来自对《面包与酒》中这一主题最充分的实现都不能提供的某些东西的观察。路易斯宁愿把它归之于“历程本身”而不归之于“精神实现”。但是，要发现某些更特殊因而也更有用的标准，既不需要在小说本身中，也不需要在批评的历史中做任何巨大的探索。

---

① 福克纳的小说《熊》中的人物。

早期的普遍标准

寻求普遍标准的探索不是从现代才开始的。朗吉努斯①在所有文学中寻求“崇高”这一普遍性质；对于他的目标来说，像说教的作品和想象的作品之间的这类区别并不重要，因为各种文学都能在合适的时机获得他所希望的特定的升华、狂喜或激动。[22]“教育和娱乐”作为一种所有诗都必须达到的公式，曾一度在任何地方都可发现。约翰逊②在他的著作中一直坚持认为，好诗是“普遍天性的正确再现”；柯勒律治不断提到想象的力量，他们有时完全就像某些现代人一样，成了普遍批评的实践者，这些现代人坚持认为，文学的主要标准或是它是否真实可信，或是它是否把对立的态度融合在一种反讽的和谐中，或是它是否使得作者以适当的客观态度来对待他的素材。

很可能，每一个批评家，不管他认识到与否，在自己的体系中，都至少存在一两种他要求一切文学都具有的永恒事物。但是，现代的不同之处在于，个别文学种类的概念被广泛地放弃，而每一种类本身都具有可能修正普遍标准的独特要求。而且早期的批评家确实在讨论被认为是所有类型的有价值的文学所共同的性质时，把某些性质看成是正在讨论的特别种类——悲剧、喜剧、讽刺作品、史诗、挽歌等——所特有的。当我们在阅读浪漫主义时期以前的任何一位批评家的著作时，虽然这些种类时常限定得相当宽泛，但是我们可以指望，早晚会提到一个多少被精确限定的类型的特殊要求。例如菲尔丁在他著名的《〈约瑟夫·安德鲁斯〉序言》中，完全知道所有成功的文学必须提供的普遍性质。[23]但是，他主要是强调他所企图创作的作品的种类所支配的特殊性质。他在指出他的小说与其说是悲剧的不如说是喜剧的，与其说是戏剧的不如说是史诗的，与其说是以诗歌形式不如说是以散文形式之后，又进一步指出，一方面它不同于浪漫传奇，一方面它又不同于滑稽故事，这两者将被融合成一种“散文体喜剧史诗”。最后，很清楚，不管批评家们要在《约瑟夫·安德鲁斯》中寻找什么缺点和优点，菲尔丁都会认为，只有当它们适用于他用这些区别精心预

---

① 朗吉努斯（约公元一世纪），古罗马文艺理论家。

② 塞缪尔·约翰逊（1709—1784），英国文学批评家。

定的这种作品时才是合适的。

同样，德莱登[①]在考虑那种判断到底是法国戏剧还是英国戏剧更好的标准时，经常诉诸种类的区别：某些技巧步骤对这种戏剧更好，某些对那种更好。虽然他也诉诸所有戏剧都要求的普遍性质——悬念、变化、自然、统一——然而他在其《〈安静的女人〉[②]的批评研究》中，着重追求的是一部喜剧的而非其他某类东西的优点。有意义的是，当获得喜剧性的努力威胁到真实性时，他愿意在一定限度内为喜剧而牺牲现实主义。[24]

甚至于柯勒律治，虽然他对所有诗歌的普遍性质兴趣很大，但在个别判断中却是高度灵活的。的确，他反对戏剧中的"纯粹的叙述风格"，因为它以附带的思想和描绘暴露了"作者自身"；这样，他好像加入了当代攻击讲述的合唱。但是当他讨论《汤姆·琼斯》的个别问题时，却要求更多而不是更少的叙述——"附加一段，更充分地展开汤姆·琼斯对自己和贝拉斯顿夫人的风流韵事感到的自我堕落"[25]。

在面对普遍希望的性质的要求时放弃种类的差别，正是现代文学史上最有趣的事件之一。它的一个方面就是丧失了适合于不同文学种类的风格层次间的区别。奥尔巴赫[③]在《模仿》中表示，文学史上，就在"日常的现实"（不管怎么界定）成为最重要的事情之时，这种层次间的打破就已发生了。正如M.H.艾布拉姆斯[④]已说明的，很清楚，它与浪漫主义时期从诗到诗人，从对艺术作品的兴趣到讨论艺术过程的表达理论这种批评重点的转移有关。当批评家们主要是对作者感兴趣，主要是把他的作品当作他自身的某些性质的信号而感兴趣的时候，他们就很可能在所有作品中寻找同样的性质。客观性、主观性、真诚、虚假、灵感、想象——不管一位作家写的是喜剧、悲剧、史诗、讽刺诗还是抒情诗，都要寻找、赞扬或指责这些东西。[26]

但是，寻找普遍性质的努力不限于那些对日常真实或作者个人感兴趣的批

---

① 约翰·德莱登（1631—1700），英国诗人、剧作家、文学批评家。

② 英国戏剧家本·琼生（1572—1637）的剧作。

③ 埃里希·奥尔巴赫（1892—1957），德国文学批评家。

④ 迈耶·霍华德·艾布拉姆斯（1912—2015），美国文学批评家。

评家。几乎每派批评都创造出了如劳伦斯·勒纳最近那本好书的题目所谓的"最真的诗"的纲领。在描述由于具有特殊要求而介于普遍标准和个别作品之间的文学类型时，表现出来的兴趣常常发展到形成很大的派别：一个时代的精神、一个特殊流派的性质，或者更精确些，"地毯上的花纹"——传达和概括一个作者全部作品的基本模式。

由于下面我将详细说明的种种原因，小说评论在接受这种重点转移的最坏影响方面尤为脆弱。由于缺乏已经确立的批评传统的帮助，在面对被称为小说这种东西的复杂多样性时，小说批评家被迫发明某种规律，甚至付出了使其成为教条的代价。根据极为不同的普遍性质而来的无数种样式和规模的"伟大传统"，不断被发现出来，又不断被迅速抛弃。我们被告知，现在意义上的小说是从塞万提斯、从笛福、从菲尔丁、从理查逊、从简·奥斯丁开始——还是从荷马开始？它又被乔伊斯、被普鲁斯特、被象征主义的崛起、被对严峻事实缺乏尊重——或对严峻事实过于专注所毁灭？不，不。它还活着，不过只在什么人的作品中……如此，等等。

偶尔地，也有某个人，像诺思洛普·弗莱①，企图求得一种富有弹性的类型划分方法，并且警告我们不要把一类小说的标准强加于另一类作品之上。[27]但是这样的做法很少，甚至还在它们形成之时，就给我们留下了一个在第二节中讨论过的问题：没有一种能够裁定我们认为这本小说就是这类小说的看法是否正确的神圣法规，我们怎么能够把适合于某一特定类型的标准运用于某一部个别小说呢？幻想的成分不适合于"小说"，而适合于"罗曼史"吗？好，我注意到这部小说喜欢幻想。我是称它为低劣的小说呢还是称它为优秀的罗曼史呢？要回答这两个问题中的任何一个，我都必须使用一种并非出自我这种区分方法的标准。再者，议论不适合于"真正的小说"吗？我注意到乔伊斯·卡里②的小说遗著里充满了议论。我应该把它称为不成功的"真正的小说"呢，还是再发明一种议论适合的新的小说范畴呢？要做到这后一点，我还得

① 诺思洛普·弗莱（1912—1991），加拿大文学理论家。

② 乔伊斯·卡里（1888—1957），英国小说家。

决定——从何种立场出发？——议论得好还是议论得不好。不管我对《被俘与自由》的最终评价是什么，它都不会取决于我关于它总的一般分类的先入之见。

当我们试图在这个迷宫中找到一条出路时，对福楼拜以来的批评家们判断小说的根据的某些一般特点进行细致的考察，将是十分有用的。

普遍标准的三个根源

对作品本身的普遍性质的要求——某些批评家们要求小说忠实于现实，忠实于生活，要自然、逼真或强烈的生动。其他批评家则要求从小说中清除杂质、非艺术的东西、所有过于人为的东西。一方面，要求的是“戏剧化的生动”“可信”“忠实”“真实”“现实气氛”“主题的充分实现”“幻觉的强烈”；另一方面，要求的是“不动感情”“非人格化”“富有诗意的纯洁”“纯形式”。一方面，“真实可感”；另一方面，“专注于形式”。可以用那些认为小说首先必须是真实（本章下面将予讨论）的人们，与那些要求它是纯洁的——直至要求艺术纯洁性导致不真实和“艺术的非人格化”（第四章讨论）——人们之间的论争形式，来写成现代批评的辩证历史。

对作者所要求的态度——许多人认为，下述论点是无须证明的公理，即作者应该是“客观的”“超然的”“冷静的”“反讽的”“中立的”“公正的”“非人格化的”。其他人——20世纪中较少——要求作者是“动情的”“介入的”“参与的”。在这两个极端之间，稳健的批评家们试图为作者、读者和虚构世界之间的适当“距离”规定标准。（我将在第三章讨论这些极端立场，在第五章和第六章讨论“距离”问题。）

对读者所要求的态度——这里所用的术语容易重复上述那些描述理想的作者所用的术语。读者能够是“客观的”“反讽的”或“超然的”吗？或者相反，他能够做到同情或赞同吗？一方面，一部作品应该为读者提供问题，而不是答案，他应该准备接受作品的没有确定的结果；他应该接受对于生活的多种解释，拒绝那种以“过分简单化的黑白区分”为根据的幻景。他应该像运用他的情感

那样运用他的思维、他的批评智力。正如詹姆斯在谈到他为“地毯上的花纹”所做的计划时，表述他的一般目的所说的那样，“我对自己特有的创作过程记忆最深的东西，是一种富有活力的冲动……要借助于某种反讽的或幻想的文体，尽可能地恢复分析鉴赏实质上被剥夺的权力与尊严”[28]。

但是，在另一方面，也有多种理由来为一种较少理性的小说，为更多忠实地正视人类基本情感进行辩护。流行周刊大量地提倡这种文学，它能使读者正视比死猫、蛋壳和绳头这些东西更多的东西，威尔斯声称他发现这些就是亨利·詹姆斯小说的最终主题。最后，还有无数要求在批评思考中排除读者的努力。因为这些都与要求“纯洁化”的文学作品密切相关，我都把它们一起放在第四章进行研究，对作者与读者之间的这种受到要求纯洁艺术的愿望影响的修辞关系进行考察。在第五章，我将从另一个角度重新探讨读者，并且企图扩大小说家——甚至那些要永驻文坛的小说家们——能够“合法”利用的那些人类兴趣范围。

关于作品、作者和读者的标准是密切相关的——密切到不可能老是讨论其中之一而不涉及其他两个。但是，正如我认为下一章将说明的那样，它们是有明显区别的。可能像批评家们有时声称的那样，确实，在某种意义上说，作品并不存在于它自身中；同样确实，当一部优秀小说被成功地阅读时，作者与读者的体验是无法区分的。但是，批评的纲领很容易，虽然是粗略地，按照它们对作品、作者或读者的强调而划分开来。

当然，每一种批评都可以列出多种标准，而且这些标准中许多都与技巧规律无关。更麻烦的是，许多作者表现出自己在追求两种或更多的普遍特性；有时他们几乎要被撕成碎块，因为他们认识到“所有”优秀艺术的两种“绝对”必需的东西，如强烈与全面，忠实于自然与简洁，艺术的纯洁与对生活的“杂质”的忠实，都是矛盾的。再者，我想可以证明，所有作者都在这一点上或那一点上背叛了他们所承认的普遍标准；如果他们非得承担这个麻烦的工作，他们就一定会从头一页直到最后一页都卷入大量的低下烦琐的个别要求中去。

但是，尽管如上所说，在探讨作为修辞技巧的某些见解时，借助于仔细考察某些现代作家自愿提供的以这三种普遍标准中这种或那种的名义创作的样品，还是有许多东西可学的。

现实主义幻觉的强度

或许大多数对作者的声音的攻击，都是在要使作品显得“逼真”的名义下进行的。考察诸如福特在1930年所做的要归纳詹姆斯、克莱恩和康拉德①的努力，并且要把他们的目的实际化为“小说的野心”的尝试吧：

> 对于从菲尔丁到梅瑞狄斯的英国小说家来说，麻烦是他们中没有一个关心你是否相信他们的人物。如果你在福楼拜或康拉德热情创作时告诉他们，说你不相信赫麦或吉姆老爷②的真实性，很可能他们会把你叫出去用枪打死。在同样情况下，理查逊会表现出自己的极度不快。但是，菲尔丁、萨克雷或梅瑞狄斯则会对此无动于衷，虽然要是你提出他们中有谁不是“绅士”的话，那人如果打得过你就一定会把你打翻在地。[29]

福特显然从未失去他对那些按他所说是他自己最先亲手制定的小说章程及其附款的信仰。他在1935年写道：“然后我们推导出一个我认为仍然成立的小说的常规。”[30]他用和纯粹的“讲述”相对照的现实主义“描绘”的几个有趣例子来证实他的理论。“我们知道，如果我们说出‘×先生是个满嘴喷粪的反动派’，你还是不怎么了解他。但是如果他的第一句话就是，‘该死的，把所有的混蛋自由派都放在一堵墙面前，我说，用枪子把他们的狼心狗肺都打出来……’那位先生就会给你一种看到后面很多页也抹不掉的印象。”

更谨慎的批评家③以假设形式而不是以范畴形式来谈论现实主义描绘与作者的缄默之间的关系，“那么，如果，小说家要求的正是戏剧性的生动，他能

---

① 约瑟夫·康拉德（1857—1924），英国小说家。

② 康拉德的小说《吉姆老爷》中的人物。

③ 指詹姆斯·韦伯·林和霍顿·威尔斯·泰勒。

做到的最好事情就是找到一种完全清除叙述者，并把场面直接揭示给读者的方法……公然全知的故事讲述者几乎都已经从现代小说中消失了"[31]。但是这样一种意见几乎总是含有下述暗示：作者应该要求戏剧性的生动，因此，所有妨碍它的东西都是可疑的。[32]在最近一本论述小说的最佳著作中，伊恩·瓦特的贯穿全书的假设就是："表现的现实主义"本身就是个好东西。事实上，瓦特在他所谓的"形式的现实主义"中看到的,是与其他小说形式有别的"长篇小说"的明确特色。[33]严格地讲，对于他来说，只是在笛福和理查逊发现了如何给予他们笔下的人物以充分的特殊性和自立性，使得他们显得像真人一样时，小说才开始。

和所有优秀批评家一样，瓦特认识到"对现实的精确复制，并不必然产生具有任何真正的真实性和持久文学价值的作品"，他时常否定那种认为"形式的现实主义"越多作品就越好的观点。然而，瓦特的一贯标准就是现实主义的成就。例如，在他对菲尔丁的论述中，尽管他一再申辩说，菲尔丁的艺术比理查逊的艺术较少需要"形式的现实主义"，但是很清楚，牺牲现实主义就等于牺牲质量。菲尔丁叙述他的故事，"用的是这样一种方法，即把我们的注意力从事件本身引向菲尔丁处理它们的方式，以及与这部散文喜剧史诗平行的有关事物"，这是一个缺点，但是对于菲尔丁的不同意图来说，它又是必需的。它倾向于"用操纵文学的处理程序而不是操纵生活的平常过程，来妥协地对待关于叙述应该具有真实可靠的语气的要求"。同样，苏菲亚从未真正从瓦特所谓对她的"人为"介绍中康复——也就是说，在克莱丽莎是真实的那种意义上，对我们来说，苏菲亚从来不是真实的。简言之，虽然瓦特是一位远比前面征引过的大多数批评家更为细心的读者，但是他还得被迫因为菲尔丁缺乏形式的现实主义这单一的理由而拒绝给菲尔丁打满分。"没有什么读者会喜欢去掉介绍性章节，或是菲尔丁的题外话语，但是它们无疑背离了叙述的真实性"，"这样的作者介入，当然会导向破坏叙述的真实性"。

议论"当然"破坏真实性！人人皆知,毋庸置疑。但是批评家们的一致,"当然"也只是表面的。在一个时期或一种流派看来是自然的东西，在另一时期或另一流派看来就是人为的。每个人都相信他自己招牌的真实，只要我们在细节上比较这些信条，它们关于自然外表重要性的表面一致就会破裂。

对于亨利·詹姆斯来说，“强烈性”是“这样一种优点，为了它，开明的故事讲述者愿意根据他的趣味，不论在什么时候，如果需要的话，牺牲其他任何优点”。但是，是什么东西的强烈性？笑声的？哭泣的？可能所有的作者都要求不是这种就是那种强烈性。[34]对于詹姆斯来说，它是“幻觉的强烈性”——在智者看来，体验生活的幻觉大都受到现实人局限性的支配。像福楼拜一样，詹姆斯始终关心获得“自然的”东西，然而，他对现实难以置信的复杂性知道得也和福楼拜一样多。“关系并不真正地、普遍地停留在任何地方，艺术家的微妙问题，永远不过是按他自己的几何学画圆圈，而关系将在这圆圈中愉快地呈现出来。”没有一个情节“可以写得具有历史生动性而没有一定的人为简洁性……如果我能获得强烈性，我就能产生出幻觉”。

尽管他这么赞赏福楼拜，但他还是感到福楼拜的现实主义过于表面化了。他说:“作为小说家，福楼拜先生的理论是从外部开始的。我们可以想见他所说的话，人类生活首先是一种景观，一种眼睛的工作和娱乐。我们的眼睛显示给我们的一切就是所有我们可以确信的东西；因此无论如何我们将从这里开始。”[35]詹姆斯是从完全不同的一点开始的，他要努力描绘影响现实的可信的内心。因为他感到最有趣的主题是一种良好但又“困惑”地看待生活的内心，所以他对福楼拜选择愚昧的内心来作为“反映”事件的中心意识感到不解。对他来说，用爱玛·包法利当反映者显然是个错误，《情感教育》中的弗雷德里克几乎代表了洞察能力上的悲惨失败，甚至是福楼拜本人见解的失败。他如此看重这一要求，以至于在这一点上他甚至违背了自己关于批评家无权反对一个作者的“主题”的见解。[36]

无论他对自己如此赞赏的人的批评是否正确，这都清楚表明，对他来说，纯粹的外表“描绘”是不够的。他希望自己所忠实的生活，与其说是客观表面的生活，不如说是内心的生活。“我恐怕问题不得不回到作者对个人性格和对某个内心、任何一个内心的‘天性’有压抑不住的和永不满足的、放肆的和邪恶的兴趣……”内心在思考重要而有趣的主题，即趣味、判断或道德方面的问题时，它当然是最有趣的。

詹姆斯一直忠实于这种关于真实是什么的宽泛概念，他想要在每一部新作品中寻找在以前的作品中寻找过的同样的普遍性质。虽然他显然是莫泊桑称之为"幻觉主义者"的那种"高级的"现实主义者，虽然他比福楼拜更明确、更一贯地寻求"幻觉的强烈性"，而不是幻觉的真实本身，但是，他在晚年仍然想要把这同样的检验应用于自己所有的作品。

他一再告诉我们，幻觉的强烈性是最终的检验。仅仅现实的幻觉本身是不够的，现实是众多的事物，如此众多以至于并不都值得用强烈性来传达。另一方面，强烈性本身也是不够的，虽然它是小说家"可怜地羡慕着"戏剧家的东西，好像有了这宗财富就够了。无论获得的强烈性是什么，它必须是表达了真实生活的幻觉强烈性。无限的、不断延伸的经验是开端；"它提供了某些事物的形象和意义"，但这总是问题的一半。然而要给它以强烈性，使想象出来的现实画面放射出远远多于朦胧微亮的光辉，就需要艺术家最卓越的创造力。并且，因为任何意义的创造或选择都是虚构生活，所以一切小说都需要一种进行矫饰的精致修辞。

因此，詹姆斯对于作者的技巧选择——他所称之为他自己的"形式"或"方法"，他自己的"做法""处理"，以区别于他的"素材"或"主题"——的论述都旨在实现这个双重目标。简言之，他关于修辞的论述，（与作品中的实际技巧相区别），大部分是关于如何在每一部作品中增进读者的快感，即读者可以在他所有作品中找到的由同样性质引出的快感。当然，每个主题都需要一种稍微不同的处理，如果它要达到"充分的真实"的话；但是如果处理得当，所有主题就不是产生诸如最大可能性的喜剧的、悲剧的或嘲讽的情绪这些陈旧的效果，而是产生普遍的、混合的、"自然的"效果。他一再说，正是"为了反讽、为了喜剧、为了悲剧"，所有的东西都结合在一个故事中，我们把这种处理手法加以发展，甚至像同情这样一种性质，在旧小说中它被用来提高悲剧情绪，而在这里它仅被用来使幻觉更强烈。[37]

他的关键术语都可以与这个双重任务相联系。时间必须被压缩以获得强烈感，但是在压缩中，小说家必须成功地使用矫饰以保存现实的幻觉。他在谈到《罗德里克·哈德森》中主人公的道德堕落时说："从我的年轻人的遭遇来看，我能允许表达的程度无疑是贫弱的，但是我也许能够使其生动；如果我能获得强烈性，我就能产生幻觉。”

同样地，他决心要获得“构成”——“整体”“和谐”“综合”——这里有时听来本身像是一种目的。但是它永远是所希望的东西，因为只有通过非自然的安排，艺术才能获得一种生活中无法找到的强烈性。的确，他将为幻觉而牺牲安排；他宁愿“要太少而不是太多的结构——当它有损害我的真实程度的危险时”。正如人们能预料的，他愿意为了真实的强烈幻觉而牺牲结构和实在的真实。

他对道德深感兴趣，几乎没有几篇故事不是以某种方式与主要人物做出的道德决定有关。但是对他来说，一部作品的道德性质并不取决于信条的正当性；“一部艺术作品的道德感”，完全取决于“与它的产生有关的可以感到的生活价值”。虽然他用把“可以感到的生活”的“种类”和“性质”包括进来的方法来限定这一说法，他还是完全清楚，作品的道德——它提供了“艺术家人性的完整态度”——来自艺术家的“基本感受力”的“质量和能力”。

正是这种“质量和能力”的双重目标——又产生出幻觉的强烈和适度——说明了他对自己讲述故事所用的观察角度的态度。如果作者出现，不断提醒我们注意他那不自然的机智，就不可能出现幻觉的强烈性。的确，在没有困惑的地方就不会有生活的幻觉，而全知的叙述者显然是不困惑的。最像生活进程的过程，是那种通过一个可信的人的内心，而不是通过一个不属于人的神的内心来观察事件的过程。同时，仅有困惑的限制还不够；如果体验必须比我们自己的观察更强烈，那么观察者的内心则必须是“尽最大可能光滑的镜子”。正如我们已经看到的那样，正是在这一方面，他发现福楼拜缺点甚多：虽然生活中充满了像弗雷德里克和爱玛那样的人，但是他们的内心能够自然地反映给读者的强烈感，却不会比他们的自身能够反映的强烈感更好。

在另一方面，如果镜子过于精致光滑，也会牺牲幻觉。他说，这类反映者“超过了某一点，对我们来说，就会被这种传递适当亮度的工作所纵容。他们会为我们的信任，为我们的热情，为我们的嘲笑而传递过多的光线。他们会显得知道得过多和感觉得过多——这种过多有利于他们保持醒目（这会有助于造成强烈感），但不利于他们保持‘自然’和典型，即具有必要的和我们一样的易被欺骗和易受迷惑的宝贵性质。”几乎在每次对“意识中心”和“清晰的反映者”的讨论中，他都按照什么是可信的东西——即，这东西将保存幻觉而不破坏强烈感——来决定他们的清晰程度的限度。

最后，他对戏剧化、场面化的全部强调——当然是一种与观察角度直接有关的强调——都由他要求强烈性的愿望所决定。有时我们会和卢伯克一样，认为他完全是为了戏剧化本身的缘故而对它发生兴趣，他是如此经常地重复他的公式："戏剧化，戏剧化！”但是，在《〈使节〉前言》的结论中，他承认，甚至戏剧性也可以牺牲在强烈性的祭坛上。在评论《使节》中一段似乎违反了他对本书的方法所说的话的情节时——这段情节中，在情人波柯克“在旅馆大厅中忐忑不安的整整一小时里”,“作者用一种不曾有过的观察角度”来注视她——他说这段情节是一个例子，说明“为了对立和更新之美，在各处强调人胜过强调场面性这一有代表性的优点。紧接着我要进一步强调，本书通过同样使用这种对立而聚合起一种强烈性，它恰到好处地加在戏剧性之上——虽然戏剧性被认为是所有强烈性的总和”。他在结尾中声称，正是这种获得比戏剧性本身更“戏剧性”的强烈性的能力,使小说成为“最独立、最灵活、最丰富的文学形式”。

向大家指出詹姆斯主要是对所有优秀小说所共有的效果感兴趣这一现象，并不是说他的叙述从不受制于个别作品的特殊需要。例如,《卡萨玛西玛公主》中反讽悲剧的主导基调，就表现了一种与《圣泉》的反讽喜剧所需的不同处理。他偶尔会论及提高诸如怜悯或“喜剧”这样的个别反应。但是，如果在提高悲剧或喜剧情绪所需要的东西和幻觉的普遍强烈性所需要的东西之间发生矛盾时，他是毫不犹豫的。例如，观察一下《梅西所知道的》一书中对梅西的怜悯这种重要效果怎样附属于另一种更普遍的效果，是很吸引人的。在第一个有关这个故事的笔记条目中[38]，没有提到姑娘的任何感觉，兴趣都集中在人的处境的复杂性上："天真的孩子”夹在先分离又结婚的冷漠的父母之间。她和每一位新的父亲或母亲都建立起一种新关系，他们又通过她发展起一种独立的联系。然后詹姆斯离开这条线索,去探索如何产生“猜疑、嫉妒和一个新的分离”。在当然是小说出版后很久才写成的《前言》中，他的确谈及了观察那“小受难者的不幸”的潜在感情效果。但是他提出怜悯的问题，只是要比它更进一步，以达到某种他更感兴趣的东西。“这件事情当然够可悲的，然而如果我没有很快感到这样陈述或表达出来的丑恶事实绝不能构成全部魅力的话，我还不能确信它所具有的可能的趣味性会如此吸引我。”

在第二个笔记条目中，他拼命追求“最为反讽的效果”他能否把反讽性与其他趣味，“‘温柔的特点’——或甜蜜——或同情或诗意——或任何需要的东西……”结合在一起？这就是说，他能否获得特别适合于这个故事的东西，即梅西困境的严酷感，而不牺牲他在自己所有的故事中追求的东西，即“充分反讽的真实”的强烈幻觉呢？他似乎朦胧地知道，在反讽与怜悯之间有着矛盾，但他肯定远没有承认甚至对像施莱格尔那样的反讽的热烈拥护者来说是不言而喻的东西：“无疑，在正规的悲剧性进入的地方，一切类似反讽的东西就立即消失。”[39]他要求“充分反讽的真实”，换句话说，即忠实于生活本身的反讽的充分幻觉，虽然他表示希望他不想失去“温柔”与“怜悯”，但是很清楚，他愿意为了整体“反讽的真实”而牺牲一些梅西的生动，可怜的小姑娘原来就像“球拍间来回弹飞的板羽球”。

他自愿做出这一牺牲的标志是，他轻易地把梅西从一个无助的受害者变为一个得意的“中心报道者”。从他第一次提到故事的时间到他记录下发现梅西作为意识中心的重要性的时间，大约过了三年，即从1892年11月到1895年12月。但是，一旦他看到她在这个线索上的可能性，他就认识到，必须把原来被观察的她的故事加以改造，因为她作为一个清晰的反映者是很有用的。“这样，最终得到了我所称的副产品，我的眼前出现了幻象核心闪烁出来的红色的戏剧性火花……这个宝贵的粒子是完全反讽的真实——在儿童的处境中可以料到的最有趣的题目。”它绝不是指最强烈的、“甜蜜的”或“可悲的”，而是最“有趣的”。“为了内心的满足”，他在《前言》中继续说，“小小扩张的意识必须保存，必须变得像印象的记录一样可以表现；用对某些优点的体验、用某些被欣赏的长处和某些获得了的信心加以保存，而不是用无知和痛苦来使它变得粗俗、肮脏和枯燥无味”。

詹姆斯的从萌芽到完成的主题的改造的全部过程，几乎就像完成的故事本身一样是充满悬念和不定的。我将在后面以不同的形式继续探讨它。无论哪一点都不会比这一点更吸引人了，这里，他的明确结论是坚持它那忠实于生活的道德和感情的复杂性的理想。"没有一种主题比这样一些主题更有人性，它们在生活的混乱之中为我们反映出幸运与痛苦、有益的事物与有害的事物的密切联系，这些东西在我们面前如此地永远飘忽不定，好像一种奇特的合金制成的金属牌，一面是某些人的权益与安逸，另一面是某些人的痛苦与谬误。"我们必须记住，这种理想不是她在写这个故事的过程中发现的；他早就确信，最"富有人性"的主题是那些反映了生活的道德歧义的主题。但在运用这一想法时，他就必然得进行选择，决定其他还有哪些想法，哪些普遍性质是不需要的。在运用这一想法时，"那个儿童"的故事被确定为必然是一个女孩的故事："我的意识的轻舟正在以这样一种吃水深度摇荡着，不可能逼真地现出一个粗鲁的小男孩"，因为"从我的主人公的角色来考虑，我的计划需要'无限'的敏感性"，而小男孩具有的敏感性少于小女孩。从喜剧和悲剧的传统区分方面来看，更明显的是，它决定了计划中的主人公从毁灭到拯救这一变化。它还决定了无数其他改变和策略，而这些改变和策略在一个对获得最大可能的悲剧性，或喜剧性，或史诗性，或讽刺性效果最感兴趣的作家那里，是不可能发生的。

正如年轻的詹姆斯很早以前所说，作者所做的事情，就是"完全像安排他的人物那样安排他的读者"。但是詹姆斯那时没有说，在他的小说前言中也没有说，他要使读者笑，或使他哭，使他恨，或带着胜利的感觉而洋洋得意。"当他使读者不快，那就是说，使他无动于衷时，读者什么也没干；作者就显得拙劣了。当他使读者快乐，那就是说，使他感兴趣，那么读者就付出了一大串劳动了"[40]。因此，从一开始起，詹姆斯使读者感到自己在一个逼真的，虽然是被强化的世界中漫游的嗜好，决定了使用一种服务于现实主义的一般修辞，而不是一种服务于个别效果的最强烈体验的特殊修辞。

作为直接现实的小说

詹姆斯对现实主义的兴趣，从未使他认为所有作者露面的标志都是非艺术的。虽然他可能会同意福特，认为读者应该感到他已经“真的在那儿了”，但他从来不会提出，读者必须完全无视作者的指引性露面。他的兴趣不是否定的——如何摆脱作者——而是肯定的：如何获得现实的强烈幻觉，包括精神和道德现实的复杂性。因此他可以“介入”他最精心制作的作品中——但仅仅是为了执行某些非常有限的任务。

让-保罗·萨特的纲领的灵活性要少得多。对于萨特来说，作家完全避免全知的议论还是不够的。甚至像福楼拜、詹姆斯·乔伊斯和某些较早的浪漫主义作家们的理论所说的，作者给人以一种他静坐于幕后，像上帝那样客观地审视自己作品的幻觉，也还是不够的。[41]他必须提供一种他根本不存在于作品之中的幻觉。如果我们有一刻怀疑他坐在幕后，控制着他的人物的生活，他们就显得不自由了。萨特反对莫里亚克①对他的人物“扮演上帝”的企图，批评他违反了所有支配“小说的本体”的“定律”中“最严谨的一条”：“小说家可以是他们的目击者或他们的参与者，但不得同时身兼二职。小说家不是在里面就是在外面。因为莫里亚克先生没有注意到这些定律，他毁掉了他的人物的内心。”[42]

声称小说家绝不应当显出他在控制的任何迹象，因为这样做就说明他正在“扮演上帝”，这种说法十分明显，就是批评了几乎所有早期的小说，包括那些由最热烈提倡客观性的作家所写的作品。萨特懂得这是个剧烈的分离；事实上他似乎是沉迷于此。在他最近的论文中，他把他的观点发展到彻底反对所有早期小说的“无限权力的主观性”。他把乔伊斯当作走向新型小说的全面光辉成就的岔路口；他要求一种“绝对的主观性”（“对应于绝对客观性”），一种“绝对主观的现实主义”；由于最终达到了绝对确信人物在时间上是自由活动的，它超越了乔伊斯的“粗糙的没有中介或距离的主观现实主义”[43]。正如我们已经看到的那样，他的结论是，要求一种不被看作“人的产物”而被看作像植物和事件一样的自然物的小说。

在这样的小说中，作者绝不应允许有任何地方暗示他所居住的和从中记取

① 弗朗索瓦·莫里亚克（1885—1970），法国诗人、小说家。

事件的有序世界；暗示任何秩序就一定会破坏读者在面对混乱的荒诞时感到的真正自由。在早期小说中，一种暗示的秩序在一定程度上是可以原谅的；以有序世界的方式写成的是这样一种小说，其中“无论是作者还是读者都不冒任何危险；没有使人害怕的惊异事物；事件是过去的事情；它已经被分类编目并为人知晓”。在那个世界中，叙述技巧可以很正当地暗示“绝对的观点，即秩序的观点”。但是在我们的世界中，事物的确切混乱这一事实已终于被认识到，只有那种似乎使人物真正自由地面对那种混乱的技巧，才是可以容忍的。

萨特以谴责莫里亚克的“傲慢罪”——按萨特的公式，这一罪行似乎就是否定了所有价值的完全相对性——来结束其论述：

> 就像我们的大多数作家一样，他试图不顾下述事实：相对论完全适用于小说的世界，在真正的小说中和在爱因斯坦的世界中一样，没有具有无限权力的观察者待的地方，在小说体系中和物理体系中一样，都不可能进行试验来决定系统是运动的还是静止的。莫里亚克先生把他自己放在首位。他已经选择了神圣的全知和全能。但是，小说是由人写的和为人写的。上帝能透过表面看穿人类，在他的眼睛里，没有小说，没有艺术，因为艺术是外表繁荣。上帝不是艺术家。莫里亚克先生也不是。

另一方面，对于为完全的现实主义而奋斗的真正小说家来说，一切事物都是表象，一切表象都是，至少好像是同样正当的。因此粗糙的主观现实主义（法语：réalisme brut de la subjectivité）需要一种暂时的现实主义，它把作者绝对地束缚在他的人物所体验的事件过程中。他必须被动地传递给我们一切细节，不管它们多么琐碎，只要是体验的真正部分。他甚至必须避免用通常的对话节略。“在一部小说中，你必需要么都讲，要么不讲；首要的是，你不能省略或遗漏任何东西。”简言之，必须消除选择性——是否就是指选择的所有可以辨识的痕迹都必须消除掉？萨特并不完全清楚他要求这些东西中的哪一种，他承认，他从前的解释“提出了还没有人解决的困难，而且，它们可能是部分地不可解决的”[44]。

尽管这种美妙的理论有着它所承认的实际困难，但是只要我们假定小说应该看起来不是人为写出的，这种理论就是不可反驳的。但是有谁真正做了这样一种假定呢？正如让-路易·居尔蒂斯①在他对萨特所做的著名回答中所说的[45]，我们阅读小说时的全部体验是基于一种与小说家心照不宣的契约，它授权小说家知道他正在写的一切东西。正是这一契约使小说有可能写出来。要否定它的话，不但会毁灭所有的小说，而且会毁灭所有的文学，因为所有的艺术都以艺术家的选择为先决条件。“如果你消灭选择的概念，那就等于消灭了艺术。”

居尔蒂斯继续说，在所有对小说的成功的阅读中，读者都自发地把小说家表现的所有东西，包括场面、动作、戏剧化的评论、全知性的判断，全放在一起，形成一个综合体。“当巴尔扎克对着我的耳朵说伏脱冷是个‘狡猾的巨人’时，我相信这话。根据这种一致意见，我已经给了巴尔扎克几乎是无限的信任。”

简言之，一旦我已经向一个全知的叙述者投降，我就不打算——除了是在现代规则的魔法控制下——把叙述者的评论与被评论的事件和人物相分离，正如当我很好地进入詹姆斯的一本小说时，我不打算对他的常规提出疑问一样。他和我签订了一项不知道一切事情的协议。他不时地提醒我，在这个别情况中，因为他采用了这个常规，他不能“进一步深究”。我接受这个说法，条件是它能为我也可以接受的更大目标服务。但是，在任何情况下，我都绝不装出自己不在阅读小说。

论现实主义之间的区别

在小说应该显得真实这个一般假设上，从小说开始以来的大多数小说家可能都会与詹姆斯和萨特取得一致。在值得为现实主义效果而牺牲如果不是全部也是大部分其他优点这个假设上，20世纪的许多小说家和批评家会与他们取

① 让-路易·居尔蒂斯（1917—1995），法国小说家。

得一致。

例如，弗吉尼亚·伍尔芙认为小说家应努力表现人物，特别是在感觉上加以考查的人物的捉摸不定的现实。[46]她对简·奥斯丁的评价特别有趣，因为对她来说它揭示了小说家对真实的想象是多么重要。她在展望奥斯丁如果活得再长一些会如何发展时说："但是她将知道得更多。她的稳定感会动摇。她的喜剧会受到损害。"当然，因为喜剧依赖于不同类型的非现实主义的夸张！"她将更少依靠……对话并且更多地依靠思索来使我们了解她的人物。"显然，如果她更成熟一些，她的目标会是"赋予我们知识"而不是赋予我们喜剧。"那些奇异的几分钟的唠叨中一劳永逸地清算了我们为了解一位克罗夫特将军所需要的一切简短的谈话，那种包含了许多章节的概述和心理分析的速记式的、马虎的方法，都会变得过于粗犷，以致无法抓住她现在能够看到的有关人类天性的复杂性的一切。她将发明一种方法，和以往的一样清晰和沉静，但更为深刻更富有暗示性，不仅表现人们所说的，而且表现人们留下没说的，不仅表现他们是什么，而且表现生活是什么。"简言之，"她会成为亨利·詹姆斯和普鲁斯特的先驱"——或者像戴维·戴希斯在引用同一段落时所说的，"弗吉尼亚·伍尔芙的"先驱。[47]

同样，多萝西·理查森①把她无尽的意识流辩解成一条通往"现实"的道路；她说，她的方法表达了要让"一位陌生人在观照现实的形式中"拥有"自己发言权"的最初经验。[48]年轻的乔伊斯在1899年，也就是在他用同一技巧写出他更为活跃的试验性作品之前很久，对文学和历史协会发表演讲时，强调艺术家的兴趣不在于使他的作品具有宗教性、道德感、美或理想；他只要使它忠实于基本规律。[49]罗伯特·汉弗莱把所有意识流作家的目标概括为要揭示"人物的心理存在"的努力，要"分析人性"、要"更精确地、更现实主义地"表现"人物"的企图。[50]汉弗莱声称，对于这些作家来说，个别作品的特殊形式是给予实际上无形式的东西以形式的策略。这样，发明一种结构就成了支撑幻觉的一种修辞，而不是与其相反。"用心理的实在和活动来代替动机和外在行动，用

---

① 多萝西·理查森（1873—1957），英国女小说家。

什么来统一小说呢？用什么来代替通常的情节呢？”内心的真实生活“不包含形式”，但是如果作者“一定要传递”就必须赋予作品形式。因此，作者把他的作品创造成“区别和变化”的、“取得明暗”的连续的东西。这简直是一种传统修辞问题的极端的颠倒！

就这样，我们可以继续讨论表面上不同的纪德①、普鲁斯特、托马斯·曼，直到任何一个从我写下这个句子的时候到出书的那个早上出现的“严肃的”小说家们。我们怎样才能从我们在这里看到的簇拥在“现实”这一术语周围的许多矛盾的主张中摆脱出来呢？由于缺乏对我们如此缺少的现实主义的大量研究，也许我们只能借助于把这些纲领归纳为四种类型来获得某种明晰。

某些现实主义者最感兴趣的是主题是否酷似于书本之外的现实。对于许多所谓的自然主义者来说，除非图画酷似于生活中痛苦的一面，否则就不可能是真实的。至于另外一些人，像豪威尔斯②，显然认为生活“其实”时常是十分愉快的，没有一种忽视了这一事实的现实主义配得上这一名称。这种关注于所谓社会现实的主张不对技巧或形式做恒定的要求；自然主义者都在需要的时候自由地插入他们的修辞性评论。

但是，当被反映的现实开始离开可见的生活状况并走向形而上的真理时，就很可能影响到对恒定的技巧和形式的需要。20世纪中，许多人要求作品充分反映人类状态的甚至是世界本身的多义性。例如罗伯特·兰鲍姆就反对布朗宁③笔下的波普，理由是他“过于绝对”，还说“善和恶没有充分融合，这正是对《戒指与书籍》的正确批评”。“对同一情节的不同观点进行讨论”的一首诗歌应该公正地做到这一步，“让判断从最大的歧义中产生”。理由是什么？“使诗从散文中崛起，使精神从世上凡人中崛起，换句话说，要满足现代人的智力和道德信念条件……我想，可能正是任何真正现代文学的目标。”[51]要满足这样一些严峻的条件，很难看出一位作家怎么能够允许自己使用专断的叙述技巧。

还有些人认为，真实应该通过一种面对由事物表面产生的感觉的精确复写

---

① 安德烈·纪德（1869—1951），法国小说家、文学批评家。

② 威廉·迪安·豪威尔斯（1837—1920），美国小说家、文学批评家。

③ 罗伯特·布朗宁（1812—1889），英国诗人。

来达到，而不是通过对任何事物的一般视象的忠实来达到。这一立场最近已被法国的"新小说派"推到了几乎难以置信的极端，等会儿我要对他们中的一位作家较为仔细地考察。最后——略去许多其他的纲领，如经济的、心理的、政治的——还有人做了许多探讨，诸如弗吉尼亚·伍尔芙的探讨，就是针对小说中的人物所显示的现实，与"真实生活"中的那些人物的模特儿的现实之间的充分准确的关系的。而几乎所有人都会同意阿诺德·贝内特①所说的，"你不能把一个人物的全部都放进一本书"，至于你要这么干有多大困难，人们有着无数不同的意见。[52]

大多数试图使自己的主题真实的作家们或迟或早都已经发现，他们像詹姆斯和萨特一样，也在寻求一种事件的现实主义结构或形态，并全力对付如何使之看起来是生活本身所具有的形态的大致反映这一问题。在某些人看来，表现机遇在虚构世界中的作用似乎是非现实主义的，而在另一些人看来，精细的因果链条应禁用，因为在真实的生活中，机遇扮演着一个醒目的角色。某些人悲叹确定性的结局、激昂的高潮或清楚而直接的公开评注，因为它们都是生活中找不到的。大多数反对情节的意见都基于生活并不提供情节，而文学则应该像生活这一说法。[53]

有人认为一种现实主义的结构应该需要某种特殊形式的现实主义叙述技巧，这种看法缺乏内在理由——这就导致了第三类现实主义。一部完全"空白结尾"的作品，也可以用一位全知作者所持的本书没有结论是因为生活就像那样的响亮主张来结尾。但是在实践中，大多数要求现实主义结构的纲领都已导向叙述规则。对某些人来说，似乎故事应该像在真实生活中被讲述那样讲述出来，因此，他们烦恼地发现，譬如康拉德的《吉姆老爷》中的马洛，就没有可能讲出定给他的时间中他所讲出的一切。对另一些人来说，正如我们已经看到的，现实主义叙述必须掩饰这事实，即它完全是叙述，而创造出事件并无作者作为中介而正在发生的幻觉。

对主题、结构和技巧这三种可变因素的态度，最终取决于对目的、作用或

① 阿诺德·贝内特（1867—1931），英国小说家。

效果的见解。在那些把现实主义——包括本章中讨论的大多数现实主义——的某种形式当作目的本身来追求的人们，和那些认为现实主义只是其他目的的手段的人们之间，存在着巨大分歧。那些只是为着他们所认为的更重要的目的而追求其现实主义效果的作家们，本身又有两种基本不同的类型。一方面，是明确说教的作者，从班扬那样的寓言家到萨特那样的哲学宣传家。[54]像斯威夫特和伏尔泰那样的讽刺作家们，虽然他们可能为某种现实主义本身的原因而沉溺于这种现实主义，但是他们肯定会在其讽刺目的需要时牺牲现实主义。另一方面，还有许多纯粹“模仿的”或客观的作家，对他们来说，说教主义的主张是令人悲叹的，这些作家也把现实主义当作他们的特殊目的的附属和机能。尽管菲尔丁和狄更斯、特罗洛普和萨克雷也会谈到他们忠实于自然或真实的热情，但是他们也时常像某些现代批评家所抱怨的那样，为了泪水或笑声而牺牲真实。

然而，更严重的混乱还发生在那些自认为现实主义本身就是充分目的的人们之中。一方面，有些作家像詹姆斯一样，寻求一种真实的强烈幻觉，把它当作使用任何可以设计的现实主义主题技巧和结构在读者那里实现的一种效果。正如我们已经看到的，詹姆斯很清楚，这一效果比任何其他能够为它服务的手段更为重要。与此相反，有许多人会把这种或那种主题、技巧或结构纳入一种独立的理想，他们追求的是与关于读者或效果的考虑相当不同的东西。结果，两种极端不同种类的文学、两种同样极端不同种类的批评，时常被认为是同一个。

考虑一下在詹姆斯的信奉者手中的詹姆斯究竟是怎么回事，因为詹姆斯在读者那里寻求一种强烈的幻觉，他就不管作品的可见结构是否被作品是由人写成的那种明显印记所“玷污”。只要这个人确实无法为自己的目的而修改故事中的事实，他甚至可以相当自由地评论自己的故事和方法。我们在《青春期》中读到，“朗东先生正脸瞧着那位高贵的夫人，他可以辨别出她是否从自己说的话里敏锐地猜测到……”还有，“当范先生自己以后不能把这些话的语调对他产生的特殊效果传达给任何感兴趣的朋友时，他的记录者便利用了不能装得更聪明这一事实——相反地，只限于简单地说，它们使范先生的脸颊上升起了一阵刚好看得见的红晕”。不管对这些否定“不负责任的蒙面贵族作者”的做法可说些什么，它们显然不是为使作品消除作者存在的所有痕迹而设计的。"如果我们此刻要"，《波士顿人》（1886）的叙述者告诉我们，"看看伯雷奇夫人内心的话（一种我们还不曾冒险使用过的特权），我怀疑我们将会发现……"；在另一时刻他又说，"伯雷奇夫人——因为我们已经开始观察她的内心，所以我们可以继续这一过程——而并不想……"当然，这种迫使读者惊讶地联想到他的严谨常规做法，来自"早期的詹姆斯"。但是，他后来的作品也充满了我们已在《青春期》中看到的那种东西。"如果我们要进入我们的朋友正在从事的一切之中"，《使节》的"记录者"告诉我们，"那就得改善我们的文笔"。甚至在詹姆斯最后未完成的小说《过去的意识》中，人为的局限标志也在其作品中到处可见。[55]

对于那些假定詹姆斯寻求一种清除所有作者痕迹的外观，并认为一种非人称的叙述格调本身就是目的的批评家来说，上面的介入是不言而喻的败笔，这样的批评家很容易引用詹姆斯自己的格言，编写并提高一两级，来反对这位大师。一位现在的批评家①把詹姆斯在《使节》中的实践与卢伯克对这一实践的描述两相对照，他很自然地发现了许多"缺陷与不足"。甚至詹姆斯自己在《序言》中谈到的那些"介入"，也能被用来反对他自己，作为他"在自认为最好的作品中为掌握专业艺术而进行奋斗"时"不能始终如一"的证据。在詹姆斯引用自己角度的转移作为证据，来说明效果的强烈性远比任何有关戏剧化的规则更为重要的地方，詹姆斯的信奉者只能得出结论说，詹姆斯"大概没有认识到，他时常不仅从斯特瑞塞的角度而且还从客观叙述上偏离出去"，并提议说，我们可以原谅"詹姆斯这个'老介入者'"，因为他"还是离19世纪的小说常规太近，以致他从未能够完全避开它们的方式和方法的不断袭扰"。[56]

因此，正是在没有搞清目的和手段的情况下，现实主义的提倡者们不断玷污他们的可观成就。要使技巧的自然本身成为一个目的，也许根本就是一种不可能的目标。无论一部作品具有什么样的逼真，这个逼真总是在更大的人为性技巧中起作用的；每一部成功的作品都以自己的方式显出是自然的和人为的。

① 指约翰·E. 蒂尔福德。

现在我们很容易看出在20世纪初还看不大清楚的东西：不论一位非人格化的小说家是隐藏在叙述者后面，还是观察者后面，是像《尤利西斯》或者《我弥留之际》那样的多重角度，还是像《青春期》或康普顿-伯内特[①]的《父母与孩子》那样的客观表面性，作者的声音从未真正沉默。事实上，它正是我们读小说所要求的东西（第七章），除非作者为自己认为是更优越的自然规定了大量应做之事，我们是不会为它感到不安的。

强度的安排

目的和手段相混淆的另一个后果是无法认识到：任何一种性质，不管多么合意，都不能以同一程度适合于一部作品的所有部分。甚至于最高的高原也要比一座山峰的趣味要小，批评中谈到似乎在小说家最为成功时，他的每一文句都和另一些文句一样生动和强烈，这其实是一种误解。

如果一位小说家能够获得他最关心的特点的这样一种均匀强烈性的话，那么他可以指望读者自己爬上欣赏那第一个提高了的文句所必需的高度吗？在把自己的任务部分地看作“安排”强度的小说家看来，每个山谷和每个山峰都恰如其分，这在理论上是没有问题的。他的唯一问题是学习技艺。愿意用多种不同形式的强度和强度准备措施的小说家，能像亨利·詹姆斯一样，根据不可能每一时刻都形成高潮这一认识来安置自己的高潮。例如，某些现代小说家所寻求的好像永远是一种优点的物质直接性，如果使用不当，那也会是一种能够轻易毁灭一部作品的武器。在《卡拉马佐夫兄弟》中，我们感到生动的肉体痛苦和快乐的时刻，但是陀思妥耶夫斯基知道在什么时候控制。我们应该尽可能强烈地感到莉扎压坏的手指，我们感到了这一点。“莉扎拉开门栓，把它打开一点，把她的手指放进门缝，并用全力把门关上，轧住了手指。一秒钟后，她松开手指，轻轻慢慢地走到她的椅子那儿，直挺挺地坐在上面，专心地注视着那发黑的手指和从指甲下汩汩冒出的鲜血。她双唇颤抖，不断地急速喃喃自语：‘我

① 艾维·康普顿-伯内特（1884—1969），英国女小说家。

是个可怜虫、可怜虫、可怜虫、可怜虫。'" 但是写到老卡拉马佐夫的和斯米尔加科夫死亡时的痛苦时，我们则什么也没有感到。如果陀思妥耶夫斯基在写到德米特里用杵杖去打格里果利时，用充分的生动性写出格里果利头颅的疼痛的话，我们又会对他说什么呢？幸运的是，除了德米特里的感觉和反应之外，他什么也没给我们，所以，对这个故事来说，德米特里的罪行是保持在适当比例之内的。

在运用生动的心理模仿时，也完全需要同样的控制。现在还有什么东西看起来比那些早期意识流试验中的某些"强烈性"更软弱呢？"我在飞……我在梦……我在睡……我在梦……梦——我在……飞……完。"就这样，施尼茨勒①的可怜的弗劳林·埃尔塞死了，这是1923年。但是她其实没有死，没有像奎克利小姐②笔下的福尔斯塔夫那样，或像堂·吉诃德那样死：

> 在堂·吉诃德接受了一切洗礼，用许多有力的强调表达了他对骑士小说的憎恶之后，死亡终于来临了。在场的公证人说，从来没有在那些骑士书中看到哪个骑士像他这样安详而虔诚地卧床而死。因此，在那些在场人的眼泪和悲哀中，他走魂了，也就是说，他死了。他们看到自己的朋友不在世了，牧师请公证人证明，阿隆索·吉哈诺大善人，众所周知的堂·吉诃德，真的死了，为了使熙德·阿梅德·贝南黑利以外的某些作家不再乘机让他假活过来，把他的战功史无尽地写下去，这样做是必要的。[57]

甚至这最后的戏言，这最明显的一种提醒我们说我们正在阅读的不过是一本书的话，也并不像试图通过进入堂·吉诃德的意识来取得死的感觉所做的那样，导致对死亡真实性的怀疑。施尼茨勒在《弗劳林·埃尔斯》中所犯的错误，当然不是进入人物的内心，而是为了错误的目的在错误的时候进入。[58]

当然我们必须谨慎，不要低估了现代作者在技巧上做出的贡献，他们创造

---

① 阿图尔·施尼茨勒（1862—1931），奥地利剧作家、小说家。

② 奎克利小姐，莎士比亚《亨利五世》中的人物。

了许多早期作家所企慕的心理和物质的生动性。只要这种生动性适合于整部作品企图获得的效果时，这些新方法就能证明是有用的（第十章，下面）。如果作品较短，涉及的情感和观念也较为简单，它们可以贯穿整部作品，不需要任何注解性的思想作为中介。像阿兰·罗伯-格里耶①那样的作者，想要我们接受要命的嫉妒气质和感觉，现在他可以用几乎难以忍受的强度来做到这一点。在《嫉妒》中，仅仅把我们限制在只能接触那个颓唐丈夫的感觉和思想，罗伯-格里耶就能使我们体验到一种浓缩的感觉，这是以任何其他方式不可能做到的。[59]事实上，他已经在这个效果上增加了一种新的刺激；他从不描写这位丈夫的个性、行动或思想，只是让我们通过其余的东西来推断他的真实，这样，似乎可以说，他比以前任何小说更完全地把我们锁进一个照相机盒里。

> 留下的只是院子里满是尘土的地面上的一个大黑团。这是从引擎上掉下的一些油，老是掉在同一个地方。
>
> 让这个黑团消失倒很容易，由于窗户的毛玻璃上有些斑块［我们知道，那位丈夫通过它来偷看］：用多次试验，可以把黑团仅仅看成是窗格玻璃上的许多斑块中的一个。
>
> 斑点开始变大，它的一边膨胀起来，形成一个圆形突起，比原来的东西还大。一英寸远处有几个小碎片，于是这个膨胀的形状变成了一系列小小的同心的月牙，它又消减而变成为几条直线，而斑点的另一边缩进，留下的是突起的叶茎形，它又膨胀了一秒钟；然后一切都突然消失了。
>
> 在玻璃后面，在中间直档和横档组成的扇面内，现在仅有一块构成院子地面的沙尘的米灰色的东西。
>
> 在对面墙上，有条蜈蚣，正好在指示牌中间。

在《嫉妒》中，这样繁复的和似乎无关的细节是用来承担巨大的感情重量的；因为我们越来越深地沉浸到产生了冷漠观察的受着磨难的意识中去。《嫉

① 阿兰·罗伯-格里耶（1922—2008），法国小说家。

妒》不到3.5万字——几乎没有毛莱·布鲁姆最后的内心独白的三分之一长。我们可以忍受长达150页直接的乏味的感觉或感情描写。但是《嫉妒》很短不是偶然的。这样一部小说的效果，是一种被延伸的戏剧化的独白效果，一种思想和灵魂的特点的强烈表达，故意地不加判断，故意地不着实地，与其余的人类体验相隔离。因此，它与传统小说形式的关系，比与抒情诗的关系更疏远。[60]

对现实主义的热情已经产生了这种试验，如果认为这种热情是错误的，那就太蠢了。不应该轻率地忽视有助于激发有价值的小说的任何理论，不管它看起来多么片面。而且，对现实主义的兴趣不是可以证明为对或错的一种"理论"或一些理论的结合；它是对特定时代人们最关心的事物的一种表达，因此它是不能用理性争辩加以攻击或捍卫的。我想，人们可以证明，在教条主义者手中，它有时会有有害的后果，但是我们也可以完全确信，我们试图用来替换它的任何排他主义纲领，也完全可能是危险的。

幸运的是，代替教条的现实主义的不是教条的反现实主义。我们有许多其他途径可循；不论我们选择何者，我们的成功将取决于牢记罗伯特·路易斯·斯蒂文森对詹姆斯的这一忠告："使一部作品成功的东西，在下一部中将是不合适的或无生气的。"[61]

一旦我们严肃地看待这种反教条主义，我们就会发现，一大堆问题代替了"一个必要条件"。不是"一位作者如何才能获得戏剧化的强烈感？"倒不如说是"一位作者如何才能确定，他最重要的戏剧化成分被它们周围的一切所提高而不是妨碍？"[62]"一位作者如何才能确保所有作品具有最大的戏剧性反讽，不是一直有，而是在任何想要戏剧性反讽时就有？""一位作者在像其他大多数作者一样真正希望他的读者把书读完时，如何才能维持悬念——这种被大肆滥用的陈旧的美？"[63]"他如何才能预防读者感伤地看待这个人物或敌视那一个人物呢？""他如何才能确保当这个人物撒谎时，读者不上当——或者要他上当时，他就会上当呢？"对这些问题和大批类似问题的回答，并不必然导向议论的恢复，更不必然导向任何单一类型的议论的恢复。但是它们可以提供理解小说修辞效果的一个开端。

在20世纪中叶，我们最终可以看出，写一部自己讲述、免去全部作者介入、用一种始终如一角度的处理方法来显示的小说，是多么容易。甚至可以教会平庸的作家们来遵守这第四个“整一”。但是我们现在也知道，在这一过程中，他们并不一定学会写作优秀小说。如果他们只知道这一条，他们不过知道了如何写作貌似现代的小说——也许比后来的小说更“早期和现代化”，但仍然是现代的。如果他们知道这一条，他们还得学这样的艺术：即选择把什么加以完全戏剧化，让什么隐藏于幕后，什么需概括，什么要提高。像任何艺术一样，这一艺术是不能从抽象规律中学习到的。

注　释

1. 最好参看R.P.布莱克默版本的《小说的艺术》（纽约，1947年）。在詹姆斯强调戏剧化的、非人称的叙述之前的某些先声，参看理查德·斯坦的《英国小说理论，1850年—1870年》（纽约，1959年）。

2.《小说的艺术》，第46页。

3.《致汉弗莱·沃德女士信》，1899年7月25日，载《信件》，珀西·卢伯克辑（伦敦，1920年），第一卷，第332—336页。

4.《小说的艺术》，最初发表于1888年，后被广泛转载。我的引文出自《亨利·詹姆斯，小说选编》，利昂·埃德尔辑（人人版，1953年），第591页。

5. 参看布莱克默在他的《〈小说的艺术〉导言》中绘制的有益的图表。

6.《20世纪小说：技巧研究》（纽约，1932年），第468页。

7.《亨利·詹姆斯的方法》（第2版；费城，1954年），第99页。

8.《英国小说：从早期到约瑟夫·康拉德之死》（伦敦，1930年），第121页，第122页，第137—138页。还请参看第77页以及各处。

9. 科博尔德·奈特，《小说写作指南》（伦敦，1936年），第91页。

10. 卡罗林·戈登和艾伦·塔特，《小说的世界》（纽约，1950年），第280页。

11. 埃德·温菲尔德·帕克斯，《特罗洛普和为训诘所做的辩护》，载《19世纪小说》，第七期，（1953年3月号），第265—271页。

12. 艾玛·Z.舍伍德，《作为评论者的小说家》，载《约翰逊时代：献给昌西·布鲁斯特·廷克的论文》（康涅狄格，纽黑文，1949年），第113—125页。

13. 哈维·C.韦伯斯特，《〈卡斯特桥市长〉导言》（纽约，1948年），第6页。

14. 仅用这类段落来填满一本小册子也是可能的。参看"文献"，第2节，A。

15.《小说的技巧》，载《塞维尼评论》，第52期，（1944年），第210—225页；以及载于《论诗歌的局限》（纽约，1948年），第143—144页，第145页。

16. 德尼·德·鲁热蒙，《宗教与艺术家的使命》，载《当代文学中的灵魂问题》，斯坦利·罗曼·霍珀辑（纽约，1952年），第179页。"音乐"法则当然出自佩特及其盟友，"诗歌"法则出自福克纳、塔特和另外几人，"事实"法则出自玛丽·麦卡锡，《小说中的事实》，载《党派评论》，第27期（1960年夏季号），第440页。

17.《艺术的非人化》，威拉德·R.特拉斯克译，（纽约，加登市，1956年），第13页。

18. 同上，第138—139页。

19.《怎样阅读小说》（纽约，1957年），第24—25页。

20. 同前，第10页，第222—224页。关于为"观念小说"所做的辩护，参看莱昂内尔·特里林，《艺术与财富》，载《自由的想象》（纽约，1950年），以及梅尔文·塞登，《人物与观念：现代小说》，载《民族》，第187期，（1959年4月25日），第387—392页。

21.《邪恶的圣者：当代小说的代表形象》（纽约，1959年），第9页。路易斯的研究绝非人们可能指出的许多危险中最明显的例证。

22. 参看埃尔德·奥尔森，《朗吉努斯论崇高》，载《批评家与批评》，R.S.克莱恩辑（芝加哥，1952年），第232—259页，特别参看第235—236页。朗吉努斯的论点的有趣发展，即现代人对诗的一般"语言"而不是对特殊结构或文学种类的趣味，见于艾伦·塔特《朗吉努斯与"新批评"》，载《现代世界文人》（纽约，1955年），特别参看第175—192页："朗吉努斯很接近于直接讨论结构问题，他的弦外之音告诉我们，结构并非在于形式的'类型'或体裁，特别传统的一种话体，例如抒情诗、颂诗或史诗所提供的，而是在于诗歌的语言中"（第184页）。

23."教导和娱乐"。"教导"引导他做出关于他的作品的道德性的含糊辩解，见倒数第四段。

24. 约翰·德莱登，《论剧体诗》，载《戏剧论文》（人人版，1906年），第42页，第45页。

25.《〈爱的徒劳〉诠释》，载《关于莎士比亚的论文和演讲》（人人版，1907年），第364页。

26. 参看艾布拉姆斯，《镜与灯》（纽约，1953年），特别参看第五章，第2节。关于文学种类区别丧失的批评的影响，参看R.S.克莱恩《〈批评家与批评〉导言》，第14页。克莱恩还在其他著作中指出，以往的批评参照了“各种得到公认的诗歌体裁”，所以介乎于“普通的诗”和“个别的诗”之间。现代的批评家主要兴趣在于“可以在诗人对词语和主题的处理中得.到证实的诗的性质的那些巨大区别，而不管他的文章采取的特殊‘形式’”。(《批评的语言和诗歌的结构》[多伦多，1953年])，第95—96页。

27.《批评的剖析》(新泽西，普林斯顿，1957年)，第302—314页。弗莱把小说分为四类：长篇小说、传奇、自白作品以及分析作品，这四种在逻辑上产生六种可能的结合，他提醒我们，“应该从一位伟大传奇作家选择的传统方面来考察他”。不幸的是，弗莱的十种类型作为判断技巧的基础用途有限，因为它们给予我们的作品集团仍然过大且不纯，彼此有别的集团很少是由它们的共同效果归纳而来，更多是由其再现的题材的推导分类而来的。(例如，“长篇小说与传奇的基本区别在于性格塑造的概念”。)但是，这并不否定弗莱为他的特殊目的所作分类的洞察力和有效性。

28.《小说的艺术》，R.P.布莱克默辑（纽约，1947年)，第228页。从这里开始，所有提到而不说明的书页都是詹姆斯《序言》的这一版本中的。

29.《英国小说》，第89—90页。一篇关于紧接詹姆斯之前批评中要求现实主义的主张的极好概述，参看理查德·斯坦，《英国小说理论：1850年—1870年》(纽约，1959年)，第四章。

30.《技巧》，载《南方评论》，第1期，(1935年7月号)，第33页。

31. 詹姆斯·韦伯·林和霍顿·威尔斯·泰勒，《小说引言》(纽约，1935年)，第33页。

32. 例如，参看伯纳德·德沃托，《小说的世界》(纽约，1950年)，第157—225页：“……有一种绝对的批评。如果一位读者没读完一部小说，最高法庭就宣布一项不能上诉的判决……只要他感兴趣，也就是说只要他相信书中发生的一切是个真实事件，他就继续阅读……”(第157页)。

33. 伊恩·瓦特，《小说的兴起》(加利福尼亚，伯克利，1957年)。

34. 参看艾布拉姆斯，《镜与灯》，特别参看第136页，第138页，对浪漫主义时期追求的某些强度做了总结。

35. 夏尔·德·贝尔纳和居斯塔夫·福楼拜，《法国诗人和小说家》(伦敦，1884年)，第201页。这部著作对于理解詹姆斯自己的著作必不可少。

36.“我们必须授予艺术家拥有自己主题、思想和材料的特权；我们的批评只能应用于他把它制成的东西。"（《小说的艺术》，第599页。）批评家有时把这一论点看作是赋予所有主题同样价值。但是詹姆斯从未忘记，"主题的优点是有着等级的"（《小说的艺术》，第309页）。只有对批评家，而不是对艺术家，他才否定了决定的权力。但是在讨论福楼拜时，詹姆斯似乎在判断主题本身。

37. 一篇关于詹姆斯努力地既充分公正地对待艺术和又充分公正地对待生活的有益讨论，参看雷内·韦勒克，《亨利·詹姆斯的文学理论和批评》，载《美国文学》，第30期（1958年11月号），第293—321页，特别参看第298—306页。

38.《亨利·詹姆斯的笔记》，F.O.马西森和肯尼思·B.默多克辑（纽约，1947年），这一版本的极好索引使我无须列出本书引文页码。除非另注，我所引出页码还是指的《小说的艺术》中的那些《前言》。

39. A.W.冯·施莱格尔《莎士比亚》，出自《演讲第23篇》，载《关于戏剧艺术与文学的演讲》，约翰·布莱克译（1815年），A.J.W.莫里森（1846年），第370页。转载于《批评选粹》，W.J.巴特辑（纽约，1952年），第420页。基于认识到不同效果的不相容性的批评简直没有。参看E.E.斯托尔："最高的悲剧效果和严格的心理可能性一般是不相容的；……因为这种艺术和其他一切艺术一样，最高的效果就是它的目的，所以，为了确保它，坦白地和诚实地采用一种惯例、一种简化或删削，将是多么好！"（《莎士比亚和其他大师》［马萨诸塞，剑桥，1940年］，第329页。）也请参看第6篇，第250页，下面，以及罗伯特·兰鲍姆，《经验的诗歌》（伦敦，1957年）。

40.《乔治·艾略特的小说》，载《大西洋月刊》1866年10月号，第485页。

41. 参看艾布拉姆斯，上引著作，第241—249页。

42.《弗朗索瓦·莫里亚克与自由》，载《文学与哲学论文》，安妮特·米切尔森译（伦敦，1955年），第16页。最初作为对莫里亚克的《黑夜的终点》的评论发表于《法兰西新闻月刊》（1939年2月号）。最近有迹象表明，萨特像他的许多同伴一样，可能处于抛弃这些理论所根据的介入文学的概念的过程中。但是，即使这事竟然成真，把他作为一种有代表性的极端在这里使用也无妨。

43.《文学是什么？》，伯纳德·弗拉彻曼译（伦敦，1950年），第228—229页。

44. 同上，第11篇，第229页。"把所有小说都限制为一天的故事是既不可能又不合意的……把一本著作专门用于24小时而不是一小时，或用于一小时而不是一分钟，意味着作者的调停和一种卓越选择。用纯粹的美学程序把这一选择乔饰起来，则将是必要的……说谎意味着真实。”十分有趣，一部1959年制作的英国电影（《人梯》）企图在每一细节上追随萨特的现实主义原则；描绘一个长达28分钟的动作，影片本身也长达28分钟，这是个忠于原则的惊人例证。评论者似乎十分惊异地对此“绝对持续的现实主义”并不欣赏。

45.《萨特与小说》，载《高等学校》（巴黎，1950年），第181页。

46. 参看她关于她所谓的乔治式方法在这个目标方面如何区别于所谓的爱德华式方法的讨论，前者包括她自己、福斯特、劳伦斯、艾略特，后者包括贝内特、高尔斯华绥和威尔斯（《本涅特先生和布朗太太》，载《霍迦斯论文》，伦纳德和弗吉尼亚·伍尔芙辑［纽约，加登市，1928年］，第3—29页；也请参看《现代小说》，载《普通读者》［伦敦，1925年；纽约，1953年］，第154—155页）。

47.《普通读者》，第148—149页。《弗吉尼亚·伍尔芙》（康涅狄格，诺福克，1942年），第38页。

48.《天路历程》（纽约，1938年），第1页，第10页。

49. 里查德·埃尔曼，《詹姆斯·乔伊斯》（纽约，1959年），第74页。参看本章题文。

50.《现代小说中的意识流》（加利福尼亚，伯克利，1954年），第6页，第7页。

51.《经验的诗歌》，第135页。

52. 这些关于主题的争执来源甚多，以致任何形式的简略引文都会引起误解。对于不知道有关经典章句的读者来说，最好从米里亚姆·艾洛特的《小说家论小说》（纽约，1959年）中的第275—307页开始。

53. 艾洛特，《情节与故事》，同上，第241—251页。参看第5章，第120页及其后诸页。

54. 参看萨特，《写作是什么？》以及《为什么写作？》，载《文学是什么？》。

55. 例如，参看1917年伦敦版第272页。

56. 小约翰·E. 蒂尔福德，《老式介入者詹姆斯》，载《现代小说研究》，第4期（1958年夏季号），第157—164页。这一僵化过程的更多证据，把约瑟夫·沃伦·比奇论詹姆斯的早期著作，与30年后他为同一著作所写前言进行比较，就能看出（《亨利·詹姆斯的方法》，第75—81页，第60—61页）。福楼拜也受到了同样对待，不难看出，他违反了他从未企图追求的非人格化的标准。

57. 普特南译本。

58. 无须说明，我并不认为，死亡永远是心灵描绘的不当时刻。凯瑟琳·安妮·波特的《被遗弃的韦瑟罗尔奶奶》，是一篇对女主人公最后时刻的卓越“内心”表现。她抵制了那种表面真实地和现实主义地描绘女主人公语言的诱惑，在最后的思想中把所有“遗弃”的线索扯到一起，表现了一起动人的死亡：“第二回没有奇迹。房子里又没有新郎和教士了。她没法记得任何其他的悲伤,因为这个极大的痛苦把一切都排除了。啊,不,没有比这更狠心的事情了——我永远不会原谅的。她深深地叹了一口气，伸直了自己的身子，吹熄了灯。”

59.《嫉妒(La Jalousie)》(巴黎,1957年),里查德·霍华德译为《嫉妒(Jealousy)》(纽约，1959年)。

60. 参看维维安·梅西埃,《反小说的出现》,《共和国》，第70期(1959年5月8日)，第149—151页。

61.《一篇谦恭的告诫》，载《回忆与画像》(伦敦，1887年)，第286页。这篇文章被多次转载，但它尚无詹姆斯的《小说的艺术》一文那么著名，它自称是后者的扩展与更正。

62. “……什么时候戏剧化，什么时候叙述，这是小说家的课程”(乔治·梅瑞狄斯，载《威斯敏斯特评论》，第67期［1857年4月号］，第616页，引自斯坦《小说的理论》，第105页)。

63. 我并不想找到证据，但我怀疑，除了叶芝，许多人把《尤利西斯》赞为一部天才著作，但却甚至没有足够兴趣把它读完(参看里查德·埃尔曼,《詹姆斯·乔伊斯》，第545页)。

第三章　普遍规律之二：“所有的作者都应该是客观的”

一个小说家的人物，应该在他躺下睡觉，在他梦中醒来时，都一直和他在一起。他必须学会恨他们和爱他们。

——特罗洛普

一个人对一件事感受得越少，他就越可能按它真正的样子去表达它。

——福楼拜

一个欣喜若狂的散文作家……不可能是适度的、节制的或简洁的……他不可能是超然的……在诸如快乐这样巨大而又日益消耗的东西之后，接踵而来的就是一个作家必然丧失书页中出现的、安详地处于中立地位的那些小得多的、但对他来说是高雅的快感。

——杰罗姆·大卫·塞林格[①]

莫泊桑先生显然是客观的和非人格化的，但是，如果他要怀有自己已经把自己摒弃于作品之外的信念，那就走得太远了。他们雄辩地说起他，甚至好像只是要告诉我们……他是多么容易找到了这种非人格性。

——亨利·詹姆斯

当然，现在你正通过莫里表达你的观点；但是，如果你要故意按你的观点来陈述它，那你就将用不同的方式来这样做。

——马克斯韦尔·珀金斯

① 杰罗姆·大卫·塞林格（1919—2010），美国小说家。

许多现代小说的奠基者们所共有的第二类普遍规律，涉及作者的思想或者精神状态。很大的一批作家，甚至包括那些认为自己的写作是“自我表达”的作家，都企图摆脱主观性的控制，他们重复歌德的主张：“一切健康的努力都从内在世界转向外在世界”[1]。时而有另外一些作家起来为介入、参与、牵涉而辩护。但是，至少直到最近，20世纪占主导地位的要求依然是某种客观性。

然而，像所有这类术语一样，客观性意味着很多东西。隐于它和许多同义词——非人格化、超然、不关心、中立，等等——之下，我们至少可以区分出三种独立的性质：中立性、公正性和冷漠性（法语：impassibilité）。

中立性和作者的“第二自我”

首先，作者的客观性意味着一种对所有价值的中立态度，一种无偏见地报道一切善恶的企图。像许多文学中人们所热衷的东西一样，对中立性的爱好也是较晚才由其他艺术输入小说中的。早在1818年，济慈就谈到了小说家从福楼拜才开始谈到的那类事情，“诗人的特征……是没有特征……它兴致勃勃地生活着，无论善恶、高低、贫富、贵贱。它有同样的兴致像塑造伊摩琴①一样塑造伊阿古②。使正直的哲学家震惊的东西，却使善变的诗人欣喜。它对事物黑暗面的兴趣所产生的害处，并不比它对事物的光明面的爱好所产生的害处更大，因为两者都最终归于沉思”[2]。30年后，福楼拜向要当诗人的小说家推荐了类似的中立性。对他来说，楷模是科学家的态度。他说，一旦我们花费了足够的时间，“用物理学家在研究物质中所表现的公正性来探讨人的灵魂，我们就将前进一大步”[3]。艺术只能“用一种不动感情的方式，即物理学的精确性”[4]来获得。

这里没有必要说明，还没有作者能够达到这种客观性。今天，我们大多数人将像萨特一样，拒绝这种与科学的类比，即使我们可以承认在这个意义上说科学是客观的。而且，我们现在都知道，仔细阅读任何为艺术中立性辩护的论

① 莎士比亚的戏剧《辛白林》中的人物。
② 莎士比亚的悲剧《奥赛罗》中的人物。

述，都将揭示出它的信念；总有与被视为优点的那种中立性有关的某种更深的价值存在例如，契诃夫勇敢地从捍卫中立性开始，但他写不了三个句子就得自我表态，"我害怕那些在字里行间寻找倾向的人，那些决心认定我不是自由党就是保守党的人。我不是自由党，不是保守党，不是渐进主义的信徒，不是僧侣，不是冷淡主义者。我要当个自由的作家，别无他求……我既不偏爱宪兵，也不偏爱屠户，或科学家、作家、年轻的一代。我认为商标和标签是一种迷信"[5]。那么，自由和艺术是好的，而迷信是坏的？不久，他就失去自制，直接抛弃了他用以开头的对"冷漠"的呼吁。"我奉若神明的是人体、健康、智慧、才干、灵感、爱情和最绝对的自由——摆脱任何形式的暴力和谎言的自由。"以这种方式，他一再背叛他最狂热信奉的、时常被他称之为客观性的这种东西。

> 艺术家不应该是他的人物和他们谈话的评判者，而应该是一个无偏见的见证人。我曾无意听到两个俄国人关于悲观主义的漫谈；什么也没解决——我的职责是精确地按我听到的报告谈话，让陪审团——即读者们，去估计它的价值。我的职责仅是有能力、即能够……启迪人物，说他们的语言。

但根据什么标准来"启迪"呢？"一个作家必须像化学家那样客观，他必须抛弃主观方式；他必须知道粪堆在风景中起着非常重要的作用；恶念像善念一样在生命中是固有的。"我们现在也学会了向上述说法提问：忠实于"固有的"东西就是"善"吗？包括"风景"的每个部分就是善吗？如果是，为什么？按照什么价值尺度？拒绝一个尺度必然意味着还有另一个尺度。

这种在对**某些**价值中立和对**所有**价值中立的混淆是不成熟的和可理解的，仅因为这种混淆，就不考虑关于作者中立性的论点，将是一个严重错误。清除了那些论点的过激之处，便可以看出，对主观性的攻击是基于几种重要见解的。

某些小说家发现，要成功地写作某类小说，就必须抛弃所有理性或政治目标。**作为艺术家**，契诃夫要求自己既不当自由党也不当保守党。1853年，福楼拜在一篇文章中声称，甚至那种自认要当"三重思想家"的艺术家，甚至那种自认要有丰富思想的艺术家,“也必须没有宗教,没有国家,没有社会信念”[6]。

这个主张不像完全中立的主张，将不会被驳倒，而且它将不受文学理论或哲学时尚转变之害。它的有效性取决于作者所写的小说的种类，这和其对立面萨特及其他人的存在主义主张一样，而他们则认为艺术家应该完全介入。某些伟大艺术家投身于他们时代的事业，某些则没有。某些作品看来受其担负的信念之害（例如萨特自己的许多作品，尽管它们并无作者的评论），某些看来则能同化大量信念(《神曲》《四个四重奏》[①]《格列佛游记》《光天化日下的黑暗》[②]《面包和酒》)。人们可以找到例子来证明上述任何一种情况；检验标准是看艺术家的特殊目标是否与他的信念有关，而不是看他有无信念。

每个人都反对其他人的偏见，都偏爱自己所信奉的真理。我们都希望，小说家以某种方式在我们自己对真理和正义的热情的水平上来写作，即一种就其定义来说绝不属于偏见的热情。因此,偏好中立性的论点在下述方面是有用的,即它警告小说学家说，他几乎不能把自己未加变形的倾向性输入他的作品。他对永恒看得越深，他就越可能获得有眼力的读者的赞同。写作时的作者应该像休谟在《趣味的标准》一文中所描述的理想的读者一样，他为了减少由偏见产生的扭曲，把自己看作是“一般人”，如果可能的话，忘掉他的“个人存在”和他的“特殊环境”。

但是，这样的说法就降低了作者个性的重要性。在他写作时，他不是创造一个理想的、非个性的“一般人”，而是一个“他自己”的隐含的替身，不同于我们在其他人的作品中遇到的那些隐含的作者。对于某些小说家来说,的确,他们写作时似乎是发现或创造他们自己。正如杰西明·韦斯特说:有的时候,“通过写作故事，小说家可以发现——不是他的故事——而是它的作者，也可以说，是适合这一叙述的正式的书记员”[7]。不管我们把这个隐含的作者称为“正式的书记员”，还是采用最近由凯瑟琳·蒂洛森[③]所复活的术语——作者的“第二自我”[8]——但很清楚，读者在这个人物身上取得的画像是作者最重要的效果

---

① T.S. 艾略特的诗作。

② 匈裔美籍作家阿图尔·克斯特勒（1905—1983）的小说。

③ 凯瑟琳·玛丽·蒂洛森（1906—2001），英国文学批评家。

之一。不管他如何试图非人格化，他的读者必然将构成以这种方式写作的正式书记员的画像——正式书记员当然绝不可能对所有价值都抱中立态度。我们对他的各种秘密的或公开的信奉的反应，将有助于决定我们对作品的反应。至于在这种关系中读者的作用，我们必须留待第五章再谈。我们现在的问题是所谓真正的作者与他自己的各种正式替身之间的复杂关系。

我们必须说各种替身，因为不管一位作者怎样试图一贯真诚，他的不同作品都将含有不同的替身，即不同思想规范组成的理想。正如一个人的私人信件，根据与每个通信人的不同关系和每封信的目的，含有他的自我的不同替身，因此，作家也根据具体作品的需要，用不同的态度表明自己。

当第二自我在故事中表现为一个公开说话的角色时，这些区别是很明显的。当菲尔丁议论的时候，他给了我们从作品到作品的变化过程的清晰痕迹；当我们阅读讽刺作品《大伟人江奈生·魏尔德传》、两部散文史诗《约瑟夫·安德鲁斯》、《汤姆·琼斯》以及那个不伦不类的《阿米莉亚》的时候，我们看到了不止一个菲尔丁的替身。当然，他们之间有许多相似之处，所有的隐含作者都重视仁慈与慷慨；他们都悲叹自私的冷酷。这些方面和其他许多方面，他们与直到20世纪的大多数杰作的大多数的隐含作者难以区别。但当我们从这个一般水平向下，观察每部小说中特殊的价值序列时，我们发现了极大的差异。《大伟人江奈生·魏尔德传》的作者暗中非常关心公共事务和不可抑制的野心对世界上掌握权力的"伟人们"的影响。如果我们只有菲尔丁写的这部小说，我们会得出结论说，在真实生活中专心充任公共事务的官员和改革者的他，与《约瑟夫·安德鲁斯》和《汤姆·琼斯》的隐含作者使人想到的他相比，思想要单纯得多——更不必说《沙米拉》的隐含作者了（这就是假如他仅仅写过《沙米拉》我们也应提到菲尔丁的东西）！另一方面，在《沙米拉》的第一页向我们致意的这位作者，与我们在《约瑟夫·安德鲁斯》和《汤姆·琼斯》开头遇到的那些作者不同，一点也没有那种与傲慢的漫不经心相结合的开玩笑态度。假设菲尔丁除了《阿米莉亚》之外什么也没有写过，而这本书又充满了我们在下面看到它作为开头的这类议论：

> 降临在以婚姻形式结合的一对非常有钱的夫妇身上的各种事件，将是下面家史的主题。他们经历的某些痛苦是如此剧烈，产生这些痛苦的事件是如此奇异，不仅需要有最大的恶意，而且要有最大的虚构；迷信甚至要把这些归结于“命运”：虽然是否有这么一样东西在事件中起了作用，或者，是否确实有这么一种东西在宇宙中存在，都是一件我绝对不敢正面肯定的事。

我们能从这里推知早期著作中的菲尔丁吗？虽然《阿米莉亚》的作者也会以偶然的玩笑和反讽形式放肆，但是，他那故作庄重的一般态度，是与适合于整部作品的非常特别的效果密切地协调的。当然，我们对他的看法，只是部分地由叙述者的直接议论构成；它更多地是从他选择来讲述的故事中得到的。但是，议论为我们弄清了出现在全部小说中的关系，虽然没有议论这关系也会得到考察。

一个奇怪的事实是，无论是这个创造出来的“第二自我”，还是我们与他的关系，我们都没有给出术语。我们对叙述者的各个方面规定的术语，没有一个完全精确地适用于它。我们有时使用“人物”“戴面具者”和“叙述者”这些术语，但是它们更经常是指作品中的说话者，他毕竟仅是隐含作者创造的成分之一，可以用大量反讽把他同隐含作者分离开来。“叙述者”通常是指一部作品中的“我”，但是这种“我”即使有也很少等同于艺术家的隐含形象。

“主题”“意义”“象征意味”“神学”，甚至“本体论”，所有这些术语都已用来形容读者想要充分掌握每部作品就必须认识的思想规范。对某些目的来说，这样的术语是有用的，但它们能使人们误入歧途，因为它们几乎都不可避免地导致被看成是作品存在的目的。虽然，要发现主题或寓言的陈旧努力一般说来已被放弃，但是对作品“传递”或“象征”的“意义”的新探求还能产生同类的错误解释。是的，这两类探求，不管进行多么笨拙，都表达了一种基本要求：读者们要知道，在价值领域中，他站在哪里——即，知道作者要他站在哪里。但是大多数值得阅读的作品具有如此众多可能的“主题”，如此众多可能的神话的超验的或象征的类似事物，以致发现它们中的任何一个，宣布它是作品赞成的东西，也至多是完成了很小一部分批评任务。我们对隐含作者的感觉，不仅包括所有人物的每一点行动和受难中可以推断出的意义，而且还包括它们的道德和情感内容。简言之，它包括对一部完成的艺术整体的直觉理解；这个隐含作者信奉的主要价值，不论他的创造者在真实生活中属于何种党派，都是由全部形式表达的一切。

另外三个术语有时被用来命名我称之为隐含作者的精华和思想规范的核心。"风格"有时被广泛用来概括从词到词及从句到句给予我们一种意义的、作者比他所表现的人物观察和判断出来的更深的任何东西。但是，虽然风格是我们洞察作者思想规范的主要来源，然而因为它带有如此强烈的仅仅是字句的含义，所以风格一词不包括我们对作者在选择人物、情节、场面和思想中所用技巧的感受。"基调"被类似地用来指作者在自己明确表现的背后设法输入的含蓄评价[9]，但它也几乎必然显示着某种仅限于字句的东西；隐含作者的某些方面可以通过基调变化来指出，但是他的主要特点还将依赖于所讲故事中的人物和行动的确凿事实。

同样，"技巧"不时被扩大来概括作者艺术手段的一切可见的符号。如果每个人都像马克·肖勒那样使用"技巧"一词[10]，用它来概括作者可以做出的选择的几乎全部范围，那它会非常适合我们的目的。但它通常被认为只适用于一个狭窄得多的范围，因此它也没有用。只有使用这样一个术语，我们才能满意，它像作品本身一样广大，却又能使人注意到作品是进行选择和评价的个人产物，而不是一个自我存在的东西。"隐含作者"有意无意地选择了我们阅读的东西；我们把他看作真人的一个理想的、文学的、创造出来的替身；他是他自己选择的东西的总和。

只有依赖于对作者和他的隐含形象的区分，我们才能避免空洞无味地谈论作者的"忠实"或"严肃"这类特点。因为福特·马多克斯·福特认为菲尔丁、笛福和萨克雷是他们自己小说的直接的作者，所以他必定会谴责他们是不真诚的，因为有各种理由使人相信，他们写了"许多追求美德的情节，他们自己却绝不追求"[11]。可能他根据的是菲尔丁缺乏美德追求的表面迹象。但是我们只能把作品当作与我们有关的唯一一类忠实的证据：隐含作者与他自己相一致吗——即，他的其他选择与他的明确叙述人物相一致吗？如果每个可靠符号都告诉我们，一位叙述者是其作者的可靠代言人，这位叙述者又自白说信奉整个结构中没有得到实现的价值，我们才能说到不忠实的作品。一部伟大的作品确立起它的隐含作者的“忠实性”，不管创造了那个作者的真人在他的其他行为方式中，如何完全不符合他的作品中体现的价值。因为我们都知道，他生命中唯一忠实的时候，就是他写自己的小说的那个时候。

再者，在作者与隐含作者的这个区别中，我们发现，认为关于艺术家客观性的谈论与技巧无关的意见，与自称作者可以允许他自己的无中介的问题和愿望直接介入的谬论，这二者之间，有着一个中间立场。大批为客观性辩护的人们正在从事伟大的事业，他们深知这一点。当福楼拜指出莎士比亚没有笨拙地闯入自己的作品的时候，他是完全正确的。莎士比亚那些未被人们充分了解的个人问题，从未打扰我们。福楼拜非难路易斯·科利①，说她把《仆人》写成对缪塞的个人攻击，带有一种破坏了诗歌美学价值的个人激情，这时的福楼拜也是正确的。（1854年1月9—10日）福楼拜在自己年轻时写成了《情感教育》的旧版（1845），后来，他迫使作品的主人公在纯粹忏悔记录和真正表现的艺术作品之间进行选择，这时，他无疑也是正确的。

但是，当他声称我们不知道莎士比亚爱什么恨什么的时候，他也是正确的吗？[12]也许是的——如果他仅仅是指，我们无法轻易地从那些剧作中辨别出莎士比亚喜爱金发白人还是微黑的白人，或他厌恶的是混血儿、犹太人和摩尔人中哪一种的话。但是，如果这种说法是指莎士比亚剧作中的隐含作者对一切价值都持中立态度的话，那它就肯定错了。

我们当然知道这个莎士比亚爱什么恨什么；如果他不是起劲地犯了七大重罪中的至少一二种的话，我们就完全无法知道他怎么才能写出他的作品。我要在第五章回到文学中的信念问题，我要在那时列出一些莎士比亚肯定地和明显地信奉的价值。它们大都不是个人的，特有的；因此，莎士比亚不被公认为主观的。但是它们肯定是违反真正中立性的；隐含的莎士比亚完全干预了生活，他没有掩饰他对自私、愚蠢和残酷的评价。

---

① 路易丝·科利（1810—1876），法国女诗人和小说家。

即使把这一切都否定，也很难看出有什么必要把中立性和不加议论联系在一起。一个作者可以很好地议论警告读者反对判断。但是如果我提出的中立性不可能的论点是正确的，那么即使最中立的议论也会暴露出某种信奉。

> 从前，在德国柏林，住着一个名叫阿尔宾纳斯的男人。他富有、体面、快乐。有一天，他为了一个年轻的夫人抛弃了自己的妻子；他爱她，但没有被爱；他的一生在灾难中完结。
>
> 这就是整个故事，如果它没有讲述的价值和愉悦，我们就只好把它这样搁置一边，虽然长有青苔的墓碑上有很大地方容纳个人生平的简略描述，但是细节总是受欢迎的。[13]

在这里，纳博科夫①已经把其叙述者声音中的所有信奉都清洗掉了，只留下一种最强有力的信奉：他相信一个人注定要自我毁灭的反讽趣味——和它后来产生的辛辣。保持着这同样超然的格调，这位作者可以在他愿意的任何时候插进来，而不至于破坏我们认为从人的角度看他已经尽可能客观了的看法。他可以同时用“危险的男人”和“的确非常优秀的艺术家”来描绘这个反面人物，而不至于影响我们认为他思想坦率的看法。但他并非对一切价值都中立，他也没自称如此。

公正性和“不公正的”强调

作者的客观性有时也指一种对其人物的公正态度。福楼拜和契诃夫所写的大部分关于客观性的论述，其实都是要求艺术家不要用不正当的手段，不要不公正地站在某一方面来反对或支持某些人物。契诃夫打电报给一位朋友说：“我不敢冒昧地请求您喜欢妇科医生和教授，但我要冒昧地提醒您，注意对于一位客观的作家来说比他所呼吸的空气更宝贵的公正性。”有时，这种公正性被说

---

① 弗拉基米尔·纳博科夫（1899—1977），俄裔美籍作家。

成似乎像普遍的爱、怜悯或宽容;“没有人可责备，要追溯罪行，那是卫生官员的事，而不是艺术家的事……她（你的人物）可以按她所喜欢的任何方式行动，但作者应该是完全友好的”。的确，非常众多的现代小说都是根据理解一切就是宽恕一切这种想法而创作的,而这想法本身就是对一种价值的基本信奉。但这种想法与第一节中描述的中立性非常不同。成功地使其读者保留判断的作者们，在判断是否应被保留这个问题上并非公正。差不多30年前，H.W.莱格特写了一篇已被人遗忘的短小的经典作品，论述他称为作者和读者“道德”的那类东西的作用，正如他在该书中所说，现代小说时常对读者揭示出“观察和抑制判断”的理由，“而读者的部分满足至少是由于他意识到了自己的胸襟开阔”[14]。

在创作实践中，从没有作者企图创作显示完全公正性的作品，不论是公正的轻蔑，像福楼拜在《布瓦尔与佩居榭》中企图“攻击一切”一样；还是公正的宽容。有时，福楼拜会按他认为的莎士比亚和古希腊人所具有的公正性进行写作，而他们可能会对他认为的这种公正性感到吃惊。在《威尼斯商人》中，“卓越的威廉不站在哪一边”，他拒绝“攻击高利贷”[15]，但莎士比亚从未声称，考狄莉亚同样应和高纳里尔和里根两人一起并列在被告席上，虽然判断她们使用的是同一标准。在《威尼斯商人》中，他离公正性如此之远，以致真可以批评他对夏洛克的受害使用了双重标准，至少在戏剧的最后部分。他肯定没有按照公正对待所有人物的抽象概念进行创作。同样，古希腊戏剧家们从未声称，在俄狄浦斯、俄瑞斯忒斯等为一方，以小丑和无赖为另一方的人们中没有基本区别。虽然他们并未以“坏人和好人”的方式处理，像对情节剧的普遍抨击所做的那样，但是他们也并未把所有人类价值混为一谈。

甚至在具有同样道德的、认识的或美学的价值的人物中，所有作者也必然是有倾向性的。一个特定作品是“有关”一个人物或一组人物的。不管作者对公正性的优点的看法怎样，作品不可能给所有事物以同样的强调。《哈姆雷特》对克劳迪斯是不公正的。不管乔治·威尔逊·奈特①如何努力要使我们相信，我

① 乔治·威尔逊·奈特（1897—1985），英国文学批评家。

们误解了克劳迪斯[16]，不管我们多么愿意承认克劳迪斯的故事可能和哈姆雷特的故事一样有趣，但这是哈姆雷特的故事，它不能对国王公正。《奥赛罗》对凯西奥不公正；《李尔王》对康华尔公爵不公正；《包法利夫人》对除了爱玛以外的几乎一切人都不公正；而《一个青年艺术家的肖像》则明确地攻击了每一个人，除了斯蒂芬。

但谁计较这些呢？选择了讲述这个故事的小说家不能同时又讲那个故事；他在把我们的兴趣、同情或爱慕集中在一个人物身上时，必然排除我们对其他人物的兴趣、同情或爱慕。艺术模仿生活在这方面和其他方面一样；正像在真实生活中，我必然对除了我自己或至多自己最亲爱的人以外的一切人都不公正一样，因此在文学中完全公正是不可能的。《尤利西斯》对群集在布卢姆、斯蒂芬和摩莉周围的爱尔兰资产阶级人物们是公正的吗？谢天谢地，不是的。

但是，的确，某些作品被作者用一种不公正的天平来称量他的人物的印象所毁坏。但这种印象不取决于作者是否明确表示了评价，而取决于他表示的评价以戏剧化的事实的角度来看是否能站住脚。可以在《查特莱夫人的情人》一书中看到一个清楚的例证。劳伦斯可以像任何别人一样热烈地谈论不公正的危险性："小说中的道德是颤抖不定的平衡。当小说家把手指放上天平，把平衡块往他自己偏爱的那方面拉，这就是不道德。"

"现代小说倾向于变得越来越不道德，因为小说家倾向于把他的手指越来越重地压在秤盘上：不是在爱情即纯洁之爱一边，就是在放荡的'自由'一边。"[17]他一再告诉我们，他恨的是那种仅仅是"论文"的小说。虽然他比许多人更知道，每部小说都隐含着"某种存在的理论，某种形而上学体系"，但是，他还是要求"形而上学体系必须永远有益于艺术家意识目的之外的艺术目的"[18]。

虽然《查特莱夫人的情人》一书的批评家们对其他方面并不太一致，但是他们似乎都同意，在这部作品中，小说家的确已经非常重地把他的手指压在了秤盘上，秤盘则装有他对一种爱情的预言性描写，这种爱情既非"爱，即纯洁之爱"，又非"放荡的自由"，而是一种使我们免受文明的毁灭性力量的压迫的爱情。同意这一立场的批评家们赞扬这部书——却是从说明它是对真实的大胆披露的这一方面。认为这个论点言过其实或错误的批评家们也承认劳伦斯的天才，但惋惜他在为他的情人辩护时所怀有的偏见。但是，看来每个人都按这个论题来讨论这本书。[19]甚至像马克·肖勒一样感到劳伦斯企图使“说教者”和“诗人”“形式上”重合的批评家们，也无法不在说教方面花费他们的精力就来讨论本书。[20]

很清楚，关于劳伦斯的公正性问题，看来与他对技巧手段的选择完全无关。无论我们接受还是反对劳伦斯对一种新的拯救的描绘，我们的结论并不根据他使用了这种还是那种说教式；对劳伦斯的偏见的反驳，更多的是讨论他对猎场看守人梅勒斯的描绘，而不是讨论他做出各种作者议论这一事实。当梅勒斯详尽地表现他的信仰“如果男人真心欺骗，而女人真心接受，那就皆大欢喜”的时候，这副灵丹妙药给我们的印象，可能是不充分的喜剧，也可能是一个美好新世界正在到来的鼓舞人心的图画，而我们在选择时，并不求助于这些信念是否以戏剧化形式提出的见解。我们中有些人反对本书的这一方面，他们这样做的最终根据是，对我们来说，梅勒斯所说的东西，隐含着我们所不能称赞的D.H.劳伦斯的替身；在隐含作者提出的拯救与我们自己的观点之间，有一个不可逾越的障碍。[21]

那么，我们反对的是某些戏剧情节中所隐含的劳伦斯，而不一定是在议论中出现的劳伦斯。第九章中论小说的力量和局限的短论文，被一位评论家哀叹为“角度控制的摇摆”[22]，但它却真正以引人入胜的形式显示了劳伦斯的才能。因为我们认识到作者对传统小说的攻击是正确的，这种小说仅仅诉诸公众的丑事，它蒙受耻辱是因为它在“纯洁”的伪装下颂扬最腐败的感情，所以我们授予他努力使用小说来“揭示生活的最隐秘之处”的特权。在这样一段情节之后，对我们来说，劳伦斯实质上的完整性已不成问题——至少直到我们碰到梅勒斯的另一番长篇大论时是这样。

简言之，这本书中所有的任何不公正都处于小说的核心部位；只要劳伦斯决心诅咒不跟梅勒斯走的每个人，那么努力争取表面公正就是无意义的。如果我们带着一种对本书的特殊论点困惑不解的感觉读完它，如果我们带着遗憾而非确信的感觉读到梅勒斯最后的虚幻福音，即他关于“来自欺骗的和平”和关于他的“圣灵降临节，你我之间的虚假情焰”的谈话时，那么最终是因为，对我们来说没有任何技巧能隐藏全书许多部分隐含着的迷乱而自负的作者。甚至我们想起非常不同的，由更好的小说——比如说，《恋爱中的女人》——所隐含的那个作者，也不足以补救这部小说的败笔部分。

“冷漠性”

最后，作者的客观性可以指福楼拜称之为冷漠性的东西，即一种对一位作家的故事中的人物和事件的无动于衷或不动感情的态度。虽然福楼拜没有明确强调其区别，但这种性质是与对价值判断的中立性有所区别的；一位作者可以信奉这种或那种价值，但仍可以不同情或讨厌他的任何一个人物。同时，它与公正性有明显区别，因为艺术家可以不偏不倚地对他所有的人物抱有强烈的恨、爱或怜悯。作者们在这种超然中找到了相同志趣，但在这种超然的量的方面，他们却似乎存在着真正的气质上的差异[23]——有点像这样两类演员之间的差异，即“感受”自己扮演角色的演员，和萨默塞特·毛姆①的《剧院》一书的女主人公那样的演员，后者发现，只要她感受一个角色，她那有效地进行表演的能力就毁灭了。特罗洛普在他的《自传》中描写自己，当他独自在林中漫游时，为自己的人物的不幸而哭泣，“取笑他们的荒唐并完全享受到他们的快乐”。像福楼拜那样的作者们，以假装一种同样热烈的对激情进行否定的样子，来否定某些法国浪漫主义者相似的热烈态度，这也许是很自然的。

但是，这并不说明，在作者的冷漠性与任何一种修辞方式或任何特殊的成就水准之间，有什么自然的联系。处在感情介入尺度的两个极端的作者们，都可以写出充满高度个性化议论的作品、完全“讲述”出来的作品，或严格戏剧化的、严格“被显示”的作品。

在作者的感情和任何必需的技巧或他的作品达到的水平之间没有联系，其证据是这样一个事实：没有外部证据，我们就无法有把握地指出，作者是已经

① 威廉·萨默塞特·毛姆（1874—1965），英国小说家。

感受了他的作品，还是带着冷静的超然态度进行写作。菲尔丁憎恨江奈生·魏尔德或为阿米莉亚而哭泣吗？当亚当斯牧师在去伦敦卖布道文的路上发现，他把它们都忘在家里了，而菲尔丁和读者们都知道这些东西是没有销路的，菲尔丁此时是否也觉得有趣呢？

索尔兹伯里[①]称赞菲尔丁在《大伟人江奈生·魏尔德传》中的“超然”，这大概是因为，叙述者始终是一个明显不同于我们可以想象得到的任何真正的菲尔丁的人物。但是有什么理由假定，菲尔丁在处理可爱的傻瓜亚当斯时，比在描绘魏尔德时，对自己的加工素材更少超然呢？我们太容易形成这样的习惯说法，好像说“噢，我的好读者！”的作者才是菲尔丁，我们忘记了自己知道，他会像他在创造《大伟人江奈生·魏尔德传》的愤世嫉俗的叙述者时所做的一样，在创造《约瑟夫·安德鲁斯》和《汤姆·琼斯》的聪明而文雅的叙述者时，同样深思熟虑地并同样超然地进行写作。前面关于作者自身的价值和由他的第二自我所证实的价值之间关系的论述，在这里，在完全相同的意义上是适用的。一个伟大的艺术家可以创造一个或是超然或是卷入的隐含作者，取决于手头作品的需要。

这样，我们看到了，要求作者具有客观性的三种主要主张，没有一种与技巧的决定有着必然联系。在艺术史的某个时刻，或一个作家发展的某个时刻，强调误入歧途的信奉、偏好或感情涉入的危险，虽然可能很重要，但是，把作者的主观性与一种必需的技巧的非人格化相联系的倾向，是完全站不住脚的。

非人格化技巧所促进的主观主义

事实上，非人格化的叙述可能促进本来认为正是它可以纠正的主观主义。对于努力使自己置身于自己作品之外的作者来说，努力去消除明确评价的标志可能是特别危险的。虽然议论的确可能成为一种浮夸的主观流露的手段，但是，在某些作者那里，构造这种议论的努力，却正好能够在作者的脆弱自我与他要

① 乔治·索尔兹伯里（1845—1933），英国文学批评家。

使作品成功就必须创造的那个自我之间，创造一道合适的屏障。构造可靠叙述者的艺术，就是为了设计真正属于作品人物（persona）即第二自我，而控制作者本人的自我。而且，一位作者把他的底牌摊开来，他就能自己发现玷污了某些非人格化小说的主观主义的两个极端，那么至少会找到某些克服的机会。

不加选择地同情或怜悯——借助于做出不加判断的印象，一个作者能够对自己隐瞒他与自己人物的感情牵连，隐瞒他正要求着读者的同情而未提出正当的理由。正如Q.D.利维斯[①]所说，可靠的叙述这种古老的技巧，强迫作者和读者与最令人同情的人物保持着一点儿距离。但她发现，在现代畅销书中，时常有“作者把他自己的梦想原封不动地倾入戏剧化形式中，而不用一个像文明社会的‘良好感觉，但非平庸感觉’这样的标准加以检验：作者他自己——或更经常的是她自己——与主要人物认同，而读者被邀请来分享这种放纵”[24]。

在旧式的小说中，这种多愁善感当然可能是真的。“我们的主人公”时常可以犯有谋杀罪而不必受惩罚，而他的敌人却因为稍稍触犯道德规范就受到谴责。但是，现代作者可以用实际上是这样的说法，来拒绝关于他多愁善感的指责，“谁，我？根本不是。如果读者感到过分的或不当的怜悯，那是他自己的错。我未置一词。我和别人一样紧闭嘴、不动情”。可能在最糟的硬汉派侦探小说中，这样的效果是最明显的。实际上，米基·斯皮兰[②]的迈克·哈默可能对那些可以完全喜爱他的人们没做错。但是，要是斯皮兰插入进来，说清欣赏作品所根据的错误道德，“读者，你可以注意到，当迈克·哈默毒打一个英裔美国人时，那他不如毒打一个犹太人残忍，当他打一个黑人时，他比打所有人都要残忍。就这样，我们的主人公按照他的受害者的种族价值来区别所给予的惩罚”，这时，他的许多读者就会立即抛开他。斯皮兰避免把这种事讲清楚是明智的。

如果像契诃夫所说的，“主观性是个可怕的东西——蹩脚的作家甚至因为它而很快地露馅”，那么我们现在便可看到，他所惋惜的那种主观性，绝非所谓客观性的一般措施所能防止的。按照这句话的一个不同意义，我们可以看出，

---

① 奎尼·多罗西·罗思·利维斯（1906—1981），英国女文学批评家。

② 米基·斯皮兰（1918—2006），美国侦探小说家。

甚至最刻板的非人格化技巧，也可以很快使蹩脚家露馅。这种露馅，对于处在摊牌明说的文学——那种向无能的作家展现他创作的东西多么蹩脚的文学——中的作者和读者，也许危险性要少一些。

不加选择的反讽——我们没有像多愁善感这样的词汇，来概括作者这种相反的缺点，即作者在自己的创作素材中，用一种到处充斥的、“不应有的”反讽来代替公正的选择。缺点总是很难证明的，但是我想我们大多数人都遇到过这种小说家，他们在自己的小说中放满了非常矮小的主人公，因为他们自己要显得高大。这种作者到处表现反讽以使自己无懈可击，毫不约束自己为反讽的局限范围负责，其实，他和那种以本色身份出现的畅销书作者一样，是不负责任的。[25]

亨利·詹姆斯谈到过福楼拜逃避公正地看待人性的必要性的“两个隐蔽场所”。一个是异国情调，如在《萨朗波》和《圣安东尼的诱惑》中的，完全“从人间逃离”。另一个是反讽，这使他能够描写人而不必使自己直接对人表态。但是，詹姆斯问道，“结果他被绝对地和完全地宣判为反讽了吗”？也许他“根本就不能负责解决一点自己的问题”？由詹姆斯提出来，这是一个有影响的问题。当人们阅读自从詹姆斯以来给予我们的许多“客观”而又刻薄的描绘时，他们会情不自禁地感到，作者是在用反讽保护自己，而不是在揭示他的主题。如果当我们冷静地考察作者的人物时，他们暴露出自己是傻瓜和无赖，那么作者本人如何呢？如果把他的真实见解全盘端出，他又会是什么样子？或者说他根本没有见解吧？

像被兰德尔·贾雷尔①所讽刺的女作家一样，这些小说家能够向我们显示“每桩罪恶的代价，但是没有显示任何事物的价值”。

> 她的作品是对愚蠢和邪恶的人类所做的系统详尽的和最终的谴责；要是人类既聪明又善良，格特鲁德②的命运又会如何呢？……当她碰到某个

① 兰德尔·贾雷尔（1914—1965），美国诗人。

② 莎士比亚的戏剧《哈姆雷特》中的人物。

或是善良或是聪明的人时，她便带着不自在的反感观察他。然而她也无须害怕。在一段时间之后，聪明人总会变得在她看来是邪恶的，在一段时间之后，善良人总会变得在她看来是愚蠢的。她总能因为聪明者变坏，或善良者变蠢，而对他们感到失望；要是某人既聪明又善良那么格特鲁德就不会堕落了。要是有个声音对她说，"你是否注意到我的仆人戈特弗里德·罗森鲍姆，在本顿没有人像他那么善良和聪明"，她会回答，"我不能容忍那个戈特弗里德·罗森鲍姆"。[26]

这两种主观主义能毁掉一部小说；总的来看，小说越差，我们就越能根据我们对隐含作者的经验，对真实的作者的难题做出简单明确的推断。对于那种对作者客观性的要求来说，有这样一个重要真理：真实作者的未经改造的爱和恨的标志几乎总是致命的。但是对这一真理的清楚认识，并不能把我们引向关于技巧的教条，它不应该把我们引向要求作者从自己的小说中清除爱和恨，以及它们所根据的判断。我希望说明的是，隐含的作者的感情和判断，正是伟大作品构成的材料。

注 释

1.《与爱克曼的谈话》，1826年1月29日。

2.《致理查德·伍德豪斯》，1818年10月27日。

3.《通信》，1853年10月12日。关于下文中某些福楼拜的引文，我受惠于玛丽安·邦威特的卓越的专论《古斯塔夫、福楼拜与冷漠性原则》。我对作者主观性的三种形式所做的区分，部分地来源于她的讨论。

4. 同上，1857年12月12日。

5.《论短篇小说、戏剧和其他文学论题的信》。

6.《通信》，1853年4月26—27日。

7.《被赶走的奴隶》，载《当代小说》，格兰维尔·希克斯辑（纽约，1957年），第202页。韦斯特小姐继续说："写作是一种演示角色、试戴面具、假设人物的方法，不是为了好玩，而是出于必要，不是为了自己，而是为了写作。‘创造任何艺术作品’，伊丽莎白·休厄尔说，‘就是创造，或不如说是毁灭并再造一个人的自我’。”

8. 她在伦敦大学的就职演讲，出版题为《故事和讲述者》（伦敦，1959年）。“1877年，道顿在论及乔治·艾略特时说，读过她的小说之后，脑海中最持久的人影，不是任何人物，而是‘一个人，她如果不是真正的乔治·艾略特，那么也是那个第二自我，即写了她的那些书的、通过这些书存在和发言的那个第二自我’。这个‘第二自我’，她继续说，是‘比任何纯粹的个人更具有实质性的，更少有保留性的’；而‘在它身后，真实的自我十分高兴地躲藏起来了，避开了粗暴无礼的观察与批评’。”（第22页）

9. 例如，弗雷德·B.米利特《阅读小说》（纽约，1950年）：“这种情调，即充盈和环绕着作品的普遍感觉，最终出自作家对他的主题所持的态度……‘主题从作者所持的生活观获得它的意义’。”（第11页）

10. “当我们谈到技巧时，那么我们是在谈到差不多一切事情。因为技巧是方式，作家的体验即他的主题借助于这一方式强迫他从事体验；技巧是唯一的方式，是他发现、探索、发展他的主题、传达它的意义并最终提高它的唯一方式……当然，小说中的技巧是通常被看作它的整体的所有那些明显形式，以及许多其他形式。”（《发现的技巧》，《哈德逊评论》，第一卷［1948年春季号］，第67—87页，载《现代小说》，威廉·范·奥康纳［明尼亚波利斯；明尼苏达，1948年］，第9—29页；特别参看第9—11页。）

11.《英语小说》（伦敦，1930年），第58页。参看杰弗里·蒂洛森《小说家萨克雷》（剑桥，1954年），特别是第4章《作者“我”的含义》（第55—70页），令人信服地强调了应该小心地把萨克雷作品中的“我”与萨克雷本人相区别。

12.《通信》。

13. 弗拉基米尔·纳博科夫，《黑暗中的笑声》（纽约，1938年），第1页。

14. H.W.莱格特，《小说中的观念》（伦敦，1934年），第16页。

15.《通信》，1852年11月2日，1852年12月9日。

16.《火轮》（伦敦，1949年），第32—38页。

17.《道德与小说》（1925年），载《凤凰》（伦敦，1936年），第528—529页。

18.《托马斯·哈代研究》，载《凤凰》（伦敦，1936年），艾洛特引用，《小说家论小说》（纽约，1959年），第104页。

19. 斯坦利·考夫曼，《最后的“查特莱夫人”》，《新共和》1959年5月25日，第16页；

保尔·劳特，《查特莱夫人和爱情与金钱》，《新领导》1959年9月21日；"劳伦斯在小说的每次校订中改进猎场看守人，也许意在使他对于康尼（以及对于读者）来说成为一个更可接受的情人。但是，最后一版中他的完美却部分地是对他与之对立的社会的让步……是什么使梅勒斯具有拯救世人的资格？为什么米凯利斯或汤米，杜克斯那时不能进去？"（第24页）。

20. 参看肖勒的《格罗夫出版社再版序言》（纽约，1959年），特别是第21页。

21. 例如，参看科林·韦尔奇在《黑魔术，白谎言》，《文汇》第16期（1961年2月），第75—79页，对该书的抨击："它所宣示的是这一论点：人类只能通过把自己从思想和灵魂的暴政、耶稣基督的暴政下解脱出来、通过让自己拜倒在生殖器图腾之下，才能获得再生……"（第79页）人们不论接受韦尔奇的指责，还是接受丽贝卡·韦斯特和查理德·霍加特在《文汇》下一期上的辩护，很清楚，争论的事情是劳伦斯说服我们接受他的基本幻想中获得成功，在这里，改变讲述和显示的比例不会造成多大差别。

22. 考夫曼，上引著作，第16页。

23. 参看契诃夫，《信》，第97—98页。

24. 《小说与阅读大众》（伦敦，1932年），第236页。

25. 参看梅·萨尔顿《反讽的盾牌》，《民族》1956年4月14日，第314—316页。

26. 《来自一位名士的国画》，（纽约，1954年），第134页。

27. 莫里亚克在《小说家与人物的声言》（巴黎，1933年）中成功地讨论了这个复杂的问题，特别参看第142—143页。

第四章　普遍规律之三：“真正的艺术无视读者”

正是通过福楼拜，小说才终于赶上了诗歌。

——艾伦·塔特

可能每个小说家首先都要写诗。

——威廉·福克纳

你必须常常把自己的注意力放在你的读者身上。这就构成技巧！

——福特·马多克斯·福特

作家表达。他不传送。

诅咒普通读者。

——乔拉斯：《宣言》（1926），第11、12条

我不关心约翰·多伊对我的或是其他什么人的作品有什么意见。我有自己必须达到的标准……

——威廉·福克纳

一个使你相信他只为自己写作和他不关心是否有人听他的作者，是个吹牛家，不是在自欺，就是在欺人。

——弗朗索瓦·莫里亚克

我牢记叶芝的话：“我花费了毕生精力来摆脱修辞……我摆脱了一种修辞，只不过又建立了另一种修辞。”

——埃兹拉·庞德：《使其新颖》

“真正的艺术家只为自己写作”

关于现实主义的作品的规律和关于客观的作者的规律自然地导向第三类，即关于读者的规定。作者创造的毕竟不仅只有他自己的形象。隐含着其第二自我的每一笔，都有益于把读者塑造成为适合于鉴赏这个人物和他正在写的这部作品的那类人。虽然这种交流行动对于文学的真正存在是至关重要的，但是它在现代批评中却时常被忽略、惋惜，或被否定。我们被一再告知，真正的艺术家们不考虑他们的读者。他们为自己写作。真正的诗人写作是为了表达他自己，或为了发现他自己，或“为了摆脱那本书”[1]——让读者见鬼去吧。“作家对读者承担义务吗？”一位记者问福克纳；他得到的回答不会使济慈吃惊，但肯定要使狄更斯或特罗洛普恼火。“我不关心约翰·多伊对我的或其他任何人的作品有何看法。我有自己必须达到的标准，这个标准就是，作品使我感到我在阅读《圣安东尼的诱惑》①或《旧约》时所感到的东西。它们使我感觉很好。观看一只鸟也使我感到这样好。”[2]

在最近几十年里，确实只有在关于如何写作畅销书的手册里，我们才能找到完全公开要求作者想到他的读者并相应地进行写作的劝告。严肃作家中居支配地位的时尚，就是把任何能够看得出来的对读者的关心，都看成是艺术本来光洁无瑕的脸上的商业性污点。[3]要是有人贸然问谁是严肃作家，答案很简单：就是那些从未被人想到在写作时头脑里有读者的人！

虽然那些怀疑修辞意义的人们崇拜时尚的一本正经可能使我们感到好笑，但是，他们的怀疑却颇有理由。我们不是在列入畅销书目的平庸之作的每一部分都已看到，当允许读者的要求支配艺术家所做的事情的时候，艺术中出现了什么吗？与其进入矛盾和低劣的修辞要求构成的困境，不如承认任何对读者要求的妥协都既不艺术又很危险，这不是更安全些吗？“我写。让读者学着去读。”——马克·哈里斯②最近采纳的这个格言，可以作为许多现代小说家的格言。他说道：“有易读的书，也有文学。”“有容易当的作者，也有作家……小说家

① 福楼拜的长篇小说。

② 马克·哈里斯（1922—2007），美国小说家。

依靠那相当少的读者，他们把一种参照系、一种老练成熟、一种不低于小说家本人的理解水平带进了阅读中……像真正的小说家一样，如果我感到一种要求是为便利读者而牺牲技巧的话，我就抵制这种要我写得更清楚、更平易、要我做解释的要求（这通常是一位多虑的编辑自己的）。"[4]

"我写。让读者学着去读。"以艺术良心的名义把它作为自己格言的作者，很难指望他容忍像特罗洛普这样的早期小说家的看法，后者声称，小说家的首要任务是"使他自己讨人喜欢"，声称为了这样做，他必须展现他的意义"而无须对读者做出努力"[5]。为什么作者应该受到专横的读者的束缚呢？到了谈论"读者"不再意味着它还对特罗洛普有意义的东西时，无须向大多数读者做出努力就可以展现你的意义肯定是指完全停止写作时，严肃的作者一定会自己反对要他考虑读者的要求。他怎能回避弗吉尼亚·伍尔芙的看法呢？她把使小说家"被迫提供情节，提供喜剧、悲剧和爱情趣味"的普通读者看作是暴君。[6]

纯艺术的理论

这个问题不能仅用单独考虑读者的方式来回答。对读者的疑虑通常根据纯艺术或纯诗的理论，这些理论要求清除这种、那种或其他某种成分，以使剩下的东西能够除了由一种内在的、固有的关系相融合的纯的成分组成之外，没有其他东西。虽然这类理论在它们要禁用什么东西方面差别很大，但是，它们当中大多数都要排除所有明显的修辞，因为它明显地不是"纯诗客体"的一个部分。[7]

在诗歌与修辞或与纯粹散文的对照中，没有什么新的东西。的确，关于诗歌中可以辨识的修辞成分在最好的情况下也只是无法去掉的弊病的见解，可以在从亚里士多德开始的诗学理论中找到。亚里士多德说："诗人应该尽量少用自己的身份说话，否则就不是模仿者了。"用更现代的术语说，正是他那插入的议论使他成不了真正的诗人或创造性艺术家。同样地，合唱队应"作为一个演员看待，它应是整体的一部分，应参加剧中的活动，不应像欧里庇得斯的戏剧那样，而应该像索福克勒斯的戏剧那样。其余诗人的合唱歌跟他们剧中的情节几乎无关，恰像跟其他悲剧的情节无关一样”。最后，他否定了戏剧中最明显的三种诱人的修辞的最后一种，亦即使用壮观的表演。他说，情节会满足情感效果的需要，而用“壮观的方式”——即靠演出人的修辞——来产生这一效果，是“艺术性较少的方法，它依赖于外部的帮助”。

和许多现代美学家们不一样的是，亚里士多德从未完全否定诗的修辞方面。他清楚地认识到，诗人要做的事就是对观众产生效果。在激发“诸如怜悯、恐惧、愤怒以及类似的”感情时，在使人联想到“重要性或它的反面”时，事实上诗与修辞密切相关。的确，当亚里士多德讨论“思想”时，他把它归于“‘修辞学’，这个题目更应属于修辞学的研究范围”。但是，尽管诗学与修辞的研究有着这种密切联系，但它还不是对为适合特定观众特点而设计的效果的研究。接受效果的观众是保持不变的；只有在专门研究修辞本身的时候，我们才必定会为观众的特殊性和改变我们的情况以适合那些特殊性而烦恼。[8]

但是，虽然亚里士多德看出，诗总是对一批观众起作用，因此总是与修辞有着密切关系，但是他惋惜所有明显的、游离的修辞，正如我们刚看到的，因为它是“外部的”。一方面我们有着整体的、因而是诗的东西：模仿的情节。另一方面我们有着作者的和合唱队的评论，它们像壮观的演出一样，总是要变成外在的，因此根据定义也较少诗意。

内在与外在之间的区别时常被证明是有用的，因此毫不奇怪，它在整个批评史上一再被人们所运用。但它太一般，不能使我们在批评实践中有多少进展。归根到底，我们用“外在”一词指的是什么？我们大多数人可以接受由亚里士多德首先规定的诗的基本真理——即每部成功的富有想象的作品都有它自己的生命、它自己的灵魂、它自己的存在原则，完全不受某些观众的偏见和特殊需要的支配；我们的各种诗歌手法应该是“整体的一个组成部分”。我们会说，诗人“应尽量少用自己的身份说话”。但是，那么为什么诗人还非得说呢？如果荷马因为很少露面而高于其他人——虽然正如我们已经看到的，他的露面远比亚里士多德的评论所暗示的要多——难道我们不能用完全不露面，用显示一切而不**讲述**任何东西来胜过荷马吗？如果索福克勒斯高于欧里庇得斯，是因为他在一定程度上把他的合唱队置于情节中，那么要是他能完全地把他们放进去，去掉他们所有纯粹的评论，他不是更好吗？

亚里士多德从未把这件事做到那样的地步；除了他在第19章的暗示之外，还有充分理由相信，他会尽力反对这种做法。他所要求的，是最大可能的适合于悲剧模仿的效果，而不是最严谨的对关于纯洁性的抽象规律的依附。与许多现代批评家不同，他说，诗人应该"尽量少"地用自己的身份说话——这就是说，用他的节制来减少对诗的效果的损害。在亚里士多德那里，太多或太少总是由特定的目的来决定的，他从未忘记，在一部作品中太多的东西，也许在另一部作品中太少。

现代某些提倡诗歌整体性的人的宣言中没有标出这样的限制。例如保尔·瓦莱里[①]，他论"纯诗"的文章一再引起英美诗人和小说家的共鸣，他就是从识别所有真正的诗所共同的纯诗性质开始的。只有当"语言显示出与最直接的，即最无意义的思想的表达有一定背离"的时候，只有当"这些背离似乎预示着一个与纯粹实际世界相区别的关系的世界"之时，诗才得以存在。诗人抓住这个"高尚的和活跃的"非现实的世界的"片断"，"就艺术效果而论"，把它们发展和培育成诗。

在这样一个纲领中，十分明显，要写纯诗的人必须试图用这些诗的要素来创作整个作品。"纯诗的问题是这样的：……借助于一部作品，不管是韵文与否，他是否能给人这样一种印象：在我们的观念和形象为一边，而我们的表达方式为另一边，这两者之间有着相互关系的完整体系。"瓦莱里坚持认为，要构造摆脱一切非诗成分、每个细节都与其他所有细节融为一个整体的诗是不可能的，但是，"诗总是一种对这种纯粹理想状态的追求。事实上，我们称为诗的东西实际上是由隐含在一篇讲话中的纯诗片断组成的"[9]。毫不奇怪，对于瓦莱里来说，理想的艺术应当是音乐。"我要比较给予诗人的东西和给予音乐家的东西。幸运的音乐家！"

这个对音乐的理想纯洁性表示羡慕的类比，会使亚里士多德感到困惑，但它已在一个世纪中支配着关于艺术纯洁性的讨论。如果所有的艺术都谋求这

① 保尔·瓦莱里（1871—1945），法国诗人、文学理论家。

同一种效果——一种另一个世界的完美实现或一种对纯形式的无利害关系的观照——那么显然音乐（有时是绘画，越抽象越好）应该是我们的楷模。“所有的艺术不断地追求音乐的状态”，沃尔特·佩特①在差不多80年前说，因为正是在音乐中，一种目的和手段的、主题和表达的、“内容和形式的完美同一”的“艺术理想”才能实现。[10]就我所知，他从未把他的音乐楷模应用于小说，但它却至今仍被小说批评家们采纳和扩展。[11]

在这种对纯洁性的追求中，我们看到了一种与对现实主义的一般要求相对照的奇特差异。虽然某些现实主义与关于诗的纯洁性的某些概念相一致，但是，典型的对现实主义效果的要求，可能是与典型的要求纯洁地呈现理想的审美王国的主张相抵触的。詹姆斯可能会对任何要他清除自己小说的道德问题和人类感情的建议感到苦恼。萨特对“提供关于社会和人类状况的毫无偏见画面的不可能实现的梦想”的攻击，是很有力的。对他来说，只有把人们“在爱、恨、发怒、恐惧、欢乐、愤慨、赞扬、希望、绝望中”显示出来的时候，他们才“以自己的真实”揭示自己。[12]但是，典型的纯粹论者很可能把道德问题和人类情感看成文学不纯的主要根源。

十分奇怪的是，对现实主义的追求和对纯洁性的追求这两者，甚至在它们最极端的形式中，都同样对小说修辞的不纯性进行了攻击。正如我们在第二章看到的，如果小说要显得真，它就绝不能充满人为性的痕迹。在这里我们则发现，如果小说要纯，如果它要“赶上诗”，如果它要具有与显然更纯的艺术相等同的地位，作者就必须以某种方式找到一种创造一个能为它自己说话的净化过的客体的途径。正如许多现时代的诗人，不管是象征主义、意象主义，还是其他什么人，都感到“自然的客体总是充分的象征”[13]，因此属于完全不同流派的小说家和批评家都一再重复福楼拜的信念：在传递其意义方面，充分表达的“自然的”事件远比任何明确的评价议论做得更好。[14]奥尔特加说：“当我在一部小说中读到‘约翰是倔强的’，这就好像是作家用定义的力量，请我在自己的想象中把约翰的倔强形象化。那就是说，他希望我当小说家。我想，我需

① 沃尔特·霍雷肖·佩特（1839—1894），英国文学批评家。

要的正相反：他提供看得见的事实，以使我不得不感到和确定约翰是倔强的。"在这个要求纯洁性的公式出现前几十年，不知名的詹姆斯·乔伊斯修改了《青年艺术家的肖像》散漫臃肿的手稿，使其最后变得精练纯净，仔细地删去了大多数副词和形容词，最后只剩下一点很难辨认出来的作者议论的残余。我们在起中介作用的《斯蒂芬英雄》的手稿中可以看到这一过程的清楚痕迹。一度所写的"斯蒂芬生气地用勺子戳穿了蛋壳"，他重新考虑并划去了"生气地"一词。为什么？因为很清楚，作者拒绝让自然的、纯洁的客体——在这种情况下是一个有形的行动——为它自己说话。

我们可以看出，当T.S.艾略特谈到"客观对应"时，他并没创造一个新概念。他那时常被人引用的定义是这样开始的，"以艺术的形式表达情感的唯一方式，是找到一种'客观对应'；换言之，一组客体、一种情境、一系列事件，它们是那个特定情感的程式；这样，当拿出必需要在感觉经验中达到的永恒事实时，那种情感便立即被唤起"[15]。这个"客观对应"完全成了我们批评语言的一部分，以致我们时常忘记询问，是否还有自然的诗的客体这么个东西存在，因为它本身作为特定情感的程式在起作用。事实是，几十种不同的、都是"自然的"概念，被这个与自然、必然的反应有关的客体的容易的概念所概括了。在我们允许自己从我们的文学中清除掉任何一种人为的形式之前，我们应该明白，当我们说"自然的客体总是充分的象征"时，我们指的是什么。

当然，我们可以承认，选择能唤起感情的"情境和系列事件"，是作家最重要的天赋——或按亚里士多德的类似说法，"一切中最重要的是事件的结构"。选择正确"客体"的天赋是必不可少的，不管这个客体是一种思想、一个动作、一个描述性细节，或一个牵涉在重大行动中的人物。果戈理创造了《外套》中可怜的小职员亚卡基·亚卡基耶维奇·巴施马奇金，在他那"古怪的、生造的"名字后面的，几乎是个无名小卒，是官僚制度、命运和他自己的懦弱无能的受害者，一切愚蠢无助的小职员的代表，这时，他已经完成了他大部分的修辞任务。当他进一步找到用一件外套作为他主人公的追求、受骗和毁灭的标志的想法时，他再次选择了最有利于他目的的"自然客体"。我们注视这个穷困潦倒的巴施马奇金，他冻得要死，衣着破烂，他拼命省钱，想买一件在他心目中越来越成为生活保障、社会身份和幸福的象征的外套，这时，我们被有效地引向外套的被偷和主人公的死亡。对同情的直接呼吁或是对“制度”冷酷性的直接攻击再多，也不能做得这么好。人们只需想到，任何其他衣物都显然不如外套，就可以看出这个“自然客体”的选择是多么恰当。

如果真是如此，那么我们怎么能对“自然客体”是充分的这种说法质疑呢？果戈理在许多其他的、更容易为人辨识的对读者的吁请中的露面，不是肯定成了不能完全信任他对正确的自然客体进行选择的能力吗？

伟大文学的“不纯性”

没有一个基本的哲学比较，就无法回答这个问题。大多数关于纯洁性的纲领都承认，完全纯洁是不可能的。根据柏拉图关于所有艺术都追求完美状态的概念，这些纲领可以承认每一个别艺术作品的根本不完美，而无须怀疑追求完美的正当性。说明所有伟大文学事实上都使用了修辞，这对已经承认虽然“诗歌要求是纯的”，但是大多数诗“并不要求是太纯的”的批评家来说，是很平淡的和无意义的。[16]然而我必须完成这个咬文嚼字的任务。如果最受赞扬的文学事实上已被修辞严重玷污，那么肯定要使我们去问，修辞本身是否真不具有某种值得我们赞扬的东西呢？如果我们发现它有，某些读者可能还会在这一点上再加入柏拉图主义者的行列，并且强调，正如柏拉图有时也强调的，文学整个来说恰恰是坏的，因为它必须依赖于逢迎低劣的人性。但是至少他们在应用纯洁性的普遍标准作为判断个人作品的价值尺度时，会发现自己是不那么自信的。如果甚至最伟大文学的伟大也取决于“不纯洁的东西”，如果像我们都知道的那样，某些最纯洁的文学也的确是非常糟糕的，那么纯洁的程度作为普遍尺度就是无用的。

事实是，如果可以辨识的对读者的吁请是一种不完美的标志，那么完美的文学是找不到的；不仅在小说中，而且在所有各类伟大作品中，我们发现这种吁请到处都有。最明显的当然是小说中的修辞性插入，然而，要是仔细看，大多数戏剧和大多数抒情诗歌也暴露出类似的“议论”。例如，如果我们反对目的在于得到观众的情感反应的一切东西的话，在任何一部古希腊戏剧中，我们都发现了大量应该删去的东西。柯勒律治说,合唱队常常似乎是纯粹修辞性的,创造出来“作为真正观众的以及具有自己性格的诗人自己的代表，承受由戏剧造成的假定印象，意在指导和支配他们”[17]。《阿伽门农》差不多四分之一都成了合唱队的议论，这时没有其他人物出现，也没有内在的决定或行动的一触即发。不管这些议论写得似乎多么合理——用现实主义的某些现代标准来看它们的确并不合理——但它明确指向外部，提醒我们说，我们正在看戏，证明诗人心甘情愿地把“自然客体”暂放一边，为的是评论它的意义或控制我们的情感反应。

这巨大的恐惧是什么，
它在我的预感之中，
以恶兆来谱写和伴奏，
自动地唱出这游移而神秘的乐曲？[18]

这巨大的恐惧究竟是什么呢？它不过是使观众在情感上对下面要发生的事有所准备的一种方式吧？

同样，在莎士比亚那里，福楼拜称赞他具有神圣的客观性，我们却发现了大量显然指向观众的合唱队议论，时常完全不带有明显的内部作用。如果我们企图清除莎士比亚的修辞不纯物，那么我们不是要拒绝譬如《麦克白》中女巫表演的所有歌唱舞蹈吗？这时除了观众，没人在场。还有许多独白和旁白呢？许多这类直接对观众的演说都基本上是“人物之外”的。正如许多批评家已经认识到的，伊阿古所做的私下道白，如果被看作是一种始终如一的、受内心驱使的忧郁病患者思考的现实主义表现，那就是严重的误解。它们的戏剧意义，是解释而非辩白，帮助观众搞清他们在可信的对话中不易搞清的动因、威胁和可能性。

当我们研究纯洁性时，可能我们应该选择某些更现代的、受到更明确净化的东西。但是在最纯的那类现代抒情诗中，我们只发现了“客观对应物”，只是纯激情或纯情节，而所有的修辞都已去掉了吗？通常并非如此。我们所发现的经常倒是一种乔饰起来的修辞。艾略特的一首诗[①]前面的古希腊的意思含混的格言，可以引导我们考察艾略特实际上对我们做了些什么。当他引用赫拉克利特的古希腊语句，大意是“听从常规是一种义务”，和“向上向下是同一条路”的时候，他可能被谴责为艰深甚至是晦涩，但是不会被谴责为当众信奉不纯洁性。但对于精通古希腊语、能够翻译《燃毁的诺顿》[②]的这些题词的读者，或是查出其他什么人译文的读者来说，效果是什么呢？这就是告诉他，“在读下面的诗时，记住赫拉克利特的话：向上向下是同一条路”。

说“库尔茨先生[③]，他死了”的人与下文有关吗？肯定不是在诗歌中戏剧化地说话的空虚的人们。这肯定是诗人，在宣布他的主题，在让我们进入适合于这个主题的思想状态。最后，我们绝不要忘记标题的修辞。《荒原》？《空虚的人们》[④]？是谁这么说的？

但是可以辨识的修辞绝不限于直接地和专门地对观众或读者所说的话。在许多完全戏剧化的、没有任何合唱队议论的作品中，有许多场面在含义上也是明显修辞的。例如，在《群鬼》中，阿尔文夫人和曼德有关新孤儿院是否应该保险的长篇讨论的作用是什么？显然，它是告诉观众曼德愚蠢、懦弱的因袭性。有时易卜生使用这些场面只是为了使戏剧更容易理解，但有时又用它们来强调那些如果观众要领会戏剧就必须理解，至少得暂时接受的思想。“你知道我曾经在何时何地遇到过艺术家中的不道德行为吗？”人们原来以为，年轻的奥斯瓦德只是全神贯注于他日益逼近的精神病这个更紧迫的问题，他却插进来问了这话。然后他发表了冗长的激烈演说，指责“你们的模范丈夫们和父亲们”。像阿尔文夫人后来对那个“平庸小镇”进行的抨击那样，因为它不能给阿尔文提供任何“生活乐趣”，因此奥斯瓦德的指责，对读者的理解比对任何剧中人的影响更为必要。阿尔文夫人真的需要使奥斯瓦德相信小镇是令人窒息的吗？

---

① 指 T.S. 艾略特的诗歌《四个四重奏》。
② 这是《四个四重奏》的第一部分。
③ 这是康拉德的小说《黑暗的心》中的人物，T.S. 艾略特在诗中引用了这个人物。
④ T.S. 艾略特的诗歌。

不，但她确实存在着使读者相信的问题。[19]

我们在小说中发现了同一种东西。甚至那些最优秀的小说家们，也时常创造出经过分析就能看出的、除了对读者有帮助否则就不必要的场面来。它们与内容是相适合的，但是要为它们的作者的简洁来辩护的批评家，则必须参照读者的需要，而不是参照其"客观对应物"中必要细节的完美。

对于小说家如何使这样的场面一体化为更加必不可少的材料的最佳探讨，那可以在亨利·詹姆斯的那些序言和笔记中见到。詹姆斯一再承认创造了他称之为傀儡的东西，即这样的人物，他们的主要存在理由，是以戏剧化形式给予读者帮助，读者若想领会故事，就需要那种帮助。在谈到自己在《使节》一书中创造韦马什和玛丽亚·戈斯特里两个人物的理由时，詹姆斯承认，他要努力使一切事物都戏剧化，因而就需要发明一种精心乔饰的修辞。玛里亚·戈斯特里作为这样一个傀儡，被"认真地控制在实质上只是斯特雷奇朋友的范围内，她的存在甚至没有别的任何借口。她更多的是读者的朋友——由于读者的各种特点非常需要一个朋友；从书的开头到结尾，她带着堪称楷模的奉献，以当朋友所应有的能力并确实只以这种能力行动着。她是一个应征者，一个指示者，帮助人们理解，总而言之，要是撕去她的面具，她就是最纯粹的和最彻底的傀儡"[20]。然后詹姆斯不加辩解，就把"本质的"东西与修辞的东西的整个关系加以推广："为了我的主人公，要富于想象力地设计一种与内容（我的主题的内容）无关但与方式（我对同一主题的表达方式）密切相关的关系，并且为了尽可能充分简洁地表达，极为仔细地进行处理，好像它很重要和必要——做到这类事情而不影响别的事情，就像人们所说的，可能很容易变成明显的附加行动……"

如果读者企图在詹姆斯的主题的发展过程中，发现什么地方基本的"内容"停止而修辞的方式开始的话，那么这也同样是个明显的附加行动。詹姆斯通常从"某些想象的或遇到的个人"、某些得到实现的人物开始。逐渐地，他发展出其他人物，他们要么对读者的理解有必要，要么对推进发展着的情节必不可少；他经常暂时对这二者不加区分。他将继续这样，创造出越来越多的东西，直至他获得某种他称之为傀儡的东西。

有时他谈到完成了的过程，好像它都是修辞，除了关于主要人物的最初幻象。《贵妇人的肖像》中的伊莎贝尔·阿切尔，在小说成书后很久写成的《序言》中，被说成是基本的主题；而其他人写出来，则是为了帮助读者按詹姆斯要她那样在人们眼里的样子来看她的。当他谈到亨利艾塔·斯塔克波尔这个人物的创造时，他把她描绘成比他围绕着伊莎贝尔创造的其他东西距离基本的东西还要远得多。他把她称为只不过是马车的一个轮子，而不属于“车子本身”。“在上面是只有主题才能占有位置的，而它则是以‘男女主人公’和一些特殊人物（他们不妨说是国王和王后身边的高官显爵）为代表的。”而可怜的傀儡在马车旁边奔跑，上气不接下气，而且，“她们的脚从来没有踏上过车子”。

这样，我们便有了为揭示伊莎贝尔而创造出来的其他主要人物，即创造出来帮助揭示他们所有人的傀儡。我们有了这样的“读者之友”，再加上明确的议论——例如在开头一段，叙述者对“午后茶点”进行了渲染——我们会发现作品的大部分属于有意识指向读者的修辞这边；除了伊莎贝尔这个人物，几乎没有东西留在“主题”那边。

为什么我们没有，也不能够真正地反对所有对读者的这些考虑呢？把这种可接受的修辞与我们真正反对的花招和修饰区别开来的东西是什么？在第七章我将尽力解决这些问题。在这里，我只能简略地提到可能找出答案的两个重要方向。

第一点，甚至在可接受的修辞很容易为人辨识的时候，以及甚至在它可以从作品中分离出来而不会对效果产生严重影响的时候，它也有着一个“内在”方面。每当我们试图把外在内在的区别作为一个标准，用来给一部好作品的不同部分打上印记时——每当我们试图决定这部分或那部分是否处于“内”或“外”时——外在内在的区别就消失了。《李尔王》中有关葛罗斯特的次要情节不是比李尔自己的经历更缺少内在性吗？当然，如果我们的意思是说：断定一个成分是内在的，那个成分就必定是不可缺少的。虽然下述意见让我们吃惊，但是我们也能十分肯定，要是莎士比亚没有想到葛罗斯特的次要情节，《李尔王》就仍然会是一出可接受的、容易懂的、很动人的戏；没有人会抱怨失去了什么。次要情节似乎是创造出来作为提高李尔悲剧的一种方法，因此从我们现在的观点来看，它是修辞的。但它因此就更少艺术性、更不合意、更少“内在性”吗？在作品中还有其他成分比葛罗斯特的家庭悲剧更可以牺牲呢。我们难道要因为莎士比亚不让纯的、诗的要素——比如李尔在石南丛生的荒地上或在死亡那一场的激动演说——为它们自己说话而指责莎士比亚缺乏艺术性吗？

詹姆斯自己对本体与形式、主题与处理、内容与方式融为一体的过程有深刻印象。“施行的圣礼让他们永远结合；这婚姻像其他任何婚姻一样，只不过是代替了没有暴露的赖婚丑闻的二个‘合法’的结合。”他向读者挑战，“证明这个价值、这个效果……是我的处理，证明我没有像自称的魔术师那样把它们融合在一起，没有做到魔术师一定能圆满完成的事，那么，我就只有承认，我像以前市场上的小贩那样自我标榜”。

这不是无根无据的自夸，但是我们应该非常清楚它意味着什么。它几乎肯定不是意味着在《贵妇人的肖像》中没有可以辨识的修辞成分。它所意味的东西，对詹姆斯和对我们一样，是没有那些仅是修辞的成分；在书完成时，一切事物，包括修辞，都“各就各位”，一切事物都变成内在的了——虽然要使用这个词，但我们必须在自己放宽的意义上理解它。最初的双重区别已经被再次打破，我们必须承认各种程度的“内在性”。

在仔细考查由“核心”“本质”和“真正的主题”本身所指的东西时，我们可能发现某些更为有利，至少是更少麻烦的理由，使我们愿意接受傀儡的修辞，以及甚至詹姆斯所做的议论。不管我们如何构想任何一部文学作品的核心，它是否能完全脱离修辞的范围呢？相反，在最初概念形成时，在詹姆斯对自己说出“这里是我的主题”的瞬间，一个修辞方面已经包含在概念中了：主题被看作是能够被带给公众的某种东西，能够放进一个被传播的作品中的某种东西。一旦它转变成为真正的主题，它的传播方式将从本质中出现，如果传播方式是完美的，它会与本质相协调。

这不是说，小说家必须有意识地想到他的观众，或者说为读者而操心的小说家必然比不为读者操心的小说家写得好些。无疑，某些作者在他们把自己的写作看成是自我表达的时候，在把他们的技巧看成是自我发现的时候，要写得好些。但是，不管我们怎样给艺术或艺术性下定义，写作一个故事的概念，似乎就已有寻找使作品最可能被接受的表达技巧的想法包含在自身之中了。把伊莎贝尔看作是潜在的主题,就是把她看成要被改造成“公共财产”的某种东西,而不是看成珍藏在作者宝贵的内心生活中的某种东西。

当我们不带先入之见地阅读时,我们通常认为文学的这个方面是理所当然的;当我们发现作者实际上在努力使他的主题为我们接受时,我们毫不惊奇。我们把作家看成某个对我们演讲的人,他想让自己的作品为人阅读,他尽可能使其作品有可读性。这个常识性看法被现代的经验复杂化了,特别被“公众”的增加和分化,并且被作者们感到被迫响应而采纳的许多个人技法弄得复杂化了。但是,甚至最不妥协的先锋派作家,也不能长久地维持不想为人阅读的姿态。[21]

如果我所说的在文学中修辞方面是无法躲避的论点是正确的,那么,就可以在任何一个成功的场面中找到证据,而不管这个场面多么纯,不管作者是否在写作时想到了他的读者。但是,这里我的主要论点并不依赖故意扩大“修辞”这一术语的范围,这种扩大在某些人看来仅仅是字面上的。更重要的是,在我们所称赞的作品中,狭义的修辞——可以辨识的、可以分离的,“读者之友”成分——是普遍存在的。事实上,这种成分也许不能在每部成功的文学作品中都找到。如果有人找到一部伟大的小说、戏剧或者诗歌,相当数量有资格的读者承认它是这样,而它却完全摆脱了可以辨识的修辞,我会感到惊奇,但不会感到不安。这种为修辞而做的首要辩护并不取决于证明它是必不可少的,而是要说明,事实上一般来讲,有资格的作家们不仅容忍它,而且利用它。对那些仍会回答说作者应该更高明些的人来说,下一节的理论分析是针对他们的。而此时,最有说服力的,是用一段初看起来似乎完全纯的、戏剧化了的场面来结束。

在福斯特《印度之行》一书的开头,阿齐斯医生愤怒地从他刚才受到冷遇的可恨的英国人社会中跑出去,隐退到一个令人愉快的清真寺里休息。在沉思中,他注意到月光下有一个英国女人。

突然间,他怒不可遏,大声喊道:“夫人!夫人!夫人!”

“哦！哦！”女人气喘吁吁。

“夫人，这是清真寺，你根本无权待在这儿，你应该脱掉鞋，这是穆斯林的圣地。”

“我已经脱掉了。”

“你已经？”

“我把它留在门口了。”

“那么请你原谅。”

女人惊魂未定，隔着净水池往外移步。他追着说:“我真为刚才的话感到抱歉。”

“是的，我是对的，不是吗？要是我脱了鞋，能让我进来吗？”

“当然，可是没有哪位夫人愿意这么麻烦，特别是这儿没人可看。”

“没关系。神在这儿。”

他被这种意想不到的宗教敏感弄得几乎不知所措。立刻，一种友谊油然而生，在他惊奇地发现她上了年纪后，这种友谊还存在着。他们自然地交谈起来，谈起了他上司的妻子。

他的声音变了:“哦！一个非常迷人的夫人。”

“可能吧，要是人家更了解她一点。”

“什么？什么？你不喜欢她？”

“她当然想表现得和蔼可亲，可我没发现她到底有什么迷人之处。”

他发火了:“她刚拿走了我的马车，也没经我同意——你能把这个叫作迷人吗？”

不久，他大叫:“你理解我，你知道其他人怎么想。哦，要是其他人都像你就好了！”

要是有人问我们，这一幕能不能从小说中删去，我们怎么回答呢？一种回答会提到人物和事件的内在关系。如果《印度之行》的主要事件将要发生的话，那么阿齐斯与穆尔夫人的最初友谊是必不可少的。在这方面，上述场面是事件锁链上的必要一环。如果福斯特要完成他的小说，这个场面就必须出现。

一种可选择的，但并不矛盾的回答，将涉及读者的需要。例如，如果这个场面被拉上幕布或者删去，某些意义将会被忽略；第一节名为“清真寺”，当它在主题方面配上另外两节“洞穴”和“庙宇”的时候，它便一层一层地产生出在这次会见中相遇的两个种族的生活意义。[22]意义可能在那儿——不仅是在福斯特的头脑中，而且在后面的段落中也实现了——要是没有这里提供的线索，它也可能会失去。

同样重要的是，因为这个场面对于读者与这两个人的感情联系起了作用，所以它也是需要的。因为他们成了朋友，所以他们赢得了我们的友谊。当他们相互给予对方以温暖和仁爱的印象时，他们也给了我们同样的印象。到了这一场的结尾，已经使我们做好了准备，以便对后来的那位缺乏同情心的英国人做出适当的反应，倒不一定自己明确意识到这一点。的确，人们的同情心已经如此之深地沉溺进去，以致后来，穆尔夫人的儿子以一种“粗暴的、傲慢的”口气询问她的遭遇，“他在清真寺向你大叫，他吗？怎么？无礼地？他自己正在那儿干什么？……所以他为了你的鞋向你大叫。的确是无礼行为。这是一种老把戏。我但愿你没上钩”。这时，人们感到极为愤怒。所以，这第一场的影响一直存在着；我们的爱和恨，我们对事情意义的感受，我们对那些我们喜欢的人和那些我们讨厌的人身上所要发生的事情的兴趣，都来自这个最初的遭遇。

戏剧化的必要性和修辞的作用，似乎要在这里完全混合了。我们看作是作品中心的一切东西，不论是情节、象征性结构，还是有意味的形式（在这点上，我们的词汇选择并不重要），似乎都证明了这一场的，或类似于此的某种东西的意义。外在的每一笔对我们的作用，也像它内在地起着作用一样。

很明显，这里的修辞决定在较窄意义上也已经起了作用。为什么这一场这么冗长而又这么生动呢？要不谈小说有传递自己的“需要”，就很难回答。它要成为自身的需要也就更难得满足了。“阿齐斯和穆尔夫人之间的友谊，从他们偶然在清真寺相遇就开始了。阿齐斯被弄得不知所措，是由于发现……”也可以更直接地和简要地告诉我们，"阿齐斯和穆尔夫人成了朋友，互相赏识了……"然后福斯特可以给我们表现菲尔丁家中的那场，其间阿齐斯邀请穆尔夫人和奎斯蒂德小姐访问洞穴，那么我们永远不会知道我们漏掉了什么。

很容易想到反对这个修改方案的论点，但最有力的肯定以一种或另一种方式涉及读者的需要。如果我们想感受到这种或那种东西，想认识这个或那个东西，如果我们想得到这种结果而害怕那种结果，我们就一定生动地体验这个友谊。现在说必须使场面"显得逼真"是很流行的。但使之为谁逼真？在一定意义上，甚至在最扼要的描写中，它也是"逼真的"。对于作者自己来说，它所揭示的事实和感情即使完全没有提供场面，也很可能是逼真的。但对读者来说，除非作者尽可能使得场面生动，否则就没有逼真的东西，而正是为了读者，作者才进行选择，以使这个场面尽可能地打动人。

可以回答说，任何忠实的作者都将仅仅"为他自己"来详细描述这样的场面。虽然这种说法并不正好与福斯特关于小说家与其读者的关系的说法相一致，它却正如我们所看到的，与另外许多人对他们自己的看法相一致。这可能是一种危险的立场，但是如果我们记住了真正的作者和他的第二自我之间的区别，我们就不需要完全否定它。真实的福斯特不需要这个场面；他知道关于其人物的这一切以及更多的东西，只有在他暂时把自己想象成他自己的读者，要接近他的作品又没有特殊的了解时，我们才能认为他是为"他自己"费心地写作这个场面的。如果他在这个意义上把自己假设为读者，他要做的事与头脑中装有读者进行写作的事又有什么不同呢？表现这个公众本身，和影响由同样的自我组成的公众，就成了同一过程，文学表达理论和修辞理论之间的区别就消失了。

不管这是否就是协调自我表达与修辞富有成效的方式，我们必然得出这样的结论：在福斯特的小说中，正像在我们所举的其他例子中一样，作者使用了可以辨识的修辞成分，我们把它们作为他主题实现的一部分来接受。他可以戏剧化，也可以直接评论，但有一只眼睛总是盯着读者的，甚至在他为把"小说本身"带向美满而工作的时候，也是如此。

纯小说在理论上是合意的吗?

如果我所说的关于较大意义上的修辞是对的,那么纯小说是不可能存在的,而问它是否合意是无意义的。但是小说能够被部分地净化掉狭义的修辞。我们能说小说越纯越好吗?大大地依赖于"自然客体"的内在力量的作者,就比有意识地工作来提高客体的某些成分,并把另一些成分隐藏起来的作者具有更多的艺术性吗?

我们最后被迫和亚里士多德以及大多数重要的现代批评家一起得出结论说,作者应该"尽可能"地少用可以辨识的修辞。但在这样做之前,我们应该十分清楚文学传播的可能性的限度。

1.即使对作者来说,一个被表现的客体召唤一种基于人的普遍特性的自然反应,他也永远不能指望那些普遍特性的反应具有任何强度,除非他提出充分的理由。他一定要认识到,所有的读者每天都要受到激起最强烈、最普遍反应的真实事件的猛烈轰击:谋杀、强奸、抢劫、饥荒、无辜受难、罪恶阴谋、狂暴的残忍,这些都可以在晚报上找到,有时带有、有时没有修辞的升华。然而艺术作品对这种描写所产生的温和而无特点的反应是不满意的。契诃夫在给一位朋友的信中说:"你要我在描写偷马贼的时候说,'偷马是桩罪恶'。但是不用我这么说,这是早已众所周知的……当我写作时,我完全指望读者为他自己加上故事中所缺乏的主观成分。"[23]但莎士比亚并不简单地如新闻报道那样表现葛罗斯特的受难,而把主观成分留给观众。虽然挖掉老年人的眼睛是罪恶,不用他"这么说"也是"早已众所周知的",但是他以多种方式设法提高他的观众的感情反应。葛罗斯特自己的发怒,即这场中最长的讲话,本身就是特意设计出来激起我们反对施暴者的,"因为我不愿意看见你凶残的指甲/挖出他(李尔)可怜的老眼;也不愿你那凶残的姐姐/用野猪般的利齿刺入他那神圣的肉体"。拖得很长的挖眼睛过程,一次一只眼睛,仆从那怕人的干预,他所看到的一切都驱向犯罪,以及最后施暴者们自己的喊声——里根要干完暴行的尖叫,康华尔自己的"出来,可恶的浆果!现在你还会发光吗?"——所有这一切都告诉我们,莎士比亚确信:对这一场再多的反应也不过分。他知道,虽然我们会被纯粹的景观所震惊，但是如果不把我们的反应提高到被认为是自然的反应之上的话，他就不能指望达到他所希望的震惊程度。

2. 大多数戏剧性事件具有比这一场更多的歧义，更明显地依赖于纯粹约定俗成的反应，因此需要一种修辞来使读者认清它们。甚至最永恒的价值也得承认从一个人到另一个人，从一个地区到另一个地区，从一个时代到另一个时代约定俗成的表达方式的变更。最伟大的艺术家们的确了解永恒的价值；我确信，我对李尔王的同情、对伊丽莎白·贝内特①和阿辽沙②的喜欢，以及对伊阿古③和贝兰特雷少爷④的害怕，都建立在根源上并非纯粹约定俗成的信念上。我确信，福克纳把《我弥留之际》的创作动机称为普遍的和自然的是正确的。他说："我只是想象一群人，并使他们遭受洪水大火的普遍自然灾祸，用一个完全自然的动机［埋葬］来指引他们前进的方向。"[24]只要还有关心文学的读者，一般人永远不会停止关心子女孝敬死者以及与"洪水大火"相抗争这两类价值。但是，任何艺术家如果只是在事实上表明了无辜的受难、莫名其妙的罪恶或固执的忠诚的场面，就指望我像对这些复杂的人物和事件那样做出反应，那他就的确太傻了。事实是，福克纳采用了精心制作的技巧手段——远不是明确的评论——来帮助我指出方向去穿过这喜剧史诗的丛林。就是这样，他还是让我在很多地方处于完全迷惑之中——还不只我一个。[25]要是无人帮助，多半我们甚至会认不出显示给我们的东西是什么。也许会说我们"应该"能。但是为什么我们应该呢？要是我仅仅把一个虚构世界表现给譬如说福克纳或乔伊斯，而不带有我如何看待这个世界的清晰线索，我能够有理由指望他们把我的自然客体认作是它们其实就是的东西吗？当然，我们都非常称赞各种优点，不管我们给它们什么名字（"新奇"或"明智"，表现了"勇气"或"胆略"，等等）。我们都热情地爱好真理，但我从不相信自己在看到体面或勇气时就能认识它们，多半在第一次碰上真理时，它会让我生气或被我当作谬误抛弃。

---

① 简·奥斯丁的小说《傲慢与偏见》中的人物。

② 陀思妥耶夫斯基的小说《卡拉马佐夫兄弟》中的人物。

③ 莎士比亚的戏剧《奥赛罗》中的人物。

④ 斯蒂文森的小说《冬天的故事》中人物。

坚实地构造诱导自然反应的自然客体的观念，最初是在对19世纪科学家的模仿中进入文学的，这些科学家冷静而客观地处理具体现实。它在文学中从未像在科学中那样成为一种富有成效的思想。既然现在科学家已经放弃了这样一种主张：他们正在探讨关于坚实构成的现实的单一公式，并且不受观察者的局限和趣味的影响，那么也许我们应该再次收拾皮包跟着走吧？混沌的现实从未以一种“自然的”“朴素的”形式给予人们。用不着向相对主义投降，人们就能认识到，我们的不同趣味和癖性引导我们为不同的目的而接受现实的不同方面。同样的事实可以是许多有区别的事实，取决于我们一般倾向性的不同。因此，每个文学的“事实”——甚至人类体验的某些普遍方面的最朴素的画面——都高度地承担了作者的意义，不管他自命具有什么客观性。

这里所说的事情是，任何故事除非包含了一定量的讲述（不管它多么的细微，对于我们认识那个给它以意义的价值体系是必需的，而且更重要的是，对于我们愿意接受，至少是暂时愿意接受那个价值体系也是必需的），否则故事将难以理解。的确，读者必须在某种程度上中止他自己的怀疑；他必须是有接受能力的、开放的，准备承认这些线索。但是作品本身——任何并非我自己写成的或由那些具有和我一样信念的人写成的——必须用它的修辞来弥补由我自己信念的中止造成的裂缝。

甚至如虐待儿童这些被人们普遍悲叹的事情，也能产生完全不同的效果。当哈克①的爸爸拿着刀追赶他时，或当连环画上的父亲为自己在办公室过得不顺心而打孩子时，当《理发》中的吉姆和《喧哗与骚动》中的杰生为马戏团的事使孩子们失望时，当伊丽莎白·鲍恩②的女主人公③体验到感情的死亡时，当萨基④的小异教徒被他的姑妈惩罚时，当美狄亚杀死她的孩子时，当麦克白杀死麦克德夫夫人的孩子时，当斯威夫特《温和的建议》提出要煮孩子吃孩子时，当匹普⑤被哈维沙姆小姐诱骗时，当乔伊斯的《对手》中的法林顿揍他的儿子时，

① 马克·吐温的小说《哈克贝利·费恩历险记》中的人物。
② 伊丽莎白·多萝西·鲍恩（1899—1973），英国女小说家。
③ 鲍恩的小说《心死》中的人物。
④ 萨基，真名赫克托·休·门罗（1870—1916），英国小说家。
⑤ 狄更斯的小说《远大前程》中的人物。

最后，当《卡拉马佐夫兄弟》中孩子被打死的时候，我们对这些坏事的感情从冷漠的消遣到绝对的恐怖，从怜悯的谅解到仇恨，变化不一，这主要不取决于光秃秃的事件和我们的反应之间的任何自然关系，而是取决于作者提出的评价。[26]

3.即使有永恒的、普遍的反应体现在作品中，那么，它们也未必强烈地打动我们，它们可能是含糊的——如果没有作者的修辞的话。更麻烦的是，小说因为其本身对真实的趋向，倾向于涉及大量的纯粹的习俗，它除了在上下文中，否则就没有意义。任何一个好的雇佣文人作家都知道，比如说，一个女人点了一根香烟，1960年写的小说中这种事的含义与1860年写的小说中的含义就不相同。衣着发型的时尚，绅士风度的样式，性行为——习俗起作用的生活的一切领域——都可以用来确立人物，但是只能局限在作者仔细地加以规定和控制的时间和地点的限度之内。[27]20世纪60年代一位女主人公的乱伦，甚至不会像70年前苔丝非自愿的私通那样受到斥责。莫里亚克讲述了一个现代女人，她不能理解《费得尔》中大惊小怪的是什么：还有什么能比与自己的继子相爱更自然吗！

这样转变的结果是，如果一个作者依赖于事实上并不客观的相关物的话，他就可能把自己的作品净化到无意义的地步。读者总是面对着一个特别动作、一个特别细节意味着什么这样的问题。只说它不必意味着任何东西，因为它就是自己，这是不够的。无意义地堆积精确观察到的细节不能始终使我们满意；只有在使细节讲述，只有在它们为被显示的生活承担了一种意义时，它们才是可以接受的。如果詹姆斯·T.法雷尔①在《加油站的麦金蒂》（1933）中，开头一句就说麦金蒂吐痰时没吐中痰盂，它意味着什么？他老是吐痰的事实可能暗示着他的某些东西，虽然确实不多。它是个痰盂这一事实暗示了一点他的环境。但没吐中一个痰盂的行动又意味着什么？它含有比吐中更多的意义吗？可能是，可能不是。"麦金蒂嚼着第四个橄榄，他想到博依尔（老板）一定塞满了橄榄。"这是想要指出什么吗？可能它只是表示麦金蒂很胖，而这一点我们

① 詹姆斯·托马斯·法雷尔（1904—1979），美国小说家。

已经完全知道了。可能它意味着别的什么东西。如果读者无法理解每个含蓄的事实的充分含义，他当然会严重误解。但是，在另一方面，如果他假定他的作者是有意识地选择细节并使它们含有意义，他可能发现自己解释得过了头。

年轻的斯蒂芬·代德路斯生气地用勺子戳穿了蛋壳，是一类客观事实，但是在乔伊斯删去了“生气地”之后，他会很容易变成另一类。我们要以学究的姿态提醒学究气十足的乔伊斯，一个蛋壳能够以生气以外的许多方式来打破。沉思地？神经质地？漫不经心地？无忧无虑地？兴奋地？当然“上下文将显示”——只是在有的时候。但是，那么上下文是“客体”的一部分吗？如果是的，为什么作者不能提供设计出来使上下文对读者更为清楚而对“客体”不一定真正必要的场面，来作为客体的一部分呢？如果客体本身可以按这种方式发展，就像我们看到的詹姆斯对亨利埃塔·斯塔克波尔所做的，那么我们在哪里停下来呢？然后我们不能加上一个副词或两个，甚至一段评论等等吗？上下文停在哪儿？如果上下文对于真正有关的客观对应物是需要的，如果上下文变成了整个作品，那么假如我们采纳艾略特关于客观对应物的程式的话，我们就会令人不可思议地说出下面这段话：在艺术中激起情感的唯一方法，是创造作为这一情感的程式存在的完整的艺术作品——这足够确切了，因为它是同义反复，但在清除修辞方面并无什么具体的帮助。

4.最后，某些能打动人的文学，是基于一种对许多读者都“自然地”认为是一种正常反应的东西的成功的颠倒。这样的颠倒，只有在作者能够提请我们注意到客体的表象所遮蔽的关系和意义时，才能成功。如果麦克白的冷酷无情占据了支配地位，他的残酷统治就很自然地适合于任何普遍的情感反应，那么它就会是一个恐惧、仇恨与复仇的快感的结合体。这样一个故事受到的修辞处理越少，它引起的同情就很可能越少。如果莎士比亚的意图是一个复仇悲剧，可以想见他会放弃任何特殊的修辞，让谋杀者和暴君从外部看来自己表白自己。很难想象就是出自莎士比亚之手，结果也会有很大区别，但是至少它不会像现有版本那样，受我们的同情感的明显支配。事实上，莎士比亚使用了一种精心制作的修辞来控制我们的同情感：麦克白的受折磨的良知被详细地加以戏剧化，表现了比他那些没有加以戏剧化的罪行所具有的更强烈的启示。[27]

亚里士多德声称，悲剧诗人应该能够以简要的形式叙述情节，并以简化的程度产生悲剧情感。如果他的情节是俄狄浦斯、李尔或奥赛罗的情节的话，这是十分正确的。但是，假如他要他的观众怜悯从外表来看是坏人的人，或喜爱像在《爱玛》中从外表来看是虚荣和爱管闲事的女子——那么怎么办？那么，为什么所有可供他支配的修辞方法——每种风格的方法，每种转换事件序列的方法，每种操纵“内心观察”的方法，以及如果需要的话，议论的方法——不能用来帮忙呢？

简言之，所有关于自然客体是自足体的老生常谈，在最好的情况下也只是部分正确的。虽然某些人物和事件可以自己向读者说出它们的艺术寓言，这样也就以一种微弱的形式带有它们自己的修辞了，但是，没有一个能够以适当的清晰和力量来做到这一点，除非作者使用全部精力来考虑使读者看出它们其实是什么这一问题。作者不能选择是否使用修辞性的升华，他唯一可以选择的是他所使用的修辞类型。

注　释

1. 弗拉基米尔·纳博科夫，《论一本名为〈洛丽塔〉的著作》，载《洛丽塔》（纽约，1958年），第313页。

2. 杰·斯坦，《访问威廉·福克纳》，载《巴黎评论》第4期（1956年春季号），第28—52页。引文出自第38页。

3. 这不是说我所称为修辞的东西已被完全忽略。参看“文献”，第4节。

4.《来之不易》，载《现代小说》格兰维尔·希克斯辑（纽约，1957年），第113—116页。

5.《自传》，弗雷德里克·佩奇辑（伦敦，1950年），第234—235页。

6.《现代小说》，载《普通读者》（伦敦，1925年；纽约，1953年），第153—154页。文章写于1919年。越来越苛求的作者与越来越无能的读者之间的战役具有如此之多的方面，以至于我甚至不能在此阐述这些问题，更不必说进行褒贬。关于阅读大众退化的原因，参看Q.D.利维斯《小说与阅读大众》（伦敦，1932年），以及理查德·D.奥尔蒂克《英国普通读者：阅读大众的社会历史，1800年—1900年》（芝加哥，1957年）。

对阅读大众的攻击仍然时常发生。“显然”，格兰维尔·希克斯在他所编的十位年轻小说家的声明的文集（《当代小说》）中得出结论说：“今天，小说的一切方面都不好，但问题主要在读者方面，而不在作者方面。”（第216页）然而在他的文集中，至少有两位小说家，拉尔夫·埃利森和哈维·斯韦多斯，在有关小说家对读者进行叙述时处理价值的问题上，有很多话要说。然而，早期“现代”小说家反修辞的姿态是否已近消失的问题，还必须留给某些能够比我更好地认清当代景象的人。

7.罗伯特·佩恩·沃伦列出了十种因素，他发现都是这个或那个批评家为了只留下纯诗而要求清除的东西：“（1）观念，真理，概括，意义。（2）精确、复杂的‘认识’意象。（3）不美的、不快的，或中性的素材。（4）形势，叙述，逻辑演变。（5）现实主义细节，精确的描绘，一般的现实主义。（6）基调或语气的转换。（7）冷嘲。（8）诗歌变体，韵律的戏剧化改编，不合谐音，等等。（9）音韵本身。（10）主观的和个人的因素。”（《纯和不纯的诗歌》，载《凯尼恩评论》，1943年，春季号。转载于《批评中的评论和论文：1920年—1948年》，罗伯特·W.斯托尔曼辑［纽约，1949年］，第99页）一种很有说服力的反对使用纯洁作为普遍标准的意见，参看弗雷德里克·波特尔，《诗歌的格调》（纽约，伊撒卡，1941年）。

8.然而，在各种修辞学家的著作中，亚里士多德那种要把修辞学与诗学相区别的企图很快就被放弃了。参看伯纳德·温伯格，《罗伯泰罗论诗学》，载《批评家与批评》，R.S.克莱恩辑（芝加哥，1952年），第319—348页；理查德·麦基翁，《古代的模仿概念》，同前，特别参看第168—174页，关于某些流行的“修辞学”批评变体，参看R.S.克莱恩《批评的语言和诗歌的结构》（多伦多，1953年），特别参看第115—128页，第197页。

9.《纯诗》，载《诗的艺术》，丹尼斯·福利厄特译（纽约，1958年）第184—185页。

10.《乔尔乔内学派》，载《文艺复兴》（伦敦，1888年现代文库版，没有日期），第111—114页。

11. 参看戴维·戴希斯，《弗吉尼亚·伍尔芙》（康涅狄格，诺福克，1942年），第129页。现代批评中许多建议中的一个，小说家要做什么——在这种情况下是“提炼出生活本质”——也许，可以由音乐家来做得更好些。任何熟悉现代批评的人都会想到，有多少要把像纪德、普鲁斯特、托马斯·曼、乔伊斯和福克纳这样的小说家的著作与音乐所做的比较。迪雅尔丹自夸首创了小说中的意识流；他是以“把瓦格纳的方法输入文学的极大雄心”来从事这一工作的，这绝非偶然（《内心独白的出现、起源，以及詹姆斯·乔伊斯著作的地位》[巴黎,1931年]第97页)。参看艾布拉姆斯,《镜与灯》(纽约,1953年),第三章,第1节,关于整个十九世纪所用的与音乐的类比。

12.《文学是什么?》,伯纳德·弗雷希曼译(伦敦,1950年),第13页。一种对文学具有内在“不纯性”、不可避免地要涉及“外部”真实的理论分析,参看默里·克里格,《诗歌的新辩护者》(明尼苏达,明尼亚波利斯,1956年),第129页以及其后诸页。

13. 埃兹拉·庞德,《迷失的文件》(1913年),转载于《使其新颖》(康涅狄格,纽黑文,1935年),以及载于M.D.扎贝尔,《美国文学评论》(修订版;纽约,1951年),第170页。还请参看庞德致W·卡洛斯·威廉姆斯的信,1908年10月21日,载《书信,1907年—1941年》,D.D.佩奇辑(纽约,1950年,)第3—4页;以及休·肯纳,《诗的艺术》(纽约,1959年):“一件事物就是它所是的东西。诗人工作的很大部分是了解它是什么,然后认识到,它的‘天性’是比他的思想在表现它时所引起的作用更为持久的趣味。如果它的天性暗含某种道德真理,那么,成功的诗人将劝使我们相信,因为它们就包含在他的主题中,所以他正在阐明它们,而不是因为他感到了那种方式,所以他正在创造它们”(第174页)。

14. 参看奥尔巴克,《模仿:西方文学中的现实主义再现》。威拉德·特拉斯克译(铁锚版,1957年),第486页,还请参看R.G.科林伍德,《艺术的原则》(首版,1938年;纽约,1958年):“在诗歌中,甚至在目的在于表达的散文中,使用描述词总是一种危险。如果你要表达某种东西引起的恐惧,你一定不能给予它像‘可怕的’这样的描绘词。因为它用描绘感情代替表述它,所以你的语言立刻就会变得呆板,即不可表达。一个真正的诗人,在他的真正的诗歌成分中,从不用他正在表达的感情的名字来提到它”(第112页)。

15.《哈姆雷特和他的问题》,载《雅典神庙》(1919年9月26日),转载于《评论和论文》,斯托尔曼辑,第387页。

16. 沃伦,《纯和不纯的诗》,载《评论与论文》,斯托尔曼辑,第86页。

17.《希腊戏剧》,载《关于莎士比亚的论文和演讲》(人人版,1907年),第17页。

18.《阿伽门农》,乔治·汤普森译,载《六个古希腊戏剧的现代译本》,达德利·菲茨辑(纽约,1955年),第34—35页。

19. 在早期戏剧中可以找到更明显的例证。《阿伽门农》中最长的一场,卡珊德拉与合唱队的那场,当时所有重要行动都在无法看到的后台进行,这是一个极好例证。

它几乎长达全剧的五分之一，这个长度只有作为让观众对阿伽门农的呼喊做好心理准备才是合理的。

20.《纽约版前言》,转载于《小说的艺术》,R.P.布莱克默辑(纽约,1934年,1947年),第322页。

21. 例如，参看埃尔曼的报道，乔伊斯几乎是可怜地渴望在每部作品出版之前或出版之际就得到关于它的批评。乔伊斯对销售的兴趣仅有部分是纯粹商业的,但是很清楚，他非常渴望自己的著作被人阅读(《詹姆斯·乔伊斯》，到处可见)。

22. 参看E.K.布朗,《小说中的韵律》(多伦多，1950年)，特别参看114页。

23.《关于短篇小说、戏剧和其他文学论题的通信》，路易斯·S.弗里德兰辑(纽约，1920年)，第64页。

24. 杰·斯坦,《访问威廉·福克纳》，第39页。

25. 参看爱德华·沃塞利克的《〈我弥留之际〉:迟来的当代评论旋风中的曲解》,载《评论》，第三期，(1959年春季—秋季号)，第15—23页。“我们的看法与邦德仑一家的看法一致吗？还是与之保持了冷嘲的距离了……福克纳借助于选择细节和局面，能够控制我们按他希望的那样去看待邦德仑一家的斗争。”(第17页)也许“能够”不是十分正确的词，因为沃塞利克发现，与他自己的意见相反的观点已经“稳固存在于迟来的当代评论旋风之中了”。我发现他的论点颇具说服力，但我绝不相信自己能单独得出如此结论，甚至在得到大量论述它的著作和福克纳所有借助“选择细节和局面”进行的控制这些帮助之后。

26. 一个特别辛辣的使用对儿童的残忍行为的实例，参看陀思妥耶夫斯基《荒唐者的梦》，载《温顺者和其他故事》，大卫·马格沙克译(伦敦，1950年)。

在婚姻、生育、自杀、爱情等任何一般行动中，都可做到这同一点。考虑下列谋杀：麦克白谋杀邓肯，我们同情麦克白而非邓肯，马卡姆谋杀当铺老板，我们希望马卡姆获救；蒙斯尔·韦尔东谋杀了一串富有的女人，我们站在他一边反对腐朽的文明;《善心与科伦尼兹》中的可能继承人谋杀了差不多半打亲戚,我们只是发笑;朱利卡·多布森“谋杀”了牛津的所有学生，我们怀着十分复杂的心情发笑；在《人的命运》中，秦十分残忍地谋杀了一个陌生人，我们感到恐怖——为秦。关于那些对谋杀者的仇恨和对受害者的怜悯的“自然”反应居支配地位的谋杀情节，就不必开列许多了。

27. “150年前，人们了解自己所站的立场以及指望他们做出的行动，因此，当他们从一种被人接受的思想规范变化开去时，他们变化了的思想规范会告诉你有关他们的思想状态的某些东西。例如，当安妮·艾略特发现，星期日旅行对于她的亲戚已成一件可以为常的事时，她推想，并完全有权这样推想，'他至少是不关心正经事了'。甚至当我是个孩子时，你就习惯于听人讲述各种似不可信服的标记，让你借助于它们去识别谁是贵妇谁不是。今天，标记语言大都已经过时，结果是，外部描写越来越少地承担着与意识内容的联系，小说家使用自己的想象来追踪这种联系就变得越来越必要了。"（玛丽·斯克尔顿，《小说之外》，载《20世纪》，1956年，4月号，第367—368页）如果像星期日旅行这样的外部事件是真实的，那么思想和看法也同样是真实的。

朱利安·马克尔发展了这一观点，参看《坠落的景象：〈麦克白〉与悲剧模仿的"方式"》，载《莎士比亚季刊》第12期，1961年夏季号，第293—303页。

第五章　普遍规律之四：感情、信念和读者的客观性

只有当读者的道德信念完全符合一篇故事所根据的那些道德信念的时候，他才会具有可能产生的全部感情。

——蒙哥马利·贝尔金

一部小说（一部艺术作品而不是一部伪装的社会学著作的那种小说）中的人怎样迫使美国读者识别，在人的身上，除了阶级、种族、财产或正规教育的所有差别之外，哪一种是基本的东西呢？

——拉尔夫·埃利森

因此，作家的意图是使读者掌握每个情节的重要性。作家无法确保他的全部读者都像他自己那样看待问题。因此，他试图规定一个观众。借助于假设出所有人应该能够理解和赞同的东西是什么，他创造了一种人性，一个由希望和现实按他自己的乐观主义程度相同比例组成的人性的替身……作家必须找到认识什么事物是真实的、什么事物是重要的持久直觉。他的工作就是运用这些持久的直觉，它们具有透过所有变形和迷茫去辨认受难的原因或幸福的原因的能力。

——索尔·贝娄

“在审美上，眼泪和笑声都是欺骗”

“小说不仅是人为的和修辞的,它还是染污的。”某些批评家可以这么回答，并且认为我提出的论断是小说低于其他更接近纯文学形式的证据。在一个人看来是纯洁的东西，在另一个人看来则是染污了的东西，像詹姆斯那样的作者从自己的作品中清除作者的声音，为的是某种情感效果，而这正是另一个更纯的作者要清除的东西。奥尔特加说:“不仅对一部艺术作品表现或叙述的人类命运感到的悲伤和欢乐，与真正的艺术快感完全不同，而且对作品的人情内容的关注，原则上也是与审美欣赏完全对立的。”[1]对他来说，真正的艺术不仅必定排斥修辞[2]，而且一定排斥真实本身，只要真实是由人情内容组成的。“艺术的目的就是艺术的，这是就它的不真实而言的。”“虽然纯艺术是不可能的，但无疑流行着一种向艺术纯化的趋势。这样一种趋势，将影响那种消除人性的、一切过于人性的因素的过程，而这些因素在浪漫主义和自然主义作品中居于支配地位。”“在审美上，眼泪和笑声都是欺骗。”

他谈到“在柏林、巴黎、伦敦、纽约、罗马、马德里最敏锐的相继两代年轻人”，他们都已发现自己憎恶传统艺术，这时，他把这些年轻人的成就归功于以形式的名义进行的艺术的“非人化”，这种形式与其说是被体验的，不如说是被关注的，即一种所有不是纯审美的东西都被消除掉的形式。因此，奥尔特加所谈到的那些人不仅要清除小说中所有的纯粹叙述，而且要抛开詹姆斯为掩饰讲述所做的一切苦心努力，他们要清除所有“指示、典故和叙述”，仅仅表现“事物本身”，即“可见的事实”。虽然基于情感反应的一定数量的情节可能是必不可少的，但是，它应该被看作是一种必要的罪过，“没有审美价值，或只有一种反映的和次要的价值”。

自然，这类作品的读者也必须清除掉自己的情感介入。人们一再读到对那些为“动作”“情节”或感伤传奇而激动的读者所做的批评。可以理解，由诸如道德善良或无辜受难这类低级“情节剧”特征引起的强烈期望或恐惧，不是正常的读者所要求的；他宁愿从“审美的”或“认识的”特征中，或从对艺术家技巧的观照中取得快感。福楼拜说，艺术中的最高目标“不是引起笑声或泪水”——在接下来的这一百年中这一公式已经重复了多少次！——而是“做到自然所做的，那就是说，使读者梦想”[3]。甚至从不赞成奥尔特加所说的那种极端形式的非人化的詹姆斯，也在为这样的读者辩护，这些读者能够从仅仅进入到“故事”之中，上升到分析地鉴赏“一个人的故事本身的故事”[4]。他所要求的是认知力、辨别力和分析的兴趣；正如我们已经看到的，虽然他愿意承担把读者提高到这一水平的责任，但是他仍然预先假定读者愿意做出正确的分析性反应。

在真正的欣赏和低下平庸、商人气质的对情节和情感的兴趣之间的对立，被许多后来的批评家们扩大了。也许现在很少有人走到奥尔特加所说的早期现代人那么远，对于他们来说，真正的艺术是“反大众的”，把“公众分为两群”，故意迫使“普通公民认识到自己正是这种人——普通公民，一种不能接受艺术洗礼的生物，对纯美又瞎又聋”。但是，在许多现代的对故事或情节的诋毁中，人们一再感到那种奥尔特加敢于用其极端形式——真正的艺术根据的是那些“并非普遍人类”的冲动——来表达的趋势。它不是“为一般人的，而是为一个可能并不更好但显然是不同的特殊阶层的人们的”[5]。

许多对像情节和情感涉及这类据说是非审美的东西的攻击，是建立在现代人重新发现的“审美距离”基础上的。在浪漫的情感主义和朴实的自然主义大肆泛滥之后，作家们在19世纪行将结束时发现，在清除早期文学的各种人为性方面，他们提出的问题比解决的更多；越来越清楚，一旦艺术与现实的缝隙完全弥合，艺术就将毁灭。但是直到20世纪，人们才开始真正承认，使我们与现实保持一定距离的人为的力量可能是一种优点，而不仅仅是达到充分现实主义的不可逾越的障碍。1912年，爱德华·布洛把他所谓的“心理距离”的问题归纳为确保作品既不“过远”又不“过近”。他说，如果过远，作品就显得不可能、人为的、空洞或荒唐，那么我们就不会对它做出反应。如果过近，作品就带有过多的个人色彩，那就无法作为艺术来欣赏了。例如，如果一个自认为有理由嫉妒自己妻子的人观看《奥赛罗》，他会过分地并以一种并非完全审美的方式深深感动。[6]正是这第二种危险真正表达了某种新的悬而未决的问题；当布洛提出艺术家应该采取措施以防过近时，他实际上是处于一大批作者和批评家们的前列，这些人或是热衷于这种或那种“间离效果”，或是对一般读者的这种要求表示惋惜，即他们认为自己应该更深地沉溺在他们阅读的作品中。贝托尔特·布莱希特为创作“非亚里士多德式”的戏剧、“不基于移情作用的戏剧”所做的努力，仅仅是许多艺术家在努力打破专横的现实束缚时所追求的一种极端形式。[7]

强调需要控制距离显然是正确的。但是，如果小说家试图找到某种一切作品都应追求的理想距离，那么他会发现自己困难重重。事实上，“审美距离”是多种不同效果，其中有些完全不适于某些种类的作品。更重要的是，距离本身从来就不是目的；努力沿着一条轴线保持距离是为了使读者与其他某条轴线增加联系。例如，近松门左卫门①强调诗人要避免使用一切带有情感的形容词时，他这么做是为了在读者中增加情感效果。“我把怜悯看作一个完全是受制约的问题……重要的是，人们不应当说一个事物‘是悲伤的’，而要说它存在于自身的悲伤之中。”[8]在另一方面，当布莱希特要求一种“透彻的冷静”时，初看来他是希望增加一切种类的距离；但是，他真正要求的是增加情感距离，意在更深地把读者的社会判断牵涉进来。

我们越仔细地考察距离的概念，它就显得越复杂。当然，如果我们满足于把所有文学都看成追求一种、唯一的一种影响——一种现实主义感，一种对纯形式的迷狂的关注，或其他什么——那么我们就会对追求一种距离感到满意。那么，每个批评家都会提出他的公式，并试图使读者们服从于它；尽可能多的现实主义，但必须与现实保持足够的距离以保存形式感；尽可能地接近纯形式，至多带有情节这样的不能去掉的杂质；如此等等。但是，我们对实际作品的体验就像这种方法所提出的那么简单吗？每一部具有某种力量的文学作品——不管它的作者是否头脑里想着读者来创作它——事实上，都是一种沿着各种趣味方向来控制读者的涉及与超然的精心创作的体系。作者只受人类趣味范围的限制。

为了创造最伟大的文学，应该做到提高一些趣味和抑制一些趣味，对于这

① 近松门左卫门（1653—1724），日本戏剧家。

一点，我自有一套普遍规律，为了抵挡要代替我自己的普遍规律的自然的诱惑力，在这里我必须开列出一种基本的——对于某些读者来说是相当明显的——趣味的范畴，它是小说家们在构造他们的作品时事实上而不是理论上所运用的。一旦这个范畴完成，我们还会确信一种趣味远远高于所有其他各种；但即使如此，我们所创造的有利于它的法规，也是建立在对我们的规律所禁止的趣味范围所进行的公正而全面的考察之上的。[9]各种清除——不管是对非现实主义的作者的声音，对不纯洁的人类情感或帮助产生它们的道德判断——只有放在一种不能清除的东西的内容之中才可以理解：某种可以吸引读者并使读者看完全书的趣味。

在把趣味作为普遍标准时，我知道自己是沉溺于我已经批评过的似乎是先验论的东西之中了。为什么所有作品都必须是有趣的？对谁有趣？一部作品不能只是“真实的”“富于表现的”或“结构精巧的”，而让读者自己去得出他能得出的结论吗？恰当地回答这些问题将使我离题太远。也许在这儿这样说说就够了，按我论题的性质来说，趣味对我是支配性的：如果我要根据文学影响读者这一点来对它加以讨论，某些趣味始终将是中心。如果我把文学作为现实的反映来讨论，在这种情况下真实可能是我们的最高术语；把文学当作作者的思想或心灵的表达来讨论，在这种情况下像真诚或富于表现力这样的一般术语可能是占中心地位的；或者最终，把文学作为形式卓越的实现来讨论，在这种情况下，像连贯、复杂、统一、和谐这类一般的术语可能成为中心；取得支配地位的将是不同的普遍价值。事实上，文学作品是所有这一切东西；人们选择加以强调的方面，很大程度上由人们要回答的问题的类型所决定。而且，每种选择都有无法避免的局限性，正如艾布拉姆斯在《镜与灯》中令人信服地论证的那样。也有可以避免的危险或诱惑——但这只是那样的批评家造成的，他们坚持要把自己的普遍信奉专横地强加于丰富多样的实际作者、作品和读者。不幸的是，至于我是否在下文中也是这样做的，这倒不是一个只要以手抚胸发誓说我已尽了力就能解决的问题。

文学趣味（和距离）的类型

小说中使我们感兴趣的、因而可以通过操纵技巧来获得的价值，可以大致分为三类。（1）认知的或认识的：我们具有，或可以被动地具有对“事实”、真实的解释、真实的理由、真实的本源、真实的动因，或对关于生活本身的真实的强烈认知好奇心。（2）性质的：我们具有，或可以被动地具有要看到某种完成的型式或形式的，或体验某种性质的进一步发展的强烈愿望。我们可以把这种趣味称为“审美的”，如果这样做并不意味着运用这种趣味的文学形式，必定比运用其他趣味的文学形式具有更多的文学价值的话。（3）实践的：我们具有，或可以被动地具有希望我们爱或恨、赞扬或讨厌的人们成功或失败的强烈愿望；或者说可以被动地希望或害怕人物性质的变化。我们可以把这种趣味称为“人性的”，如果这样做并不意味着（1）和（2）更缺少人性的话。这种希望或害怕可以是对一个人物智力的改变，也可以是对他的命运的改变，甚至在由最坚定的、似乎完全属于（1）类的思想所指导的小说中，人们也找到了这一实践方面。其次，我们的愿望可以是对一个人物品质的改变：甚至在由纯粹“审美的”、似乎完全属于（2）类的感觉所支配的小说中，人们也找到了这一实践方面。最后，我们的愿望可以是对一个人物道德的改变，或者对他命运的改变——也就是说，可以使我们希望或害怕特殊的道德选择及其后果。

认知的趣味——我们总想发现事件的真实情况，或是简单的物质环境，（如大多数神秘故事），或是说明外在环境的心理或哲学的真实。甚至在所谓的无情节作品中，我们也被一种要发现书中世界真实的愿望所驱使。在着重依赖这种趣味的作品中，一旦我们看到全部的画面，我们就知道书已完成。例如，在赫尔曼·黑塞[①]的《悉达多》中，我们的主要兴趣在于悉达多寻求人应该如何生活的真理。如果我们认为一个人应该如何生活的问题并不重要，或认为作者对这个问题的见解不见得多高明，我们就永远不会十分注意这部小说，即使我们可能享受到它所提供的某些微不足道的快感。在许多严肃的现代小说中，我们寻找一种问题的答案，“这些生活意味着什么？”在其他小说中，我们寻找主题、

① 赫尔曼·黑塞（1877—1962），德国小说家、诗人。

意象或象征的完成型式。

但是，几乎没什么富于想象的作品完全依赖于对认知完成的愿望。完全属于这类悬念的纯文学形式，是引起我们对一个重要问题的好奇心的哲学论文和纯粹推理的侦探小说。

性质的完成——大多数富有想象力的作品，甚至那些在仅仅建立于思辨或认知趣味这种意义上说似乎是一种认识的或说教的作品，也部分地依赖于与认知好奇心非常不同的趣味；它使我们想要一种性质。虽然某些作品提供的某些性质时常是用诸如“真实”和“知识”这样的认识性术语来加以讨论的，但是很清楚，我们从下列性质中获得的满足，在某种程度上与学习的快感并不相同。

（1）原因—效果，——当我们看一个原因链条开始时，我们要求——以一种与纯粹好奇心仅仅间接有关的方式要求——看到结果。爱玛放纵、苔丝被诱、哈克出逃——我们要求一定的结果。这种结果，亚里士多德在讨论情节时如此着重地强调过，但正如我们已经看到的那样，时常被现代批评家和小说家贬低甚至否定。我们对因果关系完成的愿望是作者可以获得的最强烈的趣味之一。我们不仅相信在生活中一定的原因会产生一定的结果，而且我们还相信，在文学中它们也应如此。结果是，一旦我们普通读者被一位懂得利用这种趣味的作者所抓住，我们就将竭尽全力去发现我们的要求是否能得到满足。

一方面，从原因到结果的悬念当然是与好奇心——亦即与一种认识的趣味——紧密相连的；我们知道，无论如何，我们得到的希望与这种希望的满足总会有所差别，因此我们不可避免地会对这一差别是什么感到好奇。所有优秀作品都使我们感到惊奇，而它们之所以使我们惊奇，主要是靠使我们的注意力集中于确信早就被贬低了的因果形式。我们可以预言，灾难将来自阿喀琉斯的愤怒；我们从未断言他对普里阿摩斯的仁慈是“灾难”的决定性部分，虽然当它发生时，它可以被看作是阿喀琉斯天性和处境的其他因素的后果的合理继续。

另一方面，这种趣味很容易与实践趣味相混淆，我们将在下面讨论后者。不过它是性质上的，因为它完全独立地引起我们对人类幸福的兴趣。事实上它可以与那些实践趣味相矛盾。英雄犯罪——而我们却在自己对适当的效果、发现和惩罚的向往和对他的幸福的实践希望之间受着磨难。

（2）惯例的预期——对于有经验的读者来说，一首十四行诗开了个头，就要求以十四行诗结尾；一首以无韵体开头的挽歌，就要这一挽歌以无韵体完成。甚至像小说这样无定形的文体，本来很难具有什么确立的惯例，但是也利用了这种趣味：当我开头读一部我认为是小说的东西时，我希望始终是在读一部小说，除非作者能像斯特恩一样改造我关于小说是什么的观念。

我们似乎可以接受几乎任何东西作为文学的惯例，而不管它怎样在本质上并非如此。甚至像尤弗伊斯体[①]或芬尼根守灵体[②]那样最稀奇古怪的独特风格，也能完成这样的基本任务：使我们保持着与其他所有作品相区别，并且与生活本身相区别的这部作品的艺术整体性感觉。再者，作者可以运用违反惯例来使我们惊奇，但是只有在对惯例的预期还在一个特定的公众中有效时才能运用。在每个人都以违反惯例而自豪时，也就没有什么可违反的东西了；而惯例越少惊奇亦越少。

（3）抽象形式——似乎在每种惯例的后面，都有它为之服务的愿望和满足的某些更普遍的型式。平衡、匀称、高潮、反复、对照、比较——来自我们经验的某种型式可能被每一种成功的惯例所模仿。那些不再时兴但仍提供快感的惯例是基于潜藏很深的反应型式。例如，诗歌形式中的时尚变化无常，但是诗歌的格律和韵律，以及其他音乐性技巧始终没有失去重要性。

由于放弃诗体，由于对什么是优秀叙事散文风格没有习惯性的一致，进行长篇叙述的作家们被迫进行不断的探索，以寻找给抽象形式提供实体的新方法。

（4）“许诺的”性质——除了上述性质之外，许多作品所共同的是：每部作品都在开头部分许诺要更多地提供这部分所展示的独创性质。不管这性质是一种奇特的风格或象征上的卓越性、一种独创的机智、一种独特的崇高、反讽、含混、真实的幻觉、深度，还是令人信服的人物描绘，总有一种更多东西将出现的暗中许诺。

我们对这些性质的兴趣可能是固定的；我们不希望看到性质方面的变化，

---

① 英国作家约翰·黎里（1554—1606）的散文传奇《尤弗伊斯》的文体。

② 詹姆斯·乔伊斯的小说《为芬尼根守灵》的文体。

而只向前寻找更多的同一事物。某些优秀小说完全依赖于这类趣味（蒙田[①]的《随笔》、伯登[②]的《忧郁的解析》、席间闲谈和诙谐故事合集、像格特鲁德·斯泰因[③]的《梅兰克塔》那样进行风格试验的现代小说）。许多一度流行而现在显得沉闷的现实主义和自然主义小说，有些过分依赖于时常被称为真实的这种东西的持久感染力。第一次读一本以新颖生动的方式处理新主题的小说——不管是关于娼妓、贫民窟或小麦市场的社会真实，还是关于爱尔兰犹太人或美国精神变态者的心理真实——许多读者都被这种与当作资料事实的感染力不同的对真实的新感受弄得十分着迷，以致不需要用什么别的东西来帮助，他们就能读到结尾。但是一旦这种性质司空见惯了，它的感染力就减退了。例如，现在的大多数商业性作家都知道如何以一种曾经享有国际声誉的生动性来描写激烈的肉体真实，所以只有那些提供某种比肉体真实更多东西的小说才能幸存下来。

甚至在采用本质上更有趣的步骤来达到性质上的某些改进时，也存在着同样的危险——威胁着人们对任何技巧的兴趣。跟随在詹姆斯对“结构”可以为小说做到的东西所进行的卓越探讨之后，不难相信，读者对技巧的兴趣完全代替了其他兴趣，这种兴趣不再是最好情况下的一种有用的修饰物和最坏情况下的一种有害的分心物。某些小说已经被创造出来以鼓励这种兴趣。詹姆斯和他的十一位同事创作了《一家人：一部十二位作者写的小说》（1908），每位作者写一章，每一章使用一个不同的中心报道人来对事件做不同的表现，所有读者无一例外，主要是对角度而不是对角度所揭示的东西感兴趣。“我想知道詹姆斯用他那一章来说明什么。”[10]但是，即使使用它可以引进大量的“悬念”，但仅仅对技巧的兴趣仍然可能证明是无足轻重的。

实践的趣味——如果我们仔细考查我们对大多数杰出小说的反应，就会发现，我们对作为人的人物感到强烈的关注；我们关心他们的好运和厄运。在大多数有意义的作品中，我们被迫或赞美或厌恶，或爱或恨，或仅仅是赞成或反对至少一个中心人物，我们在一页页阅读中的趣味，像我们在重新考虑之后对

---

① 米歇尔·德·蒙田（1533—1592），法国散文家。

② 罗伯特·伯登（1577—1640），英国作家。

③ 格特鲁德·斯泰因（1874—1946），美国女小说家。

这部作品的判断一样，是与这种感情介入不可分离的。我们关心、深切地关心拉斯科尔尼科夫和爱玛、高里奥老爹和多萝西·布鲁克[①]。不管他们发生什么事，我们都希望他们好。当然是这样，我们对这种想象出来的人的命运的愿望不同于对真实生活中人的命运的愿望。在一部文学作品中，我们将承认一位我们所爱的人的毁灭，如果这毁灭是满足我们的其他趣味所必需的话；我们从在真实生活中是不可忍受的希望与恐惧的结合中获得快感。但是，希望与恐惧都在那里，毁灭与拯救则以一种十分类似于真实生活中由这类事件产生的感觉方式被体验。

在真实生活中使我们爱或恨其他人的任何性格、精神，肉体的或道德的因素，在小说中将产生同样的效果。但是有一个很大差别。因为我们处在一个不会受益或受害于小说人物的地位，所以我们的判断是公正的，甚至在一定意义上是不负责任的。我们很容易发现，我们的兴趣会被如果是熟人将会是难以容忍的人物所吸引。但事实是，我称之为实践趣味的东西，特别是从可供选择的性格中推论出来的或由作者直接说明的道德特点，永远是文学形式的一个重要基础。我们对俄狄浦斯和李尔，大卫·科波菲尔和里查德·费弗里尔[②]、斯蒂芬·代德路斯和昆丁·康普生[③]的命运的兴趣，部分地来自这样一种信念：他们是关系重大的人，而我们关注于人的命运，不仅因为它的意义或性质，而且因为我们把他们当作人类来关注。

正如奥尔特加将要说的，这类关注是“使观照成为可能”的一个不仅必要，而且不纯的基础，但“没有审美价值，或只有反映的或次要的价值”。而在许多第一流的作品中，它们正是我们体验的核心。当一位作者试图过于明显或轻率地运用奉送善良、智慧、优美或妩媚来对付我们时，我们可能对之拒不赞同。我们都用像“情节性的”这种修饰语来反对这种滥用。但是这并不意味着人类对这种东西本身的趣味是廉价的。的确，我们对拉斯科尔尼科夫的命运的关注，与最感伤的小说所追求的关注相比，在类型上没有什么不同。但是在伟大的作

① 乔治·艾略特的小说《米德尔马契》中的人物。
② 梅瑞狄斯的小说《里查德·费弗里尔的苦难》中的人物。
③ 福克纳的小说《喧哗与骚动》中的人物。

品中，由于在直接的魅力消失之后，我们留下的不是后悔，不是要退缩的感觉，所以我们屈服于自己的感情。事实上，它们是我们不好意思说不响应的原因。

其中最佳的永远是一个好人面对重大道德选择的场面。我们中流行的对像“好人”和“坏人”这样的道德术语的忽视真是一种不幸，如果我们让这种忽视引导我们忽略了道德判断在大多数值得阅读的作品中所起的作用的话。有一个故事说，一位精神分析学家耐心地倾听其病人所做的犯罪披露，并且不加判断——当病人刚离开时，精神分析学家突然充满令人吃惊的反感。像我们所愿意的那样避免使用“道德”和“善良”一类术语——尽管反对相对主义的呼声正在高涨，许多人还是这样做——我们也无法避免把所知道的人物判断为道德上值得赞扬的或值得蔑视的，而且这些判断比我们可以尽量避免做出的对他们的智能的判断还要多。我们可以对自己说，我们不谴责愚蠢或邪恶，但是我们相信，人不应该愚蠢或邪恶。我们可以把恶棍与他所处的环境联系起来解释他的行为，但是即使解释通了也还是等于承认，某种东西应该受到谴责。

实际上，道德判断上的倒退比表面显出的要少，因为在现代小说中，善与恶转移到了新的术语中。事实上，现代文学中充满了传统的“正直”的反面人物，他们的致命弱点或是对过时的准则盲目追随，或是对真正的但又反常的善良不容（毛姆《雨》中的传教士们，格林小说中的“沉静的美国人”）。可能原型就是《哈克贝利·费恩历险记》中的沃森小姐，她决心“生活以求进入天堂”。作者很容易使我们同意哈克的话，他说“看不出到她要去的地方有什么好处，所以我决定不去争取它”。但是，没有什么人错误地认为，哈克在否定沃森小姐的德行观念时就否定了德行。

事实上，一个人物身上许多看来像是纯粹审美的或认知的特点，可能都具有高度有效的道德重要性，虽然它们从未得到作者与读者的公认。例如，与狄更斯相比，詹姆斯·乔伊斯似乎是明显非道德的，乔伊斯的公开趣味完全是在真与美的事物上。传统道德判断从不出现在他的作品中，除非是作为嘲弄对象。然而，《艺术家的肖像》的全部力量，就在于斯蒂芬发现自己艺术才能时的基本道德特征，以及他在追随才能的引导时正直的基本道德特征。他对传统道德的否定——他拒绝当教士，反对用圣餐，决定当个流浪者——事实上读起来都是优越道德的审美完整性标记。乔伊斯可能从未称他为“好”孩子，虽然后来年长成熟的乔伊斯愿意把布鲁姆称为“好人”“完人”。[11]对于我们来说，斯蒂芬在部分上说来是个好孩子。他对自己幻想的追求是不妥协的；他走向乔伊斯的天堂。[12]我们可以承认我们是在客观地和公正地阅读乔伊斯的作品，不带有维多利亚小说要求我们具有的感情介入。但是如果小说只是一幅容纳了乔伊斯精灵的美感图画，那么我们中大多数人的阅读则永远不会超过一页。[13]

例如，无论乔伊斯描写残酷打击无辜的斯蒂芬手心这样的情节的意图是什么，乔伊斯肯定从我们对无辜受难者不可抑制的同情中有所收益。这种同情一旦建立，读者就深切地感动于而不仅是注视着每一个接着发生的情节。维多利亚小说的主人公常常能够赢得我们的同情，因为他的感情是公正的。许多现代小说的主人公赢得了我们的忠诚，因为他们的美感没有被否定，或因为他们完全生活着，或只是因为他们是自己环境的受害者。这确实是一种重点的转移，但是我们不应该让关于“感受迷误”的流行说法欺骗我们：小说的结构，亦即我们对它进行审美欣赏的结构，时常正是由这种实践的本身似乎是“非审美”的材料构成的。

趣味的结合与冲突

因为人们都具有强烈的认知、性质和实践的趣味，所以杰出的小说没有理由不基本上依靠其中某一种趣味来写成。但是很清楚，没有一部杰作仅仅依赖于一种趣味。只要一部作品想要仅仅依赖于认知的趣味，依赖于对性质的期待，或依赖于实践的愿望，我们都会找到形容词来打击这个违犯禁令者；一部纯粹的“观念小说”、一部纯粹的“枯燥形式”、一部纯粹的“催泪之作”都会使所有的人感到烦恼，除了少数一时专注于把一种趣味推进到极端的批评家和作者。[14]但是只有极少的批评家能够把真正被狭隘所玷污的小说，同像奥斯丁的小说那样在狭隘的社会背景中发展出了广泛趣味的“狭隘”小说区分开来。

在任何情况下，不论好歹，我们似乎都相信：一部公正地对待我们对真、善、美的趣味的小说高于甚至最成功的“观念小说”“佳构戏剧”或“感伤小说”——这里只提传统标签描述的几种偏向。我们对莎士比亚作品的感情关注具有认知、性质和道德趣味的坚实基础。说这种丰富性只是把一些恶的东西和另一些善的东西塞进作品，这是一个严重的错误。把情节、多种的性质快感（包括意象的型式和丰富的俚语）或深奥的认知含义割裂开来，把一部分碎片当作高于其他部分的东西树立起来，这正是对莎氏戏剧的直接体验不要我们去做的事。我们体验到的，是一个本来就分散的，但由于莎士比亚的力量而同时涉及我们思想、感情和感觉的东西的奇妙整体。

具有同类丰富性的另一位大师是陀思妥耶夫斯基。在《罪与罚》中，我们体验到丰富多彩的认知感染力。我们对虚无主义和相对主义为一方、以拯救为另一方所进行的哲学、宗教和政治的斗争感到好奇。我们也对波尔费利是否能捉住他的猎物而感好奇。我们对融入作品发展过程中的无数细节感到好奇。其次，我们持续地为性质欲望所激励：我们看见了罪，因此我们要求罚；我们喜欢更多这样深奥运用的梦幻，因而我们就得到了更多东西；我们喜欢更多的这种把令人讨厌的人物转变成令人同情的人物的技巧，陀思妥耶夫斯基没有使我们失望。最后，我们实践的判断和导致结果的情感也都被有力地涉及。我们以一种特别强烈的方式从头至尾同情拉斯科尔尼科夫；我们热情地希望着他幸福，虽然信心不足；我们害怕惩罚，而这正是我们对原因—结果形式的趣味所要求的。我们也同情其他许多人，特别是索妮亚。那些审美的欺骗，即泪水和笑声始终是明显的，但我们体验到它们，并不是作为孤立的、感伤的因素，作为与我们认知的和审美的愿望及报偿相分离的东西来体验的。

到目前为止，一切尚好。然而，简单地要求作者们丰富他们的调色板，好像所有的感染力都得放入一切作品中，越多越好，这也是个错误。危险甚至还不在于没有装进足够的趣味，倒是在于对第二种趣味的追求可能破坏作者最希望产生的那种趣味。纵然大多数杰作都在一定程度上包含了所有这三种趣味，但是，每种趣味类型下的某些特殊趣味彼此之间是不相容的，并与某种类型的修辞不相容。事实上，正是对这种趣味不相容性的认识导致了这样一种概念：显露的修辞虽然在提高实践趣味方面是有用的，但是却妨碍着某些性质趣味，特别是妨碍现实主义或纯洁的性质。但是还有其他未被如此充分描述的不相容性。

例如，一位作者可能想要发掘读者对含混性质的趣味。但是，他不能在这么做的同时，又充分传送满足好奇心的认知快感或充分利用读者的道德和情感趣味。有一种快感是看到我们喜欢的某人战胜困难，另一种快感是认识到生活如此复杂，以致没有人能明确地战胜困难。这两种快感不可能在同一部作品中都充分实现。例如，如果我把斯蒂芬逃亡去流浪当作他成长为真正艺术家的决定性标志感到高兴，那么，我就不能同时对他的创造者在保留逃亡的含混意义中表现出的聪明感到充分快乐；含混性越大，成就也就越小。

如果一个伟大的艺术家对他的重点在何处十分清楚，他当然能公正地对待世界的复杂性并仍然获得一种高度的情感介入。陀思妥耶夫斯基像莎士比亚一样，他的某些卓越之处来自有能力既可表现道德世界是何等黑暗，又使我们保持着清楚的道德同情范围。他的罪犯是令人深切同情的，因为他知道并使我们也知道，他们为什么是罪犯和他们为什么仍然令人同情。他的秘密与其说是真正的含混性，不如说是清晰的复杂性。如果他要依赖于拉斯科尔尼科夫或德米特里的含混性这种基本价值，或者如果他要让我们怀疑伊万在与阿辽沙对话时的诚恳，我们就永远不会像被他们的命运所感动的那样深深地被打动。

真实的世界当然是不那么明确的。当我的国君走向毁灭时，我从来不知道该哭还是该笑；而如果我知道了，不久我就会发现，我很可能是错了。我真正的爱并未产生一种铁石心肠——像在旧小说和戏剧中很可能发生的那样——而是产生一种迷惘情绪。像我自己一样，她既不好也不坏，而是一个令人迷惑的混合体。如果文学要现实主义地对待生活，那么，它为什么不应该采用中性色调而不是采用猩红或深蓝呢？是的——如果逼真和自然比任何其他东西都更重要的话。但是，高度的戏剧性效果取决于升华。半神半人、英雄、恶棍、富于诗意的奥赛罗和伊阿古——在像我们日常生活的真实这个意义上说，这些都不是现实主义的。在另一方面，街头女郎麦琪[①]如果用严格的现实主义加以处理的话，她是不像甚至不可能像一位女王那样出现的；只有叙述者为了表现她

① 斯蒂芬·克莱恩的小说《街头女郎麦琪》中的人物。

应该是什么样的，或她的命运怎样成了一个社会的典型代表——简言之，为什么它比人们今天在报纸上读到的不幸灾难更有意义——而自由地运用他的素材时，我们才会用我们自愿对不现实的苔丝德蒙娜的关注来关注她。一位乔伊斯那样的作家可以提供足够的其他趣味而不怕冒险地使我们提出下列问题："谁关心毛莱·布鲁姆的命运？"但是当我们问道，"谁关心《加油站的麦金蒂》中的非英雄的主人公？"法雷尔会怎么回答？[15]

同样，如果一位作者希望带着我进行一次对真实的长途跋涉的追求，并在最后把它展现给我，除非他给我一个我在追求的东西和我在到达那里时就知道达到了目的的明确标志，否则，我会感到这次追求是令人厌倦的和没有意义的；如果他个人有这样的信念，认为问题、目的及其重要性都很清楚，或认为明晰是不重要的，那么这都是不够的。对于他的目标来说，一种破坏故事本身讲述的幻觉的作者直接评论，可能是有益而不是有害于他所希望的效果。

有一种快感来自了解了单纯真实，有一种快感则来自了解了真实并不单纯。两者都是文学效果的合乎逻辑的来源，但它们不可能两者都同时充分实现。在这一方面，也像在其他所有方面一样，艺术家必须有意无意地进行选择。写一种作品在某种程度上就是否定另一种作品。不管一位作者如何宣称自己不关心读者，但每本书都来自人类的那些读者，书的特别效果就是为他们设计的。

信念的作用

思想中有了这种拓宽了的趣味范围，在考虑作者与读者的信念问题时，我们就处于某种更有利的地位。"许多当代的文学研究者都会同意：一位作者的信念和他的个人道德一样，对他的艺术能力作用不大……许多人并不同意荷马、但丁、巴伦·科沃①或埃兹拉·庞德所持的关于人的观点；但是，至于我们是否同意他们的观点，这对我们接受还是拒绝他们的艺术并不起什么作用。"《现代小说研究》的编辑莫里斯·毕比这样写道[16]，它表达了自从I.A.理查兹②声称"要

① 巴伦·科沃，真名弗雷德里克·威廉·罗尔夫（1860—1913），美国画家、作家。

② 艾弗·阿姆斯特朗·理查兹（1893—1979），英国文学批评家。

是我们读《李尔王》的话，我们需要的不是信念，而是必须没有信念”以来，人们一再重复的观点。[17]在另一方面，这位负责最近讨论文学信念的一家论丛的编辑发现，所有参加讨论者的共同立场就是确信，文学“涉及了假定、信念和同情，对这些方面的基本赞同，是把文学当作文学而不是其他东西来阅读时必不可少的”[18]。

这里的表面差异是引人注目的。但当我们回忆起我们在真正的作者和隐含的作者，即作品中创造的第二自我之间所做的区别时，这个差异便部分地消失了。福克纳和E.M.福斯特正在发表他们的斯德哥尔摩演讲或正在写作他们的论文时所持的“关于人的观点”，对于我阅读他们的小说来说，的确只有表面价值。但是，如果我要欣赏他的作品，我就必须大体上同意它的隐含作者对所有事物所持的论点。当然，也必须对作为读者的我与正在付账单、修漏水龙头、缺乏仁慈与明智的那个时常很不相同的我之间加以区别。只有在我阅读时，我才变成了必须与作者的信念相一致的那个自我。不管我的真实信念和行为是什么，如果我要充分欣赏作品，我就得全心全意地附属于作品。简言之，作者创造了一个他自己的形象和另一个他的读者的形象；正如他创造了他的第二自我，他也创造了他的读者，最成功的阅读是这样的：在阅读时被创造出来的两个自我、作者和读者，能够找到完全的和谐一致。

但是，这一区别仅仅部分地解决了关于信念作用的矛盾，因为我那通常的自我与我在阅读时愿意变成的那个自我之间的分离并不彻底。沃克·吉布森在一篇论“作者、叙述者、读者和假想读者”[19]的卓越论文中说，我们作为劣作加以否定的，时常只是这样的书：“我们发现我们拒绝充当它的假想读者，我们拒绝带上假想读者的面具，我们拒绝扮演假想读者的角色”。我们会劝告自己宽容地阅读，我们会引证柯勒律治关于自愿停止怀疑的论述，直到我们认为自己完全停止于一个相对论的宇宙之中，我们仍然会发现这样一些书，我们拒绝成为它所要求的先决性读者，这些书所依赖的“信念”或“态度”——这里我们选择的术语并不重要[20]——我们甚至不能假定地接受它们来作为自己的信念和态度。

我们可以看到，从这一立场出发，我在劳伦斯潜在的第二自我问题上遇到的麻烦，可以同样说成是我不能或不愿具有他要求“假想读者”具有的特性。不管劳伦斯会把我的拒绝归咎于我真实性格中的什么弱点，反正在读到他的辩论时，应该心情激动时我却难免微笑，应该感到悲伤时，我却难免嘲讽。我一直无法搞清，这到底是怪我自己还是怪劳伦斯。可能我们俩人都有一些缺点。即使我一定要责备他，那么至少很难知道，他不能使我感动究竟是一种技巧方面的失败呢，还是一种什么技巧也不能克服的根本的不相容性呢？但是，我不可能得出结论说，信念的不相容性与我对劳伦斯的判断没有关系。

再比如，我们不能充分地欣赏詹姆斯的《使节》，如果我们在阅读时坚持认为意识的自发活动必须一直依附于清教意识——即，如果我们拒绝按隐含作者自己的意见去获取他对某些事物的评价的话，我们便不能充分地欣赏詹姆斯的《使节》。那么斯特瑞塞在巴黎发现的意味着生活的东西，在我们看来就会是一种堕落而不是一种胜利，而这一作品对我们来说就不那么有效了。他的发现必定是件好事，但这不是按我们会感兴趣的他自己的或詹姆斯的观点而是按我们的观点来看它是件好事。以后，如果作品要保持我们的尊重，如果作品要求我们把它作为比基于暂时欺骗的快感经验更多的东西而记住的话，我们就必定能够把斯特瑞塞的发现所依据的信念，作为认知上或道德上的正当生活观点加以接受。事实上，我们最普通的一种阅读体验是，经过考虑后发现，我们已经允许自己成了一个我们不能尊重的“假想读者”，发现暂时为我们接受的那些信念从今天的观点来看是不正当的。

是的，正如毕比提醒我们的那样，我们可以带着快感阅读许多作家的作品，其中一些人的信念是我们所反对的：但丁、米尔顿、霍普金斯[①]、叶芝[②]、艾略特、庞德——当然，这个名单随着批评家的立场而变化。但是，严肃的天主教徒或无神论者，不管他可能会多么敏感、宽容、勤勉并熟知弥尔顿的信念，他对《失乐园》的欣赏也真的能够达到弥尔顿同代人和同一宗教信仰者相同的认知和敏感程度吗？一个憎恶宗教禁欲的虔诚新教徒或犹太人，能够以一个虔诚的天主

① 杰勒德·曼利·霍普金斯（1844—1889），英国诗人。
② 威廉·巴赫勒·叶芝（1865—1939），爱尔兰诗人、剧作家。

教徒一样的文学敏感和体验来欣赏霍普金斯《尽善的习惯》吗？我们必须十分清楚，我们现在正在谈文学体验，而不是谈发现一个人的偏见得到共鸣时的快感。问题在于，把文学作为文学来欣赏，而不是作为宣传品来欣赏，是否必然涉及我们的信念，我认为答案是无法回避的。有人曾经“前前后后地”阅读了同一本小说，并注意到了当他否定作品的思想规范——不管它是宗教的还是党派的，是进化论的、虚无主义的、存在主义的，或其他任何东西——的时候，小说的力量奇怪地失去了；他就知道，即使我们对最纯的认知问题的信念，也不可避免地大大影响我们的文学反应。

纯粹主义者可能回答，虽然所有的读者在事实上都允许他们的信念影响对作品的客观观察，但是他们却不应该这么做。这使我们回到了起点：如果我们要讨论一种天地之间都不存在的理想文学，假设一种从不可能存在的理想读者，然后按照所有作品和所有读者接近这种纯洁状态的程度来判断它们，那么这是我们的特权。但是正如事实所表现的那样，甚至最伟大的文学也根本上依赖作者和读者的信念一致。M.H.艾布拉姆斯在一篇讨论这个问题的优秀论文中指出，如果提倡“客观性”的一代人没有把我们引入歧途的话，那么下面这番话就根本不必说了：

> 对一首［关于“希腊古瓮”的］颂歌①的欣赏是否与读者的信念完全无关呢？肯定不是。因为诗歌是放射的，它不断地召唤一种信念的综合物，而这些信念是人类对生活、人民、爱情、变迁、时代和艺术的一般体验的产物。这些信念较少地是以命题的方式存在，较多地是以非词语的观念形式存在……但它们随时准备在遇到根本性挑战时化为论断……如果诗歌有作用，那么我们对它所表现的事物的欣赏不是冷漠静思的，而是积极参与的……我们便会以这样一种方式感到兴趣：它把我们的全部道德体系都引入戏剧，并连续以赞成或反对、同情或讨厌的态度来表达它自己。[21]

① 指济慈的诗歌《希腊古瓮颂》。

当然，这并不意味着天主教徒不能比他们欣赏二流天主教史诗更好地欣赏《失乐园》，或新教徒不能比他们欣赏二流新教颂歌更好地欣赏《尽善的习惯》。它仅仅意味着信念的差异，即使只是抽象的、纯理论体系意义上的差异，也总在某种程度上是相关的，时常是具有严重妨碍的，有时是致命的。设想一部写得很好的、以一位可信的纳粹党卫军人为主人公的悲剧，他的悲剧错误在于一度地、但是致命地玩弄资产阶级的民主理想。尽管我们崇拜客观性，但我们中是否有谁能够严肃地声称，赞成或反对这样一部作品中作者的思想与我们接近或拒绝其艺术无关呢？

是的，某些杰作似乎高出理论体系的差异之上，赢得了一切阵营的读者。莎士比亚就是一个卓越范例。他作品中的思想规范，的确与更多的哲学相适应，而不包括在我们的大多数教条中；正是这种中心性、这种无偏颇、这种击中所有哲学都企图以概念方式处理的问题的中心的能力，使他的剧作成为我们所谓的普遍的东西。伟大的艺术把不同信仰的人们带到一起，因为它好像是把他们的不同词汇转变成为一种合并了这些词汇所有含义的一种综合经验。因此它居于各种哲学之间：柏拉图主义者和亚里士多德主义者，天主教徒和新教徒，自由主义者和保守主义者都会同意这些生活是喜剧性的，那些生活是悲剧性的，这种行为是邪恶的，那种行为是善良的；都会同意，事实上这些剧作实实在在地表达了，用晚近时髦的话说，生活意味着什么。

但是，这绝不是说伟大文学与所有的信念都共容。虽然莎士比亚表面看来似乎“没有信念”，虽然的确不可能从他的剧作中推论出能使所有读者都满意的一种一贯的哲学、宗教或政治的公式，但是不难开列一个我们要理解作品就必须接受的无数思想规范的目录，其中某些贯穿着他的作品。的确，这些信念大部分是不言而喻的，甚至是老生常谈——但那正是因为对我们大多数人来说，它们是可接受的。莎士比亚要求我们相信，应该尊重长辈，不该杀死李尔那样的老人或挖出葛罗斯特那样的老人的眼睛。他坚持认为，利用他人作为自己目的的手段总是错误的，不论是进行谋杀还是诽谤。他坚持认为爱情是好事，但自私的爱情是错误的，无助的老人是令人同情的，不顾一切的自私应该受到惩罚。他从未让我们忘记，世界是由善与恶以一种非常奇特可怖的混合方式构成的。他从未让我们忘记，受难是构成世界的一个基本部分；但是他也记得，受难可以酿成某种成熟，它在一定意义上证明了所有受难都是合理的：在他的剧作中，受难像其他任何东西一样，是一种对一个有序世界的理解。这样一个他一贯坚持的思想规范的目录，与从其他真正伟大的作者以及许多平庸作者身上归纳出来的思想规范的目录惊人地相似。当然，做到这种普遍事物方面的一致并不足以使一位作者伟大。但是，它们在某些作品中显得十分恰当，在这些作品中接受它们，是体验到伟大之前的重要步骤。

我们很少用这些术语来谈论伟大的文学，这只是因为它们是当然的，或因为它们似乎是过时的。[22]大概只有疯子才会站在高纳里尔和里根一边来反对李尔。只有当一部作品显然是纯理论时，或当明智的人们可能对它的价值存在严重分歧时，信念的问题才会引起讨论。甚至在信念的问题产生时，如果我们以纯粹理论的方式来考虑信念，那么它常会被误解。伟大的“天主教”或“新教”的作品在本质上完全不是天主教或新教的。即使一个天主教徒能够在阅读莫里亚克的《蝮蛇结》的时候，得到非天主教徒得不到的另外一些快感或看法，然而它所表现的一个男人因为精神混乱而陷入痛苦的画面效果，也依赖于大多数关于人的命运的观点的共同的那些价值。任何读者只要相信人类痛苦是令人同情的，并相信老是感到嫉妒、恐惧和疑虑一定是令人可悲的，他就会怜悯这个人。任何人只要相信，对于一个悲惨、没有爱情的人来说，在临死之前找到某种忏悔和爱情，哪怕多么微不足道，都是件好事或大事，他就会对这个结尾产生共鸣。并不关心主人公是否接受临终涂油礼——书中的一个次要问题——的非天主教徒，无疑在某种程度上产生的共鸣会少些。但是，毒蛇的咬啮对不信教的读者和最正统的教徒读者来说，一样是痛苦难熬的。

虽然这种普遍事物一定程度上在所有成功的文学中起着作用，但是事实上，大多数其作者要求读者“客观”的作品，的确强有力地依靠代替了较传统的或大众标准的非传统的或个人的价值——在现代批评中常被称为“神话”。它们的作者并不要求客观性，其实是要求信仰一种特别的轴心。大量的现代文学中这种首次遇到时令人不可思议的特性，很大程度上来自于这样的替换——新的和特别的规范尺度代替了旧的规范尺度，而这种替换时常没有用任何澄清或强化加以承认或证实。

因此，像弗吉尼亚·伍尔芙和其他人所写的那种“感觉小说”，故意拒绝了旧式小说的效果所依据的大多数价值。在《到灯塔去》中，没有企图使我们按人物的道德或智力特征让感情倾向或反对一个或更多的人物。取而代之的是，“感觉”的价值已被置于事情的中心；像拉姆齐太太那样具有高度发达感觉的人物是值得同情的，而“恶棍”是那些像拉姆齐先生一样麻木不仁的家伙。我们向前读，既是为了发现人物们发生了什么事，又同样是为了发现更多感觉的事例。好像整部作品所展示的，与其说是事件的意义，不如说是对一切的**感觉**。[23]当然，这并不是意味着信念是无关的。不能像弗吉尼亚·伍尔芙那样高度评价感觉的读者，就无法很好地欣赏她的作品，除非他在阅读时被作品劝说而改变了自己的见解。

同样，如果我在读《尤利西斯》时对自己说，“布卢姆是个坏人，因为他在公众场合手淫”，或者说，“加缪的局外人是邪恶的，因为他犯了谋杀罪”，那么显然我没有完全体会《尤利西斯》或《局外人》。我想，确实有其他种类的道德价值在两部作品中起着作用。[24]但是，这也是确实的，即无论是乔伊斯还是加缪都不十分关心别人是否认为他的人物在某种意义上是善良的，只要作者自己认为这样就行。另一方面，在托尔斯泰后期作品中，主要价值是一种狭隘的道德价值；人们在阅读乔伊斯、加缪、福克纳或海明威的作品时必须接受的一堆信念，不仅被“有爱就有神”这种故事的修辞技巧所忽略，而且受到它的积极抵制。

因此对读者来说，问题其实在于发现哪些价值不起作用，哪些价值真正起着作用（虽然在现代作品中它们常常是悄悄地起着作用）。在作者要求保持中立的地方做判断是误解。但是在作者要求赞成的地方读者却中立或客观，这同样也是误解，虽然效果很可能不那么明显，而且除了被当作一种令人厌倦的感觉之外，可能会被忽略过去。在现代之初，教条主义的过多判断无疑具有较大的危险。但是我相信，至少这二十年来，更多的误解已经来自我只能称之为教条主义中立性的东西。

举例说明信念：《荒唐故事》

我们在阅读时依赖于信念的最好证据，是对我们对任一个段落的反应进行的仔细考察。而当人们讨论具有自己既不完全接受又不完全反对的价值的段落时，证据是最清楚的。

在《荒唐故事》(1908)中，阿诺德·贝内特展现出，年轻的女主人公索菲娅跟随杰拉尔德·斯克尔斯私奔。他们在一间旅馆的卧室里相会。贝内特的叙述者以一种使弗吉尼亚·伍尔芙十分恼火的方式翱翔于人物之上，一会儿观察这个人的思想，一会儿观察那个人的内心，并随心所欲地进行评论：

> 她是他的俘虏，他紧紧地拥抱她……他身上有种什么东西，迫使她要把她的羞怯奉献给他欲望的祭坛。太阳高照着，他更热烈地吻她，并带有那种胜利者屈尊的最轻柔的抚摸；她那炽烈的反应，超过了他那一直缺失的已复苏了的自信心。
>
> “我现在只有你了。”她用轻柔的声音低声说。
>
> 她天真地想象这种感情的表达会使他高兴。她不知道一个男人却常常为这种表达所沮丧，因为这向他表明了，她正在想着他的责任而不是他的权利。这当然使杰拉尔德冷静下来了，虽然这并没有把她所感到的他的责任转达给他。他无表情地微笑着。在索菲娅看来，他的笑是一个不断更新的奇迹，它是由强烈的欢乐和潜在的渴求以一种始终令她着迷的方式混合而成的。一个比索菲娅老成些的姑娘，会从这种可爱的半女性的微笑中直觉地感到她除了偎依着他之外还干些什么。但索菲娅还得再学学。

这里最打动人的东西，显然是“实践的趣味”。如果我们要按贝内特显然要求的那样，对索菲娅的重大错误做出反应，我们首先就必须对杰拉尔德表示轻蔑。因此，他被叫作“斯克尔斯”(假象)，在引文中他显然被描写成了自满的、优越的、不负责任的和不可信赖的。他的行动——在很多现代小说中将完全留待这些行动自我表达——证实了这一明确评价：他完全是可鄙的；显然，如果我们没有对他感到怀疑和轻蔑的话，我们就无法欣赏这幕戏剧性反讽。

“但是索菲娅还得再学学。”我们不仅必须对这个卑鄙的诱奸者做出判断，我们还必须同意叙述者对索菲娅的判断。这是一个相当复杂的判断，比我们中大多数人能对自己做出的任何精确判断都更为复杂。我们肯定要站在她这一边来反对杰拉尔德，但是同时我们也应当认为她又傻气又不明事理。她要为自己面临灾难负一部分责任，然而她又是“天真的”，因此是值得同情的。要这样看待她，我们就必须心甘情愿地同意，她那种单纯无知比杰拉尔德的自私愚蠢更值得原谅，因为也更值得同情。为帮助我们得出这种判断——一个老练的小说家很容易使其变为相反的东西——我们得到了她的诚实来与他的狡猾相对。但是贝内特完全不认为这就足够了。他把她当作一个天真的受害者加以详细描写，并在下面一页再次明确说出谁是值得同情的。“她看起来幼稚得令人可怜，那么纯洁、老实和天真，处在可怕的危险之中孤立无援。”

简言之，贝内特要求我们把索菲娅看成一个虽然傻气但是善良的人，而把杰拉尔德看成一个又坏又蠢的人。如果我们不顾贝内特的努力而赞同杰拉尔德的行为，如果我们讨厌自怜的、天真的年轻姑娘，或者说另一方面，如果我们拒绝怜悯任何一个在旅馆的房间里“热烈地响应”“热烈”亲吻的未婚青年女子，那么我们很难按贝内特要求的那样做出反应。我们可能无法继续阅读下去，除非能够找到可以与作者共同的信念作为补偿。因此，我们对每一个人物所做的道德评价，对于这一段落和对于全书都是必不可少的。

但是，我们不仅必须同意作者对于诱奸、无知、不忠、年轻姑娘的情欲以及婚姻的判断。我们还发现了如此之多对我们的性质的趣味的吁请，虽然在这里它们看起来是附带的。不论我们是否愿意把我们关于这些趣味的一致称之为“信念”，很清楚，我们的阅读的确依赖于我们同意贝内特的下述含蓄的判断：我们最好把时间花在阅读这种书面的景观，而不是看窗外的譬如说经过的队列，或阅读《真实故事杂志》上的诱奸案例。例如，我们必须同意，以这种让明察秋毫的作者自由评论的介入方式讲述故事，在艺术上是允许的。一旦我们不仅一般地拒绝接受这种价值，而且拒绝接受它在这里的特殊形式，那么在我们心目中，故事就受到了损害。如果每段介入的性质不能自圆其说，如果显露出来的作者风格和形式本身没有力量，那么我们对故事这个方面的怀疑将妨碍我们对整个故事的欣赏。

麻烦的问题不在于作者出现，而在于出现的作者一再显露他自己，好像他并不十分关心他所做的事：“他身上有什么东西”“欲望的祭坛”“热烈的响应”“温柔的声音”——贝涅特自己得为这些陈词滥调负责，我们很难原谅他。正如我们将在后面继续看到的，把这部作品的风格归于一个某种程度上不可信的叙述者的作者，在这一方面可以做了坏事而不受惩罚；要是我们发现了什么缺点的话，他给自己找了这么个恰当的托词：“这些是我的叙述者的特点，而不是我的”（见第十一章）。

最后，我们的认知趣味也受到了深刻的影响。因为作者明显地介入，应该很容易想到而并非想不到我们的赞成或反对。虽然隐含在这里的贝内特不会被看成像菲尔丁、奥斯丁、梅瑞狄斯或甚至是福克纳创造出来的作者，是那么聪明的和善于反讽的议论家，但是在我看来，作者直接评论时的这一段是最强有力的：在一定程度上，贝内特对其人物的反讽观点挽救了他们，使他们不致受他风格的影响而毁灭。“她不知道一个男人常常为这种表达而感到沮丧”，他谈到她承认自己的依赖性，“因为这向他表明了，她正在想着他的责任而不是他的权利。这当然使杰拉尔德冷静下来了”，这也许还不能与菲尔丁相提并论，但是它也不错，足以避免使这段看起来像艾略特《荒原》中故意写得单调无趣的诱奸的一种无意期待。虽然我会同意说在全书中这位叙述者出现得过多，但是如果去掉他，将会使作品沉闷得难以忍受。

很清楚，这个判断取决于我与贝内特的想法一致。无论何时，只要我发现自己不同意他的观点，无论是不同意他关于五镇生活意义的明确议论，还是不同意所有以含蓄形式的作者声音所表达的含蓄判断，作品在我的心目中就受到了损害。自称我们阅读的是其他东西，声称我们可以使自己成为客观的、冷静的以及完全宽容的读者，这些说法最终看来是一派胡言。

注　释

1.《艺术的非人化，以及其他关于艺术和文化的论述》（马德里，1925年），威拉德·尼·特拉斯克译（纽约，加登市，1956年），第9页。

2.《小说诠释》，同前，第58—60页以及各处。

3.《通信》（1853年8月26号）（巴黎，1926年—1933年），第三卷，第322页。

4.《〈使节〉前言》，载《小说的艺术》，R.P.布莱克默辑（纽约，1934年；1937年），第313页。

5. 同前，第5—8页，比较E.M.福斯特，《小说面面观》第45页："是的——唔，没错——小说就是讲故事。……可见故事是一切小说不可或缺的最高要素。不过，我倒希望这种最高要素不是故事，而是别的什么东西……是悦耳的旋律，或是对真理的领悟，而不是这种流传于古代的低级故事。"在《镜与灯》（纽约，1953年）中，艾布拉姆斯指出，早在19世纪，关于纯洁性的标准已经引导许多人抬高抒情诗歌并且贬抑较长的叙述形式。例如，他指出约翰·斯图尔特·米尔有趣地早于现代人说出："一部史诗就其是史诗而言（即叙述）……根本不是诗歌，而仅是真正诗歌内容的最伟大变体的合适构架；而对情节和'仅仅作为故事'的故事的兴趣，则代表了社会、儿童以及最浅薄最空虚的有文化的成人的野蛮阶段。"（第23页）

6.《作为艺术中的一个因素和一条美学原则的"心理距离"》，载《英国心理学杂志》，第五期（1912年），第87—88页，转载于《美学问题》埃利萨·维瓦斯和默里·克里格辑（纽约，1953年），第396—405页。

7. 例如，参看布莱希特的《中国的表演》，埃里克·本特利译，载《激情》，1949年秋季号，应该写一部美学距离观念的历史。这样一部历史的一个要素，是20世纪初对东方文学的逐步了解，特别是其极端非现实主义的布景，道具和表演方式。唐纳德·基恩说明了18世纪的木偶戏剧家近松门左卫门的反现实主义理论，和自意象派开始的某些西方理论，这两者之间的某些相似之处（《日本的文学》[伦敦，1953年]，特别参看第三章）。布莱希特所谓的史诗戏剧，强调非现实主义的"离间效果"，显然模仿了中国戏剧的某些效果。"在中国戏剧中，"布莱希特说，"离间效果是由下述方法获得的。中国演员进行表演，并不好像除了那围绕着他的三堵墙外，还有第四堵墙。他清楚地表明，他知道他正被人注视……演员也注视着他自己。"（上引著作，第69页）但是，这种外部影响绝不能解释严肃艺术家们追求距离感的意愿，这种距离正是以往的人们所要努力克服的。

8. 基恩，上引著作，第8页。

9. 参看肯尼恩·伯克，《心理学与形式》，载《反驳》（加利福尼亚，洛塞尔托斯，1953年），第31页。通晓伯克《修辞辞典》的读者，将会注意到，我的三重分类有些类似他的下述“形式的五个方面”的发展：演绎的进步，性质的进步，反复的形式，传统的形式，以及次要的或偶然的形式。但是我是对趣味进行分类，不是对形式，形式几乎总是建立于几种趣味之上。

10. 也请参看《酒店韵事》（伦敦，1904年），凯特·道格拉斯·威金，玛丽·芬勒特，简·芬勒特，阿兰·麦考利合著。每个作者“制作”一个人物。对这种让讲述的性质趣味代替所讲的东西的趣味的倾向的抗议，在现代批评中贯穿始终。比奇声称，《青春期》的最终效果过分依赖于“对作者机智的注意”（《亨利·詹姆斯的方法》[康涅狄格，纽黑文，1918年；费城，1954年]，第249页）。戴维·戴希斯发现，弗吉尼亚·伍尔芙《岁月》一书的快感，“按我们所说的，更多地来自对技巧的注意，更少地来自我们对外一个完整艺术作品的小说的完全支配”（《弗吉尼亚·伍尔芙》[康涅狄格，诺福克，1942年]，第120页）。

比较一下福克纳对舍伍德·安德森的指责：“他的作品是对精确严整的执着追求，即在一定词汇范围内寻找精确的词汇和短语，这个词汇范围由于受到他奉为神明的朴素性的控制甚至压抑而变得极为有限，他把词汇和短语这二者挤干，一直追求进渗入思想的最深之处。他如此努力地去做此事，以致它最终变成了他的风格：成了目的而不是手段；以致他现在相信，如果他保持这种风格的纯净、完整、永恒和不受侵害，那么这风格包含的东西将是第一流的，不仅它一定是第一流的，而且因此他也是第一流的了”（《大西洋月刊》，1953年6月号，第28页）。

11. 引自弗兰克·巴金，载R.埃尔曼《詹姆斯·乔伊斯》（纽约，1959年），第449页。

12. 相反的观点，参看卡罗琳·戈登《怎样阅读小说》（纽约，1957年），第213页。一种令人信服的论点认为，乔伊斯的兴趣在于道德讽刺，而不仅在于美学价值，参看劳伦斯·汤普森，《斯特恩—梅瑞狄斯—乔伊斯，喜剧原则》（奥斯陆，1954年）。“书中存在着一种道德义愤，即使斯图亚特·吉尔伯特和戴维·戴希维两人都坚持认为，乔伊斯的关注不在道德上，仅在美学上。”（第26页）也请参见乔伊斯关于《都柏林人》致格兰特·理查德的信，“我的意图是写出一章我的国家的道德历史，我选择都柏林作为场景，因为这座城市似乎是麻痹的中心……”（引自汤普森，第25页）。

13. 要了解对于乔伊斯构想自己的作品来说，判断是何等重要，参看埃尔曼，上引著作，第380页及其后诸页。

14. 比较戴维·戴希斯对“认识谬见”和“感情谬见”所做的区别。“在认识谬见中，关于男人和女人的最‘真实’的事实被认为是他们的思想状态而不是感情状态”，而“感情谬见”则在“纯粹感情型式”中构造出小说或戏剧（《弗吉尼亚·伍尔芙》，第27—28页），虽然戴希斯明确否认犯有某一“谬见”的作品必然较差，但是很清楚，他将把一部避免了这两种“过度”的作品置于甚至最优秀的犯有这种或那种谬见的作品之上。

15. 我在这里所说的，是有关E.E.斯托尔所提出的理论，他认为提高对莎士比亚人物的同情是人为的，因此也是非现实主义的。“要同情你就必须知道事实，当你不知道它们的时候，你的兴趣是另外一种；在莎士比亚和古代人的作品中，悬念的刺激是一种急切的同情，在易卜生和现代人的作品中，它是一种激动的好奇。”（《莎士比亚与其他大师》［马萨诸塞，坎布里奇，1940年］，第14页，也请参看第27页，第28页，第240页。）

16. 1958年夏季号，第182页。

17.《诗歌与信念》，载《科学与诗歌》（1926年），转载于R.W.斯托尔曼辑《评论与论文》（纽约，1949年）第329—333页。对于理查兹论点的批评的一份简要文献目录，由斯托尔曼在第333页提出。应该注意，在他对“陈述”与“伪陈述”进行区别的上下文中，“信念”一词并不指理查兹的批评家们一般认为它所指的东西；它更意味着某种类似“对基于坚实证据的最大真实的确信”的东西。

18.《文学与信念：英语学会论文，1957年》，M.H.艾布拉姆斯辑，（纽约，1958年），第10页。

19.《学院英语》，第11期（1950年，2月号），第265—269页。

20. 许多作家反对“信念”，这只能使他们回到像“态度”这样的另一个术语之下。参看《诗歌与信念》，载《T·L·S》（1956年8月1日），第16—17页。

21.《文学与信念》，第16—17页。

22. 艾尔弗雷德·哈贝奇开在列了一份类似的，虽然是更全面的莎士比亚的价值表之后，他似乎和我一样，在暗中听到了一阵现代人的齐声抗议，说他完全理解错了。

他似乎转过身去，面对他们，说出一番我认为完全正确的话："如果有人要问，一位上面假定的聪明的艺术家怎么能够接受本书中描绘的这些价值呢——如此与人雷同和'维多利亚化'，如此资产阶级化和卑鄙可耻……［那么我要回答］一位伟大诗人能够接受这些价值，因为它们是些伟大价值。它们代表了古犹太和古希腊成果的综合，因为它们显示了古代遗产——严格地说，世界上被认识与思考的遗产中最好的——的巨大力量。自从莎士比亚时代以来，没有人指摘关于有序世界的这个证据，但是现在对其进行阐释更加困难，也许就是一种爱至上的道德伦理吧……"（《莎士比亚和对立的传统》［纽约，1952年］，第296页）

23. "新的哲学为小说开辟了趣味的源泉，允许它抛弃像乔治·艾略特和亨利·詹姆斯这样的作家在较早时期所依赖的无论何种价值。像自然主义一样，它具有自己那种美感；它想提供一种手段，这种手段只涉及自我表达的本人，不涉及任何价值。"（威廉·特洛伊，《弗吉尼亚·伍尔芙：感觉的小说》，载《诸家论丛》，第三期［1932年1月—3月号］，第53—63页；以及［1932年4月—6月号］，第153—166页；转载于扎贝尔辑《美国文学评论》［修订版：纽约，1951年］，第324页。）

24. 一个令人信服的意见认为，在《尤利西斯》中道德是重要的，参见劳伦斯·汤普森《斯特恩—梅瑞狄斯—乔伊斯，喜剧原则》。

第六章　叙述的类型

但是他［那位叙述者］一点也不知道什么意外的事在等着他，如果有谁一定要开始分析他收集在这里的这堆真真假假的东西的话。

——“S博士”:《季诺的自白》

我要及早通知你，因为我不想使你惊奇，而某些怀有恶意的作者习惯于这么做，他们别无其他的目的。

——安托尼·菲雷蒂埃:《市民传奇》

也许我将删去前面一章。其中一个理由是，在最后几行里，有某种东西会被看成是我的错误……让我们看看未来。距今七十年后，一位又瘦又黄、头发灰白的家伙，他只爱看书，拼命钻研前面一页，试图找出那个错误。

——马查多·德·阿西斯:《布拉兹·库巴斯死后回忆录》

我们已经看到，作者无法选择回避修辞，他只能选择他所采用的修辞的种类。他无法通过选择叙述方式来决定是否影响读者；他只能选择做得好些还是差些。正如戏剧家们总是知道的那样，就戏剧得到完全的表现或显示为当时发生的事件而言，甚至最纯粹的戏剧也并非纯粹戏剧性的。总有德莱登所谓的“叙述”这种东西要考虑，如果作者试图不顾令人头痛的事实，那么总有“情节的某些部分适于表现，某些部分适于叙述”。[1]但是由谁叙述？戏剧家必须决定，而在小说家那里，不同仅在于可供选择的更加多些。

如果我们深入思考一下已知小说中的许多叙述方法，我们就会感到，传统上把“视角”按照“人称”和全知程度划分为三四种的方法是多么不当。如果我们提及三四位伟大的叙述者——比如塞万提斯的熙德·阿梅德·贝南黑利、项狄、《米德尔马契》中的“我”，以及斯特瑞塞，《使节》中的大部分内容通过他的视界给予我们，我们就能看出，用“第一人称”和“全知的”这样的术语来描写他们中任何一个，都没有告诉我们他们之间如何区别，为什么用同一术语描述的这些是成功的，而其他则失败了。[2]因此值得列出作者声音能够采用的形式的更丰富的图表，既可作为前面章节的概述，又可作为第二、第三部分的基础。

人　称

也许被使用得最滥的区别是人称。说出一个故事是以第一人称或第三人称来讲述的[3]，并没告诉我们什么重要的东西，除非我们更精确一些，描述叙述者的特性如何与特殊的效果有关。的确，第一人称的选择有时局限很大；如果“我”不能胜任接触必要情报，那么可能导致作者的不可信。在某些情况下，还有另一些效果要求一种选择。但是在把所有小说归入两类或至多三类的那种区别中，我们几乎不能指望找到有用的标准。在这类中，我们看到《亨利·艾斯蒙德》《一桶酒的故事》《格列佛游记》和《项狄传》，在另一类中，我们看到《名利场》《汤姆·琼斯》《使节》和《美丽新世界》。但是，在《名利场》和《汤姆·琼斯》中第一人称所做的议论时常比许多第三人称小说更接近《项狄传》的亲切效果。另外，《使节》的效果更接近那些伟大的第一人称小说，因为斯特瑞塞很大程度上是在“叙述”他自己的故事；虽然总是用第三人称提到他。

这一区别并非通常人们宣称的那么重要，在下列事实中我们可以看到更多证据，即下述功能性区别既适用于第一人称叙述，又适用于第三人称叙述。

戏剧化与非戏剧化的叙述者

在叙述效果中，最重要的区别或许取决于叙述者本身是否戏剧化了，取决于叙述者的信仰和特征是否与作者共有：

隐含的作者(作者的“第二自我”)——即使那种叙述者未被戏剧化的小说，也创造了一个置于场景之后的作者的隐含的化身，不论他是作为舞台监督、木偶操纵人,或是默不作声修整指甲而无动于衷的神。这个隐含的作者始终与“真实的人”不同——不管我们把他当作什么——当他创造自己的作品时，他也就创造了一种自己的优越的替身，一个“第二自我”[4]。

一部小说并不能直接归结于这个作者，就此而言，作者与隐含的、非戏剧化的叙述者之间并无区别。例如，在海明威的《杀人者》中，除了海明威写作时所创造的隐含的第二自我而外，没有叙述者。

非戏剧化的叙述者——故事通常并不像海明威的《杀人者》那样具有这种严格的无人称叙述，大多数故事是通过“我”或“他”之类讲述者的意识来叙写的。甚至在戏剧里，许多东西都是经由某一人物的叙说我们才得知的，因而，我们很感兴趣的常常是对叙述者内心和感情的影响，就像对得知作者必然要讲的其他事一样感兴趣。《哈姆雷特》中，霍拉旭讲述他第一次意外遇见鬼魂时，虽然他的性格从未提到过，但对我们正在看戏的人来说却是很重要的。在小说中，我们一旦碰到一个“我”便会意识到一个体验着的内心，其体验的观察点将处于我们和事件之间。当小说中并无“我”时，如《杀人者》那样，这时，没经验的读者便会产生故事是无中介地到达他的误解。然而，这样的误解在作者明确地将叙述者置于故事中时是不会发生的，即使叙述者没有被赋予任何个人特征。

戏剧化的叙述者——在某种意义上说，甚至是那些最缄默的叙述者，一旦把自己作为“我”来提及时，或像福楼拜那样，告诉我们说，当查尔斯·包法利进来时，“我们”正在教室里，他也就被戏剧化了。许多小说把叙述者完全戏剧化，把他们变成与其所讲述的人物同样生动的人物（《项狄传》《追忆逝水年华》《黑暗的心》《浮士德博士》）[①]。在这样的作品中，叙述者与创造他的隐含作者往往完全不同。作为叙述者，被戏剧化了的人的诸种类型，其变化范围几乎与其他小说人物的变化范围一样广——这里必须说“几乎”，是因为有些人物并不完全能胜任叙述或“反映”故事（福克纳之所以能采用白痴作为他小说的角色，只是因为小说中存在着区分和澄清白痴混乱的另外三个人物）[②]。

我们应该记住，有许多戏剧化的叙述者根本未被明确地称作叙述者。在某种意义上说，他们的每一次说话，每一个姿态都是在讲述。大多数作品都具有乔装打扮的叙述者，他们用来告诉读者那些需要知道的东西，但他们似乎只在表演自己的角色。

虽然这类乔装打扮的叙述者很少像《约伯记》中的上帝那样被明确地称为叙述者，但他们常常用与上帝完全一样确定的口气说话。信使回来讲述了神谕，妻子们极力想使丈夫们相信生意是不道德的，年长的家仆规劝任性的后代——这些对我们比对上述闻者更有效果；国王坚持其固执的搜寻，丈夫们在继续做买卖，地狱边上的年轻人继续向地狱走去，他们就好像什么也没听到，而我们却知晓听到的一切，如同作者或他正式的叙述者告诉我们的一样确切。在《伪君子》一剧中，克莱昂德对奥尔恭说：“老兄，她正当着你的面笑话你呐！坦率地讲，我必须说她是完全正确的，这并非要激怒你。世上有过这样的怪念头吗？……老兄，你一定是疯了，我敢发誓。”[5]在悲剧里，通常有一个道出与主人公悲剧过失相对照的真理的合唱队，或是一个朋友，甚至是一个直接的反派角色。

现代小说尚未被承认的最重要的叙述者，就是第三人称“意识中心”，作

---

① 《追忆逝水年华》，普鲁斯特（1871—1922）的小说。《黑暗的心》，康拉德的小说。《浮士德博士》，托马斯·曼的小说。

② 这里指福克纳的小说《喧哗与骚动》。

者借助它把自己的叙述给过滤掉了。这样的“反映者”（詹姆斯有时这样称呼），不管它是高度光洁用于反映复杂内心经验的镜子，还是自詹姆斯以来许多小说中相当混浊、感官范围内的“摄影之眼”，它们都明确地承担了公认的叙述者的作用，虽然它们能够加上自己的各种强度。

> 格伯雷尔没和别人一起向门口走去，他站在过道幽暗的地方，凝视着楼梯。一个妇人在靠近第一段楼梯的顶部站着，也处在阴影里。他看不清她的面孔，但可以看到她赤褐色和橙红色的裙子下摆，在阴影里显得黑一块白一块。那是他的妻子，她正依着楼梯扶手，倾听着什么……他自忖道：一个妇人站在楼梯的阴影中，倾听隐约的乐声，这象征着什么？（乔伊斯《死者》）

这一叙述方法的实际优点，在某些方面已为现代批评提供了一个重要的论题。的确，只要我们的注意力集中于诸如自然性、生动性这样的特性上，这些优点似乎就是占主导地位的。流行的观点认为，一切好小说都试图用同样的方式造成同一种生动的幻觉，只有当我们推翻这种假想时，才会迫使我们认识到它的缺点。第三人称反映者只不过是许多叙述方式中的一种，它只适合于某些效果，要达到另一些效果，它就是累赘的，甚至是有害的。

旁观者与叙述代言人

在戏剧化的叙述者中，有纯粹的旁观者（《汤姆·琼斯》《利己主义者》[①]和《特洛勒斯和克丽西德》中的“我”），也有叙述代言人，后者对事件的发展过程产生某些可以估量的影响（从《了不起的盖茨比》中介入较少的尼克，经过《黑暗的心》中广为互相来往的马洛[6]，到《项狄传》《摩尔·弗兰德斯》《哈克贝利·费恩历险记》的中心角色，以及《儿子与情人》中用第三人称写的保罗·莫瑞尔）[②]。

---

① 《利己主义者》，英国小说家梅瑞狄斯的小说。
② 《摩尔·弗兰德斯》，笛福（1660—1731）的小说。《儿子与情人》，劳伦斯的小说。

很清楚，我们可以发现的关于旁观者的任何规律都不会适用于叙述代言人，而在有关角度的论述却很少有所区别。

场面与概述

一切叙述者和旁观者，不论是第一人称还是第三人称，都能把他们的故事基本上作为场面传达给我们（《杀人者》《青春期》，以及艾维·康普顿-伯内特和亨利·格林的许多作品），或者是基本上作为一种概述，即卢伯克所说的“画面”（艾迪生《旁观者》中几乎完全没有场面的故事），[①]或者更普遍地是作为场面与概述的结合。

像亚里士多德对戏剧方式和叙述方式所做的区别一样，展示与讲述的某些不同的现代区别涵盖了这一问题所涉及的范围。但麻烦在于为了广泛涵盖，它付出了粗略不精的代价。一切有形或无形的叙述者，必定或独自转述对话，或用“场景指示”和环境描绘来证实对话。然而，一旦我们想到哈克贝利·费恩和爱伦·坡笔下的蒙特雷塞所转述的场面有着完全不同的作用，我们就会明白，所谓“场面的”所暗示的文学效果是非常之小的。《汤姆·琼斯》（第三卷第一章）有两页是对十二年光景令人愉快的概述，而萨特在需要概述时却为了“持续的现实主义”而尽情述说场面，与前者相比，后者所展示的即使是十分钟烦琐的谈话也是冗长乏味的。正如我们在第一、第二章中所指出的，只有我们详细说明了那种提供场面或概述的叙述者的种类，场面与概述的对比、展示与讲述的对比才是有用的。

议　论

那些允许自己不但显示而且讲述的叙述者是多种多样的，除了那种在场面和概述中直接讲述事件的而外，主要取决于所允许的议论的数量和种类。当然，

---

① 《青春期》，詹姆斯的小说。亨利·格林（1905—1973），英国小说家。艾迪生（1672—1719），英国文学批评家。

这样的议论可能涉及人们经验的一切方面，也可能在无数方式和程度上与主要活动有关。如果我们把议论当作一种简单的方法来对待，那么，那种只起修饰作用，服务于修辞目的而非戏剧结构的一部分的议论，与《项狄传》那样是戏剧结构组成部分的议论之间的重要区别也就被忽略了。

自觉的叙述者

超越了各种旁观者与叙述代言人之间的区别的，是意识到自己是作家的自觉的叙述者（《汤姆·琼斯》《项狄传》《巴塞特寺院》《麦田里的守望者》《追忆逝水年华》《浮士德博士》），与简直很少谈论自己写作劳动的叙述者或旁观者（《哈克贝利·费恩历险记》），或者似乎意识不到自己正在写作、思考、叙说或“反映”文学作品的叙述者或者旁观者之间的区别（加缪的《局外人》，拉德纳的《理发》，贝娄的《受害者》）。[①]

距离的变化

叙述者和第三人称反映者，依据把他们和作者、读者以及其他小说人物区分开来的距离程度和类别，是有显著不同的，不管他们是否作为代言人或当事人介入情节。任何阅读体验中都具有作者、叙述者、其他人物、读者四者之间含蓄的对话。上述四者中，每一类人就其与其他三者中每一者的关系而言，都在价值的、道德的、认知的、审美的甚至是身体的轴心上，从同一到完全对立而变化不一。（口吃的读者会对H.C.艾尔威克的口吃像我一样做出反应吗？肯定不会！）那些通常归诸“审美距离”加以论述的因素当然会出现：时空的距离、社会阶级或言谈服饰习惯的差异——这些和许多别的因素用来控制我们涉及审美对象时的感觉，就像某些现代戏剧的纸月和其他非真实的舞台效果具有“间离”作用一样。但是，我们绝不能在作者、读者、叙述者和所有别的人物中，

---

① 《巴塞特寺院》，特罗洛普的小说。《麦田的守望者》，美国小说家塞林格的小说。拉德纳（1885—1933），美国幽默作家。索尔·贝娄（1915—2005），美国小说家。

把这些因素与同等重要的个人信仰和品质混淆起来。

1. 叙述者可以或多或少地离开隐含的作者。这种距离可以是道德上的(《喧哗与骚动》中杰生对作者福克纳，《理发》中理发师对作者拉德纳，《大伟人江奈生·魏尔德传》中的叙述者对菲尔丁)，也可以是理智上的（马克·吐温对哈克贝利·费恩，斯特恩对项狄，理查逊对克拉丽莎)，还可以是身体上的或时间上的。多数作者甚至远离最有见识的叙述者，因为他们可能知道“一切事情的结局”如何。等等。

2. 叙述者也可以或多或少地远离他所讲述的故事中的人物。他可以在道德上、理智上和时间上不同于故事中的人物（《远大前程》或《雷得本》[1]中成年叙述者与年轻时的自我)；他也可以在道德上和理智上远离故事中的人物（格雷厄姆·格林《沉静的美国人》中叙述者弗勒和美国人帕尔，他俩完全离开了作者的准则，却是在不同方向上)；叙述者还可以在道德上和情感上远离故事中的人物（在莫泊桑的《项链》和赫胥黎的《宴中的修女》里，叙述者表现的感情涉入明显少于作者明确期望的读者所具有的感情涉入)，这种距离就是这样可以在任何一种可能的特质上形成。

3. 叙述者可以或多或少地远离读者自己的准则。例如，在身体上和情感上的距离（卡夫卡的《变形记》)；道德上和情感上的距离（格雷厄姆·格林《布赖顿硬糖》中的品凯，莫里亚克《蝮蛇结》中的守财奴，以及现代小说设法使之成为令人信服的人的许多道德堕落者)。

由于拒绝运用全知叙述，面对戏剧化的可靠叙述者的内在限制，毫不奇怪，许多现代作家已在运用不可信的叙述者进行尝试，这种不可信的叙述者在他们叙述的作品的进程中，其性格是变化的。自从莎士比亚告诉现代人希腊人在忽视性格变化中曾经忽略了什么后（比较一下《麦克白》《李尔王》与《俄狄浦斯》)，性格发展或堕落的小说已变得越来越普遍了。然而，直到作家发现了第三人称反映者的全部作用时，他才能有效地显示出叙述者叙述时的性格变化。在《远大前程》里，成年的匹普被描写成一个慷慨无私的人，他的心地与

[1] 《雷得本》，美国小说家麦尔维尔（1819—1891）的小说。

读者的一样；他注视着自己年轻的自我似乎先是远离读者，后来又回到读者那里。但是，可以展示第三人称反映者接近或远离读者所珍视的价值，在技巧上是过去时的，而表现在我的眼前的效果则是现在的。20世纪的作家在继续这样做，似乎决心把建筑在这样多种变化基础上的所有可能的情节形式都写出来：叙述者在小说开始时是远离读者的，而到了结尾时则接近读者；开头接近读者，尔后却背离读者，到了结尾又接近读者；开头就背离读者，接着更加远离读者等等。然而，最富于特征性的也许要数叙述者开头远离而结尾接近读者这一距离变化中所达到的惊人成就。把叙述者写成福克纳笔下的明克·斯诺普斯①一样绝无同情心的人物，然后通过性格变化和技巧的娴熟运用，把他们变成高尚而有才能的人。我们非常需要对来源于这种距离变化的多变的情节形式做彻底的研究。

4. 隐含的作者可以或多或少地远离读者。这种距离可以是理智上的（《项狄传》中的隐含的作者，当然与项狄不是一回事，他比任何读者对深奥的古典学问更感兴趣，知之更多）；也可以是道德上的（萨德②的作品）；还可以是审美的。依据作家之见，要成功地阅读他的作品，就必须消除他的隐含的作者的基本思想规范与假定的读者的规范之间的所有距离。一开始就不大存在基本距离是很常见的，简·奥斯丁也不必使我们确信傲慢和偏见是令人生厌的。另一方面，一部劣作往往很容易被认出来，因为隐含的作者要我们按照我们所不能接受的思想规范来判断。

5. 隐含的作者（他自己携带读者）可以或多或少地远离其他人物。同样，这种距离能够立足于任何一种价值轴心。某些成功的作家在各方面都距其大多数人物很远（如康普顿-伯内特），像威廉·燕卜逊论及T.F.波伊斯所说的那样③，他们可以完全有意识地保持一种使其人物“远离作者”的人为状态。[7]另一些作家则基于多种轴心，展示了距其人物由远到近的广阔变化范围。举例来说，简·奥斯丁就表现了一个道德判断的广阔范围（从完全赞同《爱玛》中的简·费

① 明克·斯诺普斯，福克纳小说《大宅》中的人物。

② 萨德（1740—1814），法国作家。

③ 燕卜逊（1908—1984），英国诗人兼批评家；波伊斯（1875—1953），英国小说家。

尔法克斯，到鄙弃《傲慢与偏见》中的威克姆），也表现了一个智慧的广阔范围（从奈特利到贝茨小姐或班奈特太太），她还表现了趣味的、机智的、情感的广阔范围。

显而易见，对于上述这些层次，我所举的例子并未涵盖各种可能性。我们所说的“介入”“同情”或“同一”，常常由作者、叙述者、旁观者和其他人物的许多反应所构成。叙述者可以运用多种介入或超然手段而有别于作者和读者，这种区别的变化范围从深切的个人挂念（《了不起的盖茨比》中的尼克，《巴伦特雷的少爷》中的麦克拉，《浮士德博士》中的蔡特布洛姆），到平淡的分离，较为愉悦的分离，或只是稀奇古怪的分离（伊夫林·沃的《衰落与瓦解》）。①

对于实际批评来说，这几类距离中最重要的或许要算这样一种距离，即难免有误或不可信的叙述者之间的距离。如果说讨论叙述观点的理由是它如何与文学效果有关，那么，叙述者的道德和理智性质对我们的判断来说，显然比叙述者是否称之“我”或“他”更重要，也比他是否是不受限制或有所限制的叙述者更为重要。如果发现叙述者是不可信的，那他传达给我们的作品的整个效果也就被改变了。

对于叙述者中的这种距离，我们几乎找不到恰当的术语名之。由于缺少更好的术语，当叙述者为作品的思想规范（亦即隐含的作者的思想规范）辩护或接近这一准则行动时，我把这样的叙述者称之为可信的，反之，我称之为不可信的。确实如此，大多数非常可信的叙述者喜欢作大量附带的冷嘲热讽，因而，就其存在着潜在的欺骗而言，他们是“不可信的”。然而，尖刻的嘲讽并不足以使叙述者变得不可信，通常，说谎也并不一定就是不可信，尽管着意欺骗人的叙述者已成为一些现代小说家的主要手法（加缪的《堕落》，威林海姆②的《天真的儿童》等）。[8]叙述者是错的，或者他相信自己具有作家要否定的品质，这往往就是詹姆斯称之为不知不觉的问题。或者，像《哈克贝利·费恩历险记》中，叙述者声称要自然而然地变邪恶，而作者却在他身后默不作声地赞扬他的美德。

① 《了不起的盖茨比》，美国小说家菲茨杰拉德（1896—1940）的小说。伊夫林·沃（1903—1966），英国小说家。

② 威林海姆（1922— ），美国小说家。

因而，不可信的叙述者之间依据他们距离作者的思想规范有多远，依据他们在什么方向上背离作者的思想规范，存在着显著差别；就像新近流行的术语“反讽”和“距离”一样，传统的术语“基调”涵盖了我们应该加以区别的诸多效果。一些像巴里·林登那样的叙述者，除了某种有趣的活力，就其一切美德而言，他被尽可能设置得远“离”作者和读者。而一些像詹姆斯《波音顿的珍藏品》中反映者弗莱达·维奇那样的叙述者，接近于代表作者趣味、判断、道德观点的理想。所有这样的叙述者对于读者的推断力的要求，远比可信的叙述者所要求的更强烈。

赞同或修正的变化

可信的叙述者和不可信的叙述者都有可能不为其他叙述者所赞同或修正（《马口》中的加利·吉姆森，贝娄《雨王汉德森》中的汉德森），也有可能为其他叙述者所赞同或修正（《巴伦特雷的少爷》,《喧哗与骚动》)。有时，要推断叙述者是否有错或什么程度上错了，几乎是不可能的；有时，明确证实的论据或自相矛盾的论据却使推论变得容易了。我们必须注意到，赞同或修正之间的根本差别在于：它是由情节内部提供的，以便在坚持正确线索或改变叙述者代言人观点时，使叙述者代言人可从情节中有所获益（福克纳的《坟墓的闯入者》)，还是仅仅由情节之外提供的，以利于读者修正或加强自己与叙述者的观点相对立的观点（格雷厄姆·格林的《权力与荣耀》)。显而易见，孤立的效果在这两种情况中是很不相同的。

不受限制的叙述

旁观者和叙述者代言人，不论是自觉的还是不自觉的，是可信的还是不可信的．是说长道短议论的，还是缄默不言的，是孤立无援的，还是为人证实的，他不是有特权知晓按严格的合乎情理的方式所无法知道的东西，就是要受到现实的眼光和现实的推理的限制。完全不受限制的叙述我们通常称之为全知观点。

但是，不受限制的叙述有很多种，而可为作者知道或显示同样之多的“全知”叙述者却是极少的。

我们需要对种种不受限制或受到限制的叙述及其功能作认真的研究。叙述中的某些限制只是暂时的，甚至是开玩笑的，就像菲尔丁有时把某种无知强加给作品中的“我”（《汤姆·琼斯》十三卷第一章中，菲尔丁怀疑自己的叙述能力而乞求诗神帮助的时候）。某些限制似乎是更为近乎持久的，除了短暂的放松，诸如《白鲸》里，受到一般限制的具有人的真实特点的伊希梅尔，当故事需要时，他也能够冲破人的局限（“‘他变得勇敢起来，但只不过是听话；那就是最审慎的勇敢！’亚哈低声说。”——没人出场转述给叙述者）。[①]某些限制受制于叙述者所处的实际条件所允许知道的东西（第一人称的哈克贝利·费恩，凯瑟琳·安·波特短篇小说中的第三人称的米兰达和劳拉）。

个别最重要的不受限制的叙述，也就是获得对另一人物的“内心观察”的叙述，是由于把不受限制的特权赋予叙述者的某种修辞能力使然。在全知观点这个术语中，存在着难以理解的含混。许多我们归之于戏剧化叙述的现代小说，都借助人物有限的视野把一切都告诉给我们，这样的作品对缄默的作者要求的全知程度，完全与菲尔丁对自己的要求一样高。在某种意义上说，我们在福克纳《我弥留之际》的十六个人物内心逡巡，除了看到他们内心所蕴含的一切，其他并未看到，在某种意义上这似乎并不需要依靠全知的作者。但是，这种方法已将全知观点蕴含其内了，隐含的作者要求我们完全相信他的预见能力。我们必然是片刻都不怀疑作者知道每一个人内心的一切，也不怀疑作者对每一个人内心表现多少的选择是正确的。简而言之，无人称叙述实际上并不能避免全知观点——真正的作者就像他总是“不合情理”地无所不知一样。如果显著的人为状态是一种失误的话（但并非如此），那么，现代叙述将和特罗洛普的失误是一样的。

指出同种含混的另一方式，是严密考察“戏剧性”的故事讲述概念。作者可以在一种戏剧性的情境中表现人物，而又一点也不需要用我们通常所认为的

① 《白鲸》，美国小说家麦尔维尔的小说，伊希梅尔和亚哈为书中的人物。

戏剧手法。在《约瑟夫·安德鲁斯》中，约瑟夫·安德鲁斯被小偷剥光了衣服，挨了一顿揍，当一辆马车赶到时，菲尔丁描绘了一个场面。依照一些现代标准来看，这个场面是由一贯的和非戏剧性的方式构成的。“这个倒运的穷鬼一动不动地躺了好半天，马车路过的时候，他刚刚开始恢复知觉。车夫听到一个人在痛苦地呻吟，他就停住马，对车主说肯定有个快死的人躺在路边的沟里……一位太太听到了车夫的话，也听到有人呻吟，急忙招呼车主停车去看看究竟出了什么事。于是，车主吩咐车夫到沟里去察看一下。车夫去了一会儿后回来说：‘那儿有个人僵直地坐着，像刚生下来似的一丝不挂。’”接下来是一段不值得用场景名之的精彩描写，它记录了每一位乘客自私的反应。一位青年律师指出，如果不把约瑟夫带上车，他们将负有法律责任。

“这些话显然影响了车主，他很熟悉这个说话的人；而上面提到过的一位年长的绅士则想到，这个赤裸的人为他在女士们面前展露才智提供了很多机会，因而，他表示陪伴那个人，并为他的车费而奉献一大杯啤酒；部分原因是一个人的威胁，部分原因是另一个人的许诺使车主感到震动，直到这时，他也许才对那个在冷风中流血哆嗦的穷鬼的处境动了点怜悯心，最后同意了。”一旦约瑟夫上了马车，在随后的旅行中，这种对“场面”间接报道尽管肤浅，继续延伸到车上这伙傻瓜和无赖的内心和感情，而当完全知道似乎不可取时，有时就进行猜测。假如戏剧化就是显示彼此戏剧化交往的人物，与动机相冲突的动机，以及取决于动机解决的结局，那么，上述场面就是戏剧性的。但是，假如戏剧化是要造成这样一种印象，即故事是自己发生的，人物处在一种与观众面对面的戏剧性关系中，而无叙述者介入其间，只有通过对话对对话和对话对行动的推论比较才可理解故事，那么，上述场面相对说来，便是非戏剧性的场面。

另一方面，作家可以根本不要人物介入真正的戏剧，而在上述后一种与读者的戏剧性关系中表现人物。许多抒情诗在这个意义上是戏剧性的，而在任何其他意义上都是非戏剧性的。“那并不是老人们的家乡——”谁说的？叶芝说的，或是带假面的叶芝说的。对谁说的？对我们说的。那么，我们如何知道是叶芝说的而非某个远离他的人物说的，如《斯太勃的卡利班》中远离作者布朗宁的人物卡利班那样？我们是在戏剧化的陈述展开时推论出这个结果的，需要这种推论的地方是，在这个意义上，什么使得抒情诗变得富有戏剧性了。简言之，卡利班在两种意义上是戏剧性的：其一，他与别的人物一起处在戏剧性的情境中；其二，他处在面对我们的戏剧性情境中。叶芝的诗只在一种意义上是戏剧性的。

在那些试图把意识状态直接戏剧化的小说中，对白戏剧性的含混是更加复杂的。《青年艺术家的肖像》是戏剧性的吗？在某些方面是的。没有人告诉我们有关斯蒂芬的故事，他被放在我们面前的舞台上，通过作者隐蔽的帮助和议论，表现自己的命运。然而，直接戏剧化的并不是他的行动，也不是我们直接听到的他的言谈。戏剧化的东西是所发生的一切事情的内心记录。我们看到了他的意识对外部世界发生作用。有时，内心所记录的东西本身就是戏剧性的，即当斯蒂芬在与他人在一起的场面中观察自己时。但是，这种记录本身，这种内心的记录只是在第二种意义上是戏剧性的。我们得到的斯蒂芬内心发生的事情的报道，是尚未牵涉任何修正性的戏剧化内容的独白。这是一种真实可信的记录，不如典型的伊丽莎白时代的独白受到的批判性怀疑多。我们根据惯例接受了这样的主张，即所记录斯蒂芬内心中发生的东西确实发生在他内心，换言之，乔伊斯知道斯蒂芬的内心是如何活动的。“他在这页纸上胡乱涂抹所造成的均衡，开始扩展成类似孔雀羽毛尾部的眼状和星状斑点，这些斑点消失后又开始再次聚拢而来。这些标志的出现和消失是眼睛开合造成的，眼睛的开合是星星……”是谁这么说的？不是斯蒂芬，而是全知的确实可信的作者说的。这个报道是直接的，它显然未经任何“戏剧性”内容的修饰——即是说，它与戏剧场面中的讲话不一样，并未导致我们怀疑，这些思想活动无论如何总是企图达到一种效果。因而，只是在某种有限的意义上，即抒情诗是戏剧性的这个意义上，[8]我们是处在与斯蒂芬的戏剧关系中。[9]

内心观察

最后，那些提供了内心观察的叙述者，就其所介入的深度和轴心而言是不同的，薄伽丘能提供内心观察，但这些内心观察是极肤浅的。简·奥斯丁相对说来，达到了道德上的深度，但在心理上只是浮光掠影未及内里。所有采用意识流叙述的作者也许都试图达到心理上的深度，但其中一些作者却有意在道德尺度上保持肤浅。[10]我们应该记住，任何持续的内心观察，不论其深度如何，都会把显示内心的人物暂时变成叙述者，因而，内心观察要受到我们上面所描述的各种特性变化的影响，尤其重要的是不可信程度的变化的影响。一般说来，我们陷得愈深，我们不失同情心地接受的不可信事物就越多。

叙述是一种艺术，而不是一门科学。但这并不意味着我们试图规定叙述原理必然会失败。任何艺术都具有系统性的因素，小说批评一向不能放弃试图联系一般原理来解释技巧上成败得失的职责。然而，我们必然总是这样发问：这个一般原理到哪去找呢？

毫不奇怪，你会听到正在从事创作实践的小说家报告说，他们从未从批评家那里得到有关叙述角度的任何帮助。小说家在涉及叙述角度时，必然总是讨论个别作品：其中某个人物将讲述这个故事，或这个故事的某一部分，其讲述的可信性、非限制性和议论的自由性是在何种精确程度上，等等。他应有戏剧性的生动吗？即使小说家已选定了批评家所分类的某一种叙述者——诸如“全知视角”“第一人称”“有限的全知视角”“客观的视角”“移动的视角”“不露痕迹的视角”，或其他视角——他所遇到的麻烦才刚刚开始。借助下列说法，如“全知视角是最灵活的方式”，或“客观的视角是最直接、生动的”，他简直无法找到自己直接的、确切的实际问题的答案。即使是这种水平上最充分的概括也无助于他小说中一页页的发展过程。

正如亨利·詹姆斯的详细记录所表明的，当小说家试图对读者实现他发展中的思想的可能性时，他也就发现了自己的叙述技巧。他的大多数选择因而只是程度的选择，而非种类的选择。当你决定了你的叙述者将不运用全知视角，事实上你什么也未决定。困难的问题是：他将如何不知不觉？再者，选定第一人称叙述只解决了这个难题的一部分，或许是最容易的部分。是哪一种第一人称？如何充分地个性化？作为叙述者他有多少是有意识的？他如何可信？他的叙述有多少限于现实主义的推断？不受限制的叙述超越现实主义有多远？哪几点上他所说的是真实的？哪几点上他整个儿不加评判或甚至说的完全是谎言？

这些问题只能联系个别作品的可能性和必然性才能做出回答，而不能联系一般的小说或长篇小说，或叙述角度的规则。

毫无疑问，确实存在着作家可能涉及的种种效果。比如，假使作者要使某个场面更有趣、更恰当、更生动或更含混，或者，他要使某个人物更富于同情心或更加可信，那么，我们可以指出这种那种实践来，但是，我们可以理解，为什么小说家在寻求帮助来做出决定时，将会发现同仁的实践比教科书的抽象规律更有帮助。一个博览群书、才思敏捷的作家，会在同仁的作品中发现一个精确范例的宝库，一个如何进行叙述方式的合适选择来增强这一效果的宝库，即有别于一切其他可能的效果。批评家在研究叙述类型时，必然总是落在后面艰难地前进，不断参考多样化的实践，只有这些实践能制止他被引诱做过多的概括。我们需要对如此之多的故事是怎样讲述的做更艰苦、更精确的说明，以取代我们现代的“第四个整一性”，取代有关叙述角度运用的一致性、客观性的抽象规律。

现在，我们就转向对讲述艺术的更严密的考察。

注　释

1.《论剧体诗》(1668年)。虽然这段引文出自为法国戏剧辩护的利西迪尔，而非出自观点接近德莱登的尼德，但是这一见解已被公认存在于尼德的回信中；唯一的争论在于哪一部分更适合于再现。

2. 为了否定传统分类而在此罗列它们是毫无意义的。它们从最简单最无用的，例如C.E.蒙塔古那篇巧妙而又通俗的论文(《“看”还是“想”》，载《作家职业札记》[伦敦，1930年]；鹈鹕版，1952年，第34—35页)，到颇有价值的研究，例如诺曼·弗里德曼的(《视点》,载《现代语言学会会刊》,第70期[1955年11月号],第1160—1184页)。

3. 运用第二人称的尝试从来不是很成功的，但是令人惊异的是，选择第二人称造成的真正差异如此之小。我在一本著作开头谈到，“你移动了左脚……你溜过了狭窄的门缝……你的眼睛只是半睁着……”，确实，这种极为不自然的叙述一时令人迷惑。但在阅读米歇尔·比托尔的《变化》(巴黎，1957年)时(这就是本书开头)，很奇怪，人们很快为故事的幻觉“表现”所吸引，并把自己的眼光与那个“你”的眼光完全等同，就像与其他故事中的那些“我”和“他”相等同一样。

4. 一篇极好的关于真正的作者与他们写作时创造的那些自我之间那种似乎简单的关系的真正微妙性的讨论，参看帕特里克·克鲁特威尔的《作者与人称》，载《赫德森评论》，第12期（1956—1960年冬季号），第487—507页。

5. 引自马塞尔·格特沃思一个未发表的译本。

6. 关于康拉德作品中马洛这个人物的发展与作用的仔细分析，参看W.Y.廷德尔《为马洛一辩》，载《从简·奥斯丁到约瑟夫·康拉德》，罗伯特·C.拉思伯恩和小马丁·斯坦曼辑（明尼苏达，明尼亚波利斯，1958年），第274—285页。虽然马洛经常是康拉德的冷嘲的受害者，但是，一般来说，他是暗含作者的明晰性和含糊性的可靠反映者。一部更充分的著作，一部用于大学生的优秀著作，是小詹姆斯·L.格特的《约瑟夫·康拉德的修辞》（《阿默斯特大学获奖论文》，第二期［马萨诸塞，阿默斯特，1960年］）。

7.《田园诗的几种变体》（伦敦，1935年），第7页。一篇关于波伊斯的有意的人为性的卓越讨论，参看马丁·斯坦曼的《T.F.波伊斯的象征主义》，载《批评》，第1期（1957年夏季号），第49—63页。

8. 亚历山大·E.琼斯最近在一篇文章中，令人信服地强调了对《螺丝在拧紧》的“直”读，提出的理由是，“第一人称小说的基本惯例是叙述者必须是可信的……除非詹姆斯违反了他的技巧的基本规则，否则家庭女教师不可能是个病态的说谎者”（《现代语言学会会刊》，第74卷［1959年3月］，第122页）。不管詹姆斯时代这种情况可能是对的，反正在现代小说中已不再有任何这类惯例。唯一可以信赖的惯例，正如我在第11章所示，就是：如果一个叙述者把自己表现为正对读者谈话或写作，那么他就真是在这么做。他所说的内容可以产生梦（施瓦茨的《梦中开始职责》），或是产生虚假（让·凯罗尔《奇异的躯体》），或是什么也不“产生”——也就是说，它可以很不确定地留在梦、虚假、幻想和现实之间（乌纳穆诺《雾》，贝克特《怎么回事》）。

9. 我知道，这里我所使用的术语与乔伊斯自己的三个一组的用法（抒情的、史诗的、戏剧的）是相对立的。在乔伊斯自己的意义上，《肖像》是戏剧的，但仅在这个意义上如此。

10. 对松散术语“意识流”所属的许多手法的讨论，一般集中于它们表现心理真实的作用，避免谈及不同深度的道德效果。甚至最不友好的批评家——例如莫里亚克，参看他的《小说家与他的人物》——一般也都指出它们的杂乱无章、缺乏明确控制以及明显的人为，而不是指出它们的道德内涵。对它的批评和辩护二者时常都认为，只存在着一种可以因为如此这般的理由一度或永远定论为好或坏的手法。梅尔文·弗雷德曼（《意识流》[康涅狄格，纽黑文，1955年]）归纳说，“不言而喻，这种传统不会再产生第一流著作”，因为这种方法依赖于一种“已随乔伊斯、弗吉尼亚·伍尔芙和早期福克纳一同死去的某种文学意识”（第261页）。但是，他所讨论的著作运用了几十种意识流变体，其中某些现在已被作为小说家传统的一部分建立起来。而其中大多数很可能会在将来发现新的用途。

第二编

小说中作者的声音

先生，因为你我之间可谓是完全的陌生人，所以立刻让你进入太多的与我自己有关的事件可能不大合适。——你必须有点耐心。你看，我已经承担了不但写出我的生活，而且写出我的看法的任务；我希望和期待着，你对我的性格的了解，以及对我是怎样一种人的了解，会因此使你获得其他更好的享受：当你和我一起前进，我们之间现在已经开始的初步认识将变为熟悉；接着，除非我们之中有谁犯错误，它又将最终达到友谊。——哦，那是多么美妙的时光啊！——那时凡是打动了我的东西，你都不会认为在内容上是无价值的、在讲述上是无趣味的。

——项狄

第七章　可靠议论的运用

致辞者伴时间上。

让我如今用时间的名义驾起双翮，把一段悠长的岁月跳过请莫指斥；十六个春秋早已默无声息地过度，这期间白发红颜人事有几多变故……

——《冬天的故事》

这样，读者在阅读本书时如果发现某几章很短，某几章颇长；有的只记载一天的事情，另外的又包含经年累月的事；总之，如果他发现这部历史有时似乎停滞下来，有时又如风驰电掣般疾行，请不要感到奇怪。我不认为有义务在任何批评家的法庭上替自己做辩解，因为事实上我是一个新的写作领域的开拓者，我可以任意制定这个领域内的法规。

——菲尔丁：《汤姆·琼斯》

然而我看我不能继续照这样讲下去，部分原因是许多事我根本没有听清楚，有的事没去注意，还有的事是忘了提起，但主要是因为我在前面已经说过，如果把所说的、所发生的一切全记下来，我的时间和篇幅一定是不够的。

——《卡拉马佐夫兄弟》

而这一点，由于我无法请我的任何一个演员来说，所以我被迫自己宣布。

——菲尔丁：《汤姆·琼斯》

一个人笨拙的诺言必须经过效果的检验。

——亨利·詹姆斯：《〈鸽翼〉前言》

并不奇怪，批评家们都被吸引来探讨议论——通常是谴责它——好像它是个仅按我们对小说的普遍看法就能加以判断的简单事物。但是，可以证明，我们放弃这样一种预先做出的判断并考察某些优秀小说，来找到运用议论实际上获得的效果，这样做是值得的。以后我们可能还会发现我们自己说，虽然作者为了种种的目的而运用过议论，但是我们希望他们没有用过。但是至少我们将能够带着某些精确性地来确定，是否有什么作者声音的特殊贡献，值得牺牲我们看重的不管什么普遍性质。

提供事实、“画面”，或概述

对于一个评论者来说，最明显的任务是告诉读者他不能轻易从别处得知的事实。当然，有许多种类的事实，它们可以用无数方式来“告诉”。设置舞台背景，解释一段情节的意义，概述过于琐细而不值得戏剧化的思想过程或事件，描绘有血有肉的事件和细节——在这种描绘无法自然地出自一个人物的时候——这一切以多种不同形式出现。

当乔叟开始克丽西德的不幸故事的时候，他使用了几行完全适合故事需要的概述来处理特洛伊的陷落：

> 至于这个城国如何被毁，
> 不属于我所述的范围，
> 离我的题旨太远，
> 也不必耽误你们的时光，
> 谁若要知道其中底细，
> 尽可读荷马，或德吕士，或狄克底斯的诗作。

这个“乔叟”在这里提醒我们说，我们正在读许多小说中的一部，他选择了合乎我们自己兴趣的题材，如果我们想要其他故事，那么我们可以到荷马和其他作者那里去找；就是他在整个《特洛勒斯和克丽西德》中亲密地陪伴着我们。凡是与他的目的不直接相干的事情，他就概述。

> 我若准备描写这勇士的威武，
> 自应详述他的战绩。
> 但开场我所写的就是他的情史，
> 谁若愿听他的功绩，
> 不妨一读德吕士之书，
> 在那里记载周详。[1]

他从未让我们忘记他的存在，而他的存在也不能说减损了他的故事。他给我们讲述了这个故事的很多方面，即虽然是必要的，但又不值得通过戏剧化加以升华的那些方面。而其综合效果是想让我们感到，他给我们的故事，远比他把未加工的题材端出来所能成为的故事更优美更精致。

杰出的叙述者总是设法找到某种方法，来使这种概述变得有趣，例如菲尔丁，他向我们发出了具有反讽意味的邀请，以填补《汤姆·琼斯》中的缝隙。他说，他给读者"一个运用他所具有的惊人智慧的机会，用他自己的臆想去填补这些时间上的真空地带"。因为他确信，他的大多数读者都在"批评方面属上乘的大学毕业生"，所以他留给他们"十二年的空白"，让他们去应用自己的学艺。（第三卷，第一章）

这一类型概述的措施，只是几十种可以辨识的提供事实的技巧中的一种，它们中大多数——也许很幸运地——从未被命名。例如，我们把用脚注来叙述的手段称为什么？在马赛尔·埃梅①的《小学生之路》（1946）中，作者有时在脚注中提供他的人物活动范围之外的情况。在德国人占领法国期间，米肖看到四个德国士兵在圣心教堂前面"执行他们的巡逻任务"。一时间，他嫉妒他们，嫉妒他们那种无忧无虑的样子。他突然给了我们一个脚注，告诉我们这四个士兵的名字叫阿诺尔德、艾森哈特、海内肯和舒尔茨。"第一个士兵在俄国前线

---

① 马赛尔·埃梅（1902—1967），法国小说家、剧作家。

被打死。第二个士兵在克里米亚受了伤，回家时双腿都没有了，后来被他妻子毒死。”如此等等，直到舒尔茨，最后一个士兵，说他在解放时被一伙愤怒狂暴的巴黎人撕成了碎块。这个事实上的介入对米肖的嫉妒做了反讽的评论，它是简洁有力的，完全适合于它所出现在其中的作品。如果我们想要用一种同样简洁的方式,来把主人公的嫉妒与士兵未来的灾难富有反讽意味地并列在一起，那么我们就会看到，除了以自己身份说话的全知作者以外，谁也无法做到。当然，不一定非得在脚注中这样做，虽然在这种情况下，脚注这种奇怪手法是表现下述事实的最简单的方法：这些事实的确都是枝节问题，但对故事又是必不可少的；所提到的人物对故事后来的发展无关紧要。唯一一种现成的替换方式是插入戏剧化的一段，让我们转向四个情节，迅速地表现四个士兵的未来。但是这样做不仅要增加篇幅，而且还将含有意义，这样就会造成为读者准备好了的预期模式的混乱。[2]

这只是近代直接讲述一个可以起到最常见、最有效的作用的精彩例子。以同样方式，作者可以在两个场面之间提供一点概述，即没有一个人物可以提供的那种概述。或者也可以提出关于一位其他人物都不知道的人物的真实情况。“雷看着利奥波德想到：哦，是的，一位英国人！（应该知道，雷看起来很像那些高高的英国人……）”这样，伊丽莎白·鲍恩的叙述者进入了《巴黎的房子》（1935），向我们描绘了雷，而雷自己则几乎能达到这一步，但是这段描绘出自作者，就有了进一步作用，因为它更确定；没有人怀疑他是否事实上做出了公正的报道。

当我们想起现代小说中许多累赘的“镜子—映像”——“他在镜子里看到的是一个中等身材的男人”——的时候，我们就会看出，要把这种描写性的细节加以戏剧化的愿望将引起多大的麻烦。的确，某些情况适合这种拟戏剧，特别是镜子里看到的东西和人物长久的、自我欣赏的凝视这种实际动作，都有助于我们理解他的本性。但是，甚至当镜子因此而确实有作用时，那些更浓缩的实际情况，经常还得由继续使用一个独立于人物主观视界之外的可靠叙述者的声音来提供。“虽然镜子里反映出的这个睡意蒙眬、眼睛近视的面容和光秃秃的头顶，它们是那样的低微可鄙，一眼看去，不会引起任何人的注意，然而拥有这副面容的主人却对他在镜子里看到的一切十分满意。”这样，在《双重人格》（1846）里，陀思妥耶夫斯基在视角引起麻烦之前，已把他的开场描绘大大戏剧化了，同时运用他自己的议论，揭露了其人物的个人主义。借助于这种全知身份，他可以在几句话中做到任何其他方法需要更多篇幅才能做到的东西。任何人如果企图把这段转述为对戈里亚特金自己思想的完全客观的描绘，而不想失去包括明晰性在内的任何效果，都将看到他得做出多大的牺牲。

不容置疑的事实的主要作用，是控制戏剧性反讽。其最简单的形式，如在上述几个例子中，是直接描绘一个人物如何曲解另一个人物未说出的思想或动机。“在她成了个大姑娘以后”，福克纳《八月之光》的叙述者告诉我们，她“请父亲把马车停在镇外，她要下来步行。她不告诉父亲她为什么要步行而不坐车。他想，这是因为有那光洁的大街和人行道。其实是因为她相信，看见她的人……会以为她也住在这个镇上”。人物间的误解这一事实只有全知叙述者才能知道，因为它是由父亲的私下判断和女儿的个人动机组成的；然而不把误解对我们讲清楚，作为莉娜性格线索的这个场面就会落空。

使用明确地控制读者的期望，可以获得更显著的效果，即确保他不必背负人物所怀有的虚假希望和恐惧进行旅行。某些老成的读者拼命反对这种不言而喻的控制，然而许多小说引起的乐趣有一半取决于这些东西。甚至这位“被人遗忘的”詹姆斯也发现，在《使节》（1903）中使用下述文句来提高我们的期望是适当的：“这就是他那种状况的开始，而这种状态，正如我们将要看到的，是他后来发现应该从中脱身出来的状态。”[3]

詹姆斯是第一个明确规定由不加掩饰的实情概括所表现的审美问题的。除了在《青春期》（1899）中，他没有企图完全去掉概述。但是，他越来越下决心要找到一种方法，使概述本身戏剧化——不管是作为描绘、叙述，还是道德和心理评价。

他要“把它全部保持在我的人物的范围内”[4]，把所有概述都推回到人物们的内心中去，这种努力的细节是如此重要，因此，必须在后面加以充分讨论。没有谁具有更多的聪明正直，能抗拒那种没人写过的事实的诱惑，它们困扰着每个小说家。我们只需要看看千百部“提供事实”的小说中的任何一部，不管是写于他的时代认识到他努力把一切事情都包括进去的重要性之前，还是在这之后。由巴尔扎克（例如，《舒安党人》[1829]）、斯达尔夫人（例如，《柯丽娜》[1807]）和狄更斯（例如，《马丁·朱述尔维特》[1843]）插入的旅行见闻，更不用说许多现代乡土作家，都只是一种虫害的极端形式，这种虫害到处可见，从其实只是加以伪装的关于军队生活、棚区生活、格林威治村生活的流言蜚语的小说，到不过是把一种内心活动中引起人们关注的内容加以分类的小说。[5]

但是，我们可以承认詹姆斯的重要性，而不必同意卢伯克所说的詹姆斯关于概述问题的解决方法不须付出代价的意见。“小说家比戏剧家自由得多，当然可以告诉我们这个不安的人物（《使节》中的斯特瑞塞）背后潜藏着什么，如果他愿意的话；他可以再往前走，解释这个人思想上的不安现象。但是如果他宁愿用戏剧化方式，即公认为更有效的方式，那么便没有任何东西妨碍他采用这种方式。”[6]按照詹姆斯追随者的做法，小说家不用放弃他的任何自由。“站在故事之上俯视万物的自由、超越直接场面局限的自由——这些东西都不会为作者朝戏剧方向稳步前进而牺牲。人的内心已变为可见的、现象的、戏剧的；但是在扮演它的角色时，它还增加了我们的眼力，它也提供了一个扩大我们视野的机会。”

但是最终还是有牺牲。当小说家选择了好像通过他的一个人物内心来传达他的事实和概述时，他就正处于牺牲“那超越直接场面限制的自由”的危险之中——特别是他会受到被选作自己代言人的那个人物的限制。这一牺牲的后果将是本书整个第三部分的主题。而就现在来说，可以认为，一个事实，当它由作者或他的绝对代言人提供给我们的时候，是与由小说中的不可靠的人物提供给我们的同一个“事实”非常不同的东西。在戏剧中，当一个人物以现实主义的方式说话时，绝对可靠性的常规已被打破；当某些小说在目的方面的收获不可否定时，付出的代价也是不可否定的。

每当一个事实、一番叙述概括、一段描写，必须或甚至可能，成为对我们理解人物而提供的线索时，它就会大大失去其作为事实、概括或描写的某些身份。普鲁弗洛克[①]关于黄昏的天空像被麻醉的病人的概念完全不再是事实或描写，如果读者要求的东西是关于真实天气情况的话。当不可靠性增加的时候，显然会达到这样一点，这时，这种变形的报道甚至在内心塑造上都不再有用了，除非作者保有某些计划，来表明说话者从中引出自己的特有解释的事实本身是什么。

在布朗宁的诗歌中，卡利班所看到的有关普罗斯珀罗[②]的东西，可以告诉我们一切我们想知道的关于卡利班的东西，这只是因为我们可以从另一个来源了解普罗斯珀罗。我们在反讽中得到的许多快感都会失掉——虽然有另一种类型的补偿——如果我们一定要把我们的时间花在疑惑布朗宁和卡利班的观点是否一致的话。

从定义上来说，不可能有戏剧性的反讽，除非作者和读者能够以某种方式共享人物所不掌握的知识。虽然可靠的叙述绝不是把戏剧性反讽作为根据的事实传达给读者的唯一途径，但是它是一种有用的途径；在某些著作中，即那些除了作者谁也无法知道什么是必须知道的东西的作品中，它也许是必不可少的。例如，在伟大的喜剧小说中，我们的快乐常常取决于作者预先告诉我们说，人物的麻烦是暂时的，他们的担心多余到了荒唐的地步。任何怀疑这种修辞价值的人，应该设想他自己试图叙述《汤姆·琼斯》，而不用作者的声音来提醒读者们，事情对汤姆来说并不像他们看到的那么糟，或叙述《远大前程》，而不用成年的匹普的声音来一方面提高我们对小匹普道德堕落的感觉，另一方面使我们看到他倒霉时保留我们的同情，并确信他还会崛起。但是戏剧性反讽在更严肃的作品中也可以是同样重要的。我们真的能够选择一种《了不起的盖茨比》的文本，把开场白中给我们的信息都清除掉吗？尼克告诉我们："去年秋天我从东部回来的时候，我感到我希望全世界的人都穿上军装，并且处在某种道德关注中……只有盖茨比……不在我这种反应之内——盖茨比，他代表着我真心蔑视的一切……他周身有某种灿烂光彩……一种异乎寻常的要求希望的天赋，一种

① T.S. 艾略特的诗《阿尔弗瑞德·普鲁弗洛克的情歌》中的人物。

② 莎士比亚的戏剧《暴风雨》中的人物，布朗宁的诗歌《卡利班对塞特波斯的反省》中引用了这些人物。

浪漫主义的跃跃欲试的状态，我从来没有在其他人身上发现过，很可能我今后也不会再发现。不，——盖茨比最终却是令人满意的；正是那吞噬了盖茨比的东西、那尾随着他的梦幻飘荡的浊尘，使我暂时对人们的短暂悲哀和片刻欢乐失去了兴趣。”在读过这段之后，我们知道了许多在故事发展时没有一个人物知道的东西。年轻的尼克作为詹姆斯风格的“透彻的反映者”，应该是事件的不可靠的见证人。事实上，成年的尼克提供了完全可靠的指示。

“女神啊，歌唱珀琉斯之子阿喀琉斯的愤怒／和它的破坏，这破坏把一千倍的痛苦加诸阿开亚人／……”——是的，这就是那个故事的因果顺序；我们知道了我们从什么立场出发，尽管在次要问题上还有大量的含混不清之意。清除《伊利亚特》的这种绝对主义就是毁灭它。只要对最强调的那种精确、明晰或戏剧性反讽的要求，比使故事看起来是讲述自己，或提出一种对生活模棱两可的困惑态度更为重要，作者就得求助于那些能够使事实还是事实、可靠的判断还是可靠的判断的方法。[7]

塑造信念

如果所有这些理论都适用于事实，那么它就更适用于评价性议论。的确，在小说中，大多数表面事实担负着评价的重任。它们以某种方式安排角色们的重要性，它们对读者的信念发挥作用。

作为一个修辞学家，一位作者会发现，充分欣赏他的作品所需要的某些信念是现成的，可以被想阅读这部作品的假想读者充分接受，而另一些信念则必须灌输或强加。我们可能认为，凡是专用于公开修辞的篇幅都花在有问题的事情上。然而数量惊人的议论是用于把这样的价值灌输给读者的：这些价值，在人们看来，大多数读者们早已当然地接受了。“恐怕有两种人，考虑到我的主人公对苏菲亚的行为，已经对他起了轻蔑之意。”《汤姆·琼斯》（第四卷，第六章）中的“菲尔丁”说，然后他进行嘲讽，企图使他所有的读者感到，他们中大多数人在这段开始前在某种程度上已经感到的东西——他们是“那种人”，他们要起轻蔑之意只是在这件事真正得到证实的时候。但是菲尔丁知道，仅仅一致是不够的。每个读者都懂得，或认为他懂得“真正爱情的价值”。但是作者不能指望这种一般的一致对他的目的说来已是真正足够了。作者使我们笑话那些想象中的不懂得爱情的真正价值的傻瓜，他同时就让我们以在其作品中所碰到的那种确切形式来主动评价。

> 我亲爱的读者，请审视一下你自己的心灵，看看你是否相信我的这些说法。如果你相信，你现在可以读下去，下面我们将继续验证这些说法；如果你不信，我肯定，你读的东西超过你能理解的了；与其把你的光阴浪费在阅读这种既不合乎你的胃口又不能理解的东西上，不如去干你的正经事，或消遣消遣。对你谈论爱情的效果，正如对一个先天盲人谈论色彩一样荒唐……在你看来，爱情可能酷似一盆汤或一块烤牛肉。（第六卷，第一章）

他时常运用这种方式，为我们规定进行判断所依据的价值的精确次序。例如，汤姆令人赞叹的“心地善良、性格开朗”是精心设计的，与他的缺乏稳重相平衡。虽然它们都是必不可少的，但显然是不够的。“甚至对最好的人，谨慎和小心也是必要的，它们确实好像是美德的卫士，没有它们，美德便没有保障。你的想法是好的，甚至你的行动本质上也是好的，这些都不够，你必须注意让别人也觉得好才成。就是你的内心不那么美，你也必须保持一个漂亮的外表。”（第三卷，第七章）因为在真实生活中我们对“心地善良”和“谨慎”的确切次序并不一致，我们就需要这样的指示——不是为了我们自己的生活，而是为我们判断汤姆·琼斯提供帮助。[8]

类似的灌输思想规范的公开努力可以在大多数小说中发现。在《比利·巴德》中有这样一种危险，读者对比利的正直的赞扬可能被淹没在对他的单纯的轻蔑之中。所以麦尔维尔要为此采取措施。“但是精明的人们可能认为，比利不可能克制自己，他会到那位军官那儿去，直接质问他的用意……精明的人们可能也会想到，比利自然要调查船上其他有印象的人，来看看监察的含糊说法究竟有什么根据。”精明的人还会提问，但是“比纯粹的精明更需要的，或更确切地说来，还有另外一些东西，这也许是对像比利·巴德这样的人物性格的正确理解。”[9]同样，在《骗子托马斯》中，读者们可能会把判断各种“英雄”所使用的价值弄错，因此科克都①毫无愧色地闯进来让我们明白：“英雄主义在同一面胜利的旗帜下集合着鱼龙混杂的一群人。许多萌芽阶段的谋杀者和烈士们一起，在战争中找到了犯罪的机会、借口和报酬。”一方面，有着“罪犯”、违纪的士兵，另一方面，有着轻步兵和海军陆战队员，他们的军官是“潇洒的英雄。这些年轻士兵是世界上最勇敢的，但没有一个还活着，他们毫无仇恨地进行过战斗。啊，这样的角逐结局真可悲”[10]。

最后，在《布赖顿硬糖》(1938)中，当格雷厄姆·格林意识到我们可能应用常规的是非标准而不是所要求的善恶标准时，他毫不犹豫地直接评论，仔细地把懂得“谋杀、性交、极度贫困、忠诚，以及对上帝的爱和敬畏”的罗斯所居住的可怜而又有福的“洞穴”与人们假装要去“体验”的俗丽的“外部开放世界”区别开来。[11]

虽然，甚至在建立于被普遍接受的思想规范基础上的作品中，我们也能发现这种灌输的修辞，但是只要与读者意见的不一致有可能增加，它的必要性就自然增加了。当然，老练的作者将使他的修辞本身成为一种阅读的乐趣；因此，时常很难区别有关价值的一般内容是为它本身的原因，即作为装饰而表现呢，还是为更大的目的而表现。巴尔扎克的《高级警官的妻子》(《滑稽故事集》[1832—1837])中的叙述者说，“这样他们就开始了，以一种由来已久的方式；在那种你知道的——至少我希望你知道——热病的微妙痛苦中，他们又变得完全冷漠了……”。在《西尔豪斯的处女》中，他闯进去说，他的“《滑稽故事集》是专门用来传授享乐的教训，而不是宣传道德的愉快”，意在使他的观点更为清楚。我们在这一段中得到的快感，取决于它们对常规道德的喜剧性抨击，在这一方面，它们证明了自身存在的合理性。同时需要这一抨击本身来确保故事戏剧性部分的成功。如果读者哪怕有片刻运用平常的贞洁和忠诚的标准来判断人物，故事就要被毁掉了。我们很容易错误地认为，巴尔扎克的读者们对这一

① 让·科克都(1889—1963)，法国诗人、小说家。

方面早有准备，但是我们可以肯定，如果他感到他能够指望读者当然地接受破格的东西，他的作品就不会含有如此多的赞成破格的修辞了。

人们一般相信，20世纪的读者对两性关系已经变得相当宽容了。如果我们接受这一看法，我们就可以指望，巴尔扎克式的对爱情或两性关系的修辞会从我们的小说中消失——特别是因为任何种类的明显修辞都已不适于技巧领域。但是事实上，他们发现了大量的这种修辞。因为爱与性的确切关系从未能够得到公认，每个小说家都得建立起他的人物的爱情赖以产生的社会。这种努力最有趣的和最成功的例证之一，是马赛尔·埃梅的小说《绿色的母马》(1933)。在这个故事中有两个叙述者，一个是不指明的作者，文雅的，富有反讽意味的，但是基本见解是可靠的；另一个是个绿母马的画像，一种淫荡的爱情女神，她会显形来赐福任何真正理解她所拥有的生殖力的人。这个故事是关于两个截然不同的兄弟及其截然不同的家庭之间的喜剧性冲突，要正确欣赏它，我们就必须承认，庄稼汉弟弟的公开性爱高于“可敬的”哥哥的秘密偷情。在奥诺雷的家庭里，叙述者一再告诉我们，爱情是某种被分享的东西，虽然家庭的每个成员都从自己的杯子里汲饮爱情之酒，但是他在其中发现了一种“弟弟赏识哥哥，儿子赏识父亲，从无声的歌中到处洋溢”的陶醉。在费迪南的家庭里，这种“快感的整体性”失去了。“家庭中的每个人都按只有自己知道的方向走自己的爱情之路。”在整个家庭中，只有父亲“为其他人的秘密而自寻烦恼，但这仅仅是是使他们为难”。[12]不论埃梅的读者们的真实信仰是什么，不论他们的私下行为是自由的还是受到约束的，他都要以自己的形象——或不如说，只是在书中才存在的“作者”的形象——暂时地重新塑造他们。我们无法肯定地从书中推论出埃梅的信念或行为，但是我们能够有几分自信地推论出埃梅希望他假设读者的信念成为何种样子。而且，很清楚，它们不是现成就有的。甚至最开放的读者，也不会在没有帮助的情况下就正好具有奥诺雷家族的道德规范。

一位作者试图用新的标准重新评价所有价值，或超出这种或那种思想规范到达全新的领域，或暂时把所有价值搁置不用，而不仅是把一种公认的思想规范抬高到另一种之上时，人们便可以预料到，会有更加精心制作的修辞。

但是，用于这些目的的介入是不易发现的。如此激烈的转化，一般只是强烈反对可靠叙述的那些作者们所企求的。例如纪德，他自称自己对人物及其所面对的价值的矛盾是中立的，并斥责他的读者们，说他们要他提供判断是不公正的。

> 我想使本书像一篇辩护词一样，不要带有指控，注意不提出判断。今天的公众不会宽恕这样一位作者：在叙述一段情节之后，不表白他赞成还是反对它；更有甚者，在戏剧发展的过程中，他们要他支持某一方，声明是喜欢阿尔赛斯特还是菲林特①，是哈姆雷特还是奥菲丽亚……我的确并未声称，中立性（我打算说的是非决定性）就是伟大思想家的肯定标志；但是我相信许多伟大思想家是非常讨厌……结论的——而且，清楚地申明一个问题并不是假定它事先已经解决了。[13]

如果纪德的确要求他的读者们中立的话，那么这样一段声明肯定是有帮助的。无论如何，这样的东西自己是不会出现在作品中的。

把价值和信念强加进去，这是对小说家的一种特殊引诱，我们完全可以把其中有半截子哲学家高谈阔论的作品称为文不对题的训诫。但是正如我们自己已经看到的，这种段落的性质更多地取决于作者内心的性质，而不取决于他是否愿意把深奥的思想推回到一个戏剧化人物的内心中去。人们对福克纳的《坟墓的闯入者》结局中加文·斯蒂芬斯很有争议的理论性态度，不受这一事实的明显影响，即这些观念并非直接由福克纳提出的。问题是，加文详尽阐述的理论，是否在实质上与侄子差点受到私刑的经历和他的不断成长有联系。在任何“发现真相”的小说中，特别是在试图把青年人引向成年人的严峻真相的小说中，问题是使这一发现成为经验的令人信服的产物。在《坟墓的闯入者》中，像在许多这类小说中一样，福克纳想要他的青年主人公逐渐具有的那种认识是如此地复杂，以致无论是孩子还是读者都不可能从经验本身来推论。因此他们

① 阿尔赛斯特、菲林特，莫里哀的戏剧《恨世者》中的人物。

两个都必须受到聪明的伯父的训示，这些有时与戏剧没什么直接干系。“美国人真正爱的只有他的汽车：既不是最爱他的妻小，又不是他的国家，甚至不是他的银行账户（事实上他不像外国人总喜欢认为的那样，真爱那个银行账户，因为他会花掉它的一部分或全部，来购买任何肯定是无用的生活用品），而是他的汽车。因为汽车已经变成了我们民族的性象征……”这样一页接一页地继续着。

如果我们愿意加入抗议这些内容的合唱队，就必须十分清楚，我们并不是在反对作者的议论，而是在反对思想与戏剧化的客体之间的一种特殊的不和谐，即使把斯蒂芬斯的观点显示得与福克纳的不同，反讽的发现也不能挽救作品；不和谐的现象仍然存在。还有，如果这些观点是以福克纳自己的名义提出的，我们的反对意见也不会更强。

把个别事物与既定规范相联系

如果小说家们必须努力去建立自己的思想规范，他们常常必须更努力地使我们按那些思想规范来精确地判断他们的人物。毕竟在我们中间，对慷慨相对于卑下或善良相对于残酷的相对价值，是有着一致的尺度的。虽然用于四种主要美德的某些术语，像美德一词本身一样，可能是声名狼藉的，但这些美德行为本身仍然享有很高的声誉。但是像苏格拉底的对话者们一样，我们对一个具体的行为是否明智、节制、正确或大胆的意见并不一致。虽然我们的批评时尚是不喜欢谈及赞扬或谴责文学人物的，但许多批评的争端还是起源于我们无法在赞扬或谴责的精确尺度上取得一致。堂·吉诃德是一个基督教的圣人，还是一个可爱的老傻瓜？[14] 当汤姆允许贝拉斯顿夫人收买自己时，他是否走得太远了？《波音顿的珍藏品》中弗莱达·维奇高傲的放弃行动是正当的吗？

每当我们能够很容易推断出作者自己的判断时，这样的问题就变成了有关他功劳的问题：福克纳使用“修女”一词来描绘《修女的安魂曲》中的女主人公是正确的吗？如果不正确，那福克纳就更不妙了。在《面包与酒》中，我们能够允许西隆把彼得罗·斯皮纳与基督相比较吗？乔伊斯的《英雄斯蒂芬》中的斯蒂芬的禀性，证明了这位艺术之神的叙述者的一切都是正确的吗？的确，一位作者可以借助于隐瞒自己的意见，来避免在这些事情上的有害争议。但是，只要我们的赞成对于他的作品成功是必不可少的，他就必须采用相反的、更困难的途径，来努力确保得到它。

所需要的修辞的种类和数量，将取决于被判断的情节或人物的细节与细节所在的整个故事之间的精确关系。各个时代大多数杰出的故事讲述者们已经发现，使用直接判断，不论是以修饰形容词形式还是以展开议论的形式，都是有用的。“而埃涅阿斯，／是个富于思想的奠基人，祝福阿卡特斯，”维吉尔说，于是我们知道了很多埃涅阿斯的思想动机，好像已经把他的丰富思想极为详尽地为我们戏剧化了。奥维德把伊阿宋称为“卓越的”，乔叟（或更确切地说是他的磨坊主）把尼古拉斯称为“工于心计的”，为自己“客观地”写作而自豪的莫泊桑，在《皮埃尔和让》中，把皮埃尔称为“热情、聪明、反复无常而且固执，充满乌托邦思想和哲学概念”，而让则是“温柔抵得上他哥哥的无情”。当左拉在《梦想》一书中介绍到于贝尔时，他描写他忧郁乖巧的嘴。除非作者是骗我们，这就赋予了于贝尔永恒的温柔气质。认为温柔是一种值得怜惜的气质，左拉——甚至左拉也当然承认这一点，正如莫泊桑感到无须对温柔优于无情进行争论一样。

也许出于某种目的，我们宁愿运用描写人物嘴巴的形式来做细微的指示，而不用他的灵魂来做暗示。现代作家经常设法提供一种可为人接受的客观外表，却又从议论中收到了所有好处，只不过借助于主要讨论外观、表面，从而允许他们自己自由地评论，有时用看起来杂乱的猜测来评论那些表面事物的意义。“海托华的双臂在书上交合起来，平静、安详，几乎有点傲慢”，福克纳的《八月之光》的叙述者这么说。这部小说显示出，福克纳是一位进行其实根本不是猜测的猜测性描写的大师。他总是说，没有人能知道它是这个还是那个，动机是如此如此还是那样那样，但是他所提出的两种可能却传递了他想作的评价：它们形成了一个可能性的宽阔地带，而真实必然在这中间。用另外一种形式，他像伟大的史诗诗人也会展示出的那样提出这类评价，即以明喻和隐喻的形式，多用“好像”或“仿佛”，而非“是”或“像”。在两页中，我们发现的评价性比喻达十四个之多,其中有九个运用“好像”或“仿佛”。[15]对于某些读者来说,这种手法能够为普遍现实主义的要求服务——这就“好像”作者真的处在人们的处境中,已经到了无法确切知道如何评价这些事件的地步。但是在道德方面,这种效果仍然是对读者自己判断范围的严格控制。[16]

在詹姆斯之前，大多数小说家并不为这种伪装而伤脑筋。“他甚至开始哭了,”陀思妥耶夫斯基的叙述者说起那个老卡拉马佐夫，“他多愁善感，既令人讨厌又多愁善感。”可到了卡拉马佐夫的行为变得暧昧时，叙述者就防止了任何可能的误解:“我们的寺院从未在他生活中扮演什么重要角色……但是他那被激发的情感如此强烈，以致一时间连他自己都相信它了。他太感动了，差不多要哭出来了。”这种对坏人的“不必要”的攻击,可以和对好人的颂扬相匹配。甚至于阿辽沙那本身就完全足够的圣洁，还要被着重强调。

> 我仅请求读者不要匆忙嘲笑我的年轻主人公的纯洁心肠。我并不是由于他的年轻、他在学业上取得的小小进步，或什么类似原因，而要来为他辩护，或证明他天真的信仰是正当的。相反，我必须声明，我真正尊重的是他的心灵的品质。无疑,一位年轻人,他谨慎地接受影响,爱情半心半意,头脑对于他的年纪来说过于审慎并因此而显得毫无价值，那么我要承认，这样的一个年轻人是可以避免发生在我的主人公身上的那些事的。但是有时，被一种情感冲昏了头脑，不管这种情感多么不理智，但是它来自伟大的爱情，这就确实比无动于衷更为可敬。这在年轻人身上更是如此，因为老是谨小慎微的年轻人是靠不住的和没有价值的——这就是我的见解。

这篇辩护词长达两页多。如果作者的目的仅仅是明晰性，它就太长了。但是对情感的强调来说，它是完全恰当的:我们通过情节动作和议论辩解二者结合而对阿辽沙的命运感到的关注，远比仅仅通过情节动作一项感到的更为深切。[17]

如果圣洁的阿辽沙能够从这番强调中得到益处的话，那么必须保持同情心的有罪或愚蠢的人物可能的确需要一番有力的辩解。例如，在《诺桑格寺》

（1798；1818）[①]中，傻里傻气的凯瑟琳·莫兰听任自己的判断被约翰·索普的公然讨好所迷惑的时候（第七章），叙述者告诉我们，“要是她年纪再大些，自信更多些，这样的进攻是不会有什么用的；但是当年轻和羞怯合为一体时，要抵挡听人夸她是世界上最美的姑娘和这么早就被人邀请做舞伴时受到的吸引力，那非得有异常坚定的理智不可”——这番辩护词长达半页。

甚至在现代小说中，这类有用的辩解也出现得相当多，远比要求客观的理论使我们预料到的更常见。它们可以完全地或部分地伪装成取自主人公早年生活的说明性事实，如在格雷厄姆·格林的《这支出租的枪》（1936）中的如下段落中那样。但是可以看出，作者肯定还是把他的辩解做了伪装的。“这些思想对他来说，比冰雹还要寒冷，还要令人不舒服。”格林讲到他那凶恶的、感情麻木的小主人公时说，“他不习惯于任何不刺激舌头的味道”。接着我们被不知不觉地引向这样一段，它也可以按奥斯丁的“要是她……”这同样的形式来表达：

> 他是仇恨铸成的；仇恨塑成了这个又瘦又黑、杀气腾腾的人物，此刻他在雨中被人追捕，显得丑陋。他母亲生他的时候，父亲正在坐牢，六年之后，她用一把厨刀割开了自己的喉咙。以后他进了收容所。他从未对任何人有过一点儿温情；他被弄成这个样子，结果他产生一种古怪的自豪感；他不想被放逐。他突然有了个使自己吃惊的信念：如果他要逃走，他就再不是以前的那个自己了。温情是不会使你把枪拨弄得快些的。[18]

接着我们又很快回到了情节。虽然在拿出上下文的时候，这种处理看来是明显的，而且正如我们说的，是没有加以现实化的，但是它在这个地方却是高度有效的，当人们读小说的时候，肯定不会把它当作污点来注意——除非他们听说，这样的段落是不能允许的。

把这类成功的辩解与玷污了小说史的许多败笔加以比较，是很有趣的。为

① 简·奥斯丁的小说。

什么简·奥斯丁的辩护会看起来颇为恰当，而范妮·西摩的下述辩护则显得滞重、乏味、最终不可靠呢？“如果这些回忆录落入假正经的女人手中，或是在一批古板的老处女面前朗读，我知道，我的女主人公会受到她们的斥责。她屈服了，她们说；下场尽管这么坏，但她活该，谁让她是个妓女呢。让这种坏心肠的小魔鬼……喊冤叫屈去吧……但是，我要请我亲爱的另一类读者原谅，我要尽力挽救我的女主人公，使她免受她们那么多的责难……请你自己设身处地地想一想。”“不论她的错误是什么，很大部分的苦难是天命。”[19]

虽然在这些孤单单的引文中，有着回答上述问题的线索，但是要作充分的回答还需对两部作品做细微的分析。注意，作者在两段叙述中是同样介入的、同样有人称的、同样有偏见的、同样非现实主义的。我们在从第二章到第五章中讨论的大多数反对公开修辞的论点，都适用于这两段中的任何一段。为了找到别的理由，我们必须放弃普遍规律，变得精确一些：用**这种**风格描写的**这个**评论，如何地为或是不能为这个结构服务？在第九章，我将用简·奥斯丁的一部作品来尝试得出这种精确性。

随着同一个人物身上善恶复杂性的增加，很自然地，对作者评价的需要增加了。[20]我们跟随着哈代那伟大、冲动、步履艰难的主人公卡斯特桥市长，我们对他的悲剧历程的强烈感受，部分地取决于“老式”叙述者的声音，它告诉了我们亨查德和他的同伴所不知道的复杂事物。“这笑声并不使陌生人感到欣慰……发出这种笑声的人个人的好心，如果他有的话，也是非常飘忽的一闪——不是温和持久的亲切，倒是偶尔的、几乎让人受不了的施舍。”（第五章）“对于所有的裙带关系，他都拼命地进行反对。不是爱一个人就是恨一个人，他的交际方针像野牛一样固执。”（第十七章）把亨查德“说成是这样一个人物并非不恰当——一个离开了市侩的生活道路，而又看不见更好的生活道路的凶狠阴郁的人物——像人们所说的浮士德那样”（第十七章）。

大多数伟大的小说作家——当然，我把散文史诗的作者包括在内——事实上都在和很大的价值范围打着交道。的确，没有其他艺术如此适合于描绘好与坏、可尊与可恶复杂结合的人物了。甚至于最接近且可与小说匹敌的戏剧，通常也必须依靠感情与理智之间的相对简单的对立。是的，少数戏剧可以容纳一位哈姆雷特或一位麦克白，但是，甚至在最复杂的戏剧人物身上，我们也没有发现像福克纳的艾克·麦卡斯林或令人同情的杀人犯拉斯科尔尼科夫所具有的错综复杂的东西，后者作为他的“辩解”的化身体现着一代知识分子的历史。也可能某些戏剧人物是以这种复杂性来构思的，但是，在两小时的演出中，观众绝不能指望在这么多的层次上、带有这么多宗教、哲学和政治寓意来把冲突同化。

为什么我们不放弃把小说与音乐、戏剧做不利的比较，而认为其他艺术渴望追求小说的优越条件呢？实际上，这两种假定都不合理；虽然我们在寻求审美的永恒性时，会发现某些所有艺术都具有的性质，但是，每种艺术都只有在追求自己的独特前景时，它才能繁荣。无论如何，如果有一种艺术，它能够给予《印度之行》的叙述者帮助我们看到的那种道德复杂性以形式的话，我们就无须为它辩护。“一种友谊像矮人们握手一样飘忽不定。男人和女人都处在自己能力的顶峰——敏感、坦诚，甚至聪明。他们说同样的语言，持同样的观点，年龄和性别的差异也没有把他们分开。然而他们都不满意……”在与人物们自己做作的相对贫乏的判断相比较时，人们为叙述者所做的这个对菲尔丁和奎斯蒂德小姐的极端丰富的判断感到吃惊。“好像矮人们握手一样。”——本书中没有人能做出这个明喻，除了叙述者外，即那个看出了敏感、坦诚和聪明的全部价值，看出了男人们和女人们可以成为这些美德的示范但仍然是最和蔼可亲的矮人的人物。

康拉德违犯了福特认为他才有的那些原则，在《诺斯托罗莫》（1904）中向我们宣示了德库德：“这种生活，它那令人意气消沉的肤浅被普遍欺骗的闪光所掩盖，好像一个小丑的滑稽表演被彩色戏装的亮晶晶的装饰所掩盖，在他身上引起了一种法国化的——但多半不是法国人的——世界主义，其实只是装成知识分子清高的一种贫乏的冷漠主义；适合于简洁地表现上述图画的戏剧化手段在哪里？还有这幅医生的图画——它事实上包含了没有人，甚至连说话人也不可能知道的细节——在哪里？“人们认为他是蔑视一切、辛辣尖刻的人”，这不过是一点连他自己大概也不知道的流言蜚语。“他天性的真相在于他具有激情、在于他性格羞怯。他所缺乏的是世人磨去棱角的麻木不仁，而对自己的宽容就出自这种麻木不仁；这种宽容与真正的同情和人类怜悯是背道而驰的。缺乏这种麻木不仁就是他思想的嘲讽特色和他言辞尖刻的原因。”绝不可能有这样一个读者，能从一个欺骗他周围每一个人的男子的行动和言谈中推论出这么错综复杂的判断。而这个判断又出自所显示的东西，并由所显示的东西充分证实。讲述已经为我们揭示了戏剧性客体本身的一个几乎是无法达到的、又必不可少的部分。

我们使用一个很长的事例来显示一部作品修改“前”“后”的内容，这样就可以清楚地看出这头三种作用的充分重要性。要使人信服，这个例子就必须显示作者与这样的困难所进行的斗争，即最好借助于使用老式方法解决的那些困难。能清楚说明如此复杂事物的例证是不易找到的。但幸运的是，我们所需要的大多数东西，都显示在菲茨杰拉德为找到讲述《夜色温柔》的正确方法所做的努力中。

正如批评家们一直对菲茨杰拉德的相对失败感到困惑一样，这种相对的失败，是指于1925年《了不起的盖茨比》成功之后，人们对他的期望相对而言的，菲茨杰拉德也对《夜色温柔》的相对失败感到困惑。1934年的第一版没有使他满意——不仅因为公众的反响比他希望的要低。他继续修改这部作品，几乎一直到死为止；尽管他也许从未修改到使自己满意的地步，马尔科姆·考利①还是在1953年出版了被菲茨杰拉德称为“定稿”的一个版本。[21]

现在发行的两个版本，看起来差异不大（虽还有更早的几乎无法辨认的手稿）。在第一版中，当罗斯玛丽和主人公迪克·戴弗出现风流韵事时，我们最初被限于这个17岁的姑娘的角度。在150页之后，可靠的叙述者接替了过来，在四页书中精确地告诉我们，迪克在八年前较为“英雄的时期”的样子。然后，他又用了主要是迪克自己的视界，在几小段情节中，显示了卓越、慷慨、年轻的精神病医生如何娶了他的富有的病人尼科尔·沃伦，以及这样不知不觉地开始了他走向小说结局时酗酒潦倒的漫长崩溃过程。

在菲茨杰拉德的修订版中，主要区别是，有关主人公年轻时代的60页还

① 马尔科姆·考利（1898—1989），美国文学批评家。

原到全书开头。我们看到罗斯玛丽眼中的迪克时，已是在通过另一个更为熟悉的角度了解他之后了，而那个视角罗斯玛丽却未曾获得。

人们如何才能着手判断这样的修改是否是个进步呢？显然，参考我们在第二章到第五章中讨论过的风格或技巧的那些一般性质，不会给我们什么帮助。修订版本在使用视角方面同样是不一贯的。两个版本都无规律地移进移出人物的内心，带有由可靠的、不受限制的叙述者自由提供的、起矫正或证明作用的议论。例如，当迪克猜疑到巴比·沃伦想要为她妹妹来引诱他时，叙述者离开迪克的角度说，“他错了，巴比·沃伦没有这种企图。她已经观察过迪克……并发现他不够格”。在现实主义性质方面，这两个版本都同样地受益或受害于这类介入：由可靠的叙述者提供的一篇四页书的专题论文，放在从第一页开始的时候，也像放在三分之一内容过去以后，一样是非自然的。

有一种当时流行的关于现实主义叙述的普遍原则，它可以引导我们选择较早的版本：从头开始并有条理地缓步前进直到结尾，这是“非现实主义的”。在詹姆斯关于通过一个不安的视界去表现另一个不安的视界的一贯主张的影响下，在康拉德和其他人打乱时间顺序的试验的影响下，20世纪20年代中期已经形成了一种理论：使用倒叙的技巧比老式的、常规的、按时间顺序的技巧更为现实主义。“对我们来说，十分明显的是”，在菲茨杰拉德开始写《夜色温柔》的1925年的前一年，福特谈到他自己和康拉德时说，“小说的问题、特别是英国小说的问题，是它直言不讳，而在你和你的伙伴相识的过程中，你从来不会直言不讳”。要在小说中取得一个鲜明性格的生动印象，“你不能从他的开头开始，按时间顺序把他的一生写到结尾。你必须首先让他带着一种强烈印象出现，然后来回地写他的过去”[22]。现在很多最严肃的年轻小说家们不仅遵循福特的原则，而且完全否认传统的情节概念。1933年，当菲茨杰拉德正着手完成他的最初印行版本时，他已经得到了作为典范的几十本很受称赞的书，都是首先“带着强烈印象”地让他们的主人公出现，然后再填进时间顺序，他在自己的《了不起的盖茨比》中就取得了相当显著的成功，在这本书中，倒叙技巧高度有效。

我们也许永远无法得知，这些普遍看法对他决定利用这种新颖的倒叙技巧有多大影响。但是，如果说在1934年，他抱着对成功的巨大希望出版《夜色温柔》

时，这些看法对他说来还是重要的，那么，到了1938年12月，当他向马克斯韦尔·珀金斯①提议恢复按时间顺序的写法时，他的注意力已完全集中在迪克·戴弗故事的特殊需要上了。不管时间顺序的变换如何适合康拉德、福特、赫胥黎或多斯·珀索斯②，不管它们如何适用于杰伊·盖茨比的故事，迪克·戴弗的这种悲剧需要的是一种不同的修辞。

在第一版发行前很久，菲茨杰拉德已经看出，他的故事一定是迪克·戴弗的悲剧。“这部小说要写这个，”他在1932年写道，“表现一个男人，他生来就是个理想主义者、一个被宠坏了的信徒，为了各种原因屈服于惑人的资产阶级，当他到达社交界顶峰的时候，他失去了自己的理想主义和天才，转向酗酒和放荡。加上一个背景：有闲阶级是多么显赫迷人。”确实，他在不同的时候不同地表达了他的目的，也许，正如考利指出的，他从未能够充分协调不同草稿的不同意图。[23]但是，一旦他清楚地看到，他的故事一定是迪克·戴弗的悲剧，他便从未改变他的重点：他要表现一个男子的毁灭，而不是简单地提供这个或那个人物或环境的令人信服的印象。这个重点就是迪克的“屈服”和“转向”道德毁灭。如果是这样，那么使用的任何技巧手法，都应该按它在把迪克的悲剧现实化时所起的作用来加以判断。

接下来的问题是，从详细效果方面来判断，被调换的段落，在它的每个位置上完成了什么。在两个位置上，它似乎都很清楚，就是执行着我在上面说到的三种作用，特别是后面两种。关于迪克·戴弗和尼科尔的事实，以及叙述者判断他们时所根据的思想规范，都很直接地描写在这一段里。叙述者专断地把迪克描写成一个卓越的、前途远大的26岁的单身汉，“男子的黄金时代”“单身男子的顶点”“迪克的黄金时代”。他优雅、能够给人以爱并吸引别人的爱、“幸运”、一个“天才”、一个“理想主义者”，但是不像其他理想主义者，他懂得，使他的“理想主义”成为可能的好运气本身是脆弱的。他能够真正地爱，他能够比大多数男人更多地奉献自己。他竭力要成为善良、仁慈和勇敢的人，正如

① 马克斯韦尔·依·珀金斯，斯克里希纳斯出版社的编辑。
② 多斯·珀索斯（1896—1970），美国小说家。

我们在这一段中一再看到的那样，他多半是成功了。他体魄强健，富有吸引力；他善于待人，极为老练并十分敏感。他虽然讲究青春和健康，但是他看到了美国人对好莱坞式青春理想的崇拜是虚假的。简言之，他那么危险地接近了成为所有菲茨杰拉德式手法的讽刺漫画，像这样一份简要描写，使他听起来有点可笑，就是在把这些优点都加以图解的戏剧中，这种可笑也不会减轻。

站在他那几近完美优点对面的，是他的性格的缺陷和围绕着他的世界许多形成威胁的事物。他的缺点不多，但却是不祥之兆。他有时不能克制要追求纯粹优雅的冲动，如在和凯思·格里戈罗维乌斯一起的那个场面，凯思使他咒骂自己“终究和其他人一样”。更重要的，有些东西威胁到他所做的向丰富和完满接近的努力。“他要成为好的、善的、勇敢和聪明的人，但是这相当困难。他也要得到别人的爱，如果他能够做到的话。”最不祥的是，他决心要懂得不幸（一个人没有这一点怎么能完满呢？）他对自己的幸运感到问心有愧。简言之，他准备犯某种致命的错误。正如叙述者所说，男人们和女人们都奉承他，他有一种直觉，这对于一个严肃的男人不太好。

围绕着迪克的世界，处于空虚和邪恶的现代性中，它被用来既提高我们对他的独特价值的感受，又增加我们对他脆弱性的感受。事实上，迪克被夹在两个世界当中：他憧憬的世界——浪漫的，有点“维多利亚式”，像他说的那样，信仰“善的本性”、荣誉、礼仪和胆略，和战后的巴比·沃伦的世界——没有价值，放任自流，没有能力理解迪克所关心的成就，事实上想要为尼科尔把迪克当丈夫收买，想要利用他来照看她。这个世界的最坏的一面大部分确立在书的其他部分中，而相反的方面本身则坚定地确立在迪克生活的这个最初时期。

现在，我们描绘的这个男人和他所活动的两个世界的认知画面，在两个版本中成了一个。无论何种有助于把这部作品结合起来的道德和社会主题，都一版又一版地原封不动。有重大改变的是读者对迪克的感情依恋。要从半路开始往下写，由于受到第二个人物被弄乱的视界限制，可以说必定要牺牲一些我们对迪克的依恋，并且因而要牺牲我们注视他走向厄运时感到的大量和强烈的戏剧性反讽。

是的，我们用这个代价很高的倒叙换来其他效果。正如考利所说，最初从罗斯玛丽的角度出发的开端更加光彩闪烁、更加异乎寻常、更加不可思议。它唤起人们对尼科尔莫名其妙的病症的好奇心，以及对维奥莱特·麦基斯科在黛安娜别墅的浴室里所看到的东西的好奇心；它不仅使我们对迪克最初怎样开始使自己走上了败北之路感到神秘，而且使我们在开头对他是否是主要人物也感到迷惑。最后，迪克和罗斯玛丽之间的风流韵事在这一版中更为风雅；我们简直看不出，这竟是我们打算给予赞扬的男人走向毁灭的明显一步。

但是奇异、神秘和风雅并不是在所有小说中都得不惜一切代价追求的性质。这部小说要求的是对迪克·戴弗的强烈同情。“那本书没有死，”菲茨杰拉德写道，“我不断遇到完全依恋于它的人，就像其他人对《了不起的盖茨比》一样……把自己等同于迪克·戴弗的人。它的重大缺点是，真正的开头——年轻的精神病医生在瑞士——缩藏到了书中间。”如果与迪克相“等同”一定是本书成功的一个标准，罗斯玛丽的视角用在开头就不合适；它不能建立起迪克和打倒他的世界之间的对照。她对迪克的视象几乎立即就被爱情中的迷醉所遮蔽；我们甚至无法从中了解到，他是否具有吸引力，因为她好像时刻准备与任何一个英俊男子相爱。她远远不适合于表现迪克从具有幸福前程到失败的半途中所处地位的复杂画面。通过她的眼睛来看，正如考利所说的，我们带着不确定的焦点走进小说，结果，虽然我们逐渐想要关心迪克，但是，甚至在第一版中，我们还是十分犹豫地去做，而且在某种程度上太晚了。

仔细地考察两版中的任何一段关键情节，并比较一下我们的反应，我们就能更清楚地看出这种牺牲。例如，考查罗斯玛丽已经知道尼科尔和迪克要在四点钟见面发生关系的情节。如果我们读到罗斯玛丽嫉妒的反应（“分手比她想象的还难，当尼科尔坐的车开走时，她的全部自我都在抗议”），而没看见迪克和尼科尔早年的恋爱，也不知道进入这一爱情的除了性以外还有其他什么品性，我们不可避免地要站在罗斯玛丽这边来感受这一切：对于落入神秘而又显然是危险的尼科尔的圈套的可怜男子来说，这就太糟了。但是在修改版中，我们的同情被适当地分开了：我们看到两个女人为一个溺水的男人而争斗，他自己则是两个人的受害者，虽然其中每一个人都有自己的理由受人同情。通过适当的准备，一个相当琐细的风流韵事被改造成了一个人道德崩溃的重要一步，对这一道德崩溃，没有一个主要人物比我们看得更清楚。

简言之，修订本的成就是纠正了距离过远的缺点，这个缺点来自于一种适合其他时代的其他作品，但不适合菲茨杰拉德要写的那个悲剧的方法。他只有抛弃重要的小说批评家们正在谈到的大部分有关角度的观点，并利用一种清楚、直接的老式方法来表现其主人公最初的崇高和逐渐的堕落，才能获得真正的效果。

升华事件的意义

关于人物的道德和智能品质的议论，总要影响我们对那些人物活动所处事件的看法。因此，它难以觉察地渐渐变为关于事件本身的意义和重要性的直接声明。“第二天，”哈代在《三怪客》中告诉我们，“对那聪明的盗羊者的搜查变得广泛又认真，至少表面上是如此。但是，所判的刑罚太残酷了，与所犯的罪行不相称，这一地区的许多乡民的同情都强烈地倾注在逃亡者一边。还有，他奇特的镇定和勇气……赢得了他们的赞扬……”这样一番话，明确地确立了一种任何戏剧化的不正义事件都含蓄地确立起来的情感趣味：一种使人们期待或是正义的重建或是悲剧性结局的强大吸引力。同类的议论可以在结论到来时升华它的意义。萨拉·菲尔丁的《贝蒂·巴恩斯的历史》（1753）中假称男子的叙述者说道：“把我的女主人公放到所有幸福情境中最幸福的情境中之后，她恋爱，被一位通情理有道德的男子盲目地爱上了，并与他的亲戚们过从甚密，受到他所有朋友的奉承，我现在要和她告别了。”然后“他”笨手笨脚地模仿萨拉的兄弟亨利，给了我们一番有关这个故事的道德训诫的直接描写。

这种对事件的直接议论很可能显得比对人物的议论更为介入；的确，要是它被用来代替而不是升华事件本身的话，它是很糟糕的。小说家们知道这种危险，很早就发掘了一些方法，用来把它们的倾向伪装成被表现的客体的组成部分。在宁愿显示不愿讲述的教条成为时髦事物之前很久，作者们就经常通过把议论戏剧化为场面或象征来隐藏它。这种含蓄的议论，像《呼啸山庄》里的自然环境和《荒凉山庄》中的雾，可能是非常有效的。但是，尽管表面上更戏剧化了，但它也可能像最坏的对读者直接演讲一样完全令人厌倦。当每个情节中向坏的方面的转折都由天气的转折来预示，当每个谋杀都发生在夜半钟鸣时，其效果就变得比由叙述者的简单声明更缺少戏剧性了，而叙述者的前途也就比它还要黯淡。例如，虽然《马侬·莱斯高》（1733）[①]中那位骑士提前发出的哀叹看来相当可笑，但是，拉德克利夫夫人[②]的《意大利人》（1797）中，维苏威火山那低鸣般的哥特式凶兆的突然发作，将会更糟。按照我的欣赏趣味，现代小说中用来代替议论的许多象征，其实和最直接的议论一样，是充分介入的。当然，在这种事上，人们的趣味是变化的。《愤怒的葡萄》（1939）[③]中，那只乌龟越过公路奔向西南，而约德一家无望、顽强的生活也向着同一方向，同样地孤立无援，同样不屈不挠，同样步履艰难，一时间这只乌龟的发明看起来是卓越高超的，而托尔斯泰的插话章节似乎沉重、杂乱和唐突。但是二十年后，乌龟似乎明显地变得过时和生硬了，而托尔斯泰的议论虽然已过了一百年，却似乎又得到了新的活力。象征的议论像其他任何议论一样，必须由有天才的人来写，至少得由有技巧的人来写，如果它要经得起时尚转变的话。

概括整部作品的意义

以上所有各类议论，都是为提高读者对一本书的特殊要素的体验强度而服务的。虽然它们可能同样起到其他作用，但是它们主要的正当作用，是按照一种或另一种价值尺度来造成读者的判断。

许多这样的修辞任务，虽然不太简洁，也能不用明确议论来完成。但是当我们转向另一任务，即概括整部作品的效果，使它看起来具有超出事件的刻板事实之上的、一种普遍的或至少有代表性的性质，这时，如用其他方法来提供近似的作用，则是不大有效的。“事情对你我来说不像想象的那么坏”，乔治·艾略特在《米德尔马契》（1871—1872）中告诉我们，“一半是由于有一帮人”，

---

① 法国小说家安托万·弗朗塞·普雷沃（1697—1763）的小说。

② 安·拉德克利夫（1764—1823），英国女小说家。

③ 美国小说家约翰·斯坦贝克（1902—1968）的小说。

像她的女主人公一样，“虔诚地过着隐居生活，安息在无人造访的墓穴里”。可以想象，某些像康拉德的马洛那样的可靠代言人，也会发表这样的言论，但是这绝不会十分可靠地来自任何完全牵涉在情节中的人物。[24]

在《汤姆·琼斯》《荒凉山庄》和《红字》中，或在《战争与和平》中，没有一个人物对全部事件的意义有所认识，并超过他个人的问题而达到了一般的概括性观点。因为几乎所有现代作品都是这样，又因为可靠的叙述者时常被禁止使用，进行概括这一任务可能完全留给了读者。叙述者的声音没有提供出《太阳照样升起》的意义——当然，除了提供概括性的书名和题词。[25]

尽管如此，甚至在现代作品中，大多数作者掺入的直接概括议论，仍然远比人们阅读批评文章时想到的更多。例如，《衰落与瓦解》出版于20世纪20年代晚期，这时大概正值对戏剧性客观态度的热情处于最高潮的时候，在这部作品中，伊夫林·沃允许他的叙述者不做概括性介入，但是当他终究做出一次概括时，它就极端重要了：

> 最终，在一个晚上，翱翔在这部以保尔·潘尼费瑟的名义写出的故事之上的幽灵，显形为一个血肉之躯，这是一个聪明、有教养、懂礼仪的年轻男子，一个可以放心让他在普选中谨慎而公正地运用选举权的男子，他对芭蕾舞和评论文章的见解比大多数人强得多，他能用一口令人肃然起敬的法国口音叫菜而面无愧色，可以信任他去照看行李……这就是保尔·潘尼费瑟，在这个故事之前的那些平静的岁月里，他已在逐渐成长。事实上，这本书整个就是保尔·潘尼费瑟的神秘消失的一个记录，所以，如果用了他的名字的幽灵不能充分完成他原来充当的主人公的重要角色的话，读者们也不应当抱怨……有一个晚上，保尔又变成了一个真人，但是第二天，他在斯隆广场和翁斯洛广场之间的某个地方醒来的时候，听任自己的灵魂脱离了肉体。[26]

在这种类型的一部讽刺作品中，这一番话是完全适当的和可以接受的。而作品的后半部，一位名叫奥托·西利纳斯的教授对我们大谈起学识的一段虚构故事，却效果甚微，尽管它可能看起来具有强烈的客观性或戏剧性。

我们如何感受概括性议论，这部分地取决于当时的风尚，但更主要是取决于作者在使它的性质适合于戏剧性部分的特点时表现的技能。《无耻之徒》[1]或《衰落与瓦解》中出现的“名利场”，绝不能证明《名利场》本身的叙述者说得过多。而对于萨克雷那种非常普遍的、滔滔不绝的讽刺来说，这种多话是确实有用的。“哦！浮名呵浮利！在这个世界上我们中有谁是快乐的？我们中有谁实现了自己的愿望？或者，实现了，就满意了？——来，孩子们，让我们关上匣子收起木偶，我们的戏演完了。”伊夫林·沃的那种节制会部分地毁掉《名利场》的结尾，同样也会毁掉《荒凉山庄》《米德尔马契》和《利己主义者》[2]。正如像福克纳那样的现代小说家已经发现的，叙述者直接考虑他价值体系的结果，可以使甚至最渺小的人物具有震撼世界的意义。虽然叙述者的饶舌像熟人间的饶舌一样冗长乏味，虽然事实上评论着的叙述者是特别容易浮夸累赘的，但是，在他们做得最好时，他们能造成一种与任何其他艺术手段所提供的都不同的特别广阔的经验。“普里迪—赛森诽谤案件立刻成了通栏大标题：一位大臣为一边，一位牧师为另一边，指控一位年轻少女伤风败俗！”——乔伊斯·卡里《被俘与自由》（1959）迄今不过只给我们提供了事实。但是在这个遗著中卡里没有按照他的通常做法，把自己对事件的看法留给人们去推断，非常幸运，他没有这么做。

> 它具有搅动最深刻、最原始感情的一切因素。正如胡珀所指出的，那些痛恨这些通栏标题的人，仅仅是因为它们影响了那些强有力的观念；那些观念是些永恒的偏见。因为不列颠人到教堂去得越少，宗教问题、道德问题给他们带来的烦恼就越多。他们像是自己的城市被轰炸了的难民一样。他们所有的人立刻就暴露出自己灵魂的极度空虚——那些不重视自己舒适家庭的人们，艰难地营造起几根木棒、一条旧毯子构成的窝棚，在一片虚

① 伊夫林·沃的小说。

② 英国作家梅瑞狄斯（1828—1909）的小说。

> 墟上给他们自己和他们的家庭建起一个栖身之地。而且，为了这个栖身之地，不顾一切的占有者们会战斗到死。
>
> 同样，无神论者们为数学概念的尊严而战斗，科学家之间为原子物理学家对原子弹应负的道德责任激烈拼搏。唯理主义者一看到长皮靴就会从自己的洞中冲出来，实证主义哲学家听见背巷里一对情侣的私语就会狂叫一夜。
>
> 在背井离乡的人之中，每一个人都只为他自己——所有的邻居都是敌人，所有的财产都成了某些人激怒的原因。（第二十七章）

如果有这样的人，认为自己光从戏剧化的事件中，就能够推断出以如此辛辣的形式存在的这一意义，他对自己判断小说的能力的看法也许过高了。虽然普里迪—赛森诽谤案件事实上的确说明了这一判断，卡里还是赋予他的故事更多的典型意义，远比故事没有他的直接帮助可能会得到的更多。

控制情绪

迄今为止，我们只讨论了有关某种在作品中被明显戏剧化的东西的议论。作者们提供给我们确凿的事实，建立起一个思想规范的体系，把个别事物与那些思想规范联系起来，或把故事与普遍真理联系起来，就是想让我们搞清楚戏剧性客体本身的性质。在这样做的时候，作者借助于确保读者以潜在作者感受到的超然或同情的程度来看待题材，从而实际上正在精心地控制读者的涉入或离开故事中事件的程度。

当一位作者介入进来直接要求读者的情绪或情感时，一种不同的成分也进来了。“有这样一些主题，它们的趣味是令人全神贯注的，但是它们对于正统小说的目的来说，则过于令人恐怖……毫无疑问，在活着时就被埋葬，是古往今来轮到必死命运的极端例子中最令人可怖的。”爱伦·坡以这种方式开始了《提前埋葬》（1844），并在接下来几页中谈到提前埋葬的恐怖以及这种恐怖感时常发生时，我们感到有什么地方不妙。他直截了当地对我们说话，企图在他的故事开始之前把我们带入一种心境；而我们很难不产生厌倦或烦恼。“怀疑（这样的事件要发生）固然可怕——但更可怕的是劫数已定！可以毫不犹豫地断言，没有什么事情像没死就埋葬那样，特别适合于引起肉体和精神的极度痛苦。”不管这类东西对爱伦·坡那个时代杂志读者们的效果是什么，人们仍很难相信老练的读者也会被十分强烈地打动。

首先，我们会想到否定夸张的说法；人们终究会想起爱伦·坡的其他故事中有那么多其他“极度”的恐怖。但是如果把这些夸张的说法用来描写被埋葬时受害者的实际危难的话，它们将更为人们接受。麦尔维尔有关“莎士比亚”的议论如果从《白鲸》中摘录出来，当然言过其实，甚至荒唐可笑，但是如果放在上下文中，通常看来却是无可非议和恰如其分的。所以，这段乏味的议论虽然孤立地来看是糟糕的，但在一个合适的背景中则是可以接受的。但是故事没有给它提供上下文。它是孤立的修辞，作者以个人身份，尽自己的能力，全力以赴，要在他的故事开始前把我们引入一种合适的情绪之中。“准备发抖吧，”他好像在说，像那些糟糕的纪录片中的画外音一样，他与他自己修辞的效果背道而驰。

他另一个较好的故事《厄舍古屋的倒塌》（1839）中的情绪酝酿则完全协调，如果我们把它们两相对比，就可以看出，常见的坚持让必要的议论由故事中的一个人物来说出的主张，具有正当理由。

> 那年秋天一个昏沉、阴暗、静寂的日子，乌云在天空中压抑地低垂着，我骑着马独自穿过一片非常阴沉的地区，在夜幕阴影临近时，我终于发现阴郁的厄舍古屋遥遥在望。在第一眼看到房子的时候，我不知怎么的，一种难以忍受的忧愁之感浸入心中。我说难以忍受，因为往常即使到荒山野岭的悲惨境地，见了那种望而生畏的自然景象，也难免诗意盎然，就此滋生几分喜悦，可如今说什么也解不了这阵忧愁。

利用创造一个以自己身份体验这段修辞的人物的简单方法，就使它不那么令人反感了。每个意在安排我们情绪的形容词和细节，都是中心人物不断增长的情绪和体验的一部分；现在的修辞看起来是有作用的、“内在的”了。它不再简单地指向外部——它好像是一剂药，可以注射到去剧院途中的观众身上。

但是，我们很容易犯从这一比较中进行错误概括的过失。作为推论，既非只要评论由故事中一个人物说出就总是有效，也不是越来越多地通过戏剧化的细节、越来越少地通过叙述陈说来显示故事的基调，故事就会大大改进。卡罗琳·戈登和艾伦·塔特把这个故事看作是这样一个伟大历程中的重要一步，但也只是一步，这个伟大历程就是掌握“创造性的、活生生的细节，它属于福楼拜开创的这一小说传统，后来又被詹姆斯、契诃夫和乔伊斯完善”[27]。对于他们来说，因为这个故事并“不是戏剧化细节的一个例证”，所以它还仅仅是半现实化的。他们真正要求的是所有没有用反讽缓解的概括性议论，都应该消除。叙述者一定不能说“荒凉的墙壁”“空眼眶似的窗户”或“睡在宁静微光里的黑暗可怖的山间小潭”。墙壁、窗户和小潭应该被戏剧性地描绘，使其带有视觉的生动性，把它们的荒凉、空洞和可怖显示而非仅仅讲述给读者。在我看来，这好像是来自某一时代的偏见的一种要求，这个时代追求着与爱伦·坡的效果非常不同的效果。对于爱伦·坡的特殊种类的病态恐怖来说，一个心理上的细节，如用一个感情方面指示的形容词来传达，就比以任何形式的感觉描写更为有效。不管《厄舍古屋的倒塌》的毛病是什么，都不是用改变技巧就可纠正的。如果我现在不能按爱伦·坡所想要的那样做出反应，那么很清楚，无论他使用什么技巧，我都不会这么做。我们中间那些能够想起爱伦·坡的作品有时具有强烈效果的人，知道大量的形容词是多么地必不可少。

我们可以承认，安排情绪的议论，像哲学推理一样，提出了许多特殊困难，的确非常可能把作者引入给攻击议论造成口实的做法。然而，许多伟大的作者确实也使用过它，并使用得很好。“海岸的这个早晨是奇异的。一切都沉默静寂，一切都灰暗阴沉大海虽然涌起长长的波浪，但似乎是固定的，被抹光的海面像是冷却固定在熔模中的起伏的铅块。天空好像一件灰色的外套。纷乱的灰禽和纷乱的灰雾结伴而行，混合在一起，一次次低空飞掠过水面，好像暴风雨前草地上空的燕子。阴影出现了，预示着更深的阴影的到来。”

我们很难提出充分的理由来说明，为什么麦尔维尔的《贝尼托·塞雷诺》

（1855）的这个开头，远比《提前埋葬》的情绪酝酿更能为人接受呢？人们当然不能靠诉诸关于角度的规律来解决这一问题。两位作者都没有做出任何努力来掩饰这实际上的议论；麦尔维尔也没有试图让我们相信，德拉诺船长自己感觉到了这个更深的阴影将要到来的预兆。两位作者都明白而直接地使用了修辞对我们讲话。虽然在描写事物方面，麦尔维尔比坡更有趣一些，但是坡的话题更明确地与他故事的主题相联系，因此在这方面也更近似“内在的”。如果人们肯定麦尔维尔的优越仅仅在于虚构了一个阴郁的日子这种明显的手段，那么他们肯定会感到不安——无论如何，爱伦·坡也能用十几种同样清楚同样明显的手段来和麦尔维尔的这一手相媲美。最后，爱伦·坡的困难部分的确在于，他提醒我们说，他要讲一个仅仅是恐吓我们的故事。说出“没有什么东西比……更为不祥了”，似乎就是说，“我到处找了一会儿，带回来一个我能找到的最不祥的主题”。非难情节的自主性，认为人们可以写出一个任何人都喜爱的故事，自从詹姆斯对特罗洛普戏谑地、粗暴地干涉其人物的生活表示震惊以来，已经被看作是一个严重的罪行。但是，不难找到打破这一规律的完全成功的议论，正如我在下一章将提出的那样。如果在这个问题上我是对的，我们就只剩下了一条规律，就是说，“当你没有好好做某件事时，那就是不好的”。

我一点也不清楚，我为什么会喜欢麦尔维尔胜过喜欢爱伦·坡。但是我对到哪里去寻找答案感到很有信心：我必须按照议论与其独特的上下文的联系，非常仔细地考察议论本身。当我这样做时，我最终肯定要诉诸某些对许多故事来说是共同的标准。例如，爱伦·坡的评论是“太长了”，它浪费、不经济。显然，“经济”是一个普遍标准，但是，我发现，在每个故事中，都有特殊的经济，一个既定成分是否“太多”就取决于它。（莎士比亚是经济的吗？他是的——通常是——在证实了他那特别丰富的经济学的时候。）甚至可以相信，一个相当缺乏经验的作家把《提前埋葬》阅读几遍之后，能够找到缩短开头而无所失有所获的方法。但是，我们中没有谁能够很轻松地对《贝尼托·塞雷诺》的开头做同样的手术——而且不仅因为介绍性事实要短得多，故事本身要长得多。

我们可以继续考察其他标准，努力沟通时常是有用的普遍标准与每个故事的特殊需要。例如风格是“新颖”“有趣”或“合适”的吗？虽然一种风格要被接受就必须以某种方式引人入胜，但是，并不存在一种普遍的风格特征——譬如，“要具体”——在所有的作品中它都得以同样方式存在。我想，人们可以证明，麦尔维尔的风格做到了要求它做的东西，而没有引入使人分心或使人误解的趣味，而爱伦·坡的风格则不断提醒我们，作者并不十分关心他正在做的事情。

简言之，作者可以进行介入来直接影响我们的感情，假如他能使我们相信他的“介入”至少也像他表现场面一样精致和恰当。

直接评论作品本身

如果直接吁请读者的情绪和情感被认为是不可接受的，那么直接吁请读者的赞扬就应更加如此了。直接吁请不仅与故事的其他成分没有直接联系，而且经常明白地提请读者注意，他正在读一个故事。它当然就是詹姆斯奋力反对的那种介入，而且它也许就是现代小说竭力避免的那种介入。[28]似乎一种对个人作品艺术的赞扬，就意味着这个人的艺术所处理的世界缺乏真实性。当然，任何作者做出的直接自我赞扬，不管如何机智地加以伪装，都很可能使人想到，他如果愿意的话，完全可以利用他的人物。

但是，以这种方式争辩，也是用普遍目标代替可能得出技巧方面结论的那种特殊研究。可能有某些虚构的效果，总是要被任何作者直接出场的痕迹所破坏，虽然我还没有发现这样的例子。只有某些种类的作者是一定不能出现在某些种类的事件中的。

所有成功的小说家们所表现出的对自我意识到的议论的关注，远远多于人们阅读福楼拜以来的批评性攻击所能联想到的东西。例如，特罗洛普会大煞风景地唠唠叨叨，有时他的确使我们希望他停止赞扬自己，继续讲他的故事，正常而充分地尊重他的题材。只是在极少数情况下，他才会犯下这一过错，暗示他作品中的事件可以变更，以适合他的快感，如果这真是个过错的话。这暗示仅仅是，他如何讲述事件是可以变更的，如他在《巴塞特寺院》(1857)中的著名插话那样：

> 但是，请好心的读者无论如何不必忧虑。埃莉诺并非命定要嫁给斯洛普先生或伯蒂·斯坦厄普。在这里，也许应该允许小说家解释一下他的看法，这是有关叙事艺术的一个非常重要的观点。他贸然抛弃了这样一种体系，因为它走得太远，破坏了作者和读者们之间的所有正常的信任，就是把一个决定他们喜爱的人物的命运的秘密一直保持到第三卷快结尾的地方……
>
> 我们的信念是，作者和读者应该在充分的互相信任中一道前进。让戏剧中的人物们经历自己之间这么一个纯属误会的喜剧，而不要让观众把西那库斯人误解为以弗所人；否则他也成了受骗者之一，而骗局中的角色从来不光彩。

这里，人物的生活是不可侵犯的；可以操纵的只是作者和读者与这些生活的关系；作者在赞扬自己的技巧时，提高了他为使我们得到快感而使用的这些琐细而又典型的生活的喜剧性。特罗洛普的大部分介入都精确地表明了这种态度，甚至当它们相当直接地提醒我们说这本书就是一本书的时候，“但是我们必须追溯一点，它只能是一点，因为有种困难开始显示，我们必须在这一卷的仅剩的一小部分里打发我们的所有朋友们。哦，但愿朗曼先生允许我有一个第四卷！”（第四十三章）“打发”我们的所有朋友们，在这段上下文中不是按我们的意愿去利用他们。作者正面对他们复杂而又困难的生活，他征招读者和他一起参加这场喜剧性战役，以公正地对待他们的生活而不管出版商朗曼先生。

讨论作品本身或它的过失的介入是各种各样的，从“同时”的或明显的题外枝节到对其他作者的技巧的最精心的滑稽模仿。“我早就应该告诉你，亲爱的读者，”《乔舒亚·杜鲁门先生传》的叙述者说，我们很可能感到我们碰上了一个笨拙的作家；不是他真的忘记了该告诉我们什么，就是他只为了自己方便而故意保留了什么；在这两种情况下，他都没有达到他应该达到的技巧水平。认识到这一点，比较聪明的叙述者总是充分地修改这种介入，使它表明他们也像任何读者所能做到的一样，懂得这种陈词滥调。“像小说家们常说的，也像我们都希望他们没有说过的那样，我们现在必须从什么地方回到人这边来”，《我们的共同朋友》（1864—1865，第二章）中狄更斯的一个人物说，他正在讲述一个故事。这样的介入，半是道歉，半是自吹，在整个小说史中比比皆是。它们可以是有趣的也可以是令人恼火的，这取决于作者的才能、读者的趣味、时代的风尚，以及它们所在的作品的类型；"性质的"快感时常大大取决于时尚，在这十年中似乎是优美的东西在下一个十年中会绝对过时。《老古玩店》(1841)中的如下段落将使大多数现代读者感到不舒服，但它无疑却被他的许多同时代人认为是他作品中最优美的段落之一：

> 故事进行到这里，需要我们把桑普森·布拉斯先生家里的一些细节了解一下，如果不在目前叙述，以后就不大容易有更方便的机会了，因此历史学家愿意拉住亲爱的读者的手，同他一跃而腾上天空，冲云破雾，比唐·克莱奥法斯·莱昂德罗·佩雷斯·桑布略①和他的鬼使更为迅捷地从那一个愉快的地方通行过去，然后再同他一道在贝威斯村的马路上降落。大胆的空中旅行家们降落在一所黑暗的小房子前面，这里一度是桑普森·布拉斯先生的住处。(第三十三章)

这不是纯粹的戏耍而要紧事反被忽略了吗？

当然在某些小说中，下列指责是无可辩驳的："戏耍"本身成了一个目的。例如，在《夏洛特·萨默斯》中，[29]改变场面的工作扩大到了很长一节，像《汤姆·琼斯》中偶然也会有的情况一样。

> 在我介绍我的读者认识夏洛特·萨默斯小姐之前，我必须让他们熟悉她的一些朋友……为此，我必须请求他们访问遥远的威尔士的喀麦登夏。旅程相当漫长，用普通旅行方式，得花几天，而我们的作者总是提供方便的飞行马车，它可以把我们的读者在瞬间就飞送到，我们现在开始了比这还长的旅程：我们是一种艺术魔法的大师，我们只要说句话，说变就变，你就立刻被从此时你碰巧所在的地方送到了我们想请你来到的我们中间。

---

① 法国小说家阿兰·勒内·勒萨日(1668—1747)的小说《瘸腿魔鬼》中的人物。

> 你已经发现魔术的效果了吗？旅程结束了，我们正好降落在一座庄严而又古老的大厦门口，周围是庄严的橡树……你可以自由进入了……

我们中的大多数人，可以十分愉快地接受《亨利五世》中经过更优美处理的同样手法，它也像上一段一样似乎使人不快，特别是在拿出上下文的时候，这就是当合唱队——我们认为，历史剧中的合唱队与小说中的叙述者的声音相比，更是一种冒昧的强加的介入——携带着观众走出“这个木头的圆框子”，并“前往法兰西”的时候。在那两部小说中的旅行可能是糟糕的，但是，除非我们也想同样谴责莎士比亚的合唱队，我们就很难因为它们是由介入性修辞组成的而说它们糟糕。性质方面的差别真正在于，首先，文句与文句比，莎士比亚的风格优越，第二，在修辞与上下文的配合程度上，莎士比亚的优越。合唱队的奔放好像配合着出征。我们的想象力跟随着亨利五世的军队把我们带过了海峡。世界被他的演说扩大了，就像它被亨利的业绩所扩大了一样。

在《老古玩店》或《夏洛特·萨默斯》的情节中，没有东西是同样用想象的飞行来提高的。创造大无畏的飞行员与我们确保两个故事成功必须做的事情并无关系。然而两次虚构的飞行并不像这一点可能暗示的那么糟糕。如果在这一点上，我们的标准是与整部作品的配合，那么我们就不得不反问道，如果几十页书已经用于议论，“整部作品”又是什么呢？我们并不把这些“介入”作为独立的高谈阔论来体验；它们是我们与叙述者熟悉过程中的连续步骤。在这方面，小说的介入与莎士比亚合唱队的演说相比，似乎更不像没有准备的突然发言。我们回忆起“狄更斯”就是这样谈话的；甚至他朴实幽默的尖刻语言也是如此地适合于上下文——亦即他其余的明显叙述策略提供的上下文。

但是，开始谈论这种上下文及其在作者与读者之间建立的关系，就远远超出了我们讨论至此的所有功能概念。虽然我们已经举例说明的那些功能本身要求我们抵制任何抹杀议论的企图，但是，伟大的作者们提请人们注意，他们的作品是文学，他们本人是艺术家，在这个时候所取得的重要效果，还没有开始由议论来加以说明。我们要做到公正地判断这一效果，就只有仔细考察我们与可靠的及不可靠的戏剧化叙述者之间的关系。

注 释

1. 第五卷，第1765—1171行。一篇关于这个“乔叟”和乔叟本人之间关系的讨论，参看莫顿·W·布卢姆菲尔德，《〈特洛勒斯和克丽西德〉中的距离与宿命》，载《现代语言学会会刊》，第72期（1958年3月号），第14—26页。

2. 也请看J.D.塞林格，《卓埃》，载《纽约人》，1957年5月4日；有塞林格的叙述者所谓的“注脚的美学罪恶”的其他叙述用途。

3. 纽约，1930年，第80页。一篇关于始终让读者知道得比人物更多的方法和优点的讨论，参看伯特兰·埃文斯，《莎士比亚喜剧》（牛津，1960年）。

4.《〈使节〉前言》，载《小说的艺术》，R.P.布莱克默辑（纽约，1947年），第317页。

5. 一篇关于小说中事实的绝对必要作用的讨论，参看玛丽·麦卡锡，《小说中的事实》，载《党派评论》，第27期（1960年夏季号），第438—458页。一篇关于社会事实与小说的混淆可能产生的危害的讨论，参看杰弗里·瓦格纳，《社会学与小说》，载《20世纪》，第167期（1960年2月号），第108—114页。

6.《小说的技巧》（伦敦，1921年），第157—158页。

7. “小说仍然拥有不加掩饰的概述这一手段，当它需要‘重新返归本性’的时候，没有理由把概述笨拙地伪装成场面。”（罗伯特·利德尔，《小说的某些原则》[伦敦，1953年]，第55页）另外一篇对于作者概述所做的有力辩护，参看菲利斯·本特利《对叙述艺术的某些考察》（伦敦，1946年）。

8. 一篇关于汤姆的轻率以及由此产生的脆弱性的作用的最佳讨论，参看R.S.克莱恩，《情节的概念和〈汤姆·琼斯〉的情节》，载《批评家与批评》，R.S.克莱恩辑（芝加哥，1952年），第616—647页。克莱恩对叙述者的讨论也是非常有益的。

9.《水手比利·巴德》，载《麦尔维尔的〈比利·巴德〉》，F.巴伦·弗里曼辑（马萨诸塞，剑桥，1948年），第210—211页。

10. 琼·科克托，《骗子托马斯》，刘易斯·加兰廷译（伦敦，1925年），第99页。

11. 第四部，第二章，结语（企鹅版，1943年），第124页。

12.（巴黎，1933年），第152—153页。

13. 对《不道德者》的评论，最初发表于1921年。我的引文来自克诺普夫·文特杰1954年版序言。关于纪德的一般修辞纲领，参看肯尼思·伯克《托马斯·曼和安德烈·纪德》，载《反驳》(纽约，1931年；第二版；加利福尼亚，洛斯阿图斯，1953年)，第92—106页，转载于扎贝尔，《美国文学评论》(修订版；纽约，1951年)。

14. 一篇对塞万提斯自己的明确判断所做的优秀辩护，参看奥斯卡·曼德尔，《〈堂·吉诃德〉中思想规范的作用》，载《现代语言学》，第55期(1958年2月号)，第154—163页。

15.《八月之光》(纽约，1932年；现代文库版，1933年)，第317页，第323—324页。

16. 这种客观性的特殊手段，即故意模仿一位在其他方面自我显示为无所不知的叙述者，在17、18世纪的许多喜剧作品中已见端倪。例如，参看匿名著作(严重剽窃菲雷蒂埃的《市民传奇》)《圣殿情郎(或闹市献媚者)》(伦敦，1954年)："关于他们的求爱，顺便说说，我所知道的就是写在这儿的，包括道听途说得来的。不是说谎，有时我为了继续故事，只得被迫使用我自己的某些臆测。"(第29—30页)"但是非常不幸，这些事情我们也不确知。"(第36页)参看《斯卡隆的城市传奇，成功的英国人》(1671年)。

17. 我应该指出，《卡拉马佐夫兄弟》中的叙述者，并非总是像他在这里一样可靠的。一篇关于陀思妥耶夫斯基运用叙述者的卓越讨论，参看拉尔夫·E.马特洛《〈卡拉马佐夫兄弟〉：小说家的技巧》(海牙，1957年)，特别参看第36—41页。

18.《这支出卖的枪》(纽约，1955年)，第55—56页。

19. 约翰·克莱兰？，《范妮·西摩的历史》(伦敦，1753年)，第60页，第139页。

20. 参看保罗·古德曼，《文学的结构》(芝加哥，1954年)，第117页："一般地说，在喜剧的和严肃的，或其他伦理的种类不断混合的一首诗歌中，就需要叙述者的系统干预，以指导阅读。"我发现古德曼是多少讨论了修辞中这个方面的唯一作者。特别参看第75—76页，第117—124页，第158—160页，第223页。

21. 我的讨论中有关事实完全依赖于《F.S.菲茨杰拉德》(纽约，1953年)中，考利为《夜色温柔》所做的精彩序言和注释。我所提到的书页根据考利的文本。他对两个发行版本的长处的分析也是十分有用的，我基本同意。

22.《约瑟夫·康拉德：一份个人回忆》(波士顿，1924年)，第129—130页。参看约瑟夫·沃伦·比奇，《20世纪小说》(纽约，1932年)，第359—365页，一篇关于康拉德改变时间顺序的精彩讨论。

23. 参看阿瑟·迈兹纳，《F.S.菲茨杰拉德：过期未果的诗人》，载《论现代小说的评论和论文：1920年—1951年》，约翰·W.奥尔德里奇辑(纽约，1952年)，第286—302页，特别参看297—299页。本文首先发表于《塞维尼评论》，1946年冬季号。

24. 为这种议论所做的最佳辩护，是W.J.哈维的《乔治·艾略特和全知作者的传统》，载《19世纪小说》第十三卷（1958年9月号），第81—108页。哈维在讨论他认为是误入歧途的“后詹姆斯主义者”关于非人称叙述的学术“教条”时，他对乔治·艾略特使用议论的技巧做了一番令人信服的分析。在结束论文时，他召唤一种能够超出他对詹姆斯主义和非詹姆斯主义样式所做的“粗略”区分的著作，一种这样的著作，它能做出更为精确的区分，“方法是公正地参考文学历史，分析技巧手段，仔细研究作者、读者与小说之间的假想的创造的关系的种类。这种研究将是巨大的、复杂的和艰巨的；在这样的展望中，这篇论文将缩小到一个注脚的地位”（第108页）。在我读到这一段时，我的著作已近完成；在某些方面，我是企图写作哈维似乎设想过的那种著作。然而，我愿意让他的优秀论文“缩小到注脚的地位”，并不意味着我说自己已经写出了他所要求的那本著作。

25. 注意到现代作品中书名和题词发挥着多么重要的作用，是很有趣的，它们时常就是给予读者的唯一明确议论。《青年艺术家的肖像》《太阳照常升起》《无耻之徒》《一把尘土》《美妙的新世界》《古怪的稻草》《喧哗与骚动》——这些奇怪的书名都是不经创作就从艺术波浪中升起的那种文学。

26. 伦敦，1928年；企鹅版，1937年，第122—123页。

27.《小说的世界》（纽约，1950年），第116页。

28. 是的，现代小说中有着许多自我意识的叙述者，但是，他们几乎都被戏剧化了，成为与其作者明显有别的不可靠的人物。在托马斯·曼的《浮士德博士》和《神圣的罪人》、纪德的《伪币制造者》、赫胥黎的《针锋相对》等作品中，所有的叙述者都强烈参与在对“他们”正在写作的作品的暗中赞扬中；但是，尽管他们自称如此，他们正在写作的作品相当明显地有别于托马斯·曼、纪德和赫胥黎的实际小说。

29.《夏洛特·萨默斯》（伦敦，1749年？）。

第八章　作为显示的讲述：戏剧化的叙述者，可靠的和不可靠的

现在，读者，让我告诉你，由于迄今为止你已读到的东西，你可能猜测将来你会再读到些什么，我已经写出的，是一篇我特意为你准备的文章，有了这段料子，你能判断你将穿上什么外衣……但是现在有些读者喜欢以己之心度人之事，认为我有某种理由来预想这个故事……我告诉你，读者，没有这么回事，我完全否认。

——弗朗西斯·柯克曼：《不幸的公民》(1673)

在这里，伯纳德被迫停止［读这本书］。他的眼睛模糊了……好，我们必须继续下去。我在这里所说的一切，只是在这本杂志的书页间放进一点空气。既然伯纳德已经喘过气来了，那么我们还是转回到它上面来吧。

——纪德：《伪币制造者》(1925)

好的，我们的主人公碰巧出生在高处。读者：什么！在一个顶楼上？作者：不，上帝保佑你！……我们已经按照一位作者的通常方式行事，写了关于我们的主人公的出生和家世的某些事情，我们还得加上：他哭泣，号叫，吸奶，然后吐出吞下的一切，就这么表现他自己，像所有其他孩子一样。

——伊顿·斯坦纳德·巴雷特：《失控的将军；一部又严肃又富于喜剧性的、讽刺的、主人公受嘲弄的传奇》(1808)

敬爱的读者，我已经把十六年又七个月以来的旅行经历老老实实地讲给你听了。我看重的是叙述事实，并不十分讲究文采。我也许可以像别人一样述说

一些荒诞不经的故事使你吃惊，但我宁愿用最简单朴素的文笔把平凡的事实叙述出来，因为我写这本书主要是向你报道而不是供你消遣。

——《格列佛游记》(1726)

作为潜在作者的戏剧化代言人的可靠叙述者

在《约瑟夫·安德鲁斯》结尾时，菲尔丁的叙述者介入进来，谈到了范妮，“哦，读者，我提供给你这个可爱的年轻女人的适当知识好吗？……要彻底地了解她，请设想她在洞房中那年轻、健康、艳丽、俊俏、纯洁、天真；设想所有这些都达到了最完美的程度，你能把可爱的范妮的模样放在自己的眼前吗？”这时的上下文是什么？他早先的评论显然提供了部分上下文。但是如果就是这样，那么这个新的上下文本身组成“介入”，又如何与整个故事相联系呢？这个更大的上下文中的什么东西与作者和读者对前面小说的体验相联系呢？

显然，我们已经讨论到现在的功能的概念必须加以扩大。虽然议论以上文构划的几种方式起着作用，虽然其他手段都不能同样以其中大部分方式起作用，但是，考察这些功能的确也只是解释伟大的议论者的力量的第一步。例如，在《堂·吉诃德》中，我们在不同的叙述者们所做的评论中得到的乐趣，虽然不能用证明这种议论对提高骑士冒险的效果有作用来作充分解释。虽然熙德·阿梅德·贝南黑利与他的笔告别，在喜剧风格上与堂·吉诃德与他的传记和生命本身告别相类似，但是，这种类似性却不能解释这一段的全部乐趣。“我不知你是锋利的妙笔还是迟钝的拙笔，我把你挂在书架的铜丝上了，你在这儿待着吧。如果没有狂妄恶毒的作者把你取下滥用，你还可以永世长存……堂·吉诃德专为我而生，我此生也只是为了他。他干事，我记述；我们二位一体。托尔台西利亚的冒牌作者用鸵鸟毛削成的笔太粗糙，他试图描写我这位勇士的事迹是不行的……”[1]

这里的效果是由许多成分组成的。有纯粹装饰的快感：介入的叙述者的过去充满了极其充沛的叙述热情，好像故事虽然这么好，但是还没有为作者的才能提供充分发挥的余地。有对小说前面部分的滑稽模仿：交出刀剑、长笛、号角和其他富有浪漫色彩的东西，是《堂·吉诃德》中所嘲笑的传统的一部分。但是十分明显，这里最重要的性质完全是另一些东西：叙述者使自己成了一个戏剧化的人物，我们对他起反应正如对其他人物起反应一样。

像熙德·阿梅德这样能够为情节所依据的思想规范说话的叙述者们，也能够变成与他们已经达到的奇迹作用十分不同的伙伴和导游。我们的赞美、喜爱、同情、狂喜或忧伤——这些叙述者中没有哪两个是以完全同样的方式来打动我们的——更强烈了，正是因为它已经被个性化了；这个讲述本身就是对作者“第二自我”的关系的一种戏剧性表现，而作者的“第二自我”在严格非人格化的小说中，时常是不那么生动的，因为它仅仅是含蓄的。

对这种关系的评价性讨论甚少。但是不难发现承认其效果的说法。在《麦田的守望者》（1951）的开头，J.D.塞林格的青年主人公说，“真正打动我的是这样一本书，你把它读完之后，你希望写这本书的作者是你的一个最好的朋友，只要你喜欢就可以打电话找他”。许多成年的读者也发现自己有同样的感受。[2]甚至亨利·詹姆斯，尽管他怀疑作者的声音，也挡不住像菲尔丁那样非常爱发议论的作者的感染力。詹姆斯在描述了汤姆·琼斯的头脑欠缺以及对他的生动性做出的部分补偿之后说：“另外，他的作者——他完全具有一种思想——用如此多的影像把他环绕起来，以至于我们要通过菲尔丁的良好的老式道德、良好的老式幽默和良好的老式风格的成熟态度来看待他，这一切以某种方式扩展着，使每个人物和每件事都变得重要了。”[3]

像保罗·古德曼①和H.W.莱格特所做的那样，把这种关系称之为同一关系可能是过分了，[4]但是，有时我们的确自己向伟大的作者投降了，并且让我们的判断与他们的判断完全合并。我们的投降不必通过公开说出来加以戏剧化，但正是它的作用使许多评论得到了主要的证明。许多如果按狭隘的功能标准判断似乎过分的议论，在被看作是使我们产生和一位忠诚的伙伴、一位正在真诚地努力公正对待其题材的作者一道旅行的感觉时，就完全是合理的。例如，

---

① 保罗·古德曼（1911—1972），美国小说家、戏剧家、诗人、文学批评家。

乔治·艾略特不断地使我们卷入她所处理的真实战斗，甚至付出了美或快感的代价。"'这个希罗克斯顿的牧师与异教徒差不多！'我听见我的一个读者大叫。'如果你让他多给阿瑟一些中肯的精神上的开导，那会有多么大的教育意义啊！'你可以把最美的言词放到他嘴上——好得就像阅读一篇布道文。"当她答复"我公正的批评家"时，《亚当·比德》(1839)的故事便停下来好几页。"我当然可以，如果我认为把事物表现为它们不曾有过的样子和不会再有的样子就是小说家的最高天职的话。"但是她的"最大努力是避免任何这类武断的图画，按人和事物在我头脑中的镜像对他们做出忠实的记录。"即使这个镜子是"有缺陷的"，她感到她自己"有义务尽可能精确地告诉你镜子里反映的是什么，好像我站在证人席上按照誓言叙述我的经历一样"。在上下文之外，这样的谈话可能听起来是过火的，甚至是自夸的。但是在上下文中，它可以是令人信服的。"所以我满足于讲述我的简单故事，不打算使事情看起来比它们本来的样子要好；别的不怕，就怕虚假，不管你怎么努力，还是有怕虚假的理由。虚假相当容易，真实却相当困难。"[5]显然，这段的效果之一就是提醒我们，牧师比一个理想化的图画更为可信。但是一个更重要的效果，是要把我们拉到以压倒一切的努力去避免虚假的诚实、有见地、也许有点笨拙但绝不妥协的作者一边。

甚至最笨拙的语言介入，也可以借助于表达叙述者是多么深切地关心他正在做的事这一意义来挽救自己。例如，麦尔维尔的《比利·巴德》不雅的结局发挥了提醒我们注意作者的真实问题的作用，因此使我们原谅了一切表面的缺点。"在纯小说中可以得到的形式匀称，在一个基本上是处理事实而不是处理寓言的故事中不那么容易获得。坚定说出的真理将总是有其危机……虽然故事将适当地伴随着他的生活一道结束，但有个续集之类的东西也没有什么不好。只要简短的三章就足够了。"(第二十九章)

陀思妥耶夫斯基在使他的故事看起来如同是论战的一部分这方面常常是老练的。当他说他"并不感到非常胜任"摆在他面前的巨大任务时，效果却从不使我们怀疑他能胜任。他把他自己及其弱点与他的主人公及其弱点等同起来的意图是特别有效的。在《双重人格》中，有一个精彩的嘲讽段落，表明作者要描绘一个光辉世界的愿望是徒劳无益的，以及他的主人公希望在这样一个世界中崛起也同样是徒劳无益的。[6]

《汤姆·琼斯》中的“菲尔丁”

试图对这种效果进行学术讨论是无效的，因为无法对没有体验过它们的读者来证明它们。多少引文、多少情节概述都不可能说明隐含作者的人物怎样充分地从总体上支配着我们的反应。所有我们能做的事就是仔细考察一部作品，诸如《汤姆·琼斯》，用固有的术语分析在任何成功的阅读中，什么东西像情节本身一样，可成为结果并且是生动有力的。[7]

虽然这个戏剧化的菲尔丁的确在把《汤姆·琼斯》的各部分合在一起时起了作用，否则它们可能会是支离破碎的，虽然他对几十种其他功能起了作用，但是，从严格的功能观点来看，他走得太远了：他的许多议论，除了与读者和他自己之外，与其他东西都无关。如果我们真的要把这部著作作为艺术加以辩护，我们就必须以某种方式来说明这些“外部的”成分。但是，一旦我们考虑到我们与叙述者的亲密关系对我们对整部作品的态度产生的效果，做到这点就并不困难。如果我们平直地阅读由叙述者提供的所有看来自然的表面内容，而撇开汤姆的故事，我们就会发现一种要发展叙述者与读者之间的亲密关系的持续的考虑，即既考虑一个本身的情节，又考虑一种独立的结局。在他最后一卷的开场白中，叙述者使这一结局明确了，提出这个“故事”中他与读者关系的一种独立的趣味。如果我们希望声明，《汤姆·琼斯》是一部整体化的艺术作品，而不是半小说半论文，那么当然需要对这种趣味做些解释。

> 读者诸君，咱们现在进入这趟长途旅行的最后一段。既然在这么长的篇幅中结成旅伴，那么咱们就像同乘一辆驿车、共度过几天的旅伴那样来相处吧。这些旅伴尽管路上彼此之间可能发生过一些口角或小小的龃龉，但终究会完全和解，最后一次愉快而随和地跨进车子。

告别继续了好几段，作品中大部分内容的戏谑口吻完全放弃了。“现在，我的朋友，我就利用这个机会（因为没有旁的机会了）诚恳地向您致意。倘若我曾经是您的一位风趣的旅伴，请相信，那正合我的心愿。倘有冒犯之处，我也绝不是有意的。”

把“次情节”这一术语用于我们与这位叙述者关系的故事，可能过分了。当然，叙述者的“生活”和汤姆·琼斯的生活与我们认为的主情节和次情节相比，平行程度要小得多。在《李尔王》中，葛罗斯特的命运与李尔的命运平行，并使之加强。在《汤姆·琼斯》中，我们与作为叙述者的菲尔丁的关系这一“情节”，与汤姆的故事并无相似之处。没有纠纷，甚至没有任何结局，只有逐渐增加又导向告别的熟悉和亲密。我们赞扬或欣赏叙述者的大部分东西，在许多方面与我们喜爱或欣赏其主人公的东西，是相当不同的。

然而这两种戏剧化成分的真正和谐以某种方式产生了。当汤姆陷入困境的时候，正是他背离叙述者思想规范的时候，而汤姆总是与叙述者的大部分重要思想规范相和谐。他不仅不断地向我们保证汤姆为人正直，而且他的出场还向我们保证了汤姆存在的道德的和文学的合法性。当我们在他的指导下穿过小说，注视着汤姆堕落下去，好像失去了奥尔华绥的庇护、苏菲娅的爱情以及他自己那摇摇晃晃的正直之心，我们为他感到了R.S.克莱恩所谓的“喜剧性的担忧之感”[8]。我们与菲尔丁的戏剧性替身的逐渐亲密，产生了一种类似真实生活中真正的信徒对吉兆的信托那样一种喜剧性的感觉。他也不一定要保证结尾皆大欢喜。在一个不提供任何既聪明又善良的人物的小说世界中——甚至于奥尔华绥，虽然完全可敬，也并非是聪颖敏锐的模范——作者总是站在他的讲台那儿，通过他的智慧与仁慈提醒我们，人类生活应该是并且可能是什么样子。而且，他的自画像是一个由广博文学修养所丰富的生命的画像和一个具有巨大创造能力的头脑的画像——这是一些通过仅仅运用它们，而不评价汤姆故事的戏剧性题材绝不可能如此充分地表达出来的特征。

对于变得过于了解作者对至上美德的要求的读者来说，这个效果可能不存在。他可能显得仅仅是装腔作势。但是对于注意力集中在主要事件上的读者来说，叙述者变成了一个含意丰富和引人入胜的剧情解说员。正是他的智慧、学识和仁慈渗入了作者的世界，在感伤沉溺和反讽义愤两个极端之间，显示了它的喜剧风格，在一定意义上拯救了汤姆所在的虚伪和愚昧的世界。

也许，人们可以想象一个比这个叙述者的美德、智慧或学识的标准更高的标准。但是对我们大多数人来说，他成功地达到了他的世界中——甚至我们的、至少是眼下的这个世界中——可能达到的最高点。他没有试图为任何其他世界写作。而为了这一个世界，他在太多和太少的虔诚、仁慈、学识和人情才智之间达到了精确的不偏不倚。[9]他说完了告别辞，接着，在我们已经知道将要失去他的时候，他使用了必定能越过死亡本身的障碍来打动我们的措辞，这时，我们发现，在我们对他的告别辞的玩笑口气感到的乐趣后面，还隐含着某种与我们失去一位密友、一位赠送给我们一件我们永远无法回报的礼物的密友时相同的感觉。他留下的礼物——他的书——就是他自己，严格意义上的他自己。当作者在写作这本书时，就创造了这个自我。这本书和这个朋友是一样东西。“我自己的作品寿命再短促，也很可能比其体弱多病的作者，以及那些擅长诽谤的同辈人笔下虚弱无力的产品活得要久。”当菲尔丁写这个句子的时候，他真这么肯定吗？这毫无关系。我们关心的并不是菲尔丁，而是创造出来以他的名义说话的叙述者。

菲尔丁的模仿者

我们可能认为模仿这类直接的效果是一件相当简单的事情。的确，每个人都可以像别人一样玩这种游戏。但是在几百个创作类似叙述的尝试中，失败者比成功者多得多。

失败的最明显的原因，在于作者所自称的高明和他所表现的故事的低劣之间的巨大差距。在《汤姆·琼斯》中，自夸和表演是令人惊异地互助互惠的，但是，许多模仿者自夸准备了酒席，而事实上端上来的却是剩菜。汤姆·琼斯历险记的辉煌结构，即故事以完整形式影响我们的力量这个意义上的情节，[10]就是叙述者公开声明的主要证据。很自然，大多数认为很容易模仿各种介入手法的作者，都缺乏证实他们的豪言壮语所需的力量。

但是另外两种失败与小说修辞的分析更有关系。第一种是隐含作者性格的失败。一个介入的作者必须以某种方式令人感到有趣；他必须像一个人物那样活着。在数百部从菲尔丁至今的作品中，笨拙的思想产生了笨拙的代言人，他们用自称的高明来强调自己的笨拙。这种风格的伟大叙述者们时常看起来是那么像闲谈，以至于时常有人想用闲谈来创造伟大的叙述者。

例如，菲尔丁的妹妹萨拉在《汤姆·琼斯》的影响下大大地改变了她的叙述方法。在她18世纪40年代发表的作品（《大卫·辛普尔》《女家庭教师》等）中没有什么介入，在整体上来说是沉闷笨拙的情况下，叙述者这个含蓄的人物是十分黯淡的，没有引起任何麻烦。[11]但是，紧跟在《汤姆·琼斯》之后，她匆忙地试验新的叙述技巧（例如在《哭泣》[1754]《克利奥帕特拉和屋大维的生平》[1757]中），特别是介入方法。虽然很难说她的作品整个变糟了，但是她想创造与菲尔丁的相类似效果的尝试悲惨地失败了。叙述者才智低下，“他的”聪明并不可信。在《德尔温伯爵夫人》（1759）中，充当了菲尔丁令人钦佩的自我形象这一角色的，是纯粹炫耀一番无意义的小学识。代替了《汤姆·琼斯》的相当短的、简明扼要的各个序言章节的，则是一篇长达四十三页的累赘的序言，讨论了萨拉·菲尔丁能想到的几乎所有文学问题，使用了驼背亚当①和“一位有鉴赏力的老绅士”的许多引文。代替了菲尔丁叙述的真正转折中断的地方，是一番对公共场合中可以见到的“各种幽默”（第二卷，第六章）的幼稚分析，以及一堆关于文学的老生常谈：文学人物“遭人讨厌或惹人喜爱，大半是与读者或观众以前和他们的熟悉程度成比例。福平顿阁下、福普林·福卢塔先生，②从前他们把名字放在节目单上，可以随时和观众一起进入剧场，但是现在各种纨绔子弟都像代表了他们身份的外衣一样，早就过时了”。就这个题目她做了一段长长的结论，希望“我现在将要介绍的人物将不会陷入这样的一种不幸境地，即被看作是一个没有人认识的人物；而他应该至少被这个世界的某一部分看作是熟人”（第二卷，第八章）。

---

① 驼背亚当（1250—1306），法国诗人、音乐家、戏剧家。

② 这两个名字都有“纨绔子弟”的意思。

这种关于现实主义的声明，与她哥哥为同一效果而设计的机智的介入形成了有趣的对照。在评论布里吉特·奥尔华绥在两性关系上的谨慎时，菲尔丁说，“其实，尽管读者们也许觉得难以理解，依我看，谨慎这个卫兵，就像训练有素的警卫一样，总是急于到危险最小的地方去值勤。实际上，对于男人所倾心渴慕、为之憔悴叹息、害相思病、并且千方百计布下情网来谋求的那些美貌绝伦的女人，谨慎往往卑鄙胆怯地抛下不管，却经常守卫着那些德行更高的女人——也就是说，那些男人敬而远之（想必因为没有成功的希望），从来不敢追求的女人”（第一卷，第二章）。这里自夸的东西是一样的：我的人物根据的是对真实风俗的精确观察。但是声音是老练的，能够既是反讽的，又不失去它的直接力量。

我在这里所说的，可能看起来像是纯粹的同义反复：有趣的叙述者是有趣的。但是还有更多的东西：某些有趣的叙述者，在他们的作品中履行了一种其他东西无法履行的功能。他们并非仅仅适合于上下文，虽然那是基本的。他们一开始就是成功的，并且现在靠着劝说读者承认他们为活的哲人而依然是成功者。他们不仅是他们所在的小说世界中的可靠指导，而且也是书外世界的道德真理的可靠指导。在这种方式中失败的评论者，是那种声称无所不知却暴露出愚蠢和偏见的人。[12]

《项狄传》和形式整一性的问题

第三种失败是一种更广泛的和更难对付的：形式一致性的失败。正如我在第五章中试图说明的，某些只为它们本身的目的而被人们所寻求的特点，可能干涉其他特点或效果；在全知的或不可靠的介入性叙述者的历史上，我们发现了几百种著作，其中以这种介入风格存在的一种独立趣味干涉了其他效果。伟大的叙述者们为某些特点本身的原因而追求它们，这些特点改变或毁灭了作品，而叙述者们则显然被发明出来为它们服务。

在许多研究《项狄传》的批评家看来，这本书似乎是这方面的最坏的罪犯之一。这个突然在1760年风靡了英国和欧洲大陆的“疯狂的”“十分奇特的”“怪事和残片的意大利杂烩”，从一开头就和其他一些东西一样，是个文学之谜。由于书中瓦尔特、托比和项狄的怪异活动，被叙述议论搞得比以前有过的任何喜剧性主题都要朦胧，它就仅仅是一部混乱的喜剧性小说吗？它是一个戏谑的思辨的论文集，像蒙田的一样，只是带有比蒙田认为必须有的更多的小说的乐趣吗？或者它是一篇斯威夫特的《一只桶的故事》那种传统的讽刺作品，收入了像斯特恩自己所说的“我认为是可笑的一切事情”？甚至承认这部作品具有自己那种整一性的许多当今的批评家，自信已经搞清了许多迂回曲折、许多表面上是离题的而结果是“进展”的问题、许多时间上的倒退与反复，他们也不能在它究竟是哪一类作品这个问题上取得一致。[13]

不管我们从何种立场出发来理解这样一本著作，它统一性的秘密，即它的形式，似乎主要在于由讲故事人，即由项狄、戏剧化的叙述人所扮演的角色。他自己以某种方式成为把题材都结合在一起的中心主题，如果不是他那漫不经心的出场，这些题材首先就不会是分离的。他的双重断言——对于从头至尾他不过是把我们经验中不言而喻的东西说清楚这一点，他既知道，又不知道：他以某种方式给了我们一部像其他小说一样的小说，以某种方法又没给我们这样一部小说。整部作品的很大部分是由关于他的写作的艰苦工作和他与读者的修辞关系的谈话组成的。

> 要不了五分钟，我将把我的笔扔进火中……——此时我只有十件事要做——我要命名一件事——哀悼一件事——指望一件事……以及乞求一件事——因此，这一章，我命名为事情之章——而我的下一章，即我的下一卷的第一章，如果我活着的话，将是我讨论胡须的一章，意在使我的作品中保持某种联系。
>
> 遗憾的是，事情堆积如山，我无法进入我作品的这一部分，而这是我非常向往、全力以赴地期待着的；就是那些战役，特别是我的叔叔托比的恋爱，这些事的情况如此奇异，色彩如此具有塞万提斯风格，要是我能把它处理好，就像事情使我激动不已一样，给每个其他的人同样的印象——我可以保证，这部作品将在世界范围内成功，比它的作者以前所写的东西

> 要好得多——哦，项狄！项狄！
>
> 一旦这件事发生——荣誉，它将跟随着作为作者的你，但它是否能抵消你作为人而遭到的许多不幸……毫不奇怪，我是多么渴望着手这些恋爱啊——它们是我的全部故事中最上等的佳肴！（第四卷，结束语）

我们现在读的，究竟是什么样的一部作品？创造这个作为修辞的“讲述”，是为了帮助实现戏剧性成分吗？事实上，什么是詹姆斯意义的戏剧性主题（前面第四章提到的）？如果我们想要在《项狄传》中找到类似于比如说《贵妇人画像》中的伊莎贝尔·阿切尔的人物和故事，我们会找到什么？它是一系列有系统时间规划的事件吗？从1695年纳摩围攻战中我的叔叔托比的受伤开始直到——对了，到哪儿呢？我们已经处于困难之中。项狄描写自己在“1766年8月12日这天”，身穿一件紫色无袖短皮背心，足蹬一双黄色拖鞋，坐在他的书桌前面，“最亦悲亦喜地实现了”他父亲说他将既不会像别人的儿子那样思考，也不会像别人的儿子那样行事的预言，这些事件就以作品中提到的这个最后的日期作为结束吗？我们能说这是作品写作中的一个事件、而纳摩围攻战是写作中所处理的“主题”的一个事件吗？“戏剧性客体”中的最后一个事件是什么？是第六卷的？项狄穿上封裆裤？当然不是最后一章中的事件，它们发生在项狄出生前四年。成年的项狄穿越欧洲的旅行？但是这确实是本书写作中的一个插曲，导致他坐在书桌前写作这本奇书的同一系列事件的一个部分，这本奇书来自他的人物，他的人物又来自他父亲的理论，他父亲的理论又……

戏剧化的叙述者在这里已经无法与他所叙述的东西相区别了。詹姆斯关于主题和处理的无缝之网的理想，在一个多世纪之前，就已偶然出现了，而且还是在一部表现出一副完全无秩序模样的作品中！

三种形式传统：喜剧小说、文集和讽刺作品

要决定项狄究竟是什么，我们必须简略地考察一下他的三位祖先。虽然本书无意成为一部历史研究，但是斯特恩之前的三种主要文学传统的叙述者们的

历史，正好把有关戏剧性形式与叙述的修辞之间的对立的最紧要问题表现给我们。正如我们可以预料的，这些传统以一种概略的方式，对应着有关《项狄传》形式的三种最流行的假说：扩大了的喜剧小说；用乐趣冲淡的哲学论文集；以及内容驳杂的讽刺作品。

即使在1749年至1760年间，有些小说家已经能够创造菲尔丁展示出的那种不朽的喜剧情节，但是，他们中许多人都粗心地增加了他那种细心控制的玩笑，这就淹没了潜在的喜剧情节。这类作品中最有吸引力的一个例子是《夏洛特·萨默斯》，它与《汤姆·琼斯》同年匿名出版。[14]叙述者声称是“《约瑟夫·安德鲁斯》和《汤姆·琼斯》非常著名的著传者的诗歌版的第一个儿子”。但是，尽管他感到“处于要重现这位先生每个行动的最强烈的冲动之中”，并且的确大量模仿了《汤姆·琼斯》的明显手法，《夏洛特·萨默斯》的喜剧性情节的修辞关系却是非常不同的。事实上，作者开发了一种昙花一现的介入，虽然他做得相当机智，但是结果是那种最严重的不统一：像批评家们通常所说的，方法已经开始压倒内容。

有时，这种讲述的戏剧是由“我”和真正的读者多少愿意与之一致的一个“读者”间的对话组成。更经常的是，这是一场“我”和像书中其他人物一样的一个喜剧性的、可笑的读者的对话。“博·索特利斯”①“美丽的珀特小姐”②“灰白头发的西特·赫·蒂姆夫人”③以及“迪克·达珀维特”④不断热情地介入进来埋怨故事或人物的行为。这个讲述的独立戏剧的最奇怪的事例，是有关一对“读者”，阿拉贝拉·迪姆波小姐和她的女仆波利的一篇大胆的蠢话。“请问，夫人，我从哪儿开始，夫人，您把读到的地方折起来了吗？——不，傻子，我没有；书是分章的，目的就是防止这种坏习惯。”她们拼命地运用自己的记忆：“现在我想起来了，作者请我记住，我读到哪一章的结尾——我想是第六章。翻到第七章，让我听听它怎么开头的——波利读到，‘第七章——我的夫人，富于幻

① 这个名字的意思是“无头脑的情郎”。
② 这个名字的意思是“淘气鬼”。
③ 这个名字的意思是“终日坐着的人”。
④ 这个名字的意思是“活泼机敏的家伙”。

想的斯奎勒尔之死……'”迪姆波小姐打断了，“停下，姑娘，你读得太快；我一点儿也听不懂你在说什么……我肯定还没读到那么多——回头看看那一章的结尾，作者在那儿叫我们休息一下，记住他在哪儿停下的。——哦，看哪，夫人，我已经找到它了，就在这儿。就像夫人您说的，他说……”她朗读第四章的结尾，一段读者已经在几页前碰到过的话。然后她继续高声朗读了十六页，然后叙述者介入说，“但是读者应该记住，迪姆波小姐的女仆波利此时一直在读。她正好读到这一段，这时她看了一下她的女主人，发现她已沉睡……在美丽的迪姆波小姐睡着的时候，该给这一章一个结尾了”[15]。

就让这样的假设读者与叙述者的精心制作的自画像对抗着，后者半是小丑，半是神明，与任何可以推知的作者仅有极小的联系。好像作者故意选择了在反复无常的血统上来模仿他的“父亲F-g”，正像菲尔丁所不会做的那样，认真地信仰这样一种“教义，即作者可以不管所有的批评权威，拥有绝对权力在他高兴的任何时候和任何地点离开主题，用最先想到的任何东西来使他自己和他的读者娱乐，而不管它是否与手中主题有着任何联系”。无须说，在追求这种教义的时候，可怜的教区姑娘时常被遗忘达连续几十页，而汤姆·琼斯从未受到这样的对待。旨在成为一部喜剧小说的一切，都被玩笑式的介入撕成了碎片。[16]

在第二种传统的作品中，类似的任性态度产生了非常不同的效果，与其说是以蒙田为最佳典型的破碎自画像，不如说是一种统一的效果。在一大串接近又离开蒙田《随笔》的作品中，斯特恩碰到了本身就是目的的精心制作和十分古怪的议论，多少与其他叙述趣味相分离。蒙田的著作是关于种种事物见解的随笔性文集，它所有的这种那种戏剧性的一致都在于作者本人始终前后不一致的画像，在于他作为作家的性格，形成的“蒙田”像任何小说人物能够做到的一样吸引人。像项狄一样，他告诉我们很多他的道德和心理特点；也许足以证实他所说的“描绘自己”的声明。但是，他提供给我们本书在写作过程中许多有关写作它的连续考虑。因此也就提供了他作为一个作家的性格的一连串画面。“为了论点与主题，我把自己表现给自己。这是所有这类书中唯一的一本书，唯一一本构思杂乱无章的书；不过，在这种事情上除了打破常规外没有别的可说：因为一个主题是如此愚蠢琐细，世界上最好的作家也无法赋予它一种使它具有受尊重的风度的形式。”[17]他非常仔细地讨论了他受到的限制，好像一个新手着手写作一本比其他人的作品更真实的书。他的“幻想和判断只是在黑暗中摸索”，他“漠不关心地”写下了“一切进入头脑的东西”。他“自然地具有一种喜剧性和随和的风格；但是这是很特殊的那种，不适合公共事务，却很像我说的语言，也是简洁、零乱、唐突和有个性的。”像项狄一样，他随兴所至地运用他的笔，他写作“没有谋划或构思，第一个词生出第二个，这样一直到那一章结尾”。他以完全与项狄相同的方式为他的离题辩护。“这堆东西有点离开我的主题了。我离开了自己的路，但是与其说是失察，不如说是破格。我的幻想一个接一个，但有时离得较远；它们彼此相望，但是用的是侧目一瞥……我喜爱那种跳跃性诗意的前进……”他断言，他将“轻松地永远”前进，“只要世界上还有笔墨”。这预示了项狄四十卷的出现。像项狄一样，他不断详细地与他的假设读者争论：“好，但是某些人将对我说，让一个人的自我作为他写作的主题这种构思，只有在很少的杰出人物那里才确实可以容忍……相当正确，我承认这一点，并深知一位商人难得离开他的工作去看看一个普通人……应该鼓励其他人谈他们自己，因为他们发现这个主题是丰富而有价值的；而我则相反，是过于冒失了，因为我的主题如此贫乏枯燥，以致不可能怀疑我是夸张的。”

所有这些对他作为新型作家性格的讨论，其效果不容易为人充分领会，除非他重读这本书，并只用一只眼睛看它的内容，这当然不能用引用文句来提出。但重要的是要认识到，蒙田所主张的唯一的形式一致性，是由许多有自尊心的现代小说家们作为破碎的和非艺术的东西自动加以否认的材料所提供的。可能这部作品多达五分之一的部分是由纯粹的议论组成的。

是的，它不是一部小说；在《随笔》中没有一贯的叙述。但是由于它除了是自己之外没有任何功能，它只提供了研究议论的一个良好机会。而且，如果我们仔细地考察从这些完成的书页中显现出来的这个“蒙田”，我们就不免会反对在小说与传记或论文间进行任何简单的区分。书中的蒙田是未加任何想象而变形的真正的蒙田，他把自己注入书中，而不考虑“审美距离”。尽管他无休止地一再声称要“表现我，按照我本来的样子，让你记得”，但是我们发现他时常承认是自我变形了。像“考虑到公众所允许我的”这样的句子，几乎可以在他要描绘自己的每一段声明中发现。“在按照我自己塑造这个人物的时候，我时常被迫装出一副正确的样子来冲淡和调解我的自我，以致这个复制品真正获得并且以某种样式形成了它自己。但是在为他人绘画时，我用一种比我自己的自然肤色更好的颜色来再现我自己。”“现在，只要礼貌允许，我要在这里暴露自己的意愿和喜好……”“虽说如此，一个人应该卷好头发，服饰整齐，料理自己以适合于出现在公众之中……”他当然卷发和料理自己：我们无须研究他的生活实况就会知道这一点，我们已经学会看出普鲁斯特、纪德、赫胥黎的自觉叙述者的卷发和料理行动。

正是这个创造出来的小说人物，把分散的思想结合在一起。在这部作品中，它远不是像《夏洛特·萨默斯》中的介入性评论所做的那样，去分散本来一致的材料，而是把整一性——虽然还是含糊的那种整一性——赋予本来难以包容的散漫题材。在蒙田之后的一长串作品中，斯特恩可以找到类似的效果。[18]

第三种项狄式的影响，我必须更简略地讨论。在《项狄传》之前几十年中，从拉伯雷到埃拉斯穆斯[①]和斯威夫特，再到一大批次要的同类作者的无数讽刺作品和诙谐作品中，可以找到这种影响。因为这些作品的修辞意图对于每个读者来说都很明显，戏剧化代言人的功能，不管是傻瓜、骗子还是圣人，通常都十分清楚，没有人非难他们那难以理解的不一致。然而，在某些方面，这一传统的作品距离我们在“非常新颖的”《项狄传》中发现的东西，甚至比《夏洛特·萨默斯》和《随笔》更近。而在运用一个自觉的叙述者的喜剧性作品中，故事本身的组织通常是独立于叙述者介入之外的，在像《一只桶的故事》这类作品中，叙述者更是中心：像在《项狄传》中一样，他的人物改变着作品的构思，即从一章到另一章的发展的基本性质。当斯威夫特的穷酸雇佣文人“介入”时，其性质大大不同于任何我们看过的东西；即使《夏洛特·萨默斯》和《一只桶的故事》的两位叙述者使用的是完全同一个词，在一种情况下，它会是对更基本的内容的真正强加，在另一种情况下，“介入”本身是效果所必需的。正如《项狄传》，

① 德西迪里厄斯·埃拉斯穆斯（1466—1536），荷兰作家。

因为它反映的那个人的生活和见解，而被看成是一本疯狂的书，所以雇佣文人的《一只桶的故事》（与斯威夫特的有别），也因为自己所攻击的假设的文学见解和知识分子习俗，而被看作是一个极坏的东西。[19]事实上，这个“作者”是这一讽刺的主要对象。

《项狄传》的整一性

当我们从这些传统的角度来考察《项狄传》时，我们看到，来自所有这三种传统的成分都有助于把它结合在一起：它有一种喜剧性情节，虽然是“扩散的”；它给我们提供一个人不连贯的思想的贯穿始终的图画；它完全是一个像穷酸雇佣文人那样任性多变的叙述者的可笑产物。在其中的一个方面，议论是分散性的；在另外两方面，写作活动的戏剧性表现是整一的主要因素。

但是在把这三种传统结合起来的时候，斯特恩创造了某些真正新颖的东西：因为项狄不像蒙田那样，真正想讲述一个故事，他作为一位作家的活动有着一种蒙田不可能有的自己的布局形式。虽然这个情节打断了他自称正在讲到的喜剧性情节，但是，这两个情节实际上是相互独立的，像斯威夫特的三个兄弟的故事和三个讲故事的穷酸文人叙述者一样。还有，不像我们在《一只桶的故事》中所发现的，写作一本书的情节在这里似乎没有简单地表现为要嘲笑其他作家和他们的见解；尽管有着大量随带的讽刺，写作这本书中的项狄的情节，像《汤姆·琼斯》或《堂·吉诃德》的伟大喜剧情节一样，超出任何讽刺意图之上，作为由于本身的原因得到欣赏的某种东西而永远存在；这个讽刺是为了喜剧快感，不是间接的东西。

这个喜剧情节的复杂性可以从区分项狄天性的两个方面充分看出，即他的荒唐可笑和令人同情。一方面，因为项狄的许多困难都是他自己造成的，在旁观者清的观众看来，他的行动很像所有传统的喜剧情节。它产生了一种戏剧性反讽，正是当我们看到达尔杜弗向奥尔贡的妻子求爱，我们知道而达尔杜弗不知道奥尔贡就在桌子底下时，我们体验到的那种反讽：即我们笑他，我们期待着他的喜剧性暴露。另一方面，因为项狄在很多方面都是可敬的，我们站在他一边。他挺身正视我们都面对着的难以逾越的障碍——时代的本性、我们的难以预测的内心的本性、人类兽性的本性，因为它阻碍了我们要达到理想的一切努力。

在前一方面，项狄是绝对不能胜任的。斯特恩把他笨拙的41岁的主人公放在书房写字台前，好像放在一个舞台上，身着古怪的皮袍，写作时把墨水到处乱洒。他的一生被他出生时的不顺利决定性地破坏了，出生时他的鼻子压扁了，他的取名是混乱的，以及多种对于项狄家庭来说很怪异的另一些灾难。用这样一个人来主宰小说，我们所预料到的喜剧性结局当然大大不同于像《汤姆·琼斯》，甚至不同于《夏洛特·萨默斯》这样的喜剧性小说。虽然我们希望看到，年轻的项狄和他的叔叔托比遇到更窘困的麻烦，但是我们更希望看到成年的项狄处于不断增加的叙述困难之中。总是存在着他的故事讲不出来的可能性，因为他的失败如此之多。但是也存在着他要讲的故事可以讲出来的更大可能性，因为很明显，从他的观点来看，他正享受着一个接一个的成功。当他结束故事时，我们发现我们自始至终一直这样期望着。“先生！我妈妈说，这个故事说的是什么呀？——约里克说，荒唐无稽——荒唐无稽的故事中最好的，我曾听过。”在所有美妙的诺言之后，的确是一个可怜的喜剧性突降。我们越是仔细地阅读他的结尾卷，我们就越多地看到各种标志，说明他已经非常成功地讲述了他心里所悲叹的那个故事，这故事和讲出来的故事一样荒唐可笑。

他的故事讲述本身也主要是喜剧性的，因为在它的主题被看作是一部普通喜剧小说的材料时，按这个主题的性质，并不需要这一切复杂性。混乱完全是他自己制造的。斯特恩和读者始终知道，存在着一个清楚、简单的事件顺序，可以在一百页书中把它讲完而毫无困难。事实上，我们只有两个简单的故事线索，项狄在母亲胎里、出生、命名、割礼和封档，以及托比叔叔向韦德曼寡妇的求爱。在整整九卷书中，这两条线一直被熟练地搬弄着，第九卷精妙地完成了项狄一再说的他的“最上等的佳肴”，他“一直”“急于”要讲述的故事，即托比叔叔如何在向寡妇求爱时表现了他的憨直。[20]对项狄的反讽，取决于这种重要的单纯和项狄所制造的令人眼花缭乱的混乱之间的对照。就这个对照的作用来说，显然，实际的单纯程度越大，表面的复杂程度就越大，那么项狄的叙述也就越显得可笑。事实上，我们找到了这样一部作品，我们可以说它是议论越多也就越好的作品。

但是在他写作这部作品的努力中，有些方面迫使读者——也许特别是现代读者——站在他的一边。毕竟只有把他的两条故事线索当作传统小说的材料加以考虑时，它们才是简单的。如果一位诚实的作者真的要像项狄所做的那样，试图表现内在的真实，即关于他的生活和见解是怎样互相联系的，以及怎样同真实本身相联系的全部真实，那时他就陷入了困境；事实上，他的奋斗从头开始就是没有希望的。现在作品使我们想到这一努力是有意义的，虽然是无希望的。与传统小说中所运用的忽视了小说世界如何与真实世界相联系的问题的所有技巧相比，项狄的努力似乎是高尚的努力；我们已经从福特和其他人的教导中懂得了真实的至上价值，因此我们甚至会过高地评价他的努力，而忽略斯特恩想获得的某些荒诞性。但是在任何情况下，我们不可避免地会同情他的奋斗，尽管这奋斗是幽默地表达出来的，但它是要达到永远是微妙的、永远是艺术家刚好掌握不到的事件的内在真实。如果我们带着同情来阅读亨利·詹姆斯关于这些问题的意见，我们怎么能不同样地同情项狄呢？“关系并不真正地、普遍地停留在什么地方，艺术家的微妙问题永远只是按他自己的几何学画圆圈，而在这个圆圈内，那些关系将愉快地显现出停滞了。”[21]没有人比项狄更知道詹姆斯指的是什么了，有时，他对自己问题的描述读起来像是詹姆斯意见的喜剧性翻版。例如，停下来看看两位铺陈的大师表现时间所进行的努力，是很有趣的：

> 对于小说家来说，这个永恒的时间问题，总是存在，总是难以解决；在有关真实这方面，总是要求巨大的时间流逝变迁之效果、“黑暗的记忆和心灵的深渊”之效果；在有关文学处理这方面，总是要求浓缩的效果、结构和形式的效果。它确实是一件可怖的工作，能使所有的感情，除了坚强的心灵之外，变成一种可怜的遗漏和伤残之物，虽然对困难的普遍认识越大，恐怖确实就会越小些。[22]

那个心灵坚强的项狄，像詹姆斯一样意识到了这些困难，他以某种方法把这个问题表述得更具体：

> 这个月我比十二个月前的我又大了一岁；正如你注意到的，几乎已经到了我第十四卷的中间——还没超过我出生那天的生活——这表明，从我最初开始，我度过的364天多的生活刚写到这里；因此不是像普通的作家那样，我的作品中已经开始的事前进着，——而是相反，我已经花了这么多卷在往事上——我每天的生活都像今天这么忙——为什么不是呢？——对它的处理和评论花了这么多篇幅来描写——为什么要把它们缩短呢？按照这种速度，我应该比我应写出的活得快364倍——那么接下来，请大人您注意，我已写得越多，我还要写的也就越多——结果，大人您读得越多，您还要读的就越多……按我的意愿去写，我力所能及地冲向事物的中间，正如贺拉斯劝告我们的——我再也不会逼迫我自己——被驱赶到最后一步，最坏的情况下我会有一天时间挥动我的笔——一天足够写两卷——两卷足够容纳一年。

是的，斯特恩和读者仅仅以冲淡的形式来和项狄共同感受这种困境；喜剧部分地在于项狄已经决定超出斯特恩或詹姆斯认为是理智的界限。但是斯特恩像读者一样，面对着流逝时间中混乱的一切，而这一切则威胁着艺术家要忠于这个世界而又不堕入混乱本身中去的努力。毫不奇怪，现代批评家们已经想要把这整部作品看作是一场与时间的战斗，或看作是一种从时间的世界上升到更真实的世界的努力。不仅如此，在这个小小的古怪人物勇敢的身影中，我们预见到许多现代叙述者——其中包括乔伊斯、普鲁斯特、赫胥黎、纪德、托马斯·曼、福克纳这些作家的叙述者——他们使读者绝望地与时间作战，从而使詹姆斯的预言戏剧化。

显然，提出从正在打这场战斗的叙述者的武器库中去掉议论是荒唐的。这场战斗就表现在这个议论中；讲述已经变成了显示，每段议论就是一个情节；在一种比项狄自夸正在推进故事时所意味的东西更深刻的意义上，每段插话都是“进展”。

项狄式评论，好的与坏的

在斯特恩把议论在数量上和质量上扩展到支配了整部作品，并创造了一种新的统一之后，《项狄传》的各个方面都被一部接一部的作品所模仿，首先在数量上势不可挡，然后渐渐地变成一股稳定的涓涓细流，直到20世纪，自觉的叙述者大量地涌现出来。[23]

在可靠的叙述中的好与坏的区别，很难用概念说明。一部有见识的作品中的愚蠢介入可以产生出它自己的那种乐趣；一部愚蠢的作品中的愚蠢介入仅仅造成厌烦。

例如托马斯·艾默里①的《约翰·本柯》（1756），其中的某些介入放在《项狄传》中并非显得很不得当："我根本无权自称在理解能力方面有着什么特别之处，我的才能低下，像普通的低级作家一样；然而，我很勤奋；我的全部生命都花在阅读和思考上；虽然如此，我一生中已经遇到许多妇女，她们读之甚少，却在几个问题上非常严厉地对待我。"在这里插入一点锐气，在那里插入某些更生动的措辞，它会被当作项狄的话。但是当我们从上下文知道，这不是任何意义上的反讽，它是指对妇女理解力的直接赞扬时，它变成了一种不是艾默里想要的意义上的逗趣。在另一方面，斯威夫特的穷酸雇佣文人对《一只桶的故事》的许多介入本身是极端滑稽的。虽然仔细阅读可以发现斯威夫特的天才在所有地方都起着作用，但是不难发现相当多的段落，如果直接阅读的话，也会像艾默里的一样沉闷：

> 我希望，当我的这篇论文被译成外语时，（正如我并非自负地肯定的，收集资料的努力，描述方面的忠实可信，内容对公众的巨大实用价值，将充分地享受这一应有待遇）海外几个科学院的可敬的院士们，特别是那些法兰西的和意大利的院士，为了普遍的知识进步，将高兴地接受这些谦虚的奉献……因此，我将继续我思想的伟大内容，思考这整个地球可能由于我的劳动得到如此之大的进步。

---

① 托马斯·艾默里（1691—1788），爱尔兰小说家。

这里的叙述者是个呆板和愚蠢的人，但是他所“写”的书之所以伟大，部分地是因为他的角色和潜在作者的角色之间的对照。

那么，成功所必需的两个条件是，适合于一个上下文，以及在这个上下文中有用。[24]但是这些虽然必需，却还不能确保成功。人们可以找出几十种失败，其中的议论在完全与《项狄传》相同的意义上，都是适合的和有用的。在所有这些作品中，一个戏剧化的叙述者自称要讲一种故事而其实讲了另一种；其中很多都有关于主人公如何来到这个世界，以及他的人物如何决定了他要写的书的类型的大量喜剧性细节。所有的叙述者都“在他们高兴时”介入到他们表面的故事中，来讨论他们自己的见解，所有人都为他们的智慧和古怪行为感到骄傲。人们可以做出他们的心理特点的一个精确描绘，使他们听起来就像一个人。那时我们也许会声称已经发现了一个真正的文学流派，我们能够为介入的作者规定出所有未来的议论者们都必须遵守的风格条例。但是，在面对下列事实时我们怎么办，由一个叙述者说出的效果极大的相同话语，在由另一位似乎也企图达到完全相同效果的叙述者说出时，就会显得愚蠢和不能忍受？能够做出什么规定来告诉我们，下面三个段落中哪一段来自一本“伟大作品”——它确实是在“芝加哥目录”上的——以及哪一些来自那些几乎已完全地、合理地被人遗忘了的作品。我已经变更了几个有关的名词。

> 1. 接着，现在，我要请所有现在和未来的批评家们收集所有对我要写的生活和见解的非难，只要他们能够找得出来，我自己并不比月球上的人知道得更多，它们可能要变成何种生活、何种见解：但是假定（为避免自满之非难）它们配得上某种比来自批评家的轻蔑所对待的更高的东西，我想在这儿请他们注意，他们阅读这一段时，经我特许，他们自己有权不受限制地判决，准备好他们寻常的和不寻常的武器，来消灭它们，如果他们有能力做到的话；对于他们的善良愿望，我是不怀疑的……
>
> 2. 从最后一章的结尾回顾和纵览已经写出的东西的结构时（在这一页和接下去的五页中，大量的杂事要插进来）必须保持智慧与愚笨之间的恰当平衡，没有这一点，一本书就无法把整整一年糅合在一起：它既不是

一段拙劣蔓延的谈话（只要为了这个名称，人们都会继续走他们的路）它会要命的——不；如果它一定是一段插话，它一定是一段十分活泼的插话，也是有关一个活泼的主题，在这里无论是马儿还是骑手都没有被抓住不放，而是放开后又重新束缚住的。唯一的困难是提高力量以适合于作用的性质；幻想是反复无常的——一定不要寻找机智——幽默话（她是个好脾气的懒婆娘）将不会招之即来，即使有个帝国摆在她脚下。——一个人最好的办法，是读他的祈祷文——

3. 我的生平是一个连续的插曲，从我的摇篮到我的坟墓；我生前就是如此，我死后腐烂掉还会如此——在这七年中的大部分时间里，我辛劳写作这部历史；花费了巨大的劳累和勤勉，责任和细心，现在得以完成，准备付印，我先通过驭手送出这第一卷，他横冲直撞，泥水四溅，（要是批评家从他这条路上来的话）为的是挤出地方给他其余的要跟着上来的小兄弟。我的名字叫项狄，又名——它刚好到我的舌尖，要是它出来了，我会把舌头咬掉……

因为我是个懦夫，所以我不知道有多少狮子般勇敢的成分在我的文章里；因为我是个小个子，我伟大的祖父可能出自一条鲸鱼或一头大象。你记住《猫吃老鼠狗杀猫》的故事——因为我喜欢解释哲学问题，为了世界上学识浅薄的人们的方便，我举些普通事例——为什么这样是对的……但是我喜欢思考，（在朋友们中间）如果那儿有什么东西，那么大多数其他地方的狮子般勇敢的分子将蔓延到另外一个家族；许多山羊，温顺的羊羔，或这类无害的天真的生命“蔓延”到我的文章中来。

即使那些熟悉项狄的风格，足以看出他的文章是这三段中第二段的读者，在不是简单解释它为什么高于另外两段，而是解释为什么它可称得上伟大而另外两段却被人遗忘时，也会感到麻烦。第一段出自《伯特伦·蒙特菲希特先生的生平和见解》（1761）一书，这是一本几乎无法连续五页的恶劣模拟。第三段出自约翰·邓顿的《环球旅行（或袖珍文库）》（1691），它虽然比蒙特菲希特的高明得多，但是把它与蒙田的《随笔》——它时常详细地抄袭后者——相比较，或是与斯特恩的作品——它也大大地采用了后者——相比较，也是令人难以容忍地显得冗长乏味。

规定出一种目的或技巧的一般描述，让它只属于《项狄传》，同时完全不适合于其他两部作品，这是很困难的。那么为什么当我们把斯特恩的评论放回上下文中去，他的作品不仅在综合效果上，而且在从文句到文句、从评论到评论的结构上是这么好呢？斯特恩知道答案，至少部分地知道。“你看，我已经承担了不但写出我的生活而且写出我的看法的任务；我希望和期待着你对我性格的了解，以及对我的为人的了解，会因此使你获得其他更好的享受：当你和我一起前进，我们之间现在已经开始的初步认识将变为熟悉；接着，除非我们之中有谁犯错误，它又将最终达到友谊。——哦，那是多么美妙的时光啊！——那时凡是打动了我的东西，你都不会认为在内容上是无价值的，在讲述上是无趣味的。”

的确，我们对他性格的了解，使得一切曾经打动了他的东西看起来值得谈论。在一定意义上，我们的友谊比任何真实生活中的友谊更为完美，因为我们知道了可能为人知道的关于项狄的一切，我们看待世界和他看待世界一样。我们的趣味响应着他的趣味，他的风格就运用在有助于给予这种趣味以生命力的更大的上下文中；在这方面，我们的关系很像是超过了友谊而达到了同一，尽管在许多方面我们与他“保持着一定距离”。蒙特菲希特则是半心半意地去争取这同一效果，但是由于他的低劣的黛娜大妈、迪克大伯、约里克牧师（原文如此）和兰顿医生这些人物，他使他的议论带上了它来自一个卑鄙小人的记号。虽然“打动了”项狄“的一切，都不会被认为在本质上是无价值的”，但曾经打动了蒙特菲希特的一切，不管是他那性别可疑的大伯，还是笛卡尔和洛克的哲学，却受到了亵渎；因此我们发现，自己根据每一细节自身去判断它们，它们没有得到任何普遍光芒的照耀。“唐·凯诺菲洛斯”，邓顿的叙述者，在某些方面更为成功，但是他的人物承受不了肩负的重任；他的才智薄弱，学识时常显得笨拙，我们有能力预先断定他的动向，这就证明，他自称是跑在最聪明的读者前面的人的说法是荒唐的。

但是，项狄还是项狄。

> 我希望我的父亲或我的母亲，或是他们两人一起，因为他们在这件事上具有同样的责任，曾注意到，在生我的时候他们是怎样的，如果他们正确地想到这在多大程度上决定了他们那时正在做的事的话，——不仅这个理性生命的产物与其有关，也许他的天才和心灵的特点也与其有关；相反地，如果他们对此一无所知，那么其全部听众的命运甚至都要背离最初的心境或情绪：如果他们权衡考虑了所有这一切，并按照这样继续去做，——我真诚地相信，我应该在世界上创造出一个非常不同的人物，读者们在他身上能够看到我。——相信我，我的好同胞们，这并非像你们中许多人想象的那样，是一件微不足道的事情；——我敢说，你们都听说过兽性精神，它们怎样从父亲传到儿子……好，你现在会相信我的话了……

我们相信他的话，但只是在部分时间里，造成令人愉快的含糊性永远地扩大了我们对于小说前景的视野。

但是，斯特恩也同样扩大了我们对这个问题的视野。我们只是在部分时间里相信他的话；在《项狄传》的读者和现代小说的读者所共有的所有问题中，叙述者所做的仿佛不可信的判断问题在这里是最重要的。

由于他自己的混乱，他使我们的道路也变得障碍重重，十分危险。从《巨人传》到《洛丽塔》[1]的不可靠叙述者的历史，事实上对于毫无疑心的读者来说充满了陷阱，它们中有些并非特别有害，但有些却是有害的，甚至是致命的。

考虑一下项狄的前辈，《环球旅行》中的“唐·凯诺菲洛斯，又名伊万德，又名唐·约翰·哈德-纳姆”所写的下面的简单的段落中的疑难处吧：

> 但是，啊！我的母亲，啊！我最亲爱的妈妈！你为什么离开了我？为什么你去得这样快，这么快就去了，——保姆们都是些粗心的、非常粗心的人啊；啊呀，小伊万德会在他的摇篮里受到虐待的，如果你死去……你的死使我沉浸在泪水之中；——它毁灭了我的所有幸福，消散了我剩余的

① 弗拉基米尔·纳博科夫的小说。

一切……迫害我，杀死我，使我成为烈士，给我的思想安装一个漫游的器具，像我的双脚以前那样：——但是这一切可以得到什么，——我能够用所有这些荒唐可笑的东西……来惊动和震撼她的坟墓，但它们永远不能使她起死回生——因为她已经死了……——如果你要问她是什么，那么我将告诉你，——她是个女人，然而不只是女人，而且是个天使。

这段感伤的情绪意在造成喜剧性吗？也许是。但是很难肯定。没有指导我们的直接线索。上下文本身是模棱两可的，虽然接下去整页的颂词在许多方面来看似乎是严肃的。即使我们不怕麻烦地查阅邓顿的传记，从他的《生平与过失》中发现,《环球旅行》中所描写的伊万德的母亲与邓顿自己的母亲点点对应，时间和特点都像一部普通的严肃的自传一样配合，我们还是不能肯定。在判断这样一部喜剧性作品中作者的距离时，简言之，我们的问题类似于我们阅读詹姆斯以来许多严肃小说时面临的问题。一旦作者决定离开并不再写信[25]，读者试图确定他到底走了多远的工作就的确非常麻烦。虽然叙述者可能经常发现自己犯了错误，但是，读者将会知道，只是当他比通常的自己具有更清醒和更正确的意识时，他才这么做——即，他更多接近于长眠的作者。斯特恩把这样含有歧义的技巧引入了小说主流，这就发展出了一种对读者更高判断能力的依赖性，而在以前，只有秘密书籍和某些形式的讽刺作品才需要它。[26]

读者与叙述者或反映者的亲近产生的共鸣效果，和被我们痛惜的特点造成的距离效果，只要在这二者之间存在着张力，这一读者的新负担的极端形式就会出现。正如我们在《项狄传》中已经看到的，只要一位叙述者暴露出错误，这个错误本身就是在强迫我们，至少是使得我们取笑他，而诚实的自我暴露的情节就是企图吸引我们。

这个双重的、有时是矛盾的效果是本书第三部分的主要论题。但是在我们转向正为这个效果而奋斗的现代非人格化小说家们之前，我们应该仔细地考察一个早期距离控制的成功范例。因为它应该是一部自我暴露的主人公必须被人喜爱又被人判断的作品，所以，选择简·奥斯丁的《爱玛》是很自然的。

注　释

1. 塞缪尔·普特南译本（纽约，1949年）。

2. 例如，参看:（1）克莱顿·汉密尔顿,《小说的题材与方法》（伦敦，1909年）:“许多读者一再回答，在《新来者》中观看伦敦上流社会的快感，不如在萨克雷作品中观看它的快感多。”（第132页）（2）G.U.埃利斯,《文坛盛衰:战后小说和战前批评概观》（伦敦，1939年）:“《泰晤士》把他［狄更斯］比喻成一个私人密友，这不仅是一种修辞。在每部著作品中，我们都碰到他，在我们身边摇摆而行……直到受到一种感染，我们注意到了他的情绪……然后，在一种冷静的情绪中，我们发现他的世界是极为狂想的，而他自己的亲切身影始终和我们在一起，像是我们自己喜欢的某个朋友。”（第121页）以及（3）哈罗德·J.奥利弗,《E.M.福斯特，早期小说》，载《批评》，第1期（1957年夏季号），第15—32页:“如果作者的个性一定得是整部作品中的一个重要因素的话，那么全知的叙述方法……也许的确是最可能的一种方法。福斯特就是这样。”（第30页）

3.《〈卡萨马西卡公主〉前言》，第68页。

4. “在小说中，我们与全知作者同一。”（古德曼,《文学的结构》［芝加哥，1954年］，第153页。）“的确，小说的读者把自己与故事的作者而不是故事的人物同一。”（H.W.莱格特,《小说中的观念》［伦敦，1934年］，第188页。）

5.《亚当·比德》，第二卷，第十七章,《本章故事暂停》。W.J.哈维反对这种特别介入的“小聪明”。“读者对限定他的反应感到不快；他感到他自己，而不是人物，成了一个被作者操纵的木偶。”（《乔治·艾略特和全知作者传统》，载《19世纪小说》，第13期［1958年9月号］。）但是，乔治·艾略特明显想要我们否定这个虔诚的女性读者（第一版:“我的一位妇女读者”）。哈维先生提出了一种对乔治·艾略特一般实践的有力辩护:“这类小说中所企图的‘真实的幻觉’，不是一个自我包容的世界、一种詹姆斯模式的完整和自主的虚构小天地，而是一个与‘真实’世界相毗连的世界、实在的小天地。作者在两个世界间建起桥梁……在这里，在真实与虚构之间并未划出明显界限；边缘是模糊的，这位全知作者允许我们随便从一个世界过渡到另一个世界。”（第90页）

6.《陀思妥耶夫斯基短篇小说》，康斯坦斯·加尼特译（纽约，1945年），第四章，第501页。

7. 也许为菲尔丁的议论所做的最佳辩解是艾伦·D.麦基洛普的那篇，载《英国小说的早期大师》（堪萨斯，劳伦斯，1956年），特别参看第123页。

8.《批评家与评论》，R.S.克莱恩辑（芝加哥，1952年），第637页。

9. 同前，第642页。在《汤姆·琼斯》一文中，载《凯尼思评论》，第20期（1958年春季号），第217—249页，威廉·恩普森为菲尔丁的道德准则和汤姆·琼斯的道德立场做出了生动有力的辩护。虽然由于恩普森"间接地得出了菲尔丁明白地告诉我们的东西"（C.J.罗森《恩普森教授的〈汤姆·琼斯〉一文，注释与质询》，载《N.S》，第6期［1959年11月号］第400页），因此他的理论略有不足之处，但是，对于否定菲尔丁和他的议论的人们所使用的过分简单化方法来说，他的论点是种有价值的解毒剂。

10. 一种关于这里所指的情节和《汤姆·琼斯》的独特情节的概念的充分讨论，参看R.S.克莱恩，上引著作，特别参看第616—623页。

11. 萨拉·菲尔丁有《女家庭教师（或为款待和指导年轻妇人受教育的少女学院）》（1749年）一书，其中的"作者"是够适合的了："下面几页的目的是向你证明：傲慢、固执、怨恨、妒忌，简言之，一切邪恶，都是我们可能具有的最大愚蠢……我依赖于所有我的读者的好心，依赖于公认这是真的。但是要小心，亦即不要让这种爱与情感把你引向诸多不便甚至错误：因为这种性情会自然地把你引向……各种错误，除非你公正地对待你的伙伴，只要他们是令人愉快的，不必考虑他们是否好到了值得你的爱。"（第9—10页）

不可能知道一位18世纪的年轻夫人会怎样对这段高度适合的议论做出反应，但是不难发现，20世纪的任何人，不管是成人还是孩子，都无法容忍它。

12. 一位作者怎样运用种类错误的自画像严重损害了自己的效果的基础，可以在《最上等的英国人克林塞斯和杰出的亚马孙公主塞利曼尼的历史》（1757年）的这一《前言》中看到："下列书页是一个人的产品，他写作不是出于兴趣，不是想受夸奖，而仅仅是为了逗乐。我的情况也是如此，没有什么正事，如果我不是为了消磨时光而努力找些消遣的话，我的许多时光就无法度过。"为了防止还有读者听了这话没有感到完全失望，笨拙的作者又用最后一击完全打垮了自己："最后，我决定试试自己的能力：这一点我已经做了；从我的故事中的各种历险之中，不难发现，我的读物既是古代的又是现代的，因为我的作品是一种组合，建立在两个计划上……我写作不是想要出名，证据就是没有署名。希望永远不要怀疑我只是'一位作者'。"

13. 最近一篇对这些问题的最佳概述，也是对《项狄传》的卓越形式和历史影响的最稳健的一篇评论，参看艾伦· D.麦基洛普，《英国小说的早期大师》第5章。

14. 没有日期，但一般认为是1749年或1750年。并不可靠地归于萨拉·菲尔丁。对于其他写于18世纪50年代的作品，不是明白承认受惠于“那位传记作家之王”，就是清楚表明深受他的叙述方式的影响，参看“文献”，第5节。

15. 这种镜中之镜效果的其他实例，参看本章题文所给的纪德《伪币制造者》中的引语，以及马克·哈里斯的《索思帕》，其中有一章名为“11-A”，描写叙述者把第12章读给他的朋友们听。他们逐节地反对第12章，而他就一删再删，直至只能剩最后一个句子。然后这个句子开始了第13章；这样就没有第12章。

16. 关于这本以及18世纪50年代其他《项狄传》之前的喜剧小说的更充分的讨论，我已发表《〈项狄传〉之前的喜剧小说中自我意识的叙述者》一文，载《现代语言学会会刊》第67期（1952年3月号），第163—185页。

17. 因为它对英国小说影响颇大，主要是通过约翰·邓顿和斯特恩，所以我使用了查尔斯·科顿的译本。我的页码是伦敦1693年第二版上的。

18. 参看“文献”，第5节，C。

19. 参看“文献”，第5节，C。

20. 参看西奥多·贝尔德《〈项狄传〉的时间表和一种来源》，载《现代语言学会会刊》，第51期，第803—820页；詹姆斯·A.沃克的《项狄传》版本（纽约，1940年）导言，第47—51页；以及我的《斯特恩完成〈项狄传〉了吗？》，载《现代语言学》，第47期（1951年2月号），第172—183页。对于我所声称的斯特恩“一直”计划用这个“最上等的菜肴”来完成他的作品，有篇文章机智地表示了怀疑，参看麦基洛普，《早期大师》，第213—214页。是的，正如麦基洛普所说，存在“无数办法，可以不谈项狄自己的生平和见解”，只谈托比叔叔的故事。但我的意见取决于如下事实，所有其他可能的办法，都不能借助于从第1卷开始重复许诺，特别是不能借助于在分期连载的每章结尾给出这些许诺，来在修辞方面得到提高。

21.《〈罗德里克·赫德森〉前言》，载《小说的艺术》，R.P.布莱克默辑（纽约，1947年），第5页。

22. 前引著作，第14页。

23. 参看“文献”，第5节，C和D。

24. 一般说来，成功的模仿都是基于发现了这种叙述者的新用途。例如，狄德罗和巴奇都在全新的作品中取得了成功。在《定命论者雅克和他的主人》（1796年；写于1773年）中，狄德罗创造了一位叙述者，他以一种支配了自己写作的定命论原则，举例说明了支配了全书和生活本身的定命论原则。在《赫姆斯普罗》（1796年）中，巴奇在他的叙述者的缺点里，体现了他的讽刺预言，方式相类斯威夫特。在另一方面，当这种叙述除了赶时髦之外没有其他理由存在时（《敏感的男人》[1771年]），或当这种模仿过于公开，仿佛就是纯粹剽窃时（《约里克的沉思》[1760年]），或当这种议论似乎只是为了让作者幼稚地出风头的时候（海明威的《午后之死》），其结果当然不会令人满意。

25. 丽贝卡·韦斯特，《亨利·詹姆斯》（伦敦，1916年），第88页。

26. 参看小威廉·布雷格·埃瓦尔德，《乔纳森·斯威夫特的面具》（马萨诸塞，坎布里奇，1954年）："像在《一只桶的故事》中，作者不能讽刺责备荷马，说他不能理解英国教会……除非这位作者的读者知道，荷马具有这种批评所不能触及的卓越之处。当人们试图以他们自己对道德规范的眼光，而不是以斯威夫特的眼光来解释斯威夫特的时候，就会造成错误。"（第188页）应该注意，对于这类距离的决定，在喜剧小说中不如在讽刺或严肃小说中显得重要。斯特恩和邓顿的作品可以蒙受对它们大量完全的误解而继续生存，读者不会怀疑有什么东西是错的。这种含糊性和表面纵容性当然可以成为低劣作者的挡箭牌。例如，如果斯特恩的文法较差，他无须担心：我们肯定会把这种文法错误归咎于项狄。

第九章　简·奥斯丁的《爱玛》中的距离控制

简·奥斯丁是直觉的和迷人的……而要找行文、分布、安排所能达到的效果的显著例子，以及它们如何强化一部艺术作品的生命的显著例子，我们只得转向别处。

——亨利·詹姆斯

一位除了我自己外谁也不会非常喜欢的女主人公。

——简·奥斯丁形容爱玛

《爱玛》中的同情与判断

亨利·詹姆斯曾经把简·奥斯丁说成是一个直觉的小说家，认为她作品的效果——其中某些公认是卓越的——完全可以解释为“她的无意识作用”。他说，她好像在她的针线包上“缝着一道沉思默想的边”，她陷入“幻想”之中，然后又拾起了“她放下的针脚”，这些针脚作为“想象力小小的主要成就”。[1]善意的批评以各种形式重复着，最近有一种说法认为，对于简·奥斯丁创造的人物，我们不能像她有意识地想要我们去做的那样做出反应。[2]

虽然我们不指望确定简·奥斯丁是否完全意识到她自己的艺术手法，但是，对她的任何小说技巧的细心考察都将揭示出一副与手执编针的无意识编织女的图画相当不同的画面。特别是在《爱玛》中，这里技巧失败的可能性的确非常大，但是我们却发现了一位叙述修辞的公认大师在发挥作用。

在《爱玛》的开头，年轻的女主人公除了一种资格之外有一切资格获得幸福。她具有知识、聪颖、美貌、财富和地位，她得到了她身边那些人的爱。的确，她认为她自己幸福美满。对她幸福的唯一威胁，一种她不知道的威胁，是她自己：虽然她如此娇媚迷人，但她既不能正确地认识到自己的过分自负，也不能制止把自己的想法强加给别人的生活。她既缺乏仁慈之心又缺乏自知之明。只是在她几乎已经毁掉了她自己和她最亲密的朋友们之后她才发现并纠正了自己的缺点。但随着她性格的改变，她准备和她所爱的男子结婚了，这个男子在书中自始至终站在读者的立场上，注意着她所缺乏的东西。

很清楚，使用这种一般情节，简·奥斯丁给自己带来了极大的困难。虽然爱玛的缺点是喜剧性的，但是它们一直具有产生严重危害之势。而她必须依然具有同情心，否则读者将不再期望她的改变并为这改变感到高兴。

显然，对于这样一个情节，难题是要找到某种方法，使读者笑话女主人公所犯的错误和她受到的惩罚，而又不降低想看到她改变并因此得到真正幸福的愿望。在《汤姆·琼斯》中，正如我们看到的，这种双重态度的获得，有一部分是通过创造引起同情并缓和我们可能有的任何严重不安的情节，另一部分则是通过直接的和富于同情心的议论。在《爱玛》中，因为大部分情节必须描写女主人公的缺点，这样既增加了我们的感情距离又增加了我们的不安，所以需要另外一种方法。如果我们不能在字里行间反讽结构的揭示中看出爱玛的缺点，那么我们就不能充分欣赏为我们准备好的这一喜剧。另一方面，如果我们不喜爱她，就像简·奥斯丁自己断言我们可能会出现的那样[3]——如果我们不能在作品进展时越来越喜欢她的话——我们就既不会渴望着结局，即随着她的转变而来的她应该得到的与奈特利的幸福美满的结合，也不会在结局到来时把它当作合理的而加以接受。[4]任何用减少对她的喜爱或对她缺点的清楚观察来解决问题的企图，都会失败。

通过控制内心观察得到同情

解决纵有几乎要命的缺点也要保持同情这一问题，主要是运用女主人公本人作为一种叙述者，尽管是以第三人称，但却报道她自己的经验。就我们所知，简·奥斯丁从未归纳任何理论来概括她自己的实践；她没有发明像詹姆斯的“中心意识”或“清晰的观察者”这样的术语，来形容她那主要通过爱玛自己的眼睛来观察书中世界的方法。这样，我们永远不能肯定地知道，詹姆斯对她的“无意识”的责难在多大程度上是正确的。但是，人们是否相信她思考过自己的方法，这倒无关紧要；她的解决完全是卓越的。借助于通过爱玛的眼睛来表现大部分故事，作者确保我们跟着她旅行，而不是站在她的对立面。爱玛不仅提出了自己无可非议的内心世界的证据，来证明她有许多没有表现在表面的，可以弥补缺点的品质；这样的证据也能以作者议论的形式提出，虽然可能不如这样有力和可信。更重要的是，持续不断的内心活动将引导读者希望带他旅行的人物得到好运，而完全不管她所暴露的那些品质。

从外部来看，爱玛可能是个不讨人欢喜的人，除非我们像伍德豪斯和奈特利先生那样非常了解她，足以推知她的真正价值。虽然我们可能很容易被引导去取笑她，但我们从来就不会被引导去同情地笑。当她的缺点和她的耻辱的最后暴露对不具同情心的读者造成美好感觉时，她与奈特利的婚姻就会变得如果不是全无意义就是莫名其妙的。除非我们期待着爱玛的幸福和唯一能使那一幸福成为可能的她的转变，这本著作的三分之一以上将是糟糕得不可救药。

然而同情的笑声从来都不易获得。设置一个单独的小丑来取得喜剧效果、把较好的事情留给你的女主人公，这要容易得多。对于其缺点并非来自令人同情的美德的那些人物，同情他们的笑声尤为困难。贪婪而又狡诈的伏尔蓬涅[①]能够让我们站在他那一边，只要他的受害者比他更多贪婪而较少狡诈，但是只要无辜的受害者塞里尔和博纳里俄一上台，幽默的性质就改变了；我们不再明确地为他的胜利而高兴了。与此相对，令人同情的伟大喜剧人物时常主要是因为他们的缺点出自某些美德的过度才是喜剧性的，像托比叔叔那样的多愁善感。

---

① 英国戏剧家本·琼生（1572—1637）的戏剧《狐狸》中的人物。

堂·吉诃德的疯癫，部分地是由一种过度的理想主义、一种对于不幸者的过度慈爱关怀引起的。他所做出的每一个疯癫动作都使人们更有理由喜爱这个好心的老傻瓜，因此我们是用某种程度上笑我们自己的缺点的精神——即以一种亲切的、谅解的精神来笑他的。我们这种做法也许是可鄙的；对于没有幽默感的人来说，这样的笑声时常好像是恶意的消遣。但是，如果我们是自爱的，我们是以一种完全谅解的方式来笑我们自己，我们也以同样的方式来笑堂·吉诃德：我们坚信，他的内心和我们一样，是美好的。

在爱玛的喜剧性误会中，没有能为这种效果服务的东西，她的缺点不是美德过分。她企图操纵哈里特不是出于过分仁慈，而是出于希望得到权力和赞扬。她出于虚荣和不负责任而戏弄弗兰克·丘吉尔。她由于简·费尔法克斯具有优秀品质而怠慢她。她由于自己特别缺乏“温柔”和“善心”而对贝茨小姐无礼。

要认识我们出自任何自然观点的同情是多么稀少，要看出运用爱玛的内心来作为事件反映者的决定是多么必然——尽管她的视界一定会被遮蔽，我们只要想象如果通过简·费尔法克斯、埃尔顿夫人或罗伯特·马丁的眼睛来看的话，爱玛的故事会是什么样子。简·费尔法克斯在全书中自始至终体现着爱玛直到最后才发现的大部分价值，对她来说，早期的爱玛是不可容忍的。

但是简·奥斯丁从未让我们忘记，爱玛并非她表面上看起来的那种样子。对于每个描写她过失的段落——即使它们一般是通过她自己的眼睛来看到的——都配有一个写她自责的段落。我们看到了她对可怜可笑的贝茨小姐的无礼，我们生动地看到了它，但是对她在奈特利的斥责之后的懊恼和造访贝茨小姐的忏悔行动，我们体验得更加生动。我们看到她不断地企图把哈里特引入歧途，但是我们充分地看到了她夸张的自我谴责（第十六、第十七、第四十八章）。我们看到她骄傲地自夸她无须结婚，以及像埃尔顿夫人一样，近于虚荣地自夸她的“机智”。但是我们熟悉了解她后，就不会按这些表面价值来看待她的思想意识。在第三十八章以后，我们看见她克制住自己，不承认我们一直知道的她那真正富有人性的对爱情的需求。“如果在她的朋友中可能发生的事全无法避免，哈特菲尔德将变得冷落凄清，她将孤零零地带着一颗破碎了的心侍奉父亲。兰德尔斯的孩子出生以后，她在那儿的身价势必大大跌落，韦斯顿

太太的心血和时间要全部花在孩子身上……所有的快乐都会化为乌有。”（第四十八章）

也许，我们对这位非常惶惑而又非常迷人的姑娘进行不断的内心观察得到的最大快感，来自她对奈特利的经常不断的考虑。她自始至终一直看到了他的突出的智慧和美德，她是我们如此严肃地承认他的威信的主要根源。然而她在每次想到他的时候，都产生了误解。奈特利指责她；读者知道奈特利是对的。但是，爱玛呢？

> 爱玛没有答话，装得若无其事，其实很不痛快，但愿他走。她对做过的事并不后悔，仍自信比他高明，懂得女性的权利与好恶；至于别的事，她倒一贯佩服他的眼力，因此不想再与他争得面红耳赤。他在她对面气冲冲地坐着，使她觉得很尴尬。（第八章）

当韦斯顿太太提出奈特利可能要娶简·费尔法克斯的时候，这种缺乏自知之明表现得更为明显了。

> 如果奈特利先生要结婚，她非得大加反对不可。她认为这样做有百弊而无一利。约翰·奈特利先生会满心失望，伊莎贝拉也难免如此。真正倒霉的是几个孩子，他们谁都要心酸，都要在金钱上受损失。她父亲每天要失去莫大的安慰。至于她自己，想到简·费尔法克斯将成为唐韦尔寺院的女主人，就受不了。有了一个奈特利太太，他们全得遭殃！不成！奈特利先生绝不能结婚，唐韦尔的继承人非是小亨利不可。（第二十六章）

自我欺骗至少在这个非常聪明和敏感的人身上已经无法再进行下去了。

然而，所有这一切的效果就是我们在自己的生活中对自己的缺点的宽容所造成的东西。虽然只有幼稚的读者才会把自己真正与任何人物相等同，失去所有距离感并因此失去所有艺术体验的机会，但是，我们对有关爱玛的每个事件的情感反应都倾向于变成像她自己的反应一样。当她感到焦虑或羞愧时，我们也产生了类似的感情。我们现代人知道，这样的“感觉”不同于那些我们在自己的生活中在同样情况下感到的东西，这就可能使得我们看不到下述事实：审美形式可以像建立于其他材料之上一样，建立于定型的情感之上。如果因为我们对小说做出的感情或欲望反应在真实意义上说是无利害性的，就宣称这些感情或欲望反应不存在或不应存在，这是荒唐的。简·奥斯丁开创了连续不断运用造成同情的内心观察这一方法，因此可以说，她已掌握了一种最为有效的手段，来减少有缺点的女主人公与读者之间平行的情感反应。

对爱玛的同情，可以借助于抑制其他人的内心观察，并借助于使其他人承认她的内心观察，来得到升华。例如，作者知道给予简·费尔法克斯任何过多的内心观察都会是致命的。有种看法认为，作者很想使这种次要人物栩栩如生，但又不知如何去做，在这里，印象主义批评的缺陷比任何其他地方都更清楚地暴露出来了。[5]简·奥斯丁非常清楚，如何使这样一个人物栩栩如生，《劝导》中的安妮就是一种成为女主人公的简·费尔法克斯。但是在《爱玛》中，爱玛必须出类拔萃。这不仅是说，对简内心的最轻微一瞥，对于作者要使弗兰克·丘吉尔神秘化的一切计划都是致命的，虽然这一点也很重要。而且主要问题是，任何对简的广泛观察，都会把她表现成为一个比爱玛本人更令人同情的人。除了那种使爱玛成为本书主人公的好运气，简在许多方面要高于爱玛。在趣味和能力方面，在理智和情感方面，她均高于爱玛，因此简·奥斯丁始终处于可能失去我们对爱玛的同情的危险之中，所以她不能冒险做出任何程度的使人分心的事。是的，简也可以被赋予少数美德，这样使其更为生动。但是，这样做会大大削弱爱玛在对待几乎是完美无缺的简时理智和情感方面所犯错误的力量。

判断的控制

但是用于产生同情的修辞的强烈效果本身，会导向对作品的严重误解。在减少感情距离的同时，自然的倾向也必然减少——不管作者愿意与否——道德和认知的距离。在对爱玛出自内在的缺点做出反应时，好像它们是我们自己的缺点，我们就很可能不仅原谅它们，而且忽视它们。[6]

当然，并不存在读者会完全忽视爱玛的严重错误的危险；因为她自己看到并报道了自己的那些错误，一切事情最终真相大白。这场试验中本质性的真正危险是，读者会在爱玛正犯这些错误时忽视这些错误，并因此失去一页页中依赖于爱玛的错误观点的大部分喜剧。如果说不喜欢爱玛的读者，就不能欣赏她与奈特利婚姻的预备过程，那么不能绝对精确地认识到她的缺点的读者，就不能欣赏必然先于这一婚姻的喜剧性贬抑的预备过程的细节。

也许有人会争辩说，不会有什么真正的问题，因为她那个时代的传统允许在需要的任何时候，利用可靠的议论明确指出爱玛的缺点。但是简·奥斯丁并不按照惯例写作，她对大多数惯例不是早就加以嘲弄模仿，就是因其陈旧而加以革除；她的技巧是由她正在写的小说的需要来决定的。把《爱玛》的方法与下一部也是最后一部完整的作品《劝导》的方法做一对照，我们就能清楚地看到这一点。在《爱玛》中，角度方面有许多中断，因为爱玛受遮蔽的内心不能完成这一全部工作。在《劝导》中，女主人公角度暂缺的地方，只是在于她不知道温特沃斯海军上校的爱情，那是很少的。安妮·埃利奥特的自觉是充分的，正如爱玛的不充分一样，因为小说很需要她来支配。一旦叙述者建立起了伦理和认知的结构，我们就进入了安妮的意识，并且一直紧跟着它，比我们跟随爱玛的意识要紧密得多。同样正确的是，只要出现了必须加以表现而安妮的意识又无法表现的东西，我们就转到另一中心；但是由于她的意识为我们表现的比爱玛的意识表现的多得多，因此不需要离开它。

《劝导》中用于修辞目的的最明显转移出现得相当早。在安妮拒绝嫁给温特沃斯上校之后，他们分离了多年，当她再次遇到他时，她相信他已冷淡了。《劝导》的主要活动就是导向她最后发现他还爱她；她的悬念从一开头起就是这样强烈和必然的。但是，读者很可能相信温特沃斯还有兴趣。所有的艺术惯例都赞成这样一种信念：重点明确放在安妮和她的不幸上；情人已经回来了；我们也许只有带着某种厌烦，等待着那不可避免的结局。安妮得知（第七章）他说她变得这么厉害，“他觉得他无法再了解你了！”“这类话一直在她脑海里盘桓。随即，她感到轻松起来，因为在他的话中包含着某种冷静的自制，这种意识可以减轻一个人的忧愁，因而也使她镇定下来，感到轻松。”接着突然间，我们唯一一次地进入了温特沃斯的内心。“弗雷德里克·温特沃斯没有想到自己说的这些话或者类似的话,会传到安妮的耳朵里。他觉得她不幸地变成了另一个人,在初次交谈中就流露出了这种感觉。他没有原谅安妮·埃利奥特。她曾对他不友好过”——他这样继续下去,达五段以上。温特沃斯认为他自己已经冷淡了这一必要效果已告完成,而没有离开安妮意识的某种转移,它就无法完成。

在小说的结尾,我们得知温特沃斯在上一刻的内心观察中是自我欺骗的:“他想忘了她,并以为已经做到了这一点。他想象自己已经无动于衷了,其实那时他不过是生气。”我们可能抗议说他前面的克制是不合理的,但是我们很难相信它就是拉塞尔斯小姐所谓的“一次疏忽”。[7]它是为了摧毁我们通常确信的东西而故意操纵着内心观察。这样,我们就准备好了,要一直跟着安妮走她那漫长而痛苦的道路,直到发现温特沃斯最终还爱着她。

《劝导》中仅有的其他重要视角中断,是在开头和结尾。第一章是一个卓越例证,说明这位老练的小说家用自己的声音在几页书中可以做到的东西,这甚至最好的小说家如果不用其他方法,只用戏剧化动作,也得花几章才能做到的。而在结尾,作者又进来,响亮地再次肯定,温特沃斯和安妮的婚姻,像我们在开头就感到它应该是的那样,是一桩好事。

> 对接下去发生的事谁还会有什么怀疑呢?任何一对年轻人决心成婚的时候,他们一定会坚定不移地去实现这个目标;尽管他们可能是很贫穷、显得很冒昧,或者说,彼此几乎无法确保对方会从自己这儿得到最后的幸福。也许这会被视为不恰当的行为,但我相信这是真理。如果那样一对对都能够成功,那么,温特沃斯上校和安妮·埃利奥特这一对年轻人,既有成熟的心智,知道自己的权利,又有自己的钱财,怎能克服不了一切反对的意见和异议呢?[8]

除了这很少几次介入和第十九章的一次,安妮自己的内心在《劝导》中占有充分地位,但是我们从来不能完全依赖爱玛。毫不奇怪,简·奥斯丁得提供许多修正内容,以确保我们精确地看待她的错误。

主要的修正是奈特利。他对爱玛错误的评论是他的爱情的自然表达；他可以准确并同时地告诉读者和爱玛，她错在哪里。这样，奈特利所说的东西都不会不击中要害。对一个价值的每次肯定，对一个错误的每次批评，本身就是情节中的一个动作。当他指责爱玛摆布哈里特时，当他攻击她的肤浅和傲慢时，当他指责她散布闲言碎语、和弗兰克·丘吉尔调情时，以及最后当他批评她对待贝茨小姐"无礼"和"无情"时，我们得到了简·奥斯丁对爱玛的判断，这是戏剧性地表现出来的判断。但是它来自这个基本上同情爱玛的人，所以他对她的不利判断也可以被推测为是暂时的。即使他在批评时，他的同情也加强着我们的同情；在受到他的批评之后，爱玛做了自我批评，其中表示了对他的尊重，这是我们期待着她转变的主要理由。

如果亨利·詹姆斯想写一本关于爱玛的小说，并且充分地考虑戏剧性地讲述她故事的问题，他也不可能做得比这更好。当然，可以设想《爱玛》没有奈特利作为议论者，正如可以设想《金碗》[①]没有阿金汉姆斯作为"傀儡"来反映王子或公主看不到的某些事情一样。但是，虽然奈特利得到的独立篇幅比阿金汉姆斯要少，几乎从未在一次内心观察中出现，然而对于简·奥斯丁的目的来说，他肯定比任何具有现实主义局限性的傀儡更为有用。借助于把议论者的角色与主人公的角色合二而一，简·奥斯丁的做法比詹姆斯的更为经济；虽然经济在普遍运用时和其他标准一样危险，但是甚至詹姆斯也可能仔细研究了使用像奈特利这样的人物能够获得的经济，并从中得到了好处。似乎詹姆斯已经敢于使四个主要人物中的一个，比如说王子，成为一个完美、聪明、善于观察的人，一个完全清楚的而不是部分混乱的"反映者"。

因为早就证实了奈特利是完全可靠的，所以我们不必观察他的隐秘思想。他没有隐秘的思想，除去内心深处未坦露的对爱玛的爱情以及对弗兰克·丘吉尔的嫉妒之外。其他主要人物要隐藏的东西多得多，简·奥斯丁非常自由地出入他们的内心，根据她自己的目的决定什么要揭示，什么要隐藏。表面上打破一贯性始终是一贯地为爱玛故事的特殊需要服务的。有时做一次转换只是为了

---

① 亨利·詹姆斯的小说。

造成我们的悬念，如当韦斯顿太太在她和奈特利关于爱玛与哈里特友谊的有害影响的谈话结束后，暗示爱玛和弗兰克·丘吉尔可能结合时（第五章）。“她这番话的意图之一是要遮掩她自己和韦斯顿先生对爱玛终身大事的想法。兰德尔斯对爱玛的未来已有打算，但天机不可泄露。”

有人反对这种哪个内心能够最好地服务于我们的直接目的就进入哪个内心的做法，并认为它不过是欺骗，必然破坏真实的幻觉。如果简·奥斯丁可以告诉我们韦斯顿太太正在想什么，那么为什么不可以告诉我们弗兰克·丘吉尔和简·费尔法克斯正在想什么呢？显然，因为她决定造成一个秘密，为此，她必须专断地、强制地拒绝授予那些内心可能暴露过多的人物以内心观察的特权。但是，这个秘密的形成是否付出了使读者怀疑简·奥斯丁的整一性的代价呢？如果她只是把她现在也可以说出来的东西保守到后来——如果她的程序并不受她的题材的性质的支配——那么为什么我们要一本正经地抓住不放呢？

如果在所有小说中都得要求自然的表面，那么这种异议可能是对的。但是如果我们要以《爱玛》自己的方式来阅读它，那么关于这些转换的真正问题，是不能通过随便诉诸普遍原则加以回答的。每个作者都把他“很可能”现在讲的东西保守到后来了。问题是总有一种想要的效果，而选择了任何一种效果就将排斥无数其他效果。的确，《爱玛》中运用秘密引起了问题，但是，矛盾并不在于这样二者之间：一是简·奥斯丁从不关心的一种抽象目标；一是她仿佛不小心让其在无意中暴露自己的那个不足挂齿的秘密。矛盾在于她十分关心的两种效果之间。一方面，她想尽可能长久地保持某种神秘感。另一方面，她在各方面努力提高读者的戏剧性反讽感，通常是采用把爱玛知道的东西与读者知道的东西相对照的形式。

正如在大多数小说中一样，为神秘感而采取的任何步骤，都不可避免地减损戏剧性反讽，而且，只要借助于告诉读者人物还不曾想到的秘密来增加戏剧性反讽，神秘感就不可避免地被摧毁。我们对弗兰克·丘吉尔的怀疑越多，我们对爱玛的看法与真实情况之间的反讽性对照的感觉就越少。我们看穿弗兰克·丘吉尔的秘密计划越早，我们在看到爱玛对他的行为的无数误解时得到的快感就越来越大，我们在纯粹的神秘处境中感到的趣味就越少。我们都发现，在第二遍阅读时，我们找到了由于神秘感完全失去而造成的新的强烈戏剧性反讽；知道爱玛正在为自己准备什么样的错误陷阱之后，甚至我们中那些在第一次阅读时就明白丘吉尔秘密的几乎所有细节的人,也会发现又增加了反讽意味。

但是，显而易见，如果简·奥斯丁愿意牺牲她的神秘，这些反讽可以在第一遍阅读时就提供出来。以她的名义的一个简单短语——“他与简·费尔法克斯的秘密订婚”——或对这对恋人中的一个进行一次简短的内心观察，就能使我们体会到每一个反讽的意味。

那么，作者必须决定是否以支出反讽来获得神秘感。对于我们大多数人来说，简·奥斯丁这里的选择是这部小说最薄弱的地方。我们的批评中有这样一种常识,认为卓越文学不是要引起关于“什么”的悬念而是要引起关于“怎么”的悬念。纯粹的神秘化已被这么多二流作家掌握了，她在神秘化方面的努力似乎也是二流的。

但是，我们必须再问，借助于把一种抽象性质与另一种相平衡是否就能有效地平息这种批评呢？存在着一种适合于所有作品，或甚至适合于一种特定种类的所有作品的戏剧性反讽的思想规范吗？有谁规定过这样一种“第一遍和第二遍阅读的规律”，它能告诉我们，有多少我们在第一页上得到的快感取决于我们对最后一页上发生的事情的了解吗？我们完全应该这样要求，我们称之为杰作的那些作品要能够经得起反复阅读，但是我们不必要求它们在每次阅读中都产生同一种快感。有些现代作品的作者为这些作品要么不被人诵读、要读就得反复读而感到骄傲，这些作品可能的确非常好，但是它们的长处不在于它们暗含的快感只能从反复阅读中才能得到。

无论如何，即使人们接受了对简·奥斯丁想要神秘化的努力的批评，内心观察的更大作用仍不容忽视：由其他人的内心发出的交叉光线，可以防止我们受到爱玛的强光的蒙蔽。

可靠的叙述者和《爱玛》的思想规范

如果本书的目的仅仅是关于爱玛的理智清醒的问题，我们将被迫说，内心观察的使用和可靠的奈特利的广泛议论是超过需要了。但是为了喜剧和传奇的最大强烈感，这些甚至还不够。“作者她自己”——不一定是真正的简·奥斯丁，而是一个隐含的作者，在这本书中由一个可靠的叙述者来代表——通过不断指导我们的理智、道德和情感的进展来提高效果。当然，她履行着第七章中提到的大部分功能。但是她最重要的作用，是加强纵贯全书的双重视象的两个方面：我们对爱玛内心价值的观察和我们对她巨大客观缺点的观察。

叙述者在《爱玛》开头，使用了一种精湛的对爱玛和对判断她应使用的价值的同时表现：“爱玛·伍德豪斯简直是个得天独厚的人，美丽，聪颖，富有，不但家里生活舒适，而且性情开朗。她快满二十一岁了，一直过着无忧无虑的日子。”这个“简直”立即由更直接陈述的限制条件所增强。“如果说爱玛真有美中不足，那就是她的任性和自视甚高。本来这两个缺点会给她带来许多不快，不过目前的情况并不十分严重，根本就说不上是她的不幸。”

这些话都不能由爱玛来说，因为如果通过她的意识来表现，它可能不会为人接受，就是非得接受它，也不会毫无疑问。像头三章的大部分内容一样，它是非戏剧性的概述，通过挨个介绍人物的公开步骤，积累起爱玛最初的撮合哈里特和埃尔顿的大错。通过这整个三章，我们知道了我们必须从叙述者那里得知的大部分事情，但是她把越来越多的概述工作移交给爱玛，好像她越来越确信我们已经精确了解了爱玛的可靠程度。在《爱玛》中，只要我们离开这些“真的不足”，我们就受到警告，叙述者的观察和爱玛的是一致的：例如，我们无法辨别她们中谁提供了对伍德豪斯先生的判断，“谁也没夸他天分高”；或对奈特利先生的判断，他是个“很有头脑的人”，在哈特菲尔德“总被当作座上客”，或“事实上，能发现爱玛·伍德豪斯缺点的人寥寥无几，而敢于当面说的只有奈特利先生一人”。

但有时爱玛与她的作者分开甚远，作者的直接指导帮助读者自己离开爱玛。通过爱玛的眼睛提供的第一次对哈里特的描写中的精彩反讽，无疑地会被许多读者聪明地领会到，而无须所有的预备性议论。但是对于最有洞察力的人来说，借助于意识到和作者站在一起，并以她的精确性来观察爱玛的判断如何误入歧途，它的效果就的确提高了。也许更重要的是，我们平常人，即较少洞察力的读者们，现在已经被提升到了适合于领会这些反讽的水平了。当然，如果一部小说像严肃的现代小说家很可能会做出的那样来使用这样的描写作为开头的话，大部分读者会忽视某些针对爱玛的带刺的话：

> （爱玛）觉得，从言谈看，史密斯小姐并不特别聪明，但总的来说很可爱。她没有扭扭捏捏的羞涩和闷声不响的习性，不轻浮，懂分寸，很有礼貌。她似乎明白能攀上哈特菲尔德既然是不容易的事，所以十分感谢主人的好意；她发现这里的一切都很讲究，比她到过的任何人家强。这说明她很有眼力，应该多加栽培。她缺少的正是培养。如果让她混在海伯里的平庸之辈中，那她就空有这么一双蓝眼睛……

爱玛就这么继续想下去，每句话都暴露着自己，倾泻出她对自己的善行和普遍的价值的看法。哈里特过去的朋友，“虽说得上是大好人，可这种交往对她是有害的”。不用了解他们，爱玛就知道他们“终究是粗鲁而没有教养的，让一个只要稍加开导和培养就会十全十美的姑娘与他们天天混在一起并不相宜”。她用一段个人主义的精彩告白来结束，“她要器重她，要帮助她，要使她脱离那些乌七八糟的人，只与上等人往来，要左右她的思想和风度。这是一种饶有趣味的事，一件修善积德的事，爱玛的生活状况使她能够做这件事，她有闲暇也有能力做这件事”。没有我们已经得到的预先的直接帮助，即使最老练的读者也不能够轻易透过这些反讽，构想出一种绝对正确的过程。爱玛的观点并不那么稀奇古怪，完全可能为她那个时代写作的女小说家所持有。它们不会有效地作为**她的**人物的标志起作用，除非明确否认它们是简·奥斯丁观点的标志。爱玛在开列**她**将做出的善举的自负中，表现了她自私地利用哈里特的无意识内容，由于这个无意识内容明确地以一个价值体系组织起来，而爱玛自己直到本书结束前仍无法发现这个价值体系，所以这个无意识内容才具有了充分的力量。

考察本书结局，可以充分看出作者直接利用一种精心制作的思想规范尺度的重要性。一系列事件的结果只有一个：在一连串迅速而又丢脸的来自奈特利的斥责和无情事实的打击下，爱玛的缺点和错误被证实了。对她的自尊心的这些打击最终导致了一种真正的转变（例如，她前往贝茨小姐处道歉，这是小说前部她绝不会做的事）。她性格上的变化去掉了奈特利求婚路上的唯一障碍，婚姻随之而来。“这一对新人美满幸福，那天参加婚礼的几位亲朋密友的好心、希望、信念和预言都变成了现实。”

如果我们把爱玛和奈特利当作真人来看待，这个结局也许会显得虚假。G.B.斯泰恩在《谈谈简·奥斯丁》一文中悲叹道，“哦，奥斯丁小姐，这不是一个好的解决办法；这是个坏的解决办法，一个不幸的结局，如果我们越过本书的最后几页去看的话”。爱德蒙·威尔逊[①]断言，爱玛将会找到一个像哈里特一样的新的被保护者，因为她还没有治愈她“醉心于女人们”的倾向。马文·穆德里克更是坚决不理睬简·奥斯丁的明显修辞；他相信，爱玛还是一个“肯定的利己者”，对他来说，结局应该被当作反讽来阅读。[9]

但是，正是因为这个结局既不是生活本身，也不是一点文学上的反讽，所以，它才能如此有效地发挥作用，提高我们把它看作一个对于过去的一切来说是完满结局的感受。如果我们考察在这个婚姻中实现了的那些价值，并把它们与通常的婚姻情节实现的那些价值相比较，我们就能看出，简·奥斯丁解释了她所说的事情：这将是一个幸福的婚姻，因为不存在任何妨碍它完美幸福的东西。它满足了——尽可能地，除了爱玛可能从未学会像她应该会的那样运用她的阅读和她的钢琴——作品中的世界所体现的一切价值！这是一个才智的结合：有“理智”，有“知觉”，有“判断”。这是一个美德的结合：有“善心”，有慷慨，有无私。这是一个感情的结合：有“趣味”“温柔”“爱”和“美”。[10]

还有，这个情节以一种普通方式提供给我们一种经验，这种经验表面上类似大多数悲喜剧或大多数最廉价的流行艺术所提供的经验：让我们为某些好人期待某些好事，然后我们的期待得到了满足。如果我们依赖于那些出自我们对此类作品感到的厌倦的普遍标准，我们将会反对这一件作品。但是批评中的差距在于所诉诸的价值的精确性质和违反或实现这些价值的人物的精确性质。世

① 爱德蒙·威尔逊（1895—1972），美国文学批评家。

界上的廉价婚姻情节，并不都使我们对自己在爱玛和奈特利的婚姻中感到的快感十分困惑。它不仅是个婚姻；它这个婚姻还是应得的，是前面所有已经过去的喜剧性错误的一个正当结局。爱玛得到的好处，既包括她所必需的改造，又包括随之而来的婚姻。与一个聪明、和蔼、善良和有吸引力的男子的婚姻，是这个女主人公所能遇到的最好事情，我确信，不能这样体验它的读者们太不理解简·奥斯丁其人了——无论他们关于这个“可怜的老处女”对婚姻的看法会说些什么。

我们现代人的知觉很可能对任何此类固定程式感到刺激。我们一般不喜欢在我们的小说中碰到完满的结局——甚至是在简·奥斯丁明确地要求的“美满”或完全这个意义上，我们看到它就会拒绝接受它：许多人想否认《卡拉马佐夫兄弟》中陀思妥耶夫斯基所写的阿辽沙和佐西玛神父的胜利，这些企图证明了我们这种态度。我们中许多人发现，谈论完全基于道德判断的感情是难为情的，特别是当感情具有某种正面色彩时。在这个方面，在全书的大部分地方，爱玛自己是某种“现代”的东西。她关于婚姻的自我欺骗和关于大多数其他重要事件的自我欺骗一样巨大。爱玛向哈里特自夸她对婚姻冷淡，同时无意地暴露了她对人类幸福泉源的完全不正确的观点。

> 哈里特，我了解自己，我的精神充实，有着许许多多的爱好，我看不出我为什么到四五十岁时就要比现在二十一岁时更难打发日子。一个女人每天用眼、用手、用脑做的事我现在都能做，以后也能，即使变化，也没有什么大不了的。不能多画画了，我还可以看书；不能弹唱了，我可以编织地毯。

爱玛编织地毯！如果她真的了解自己。

> 至于说生活没有乐趣，感情没有寄托，这的确是下等人很苦恼的事，不结婚的人最怕的就是这一点，可是我没有关系，姐姐的几个孩子我都喜欢，可以照料。她的孩子多，每个孩子都能在我晚年带来精神需要的种种

> 安慰。我会使他们心满意足，无忧无虑；我疼爱他们虽不及父母疼爱子女，但这使我能得到真正的安慰，这比那些热烈然而都盲目的感情要好。我的外甥和外甥女很可爱，我得把一个外甥女领在身边。（第十章）

无须更加正经对待它——它充满了奇妙的喜剧性——我们就能看出，这里的幽默的确出自很深的根源。事实上，只有能够看到比爱玛的“安慰”“要求”“需要”更为深刻的人类幸福的读者，才能充分欣赏它。这种幸福包括的不仅是婚姻，而且还有一种爱情交流，它正如在爱玛这里一样，并不取决于“被爱的”人是否将为人的必不可少的需要服务。

爱玛总是把婚姻当作其他人的最大幸福而为他们考虑，并实际上无意识地鼓励了她的朋友哈里特爱上了她自己所爱但又未自我觉察的那个男人，这些事实大大增加了她摒弃婚姻的喜剧效果。因此，不仅因为它对爱玛来说是最好的事情，而且因为它是爱玛对她自己和对人类境况的完全误解的最富于喜剧性的结果，令人愉快的结局正是我们所要的。在第五章的纲领性措辞中，它既满足了我们对爱玛幸福的实际愿望，又满足了我们对适合于这些艺术题材的性质的愿望。因此，它是一个比这些成分中的任何一个能够单独提供的解决办法更有力的解决方法。作品的其他主要结局——哈里特和她的农场主的婚姻——增加了这种解释的力量。爱玛对哈里特所犯的罪行，是某种远比好管闲事者的纯粹干预要坏的东西。毁灭了哈里特找到幸福的机会——这一机会完全取决于她的婚姻——几近邪恶，就像任何作者敢于使一个预定被人爱的女主角死亡一样。我们之所以可以在这个错误上笑话爱玛（第五十四章），只因为哈里特找到幸福的机会仍然存在。

其他价值，像金钱、血统和“地位”，在《爱玛》中也是实际存在的，但是只有在它们有助于或受制于良好趣味、良好判断和良好道德的时候。仅钱一项可以造就一个丘吉尔夫人，而一个男人或女人“没有它就结婚真是太傻了”。没有见识的点化，地位就只能造就一个非常渺小的伍德豪斯先生；而没有见识或美德的点化，它可以造就《劝导》中更可鄙的埃利奥特先生和埃利奥特小姐。但是它是一个人们喜欢保有的东西，它是无害的，除非像早期的爱玛那样，把它看得太重。没有充分道德力量的风流倜傥，可以造就一个弗兰克·丘吉尔；没有道德的教化它就会导向《曼斯菲尔德花园》中的亨利·克劳福德的，或《傲慢与偏见》中的威克姆的卑鄙。甚至最极端的美德单独一项也是不适当的，仅有善良，就只能造就一个喜剧性的贝茨小姐或韦斯顿先生，没有充分的善良判断，也只能造就一个喜剧性的约翰·奈特利先生，等等。

我愿意不避老生常谈之讳开列上述几条，因为只有这样才能看出简·奥斯丁的广阔视野的充分力量。很清楚，在这里起作用的，是一种远比她那个时代的任何传统大众哲学所能提供的更为详细的价值秩序。显然，她那个时代很少有读者、在我们这个时代更少有读者曾经以与作者的思想规范充分和详尽的一致，来研究这部小说。但是当他们阅读的时候，他们被引向与她为友，我们也是如此。

对爱玛·伍德豪斯的明确判断

我们已经顺便地几乎说完了事情的另一面——把个别情节与普遍思想规范相联系加以判断。但是还必须谈谈对爱玛的详细“安置”，在作品中是由直接评论，按小说所建立的价值体系来做出的“安置”。例如，如果我要充分欣赏爱玛侮辱贝茨小姐和随之而来的奈特利进行斥责的情节的话，我就必须不仅相信对其他人的温柔是一种重要禀性，而且相信爱玛的个别行为违反了温柔的真正标准。如果我拒绝责备爱玛，我可能在这个情节中发现一种认知的欣赏，我可能想到，把对温柔的“信仰”作为这样内容的主宰来谈论的批评家，是把这种事情看得太认真了。但是我就不能以其充分的强烈感来欣赏这个情节或领会到它形式的一贯性。同样，我必须不仅同意，与“善心”的主要美德相比，极端使人讨厌只能算是一种次要缺点，而且同意，贝茨小姐对这个缺点和这个美德所做的范例，赋予她某种爱玛所否定的尊敬。如果我不同意——那么现在可以笑话贝茨小姐——我就无法理解、更不必说欣赏爱玛对她的苛待。

但是这些否定性的判断应该用一种更大的肯定来抵销，正如我们会指望的，小说充满了对爱玛的直接谅解。她的主要缺点，缺乏善心和温柔，不仅必须放在与整个作品提供的价值准则的关系中——一种判定她是有严重不足的准则——来看待；而且必须放在与围绕着她的世界的严峻事实的关系中来判断，这个世界由各种不同程度的自私和利己的人物组成，从奈特利，当他试图评判他的情敌弗兰克·丘吉尔时，他背离了完美，到埃尔顿夫人，她具有爱玛的大多数缺点，但没有她的美德。在这样一种背景中，爱玛很容易受到宽恕。例如，当她侮辱贝茨小姐时，我们记得贝茨小姐生活在一个其他许多人都是残酷无情的世界上。“贝茨小姐年纪不小了，既无貌，又无钱，没结婚，可人缘极好。世界上像贝茨小姐这样境况的人要博取大众的好感难于上青天。如果头脑灵活，她尚可弥补她的缺陷，或者，使内心厌恶她的人见了怕三分，得表面装客气。”虽然只看到这个“正常的厌恶”，忽视温柔与慷慨会是一种错误，但是，有时邪恶的厌恶存在，显然就有足够多的邪恶存在，使爱玛相比之下几乎变得光彩照人了。

简·奥斯丁时常把这种由比较造成的原谅表现得十分清楚。在全书几近结尾处，当爱玛为哈里特而向奈特利撒谎时，一篇对人性的概括使她得到了谅解：“人们极少能够了解不折不扣的事实，每件事在一定程度上几乎不是被假象掩盖，便是有所误解；但是，如果行为有误解而感情无误解，如同奈特利先生与爱玛之间的事一样，那就无关紧要。奈特利先生完全知道，爱玛有一颗温柔的心，或者说，有一颗愿意接纳他的心的心。”

作为朋友和指导的隐含作者

除了上面所谈的《爱玛》中熟练运用叙述者这一切，还有某些“介入”是不能用严格意义上为故事本身的服务加以说明的。“说了什么呢？当然，是该说的话，这种本领女人都有。她要他不必失望，要他再往下说。”对于某些作者来说，这似乎证明作者没有能力描写一个爱情场面，因而它牺牲了“真实的幻觉”[11]。但是有谁曾经在读到《爱玛》中这段时，还以为自己正在阅读一幅被叙述者非自然的露面突然打破的现实主义描绘呢？要是叙述者洋溢的机智对适合于这部作品的那种幻觉是破坏性的，小说早就在此之前很久就被毁掉了。

但是我们正处在这样一个位置上：能精确地看出为什么叙述者的机智处于小说的感情高潮一点也没有什么不恰当。我们已经看到，对人物的内心观察和作者的直接议论怎样从头开始运用，建立起价值，保持着价值，帮助指导我们对爱玛的反应。但是我们在这里也看到戏剧化作者作为朋友和向导的精彩实例。“简·奥斯丁”像“亨利·菲尔丁”一样，是个具有幽默、智慧和美德的完人。她并不谈及她的品质；不像菲尔丁，她并未在《爱玛》中呼吁直接注意她的艺术技巧。但是我们很少被允许因此而忘掉她。当我们阅读这本小说的时候，我们把她作为代表着我们最钦佩的一切事物加以接受。她像奈特利一样仁慈和聪明；事实上，她是一个非常深地渗入奈特利判断中的阴影。她具有爱玛认为自己具有的那种聪明和机智。她并不感伤但喜欢温情。她能够给予财富和地位以适当但不过分的价值。她要是碰见一个小丑就能够把他认出来，但是不像爱玛，她知道对小丑的无礼是邪恶的和愚蠢的。简言之，在她所写的作品建立的完美概念的范围之内，她是个完美的人物；她甚至能认识到，她所示范的那种人的完善在真实生活中并不多见。当然，她的统治是循环的，她的人物为我们建立起价值，我们按照这些价值发现她的人物是完美的。但是这种循环性并不影响她的努力的最后成功，事实上，它确保了这个成功。

因此，她的“全知”是一种远比这个术语一般所指的意思更值得注意的东西。所有优秀的小说家都知道有关其人物的一切——他们需要知道的一切。他们的叙述者如何找出他们需要知道的一切问题，即“职权”的问题，相对来说是个比较简单的问题。真正的选择远比这一问题所包含的更为重要。它是一个道德的角度而不仅是技巧的角度的选择问题，故事就从这个角度讲述出来。

不像詹姆斯和他的继承者们的中心情报员，“简·奥斯丁”在小说结尾并未学到她在小说开头所不知道的东西。她不需要学什么东西。她已经知道一切重要的事情。我们已经得到了特许，可以和她一起观看她最喜爱的人物从一个相当低的平台向上爬去，加入到奈特利、“简·奥斯丁”以及我们读者中那些聪明、善良、敏锐足以和他们并列的人组成的高贵者的行列中来。正如凯瑟琳·曼斯菲尔德①所说，“真理就是，小说的每个真正赞扬者都怀有一种快乐的想法，他自己一个人——在字里行间的阅读之中——变成了作者的密友”[12]。那些把“温柔的简”作为秘密朋友来热爱的读者可能轻视她的反讽和幽默；那些实际上把她作为萧伯纳所认为的最伟大的女主人公、用反讽的武器照亮她周围人们来看待的读者，可能轻视她对温柔和善心的强调。但是只有极少读者会抗拒她。

因此，她作为一个人物出现的戏剧性幻觉，和故事中其他成分一样重要。当她介入时，幻觉并未破坏。我们所关心的唯一幻觉，即和一小队强壮的、头脑清楚的、心地善良的读者一道亲密地旅行的幻觉，在我们拒绝了浪漫爱情场面时，实际上是增强了。像作者本人一样，我们并不关心这个爱情场面。我们可以在几乎任何一位小说家的作品中都找到爱情场面，但是只有在这里，我们才发现了一个内心世界，它能给予我们明晰性而不是过分的简单化，给予我们同情和浪漫而不是感伤，给予我们尖刻的反讽而不是犬儒主义。

注 释

1.《巴尔扎克的教训》，载《我们的言辞问题》（剑桥，1905年），第63页。更为完整的引文可见于R.W.查普曼那本必不可少的《简·奥斯丁：批评文献》（牛津，1955年）。某些有关奥斯丁的论文发表较迟，查普曼未能收入，重要的有：（1）伊恩·瓦特，《小说的崛起》（加利福尼亚，伯克利，1957年）；（2）斯图尔特·M.塔维评论马文·马德里克的《简·奥斯丁：作为辩解和发现的冷嘲》（新泽西，普林斯顿，1952年），载《语言学季刊》，第32期（1953年7月号），第256—257页；（3）安德鲁·H.赖利，《简·奥斯丁的小说：结构研究》（伦敦，1953年），第36—82页；（4）克里斯托弗·吉利，《〈理智与情感〉：一种评价》，载《批评论文》，第9期（1959年1月号），第1—9页，特别参看第5—6页；（5）小埃德加·F.香农《〈爱玛〉：人物与结构》，载《现代语言学学会会刊》，第71期（1956年9月号），第637—650页。

2. 例如，参看马德里克，上引著作，第91页，第165页；弗兰克·奥康纳，《路上的镜子》（伦敦，1957年），第30页。

---

① 凯瑟琳·曼斯菲尔德（1888—1923），英国女小说家。

3. “一个除了我自己谁也不会非常喜欢的女主人公。”（詹姆斯·爱德华·奥斯丁-利，《姑妈回忆录》[伦敦，1870年；牛津，1926年]，第157页。）

4. 对这个问题的最佳讨论，是雷金纳德·法勒的《简·奥斯丁》，载《每季评论》，第228期,(1917年7月号),第1—30页;转载于威廉·希思的《简·奥斯丁讨论》(波士顿，1961年)。对于一位批评家来说，此书是失败的，因为简·奥斯丁自己从未认识到这一问题: E.N.海斯，在一篇可能是对《爱玛》最少好感的文章中，指责全书，认为作者没能看出爱玛的缺点。“显然，简·奥斯丁企图袒护爱玛……因此，作者处于一种既喜爱又嘲讽女主人公的含糊立场。”(《〈爱玛〉:一种异议》，载《19世纪小说》，第4期，[1949年6月号]，第18页，第19页。)

5. 例如，A.C.布拉德雷曾经强调，简·奥斯丁想让简·费尔法克斯一直是有趣的，就像她最后变成的那样，但是，“简·奥斯丁身上的道德家阻碍她这么做。对她来说，秘密订婚是太严重的一种过失，以致她害怕让简赢得我们的同情心，这就导致了巨大的不幸”(《简·奥斯丁》,载《英语学会成员论文与研究》,第2期 [牛津,1911年],第23页)。

6. 我所知道的唯一企图全面讨论现代文学中的“同情与判断之间的张力”的著作，是罗伯特·兰鲍姆的《经验的诗歌》(伦敦，1957年)。兰鲍姆认为，在戏剧性独白中，这是他主要关心的，由直接描绘内心经验产生的同情把读者引向中止自己的道德判断。因此，在阅读布朗宁描绘的道德堕落的时候——例如,《我的已故公爵夫人》中的公爵，或《一个西班牙修道院中的独白》中的修士——我们的道德判断被压制住了，“因为我们宁愿分享公爵的力量与自由，分享他那彻底忠于自身的坚定性格。事实上，道德判断作为一种被中止的事物是很重要的，它是我们享有充分欣赏这个非常人物的特权必须付出的代价”(第83页)。而我认为，兰鲍姆严重低估了心理生动性发挥作用之后道德判断继续保留的程度，而且，当他从“道德”中排除诸如力量、自由以及对人自己的性格的彻底忠诚之类事物时，他可能把“道德”定义得过于狭窄，但他的著作是对有缺失的人物进行内心描绘所引起的问题的一种启发性介绍。

7.《简·奥斯丁和她的艺术》(牛津，1939年)，第204页。

8. 对于某些现代批评家来说，他们习惯于不要作者声音的帮助而在非人称的或冷嘲的内容中探查出价值，却似乎很难利用像这样提供出来的可靠议论。例如，像马克·肖勒这样一位具有高度洞察力的读者，他认为只有风格、特别是隐喻才是找到作者用以衡量她的人物的思想规范的线索，并在风格、特别是隐喻的问题上毫无必要地大做文章。在阅读《劝导》中，他在“从商业到财产、从账房到领地”等丰富多彩的隐喻中发现了这些线索（《小说和类比的渊源》，载《肯庸评论》[1949年秋季号]，第540页）。虽然肖勒为了自己的事业，过于聪明地排列出奥斯丁要避免累赘，就只得采用的某些死的隐喻，但是，也没有人会否认这部小说带有这些隐喻（特别参看第542页）。但是，关键问题其实在于：这些账房的隐喻在小说中的准确作用是什么？它们用来揭示谁的价值？肖勒习惯于阅读那种小说家很可能不提供回答这些问题的直接帮助的现代小说，他也把它放开不做回答；有时，他似乎就是暗示，简·奥斯丁在使用它们的时候，无意中暴露了她自己的偏见（例如，第543页）。

但是，小说在这方面十分清楚。直接来自完全可靠的叙述者的导言，毫不含糊地和并非“类比”地建立起埃利奥特的世界和安妮的世界的冲突，前者的价值取决于自私、顽固傲慢，后者则是个“内心优美、性格温柔”成为至上价值的世界。肖勒所强调的商业价值只是更大一堆罪恶中的部分选品。而安妮自己表达的观点一再给读者提供了直接指导。

9. 头两段引文出自威尔逊的《关于简·奥斯丁的长篇漫谈》，载《文学编年史：1920年—1950年》（纽约，1952年）。第三段引自《简·奥斯丁》，第206页。

10. 最近，作为对过份强调“温柔的简”的较早一代的反拨，过分冲淡简·奥斯丁的温柔和善良的价值，成为一种时髦。这种潮流似乎真正始于D.W.哈丁的《克制的仇恨：简·奥斯丁作品的一个方面》，载《细察》，第8期（1940年3月号），第346—362页。而我不像R.W.查普曼那样（参看他的《批评文献》第52页，以及他对马德里克著作的评论，载《T·L·S》[1952年9月19日]）；我没有感到针对这一流派读者的强烈义愤，对我来说，钟摆的回摆指日可待：当简·奥斯丁赞扬“怜悯之心”时，她就是要赞扬，虽然她同时也是一位能够心怀“克制的仇恨”讥骂冷酷之心的作者。

11. 埃德·温菲尔德·帕克斯，《奥斯丁小说诠释》，载《南大西洋季刊》，第51期（1952年1月号），第117页。

12.《小说与小说家》，J.米德尔顿·默里，（伦敦，1930年），第304页。

第三编

非人格化的叙述

在每一点上我们都不得不提出疑问，“我们怎么能相信他？他的看法很可能恰恰是错的”。我们感受到的事件的特征，与向我们叙述这个事件的叙述者的特性，二者之间没有联系，本质上是一种反讽，然而这种反讽无论如何不是一种简单的反讽。

——马克·肖勒论福特·马多克斯·福特《好兵》

很遗憾，这只能让我说，出自于女作家之手的这种严格真实的描写，百分之九十全是不真实的，这种不真实甚至包括女作家本人在内。事实上，这个问题已不能再回避，它正是这部作品的第二个谜——谁写出了它？谁确实写出了它？

当然，不是苏姗……也一定不是菲尔……那么，是谁呢？答案显然是那天使般的孩子自己。她就是凉冰冰的公寓里的女作家，不管她说自己的姓名是什么。考虑到作品的风格，和它那异教的反理性哲学，显然她就是作者。

可是人们必定会奇怪……这大概超出了她的能力。

那么，是谁写的呢？按照逻辑推理，只剩下最后一种可能性——我，我自己……但是这种可能性可以排除。……其他什么人写的。不是我。也许是猫写的。

——考尔德·威林厄姆：《私生子》

如果我对你［读者］说过谎，那是因为我必须向你证明假的就是真的。

——让·凯罗尔：《异物》

第十章　作者沉默的作用

为了从轶闻中升华我们的主题，把它放入戏剧领域中去……我们要给它提供一个高度清晰的反映者……我们发现这一反映者仅仅……存在于参与这一活动的头脑和心灵中，这种头脑和心灵具有最大的敏感性和最强的接受力，或者是……最奇妙的颤动。

——亨利·詹姆斯:《小说家散论》

这出戏的动作，简单地说，就是这个女孩“主观的”冒险活动。

——亨利·詹姆斯:《在笼中》

再一次的“作者隐退”

我们发现在《爱玛》中,对有严重缺损的意识所进行的长时间的内心观察，被作者十分严格地控制着。这种控制，在每个方面都取决于要让读者认清特殊情节的努力。为了使我们对于爱玛抱有的混合着同情与谴责的看法不致有误，简·奥斯丁诚心诚意地牺牲了写实的叙述方式。

如果我们能够设想，一部《爱玛》去掉奈特利和叙述者未必具有的才智，如果读者在小说中必须通过爱玛自己的被遮蔽的视象来推知她的真实性，那么我们将得到一个许多重要的现代派小说所具备的非严格意义上的典型。《包法利夫人》和《使节》,《青年艺术家肖像》和《尤利西斯》,《审判》和《城堡》,

《我弥留之际》《局外人》和《堕落》——每部书都提供给我们一个爱玛的或爱玛们的混乱的视点，让我们相对独立地探索他们的命运。伍尔芙、沃、格林和卡里，莫里亚克、杜亚美、萨特和加缪，多斯·帕索斯、海明威、福克纳和波特，尤多拉·韦尔蒂、赖特·莫里斯、詹姆斯·鲍德温和索尔·贝娄——这个名单可以无限制地开下去，在他们许许多多的其他作品中，作者和读者可以相遇，就像伏尔泰和上帝那样，但是他们不能说话。

他们不能说话，也就是说，不能直接说话。小说中的对话，是小说全部经验的中心，在对话中，作者的声音仍然起主导作用。随着议论的取消，保留下显示判断和引起反应的许多手法。意象和象征的模式，在现代小说中，与它们过去总是存在于诗歌中一样，有效地控制着我们对细节的评价。[1]至于一个故事的哪几个部分要加以戏剧化，事件的顺序与匀称，与此有关的抉择，在《小村庄》中和在《哈姆莱特》中同样有效，在《尤利西斯》中，也和在《奥德赛》中同样明确。[2]事实上，为达到戏剧性的、非人格化叙述的目的，情节发展和时间安排的所有陈旧的戏剧性手法都可加以更新。[3]继珀西·卢伯克的《小说的技巧》一书后出现的数以百计的研究成果表明，掌握戏剧化的视角，可以高度精确地传达出作者的判断。

为了逻辑上的完整，在这一点上，我要对已被用于取代直接陈述的每一种揭示和评价的重要的方法加以论证。一部完整的小说修辞学总要包括这些方法的讨论。可事实是，自詹姆斯以来的批评已对它们进行过充分而反复的论证，人们也就不必再去指出象征可被用于评价人物，或视角的掌握能够揭示一部作品的含意，也许由于这个估价太高，而未能考虑到：在这一点上，我的读者将会把对非人格化作品的最优秀的分析与自己的经验结合起来，从而形成他们小说修辞学的观点。[4]如果我打算在这里讨论作者沉默的作用，并且在剩下的章节中，讨论一下这种沉默向作者和读者提出的新问题的话，那还要做很多的工作。

由于作者保持这种沉默，通过这种方式让他的人物自己设计自己的命运，或讲述他们自己的故事，他才能取得文学效果，假如他让自己或一位可信的代言人直接地、不容置辩地对我们说话，取得上述效果是困难的，甚至是不可能的。

据我们所见，这些效果中被讨论得最多的，是一种“作者不明”的作品所显示出来的自然状态，但是作者提供给我们并取代他自己的逼真的、有限的人物，也带来了许多副作用，它们并不能解释通常为作者的消失所做的辩护。为了客观而选择的叙述者，比如詹姆斯说到的福楼拜笔下的反映者——弗雷德里克和爱玛，会部分地破坏“兴趣”或“悬念”等其他一些重要的基本特性。由于无助的孤立，也许这种叙述者会引起某种同情，这种同情可能无意中加强或削弱一部作品。没有一个叙述者、主要报道者或观察者绝对的正派或卑鄙，才华横溢或愚蠢，有见识、无知或糊涂，简直能够令人信服。因为只有那种最宽容的人才能完全不偏不倚地观察的特点是很少有的，所以，我们通常发现，我们在感情与理智上对叙述者做出反应，就像影响着我们对于叙述者所叙述的事件做出反应的人物一样。在戏剧中，每当一位英雄、庄稼汉或坏蛋出来叙述那些必须发生在幕后的事件时，这种效果表现得最为清楚。听了奥赛罗关于他如何通过讲述自己的冒险经历而赢得苔丝狄蒙娜的叙述，公爵说，“像这样的故事，我想我的女儿们听了也会着迷的”，同样，这故事也吸引了我们；我们不可能对它无动于衷。

同样的效果也不可避免地存在于小说中。虽然当一位叙述者讲述自己的冒险故事时，这种效果极其明显，但我们对所有作为角色的叙述者也做出反应。我们发现他们的叙述可信或不可信，他们的主张聪明或愚笨，他们的判断公正或不公正。赞许或谴责不同程度的差异与统一几乎与生活本身所呈现出来的同样丰富多彩，然而依据叙述者是否可信，我们可能区别出两种根本不同类型的反应。在这一边，我们发现其每一判断都可疑的叙述者（《理发》中的理发师；《喧哗与骚动》中的杰生）。而另一边是几乎无法与无所不知的作者分开的叙述者（康拉德的马洛）。居于中间的则是混淆不清的、各式各样的、多少有点可信的叙述者，他们之中的多数处于令人困惑的可靠与不可靠的混合状态。虽然我们不可能以极大的自信，在这两种类型之间划出分明的界线，但这里的区别也并不是带有随意性的：它由我们的认识强加给我们，即我们认识到，我们事实上具有两种不同的经验，取决于哪一种类型的叙述者占主导地位。

因为那些明显地落在这条界限的不可信的一边的叙述者，在许多方面论述起来都比较麻烦，所以我们将从另外比较顺心的一类开始：不管怎样有人情味、受限制与使人迷惑，这些叙述者还是基本上得到我们的信任与赞许。

同情的控制

也许，与一个在不起作用的作者陪伴下的叙述者打交道，所产生的最重要的印象，就是感情上距离的渐渐缩小。我们已经发现，许多传统的议论被用以增加同情或为缺点辩护。当作者决定摒弃这些花言巧语时，他可以这样做，因为他并不关心那种老套的同情，就像纪德在《梵蒂冈的地窖》中所做的一样。然而，即使展现出一种孤立无助的意识，没有可信的叙述者或观察者给予支持，他也同样可以这样做，因为他主要的理解力属于那种似乎是最富于同情心的东西。

我认为，只有当被反映的理解力，实际上与读者所要求的易解可信的作品的标准十分接近时，这种效果才可能达到。只要人物认为并感受到，什么可能直接作为他所面临情况的可靠线索，读者就可能有身临其境之感，甚至因为精神上的孤立而体验得更强烈。

这种孤立可以导致几乎是无法忍受的强烈感受——置身于混乱而不友好的世界中的男女主人公的无依靠感。《灰骏马·灰骑士》(1936)中，凯瑟琳·安妮·波特的视角被严格地限制在米兰达所能看见、了解和感受到的事物中。小说是以米兰达梦中的一次孤独的“不打算去的旅行”开始的。她相信“只有什么也没有，不过没有也就足够了”，她醒来发现自己依然是孤独的，“日复一日地存在着，这种日常生活中留存的……只是一连串巧妙的安排罢了”。毫无意义的战争，在一个陷于战争的社会中自己无助的孤立，使她不知所措。“这里有很多人，他们所想的和我一样，我们互相不敢说一个字来表示我们的绝望，我们是一群不会说话的牲畜，听任自己被宰割，可为什么呢？这里有谁相信我们交谈的那些事情呢？”

显然，如果任何一个人，甚至是未特别指出的全知叙述者，能够在她绝望的旅程中，伴随着她进入因发烧而引起的神智昏迷和濒临死亡的状态，那么大量强烈发自内心的呼唤就会丧失。她必须独自前进，去发现她所爱的那个男人已经死了，留下她“使不正常的脑子恢复正常……再度安全地踏上人生之路，而这条路将再把她引向死亡”。甚至她的情人也不可能完全算是一个伴侣；没有人被允许对战争持与她同样的看法，没有人可以在她失败时出面支持她，或为她解释她的孤独发现的意义：欢乐已永远从她的世界中逝去，现存的不真实世界正在不知不觉地“按照无生命的寒冷的明天的样子”，为真正的死亡做准备。瞬间的销魂以后，神智昏迷中，“美妙的景色消失了，她独自在一个陌生的、尽是石头的、寒冷彻骨的地方，沿着险峻陡滑的雪中小路小心地行走着，大声呼喊，欧，我一定要回去！可是朝哪个方向呢？”恢复知觉后，她“蜷缩起疼痛的身子，无声地、毫无顾忌地哭泣，可怜她自己和她失去的欢乐”。

如果要使这种孤独的体验具有强大的力量，那么在各个方面她都一定是孤独的；当她把她的故事反映给我们时，她能够这样，因为自始至终在每一时刻，我们都想要和她一起去感受。即使在某一方面她的思想被搞得十分模糊，她也能清楚地看出这一片混沌是为了什么；期望我们，即便不能确切地对战争持与她相同的看法（“煤、石油、铁、黄金、国际金融，你为什么不给我们讲这些，你这撒谎的小混蛋？”），至少能够确切地与她抱有同样的对战争的感受，以及战争带给她的生活感受：危险，危险，危险，许多声音都在说；战争，战争，战争，无论是在她醒着、睡着，还是在神智昏迷中。

那么，在这样的一部小说中，孤独的女主人公所能够做的，没有任何叙述者可以取代。促使我们与她联合起来反抗她周围的敌对世界，几乎不需要拔高她的品质；只因为显而易见她是唯一敏感的人——甚至她的情人由于他的爱国精神也部分地失去了天生的敏感性——她不可抗拒地征服了我们。她的道德品质所需的一点拔高，可以自然地得自于她自己对于往事的回忆；她能回忆起的一些事件，采用了第三人称形式，这些事件在第一人称叙述中将意味着骄傲的自我吹嘘。“米兰达和托尼有很多共同之处，彼此都喜欢对方。她们俩过去都是响当当的记者，并曾被一起派出去‘采访’一桩私奔的丑闻，那一对男女之间毕竟没有举行过婚礼。”出于怜悯，她们都因隐瞒了真情而被降了职。“她们两人受到同样对待，因为她们当中谁也想不出当初她们可能有什么别的办法，她们也知道其他同事认为她们是傻瓜——是好姑娘，不过是傻瓜。”她这种堂吉诃德式的插曲只需要一个便足以——再读它一遍似乎也是多余的——证明米兰达道德上的优势，当然，与此同时，它也增强了我们关于她的孤立的感受；别人认为她是一个傻瓜，尽管不是无赖。

总之，考虑任何其他方法去讲述这个故事都是困难的；任何企图增加我们的同情和怜悯的可信的议论者，都可能会成事不足，败事有余——尤其是按照目前的状况，小说危险地趋向于感伤以后。由于米兰达的孤独，她的自怜也似乎是有道理的，她象征着人格的某种最高价值。但是米兰达与任何“我”合作就可能会令人厌恶。

不过，这种效果的特殊强化，依赖于一个静止的人物。有助于构成小说的变化，完全是事实、环境和认识的改变，而绝不是人物自身的基本价值或正确性的改变。从一开始我们就根据她自己的评价接受了她，而这种评价，就其最大影响而言，必须尽可能地接近于读者对于他自身价值的评价。不管我们是否把这种影响称为自居作用，毫无疑问，它最接近于那种文学效果，它能使我们感觉到事件宛如发生在我们自己身上。当我们阅读时，我们了解的只是米兰达的世界，只是她的标准。我们仅有的价值，从某种意义上说，变为她的幸福，我们确实和她一样承受了任何对于她的幸福的威胁。对于她的错误的哪怕最轻微的示意，也会造成太大的距离；最微小的迹象表明，作者和读者不是站在她的旁边，而是高高在上地去观察米兰达，至少会部分地破坏我们的关注的性质，进而破坏我们得到的最终的启示。轻视她，只能使我们想要看见，要么她改变，要么她遭到惩罚；这些愿望或是减少我们的同情，或是要求改写小说以适应之。

这种接近自居作用可以产生无数的后果。在海明威影响下写作的许多所谓不动感情的侦探小说和冒险小说，其成功很大程度上依赖于这一点：我们通过自己的双眼看到危险就感到恐惧。一部电影恐怕要比任何其他媒介更易于获得这种紧张感，但是现代小说中出现的一些表现方法，同样能很好地做到这一点。例如，格林的《布赖顿硬糖》（1938）开头的一段就打动了我们，使我们进入黑尔的被追捕的生活中。我们与这个受惊吓的小男孩一道游历，缺乏精神上的支持，漫无目的地周旋于这个世界上，在这里任何人都得不到支持。这时，我们就会尽可能紧密地与他保持一致，而又不失去我们对于他的无目的、无足轻重的感受。“黑尔站起来，他的双手在颤抖。现在这是真实的了：男孩、剃刀的割伤，生命带着血在痛苦中逝去；不是躺椅，也不是电烫的卷发，是微型汽车在皇家码头上绕着曲线飞驰。大地在他的脚下移动，当他失去知觉后他们会把他带往何处这一想法，使他从昏厥中清醒过来。但即使在那时，通常的自尊，不想当众大吵的本能，在他心中仍占据着上风；窘迫产生的力量大于恐怖，这阻止了他大声呼喊害怕，甚至促使他保持安静。”

于是，他走了。他死了，我们也经受了一次个人的损失与打击，运用给我们提供关于这一死亡含义的道德上或理性上清晰指导的技巧，是很难，甚至是无法获得上述经验的。我们差不多与受害者一样无依无靠，至此，当格林打破谋杀小说的俗套，使我们专注于伦理意义上的复仇，我们便心甘情愿地落进他为我们设下的感情陷阱。当然，这不仅仅使我们仇视黑尔的谋杀者，希望他们遭到惩罚，并且接受艾达这个复仇者为我们的战士，那是传统的方法也能做到的。不过，一个传统的全知叙述者，只能以极大的困难，促使我们去感受个人的孤立无助以及需要一个战士和复仇者。我们接受艾达为我们的战士——结果却发觉自己已陷入了一个认识上的困境，像她一样，我们的判断是根据传统的标准“什么是是非”而得出的；小说的结尾则企图——我以为它是远不如开头那么成功的——迫使我们乐于按照善恶而不是是非标准去判断。但是，如果格林不是从一开始就依赖于我们直接而复杂的同情，甚至这种结尾的有限的成功也不可能得到。[5]

不论是米兰达还是黑尔，都没有做过什么冒犯我们的事情。但是，即使其行为在现实生活中对于我们来说是无法容忍的，借助于他们与我们自己一样是人这一不合逻辑推论的理由，也能得到同情。例如，在亨利·詹姆斯的《丛林猛兽》（1903）中，约翰·马丘的自我中心主义，也因这种奇怪的理由得到谅解。马丘一直确信，他命定将会遭遇某件奇异而重大的事件，他把这件事想象为丛林中跃出的一只猛兽。他只让梅·巴特兰一个人分享他的期待，就在这种无望的期待中生活了若干年后，终于发现这一重大的事件已经到来并且成为过去：他错过了梅·巴特兰奉献给他的爱情。站在她的墓畔，他看到了邻近墓地上一张男人的脸，脸上带着深切悲痛的创伤。突然间马丘明白了他生活的真相；他认识到“他从来没有为热情所触动”，他注定了是“他时代的人，是一个世上的什么事都不会找到他门上来的人物”。出路应该是爱梅·巴特兰，“那样他才有了生机”。但是相反，他对待她的只是“冷漠的自我中心主义和如何利用她”。拒绝了爱情与生活，他“已经失败，完全彻底地遭到了失败”。“他看见了他生活中的丛林，看见了隐藏的猛兽，然后在他观望时发现它随着空气的颤动站起身来，巨大而可怕，准备一跃而把他吞没掉。他的眼睛发黑——猛兽已离他很近；幻觉中他本能地转过身去，为躲避它而脸朝石板，扑倒在坟墓上。”

约翰·马丘真正的性格，正如最后在他自己面前显示出的那样，并不吸引人；他完全是个自我中心主义者，像梅瑞狄斯的威洛比·巴忒恩一样令人厌恶。从外表看，某种意义上，就像他在结尾时第一次检查自己一样，他是极端冷漠无情的。如果有人打算脱离他自己对思想和行动的表达，去描绘他的思想和行动的话，很难相信任何像梅·巴特兰那样敏感的人能够爱上他——他专注于自我，并为此而“利用”与他有关的每一个人和每一件事，这确实令人寒心。

然而他的故事还是非常动人，就在谴责并嘲笑他的同时，我们感到与这个人结下了不解之缘。我们的感情达到高潮，其中也包括那些老于世故的人的怜悯与恐惧，假使他们的感情还未枯竭的话。当他大彻大悟时，我们更多地是为他感到恐惧，怜悯他，而不是憎恶他，为他的痛苦感到高兴，或者简直把他当作一幅有趣逼真的肖像而加以研究。

不是我们不能对他进行判断。小说的开头，他的言行就为我们提供了大量有关他的真正品质的线索。从那时起，他的自我中心就是十分突出的；他想到的永远是梅·巴特兰那种带有同情心的兴趣的“奢侈”，以及有一个人与他一起，在同一个话题上无休止地绕来绕去的“安慰”。当她对他的兴趣发展为爱情时，他对她的兴趣依然是完全自私的；她仅仅是他的问题的回音壁。

如果詹姆斯没有给我们提供秘密的、隐藏在观察者背后的线索，我们就会完全被他对于事物似乎极有理的看法所左右，而从不引人注目的、表面上隐去的作者的角度去进行评论。就像许多批评家已经指出的那样，其结果便产生了一种双重视觉：我们得到了用马丘的眼睛观看事物的印象，但道德上的看法则始终是詹姆斯的。这一点，“恰如马丘偶然想到的，要对自我中心主义有所警戒。他觉得他一贯非常体面地维持着这种意识，即切戒自私至关重要，而且确实从未犯过那种罪，无须马上试着在天平的另一端增加砝码。他常常在时节允许时，邀请他的朋友陪他去看歌剧，以弥补他的过失”。通过大量的这种我已用着重点标出的笔触，詹姆斯坚持让我们对马丘的缺点一步一步做出道德判断的主张。[6]

不过我们与马丘也有所交流。既然我们是用我们自己的而非任何别人的，并且在现实生活中绝不会采取的眼光来看待他，因此我们观察他的自我中心主义差不多就像观察我们自己的一样：它是可悲的，但又是存在的。如果他的错误更严重，如果他表现得像福克纳的杰生一样。我们也许会感到为难，而就目前这种情况而言，我们只能以一种同情的，甚至是悲剧的眼光来看待他的命运。通过这位孤独的受难者的视觉来想象一切事物，迫使我们也通过他的心来感受一切。我们感觉到他在世界上的孤独与脆弱，在这个世界上，没有一个人能使他正直地做人，这最有助于唤起同情。

尽管这种效果的应用具有明显的范围，但其范围还是难以划出。它甚至可能克服极端的肉体上的反感，就像《变形记》（1912）中一样，我们发现卡夫卡使我们同情那个人——虫，格里高尔·萨姆沙。在肉体上，格里高尔不太可能得到人们的同情，他的赎罪的性质，绝不至于强大到足以消除我们的反感。可是因为我们完全与他一起去体验生活，所以我们也完全同情他。不论我们是像某些批评家所说的应该为这个故事感到好笑，还是为格里高尔悲泣，我们总是与他一起反对那些抛弃他的人。

> 一天早晨，格里高尔·萨姆沙从不安的睡梦中醒来，发现自己躺在床上变成了一只巨大的甲虫。他仰卧着，那坚硬得像铁甲一样的背贴着床，他稍稍抬了抬头，便看见自己那穹顶似的肚子分成了好多块弧形的硬片，

被子几乎盖不住肚子尖，都快滑下来了。比起偌大的身躯来，他那许多条腿真是细得可怜，都在他眼前无可奈何地舞动着。[7]

我们被这一情景所吸引，正如格里高尔自己被一个令人厌恶的生物的肉体所吸引一样，没有其他的叙述方法，能够传达出一半如此强烈的肉体上的反感，同时又不割断我们与他的联系。既然这部小说需要厌恶感，既然这部小说有几分像是探索观察别人对某一个人的憎恶做何反应的小说，对于这部小说来说，这种叙述方法就是完美的，而且确实与小说本身是不可分割的。

格里高尔的父亲扔出的一只苹果“正好打中了他的背”，并且陷了进去，一直留在他身上，造成了“重创”，这使得每一个人都十分恶心，没人敢去取出来，读到这里，反感与完全的宽恕，二者奇妙的结合达到高潮，而这种宽恕我们通常只留给我们自己的那些不好的品质。我们感到厌恶与同情结合在一起，简直不能完全把它认作厌恶。卡夫卡把我们限制在格里高尔的视觉内，从而保证了他的小说能够比任何传统的方法获得更多读者的同情。格里高尔死后，为他所专有的角度必然要改变，可是，我们在他的家庭中看到的，基于格里高尔的不自愿的牺牲之上的种种变形的全部效果，依然取决于我们继续把他的道德观点作为我们自己的。这个结果，正是有效地利用了孤独叙述者的一个杰作。

如果授予主人公以反映自己的故事的权利，便能保证获得读者的同情，那么，不给他这种权利而把它给予别的人物，就可以避免太多的自居作用。在较早的阶段，我们已经看到，怎样才能使读者对发生在汤姆·琼斯身上的事情感到可笑，甚至在他受到极度的恐吓时——这只要始终保持适宜的强调即可。决心使其叙述者保持真实性的作者，只要选择合适的观察者，便可获得某些相同的效果。

詹姆斯早期成功之作《黛西·密勒》（1879）中的事件，似乎很自然地适于引起悲剧性的或极端感伤的效果。一个在欧洲旅游的天真年轻的美国姑娘，行为举止轻率、随意而又不谨慎，对于她来说，这样做是很自然的。她与男子的自由交往，遭到她遇见的一些欧化了的世故的美国人的曲解。她渐渐地被排斥，被迫愈来愈多地与欧洲人为伴。这迫使她做出了一个极端轻率的行动，导致她的死亡。她死后，那些观察者们才意识到自己的错误。讲述这种故事，较容易产生悲剧性。但是，詹姆斯在序言中说，他并不需要悲剧。在他看来，即使黛西的故事必须与“沉思着的温柔”“羞怯而不相称的魅力”联系在一起，即使她是“纯诗”，也不是完全意义上的悲剧，甚至不是怜悯的适宜对象。她是“一个研究对象”，为“仅仅专注”于“对象的缺点与表面的粗俗”而准备；虽然她的故事蕴含着怜悯，它同样地也包含着关于国际主题的讽刺性表现，甚至于某种“滑稽可笑”的意思。就像詹姆斯对黛西的悲惨结局感兴趣一样，他也对那些误解黛西的人的喜剧性表演十分感兴趣。因而他便削弱了人们对于黛西毁灭的怜悯。在笔记中，詹姆斯从未提及达到这个目的的主要手段——那个误入歧途的观察者温特伯恩。但是，温特伯恩对于她的纯真天性的冷漠的误解所产生的戏剧性，在故事的结尾确实远比黛西自己的行动重要。在他的眼中，她简直绝不可能会对我们产生感情上的重大意义，不过，我们理当认识到她的价值比他猜想的要高得多。无须给予我们以太多感情上的力量，就他的冷漠的告诫和带有成见的猜疑而言，已足以使我们认识到黛西的可怜。

因而，我们的兴趣集中在他对于她真正品质的来得太迟的认识上，这一认识是十分深刻的，也是“滑稽可笑的”。他认识到“她希望人家尊重她”，而他实际上已经“铸成大错”，这一点在前面就已做出暗示，事实上，他“在外国住得太久了”——太久了，以至于他不再能够分辨得出可怜的被毁灭了的黛西的单纯与真正的粗俗、不道德之间的区别。

既然黛西的戏剧性准确地说就是被误解，那么除了从他的角度外，很难设想通过任何其他角度来讲述这个故事。正如詹姆斯所说，她自己真正是一个“有缺点”的对象；她的重要性仅仅在于，她可能遭受到的伤害，同时揭示出比较单纯而又迷人的旅居国外的美国人的特点。一天夜里，温特伯恩发现，她独自与她的意大利情人在古罗马圆形剧场内，这时，他“确实吃惊了，同时也感到如释重负”。“这个可怜的姑娘的行为一直模棱两可，到如今才得见其真面目，她的矛盾言行的所有的谜已不难解开。她是个年轻的小姐，一个傻子般被迷住的有教养的人，不值得为她的反常行为感到烦恼。”由于这一错误的判断带给温特伯恩的损失，也是黛西的损失。作为一个反映者，他的错觉既是外部动作的必要成因，同时也是控制读者兴趣的一种手段。既然它“滑稽可笑”，就可以缓和黛西的悲剧力量，不使我们弄错它的实质：是，是的，我们承认它是一出悲剧，但我们感到它更像是一种反讽式的议论，针对欧洲两种类型的美国人而发，尽管詹姆斯称之为“悲剧、喜剧和反讽”的混合物，它却是一种由具有明显区别的各种配料组成的混合物，其效果是突出的。

清晰与含混的掌握

如果给予或撤回主要观察者的特权，可以控制感情上的距离的话，它同样可以有效地掌握读者的思路——当然，常常伴随着情感的作用。许多小说要求在读者中造成困惑，利用一个本身含混不清的观察者，是达到这一目的最有效的途径。

神秘化。——造成困惑的许多方法中，不露明显人工痕迹的常见的神秘化，大概是最常用的。当然，任何方法都非常容易获得神秘化的效果，但对于《荒凉山庄》和《卡拉马佐夫兄弟》中的陈旧的方法来说，困难在于找不到神秘化的理由，除非叙述者希望这么做。直至最后，只有他一人始终知道隐瞒了什么。虽然一位技巧稔熟的作者，就像一位手法高明的魔术师一样，能够把他所要隐藏和揭露的东西隐瞒得相当好，但是只要我们发现这些事实的被隐瞒并无充足理由，我们就可能感到受了欺骗。尤其是当我们重新思索或第二次阅读时，这些细节似乎就像是虚假的。“‘瞧着我，’”德米特里对阿辽沙嚷道，“‘好好瞧着我。你看这儿，这儿——这是我的奇耻大辱。’(德米特里说着‘这儿’时，带着奇怪的神态，用拳头捶着自己的胸膛，好像耻辱恰好就压在他的胸膛上，在某个部位，在一只衣袋里，也许，就挂在脖子上。)”叙述者有什么权利告诉我们这么许多，同时又不告诉我们他所了解的其余的事情——也就是德米特里带着1500卢布呢？翻过300页，德米特里正在悲叹自己丢失的钱，就下述的叙述者的介入而言，岂不是对艺术性的十足的亵渎吗？“预料中的事：也许他知道哪里可以得到钱，也许他知道那时钱放在哪里。我只说到这里为止，因为后面一切都会清楚的。”为什么这里不多说？很简单，因为他想要保持读者对那笔钱的好奇。为什么又说得这么多？因为如果不告诉我们德米特里隐瞒了什么，我们对于其他人物的带有戏剧性的嘲讽感觉将会减少。如果作者在这里把有关那笔钱的所有情况都告诉我们，第二种兴趣或悬念就会上升，而第一种就会被破坏。

这是我们在《爱玛》中就已发现的关于两种悬念选择的另一个例子。如果一位作者认为保持自然的状态很重要，如果他希望为“第一次阅读的读者”增强神秘的效果，那么一位自始至终不是高高在上的叙述者，将比陀思妥耶夫斯基笔下的那种既全知、又有限的极不自然的混合更有效。当然，在第二次阅读时，他在这方面所花费的一番苦心，不管怎样也会被抵消：对于每每失去的神秘感而言，如果作品中带有的戏剧性反讽得不到增强，第二次阅读将会是令人扫兴的。

特别要指出的是，在这一方面，《卡拉马佐夫兄弟》的第二次阅读要比第一次好。虽然一些神秘化的小笔触会使我们越来越懊恼，但德米特里的秘密，与他周围的人们对他的秘密所了解的情况形成的对照，却变得越来越有趣。

蓄意混淆读者对基本真实的认识。——叙述者的混淆不只是用于使无关紧要的事件神秘化，同时也打破了读者对真实本身的确信，这时，就产生了一种完全不同的效果，它使得读者易于接受提供给他的真实。如果要读者期待真实，首先必须使他确信他并未掌握它。就像写得很好的哲学论文那样，任何依赖于这种期待的作品，如果要读者注意继续往下读以发现答案，或者要读者在答案出现时，认识到它的重要性，就必须以灵活的形式提出一个重要的问题。不论答案本身是明确的，还是像在许多现代派小说那样，故意模棱两可，都与此类阅读经验的基本形式无关。声明没有答案本身就是答案，这是就文学效果而论的。[8]

20世纪，我们已经看见数以百计的小说极大地依赖这种诉诸认知的趣味，例如康拉德的《黑暗的心》（1902年），托马斯·曼的《魔山》（1925年），卡夫卡的《城堡》（1926年），以及黑塞的《悉达多》（1922年）和《荒原狼》（1927年）。

和康拉德持相同看法的作者，认为他们自己在某一方面已经可以与哲学家或科学家相匹敌，“发现真理”[9]，当然这绝不是指那种可以东拉西扯地加以阐明的真理。另一些作者则对带有认知或说教迹象的最微小的暗示加以否认。而所有这些作品都更接近于哲学对话式的《会饮》，或寓言式的《天路历程》，而不是达到《汤姆·琼斯》或海明威的《永别了，武器》那样的真实。在所有这些作品中，某一个人物或某一组人物，就像基督徒一样，着手探索一个重要的真理，而且，读者自己对于真理的关注，也必定将起到十分重大的作用。

当然，这里的结果是根本不同的，它所依赖的是这一点：从开始就使读者感到他发现的正是人物渐渐趋向的真理呢，还是迫使读者抛弃自己的立足处，在未知的大海上朝着未知的港湾航行。班扬并没有要求他的读者学习《天路历程》，而是应该去追求“永恒的奖赏”。从小说的第一页起，他的读者就知道他们应该寄希望于基督徒的是什么，寄希望于自己的又是什么。至于基督徒是否应该，或者，甚至是否事实上将“直达荣誉之门”，这里绝不会存在任何真正的问题。即使在介绍性的“辩解”中，班扬也没有拟订出故事发展的整个过程，就他的可信叙述而言，也没有始终保持完全的清晰，这里也是没有问题的。在这一类作品中，使读者困惑不解，使他对于追求什么，或通向这一目标的适宜的途径没有把握，纵然可能，也是十分愚蠢的。同样，在约翰逊的《拉塞拉斯》（1759年）中，读者从开始就清楚地知道目的是什么，同时他也知道实现这一目的毫无指望。“你们轻信地聆听幻想的耳语，急切地追寻希望的幻景；你们指望年龄履行青春的诺言，来日弥补当前的不足；要留心阿比西尼亚国王子拉塞拉斯的故事。”是留心这个故事，但并不希望你把它当成自己的事而参与其中——预先已经告诉过你，这种探索是没有结果的。

现代探索性的小说通常是容许存在疑问的。没有人告诉我们《城堡》中K的目的是什么，这个目的是否能达到，或者，首先这个目的是否值得花费精力。我们的困惑与K的一样大，这原在意料之中。当基督徒开始偏离显然是正确的道路时，我们便产生了鲜明的戏剧性嘲讽感：我们站在安全的海角上，观看人物走入迷途。但是我们却与K一起蹒跚颠踬。这里的嘲弄就像对K一样，对我们也完全生效。在这一类作品中，直到结束——更多的情况下是结束以后——

我们也没有发现事件的真正含义是什么。不考虑狭义的观点，作品的道德的和认知的观点是故意混淆的，使人无所适从，甚至令人惊愕。

乔伊斯、普鲁斯特、托马斯·曼和卡夫卡笔下的很多探索性小说运用了这一效果，我们没有对它们做细致的结构研究，这十分不恰当，更不必说一些次要的作家，如赫胥黎、纪德、乌纳穆诺、赫尔曼·黑塞、伊塔洛·斯韦沃、萨缪尔·贝克特，以及一批在20世纪50年代进行精神探索的美国小说家，威廉·斯泰伦、索尔·贝娄、赫伯特·戈尔德、赖特·莫里斯、塞林格，等等。我们就这些小说家的主张展开过许多讨论，几次试图把各种各样的探索与原型的“追寻神话”联系起来。诺思洛普·弗莱依甚至声称所有的文学类型都来源于某一神话的追寻。但是，把这些主张与技巧上的成就联系起来，以使它们显示出重要性的却十分少。这里，我只能通过列举此类作品所借助的种种混淆，以为滥觞之举。

1. 蓄意混淆艺术与真实的关系。——我们已经发现斯特恩所能提供的某种乐趣，来自于读者对他写的书所感到的困惑。许多现代派作品都运用同样含混而不可靠的叙述，意在攻击传统的关于真实的观念，而倾向于小说中的世界所提供的更高真实。

以詹姆斯·布兰奇·卡贝尔为例。他的许多作品都要打破读者关于什么是真实的传统观念，而这种论战的一个实质性部分，就是企图削弱读者对叙述者所说的话表现出的通常的信赖。在他的《玩笑的妙处》（1917年）一书中，开始，“作者”霍封代尔试图按照他的想法来讲述他的罗曼史。但是我们几乎马上就从他所处的神秘、不真实、带骑士风味的背景，转向一种粗糙的、现代的“真实”，这一“真实”是由设想自己就是霍封代尔的公开露面的作者——费利克斯·肯纳斯顿为我们提供的。

> “我将告诉你们。”（霍封代尔说）“从前，离我们这儿——我自己的国家——很远的地方，有一个写传奇故事的作家。一次，他写了一部传奇故事，按照我国的陈规旧习，假托是根据一个名叫霍封代尔的古代教士的手稿改写而成。故事讲的是霍封代尔在罗克家的吉龙先生与贝勒·艾塔尔女士恋爱事件中所起的作用，我就是那部传奇的作者。这房间、这城堡、这

一大片绵延起伏的乡野，无不是我的梦的一部分，这些地方只存在于我的想象之中。”（第七章）

很多不同标准的议论以这种方式交代给我们。可是不管怎样，很清楚，这里没有一种是卡贝尔本人的，或者是任何一个他的代言人的。我们得到的是，作为霍封代尔的肯纳斯顿关于自己的虚构生活的想法，以及把自己的书作为那种生活的反映的想法。我们得到的是，霍封代尔议论肯纳斯顿，以及一位“理查德·芬特纳尔·哈罗比”评论所有的一切：

> 很多有资格的批评家对于肯纳斯顿的陈词滥调表示轻蔑，他假借传奇是古代手稿的“重述”。但是对于肯纳斯顿来说，霍封代尔这位历史事件的目击者，杜撰编年史的第一位作者，却是必不可少的。毫无疑问，这阻碍了故事的发展，为了安排事件，当重要的活动进行时，总是要有一个次要人物在场，他必须多少取得每一个人的信任——那样，不知怎么的，就使得这个故事似乎是真实的了。（第九章）

这似乎是卡贝尔真实的声音，但我们始终不能肯定，因为哈罗比常常明白无误地单独代表自己说话：“……可以说，我并非完全同情地记下他的（肯纳斯顿的）故事，十分坦率地说，我绝不会很喜欢费利克斯·肯纳斯顿。他那刺耳的音调……使人感到不快：要知道这不是他的自然声音……有时，不可避免地会出现朦胧的猜疑，认为无意识地玩弄钢笔和墨水，毕竟已不适宜于一个成年人了。”（出处同上）

所有这些看似枝节的问题，严格说来，都是为了动摇我们的信念，即认为“现实生活”的真实高于艺术的“梦”。论争最终是明确的，但在那之前却并非如此。如果问题的解决既要显得有说服力，又要显得是值得为之花费精力的，我们就必须体验混淆，玩味真正的含混。[10]

对于一般意义上的真实的更加煞费苦心的攻击，来自于乌纳穆诺。像他的《雾》[11]这样的一部著作，如果没有复杂的叙述上的含混作为基础，是不可能存在的。他故意地使读者处于一种介于虚构与真实的混淆不清的状态之中。例如，书中有一段“维克托·戈蒂”做的开场白，讨论这部著作的高潮是否“发生在事实中，而不仅仅在概念中”，随后似乎是由乌纳穆诺本人做了回答：“这里我很想讨论一下我的致开场白的演员维克托·戈蒂的某些说法，但是，既然我参与了他的存在的秘密，最好还是让他自己对他在开场白中说的话负全部的责任吧。”类似的对话见于全书，并且在一段很长的辩论中达到顶点，辩论是否让主人公自杀而除掉他。决定是杀死他，并付之于行动。“接着我想到的是，我可以让他再活一次。”“乌纳穆诺”睡着了，梦见主人公来到他面前，向他解释他不能再活一次；这位叙述者回答，“倘使我再梦见你又怎么样”。于是主人公反驳“乌纳穆诺”说，“没有人能把同样的梦做两次……听我说：……很可能你是一个虚构的实体，并未真正地存在过，既不是活的又不是死的。也许你的存在只不过是为了在世界上流传我的故事，以及类似的其他故事；现在，当你失去生命力时，是我们让你的精神活着”（第319—322页）。

这种倾向于观念世界，而对于一般意义上的真实富于幽默感的削弱，除非使读者对为真实说话的人物产生怀疑，如果确实有这样的人物的话，至少在读这部著作的大部分过程中，都保持着这种怀疑才能获得成功。如果事实上真实并不是它所显示的那样，如果想象中的人物，事实上比作者想象范围之外的“真实的”生活更真实的话，那么，就必须引导读者经由一系列虚假的推论，而得出对于真正的真实的富于想象的理解。既然真实本身已超越了字面的、非想象的公式，那就没有什么可信的叙述者能够为读者提供真实。叙述者“乌纳穆诺”，并不了解真实。大概就连创造出“乌纳穆诺”的作者乌纳穆诺本人，除了用他的各式各样的主人公和叙述者之间的对话形式，也无法道出真实，因为这些主人公和叙述者没有一个能完全代表他说话。

与上述的例子相对照，最伟大的探索性小说之一，普鲁斯特的《追忆逝水年华》，则倾向于解释上的明晰。叙述者马塞尔使读者陷入他自己的混乱之中，直至小说的结尾，到他终于能完全可信地为作品赖以存在的价值说话为止。不论是叙述者，还是读者，都不断地发现对于马塞尔·普鲁斯特来说一直是已经知晓的真实。最后，是马塞尔发现了关于艺术和生活的最高真实，发现了超越时间界限的方式——记忆与艺术的真实。其实，正是这种发现导致他创作出读者现在读到的这本书。

> 当我本能地辨别出小玛德兰①的滋味时，我对死亡的担忧便烟消云散了，因为那一瞬间在我身体内部的那个人超越了时间，不再关注未来的变迁。那个人从未来到我面前，从未证实过他的存在，除却不受一切直接的行动和快感支配外，在任何时候，与事物的过去相似的事迹都能使我从眼前逃脱。只有他有力量使我回忆起往昔，时间的流逝，总是使我的记忆和智慧的努力受到阻碍。[12]

作者从一开始就已经发现了这一点，有关他的发现的直接描述，在英文版的小说中长达38页，除了一些间接提到的更早的情节外，没有什么场景性或戏剧性的内容。最后一章“盖尔芒特公主会客”，大部分是谈论叙述者发现的意义，这一章几乎是加缪《局外人》的两倍长。“论说文与小说是两码事，把这两种文体混为一谈是不合适的”[13]，我们已不止一次地看到了这种说法，这里却出现了一个给人以深刻印象的例外。

可以提出讨论的是，因为“我”不同于普鲁斯特本人，所以这种带有结论性的、具有小说的长度的论说毕竟是“马塞尔的”，而不是作者的。而马塞尔论说的整个要点，在于他最终达到了关于生活与艺术的真实——这一真实正是普鲁斯特自己坚信不疑的。虽然这最后一部分保留着作者与他的叙述者之间的一些显著的差异，但认知上的差异却被忽略了：如果这一章要像普鲁斯特预期的那样获得成功，那就必须让作者、叙述者和读者共同来发现这一真实。即使我们拒绝按照字面上的真实来接受普鲁斯特的某些理论，小说的最后部分还是成功的。他发现的超越时间的世界，就其主要方面来说，与我们关于生活、时间、记忆和艺术的体验是一致的[14]，虽然我们不能在这里举例说明他的成功。

我们只有把马塞尔关于发现的推论性叙述看作高潮，看作目的，看作我们

---

① 小玛德兰是小说主人公在家乡常吃的一种小点心。

从开始时就寻求的收获，才能解释这部著作的全部力量：这是有关马塞尔如何变成可信的叙述者的故事。简言之，小说是通过一种观念，或通过一种观念的探索而结合为一个整体，它是为我们最终清楚地掌握那种观念服务的，所以我们必须像叙述者一样产生错觉和混乱直到最后的启示为止。即使这部著作的很多部分，是根据另外一些趣味结合在一起的——例如，斯万追求奥黛特，这里使读者感兴趣的仍然是传统的爱情情节——它们也必然为马塞尔提供了作为说明的记忆，用以揭示他的关于生活与艺术的真实。

因此，《追忆逝水年华》代表着一大批现代小说，它们根据小说的发现来回答对真实的追求，认为真实不是在概念中，而是在真实的艺术活动中可以找到。似乎还没有人看出，运用这种方法的少数成功的范例，与无数的失败区分开的是什么。一位令人心烦的“小说家-主人公”，不知为什么原因去追求某个真理，而这个真理是如此平凡，以致当作者发现它时会感到诧异，何以要在小说开始时就去寻求它？恐怕没有什么要比这种小说更无味了。也许关于艺术本身的真实最难以在小说中引起兴趣。我们当然不会深深地陷入小说家-主人公对于自己的艺术目的所表现出来的混乱状态中，除非他像普鲁斯特那样，设法让那些艺术目的转而为我们揭示出一些小说自身的生命力。大部分读者不是小说家——人们在阅读许多现代小说时会相信作者是这么想的——同时，也很少有这样的小说家，能够深入地洞察生活与艺术，并且使它们的关系表现得富有意义。

2. 混淆道德与精神的问题。——如果艺术是“为了艺术”，就这种具有局限性的存在意义说，仅仅通过抽象的形式和结构提供快感，那么，人们就会以为对一种真实的追求与对另一种真实的追求实际上是一样的，就会认为这种追求得以实现的方式才是好与坏之间唯一重要的区别。为什么詹姆斯不能写出一部在主题上像《使节》一样伟大的著作《圣泉》呢？一位男性的好事者探听一群度周末的客人中恋爱对象们的详细情景，与斯特瑞塞探索生活的真谛，两者的重要性天差地别。即使，由于某种意志的奇迹，詹姆斯能够按照《使节》的完整，促使自己去充实《圣泉》，这也要运用我们的意志和另一种奇迹，去促使我们像关心生活本身意义的探索那样，关心那些无聊的小事。《使节》中表现出来的完整意识与狭隘良知之间的冲突，是我们每一个人都体验过的，不论我们每一个人是否认识到这一点，能够生动地描绘出这一冲突的小说家，将会使我们沉浸到一种接近于我们心灵的探索之中去。[15]

斯特瑞塞不是第一个这样的主人公，他们追求的是伦理上的真理，这种真理能够解决传统的或表面的价值之间的冲突。他预示着一些作品的大量出现，这些作品排除了我们习惯上认为必定会发生的事，这些事可以提供一出戏剧，这样，当读者面对道德问题时，便增强了他对作品中人物的孤独的感受，进而使读者在阅读时感到自己左右为难。一部像《远大前程》那样比较陈旧的作品，其可信的叙述者，能够为犯错误的匹普提供安全的避难所，但是对于保尔·莫雷尔或斯蒂芬·代德路斯来说，是没有这样安全的避难所的。在这一方面，也和在其他许多方面一样，现代小说要比过去的小说更加努力接近生活本身。让读者自己做出选择，迫使读者像主人公一样面对着每一个决定，这样，获得真理时，或者由于主人公的失败而失去真理时，读者就会更加深刻地认识到真理的价值。

批评家们对以这种方式创作出来的作品是否是“真正的小说”争论不休，这不足为奇。作为艺术要获得成功，必须具有强烈的教育意义，作为一个个人，读者越是感到道德上的无所适从，他作为一种已形成的、富于想象的经验，对于作品的反应就越强烈。卡夫卡的小说说教吗？人们只能这样回答，如果说教就是迫使读者思索他自身道德上的无所适从，那么卡夫卡的小说就是说教的。同样我们也很容易认为，卡夫卡的意图只不过是要让读者认识到“K”的无所适从是完全应该的——即如果我们能充分体会到K的可笑又可怜、无效而盲目的探求，必然会觉得那几乎就是我们自己的探求。[16]

又如阿尔贝·加缪的《堕落》。[17]我们在这部书里看到，一个作者通过使读者困惑不解而对其施加影响，可以达到什么程度。小说的情节，如果我们可以这么称它的话，是纯粹的理性与道德探索。小说完全是以主人公克拉芒斯的独白形式叙述的。他就像老水手一样，强拉住一位标准的中产阶级的人士听他长谈，引起他对于叙述者精神上审判的好奇心——这就是为什么主人公管自己叫法官-忏悔者。叙述中，他逐步剥去自己带有保护性的伪装的美德，越来越多地暴露出自身空虚、邪恶的骄傲。他自我揭示的细节，就像他构想出的现代类似于伊万的宗教审判庭庭长的梦，在这里是不重要的。重要的是方法；确切地说，因为这里看不见作者，所以克拉芒斯能够欺骗他的听者和读者，让他们去经受他自己体验过的同样的精神上的崩溃。“无论如何您也得承认，您今天觉得不如五天以前对自己那么满意了吧？”如果听者倾听了五天关于这种道德败坏的谈话后，感到对自己不那么满意的话，读者也同样会如此。克拉芒斯为自己画的像，变成了读者的画像。克拉芒斯拒绝去搭救一位落水自杀者，面对重大的道德危机，他没有经受住考验，这也成了我们普遍不能承担道德责任的表现。

就我们读到的这本书严格地说，我们被它所欺骗，叙述者哄骗我们在小说的情节中扮演了一个角色。我们参与了和他的关于严肃的道德目标的交谈，有点类似我们与项狄就喜剧的目的而进行的反讽式对话。他的言行不一，像项狄一样，包含着故意的欺骗。的确，克拉芒斯对于自己的虚伪是坦率的。人们也许会像挂出“商店招牌”那样，展示出他们全部的真相，“真正的职业和身份”，说起这种可能性，克拉芒斯认为，他的招牌是“双重面孔，一个可爱的雅努斯①，面孔上写着家族的格言：‘别相信它。’名片上则写着：‘让-巴蒂斯特·克拉芒斯，伶人’”（第47页）。他不仅是具有多面性的人：他是在故意骗人。他不像现代小说中大部分与他相似的家伙，他们仅仅是因为分裂的个性而被混淆或抓不住，他接受谎言，并把它当作他的生活方式的必不可少的组成部分。[18]

> 我知道您想什么：从我所说的话中很难分辨真伪。我承认您想的有道理。……您瞧，我认识的一个人过去常常把人分成三种类型：喜欢毫无隐瞒甚于被迫说谎的人，喜欢说谎甚于毫无隐瞒的人，最后是同时喜欢说谎与隐瞒的人。我让您去选择适合我的是哪一类。
>
> 然而说到底，这又有什么关系呢？谎言最后不也通向真理吗？我的故事，真的或者假的，不是会得到同样的结论吗？它们不是具有同样的意义

① 雅努斯：罗马最古老的神之一，其雕像常有向着相反方向的两副面孔。

> 吗？如果在两种情况下，它们都表明了我曾经是什么人，现在是什么人，那么它们是真还是假又有什么关系呢？有时，人们看透一个说谎的人，比看清一个说真话的人还更容易些。真理，如同光，是盲目的。相反，谎言却是一道美丽的霞光，它为每一个对象增添光彩。

不仅他必须欺骗，以达到让听者与读者首先来裁判他的目的，同时也只有这样，他才能转过来裁判他们。他正在探索的关于人类的真理，就是他们充满了两重性："在我对自己进行了长期研究之后，我把人类基本的两重性大白于天下。"这确实是现代施洗礼者约翰，让-巴蒂斯特·克拉芒斯的启示中否定的一面，它只能通过不可信的非人格化的叙述传达出来。像伊万的宗教审判庭庭长的梦一样，它需要一个叙述者，这位叙述者独自面对着一个不可置信的难题。（值得注意的是，陀思妥耶夫斯基作品中的叙述者，在某些问题上十分饶舌，但在伊万与阿辽沙的对话中却完全退出，这段对话包括一大段宗教大法官的叙述，伊万与阿辽沙必须在毫无帮助的情况下，讨论他们的问题。）

他的作者的启示中肯定的一面，也表现在其他一些方面。它被深深地隐藏在克拉芒斯的困惑与否定之下，所以人们最好在这部小说之外去寻找它，也就是说，在加缪其他的作品中寻找它，然后再把它引回这部小说中来。这样说，恐怕就是指出这部作品内在的弱点，不过，很难讲如何才能避免这种弱点。运用詹姆斯《丛林猛兽》中的方法，允许作者就克拉芒斯的审判不断地进行议论，虽然有助于证实自由承担责任的重要性，但同时也削弱了读者所能感受到的克拉芒斯的困惑。

我们发现，同样的问题存在于用第一人称叙述的小说《局外人》（1942年）中。这部小说的形式，在某些方面与《丛林猛兽》相像。莫尔索对生活敷衍塞责，像马丘一样，对于一切正常人的感情和经验持局外人态度。但他又不像马丘，他发现，他毕竟不是一个迷惘的人，在冷漠的孤独中，他已经描绘出整个世界的冷漠的真相，他始终是幸福的，"我仍然是幸福的"[19]。

这种肯定的看法，与小说中大量否定的叙述之间的关系，是极难理解的。如果他向"温和的世界的冷漠"袒露自己的心胸，觉得他的心在这种冷漠中产生了“兄弟般的”情意，为什么他就应该得到那样的结局呢？“为了把一切能做得完善，为了使我感到不那么孤独，剩下的就是希望在处决我的那一天，有很多人来观看，希望他们对我报以憎恶的喊叫声。”为什么“在自由的边缘”他需要的是“憎恶的喊叫声”，而不是“温和的冷漠”的表示呢？毫无疑问，有高度修养的读者，通过自己认真阅读作品本身，就可以对这些问题做出回答。然而，许多批评家却认为，他们需要加缪自己的想法，比如《西西弗斯的神话》和《反叛者》中提供的，来帮助阅读理解。人们还发现，甚至就是在这些批评家之间，对于小说的终极意义仍然存在着极大的分歧。[20]

在道德探索的文学中，有大量的作品表现出这种探索的失败。有些作品中，混乱是永远无法解决的：这一类作品中提出一个或者更多的问题，有意让读者产生疑问。最终的解释（法语：éclaircissement），如果我们仍然可以用这一术语来称呼如此若明若暗的事物的话，则是毫无意义的。

理论上，一部不打算提供任何趋向于结论或最终说明的小说，是能够设想出来的。这样的作品完全可以传达出无处不在的感受：不可能有任何信仰，一切都是混沌一片，没有人能清楚地找到出路，我们都行进在“通往黑夜尽头的旅程上”。这一类作品，不仅叙述者与读者一起，带着那些出现的没有答案的问题进行阅读，而且，大概不公开露面的作者也要带着它们进行创作；谁也不能因读书而变得比较聪明。这一类作家都要留下没有解决的情节：任何解决都暗示着一种价值标准，这种价值标准涉及的某种情境，比其他的情境更接近于最终的结局。只有持续地保持悬而未决而又毫无意义的感受，才能欣赏这种完全的虚无主义。

小说中有很多种“虚无主义”因素，从康拉德的《黑暗的心》，直到最近的一些关于世界末日审判的标题，不断出现的最后的突变的想象，唤起了这种毁灭感。所有这些虚无主义都面临着一个共同的问题，这个问题介于美学与玄学之间：既然虚无本身不能得到描绘，更不用说得到戏剧性的表现了，而文学作品又必须总要表现某件事，或正在做某件事的某个人，如果要让读者理解情节，那么作者就必须使情节符合于读者可以理解的价值体系（见前面第五章）。举例说明，假如我们要表现人物处于一种无法得到有意义的解决方法的困境之中，那么文学上获得成功的条件，要求假设处于毫无意义可言的困境之中为一件坏事，这种情况是有意义的，可是这种意义又是残缺不全的。写作一部小说，至少是要证实这种秩序的优越性要高于那种。[21]但是根据什么价值标准来确定其优越性呢？任何回答都必然与完全的虚无主义相矛盾。对于完全的虚无主义者来说，自杀不是有意义的形式的产物，它不过是一贯的姿态而已。

那么就不必惊奇，虽然我们看到许多迷惘的人物，置身于毫无希望的情境之中，这些人物唯一的发现就是没有什么东西可以发现，他们最后的行动是自杀或者其他绝望的表示，但是把表现这些人物的作品称作虚无主义的，只能是就一种宽泛的、传统的看法而言。[22]

至于我的这个结论是否正确，对于我们所讨论的问题并不是十分重要的。显然，就虚无主义小说的任何努力尝试来看，一切可信的叙述形式都是不被欣赏的。假如作品中的世界是没有意义的，怎么可能有可信的叙述者呢？他的可信从何表现呢？可信的概念，要以能够提出关于行动与思想的某种客观真实为先决条件。说乔伯是一个“完美而正直”的人，除非完美与正直是富有意义的世界中的有意义的术语，否则就是荒谬的。一个人，如果没有陷入人物在其中发现自己的同样毫无意义的圈套之中，那么，他所发表的最少干扰的议论，也会提醒读者注意这类作品中潜在的欺骗。此外，还会减弱读者与作品中那些陷入困境的迷惘的灵魂在感情上的交流。假如确实没有光明照亮我们的理解过程的话，那么任何可靠的洞察力，都将会降低我们在黑暗中摸索的效果。

可是，很多所谓虚无主义的作品，不管它们是以怎样非人格化的方式被创作出来，实在都是具有积极主张的作品，甚至是具有肯定性积极主张的作品；如果需要的话，它们也可能包含至少在某种程度上是可信的叙述者或反映者。这些作品使读者对于某一些准则感到困惑，只是为了强化另一些准则，同时，证明这另一部分准则可靠的证据，几乎必定被发现隐藏在某处。当海明威写他“虚无主义的”短篇小说《一个明净的地方》时，他可能创造出一个代表他说话的人物，因为这个故事最终并不完全是虚无主义的。尽管我们有理由相信，在侍者对于虚无的祈祷中有海明威的感情，我们也知道在侍者的愿望中同样有他的感情，他希望为所有那些必须面对着虚无的痛苦而孤独的漫游者提供一个明净的地方。不像海明威的其他短篇小说，在这个故事中，作者的代言人具有真正的权威，而在其他那些故事中，可以说，人物往往是在被支配的情况下，获准为他的利益发表意见。要表达对于黑暗而生的痛苦心情，并决心用光明——如果仅指艺术本身这块清洁而明亮的殿堂——来与黑暗做斗争，小说可能会给一个非常简单而直截了当的戏剧化了的代言人提供方便。但是，如果海明威的努力确实在于要用虚无来取代我们所有的信仰，如果他确实写的是一位绝望的辩论者，那么侍者直接出面的变缓和了的声音，就是不可接受的了。从另一方面看，假如一位可信的叙述者闯进来，就作者本已十分清楚的、给人以慰藉的寓意做出说明，就像我刚才做得那样，那么，作者想象中虚无的深刻性就会被削弱。

作者与读者之间的“秘密交流”

蓄意混淆的效果，要求叙述者与读者共同努力，达到完全的一致，作者虽沉默而隐形，但却含蓄地表示赞同，甚至还要与他的叙述者共同处于困境之中。而我们现在要讨论的这种效果，则要求作者与读者背着叙述者进行秘密交流。现代小说中的叙述者，其构成特点很少完全地表现为上述二者中的任何一极，但是突出地表现为这一种或那一种，将会决定这些作品具有的效果的基本区别。在第一种情况下，即使叙述者像米兰达那样，有很严重的错误，我们也很难觉察到。在第二种情况下，我们与沉默的作者进行交流，宛如从后面来观察坐在前面的叙述者，观察他富于幽默的，或不光彩的，或滑稽可笑的，或不正当的冲动的行为举止，虽然他们可能具有某种心灵或感情上的补偿性。作者可以做出种种暗示，但是不可以说话。读者可以表示同情或哀叹，但是绝不会接受叙述者作为自己可信赖的向导。

这样的叙述者要求于读者的推断，可以像《哈克贝利·费恩历险记》中所表现出来的那样简单，也可以像那些人们借以理解《尤利西斯》的推断那样复杂，《尤利西斯》里含有许多不同的叙述者，这些叙述者大多是不可信的，但没有两个是同样的。读者的感受也同样地发生变化，从我们对于哈克的深厚同情，到由于爱伦·坡的《蒙特雷索尔》或乔伊斯的关于独眼巨人插曲的叙述者引起的敌意。[23]利用此类叙述者能够加强或削弱多方面独特的效果，在这些效果的后面，人们可以发现，每当读者通过叙述者设置的半透明的屏幕去推断作者的立场时，在某种程度上，这里总存在着三种一般的快感。

破译的快感。——弗拉基米尔·纳博科夫最近的小说《反复无常的姐妹》[24]，可以提供给读者的秘密交流的快感，在也许可以被称为是道地的破译密码方面，达到了可能范围内的最大限度。叙述者完全无意识地，并且与他的不信唯灵论的思想相抵触地，接受了来自于死者的各种信息。这些信息中最重要的，则像一首离合诗那样被嵌入小说的最后一节中，他并不怀疑自己是无意识地这样做的。"最初五位密码破译者"，为下一期《文汇》呈交了他们主动提供的对于纳博科夫的离合诗的解释，为了祝贺他们，纳博科夫写道："我的困难是要在离合诗中夹带某种东西，而不让叙述者意识到它在那儿，只是通过一些幻象使他感悟。还没有任何一位作者曾经打算这么做。"[25]这种声明不见得会遭到诘难，然而却向破译密码的专家们发出了其他类似的微妙邀请，其范围从最正式的象征形式，到乔伊斯笔下的诺埃尔玩笑式的致辞，"结束一个混乱的极度拥挤的局面"，或者他的多配偶论者发自于"苏利曼的圣殿"的叫喊："Brimgem young，bringem young，bringem young！"[26]

显然——至少我们曾经读过乔伊斯的作品——一本书中所包含的破译的快感是没有数量上的限制的。同样很清楚，来自作者的直接的帮助与作者用自己的声音说的话最少，对密码使用者的要求则最大。那么，就一部要求读者进行破译活动的著作而言，它不可能提供直接的帮助。

可是，迄今无人声称这些收获就其本身而言，是十分重要的。《为芬尼根守灵》常常被攻击为不过是一种纵横填字谜，据我所知，从来没有人就此为它辩护过。

合作的快感。——迫使读者去破译的真正价值，在于这种活动给予他对作品和作者的态度的影响。从早期的《大西洋月刊》评论文章中，我已经引用过詹姆斯论"创造读者"的艺术，他的全部注意力都集中在这一方面。"他完满地创造出他，也就是使他感兴趣，然后让读者去完成另一半工作。"[27]詹姆斯这里考虑的并不仅仅是把自己的聪明才智给予读者。他要迫使读者的思维变得活跃敏捷，这样读者才会感到他创作中具有的最微妙的效果。

大部分讨论要求读者去破译的好处与弊病的文章，通常使用这一类术语，诸如“困难”“含混”“复杂”，或“暗示”，这一类讨论引起的麻烦，在于它完全是一般性的，似乎这里有某种抽象的原则，规定这种或那种程度上的困难是太多或太少了。对于现代小说的含混所做的无数猛烈而有根有据的批评，我们已司空见惯，从表面上看，它们都基于这样的假定，即期待于读者方面的任何知识都是错误的。也有大量笼统的辩护，似乎认为，除非是难读的，否则就不是好的文学作品。两方面论者都更加热衷于攻击读者大众的无知，或诗人和小说家的固执，很少明确地谈到那些个别的作品。[28]

关于这一类问题还有什么应当搞清楚的地方，那就是不同的作品会产生不同的标准，对这类作品至关重要的暗示程度，对于另外一类作品来说，也许是太直露了。毫无疑问，大部分读者都像我一样，在破译纳博科夫的离合诗方面是失败的，但这并不一定意味着它太晦涩：如果这个故事毕竟要存在，那么离合诗的小把戏就必定是它的一部分，除非它被含糊地使用，否则就不能被使用。尽管纳博科夫无疑是把《文汇》的大多数读者排除在外，但是这种困难的程度也许完全适合于作为一个整体的作品。只有对完整的故事做周密的考虑，同时探索可能的阐释方法，才能告诉我们作品是否提供了足够的线索。如果对乔伊斯说，他的《为芬尼根守灵》要求的密码分析“太多了”，这会有什么意义呢？也许，对于你或我来说是太多了，我们会发现自己在道德方面，最终还是拒绝接受实际上排除一切人的作者的。但是对于《为芬尼根守灵》来说并非太多。如果小说中不是到处都充斥着这种“为芬尼根守灵”式的东西，那么又有谁会为《为芬尼根守灵》而费神呢？

大概，对于困难的问题来说，其一般准则的最明显的误用，恰恰遇到了要求读者参与创作的问题。必须促使读者利用自己，这毫无疑义是十分明确的。埃瓦尔德声明，关于斯威夫特，需要做艰苦的研究工作，“无疑说明了他的创作中具有很大的理智与情感的力量”[29]，这一声明可以为许多小说家运用，但却没有为我们解决任何问题。首先，我们可以为了任何困难而明确地提出这种声明，不论这种困难是精心设计的，还是无意留下的。读者方面的问题，是要区分真正起作用的困难，与来自于疏忽、虚假的傲慢，或明显的无解的晦涩。赞扬来自作者创作中完全是由自己的失误造成的困难——不论它是否促使我们行动——与谴责实际上作为整体的不可或缺的组成部分的困难，对于批评家来说，同样是致命的。

更加重要的是，这样一种声明会使我们忘记，破译暗喻与难解之处，不过是读者积极合作的一种形式——而且，至少不是最重要的形式。除去猜测谁对谁怎么样，他这样做是好还是坏之外，还有许多事情可能要求读者去做。如果我打算尝试一下《李尔王》，就应该尽我最大的能力去做。在进行这项工作的每一个步骤中，都必须对极其复杂的符号做出极其复杂的反应；我的想象与道德感都达到了最高限度。但并不是任何东西都需要我去破译。不用回到我的参考书阅览室，我就知道每个人物的动机。没有要求去猜测李尔放逐考狄利娅是否有错。关于爱德蒙的意图，也毫无神秘之处。通过许多途径我直接获知，应该如何去理解高纳里尔与里根。总之，尽管我可能发现许多令人困惑的因素，但它们都不是主要因素，通过观看和阅读戏剧，我获得的任何破译的快感，从属于这部戏剧所提供的主要收获。我是根据我那微乎其微的艺术经验来研究这个剧本的，我的工作不是理解，不是计算暗喻，也不是阐明意图。这是一项提高我自己的工作，它把我提高到这样的高度，即体验李尔悲剧的富于想象和情感的复杂事物所需要的高度。

秘密交流，共谋与合作。——一切不可信叙述的重要功能，要获得成功，都取决于远为复杂微妙的感受，而非仅仅是谄媚读者，或促使他进行工作。每当作者向他的读者传达一个没有说出的观点，总是造成与读者之间的共谋感，而排斥那些小说内部或外部没有获得这种观点的人。因此，反讽部分地总是一种既包容又排斥的技巧，那些被包容在内的人，那些刚好具有理解反讽的必备知识的人，只能从那些被排斥在外的人的感受中获得小部分的快感。在我们参与其中的反讽中，叙述者自己就是嘲讽的对象。作者与读者背着叙述者秘密地达成共谋，商定标准。正是根据这个标准，发现叙述者是有缺陷的。

当叙述者表现出对事实的无知时，效果的区分是最明显的。在《你可以寻找它》中，瑟伯的叙述者说，这两个朋友就像达蒙和皮西厄斯[1]，或者说“贝瑟尔海姆逃出樊笼”，我们大多数人都了解玩笑借以形成的事实，并且在最简单可行的水平上，体验我内心具有的那种感受。

我们的快感混合着对自己知识的骄傲，对无知的叙述者的奚落，以及与沉默的作者的共谋感。正是了解事实的沉默的作者，为他的叙述者和那些不参与共谋的读者设下了圈套。这三种要素可以通过各种各样的方式结合起来，不论什么时候，只要我们发现叙述者用自己的话来揭露自己的错误，而没有较高的理性作指导时，这三种因素都是存在的。

当然，我注意的只是那些为我准备的，并让我注意的线索，所以通常没有意识到反讽是真正给我带来麻烦的东西。我们总是把**另一个**读者当作被欺骗的人来加以考虑。的确，我们可能拒绝一些比较简单的反讽形式。因为它们太显露——也就是说，排除在这种笑话之外的人数太少。任何人都知道达蒙和皮西厄斯。这是十分简单的事。隐秘增加，乐趣就更多。年轻的运动员在叙述马克·哈里斯的《左撇子投手》时，抱怨林·拉德纳的棒球故事不太好，因为拉德纳并不十分关心比赛的结果，这位运动员开拉德纳的玩笑，就这一方面而言，要比开莎士比亚的玩笑更有趣；它带有一种隐秘的意味。知道拉德纳的人要比知道莎士比亚的人少得多，所以，我们当中那些认为有理由称赞拉德纳的人，要比根据“生存还是毁灭”这一陈腐的说法而称赞莎士比亚的人更少有。实际人数并不重要；即使每一位读者都理解这个笑话，每一位读者的快感都带有秘密交流的感觉：毕竟这位左撇子运动员没有理解它。

这些确实存在着的差错，并不能对我们文学经验中的任何有意义的部分加以说明。但是，作者与读者所依赖的二者之间的联系，过去这种联系比较难解地缺乏，现在已经在大量优秀的现代著作中出现。确实，叙述者无意识中暴露出自己的粗野、感觉迟钝和卑鄙，或者简单地说，暴露出趋向于悲剧性或喜剧性的错误，不会为自己的后果而要求作者的沉默。在所有伟大的古典戏剧中，发言者的错误和缺点，通过其他人物的言行，向观众纠正它们。当奥赛罗在嫉

---

① 出自罗马神话，达蒙与皮西厄斯是生死之交。

妒的狂怒中走向苔丝德蒙娜时，我们便知道他要犯一个悲剧性的错误；莎士比亚利用伊阿古和苔丝德蒙娜这样告诉我们。如果莎士比亚要求我们，根据他自己的似乎有理的叙述来推断奥赛罗的错误，我们很难同意说这部戏剧会更伟大。

可是，在大量的现代小说中，似乎存在着一种来自于作者沉默的消极特征方面的积极贡献。正如我们在与孤独的米兰达进行交流时，发现我们的同情感增加了一样，当我们与其错误从未被直接指出的、很少令人同情的主人公进行交流时，也发现我们的反讽快感增加了。

这一方面最好的章节之一，是《喧哗与骚动》中关于杰生的部分。尽管根据小说中叙述的事件，我们理解杰生邪恶的道德世界的思路，在许多方面已经清晰，但实质上，它的形成，还在于我们自己与作者之间达成的隐秘而带有嘲讽性质的默契。我们发现，我们看待一切事物的眼光，与杰生自己混乱的心灵所理解的正相反时，就会感到，任何议论都将毁灭这种纯粹的效果：

> 我总是说，天生是贱胚就永远是贱胚。我也总是说，要是您操心的光是她逃学的问题，那您还算是有福气的呢。……“不过，我认为她之所以要逃学，并不是仅仅为了要做什么不怕别人看见的事。”我说……
>
> “我不会让他（抽你的），”迪尔西说，“你不用害怕，好宝贝。”她抱住了我的胳膊。这时，皮带让我抽出来了，我一使劲把她甩了开去。她趺趺撞撞地倒在桌子上。她太老了，除了还能艰难地走动走动，别的什么也干不了。不过这倒也没什么，反正厨房里需要有个人把年轻人吃剩的东西消灭掉。她又趔趔趄趄地走到我们当中来，只想阻止我。“你要打就打我好了，”她说，“要是你不打人出不了气，那你打我好了。”
>
> “你以为我不敢打？”我说……
>
> “让他（农人）种多了，价钱贱，棉花连摘都不值得；种少了呢，棉花连喂轧棉籽机都不够。再说又是为了什么呢？光为了一小撮混蛋透顶的东部犹太人，我倒不是指那些信犹太教的人，”我说，“我也认识一些犹太人，都是些很不错的公民。没准你就是这样的人吧。”
>
> “不，”他说，“我可是一个美国人。”

“你可别见怪，”我说，“我平等对待每一个人，不论他宗教信仰如何，别的方面又是如何。犹太人作为个人，我并不反对。这不过是个种族问题。”……

上回我给了她四十块钱呢。给了她四十。我从不对一个女人做任何许诺，也从不让她知道我打算送给她什么东西。这是对付女人的唯一的办法。老是吊她们的胃口。如果你想不出什么别的招数让她们大吃一惊，那就照准她们下巴来那么一拳好了。

“我看你这人是永远也不愿为做买卖吃点苦的。”他说。

“除非是为杰生·康普生的买卖。”我说。

因此当我重新走到店堂后面去打开它（打算给小昆丁的支票）时，唯一使我感到惊奇的是里面附了一张邮局汇单，而不是支票。是的，先生，女人是没有一个可以信任的。我为她冒了多少风险，冒着母亲发现她一年回来一两次的风险，我还得向母亲撒谎，这也是要冒风险的。对你的报答就是这个。依我看，她怕是会去通知邮局，除了昆丁之外别的人都无权领取汇款。她居然一下子就给那么小的小丫头五十块钱。

当我们读到这种偏执、罪恶、残忍和愚昧的表现时，很少有人需要议论来证实我们的判断。还不仅仅是我们不须指导。如果谁硬把自己塞给我们，我们肯定要拒绝接受。我们在与杰生背后的作者的交流中，甚至在与他心照不宣的共谋中得到乐趣。杰生的大量错误与罪恶令人触目惊心，以至于公开谈论它们就会丧失乐趣。事实上，批评的失误之一，是大部分要求加以阐明的效果，这些效果正是在使它们明确的过程中失去其魅力的。它们的作者首先要让其保持内在的蕴涵，因为公开的讨论会毁掉这些效果。称杰生为偏执狂、好说大话的人、贼、虐待狂，我们就得不到他那种邪恶行为提供的喜剧性乐趣。但是与杰生背后的福克纳交流则是另一码事了。当这个恶棍出现时，我们与他一起注意着我们的轻蔑、憎恨、嘲笑，甚至——他心理力量的影响是如此强烈——怜悯。这种技巧使我们能够没有困难地避开感情夸张的言行的刺激。在这种强烈的反讽中，我们才能不顾我们已经离哥特式的幻想有多近了。

综上所述，我们揭示出的这种基于道德水准之上的交流，可能是一切阅读体验中最大的收益之一。通过提供暗喻的出处，或破译双关语，来与作者进行交流是一回事。但是通过提供成熟的道德判断而与之交流，则是更为使人振奋的事。至于杰生，我们必定要帮助福克纳来完成这部著作的写作，要把它提高到我们最好的、最有理解力的水平。杰生不反对“作为个人的犹太人”，只是反对“这个种族”，看到这种复合的玩笑，我们的反应只是唤起我们对这一段话的语言上的体验、逻辑感和道德感，以及对于这种抱有偏见者的以往的经验。当我们发现所有这些都已经被福克纳包容在这个句子中时，我们觉得似乎是我们自己把它写出来的。他就是这样有效地要求我们做出最富于创造性的努力。

但是关于上述的种种情况，也存在着一个比较大的问题。那就是为什么我们有时允许，甚至要求作者沉默，有时又允许，甚至要求作者帮助呢？为什么《喧哗与骚动》中禁止直接的判断，而《烧马棚》中又允许这样做呢？那个年幼的儿子告发了他的父亲，揭发他父亲打算去烧马棚之后，就永远地逃走了，这时，为什么我们不仅允许，而且欢迎下面这样一段话出现呢？

> 半夜，他坐在小山顶上。他不知道已是半夜，也不知道他走了多远。现在他的背后没有人瞪着他，他坐了下来，背朝着不管怎样四天前他还称之为家的方向，面向着黑黑的树林，准备等到体力恢复时再往前走，小小的人儿，在黑夜的寒气中不断地颤抖着，才包着身子蜷缩在单薄而破烂的衣衫里，痛苦、绝望，眼下已不再感到畏惧与害怕，只是痛苦、绝望。父亲，我的父亲，他想道。“他是勇敢的！”他突然喊出来，出声地但不是大声地，就像一阵低低的耳语：“他是的！他在打仗！在萨多里斯上校的部队里！”**他不知道他的父亲参加的那场战争，在欧洲人委婉的传统看法中，是一种私人的事，士兵不着军装，不承认任何人、军队或旗帜的权威，也不忠诚于任何人、军队或旗帜。就像马尔布劳克自己那样作战：为了战利品——不管它是敌人的战利品还是自己的，对于他来说，统统微不足道。**（着重号是我加的）

我不敢自命能对这个问题做出任何非常令人满意的回答，但是，着眼于作者的声音是否是一种缺陷这样的一般规则，显然也不能对这个问题做出回答。我们可以带着某种自信说，这个男孩在孤独而无后退余地的情况下，为自己的父亲做辩护，其深刻意义由于让我们了解了这种辩护的不合理而大大地增强。这样就为我们提供了找到答案的某种方法，但是它也同时不加指导地让我们自己决定，这种方式何时何处才能合理地增强它的深刻性。虽然这一章所论述的问题——同情、困惑和反讽的快感——要比现实主义、客观性和纯粹性更具体，因而也更多批评的效用，但是它们当中没有一个可以当作处方，开给文学上的一切病例。如果把它们当作包治百病的灵丹妙药，那么它们既能治愈病人，也能害死病人。说这部作品中的议论最好，说那部作品中的非人格化最好，都没有错，然而对于小说家来说，当他试图就技巧问题做出决定时，这种例证的累积又有什么用处呢？这里当然要有一些一般的规则。

下面我再来简要地阐述这个问题。但是我必须首先仔细地考察一下，非人格化的小说家也许是有意，也许是无意地付出的代价，并由此而引向我们要解决的问题。

注　释

1. 讨论诗歌中作为修辞手法的意象的运用，可参看罗斯蒙德·图夫的《修辞功能的标准》，载《伊丽莎白时代与玄学的意象》（芝加哥，1947年），第180—191页；《弥尔顿五首诗中的意象与主题》（马萨诸塞，剑桥，1957年）；以及她的《驰名当代》，载《听众》1958年8月28日，第312—313页。

2. 保罗·古德曼，《文学的结构》（芝加哥，1954年），特别是分析卡夫卡的《城堡》一书，第173—183页。

3. 简洁而令人信服地分析乔伊斯如何处理《死者》中的速度与“焦点”，以解决我们在《爱玛》中发现的类似问题，参看小C.C.卢米斯的《乔伊斯〈死者〉的结构与共鸣》，载《现代语言学会会刊》，第75期（1960年3月），第149—151页。

4. 参看“文献”，第二节，B。

5. 当然，这并不妨碍他在小说的后半部，为了其他目的而使用一位可信的叙述者。参看本书第186—187页。

6. 严格地批评这部作品，以力求证明詹姆斯的理论，可能很易于碰上困难。戈登与塔特发现，既然这里“只有两个近景场面”，忽略了“场面效果”，就可能违背“他（詹姆斯）的一个基本原则：表现的重要性甚于陈述”。“这里太多詹姆斯详尽解释的声音”，甚至被加以伪装。“詹姆斯没有能使马丘或巴特兰小姐成为直观的人物。”确实，如果我们根据直观材料来看的话——这种材料使得人物直观性变强”，小说就显得“太冗长了”。如果我们接受这些标准的话，上述一切都是正确的。但是令人难解的是，戈登与塔特怎么能在缺乏其他证据的情况下，得出结论说这部小说大概是“詹姆斯最伟大的短篇小说”，“用英语写作的最伟大的小说之一”。按照他们所说，如果“效果终究是小说的语调所致，甚至是抒情的沉思所致”，如果这种效果严重地被场面化的失败而破坏，那么它又伟大在哪里呢？我怀疑，直接阅读的快感已被批评上的教条破坏殆尽：这部作品之所以伟大，是因为，通过掌握同情与嘲讽的分寸，使它变成一部特别深刻的、有关自我发现的现代悲剧。假如根据抽象的关于显示和讲述的批评，判定小说中詹姆斯的声音太多的话，那么，在修正马丘评论事物的语调方面，就没有什么太多的工作可做了。参看戈登与塔特的《小说的世界》（纽约，1950年），第229—231页。

7.《弗兰兹·卡夫卡短篇小说选》，威拉和埃德温·穆尔翻译（现代文库版，1952年），第19页。

8. 理查德·M.伊斯门，《开放的寓言：证明和限定》，载《学院英语》，第22期（1960年10月），第15—18页。此文对“开放的寓言”做了很好的说明：这种寓言，“通过预期的不稳定性”，表现“数量与强度具有无限变化的、单一的伦理意义上的问题”。为了不让读者“靠近”寓言——即太快地得出被简单化了的解释——作者的修辞学必须“用某些难解的事物，和无法削减的细节构成，以便阻止对于任何一种假设的最后证实”。“寓言所追求的感情上的反应同样应该是开放的。通过平衡其引起同情与反感的细节，达到不使读者认可任何一位人物和任何一个主题的目的。”伊斯门还将“开放的”与“锁闭的”进行对照，前者有卡夫卡的《审判》，贝克特的《毛利》等，后者有狄更斯《圣诞颂歌》，福斯特的《树篱那边》等。

9.《“白水仙号”上的黑家伙》序言第一节。讨论康拉德说教式地操纵着马洛的（和读者的）怀疑与困惑，可参看小詹姆斯·L.格梯的《约瑟夫·康拉德的修辞学》，载《埃默斯特大学获奖论文》第2期（马萨诸塞，埃默斯特，1960年）。

10. 另一本讨论真实的不可靠性和小说家“谎言”的更高真实的著作，为让·凯罗尔的《异物》（巴黎，1959年）。

11.《雾》（马德里，1914年），沃纳·非特译（纽约，1928年）。

12.《追忆逝水年华》，C.K. 司各特·蒙克里夫翻译（纽约，1934年）II，第995页。

13. 伯纳德·德沃托，《小说的世界》（纽约，1950年），第207页。

14. 参看热尔梅娜·布雷的《马塞尔·普鲁斯特和从时间中解放出来》，C.J. 理查德和A.D. 特鲁伊特译（巴黎，1950年；纽约，1955年）。其中第九章特别讨论了普鲁斯特与马塞尔之间的差别问题。

15. 当然，只要我们正在谈论的这些作品，其主要兴趣是对于某种真理或幻想的理性的追求，那么，我这里说的话就是真实的。一部伟大的喜剧，可能被写成一位男性的好事者，探听一群度周末的客人中恋爱对象们的详细情景，这自不待言。在《圣泉》中，詹姆斯常常接近于这种喜剧，不过，他接近它，不过是为了向后转，转向其他方面，试图寻求更深奥的意义，这种企图便毁了喜剧自身。

16. 不做任何努力，有意避免比喻的说法，或说教的形式，只对《城堡》的情节进行杰出的“字面意义”的阅读。参看保罗·古德曼的《文学的结构》，第173—183页。

17.《堕落》（巴黎，1956年），贾斯廷·奥布赖恩译（纽约，1957年）。

18. 参照托马斯·曼的《骗子菲利克斯·克鲁尔的自白》（1954年）中的有两副面孔的叙述者-主人公。和克拉芒斯一样，他以狡诈的虚伪自傲；他与具有多种面目的神赫耳墨斯的相似之处，主要在于诡谲、虚伪方面，这一点他自己并非不了解。

19. 斯图尔特·吉尔伯特翻译（纽约，1954年），第154页。

20.《局外人》第一次出版时，萨特自称在读过加缪的纯理论著作之前，一直不能理解它。（《加缪的〈局外人〉》，载《文学与哲学论文》，安内特·米切尔森翻译，伦敦，1955年。）另外参看卡尔·A. 维吉亚妮的《加缪的〈局外人〉》，载《现代语言学会会刊》第71期（1956年9月），第865—887页。特别是886页，讨论了这部小说的“终极意义”，认为它“除非通过他所有作品的前后关系来看，否则就不能理解”（865页）。还可参看亚历克斯·康福特的《小说与我们的时代》（伦敦，1948年），第40—42页，深入地讨论了这部令人困惑的作品向读者提出的问题。还有一种被加缪自己加以证实的解释，参看菲力浦·索迪的《阿尔贝·加缪及其作品研究》（伦敦，1957年）。

21. 时下对于“无限制的”或怪诞的文学作品的兴趣，在我看来，与这种看法并不矛盾。罗伯特·M.亚当斯，《不一致的笔调》（纽约，伊萨卡，1958年），引言和第九章；马吕斯·比尤利的《怪诞的构思》（纽约，1960年）；理查德·伊斯门，在列举之作品中。哪怕是最松散、最少确定性的作品，在某种程度上，也是一个有序的、经过选择的整体。无疑，那些我们总是称赞的开放的结构，若经仔细检查，其“开放”也仅限于某些方面；就我们可能把它们看作是伟大的作品而论，它们总是设法把各种各样的线索，编织成最终和谐的整体。

22. 诺曼·波多尔茨，《新虚无主义》，《党派评论》第25期（1958年秋季号）。波多尔茨认为，最近许多小说中，“虚无主义已任人随意而写”，人物考察自己，什么也没有发现，可是他们全都表现为某种最后时刻公然放弃自己的决心，像加缪那样，能够“由于上帝才了解的奇迹般的求生本能，抓住悬崖的边缘，牢牢抓住”（第585页）。还有纳撒利·萨劳特，其小说（例如《陌生人的画像》）“代表着一种对于生存的无意义的完全的屈服”，仍然持这种观点，“这种观点，不加夸张地说，认为一切事物，包括六种官能在内，都快要融化进稀薄的空气中了”。越过这一点，就是“虚无”，但永远也不会有人写出关于“虚无”的小说。波多尔茨提到的其他“虚无主义”的小说有，弗雷德里克·比克纳的《安塞尔·吉布斯的归来》，乔治·P.埃利奥特的《帕克蒂尔顿村》，J.P.唐利维的《活泼的人》，以及托马斯·欣德的《幸运的拉里》。马塞尔·古特沃思告诉我，莫里斯·布兰乔特的小说特别接近于彻底的虚无主义，可惜这个消息来得太迟，这里已起不到什么作用了。

23. 理查德·埃尔曼，《詹姆斯·乔伊斯》（纽约，1959年），第367页：“乔伊斯偶然想起……那种利用不可靠的叙述者的基本手法，亦与适合于他的文体相一致。他在《尤利西斯》的好几个插曲中运用了这种手法，例如《独目巨人》中，叙述者明显地对布卢姆怀有敌意，以激起读者对他的同情。在《瑙西卡》中，叙述者感情的激发，被布卢姆关于事实的报道打断并抵消；在《欧迈俄斯》中，叙述者以警察的语气来写。”注意，在这个意义上的不可靠，不要混同于我前面提出的不可信；大部分不可信的叙述者，就其始终如一来看，是可靠的。

24.《文汇》，1959年3月。

25.《文汇》，1959年4月，第96页。

26.《为芬尼根守灵》（罗盘版，1959年），第534、542页。小说首版于1939年，《进行中的工作》的片断出现于前十年间。如果在这里我忘了指出这一点的话，无疑，一些读者可能会认为我已经读过《为芬尼根守灵》。应该承认，我还没有读过；我随时都在读，带着极大的乐趣，直到开始。不耐烦为止。顺便说一句，有谁已经读过这部不可读的书，并且告诉我，这里的第一个单词“brimgem”中的第一个字母“m”，是不是印刷上的错误？你也不知道？你不在乎？我们都无法理解，你和我。

27.《大西洋月刊》1866年10月号，第485页。

28. 这种一般性的辩论，其中最稳健明智的两种意见是，兰德尔·贾雷尔的《论诗的含混》，载《诗歌与时代》（纽约，1953年），亨利·皮尔的《作家与他们的批评家：论误解》（纽约，伊萨卡，1944年），特别要参看第183—218页。

29. 参看小威廉·布雷格·埃瓦尔德的《乔纳森·斯威夫特的伪装》（牛津，1954年），第187页。

第十一章　非人格化叙述的代价之一：距离的混淆

如果我说了什么似乎是尖刻或唠叨的话，那么记住这是愚蠢的，只有女人才这么说。

——伊拉兹马斯

我使我的女士如此地惧怕我，以致当我微笑时，对于她来说，竟是一个十分幸福的时刻；一旦我召唤她，她就像一只狗一样对我摇尾乞怜……我要我的出身高贵的妻子吻我的手，脱我的靴子，奴隶般的侍候我，只要我情绪好，总是像在度假。也许我过于信赖这种被训练出来的驯服，却忘记了构成驯服的一个组成部分正是虚伪（所有温顺的人，在他们的内心中都是说谎的人），这种以某种方式表现出来的虚伪远非发自内心的赞同，不过是为了欺骗你罢了。

——萨克雷：《巴里·林登》

哦，我不能说，我碰到的洛夫莱斯的爱慕者要比克拉丽莎的多。

——塞缪尔·理查逊

记住说话的是爱德华，不是纪德。

——琼·托马斯

我以为，一部必需要人做出解释的艺术品，迄今为止，还没有完成它的使命。

——亨利·詹姆斯论《青春期》

令人困惑的《螺丝在拧紧》

如果不公开表明自己见解的作者，总是让杰生·康普生那样坦率的人作为代言人，那么我们的讨论可以就此结束。但是，不是这次便是那次，我们总会遇到障碍，它来自叙述者或反映者方面，表现为对我们有帮助的和没有帮助的因素的特有的结合。更重要的是，我们随处可以发现令其他读者感到烦恼的证据，它有时表现为公开承认困惑不解，更多地表现为对一些著名的令人头痛的人物进行争议，比如詹姆斯《螺丝在拧紧》中那位倒霉的叙述者。

在《螺丝在拧紧》中，"明显的含混造成大量不必要的神秘感"，一位批评家这样告诉我们，他把女家庭教师的话理解为一般是可靠的。[1]詹姆斯自己关于女家庭教师的阐述，也暗示着关于她的争论是多余的。"对于我的这位年轻的女士，我当然要采用一种十分精巧的设计"，他在给H.G.威尔斯的信中写道。"我必须使她的形象显得奇特，我必须使她的过去与现在表现出孩子般的心理，这对于我，至少不是一件很轻松的工作，表现这个人物，必须做到完全清晰，符合逻辑，效果单一。为此我不得不取消她本身主观上的复杂性——语气的变化，等等；要使她保持非人格化，除了最明显和最不可少的一点简洁、坚决而大胆的口气外——没有这个她便无所依傍。"[2]在笔记中他写道："故事的叙述——还算清楚——由一个外部的观察者承担。"[3]在《序言》中，他的观点仍然如此。在这种环境中，对于一个青年人来说，她的天性确实构成了性格的许多方面，这种天性，正如她所说，是"暗中滋长的，因此她能够对如此奇怪的事物做出特别可信的陈述。她具有"权威"，并且已经被赋予很多权力，如果我笨拙地要求得更多，那么可能连这些也得不到。[4]"完全清晰"和"效果单一"；没有"主观上的复杂性"或"语气的变化"；一个"外部的观察者"，"非人格化的"，具有"权威"，做出"可信的"陈述——詹姆斯的意图当然是清楚的：他试图找到一个清晰的——当然不要太清晰的——反映者。像所有那些詹姆斯的反映者一样，她的意识必须是充分地"模糊不清的、受欺骗的、感到困惑的、焦虑的、不安宁的和易犯错误的"。把它和"普通人性的暴露"结合起来，以便达到"完全自然"，成为"十分清楚地体现整体的媒介"[5]。像《卡萨玛西玛公主》的主人公一样，她必须“充分地感受和充分地‘了解’”，为了“既不感受得太多，又不了解得太多的最大限度的戏剧性效果”——当然，太多应被加以限制，因为任何过分的东西都会破坏“最小限度的逼真”（第六十九页）。

这一切似乎要证实某些詹姆斯的评论家给我们指出的东西，他“力求明确而不含混——宛如是在对孩子们谈话”[6]，“在詹姆斯的那些最盲目而迂回曲折的迷宫般作品中，线索也是完全没有中断的”，如果读者有足够的“机警”认识到“不是詹姆斯，而是他的人物”具有一种不确定的道德理解，那么对于“他的‘道德理解’的不确定性而产生的疑虑，便完全消失了”[7]。

剩下的事实就是，这个故事对读者产生的影响很不清楚。一方面，许多人已经发现女家庭教师完全不可信赖——甚至于否定她向我们报告的关于鬼魂的罪恶行为的真实性。“……讲故事的年轻女家庭教师是一位性压抑的精神病患者，鬼魂并不是真正的鬼魂，只不过是女家庭教师的幻觉。”“一旦人们得到这条线索……，便要惊奇怎么可能会没有发现它。可是，事实上有充足的理由证明，詹姆斯从来不会把主题明确地泄露出来：差不多任何事情，从头至尾，都同样能够在两种意义的任何一种上进行阅读。”爱德蒙·威尔逊就属于此例，还有其他许多人与他持相同看法。“女家庭教师……使弗洛拉和迈尔斯屈从于……她的渐渐地越来越错乱的心灵的所有那些奇思怪想，直至由于极度的恐怖，弗洛拉得脑膜炎陷入谵妄状态，而迈尔斯比弗洛拉更可怜，被紧紧追逼，简直吓得要死。”他们毁灭于女家庭教师感情上的同类相食。另一方面，也有许多读者，比如丽贝卡·韦斯特，从一开始起就相信这位“体面而大胆的女士”的话。在这两种人之间，正如在一切类似的论争中一样，总有另一些人，他们寻求各种妥协的理由；利昂·埃代尔既同意鬼魂是真实的，也同意“任何一个希望把女家庭教师处理为心理上的‘患者’的人，都要提供充分的事实，才可以做出她精神错乱的判断”[8]。

我满可以也从这里开始——既然所有的魅力都在另一方面，那么我这样做也是勉强的——我承认对于我来说，詹姆斯的自觉意图是完全可以认识到的：鬼魂是真实的，女家庭教师看到的正是她说她看到的东西。她看到的东西使她不安——这也确有理由。她是天真的、无罪的、通人情的，确实没有意识到她本该意识到的许多东西；她不是智慧和尽善尽美的典型。但是，在相同的令人无法忍受的环境中，她所做的，正是我们能够理智地期待于我们自己的。

在这里重复所有的证据是没有意义的。我认为比较令人信服的论据，其大部分是1947年以前罗伯特·利德尔做出的，最近亚历山大·E.琼斯十分清晰地对整个论争做了总结。[9]有人也许认为，这些细密的论据会引导每一个人都加入“直接的”读者行列：约瑟夫·沃伦·比奇、卡尔和马克·范·多伦、F.O.马西森、肯尼思·默多克、埃尔默·斯托尔、菲力普·拉夫、奥列佛·埃文斯、格伦·里德、罗伯特·B.海尔曼、爱德华·瓦根内克特、凯瑟琳·安妮·波特、阿伦·塔特、F.R.利维斯，等等。那么，我们又怎么解释幻觉理论的存在呢?

攻击可怜的女家庭教师的论敌是很自然的，指出他们不合逻辑、故意隐瞒恰当的证据，指出他们巧妙地对他们自己队伍中严重的不一致现象持冷淡的态度。（很难凭借论及这部作品的材料而不希望更多地考虑到论证的标准来进行阅读。）但是我可以肯定，那些被我指责为急于抓住弗洛伊德主义的人，将要预先准备好自己的词语，指出我过分拘谨，缺乏敏感性，或者指出我墨守成规，忠实于传统的、没有想象力的批评方法，以此来说明我只重视字面意义的阅读。

如果我们只有这一点不一致的话，那么可以通过联合起来批评詹姆斯的无能和不公正，以避免这一类相互指责的喜剧。显然，如果詹姆斯愿意的话，他本来是能够表现得更清楚些的。“这里存在着许多实质问题。”马里尤斯·比尤利说，他说话的情绪在不同时间里，我们毫无疑问都是理解的，“简单说来，缺乏对《螺丝在拧紧》的某种关注，这些问题就不可能得到回答，而一部艺术品是不应当要求这类关注的。可是，只要有人假定一部艺术作品具有道德意义，这些问题就不是没有根据的”[10]。

《螺丝在拧紧》不是绝无仅有的。如果比尤利的主张正确，那么它同样可以运用于《圣泉》和詹姆斯的许多其他小说。任何一个人，只要把讨论任何一部小说的两位或三位批评家加以比较，他就会发现批评上的不一致是一件令人反感的事。我们不能停留在詹姆斯这里。许多现代作品明确地向读者提出《螺丝在拧紧》中出现的同样问题。许多潜在的矛盾也许绝不会暴露出来，女家庭教师只不过是大量含糊不可信的叙述者之一，这些叙述者已经把读者带入公开的矛盾之中。在这种情况下，再说“读者在这里产生歧义，作者在那里产生歧义”，这合理吗？我们全都一起陷入这种混乱状态中。与其齐声指责“愚蠢的读者”或“故意含混的作者”，不如在下两章中多花些时间，弄懂为什么自詹姆斯以来，小说中会如此频繁地出现并非故意的含混后果。

早期文学中反讽导致的困难

距离的混淆并非始自现代小说。在文学史上，在许多不同的文学类型中，我们都会发现，代言人，在他们应该受到怀疑的时候，反而赢得了信任，或者发现正是他们引导批评家去争论他们不可靠的精确程度。在戏剧中（反面人物的独白总是可信的吗？），在讽刺作品中（拉伯雷的作品中作者在哪里？），在幽默小说中（斯特恩因《多情客游记》中的叙述者而发笑吗？），在戏剧性的独白中（布朗宁对他那众多邪恶而愚蠢的代言人的准确评价是什么？）——总之，哪里得不到明确的判断，批评上的困难，也是某种特别的乐事，就接着出现了。

如果要了解现代小说中特有的困难是什么，我们就要搞清楚早期文学中因距离而造成困难的原因。

对反讽的作用缺乏足够的警觉。——在现阶段以前，大量成功的反讽，以这种或那种形式，发出清楚明白的警告，警告读者那说话者是不可信的。例如琉善的《一个真实的故事》（约公元170年），叙述者把自己当作和其他历史学家一样的说谎者介绍：“每当我碰见这类作家，我并不十分留心他的不诚实；习惯做法是非常容易接受的。……我看不出，有什么理由要把我自己的权利，提交给别人欣赏的那种带有创造性的自由；既然我没有真理可供记载，过着十分平凡的生活，只能求助于谎言——不过是比较一贯的多样化谎言；现在我所做出的唯一真实的说明，这也是你们所期待的，是——我是一个说谎者。”[13]虽然这种警告不能保证反讽将易于解释，至少它保证读者将会正确理解它们。

当然，警告不一定是直接的说明。言语与言语或言语与行为之间，任何奇怪的不一致，都会给我们以启示。例如，尽管有人会被江奈生·魏尔德的表面所欺骗，但是这种欺骗是不会持久的。

> 一切伟大的、令人惊叹的事件，它们的构思，通过人类最大的创造力而被提出、处理，并得到完美的表现，艺术应当是伟大而卓越的人的产物，既然必须如此，那么这样的人便可以被公正地称为历史的精髓。当聪明的作家把这些东西提供给我们的时候，不仅使我们从中得到最愉快的享受，而且得到最有益的教诲；除了因此而获得一般的关于人性、其神秘的源泉、种种曲折的表现形式以及错综复杂的迷津的完美知识外，在我们的眼前尚有一些生动的例子，不论它们是可亲的还是可憎的，值得称赞的还是可恶的，这些例子给我们的启发，要比说教无限有效，而这种说教正是我们急于模仿或小心地加以避免的东西。

根据这一点，任何人都没有确切的理由对菲尔丁的叙述者的可靠性表示怀疑。这易于使我们去想象，是作者在以这种方式谈话。直到第五节我们才完全纠正了这种想法。

> 在我们开始讨论这部伟大的作品之前，必须努力排除那些因为作者的不明智而使人们形成的错误看法：由于害怕与一批头脑简单的家伙的那些陈腐而荒谬的教条相违背，而这些家伙往往带有嘲弄意味地被称为圣者或哲人，因此，这些作者尽可能努力去混淆伟大与善良这两种概念；伟大在于给人类带来各种各样的灾祸，善良则在于消除这种灾祸，没有两件事情可能比它们彼此区分得更清楚了。

最初几节中夸张的文体引起的不管怎样微弱的怀疑，在这里都变得毫无疑问了。除非我们自愿而非嘲讽地同意他把伟大和善良分开，除非我们和叙述者一样，认为“给人类带来各种各样的灾祸”的人，正是因为这么做才得以成为真正伟大的人，否则，我们就会被迫从叙述者公开的信条背后，转向作者隐蔽的信条。在这一章结尾，没有一个人能相信作者本人会把一个伟大的人的善良当作“卑鄙和不完美”，也没有一个人能相信，作者就像他的叙述者一样，要求读者“同意我们给予”江奈生·魏尔德以“大伟人”的称号。

没有这些清楚明白的线索，反讽总是带来麻烦，并且也没有更重要的理由去假定错在读者。我们很想嘲笑笛福笔下的愚蠢的托利党人，当笛福在《消灭不同教派的捷径》（1702）中为赞成这种消灭而辩论时，那些愚蠢的托利党人居然被笛福扮的托利党人所欺骗。既然笛福给我们提供了一种真实的模仿，又没有暴露他的真正目的，那么他的最早的读者们竟然没有一个“想象得到它是出自于一个辉格党人的笔下”[14]，也就没有什么可惊奇的了。一位明智的读者，不论他是偏激的国教徒还是不信奉国教者，都可以适意地、不加猜疑地阅读每一句话，因为笛福的假托利党人所提供的论据，没有一个不会被一位真正狂热的托利党人提出。当然，爱争论的细心的学者，甚至在第一次阅读时就会认识到，这些论据是似是而非的；但唯其如此，这些论据才具有十分严肃的论战性。笛福的代言人正是根据这种辩证的方法得出结论，认为真正的上帝之爱要求消灭不信奉国教的人，不过，这种辩证的方法毕竟与非常狂热的浮夸之词在形式上有共同之处：“杀死冷血动物蛇或蟾蜍，这本是残忍的，但是因为它们天性有毒而杀死它们，对于我们的邻人又是博爱的，毁灭这些造物，不是为了任何个人受到的伤害，而是为了防范；不是为了它们已犯下的罪恶，而是为了防止它们也许要犯的罪恶。”“摩西是一个仁慈而温顺的人，却也由于暴怒而走过营地，杀死了成千上万他所热爱的以色列人，因为他们搞偶像崇拜；理由何在？对其他人表示慈悲，而让这些人作为警诫的例子，以防止整个队伍的毁灭。”[15]

对于我们来说，一旦了解这本小册子的整个内容，笛福的意图所指似乎就清楚明白了。他的同时代人怎么能看不出这种论证的荒谬性呢？然而，如果我们把笛福的巧妙的模仿，与斯威夫特的《一个小小的建议》中更充分地发挥了的讽刺做比较，便会发现笛福关于民意残忍的争论与斯威夫特同样残忍的建议是十分不同的。笛福笔下的托利党所鼓吹的残忍，打着慈悲的旗号，并不是前所未闻、难以置信，完全超出人类经验的范围；正如他的所有读者都知道的，以前就已经消灭过异教徒，将来也还会这样做。因此，在任何不信奉国教者看来，这种论证想必完全与斯威夫特关于同类相食孩子的论证一样，是愤激而又古怪的，甚至他们也不相信它；相反，它令人害怕，所以这种反讽对于他们也就失去了意义。另一方面，对于托利党人来说，这种论证想必是既令人害怕又使人振奋的；甚至那些稳健的托利党人，在第一次阅读时，也可能以为，一个极端的托利党人才会以这种方式进行论证。

更加容易引起误解的是，对于事实的陈述，如果我们可以这么称呼它们的话，绝不是彻头彻尾的谎言。笛福指责不信奉国教者残忍，没有节制，而且不公正。许多不信奉国教者想必都会觉得，这种指责至少有部分是正确的。"没有绅士们，慈悲的时代已经过去，你们显示优雅的日子已经结束；如果你们对于自己还有什么期望的话，就应该做到和睦、节制、仁爱"，这种理由，在它自身的范围内，是充足的；它没有对那些在两党知情达理的人看来都显然是荒谬的理由让步，不像斯威夫特据以提出《一个小小的建议》的那些"充足的"理由。

最后，在这本小册子中，没有提出明确的纲领，这种纲领，要是理解得法，能够揭示出作者的真正立场。甚至在我们接到防备反讽的警告后，也不能仅仅从小册子中发现笛福的立场是什么。我们可以将这种写法与斯威夫特关于他自己的信仰的相反的声明做一比较，后者出现在《一个小小的建议》的结论中："所以我不许有人对我谈起那些权宜之计：对我们那些旅居国外的人的财产，一镑征收五先令的税，除我们自己种植或生产出来的布和家具，什么也不准使用，完全抵制……"用着重号为斯威夫特真正的建议列出的表，继续开下去可达半页，尽管斯威夫特的代言人否认这是斯威夫特真正的建议。笛福的小册子中就没有这一类东西。这本小册子的每一页都表现出语气的完全一致和用意的真挚，如果我们在读他的小册子时，事先不了解他的真正用意，那么我们也许很容易犯笛福同时代人所犯的错误。

笛福与斯威夫特之间的比较，令人好奇的方面是，仅仅根据真实的一致性来看，笛福的方法似乎比较好一些。笛福始终保持着一种戏剧性的、逼真的模仿，他不用任何斯威夫特式的暗示或戏谑的妙语。如果我们根据语气或距离的抽象标准来判断，笛福的作品也是比较好的。作为现代小说的先驱者，它当然格外有意义。[16]但是，如果我们愿意——我想我们必定是愿意的——去判断一下作品总的结构中揭示出来的实现了的意图，那么，就其为了讽刺的力量而乐于牺牲一致性而言，斯威夫特的作品则更高一筹。[17]

被推断的思想规范的极端复杂、微妙或隐秘。——甚至就在读者受到适当的警告时，如果被暗示的思想规范本身不是相当简单并被普遍接受的话，那么他还是要遇到麻烦的。关于斯威夫特在《格列佛游记》第四卷中持什么态度的争论，显然，今天也和过去一样十分热烈——不是因为斯威夫特已经留下有关反讽存在的疑问，而是因为很难知道格列佛与斯威夫特之间的距离有多大，确切地说，是因为很难知道那位旅人对于慧骃的热情中，哪一点表现得过分了。不管斯威夫特讽刺的目的是什么，总之它不是十分平常的，也不是十分简单的，很难做出解释。斯威夫特是赞同格列佛的意见，认为“这些高贵的慧骃生来就具有种种美德”呢？还是斯威夫特在格列佛背后，对那些“荒诞的造物”进行抨击，说他们根据冷酷的理性主义，“提出自然神论者的设想，认为人类并不需要特殊的基督教美德”[18]呢？舍伯恩教授指出，“关于斯威夫特作如何处理……格列佛的第四次航海，将会取得完全一致的意见”，这是不可能的。除非这里存在着某些长期丢失的线索，而这些线索所涉及的意图正是斯威夫特的同时代人所明白的，否则，我们必然得出结论，认为或者是斯威夫特的思想规范太复杂，或者是这些思想规范与格列佛的看法的关系太复杂。

即使我们断定小说的第四卷还有一些难以解释，我们当然还是会附和流行的风尚，宁愿去赞扬斯威夫特的含混，而不愿因为他的没有结论而谴责他。但是，不论我们取哪一种态度，都应十分清楚，我们所接受的含混，将以失去讽刺的力量为代价。除非我们十分肯定，斯威夫特更重要的是微妙与含混，而不是传达出一种较简单的信息的效果，否则，我们必定会考虑到这种可能性，即有人——不管是作者还是读者——已经走入迷途。

很幸运，我这里的主要观点并不取决于对过失的估价：任何时候，一位非人格化的作者，要求我们去推断他的叙述者的思想规范与他自己的思想规范之间的那种微妙区别，我们都可能产生困难。

我们在《摩尔·弗兰德斯》中遇到的正是这种困难。能够肯定摩尔的行为中有多少是笛福有意识做出判断和加以否定的读者，确实是一位聪明的读者。对我们最有帮助的评论家之一，伊恩·瓦特发现，在小说的许多章节中，他都不能决定读者的意见究竟是仅仅指责摩尔呢，还是同样也指责笛福。例如，摩尔告诉她的情人，她绝不愿意欺骗他，并且说："在我的一生中，从来没有什么事情像这次分别一样，深深地留在我的心中。在我的头脑里，我曾上千遍地指责他丢下我，因为即使要去讨饭，我也会跟着他走遍天下。我感觉到我的钱包里有什么，果然在那里我找到了十个畿尼，他的金表和两个小指环"[19]。是笛福打算把这最后的句子作为摩尔无意识的自我暴露，就像我倾向于认为的那样？还是笛福通过它暴露了自己呢？瓦特认为，笛福揭露了摩尔的诡辩，这种诡辩遮掩着她双重的忠诚，一方面是对她的情人，一方面是维护她自己的经济利益。不过，"严格说来，他并没有把这些诡辩描述出来"，因为他自己也是它们的受骗者；"所以《摩尔·弗兰德斯》无疑是一个讽刺的对象，但并不是一部讽刺作品"。人人都在小说中找到几个预期的反讽例证；人人都发现似乎笛福自己被暴露出来的时刻。但是，摩尔的大量行为，还是会使我们中的大部分人陷入困境而不能断定，那些使我们感兴趣的自相矛盾之处，是否是笛福有意为之。

不为这些问题烦恼的读者，也许会争辩，说他对于这部作品的看法，并不取决于作者是否已达到反讽的最高水平。但是对于我们中的大部分人来说，这是一个重要的问题：如果我们发现自己和人物一起来嘲笑作者，那么我们对于这部作为艺术品的小说的看法必定要受到损害。总之，不管我们是用瓦特的方法来阅读《摩尔·弗兰德斯》，还是赞同那些认为笛福是伟大的嘲讽家的人的意见，总之，摩尔的视角曾经给我们带来笛福不可能预料得到的困难，这是很清楚的；而我们对这部作品的兴趣的性质，也正是取决于甚至在两百多年后的现在，仍然不能很有把握地做出判断这一点。

生动的心理真实。——我们已经发现，尤其是在《爱玛》中，人物长时间的内心观察是如何强烈地影响着我们的判断能力。《摩尔·弗兰德斯》给我们带来的困难之一，就是这种影响使得我们对于摩尔最恶劣的不端行为的指责变得温和，并且使得我们对于她的一些错误感到困惑。特罗洛普指出，甚至像萨克雷《巴里·林登》（1844年）中的主人公那样邪恶的人物，也会对他产生这种影响。巴里·林登，这位讲述关于他自己的故事的带有喜剧色彩的反面人物，犯了一切可以想象得出的卑劣罪行，他故意伤害着小说中几乎其他所有的人；他找出最离奇古怪的理由来为自己辩护，不像摩尔，他至死顽固不化。然而，正如特罗洛普所说，“他的故事就是这样被写下的，所以对他不怀有某种友好的感情几乎是不可能的。……读者深受他的坦率和活力影响，当他成功时为他高兴，当他被送到墓地时则为他悲哀”[20]。不仅是特罗洛普表示悲悼；许多读者都落入巴里·林登的修辞生动的网中，这张网妨碍那些读者发觉他们自己原谅了他的罪过，因此他们便抱怨萨克雷的不道德。[21]为读者提供一种不可征服的内心真实，并且直接提供给他们，读者便发现他们自己也像萨克雷一样，内心完全被那些恶棍所占据。[22]

当获悉自己的读者所欣赏的正是那个麻木不仁的罪人洛弗莱斯时，理查逊感到难过。然而一旦洛弗莱斯得到机会为自己说话，因为书信体小说的形式允许他这么做，我们对于他的感情，甚至就在我们最紧张地为克拉丽莎感到恐惧时，也很可能是模棱两可的。不像我们仅仅从外表上表现出来的那种对于反面人物的反应，我们的感情表现为一种自然而然的憎恶与自然而然的同情的结合：尽管他是坏人，但他和我们是用同样的材料造成的。理查逊的意图常常遭到这种效果的抵消，这是不奇怪的。[23]

《青年艺术家的肖像》中的距离问题

人人都可以看到，这三种困难的来源中的任何一种，在某些现代小说中都有所表现，而且常常是通过比我们在早期的作品中所遇到的更加容易使人误解的形式表现出来。它们当中任何一种单独出现就有可能带来麻烦，更何况在某些现代小说中所有这三种情况同时出现呢。这里不存在什么预示，不管是直接的还是以言行严重不一致的形式；爱嘲讽的叙述者与作者的思想规范之间的关系是极端复杂的，这些思想规范本身是微妙和隐秘的；叙述者自己的内心活力支配着小说的场面并赢得我们的同情。

就这三者中的最后一个方面来说，现代小说已远远超出了福楼拜之前所取得的任何经验。简·奥斯丁实际上为爱玛做了含蓄的辩解：“爱玛的幻想就是你的幻想，所以原谅她吧。”而现代小说的作者则学会了以更加显著得多的形式来提供这种辩解。现代小说中内在观察的深入，各种各样的意识流，企图为读者提供生动的思想和感受的印象，这些现象的出现，会使我们对不须叙述者或反映者参与其中，自己独立做出判断的可能性采取盲目的态度。

如果一位熟练的难题制造者打算给我们设置最大难题的话，那么他不会比某些现代作品中所做的更好了，在那些现代作品中，极端含蓄的效果与内在的要求结合在一起，即要求我们保持对反讽的判断力。《摩尔·弗兰德斯》的作者是这样一个可以被想象得出的混乱的天才，他就像是在自说自话一样，这部小说的麻烦就在于，女主人公与作者之间明显的差距提供了太多的线索。那么就让我们来写一本类似于作者自传的书，大量运用作者自己生活的细节和见解。但是我们可能对一些道德问题感到不满意，这些道德问题与认知的、审美的问题相比较，毕竟是我们要讨论的较次要的问题。再让我们要求读者就一组复杂的意见和行动做出正确的判断，这些意见和行动中的主人公有时是正确的，有时稍有小错，有时则荒谬可笑地迷失了方向。确信情况还不是那么清楚的，最后让我们使读者严格地受到不明不白误入歧途的主人公意识的限制，这样，就没有什么妨碍读者乐意去推断确切存在的东西，虽然是不同程度的距离，但这种距离在整个作品中直接发生作用。我们可以肯定，有些读者会把这本书当作严格意义上的自传；另一些读者会可悲地误入歧途，忽略预期的反讽，却发现了一些本不存在的反讽。但是，对于极少数能够穿越这片丛林的读者来说，其乐趣将确实是异乎寻常的。

在这一方面，我们必须全力对付的巨人，很清楚是乔伊斯。除去偶然的一阵虚张声势，没有人真的声明乔伊斯是可理解的。所有的万能钥匙和学术指南都公开承认他后期的作品《尤利西斯》和《为芬尼根守灵》不能供人阅读；它们只能供人研究。乔伊斯自己总是解释他的作品，显然，对于不能把这些作品看作是完全独立的这个事实，他并不认为有什么错。读者的问题可以通过作品之外提供的修辞学来解决，如果它们是能够解决的话。

然而，与这里讨论的问题有关的距离上的困难，不可能通过简单的研究来解决。含混的暗喻可以查寻，意象和主题的模式可以追溯；几年来逐渐积累了大量知识，对于这些知识中的某一部分，现在甚至已取得了一定程度的一致性。但是还有大量实质性问题，这些万能钥匙和指南却很少能帮助解决，因为很不幸，它们的意见不一致，根本不一致。知道《尤利西斯》中的斯蒂芬在某一方面象征着忒勒马科斯，而布鲁姆则象征着他那四处漂流的父亲尤利西斯，这固然很好。但是，了解这部作品究竟是喜剧性的，是感伤的，还是悲剧性的，或者，如果它是三者兼而有之的，那么这些因素又表现在哪里，这同样是有益的。如果一位读者认为小说的结尾是肯定的，而另一位却认为其结尾是悲观的，那么能够说这两位读者读的是同一部作品吗？说乔伊斯在模仿生活方面非常成功，他的作品就像生活本身一样，似乎完全是含混的，完全可以听凭读者的需要去对它们做出任何解释，这并不是真正的解释。甚至就是威廉·燕卜逊，这位敏感而又有点过分天真的含混的预言家，也看出自己不能完全随意地对待这些互相矛盾的解释。在一篇很长的、证明《尤利西斯》的基本情节变化是趋向一个令人满意的结局（因为布鲁姆与斯蒂芬互相谅解，取得一致）的有趣论文中，他承认有困难，而困难在于这本书的性质：它“不仅拒不告诉你故事结局，同时也拒不告诉你作者认为故事的好的结局应该是什么”。然而几乎是同时他又写道，好像他认为先前的批评家不知怎么都犯了错误，因为他们都没有得出他关于这部作品的论断。“顺便说一下，我不能容忍这样一些批评家，他们认为讲出乔伊斯想要达到的文学效果是反讽的或不是反讽的，这简直是不可能的；如果他们不了解这一部分不是开玩笑的，他们就必须去了解。”[24]好吧，但是他们为什么应该了解呢？谁打算斡旋于燕卜逊和那些被他攻击的人之间呢？或者，又有谁打算斡旋于把这部作品解释为一部喜剧的劳伦斯·桑普逊和那些观点与他“明显不一致”的批评家，诸如斯图亚特·吉尔伯特、爱德蒙·威尔逊、哈里·莱文、戴维·戴希斯，以及T.S.艾略特之间呢？劳伦斯·桑普逊说，他们中的每个人都认为，“乔伊斯的艺术风格基本上是非喜剧性的，或者认为《尤利西斯》中的喜剧因素，与其说是原因，不如说是结果”[25]。

不管我们笑还是不笑都没有区别，这可能吗？除非我们能够以某种精确性来说明，小说中已经被融合在一起的各种因素是什么，否则，我们能把它当作一个真正像生活本身那样的合成物，来为它进行辩护吗？

对于乔伊斯早期的作品《青年艺术家的肖像》（1916年）来说，没有什么被认为是必需的万能钥匙，仔细地研究一下这部作品，要比纠缠于这样一些一般问题有益得多，这些问题涉及乔伊斯晚期的一些公认为难懂的作品。现在似乎每一个人都同意《青年艺术家的肖像》是一部具有现代风格的杰作。也许我们可以像那样来接受它，即确确实实地把它当作从各个角度看都毫无疑问地是一部伟大的作品来接受，并且觉得依然可以自由地提出一些不恭的问题。

这部"作者不明的"作品的结构，基于一个敏感的男孩成长为年轻的男子。他成长的过程，明显是经过精心构思的。开头四节的每一节，都结束了斯蒂芬生活中的一个时期，乔伊斯在早期的手稿中把每一时期生活的结束称作灵悟：内在真实体验的独特启示，伴随着十足的自鸣得意，就像置身于神秘的宗教体验中一样。每一个结尾都紧接着水准平平甚至降低的新的章节的开始。这里很清楚是精心做了结构上的准备工作的——为了什么？为了变化，还是仅仅为了循环往复？最后的自鸣得意是来自于一种解脱，即从那玷污早期体验的令人压抑的爱尔兰生活中解放出来呢？还是无限循环中的第五次转折呢？在上述任何一种说法中，我们总是用斯蒂芬观察自己的同样十分严肃的态度去观察斯蒂芬吗？他渐渐地达到艺术上的成熟了吗？当这个青年人准备离开爱尔兰去过流亡生活，准备"第一百万次去接触经验的现实，并且"在他的灵魂的"作坊中铸造出"他的种族的"还没有被创造出来的良心"时，我们和哈里·莱文一样，打算把这个当作那位艺术家代德路斯的十分严肃的画像，求助于他的同名者代德路斯，对于他"现在以及任何时候都是有用的"[26]吗？或者，如马克·肖瑞尔告诉我们的，这种夸张的文体是乔伊斯的暗示，暗示着这位年轻的伊卡路斯，飞得离太阳太近了，因为斯蒂芬最后的"过分抒情诗式的放松"语调，加强了"全部野心的虚幻性质"吗？[27]这位年轻人以不懈的严肃态度来观察他自己和他的飞行。我们应该这样理解这本书吗？

为了清楚地发现这些困难的存在，让我们考虑一下最后一节中的三个极重要的事件：斯蒂芬拒绝做一位教士，对于托马斯的美学的阐述，以及他写做了一首诗。

他拒绝做一位教士是错误的胜利，错误的悲剧，还是仅仅是错误的喜剧？大多数读者，甚至是那些追随新风尚以反讽的方法来理解斯蒂芬的人，也似乎把它当作一种胜利来理解：这位艺术家挣脱了束缚住他的一条锁链。对于加罗琳·戈登来说，这却是严重的失误。“我以为乔伊斯的《肖像》已经被整整一代人所误解。”她把斯蒂芬拒绝做教士看作“一个因时间和永恒而遭到诅咒的灵魂的画像，这个灵魂正是在先见和先知它的诅咒的过程中被捕捉住的”，她援引伊卡路斯的堕落和斯蒂芬自己对克莱恩利说的话作为例证，斯蒂芬说他不怕犯错误，“哪怕是一个很大的错误，一个毕生的错误，也许还是永恒的错误”[28]。那么，我们选择哪一种《肖像》呢，是选择那幅艺术家的灵魂经过斗争而胜利地获得他需要的自由的呢，还是选择那幅上帝的儿子，像撒旦那样选取了自己的诅咒的呢？没有两部作品要比我们这里设想的这两个方面区别更大了。问题的主要核心也许在于，要把这本书当作表达感受的杰作，令人感兴趣的究竟是什么，但是，除非我们自愿地躲避到鹦鹉学舌或不能传达的相对论中去，否则，我们是不可能相信这既是一幅自由的囚徒的画像，又是一幅给自己加上锁链的灵魂的画像的说法。

斯蒂芬的美学理论，给批评家们带来了更大的困难，它显然是从阿奎那那里发展出来的。这部作品本身，像格兰特·雷德福告诉我们的那样[29]，是“一种艺术主张和一种由中心人物加以揭示的方法的具体化”，它为乔伊斯取得了斯蒂芬在自己的理论中所称颂的“完整、和谐和光彩”吗？或者，如努恩神父所说，它是斯蒂芬的不成熟的美学观的一幅反讽画像吗？努恩神父告诉我们，“通过引起我们注意乔伊斯自己的更加深奥微妙的对文学的关注”，乔伊斯要限制斯蒂芬的言论，他离开托马斯的美学，来观察斯蒂芬在他的趋向于非人格的：戏剧性的叙述中失去线索。许多批评家“直接地”进行“艺术家与创造的上帝之间的比较”，这对于努恩神父来说，正是“乔伊斯对于达德路斯的美学加以反讽的发挥的顶点”[30]。

最后，那矫揉造作的维兰内尔诗体又是什么呢？乔伊斯打算把它当作斯蒂芬的艺术才能的重要标志，当作他的真诚而又令人可笑的自负的早熟标志，还是当作完全是其他的什么东西呢？

> 你对你那永恒的热情岂不感到厌倦？你简直可以迷住堕落的天使长。啊，不要再提那令人陶醉的年华。
>
> 你在男人的心中燃起了热情的火焰，你让他为你失去了自己的主张。你对你那永恒的热情岂不感到厌倦？……

几乎没有人公开表示自己了解这首诗的性质。我们打算对痛苦渴望中的斯蒂芬微笑呢，还是可怜他？我们是要惊叹他的艺术才能呢，还是要嘲笑他的自负？或者我们只是说“对于这样一位热恋中的青年如果倾心于艺术便能写出诗的何等非凡的洞察力”呢？——我们被告知，这首诗“像一片闪着光的云彩把他包裹起来，像一潭具有流动生命的清水一样包围他：于是，也像烟雾缭绕的云彩，或者像在空间周游流动的清水，这一段行云流水般的资言，这神秘性的象征，也在他的头脑中流过”。既然我们还记得让·保尔“浪漫式反讽”的公式，“感伤的热水澡紧接着反讽的冷水浴”，我们只能询问一下这里打开的是哪一个龙头。我们要为之神魂颠倒呢——还是仅仅为之发笑？

无疑，某些批评家将会回答说，所有这些问题都是无关紧要的。维兰内尔诗体不要去判断，只要体验即可；在艺术作品中，美学理论既非正确又非谬误，而只是对于艺术作品而言才是“正确”的——也就是说，在这一点上只有对于斯蒂芬的性格描写才是正确的。以适当的方式阅读现代文学作品，我们必须拒绝提出一些与作品无关紧要的问题；我们必须接受“肖像”，不再询问人物描绘是好还是坏，是正确还是错误，就像我们不再询问一位妇女让毕加索画像是否合乎道德一样。“所有类型的事实”，正如吉尔伯特指出的，“精神的或者物质的，崇高庄严的或者滑稽可笑的，对于艺术家来说，都具有同等价值”[31]。

这种答案，只有在我们的鉴赏水平发展的某一个阶段才能得出，这种鉴赏不仅是对现代艺术，而且包括所有的艺术，我们越是长时期地注意它，它就变得越不能令人满意。这似乎当然不是乔伊斯的基本态度，尽管他常常使人们误解它。[32]艺术创作和艺术欣赏从来也不可能完全是一种中性的活动。尽管不同的艺术作品要求对于它们的鉴赏做出不同的判断，小说第三章到第五章的看法应该是站得住的：没有什么作品，哪怕是最短的抒情诗，作者能够在道德上、理智上和审美上完全持中立态度进行创作。我们可以错误地进行判断，我们可以无意识地进行判断。但是，不对一部作品的各种因素做出判断，不把它们看成是被制作成一个特定样式的事物，我们甚至不能记住它。即使我们否认，从构成事件真正顺序的意义上看，小说中事件发生的先后顺序具有意义，这种否认本身也是对于斯蒂芬每一阶段的行动和见解的正确性做出判断：断定他是没有成长起来，与断定他变得越来越成熟一样，是对他的行动做出判断。事实上，每个人都按照某种发展的顺序来读这部作品，我们就是通过这种阅读来判断，后面的行动和见解，与前面的行动和见解相比，在道德上、感情上和理智上是更加成熟了，还是相反。如果我们认为，乔伊斯对于斯蒂芬的才能，美学观和他的维兰内尔诗体的确切态度是无关紧要的问题，我们就很难就这些问题互相展开争论。然而，根据我最近的一个统计，仅仅是讨论乔伊斯的美学观点的，就至少有十五篇文章和一部完整的著作。[34]

像大多数现代批评家一样，我倾向于采用内在的而非外在的证据来弄清楚这些争论。当我每一次重读《肖像》，寻找关于我的三个问题的答案时，那些专家们都几乎对我没有什么帮助。他们全部满意地抓住任何或许能够说明乔伊斯的意图的一点评论或支离破碎的材料做文章。[35]谁能去责备他们呢？

事实似乎是，乔伊斯总是有一些对于斯蒂芬的不能确定的态度。任何一个人，带着这个问题去读埃尔曼的具有权威性的传记，都禁不住要被乔伊斯对各种各样的版本所做的大量修改留下深刻印象。当然，这并不是什么特别奇怪的事情。大多数“自传体”小说家，在试图决定要使他们的英雄怎样英勇时，大概都会遇到困难。但是乔伊斯的摸索正好出现在这么一个时期，这时，传统的控制距离的技法已被抛弃，客观性的教条失去了坚实的基础，人们严肃地接受了这种看法，即把引起“真实感”作为艺术的自足目标；因此，判断或指定读者应该赞成还是反对，笑还是哭，就是艺术家所不必关心的事了。

到目前为止，在传统的概念中，传统的形式已经对距离问题做出一定程度清晰的说明。例如，如果作家要写喜剧，他知道他的人物必须至少在某种程度上，被安置在离观众思想规范很远的地方。当然，这种预先的规定不会解决作者的全部问题。平衡同情与反感，赞同与谴责，仍然是一个基本的困难的工作，不过在过去的喜剧作家的实践中，已经对这个困难的工作做出了不少指导。另一方面，如果作者要写悲剧、讽刺作品、哀歌、庆典颂歌，或者任何其他文体的作品，那么在某种范围内，他可以根据常规惯例去做，这些常规惯例会指导作者与他的观众对他的人物采取共同的态度。

年轻的乔伊斯没有什么可依据，然而，他似乎也从未感觉到他的境况危机四伏。早期，当他记下自己短暂的“灵悟”时——那些被认为揭示出事物内在真实的对话或描写——这里总是具有记录者思想规范与读者思想规范之间不言而喻的一致性；在揭示性的那一瞬间，两者都是旁观者，两者共同分享了想象中的片刻真实。尽管这些灵悟有的是可笑的，有的是可悲的，有的是可笑而又可悲的，其基本效果总是相同的：一种乔伊斯喜欢称之为“具体化”的压倒一切的感受——当它们成功时：艺术家的意图终于被体现在物质的实体中。这时，诗人已经完成了他的工作。

甚至在这些早期的灵悟中，也存在着距离上的困难；作者必然期望读者参与他的设想，并且兴趣盎然地，从每一个字句或每一个表情中，捕捉灵悟为作者自己唤起的准确的情绪或心境。但是，既然与作者完全一致是这些成功时刻无声的先决条件，因此距离的基本问题就绝不是很严重的了。即使作者与读者会解释得不一致，他们还是可能共同具有被唤起的真实感。

只有当乔伊斯在一部长篇小说的中心安置一个体验灵悟的人物时，也可以说，这是一种灵悟产生的技巧，同时，人物本身被真正的作者加以利用，作为一个对象，与作品中表现出的思想规范保持一种含混的距离，这时，距离的复杂性就变得难以预料了。如果乔伊斯以嘲讽的态度处理作者——人物，就像他在大部分《斯蒂芬英雄》中所做的一样，那是《肖像》更早的也更空洞的版本[36]，那么他所描写的灵悟的性质会怎么样呢？它们仍然是真正的灵悟呢？还是仅仅是这个误入歧途的乳臭未干的年轻人认为它们是灵悟呢？如果像乔伊斯的兄弟斯坦尼斯劳斯所指出的，“英雄”这个词是讽刺的，我们还能认真地对待那位反英雄的幻想吗？可是，如果讽刺手法被丢弃，如果这位英雄被塑造成真正的英雄，并且如果使读者完全像这位英雄一样去看待事物，那么客观性又会怎么样呢？从保持适当的审美距离来看，肖像已不再是现实的客观复制，只不过是主观的嗜好而已。

在埃尔曼的描述中，我们可以看到，乔伊斯在整个修改过程中，一直在与这个问题做斗争。不像福楼拜以前的那些作家，他没有常规、传统或者同类的艺术家作指导。福楼拜和乔伊斯都没有建立起可以立足于其上的坚实基础。事实上，他们两人都曾绊跌在同样的障碍上，虽然有时他们各人也曾排除过困难，在他们声称作为现实主义者之后，詹姆斯无心再去留意存在于他们唤起的表面现象之下的实际问题和教训。一个努力要以艺术的形式表现他自己的自我的极端的自我主义者，一个无法逃脱其膨胀的自我的画像所引起的喜剧性后果的幽默作家，在完成了的《斯蒂芬英雄》中，乔伊斯所面临的是，他不得不承认这是一个由各种冲突的观念组成的大杂烩。斯蒂芬是不是一个自负的蠢货？他的名字，果然如发现它的斯坦尼斯劳斯所说，带有预谋的荒谬性还是一种严肃的象征？答案似乎是必然的，不过它好像还是一种退避：简单地描述“现实”，让读者去判断。删掉所有的作者判断，删掉所有的修饰语，展示一个又长又含混的灵悟。[37]

排除作者明确的判断，结果作品是如此引人注目和激发兴趣，作品主人公的想象是如此富于灵感，以至于几乎所有的读者都疏忽了嘲讽的内容——当然，除了对其他人物起作用的嘲讽外。据我所知，直到《尤利西斯》于1922年发表之前，没有人针对斯蒂芬的反讽发表过意见，因为小说一开始伊卡路斯、斯蒂芬的行动，就受到限制。事实上，直至1944年《斯蒂芬英雄》的断片发表之后，反讽式阅读并不流行。那部作品的读者确实发现许多抬高斯蒂芬的权威性的证据——这些证据一般可以证实任何人对于议论存在的偏见。“……当他（斯蒂芬）写作时，一种成熟的、经过思考的激情鞭策着他。”“这种具有一定肤浅性的愤激情绪无疑来自于得到解脱的兴奋……他以一种高尚的自我主义向自己供认，他不可能把一个民族的痛苦、一个厌恶自己就像厌恶一行蹩脚的诗句那样厉害的灵魂放在心里：但同时在这个世界上，也没有什么对于他来说比当一个业余艺术家更不算什么的了。”“斯蒂芬喜爱艺术并不是一种年轻人的浅薄涉猎，而是努力要去洞察一切事物的意义重大的实质。”但是读者面临的同时也是一个有许多污点的主人公。因为不成熟的作者已被淡忘，所以我们才能够同意《肖像》是一部比较好的作品；乔伊斯确实可能发现，去掉议论是达到成熟的唯一方法。然而对于这种不成熟的议论来说，主要的事实仍然是，我们必须通过解释晚近较完美的作品中的反讽，来努力发现与这种议论有关的迹象。

我们在《斯蒂芬英雄》中所得到的，并不是对于我们可能在《肖像》本身的基础上进行的任何阅读的简单印证。我们进一步得到了一种极端复杂的看法，结合讽刺与赞美为一个无法预见的混合物。因此托马斯主义的美学，“就一般而论，是实用的阿奎那，他以发现新事物的天真姿态清楚地阐述它。他这样做，部分地满足了他自己对于谜一般不可思议的东西的趣味，部分地来自于一种真正的倾向，即几乎完全以经院哲学为前提的倾向。”在这段话产生影响之前，还没有人得出类似的关于斯蒂芬的准确而复杂的评价。我们可以断定，这种责备与赞同相结合的评价，在完成了的《肖像》中是不同的；隐含的作者无疑地常常否定那个干扰《斯蒂芬英雄》的年轻叙述者的直接判断。我们同样能够断定，他的判断并没有因此而变得更简单。任何完全基于内在的证据对《肖像》所做的批评，我们在哪里找到斯蒂芬的观点与作者深入的洞察力的并置呢？“按照这种简单的工序建立起最优秀的文学艺术的样式后，他便开始依据他的理论对它进行考察，或者，根据他对这种样式的处理，着手建立一些关系。这些关系必须存在于文学想象、艺术品本身，能够想象与创作出它的能力和意识到的、再现的、独特的生活核心，以及艺术家之间”。依据《肖像》，我们能够推断出乔伊斯认为斯蒂芬完全科学地解释了他的理论吗？我们会猜想，乔伊斯可能嘲弄地把他归之于“感情炽烈的革命者”和“一步登天的小品文作者”吗？[38]

《斯蒂芬英雄》中，作者对于审美的最后评价是赞许的，但是这种赞许又是有限的：“除去那种雄辩而自负的演说外，斯蒂芬的小品文是一种小心谨慎地沉思冥想的美学理论的小心谨慎的说明”。在完成了的作品中，他已经删去了一些否定的因素，如“雄辩而自负的演说”，而以交谈的形式来表现纯理论，尽管对于上述看法也许还有争论，但有一点是明确的，即乔伊斯自己对他的主人公的理论的评价，比我们仅仅根据最后的版本所能推出来的要更加详细。

其他两个重要问题，即斯蒂芬拒绝做教士和他的诗歌天才，我们在《斯蒂芬英雄》中，也可能发现同样的解释。例如，“他把这一时刻收进了他的记忆中……并且……写出了几页拙劣的诗行”，《肖像》的主人公可以被认为写的是“拙劣的诗行”吗？读了乔伊斯的评论家的许多评论后，人们不会这么认为。

但是谁去责备这些评论家呢？乔伊斯要求他的读者方面的不论什么理解力——让我们假设这种理解力比得上乔伊斯本人的理解力，而这是不可能的情况——也不足以对那种毕竟属于乔伊斯个人的判断方式做出准确的推断。这就等于真正无视他与他的主人公之间的距离有多大，而这种距离，我们相信他在结束最后一个版本时已经得到了。我们完全不可避免地会得出结论，认为作品本身在某种程度上出了毛病，而无视于它的大量优点。除非我们做出一个荒谬的假定，假定乔伊斯在完成最后的草稿时，事实上已经删去了他自己所有的议论，除非我们发现他真正做到，把斯蒂芬的所有行动看成是同样聪明的或同样愚蠢的，同样能辨别好坏的或同样没有意义的，否则，我们必然要得出结论，认为对于我们中的大多数人来说，在他的完成了的《肖像》中，许多有意识的精心安排都永久地失去了。即使我们打算像尽职的学生做家庭作业，即使我们打算研究乔伊斯的全部作品，即使我们打算花费乔伊斯开玩笑说的他的小说需要的毕生时间，恐怕我们还是不能想到乔伊斯心目中所具有的、斯蒂芬在爱尔兰最后几天内得出的那么丰富、精练与多变的观念。对于我们当中的某些人来说，超然与客观的态度也许仍然是值得付出这个代价的，但是我们绝不要装出还没有付出代价。

注　释

1. 罗伯特·B. 海尔曼，《对〈螺丝拧紧〉的弗洛伊德式理解》，载《现代语言札记》，第62期（1947年11月），第441页。

2. 致威尔斯的信，1898年11月9日，卢珀克编《信件》（伦敦，1920年），I，第

306页。再版于《亨利·詹姆斯与H.G.威尔斯》（伊利诺斯州，厄巴纳，1958年），利昂·伊德尔和戈登·雷把它的有关内容看作证明而不予考虑，即证明詹姆斯企图达到完全清晰与效果单一，他正在做的一切就是“向威尔斯解释他如何使女家庭教师‘非人格化’——所以她甚至没有姓名”（第56页）。可是从詹姆斯的信的上下文来看，“非人格化”显然指的是她没有“她自己主观上的复杂性”；这里不存在个人“语气的变化”，也不要求读者接连不断地更正她个人的意见。

3. 笔记附注全部参看《亨利·詹姆斯笔记》，F.O.马西森和肯尼思·B.默多克编，（纽约，1947年）。

4.《小说的艺术》，R.P.默多克编，（伦敦，1934年；纽约，1947年），第174页。

5.《罗德里克·哈德森》序言，见《小说的艺术》第16页及90页。

6. 福特·马多克斯·福特，《老人》，载《亨利·詹姆斯的问题》，F.W.杜皮编（纽约，1945年），第51页。

7. 约瑟夫·华伦·比奇，《亨利·詹姆斯的方法》（修订版，费城，1954年），第112、76页。

8. 利昂·埃代尔为哈罗德·C.戈达德的《〈螺丝拧紧〉的弗洛伊德前的解释》作的按语，载《19世纪小说》，第12期（1957年6月），II。其他引文引自（1）爱德蒙·威尔逊的《亨利·詹姆斯的含混》，载《猎知》，第7期（1934年，4月—5月），第385—406页，后收入《三重的思想家》（纽约，1938年）和F.W.杜皮编的《亨利·詹姆斯的问题》，第160—190页；威尔逊后来修正了他的论述，声明是无意识的动机促使詹姆斯去描写性压抑导致的结果（见下文，第370页）；（2）奥斯本·安德烈亚斯的《亨利·詹姆斯和开阔眼界》（华盛顿，西雅图，1959年），第46—47页；（3）丽贝卡·韦斯特的《亨利·詹姆斯》（伦敦，1916年），第97页。

9. 罗伯特·利德尔，《〈螺丝拧紧〉的“幻觉”理论》，载《小说论》（伦敦，1947年），第138—145页；亚历山大·E.琼斯的《〈螺丝拧紧〉的角度》，载《现代语言学会会刊》，第74期（1959年，3月），第112-122页。

10.《复杂的结局》（伦敦，1952年），第110页。其他有关詹姆斯的含混的论说见（1）罗伯特·坎特韦尔的《一点真实》，载《猎知》，第7期（1934年，4月-5月），第494—505页：“在他（詹姆斯）走得很远之前……要决定任何一部独立的作品中，什么地方去掉了他的议论的反讽，变得重要了……”（第501页）；（2）约瑟夫·华伦·比奇的《亨利·詹姆斯的方法》，第247—249页：最糟糕的是，在所有这些持不同意见的讨论者中，读者不知把自己的同情投向何方（在《青春期》中）。

11. “文献”，第5节，B。

12. 注39，第48页。

13.《作品》，H.W.和F.G.福勒翻译（牛津，1905年），II，第137页。

14. 引自于伦敦1703年出版的一本小册子：新的联合，第二部分，关于进一步的改善，根据另一个和最近的苏格兰长老会的盟约，除了前一部分所提到的那个……。对于伪称笛福的说明以及指责《捷径》的不同意见的一个回答……（第6页）这一参考材料得自于我的同事利·吉比。关于区分模仿与不玩弄读者的嘲讽的讨论，参看伊恩·瓦特的《小说的崛起》（加利福尼亚，伯克利，1957年），第126页。

15.《消灭不同教派的捷径》（伦敦，1702年），第18、20页。

16. 罗伯特·C.拉思伯恩，《英国小说的制作者》，载《从简·奥斯丁到约瑟夫·康拉德》，罗伯特·C.拉思伯恩和小马丁·斯坦曼编（明尼苏达，明尼阿波利斯，1958年），第3—22页，特别是第5页：“笛福十分杰出地运用了人格面具的技巧，他的嘲讽获得了加倍的讽刺效果，这种效果正在于那些被讽刺的人，却以严肃的态度对待他……这个小册子使笛福套上了颈手枷，但是它同样表现出笛福从假设的角度写作的熟练技巧。”

17. 我们也可以说，即使我们知道笛福的小册子是带有讽刺性的，我们从笛福那里得到的喜剧性的快感也比较少，因为我们很少嘲笑的对象：（1）可以相信，没有一位读者会因为不解其意而被看作是可笑的；（2）笛福的发言人没有斯威夫特的发言人荒谬。笛福的模仿越真实，他就越少嘲讽式的夸张，我们感到嘲笑他或被他欺骗的读者就越不对。

18. 欧文·埃伦普赖斯，《约拿旦·斯威夫特的人格》（伦敦，1958年），第102页。讨论这部作品的另一种内容充实的参考文献，可查阅凯思林·威廉斯的《约拿旦·斯威夫特与妥协的时代》（堪萨斯，劳伦斯，1958年），第177页注。又见小威廉·布雷格·埃瓦尔特的《约拿旦·斯威夫特的面具》（牛津，1954年）。乔治·舍伯恩与R.S.克莱恩提供了驳斥富于嘲讽意味地理解慧骃的有力证据（舍伯恩的《关于慧骃的错误》，载《现代语文学》，第56期[1958年11月]，第92—97页；克莱恩的《慧骃，耶胡和思想史》，载《理性和想象：思想史研究，1600—1800年》，J.A.梅佐[纽约，1962年]）。但是，真正的要害在于，问题的解决，在这里是极端困难的。

19.《小说的崛起》，第125页。瓦特就近来把笛福解释为一个自觉的嘲讽家的问题进行了深入的讨论。对于笛福的反讽的更加令人满意的处理，可参看阿兰·D.麦基洛普的《英国小说的早期大师》（堪萨斯，劳伦斯，1956年），第一章。

20.《萨克雷》（伦敦，1882年），第71页，初版于1879年。

21. 戈登·N.雷，《埋葬了的生命》（马萨诸塞，剑桥，1952年），第28页及其后诸页。

22. 特罗洛普，《萨克雷》，第76页。关于斯摩里特的相同困难的记载，可参看麦基洛普的《早期的大师们》，第147—150页。

23. 瓦特，《小说的崛起》，第212页："例如，巴尔扎克认为，在1837年，这种现象很适于用来说明这一点，即就一个被提出的问题来说，总是存在着两个方面，站在哪一边无疑就会被解释为一种修辞上的炫耀——在一个克拉丽莎和一个洛弗莱斯之间谁能做出决定？"

24.《〈尤利西斯〉的主题》，载《肯庸评论》，第18期（1956年冬季号），第36、31页。

25.《斯泰恩-梅瑞狄斯-乔伊斯作品中的喜剧性》（奥斯陆，1954年），第22页。

26.《詹姆斯·乔伊斯》（弗吉尼亚，诺福克，1941年），第58—62页。

27.《发现的技巧》，载《赫德森评论》，第1期（1948年春季号），第79—80页。

28.《如何阅读小说》（纽约，1957年），第213页。

29.《乔伊斯〈肖像〉中结构的作用》，载《现代小说研究》，第4期（1958年春季号），第30页。还可参看赫伯特·戈尔曼的《詹姆斯·乔伊斯》（伦敦，1941年），第96页，以及斯图亚特·吉尔伯特的《詹姆斯·乔伊斯的〈尤利西斯〉》（伦敦，1930年），第20—22页。

30. 威廉·T.努恩《乔伊斯和阿奎那》（康涅狄格州，纽黑文，1957年），第34、35、66、67页。还可参看休·肯纳的《合于透视法的肖像》，载《肯庸评论》第10期（1948年夏季号），第361—381页。

31.《詹姆斯·乔伊斯的〈尤利西斯〉》，第22页。

32. 理查德·埃尔曼的结论认为，不管我们是否了解它，"乔伊斯的法庭总是在开庭，就像但丁和托尔斯泰的法庭一样"（《詹姆斯·乔伊斯[纽约，1959年]，第3页）。

33. 诺曼·弗里德曼认为"一个天主教徒可能对小说中主人公拒绝的天主教生活理想产生共鸣，这是对于乔伊斯的戏剧天才的一种称赞"（《小说的角度》，载《现代语言学会会刊》第70期[1955年12月]，第11—84页）。但这并不是说，天主教徒是正确的，或者我们不必承认这个问题。

34.《现代小说研究》第4期（1958年春季号），第72—99页。

35.例如，可参看J.米切尔·莫尔斯为完全“直接地”理解《尤利西斯》所做的辩护，很大程度上取决于戈尔曼对于乔伊斯的《笔记》的理解（《奥古斯丁，爱恩巴特和乔伊斯》载《现代语言学会会刊》第70期[1955年12月]，第1147页，注12。）。

36. 西奥多·斯潘塞编，1944年。只有原稿残留下的部分。

37. 丹尼斯·多诺霍，《乔伊斯与有限的秩序》，载《悉万尼评论》第68期（1960年春季号），第256—273页：“这些对象（在《肖像》中）的存在，为含羞草般的斯蒂芬提供了一个合宜的、令人同情的背景；它们注定要表明以哀婉的方式体验的结果……。抒情的情境和深入的探究相隔绝，《肖像》中这种偏爱太多了……。戏剧或修辞学应当提醒乔伊斯，斯蒂芬，这位美学上的夸夸其谈者，再没有比相应地作为一位技艺娴熟的能手更急需的了；没有这一点，作品就失去了一半的辨别力”（第258页）。乔伊斯无疑会回答，他本来就打算把斯蒂芬表现为既是夸夸其谈者又是能手。

38.《斯蒂芬英雄》的某一位评论家，困惑地注意到在这部作品中，全知的作者常常对年轻的斯蒂芬展开锐利的批评，而没有根据乔伊斯的戏剧化叙述的理论，把这种作者去掉。因此，这部比较早的作品在这位评论家看来，似乎“过分地玩世不恭”了，并且“过分远地离开了那种超然的古典主义的原则，而这种原则是在这两部作品中的任何一部被写成之前就已经形成的”。写出《斯蒂芬英雄》的人，怎么能够“以一种使人迷惑的热诚的语气”，进而写出一部像《肖像》这样的作品呢？（《泰晤士报文学增刊》，1957年2月1日，第64页）。确实，一旦我们注意到这一点，反讽意图的征兆立即进入我们的观念中。例如，我们当中那些现在相信乔伊斯并不是完全严肃地对待那几节论美学的内容的人，必然会奇怪我们如何“直接地”理解它们。在那些从前的、愚昧的、我们还看不到会发生什么事的日子里，我们从下面这些内容中又能了解什么呢？“大家原以为他终日沉湎于其中，因为使他离开他的年轻伙伴的那些学问，现在看来也只不过是从亚里士多德的诗学和心理学中搜集来的一些纤巧的句子，只不过来自一本《圣托玛斯哲学思想纲要》。他的思想不过是由各种疑虑和对自己信心不足所组成，仅只偶尔被本能的闪电所照亮的一片朦胧……”“它每一闪亮，整个世界便似被烈火烧熔，立即在他脚下消失了：而自那以后，他感到自己的舌头已笨拙失灵，而且他对所见到的别人的眼神也毫无反应，因为他感到美的精神已经像一件外衣一样把它完全裹住，而且至少在一种朦胧的梦境中他已经和崇高结识了。但是，如果这短暂的无声的骄傲不再给他以支持，他也很高兴自己仍然生活在无数普通人之中，在这城市的肮脏、嘈杂和混乱中，怀着轻快的心情无畏地向前走去”（第五章开头几页）。不管怎么幼稚，如果这里不是嘲弄的模仿的话，就是浮夸的。

第十二章　非人格化叙述的代价之二：亨利·詹姆斯与不可信的叙述者

但是，当接触到要害时，这个被叙述出来的寓言，是关于谁的呢？

——亨利·詹姆斯论《反映者》

在当代，一个人很难天真得如他所想的那样。

——索尔·贝洛

我十分怀疑，没有少许反讽为之增添趣味的一首诗、一幅画，或者一段音乐，能够给当代青年留下印象。

——奥尔特伽

如果非人格化叙述只限于那些叙述或反映他们自己的生活的暧昧的主人公，我们的问题就够大了。但是，正如我们所见，在《螺丝在拧紧》中，叙事情况常常比《肖像》中的更为复杂。作者为我们提供了另一个与主人公同样不可信的人物，来讲述他含混的故事，这时，一些我们认为最大的问题就会出现。追随詹姆斯的作者，希望获得“不同程度的和复合的效果”，也就是会产生“某种完满的真实性”的效果，他寻求给我们提供一个人物的“混乱幻想”，就像一个观察者的“同样极端混乱的幻想中反映出来的”一样，这时，我们在上一章所认识到的判断的全部复杂性便混为一体了。[1]

除了少数例外，我们可以发现，成熟时期的詹姆斯努力去为每个故事提供一个观察者，或者一组观察者，这些观察者，由于他们的敏感性而能够向读者“反映”他们的故事。这种故事就在“他们心中”真正发生过；因为他们体验着它，读者也体验着它。但是，由于无意识本身的戏剧性作用而产生的问题，詹姆斯从来没有清楚地加以系统阐述。因此他就不能提出与他的大部分作品有关的理论，这些作品中的故事，不论是用第一人称还是第三人称叙述的，其叙述者都是一种极端混乱的，基本上是自我欺骗的，甚或是刚愎自用的、谬误的反映者。

从有缺陷的反映者到主题的发展

因为我们占有他的前言与笔记等材料，所以有可能去追溯詹姆斯大部分故事中出现的一种变化过程，毫无疑问，这种变化过程常常存在于其他现代作家笔下，不过通常表现得更加隐蔽罢了：“主题”的变化，由最初的概念中不甚重要的“反映者”发展成为某种十分不同的东西。这里，我的兴趣在于，令人感到惊诧地众多的作品，其中观察者，尤其是不可信的叙述者，在主题的最初概念被明确系统地阐述后，才被引入。

在詹姆斯为一个故事所做的大量笔记中，包含着如何讲述这个故事的一般说明。关于这些故事，我们不能确定是否有一种较早的说法，未被记录下来，而以不同于任何叙述方法的形式存在于他的心中，但是，有一点是清楚的，即这种叙述方法最初是被看成与“主题”不可分割的。[2]“我料想，通常观察者应当讲述故事。”(《金碗》)“我不能在这里发现迂回的办法吗？我没有在我惯常运用的第三人称中发现解决的力、法吗？借助那位观察者知情人，不论是第二个妇女还是第二个男人的知己。”(《特例》)“我想起，根据我的习惯，当我需要某种极端客观的事物时——我总是这么要求，可以采用第三人称来叙述这件事。”(《朋友的朋友》)

有时候，他的这个观察者概念，从最初的笔记记载到完成了的作品都保持一致。但更多的情况是，他逐步地发展反映者，直到这个反映者与最初的主题相匹敌，甚至超过它。观察一下詹姆斯是如何把主题转变为影响观察者或被观察者影响的故事，这是很有意思的。例如，当他构思《一位堂姐妹的印象》时，人们可以看到一个新的女主人公的出现。

> 《堂姐妹》这个标题，是指一位（以日志的形式）叙述故事的年轻妇女，她的身边总有一个作为陪伴者的女亲属，观察着事件（最初的构想），并且猜测着其中的秘密。这种秘密只有在她的日志中才"泄露出来"。她本人当然可以作为一种"典型"。故事被安排发生在纽约，这位堂姐妹被描述为一个波士顿人，遵循着波士顿的道德规范，等等，我想以此来给作品增加一点美国的地方色彩。但是那么写大概是苍白无力的。

最后他把这位堂姐妹处理为美国妇女，她像詹姆斯的许多叙述者一样，成为故事中最生动的代言人。她不是仅仅观察和记录，而是在行动。最初的想法完全被改变了，因为关键人物之一爱上了叙述者，而这位叙述者原来设想为仅仅是一个反映者。

詹姆斯自觉地与似乎要接管主题的叙述者这个问题进行斗争，这方面一个比较明显的例证，表现在他对于《朋友的朋友》的评论中。开始时他的"我"很大程度上是一个观察者。"我向他们相互之间讲话——主要是通过我，他们相互得到了解。我不必过多地充当男中间人或女中间人。"可见詹姆斯清楚地意识到他的诱惑物，可是看看后来的情形怎么样了："我想必是有点儿勉强和多疑，甚至，如果中间人是妇女，还有点儿妒忌。如果一位妇女来讲述这个故事，她也许会在她的朋友去世后，对她的死去的朋友怀有这种妒忌心理。"但是，反映者自己的妒忌心理一旦影响行动，他就不再仅仅作为反映者存在了。就在我们研究叙述的方式时，故事本身正在我们眼前变化着。

> 或者，如果我没有这种"第三人称"叙述者，人们能够从这种非人格化的形式中获得什么效果呢？也许能从中获得什么独特的、带有补偿性的效果吗？在这种情况下，我应该——还是不应该——描述这种死后的会见呢？应该——然而不必要这样做。我可以"无人格地"包含第三人称以及

他（或她）的感受——从他的或她的角度出发来讲述故事。也许这样故事就不得不更冗长了。

突然间乔伊斯开始发现他的出路，变得激动起来。“这次短暂会见的最后障碍（法语：empêchement），也是最大的一个障碍，这个出乎意料的、并使这件事成为‘过去的玩笑’‘太过分的’障碍，以及关于它的其他一切情况，都是我自己的行动的后果。”他的“清晰的反映者”正在变得不那么清晰，此刻已不仅仅是反映者了。“我防备它，因为我已意识到炽烈的妒火……”从这一点开始，真正的主题，也即到目前为止一个新的故事是什么，已经清楚了。

（那年轻男子）和叙述者已有婚约……我做什么呢？我写信给我的未婚夫不要来（会见她，所谓的“朋友”，第一次）——她不可能……。我没有告诉她我干了什么；但是，那一晚，我告诉了他。我为此而感到羞愧——我羞愧并且做出那种补偿……。这种看法（死亡和随后而来的天罚）对我产生了影响。从这里起直到结尾，关于主题的看法都是我的：我的妒忌的再现……最终的破裂完全来自于我，来自于我的非难和猜疑。我妒忌死者：我感觉到，或者想象我感觉到，他的超然，他的疏远，他的冷漠。

在这个结束了的故事中，第一人称叙述者就是这样既自我欺骗又欺骗着别人。她绝不会认识到她自己的背信，听任读者根据她自己几乎是无意识的认可去推断这一点。故事已经完全变为“我的”了，这是毫无疑问的。

关于《下一次》的笔记中，显示出詹姆斯有时是意识到这种变化的结果的，它粉碎了他的镜子反映出的表象。他一如既往地开始。

不会有人反对他（他说他的小说家打算靠变得粗俗而写出一本畅销书来），另一种类型的一个形成对照的人物——这种人，对于根深蒂固的粗俗有模糊的意识，总是试图显得优雅些，这样做至少不会妨碍他——或她——获得成功。就算这是一位妇女。她成功了——并且她认为她是优雅的！她就不可能是具有十分荒诞的无意识的叙述者吗？因而整个作品就变为一个接近完成的反讽杰作了吗？

人们会期待作者去认识，误入歧途的叙述者，必然会引起读者很大的兴趣，并因此而改变这个故事，至少在某种程度上是这样。詹姆斯一般地是不考虑这种结果的。但这里，他考虑到了这一点，尽管他的论述是简洁而又含糊的。“其中可能存在着困难——我似乎发现了它：所以，就叙述者而言，自觉或半自觉地获得产生特定效果的全部力量，大概是必需的。无论如何，叙述者乃是这出小小的戏剧中的一个人，他正在向着相反的令人昏乱的方向努力着——为了达到完美而无助地工作着。”

不能解决他的问题，詹姆斯便把这个故事放到一边去，只是后来才又重新提起它。

在我早先的笔记中，我似乎抓住了一种模糊的想法的尾巴，即我的叙述者可能被看成是骗人的庸人的讽刺画像（也是文学的画像），一个勤奋的家伙，他获得一切成功，而我的主人公却没有，他能把他不能做的事情做得恰如其分。他含糊地、朦胧地意识到，他得不到雅士们投的票，得不到算数的人投的票，他正在试图干出些杰出的事情来……这个人就是叙述者吗？让他这么做，我便达到简洁和凝缩的目的了吗？

用意是明确的，然而答案似乎是不证自明的：如果他真正的兴趣在于简洁和凝缩，他就不会一开始就着手这种追求。正如他后来打算写进《卡萨玛西玛公主》的序言中的那样，当他一开始追求他的主要兴趣——“欣赏”他的故事——“简洁便受到了危害”。

在他寻求适当的方式讲述《下一次》时，詹姆斯转向一种不同的反讽概念，接着詹姆斯认定，他的叙述者应该是“完全地和充分地、同时必须是嘲讽式地自觉的”——也就是说，他必须认识到全部故事中的反讽，如果他打算简洁而凝缩地向读者传达这些反讽的话。“说得更精确些，他不应该吗？我能够选取这样一个人，并且让他——或她——天真地（法语：naïvement）叙述我那出小小的戏剧吗？我并不这么认为——尤其是对于这么短暂的一个机会：我冒着浪费材料和失去效果的危险。”他确实这么做了。当他继续说下去时，他的故事需要他的“真正反讽的画家”——反讽的，不是作为反讽的受骗者，而是作为反讽的主人。既然通俗的、畅销书的作者做不到这一点，问题便在于发现更合适的观察者。

“我变成叙述者，或是以非人格化，或是以未命名的、未特别提及的人物的方式。假定我选择了后者，正如《狮子之死》《考克森基金》等中表现出来的一样。”然而，詹姆斯通常一刻也不能以一个纯粹的观察者而满足。“我是一个不能被广泛接受的批评家，也就是说，我的作品太好了——引不起任何注意。我的杰出的创作完全损害了他的（最初的主人公的）杰出作品——就好的一面来说，它是打算为他工作的。让我对他保持沉默变为他的需求之一——他的努力的特征之一，努力设法有益地干上他一回或两回将来会受到欢迎的事，这一种显示（令人同情的徒劳的努力）是我主题的实质：我试图不去写他——为了帮助他。我的这种态度是故事的一个部分。”

什么故事的一个部分？当然不会是他刚刚正在谈论的最初的“实质”的一个必要部分。最初的主人公要写出一部粗制滥造的文学作品的努力，正好在新的叙述者“不再写他”的努力逐渐突出的范围内，失去其重要性。

在这一点上，詹姆斯抓住什么是事实上的新主题：“我自己似乎希望我的小说结局是这样的，在最后关头我就说话了——我控制不住地爆发出来（他并不知道我打算这样做：我保守这个秘密，冒这个险）：结果我毕竟击败了他。”谁是这个故事的主人公？很难说，但是也不难说，如果他的“突然爆发”“击败”小说家的话，叙述者已变为主要的代言人了。这个结局是他的，兴趣也在于他的行动与结果，根本不在于最初的主人公的行动与结果。

至少，我们在这里发现詹姆斯致力于逼真的叙述技巧的全部力量。他创造并否定一个不可信的叙述者，只是为了发现自己有能力创造出另一个“我”，这个“我”立即深深地进入故事情节，因而导致结局的产生[3]。他在《笔记》中说明《波音顿的珍藏品》的变化，就是利用弗莱达·维奇为反映者的结果，这是我们了解的关于这种转变过程的最完全的例子。这部优秀作品最初打算集中写一位母亲与儿子之间的争论，争论的内容是关于“一座摆满值钱的珍藏品的寓所”的遗产问题。然而在寻找一个“中心”时，詹姆斯发现了弗莱达·维奇，因为她是一个有个性的人，所以变成了“主要的代言人”；正如作者在序言中所说的，她对于一切事物的“专注的感情”，就是他最终的“主题”；她“理解”的“确定和透彻”形成了他最终的“情节”、他的“故事”。

他常常在他自己对于“主题”的说明中留下令人好奇的含混。就像《罗德里克·哈德森》的序言中说的一样，他开始解释主题，说它是写罗德里克自己在一次奇特的历险中的堕落。可是，不久它又自己解释“至少，不是直接地写我年轻的雕塑家的历险。而是间接的，从实质上和最后的结果看，从头到尾都是写另一个男人，即他的朋友和保护人，对他的看法和感受”。过了一会儿，他又在描绘这另一个人，罗兰·马利特，不是根据主题，而是再一次根据来自于“已被处理过的主题”的“中心”；但是，接着他把小说的总体解释为罗兰“‘发生’了什么事的总结”，“或者用另外的话说，是他的全部历险；因为他发生的事情，要比感知其他人发生的事重要得多……所以释义的妙处就在于必须在一切事情上都要保持它对于他的特殊价值”[4]。

利用实际上很轻易接受最初主题的叙述者，把一种观念转变为另一种尽管相关然而十分不同的观念，自詹姆斯以来已经变得如此寻常，以至于我们认为这种结果是理所当然的。我们告诉自己，这就是一位小说家如何创作的，我们可以举出无数小说的例子来证明这一点。如果同一个全知的叙述者，代替那个十分难以理解的尼克来叙述故事，《了不起的盖茨比》还会是同样的小说吗？就像这样一部作品，既可以把它说成是尼克关于盖茨比的体验，又可以把它说成是尼克眼中所看到的盖茨比的生活。观察与体验的无缝的网产生出我们接受的一致性——但是我们可以十分肯定地说，在类似于詹姆斯对可能的观察者进行探索的过程中，这种一致性想必已经被发展了。《黑暗的心》是库尔茨的故事呢，还是马洛关于库尔茨的体验的故事？马洛这个人物的塑造，是作为一种修辞技巧，以提高库尔茨道德崩溃的意义呢？还是库尔茨的塑造，是为了给马洛提供他对于刚果的体验的精髓？又一片无缝的网，我们自己提出那个陈旧的问题:“谁是主人公?”这个问题是无意义的。令人信服的整体结构,观察者所体验过的生活的印象,本身正是真正的艺术家所追求的。

对于像《螺丝在拧紧》这样的作品的争论意味着对于我们中的大多数人来说,这部作品还是不足的。当詹姆斯在他的叙述者身上发现了新的复杂性时,尽管没有一个人否认他发展他最初观念的权利,但是我们之中几乎没有人对这样一种情况感到满意,即我们不能确定主题究竟是通过一位天真然而本意善良的女家庭教师的眼来看两个邪恶的孩子,还是通过一位歇斯底里的、有害的女家庭教师的眼来看两个单纯的孩子。不管詹姆斯对这些故事中主题的最后看法是什么,我们只能得到这样的结论,即他的发展的叙述者与最初的主题之间的关系,常常比他自己关于批评的谈话中所认识到的更加复杂。事实上,他的某些故事表现出双重中心,它似乎来自于原先的主题与新的主题的不完全融合,新的主题一度发展了有严重缺陷的叙述者,这个叙述者已经被创造出来以反映原先的主题。我们可能永远也不会知道,詹姆斯所预感到的我们的困难有多少。但是我们只要查看一下他的两部比较令人头痛的作品,至少可以发现,自他以来我们在处理不可信的叙述者中产生的困惑的某些来源。

《说谎者》中的两个说谎者

詹姆斯倾向于发展观察者,使他的作用远远超过原来的构想,《说谎者》(1888)就是一个明显的例子。这不是那种简单的“某人故事中的故事”,它已变得比原先的构想更重要;这样做本身并不一定会产生麻烦。但是,这种反映者,由于对他自己的动机和他周围的现实显得无知,他就成为故事中的一个错误的代言人,他的错误与无意识的曲解所起的作用,远远地超过詹姆斯在描写那些观察者有时所指出的。

正如《笔记》中记载的,在最初的概念中,兴趣的中心是一个积习不改的说谎者卡巴多斯上校的妻子。詹姆斯的主题,是对这位妻子与日俱增的腐化的影响,使她不得不假装她的婚姻是成功的,假装她的丈夫的谎言并不使她烦恼。“然而终于有一天,她丈夫(上校)撒了一个天大的谎,她却不得不……接受它并使它更加自圆其说。一句话，为使他不致败露，她自己也不得不说谎。她的思想斗争，等等；她说谎了——然而说过谎后她恨他。”在序言中詹姆斯随之进行了讨论，他再一次把重心重新安放在他最初想象中的卡巴多斯和他的妻子身上。这里一点也未提及让一位观察者在小说情节中充当主要代言人。一位妇女被会说谎的丈夫所腐化而变得不诚实，这大概是一个极其简单的故事。然而，詹姆斯讲述给我们的，却是一个更为复杂的故事，是他的观察者与卡巴多斯夫人的关系的故事。很清楚，当他发展其观察者时，他对于嘲讽的癖好得到了控制，他把莱昂变为极端暧昧的主人公——确切地说，改变为一个反面人物。

这一类复杂的反讽结果，通过莱昂和读者的两种观点的对照才能看得最清楚。在这种时候，人们受到诱惑，禁不住会落入其他一些最近出现的解释詹姆斯的反讽的人所建构的模式中："整整一代读者都误解了……"但是，它给下述内容带来的困难，要比企图完成也许不可能完成的任务更多，这给我的印象太深刻了。这里是莱昂对于一些事件的看法（小说中采用了第三人称叙述），后面是作为读者的我的看法：

十二年后，我又碰到了这个女人，她曾经拒绝与我结婚，因为那时她不知道，有一天我会成名。她甚至比过去更可爱，我惊骇地发现她已经嫁给了一个积习难改的骗子。

她确实拒绝了叙述者，因为她了解与任何一个像他那种自我中心者结婚都是不可能得到幸福的。他如此地惊骇，与其说是因谎言而起，不如说是因妒忌而起；至少，他发现自己仍然爱她，看出她的丈夫是个骗子，只不过加强了他无意识的妒忌心理。

与这么一个"可笑的怪东西"生活在一起，她怎么能够忍受得了呢？与这么一个卑鄙的人结合，她又怎么能避免自己道德上的败坏呢？我承认卡巴多斯不是——到目前为止——一个"邪恶的骗子"，我承认他是完全

他真的确信，她应当懊悔嫁给了一个卑鄙的人，因为她本该嫁给像他这样的人。他自己的欺骗是完全"有私心的"，他比卡巴多斯要更加不诚实。

无私心的，我也承认他的欺骗中确实具有一种高尚的准则。同样我应该承认，当我作为一个画家涂抹颜料时，在某种意义上说，我也“说谎”。同时，对我来说，这似乎是一个悲剧，像她这么一个可爱的造物居然会与一个不诚实的人结合在一起。

我决定迫使她承认，她因丈夫的谎言而苦恼。

他真的决定要使她对自己错误的选择表示懊悔。

利用巧妙而几乎使我脸红的方法，我说服他们让我为卡巴多斯画一张像，我决定以这样的方式来画，以便揭示出他骗人之心的深处。

对他们隐瞒了他的动机，他说服他们允许他为这位丈夫画像，并决定以这样的方式去画，以便抹杀上校这个故事中其他人都喜欢的人的所有好的品质，只表现那些不名誉的方面，这样便把实际上正如詹姆斯自己在一封信中指出的，“一个可爱的男人，除去一些小缺点外”，变成了一个极可恶的人。

当她看到我所揭示的东西时，将会有所表示，说明她的诚实并未受损害。

当然她将会表现出某种迹象，说明她懊悔自己的婚姻，说明她会设想她与她丈夫的幸福“更不合意”了。

我按照计划画这幅画像，它是真正的杰作。

这是一幅显示漫画艺术力量的杰作。

这个骗子站在画布上，现出了他的真面目。

这个说谎者，被剥夺掉一切赎罪人的品性，被暴露在画布上。

然而卡巴多斯夫妇发现了这幅画像，当时他们以为我不在家；事实上我刚好碰上了这一幕，为了维护我的利益，只好偷听。

没有通知而偷偷溜回来，他是存心要偷听的。

卡巴多斯太太确实理解它，她为自己所看见的东西而战栗；卡巴多斯多少是慢慢地理解了我所揭示的东西，他把画像撕成碎片。

莱昂真正欢喜地看到她的惊骇，既然她看出画像的残酷的“真相”，他甚至更喜欢看到卡巴多斯把画像撕成碎片。

我不打算阻止他，我更高兴的是，至少在现在，我要使她承认对于她的不幸的婚姻的悔恨。

至少在现在，她为她的丈夫害臊，莱昂使她做到了这一点；然而他使她更加惊骇的是他的残忍。

但是，她反而帮助丈夫说谎，这位丈夫捏造了一个谎言，说是如何如何这画像想必早已经被毁掉了，她清楚明白地向我显示出，她已经完全被她的丈夫所腐化。这个骗子胜利了，我也失去了对不易玷污的女人的幻想。“她的虚伪”是令人震惊的。

通过帮助他的丈夫，她清楚明白地表现出，她仍然爱这个更好的男人，并且愿意为他说谎。那个怀有恶意的说谎者——莱昂，正是作茧自缚了。

如果批评家们并不是普遍地根据莱昂自己的话来理解他，人们就不愿意对好像是十分明显的事情做不必要的反复说明；既然詹姆斯在任何论述中都从未提示我们，说这个故事最终是更多地把莱昂当作说谎者，而不是把卡巴多斯当作说谎者，那么他们已经读过他，好像他就是按照设想而被写出来似的。例如，小雷· B.威斯特和罗伯特· W.斯托尔曼，把莱昂看成“为真理的缪斯所鼓舞着”，既是艺术家又是人。“是他的道德生命，而不是她的（卡巴多斯夫人的）经受着幻灭的震颤……他敢于在（她性格的表面）之下去发掘，因为他相信她的纯洁支持着他。你可以称它为罗曼蒂克的信任，或者称它为艺术家的信任。对于作为一个艺术家的莱昂来说，她体现着真就是美，美就是真”[5]。虽然作者认为他最后应受惩罚，他应受惩罚正是因为他“（由于坚持真理）已经触犯了社会……这使得我们感觉到，他剥去社会的面具，就是违反社会习俗，背叛社会准则，而这些机制是必须加以维护的，即使它产生出伪善，煞费苦心地制造出取代真理的谎言”。他强求她的忏悔的愿望乃是为了拯救她：“拯救始于深深的谦卑中”。

从最早的笔记记载来判断，很可能詹姆斯最初的想法与此相差得并不太远。但是当我们认为莱昂的某些谎言是由真理的缪斯所激起时，我们就不得不承认詹姆斯的想法改变了。“于是他同她谈起她的丈夫，赞扬她丈夫的外貌和社交才能，自称已经很快对他产生了友谊，并且几乎令他羞愧地‘厚着脸皮’询问他是什么样的一个人。”他毫不留情地追问着被他称之为卡巴多斯的“合法的背信弃义”，这种毫不留情使他在自己的胜利面前“差不多要退缩”了。他对他画的少校女儿的画像这件事说了谎，为的是继续他对那位妻子的没有响应的求爱。“让他的仆人们感到意外，有时对他来说是一个良心问题。”什么时候只要这么做有用，他便对他们说谎，同时仍旧认为自己是一个“与仆人进行有教养而坦率的交往”的人。假使有人打算详述他的所有谎言，那么整个故事就要被重讲一遍，因为这个故事很大一部分是由这些谎言构成的。

如果他进行探询，是“因为他相信她纯洁地支持他”，那么我们又把下述一些行为的动机看成什么呢？“莱昂猜测他（卡巴多斯）有时能够用暴力来维护自己的身份……这样一些时刻就会考验他妻子的人生态度——莱昂是喜欢在那样的时刻看见她的。”“哦，听见那个女人的声音带有那种深深的谦卑……他甚至想象到在那时，她也许会带着一副热辣辣的面孔，请求他结束这个问题。于是他几乎便会得到安慰——他要表现出宽宏大量。”卡巴多斯太太看过那幅画像后，叫起来："这是残酷的——欧，这太残酷了！"这时，那位被真理的缪斯所鼓舞的人的反应是特别的："最奇怪的事情是……奥列佛·莱昂既未提高声音，也未抬起手来（从卡巴多斯的撕毁中）抢救他的画。要害在于他并不觉得似乎他正在失去它，或者他并不关心他是否正在失去它，他更多的是意识到获得了一种确定。他的老朋友为她的丈夫而害臊，他已经使她表现出来了，他已经得到巨大的胜利，甚至牺牲掉自己的宝贵劳动也在所不惜……他因自己幸福的振奋而战栗。"

他那大量的欺骗中都有一种残酷的因素。确实，随着故事情节的开展，莱昂对艺术的兴趣，越来越转变为对最公开地攻击那个上校的兴趣。在这种攻击中，他的整个性格变得粗暴了。一开始他似乎对于艺术的精微尚感兴趣，后来他变得烦恼了，这是由于"想到，当他要把自己的画送到艺术院去时，他便不能在那种合乎礼仪所指出的一般标题之下进行创作。至少他不能送出一幅标题为《说谎者》的作品——多么遗憾。可是不管怎么说，这并没有什么，因为他现在已经决定把那种感觉在画上表现出来，并且要使它像被他描绘在想象中的生动画面上那样容易被理解——就最中等的智力而言。既然他现在在上校那里发现不了其他什么，所以他便让自己沉醉于'表达'其他没有什么东西的喜悦"。使这幅表现艺术家目的的画与詹姆斯曾经采纳的任何意图达到和谐一致是不可能的；事实上，它是詹姆斯的画像，它生动地说明当艺术被要求服从于"自私的"或实际的目的时，会出现的情况。莱昂"兴趣减弱时痛斥他的受害者"，这并不是为了艺术。

最后，有人注意到，所有可信的叙述者的明确介入——我数出四个，他们都十分简单——被用来强调莱昂自己的画像与真正的画像之间的区别；他的行动不是出自于艺术动机，也不是出自于错误地信奉某一理想，而是出自于追求一位使他失望的爱人的动机。其他一切都是合理的，根据莱昂"说的"和思考的而完全令人信服地被加以描写，但却企图通过有辨识能力的读者的眼而被看作是合理的。

如果这是一幅近似于反讽的画像，而这些反讽正是詹姆斯打算使之群集于莱昂自己的画像和同类的说谎者周围的，那么，在那些已经写过关于这部作品的文章的人中，只有马里尤斯·比尤利从这种角度来理解它，这个事实我们又如何解释呢？[6]

在就詹姆斯的用意所进行的批评论争中，习惯于把这种分歧归咎于读者方面的愚蠢和粗心，除了那些能看出“真正的”解释的人。然而，在论述这么一部作品时，相互指责可能是令人乏味的。没有什么注意，没有什么理解力，也没有什么背景情况需要阅读，就能确切无疑地把握《说谎者》，就像所有的读者能够把握《丛林猛兽》一样。尽管观察者与作者对于事件具有的两种显著相异的看法在我的图解式表达中似乎是清楚明白的，就作品本身而言，它的四周布满了复杂的情况，这使得人们认识到任何解释都是不确定的。

首先，莱昂的声音与詹姆斯的声音之间的区别，其后所表明的以及根据文体来看，通常不像我引用的段落中表现出来的那么大；确实，有时并不存在什么辨别得出的区别。莱昂对卡巴多斯的许多看法都是正确的。他把自己看作伟大的艺术家是有道理的；我们得到了卡巴多斯夫人勉强的证明。其次，为更好地理解这部作品，我们必须与我们自然地倾向于赞同反映者的看法做斗争。作为反映者，莱昂轻易地赢得了我们的信任，因为在生活中，我们理解的唯一心理，正如我们所理解的莱昂的心理一样，就是我们自己的。可是正是这种感染力使他变得危险了：他的感触对于某些效果将是毁灭性的。

因此，甚至在我们对莱昂的不可信已有所察觉之时，并且以最大的细心阅读之后，我们在《说谎者》中仍然面临着某些不可避免的含混，几乎可以肯定，这些含混是詹姆斯也没有想到的。就算莱昂的想法有些是不可信的，有些是可信的，大量介于二者之间的想法，从一种角度看似乎是有理的，从另一种角度看又似乎是无理的，它们又该怎么解释呢？莱昂为自己感到悲哀，他感到自己被出卖了，感到迷惘。詹姆斯仅仅想让我们去嘲笑，或去同情吗？卡巴多斯夫人最后的谎言，是像莱昂所认为的那样卑鄙的，还是高尚的，或者两者都有一点？一方面，她可能危害到一个无罪的第三者，而另一方面，她又保护了一个无辜的人使其不受侵入者的伤害。我们为生活的复杂而惊叹——而这正是詹姆斯真正意图的一个部分。同时很清楚，这种对于生活的困惑只有保持在一定限度内——在界限可能达到的范围内，这个故事才可能结合为一个整体。我们对于复杂性的认识，取决于我们的视力所及的各种构成因素的清晰程度。如果我们不能清楚地了解哪些因素是好的，哪些是坏的，我们就会忽视或误解小说中人物性格善良与邪恶的混合。如果我们把莱昂理解为正直的艺术家，为维护真理而与庸俗文化做斗争，这部作品就的确是非常无力的；十分之九的精炼的妙语和反讽失去了。然而如果他不是一位正直的艺术家，这部作品仍然有一部分是未完成的；说谎者莱昂的故事仅仅是半展开的。

假定迄今为止我们占有的证据只是我所提供的，那么我对《说谎者》所进行的研究也许要受到责备，就像我曾经责备其他一些研究《螺丝在拧紧》的批评家一样：把作者与叙述者之间的距离看得比作品本身表现出来的要远。但是幸运的是，我们在詹姆斯准备把这部作品收入纽约版选集（1907—1909）所做的修订中，找到清楚明白的确证。在对他早期作品的修订中，詹姆斯就他所表现的复杂性做了大量介绍，然而对于《说谎者》，我们却发现他企图增加我所指出的解释部分，削减道德上的复杂性。第一版中我们读到，“莱昂把他要画出他（卡巴多斯）的想法付诸实行，这个想法他已经思考了好几个星期了”，修改本则说“莱昂毫无怜悯地运用自己富于挑衅的才干”。最初的本子说“莱昂斥责他”，修改本则说他“斥责自己的受害者”。[7]这种修改很多，它使我们越来越看清这位被自己的图谋所吸引的艺术家。但是，就是对于做了所有修改的最后版本，我们仍然在某些方面有着困惑，在这些方面詹姆斯是不可能得益于我们的困惑的。不管我们选择什么地方做出最后的解释，根据威斯特和斯多尔曼眼中的近于高尚，或根据我眼中的近于邪恶的看法，我们还是不可能期望读者做出肯定的推断，莱昂所报告的特殊事实是已被歪曲了用以反映他自己的性格呢，还是用来准确地提供真正发生在卡巴多斯夫人身上的事情的。

“阿斯彭遗稿的窃取”与“威尼斯的召唤”

未完全解决的双重焦点的作用，在一部比较闻名的小说《阿斯彭遗稿》中给我们带来了更多的困难，它是与《说谎者》（1888）同一年出版的。与我已经讨论过的其他作品相比较，这部作品似乎从一开始就表现为是一个关于叙述者的故事。尽管詹姆斯最初的注释，即关于“出版界的恶棍”的故事中可能发生的事，并没有描述他最终加以描绘的全部“不道德”，但是，从一开始詹姆斯的内心就已清楚地产生了对古物收藏者的探求的喜剧性的、反讽式的兴奋。“兴趣就在于这个人必须向——那位保存文稿的老妇人——或幸存者——付出的某种代价。他的踌躇——他的努力——为了他真正要给予的不论什么东西”——在完成了的故事中，这很清楚是沿着叙述者的叙述向前发展的，“我为此而抱歉，但是我没有为杰佛雷·阿斯彭而表态，这并没有什么低劣之处。”

令人惊奇的事是，在最初的这本笔记记载中，对于这幅“画像”罗曼蒂克的过去只有最微小的暗示，许多年后詹姆斯对此的描写，在故事中却占据着十分重要的地位。詹姆斯离这种过去最近的地方是“对于两位姿色衰退的、古怪而令人生疑的英国老妇人的生动描写——她们继续活着，生活在陌生的一代人中间，在国外一个城市的霉臭的角落里——携带着那些著名的遗稿，这也是他们最珍贵的财产”。主要的兴趣变为“雪莱的崇拜者”密谋对付这两个传奇式的人物。

若干年后在序言中他又记起了他的想法，然而，雪莱的崇拜者的情节却完全被忽略过去，以利于他自己努力要认识“明显的、可以想象得到的、值得造访的过去”的讨论。序言中谈到的完全是关于氛围和氛围的对照，表现“我古老的威尼斯”和“杰佛里·阿斯彭的更早的古老的威尼斯”的愉悦；序言完全是关于这段“罗曼史”，也即他努力要让“十分朦胧的雪莱的戏剧的最后一场在我们自己‘现代化’的戏院中演完”。除去指出其冒险对故事有所启发的最初的“雪莱的信徒”，在结束了的故事中没有得到表现外，哪怕是在最小的程度上，詹姆斯也都没有提到这位主人公。

于是，这里我们便得到了两种截然不同的主题。有一条情节线索，是叙述者对于遗稿的无所顾忌的追寻和完全的失败；这是一条需要一个有独特感受力的代言人的情节线索。其次，这里存在着一幅“画像”，一种气氛或氛围，一个詹姆斯可以自由支配的、用全部诗的艺术技巧来加以记载和造访的过去。到现在为止一切都很好，关于这两个主题没有什么内在的不一致。从另一个角度来看，“值得造访的过去”实际上已被一位现代古物收藏家所亵渎。这位现代古物收藏家，对于怎么才能有效地造访过去缺乏最起码的观念。上述看法在表面上是不错的。不幸的是，这里还有一种普遍的原则，遵循着这种原则，詹姆斯感到是被强制而写出他的那些故事的。“画像”本来不必用作者自己的声音描述。它应当被推向后面，进入一个巨大而清晰的反映者的意识之中。那位反映者应该是谁呢？在这部作品中除了古物收藏家自己又可能是谁呢？要不就是布列斯特太太——已经相当无耻地表现为一个预谋者，为古物收藏家提供解释他的计划的借口——除非我们打算充实她的形象，使之确切地成为相当不可信的观察者，否则唯一能够充分理解正在继续进行的事件的，就是那位古物收藏家的心。正是他应该造访和召唤过去。但是他又不得不“不顾一切地去攫取”诗人衰老的情人的东西，扰乱垂死的老妇人的侄女纯真的心灵。

完成后的作品是一部优秀作品，但在我看来，它已经为叙述方式付出了代价。这个代价的付出是如此莽撞，似乎会损害这位伟大作家的创作，人们禁不住要认为这样表现出来的叙述者，虽然很适宜于抛弃蒂娜·博德罗，却不足以完成唤起值得造访的过去的诗意这个任务。

全部动力、全部情节发展的方向都集中在叙述者努力要取得阿斯彭的遗稿上，尤其是集中在他利用蒂娜的感情上。仅从他的不道德来看，而不是考虑他的追寻中精确的细节，他是詹姆斯小说中其他一些“流氓出版商”的异母兄弟，比如《波士顿人》中的马赛厄斯·帕顿、《反映者》中的乔治·弗拉克，或《文稿》中的报告人。他也是《华盛顿广场》中莫里斯·汤森的异母兄弟，后者为了自己的自私目的，利用了一个清白无辜的女人的感情。我们已经历过这么一段时期，在这段时间内，忠诚与正直，按照文学上的惯例来看，已没有什么意义，所以那些对詹姆斯依然具有意义的东西就很易于忽略。但是如果人们把存在于，比如说，《波音顿的收藏品》中的诚实与正直的标准，运用于这部作品的叙述者身上，如果人们评价这位叙述者，至少，是根据詹姆斯那些真正清晰的反映者中任何一个标准，那么我们就可能只看到，古物收藏家的不道德，对于效果是极为重要的。我们的注意力，自始至终都禁不住集中在那出骗人者反受骗的喜剧上，集中在那个性格轻浮的人身上，他如此聪明地摆布着其他人，以至于“毁灭”了自己。

这里也和在《说谎者》中一样，纽约版修订本中进一步让我们比较深刻地意识到叙述者的不道德。任何人，只要他对于詹姆斯最终关注的原本是叙述者这一点产生怀疑，就应该重读一下这部作品的纽约版修订本，把它与原作的那些段落，那些表现他欺骗、窃取、说谎和承认自己的羞愧感的段落加以检查对照。马西森指出，詹姆斯在修改《贵妇人的画像》时，企图使奥斯蒙德的道德堕落表现得更清楚些，因此"神秘性只存在于伊莎贝尔身上，含混也全部表现在奥斯蒙德所隐瞒的事件中，而不在于詹姆斯对他的怀疑中"。例如，詹姆斯改变奥斯蒙德对于伊莎贝尔的看法，从"像四月的云一样明媚温柔"到"她会跟象牙台球那么光滑可爱，用起来也得心应手"[8]。在这部作品中也做了类似的修改。下述只是某些比较极端的例子，这些例子说明，在修改本中，詹姆斯努力要避免与叙述者的类同，而这种类同，因叙述者的主导地位，甚至在"明显的"故事中也很容易产生。着重号是后加的。

原文	修订后
很遗憾，我不得不采取这种措施，为了杰佛雷·阿斯彭，我甚至还会做得更卑劣。	很遗憾，我不得不采取这种措施，为了杰佛雷·阿斯彭，没有什么卑劣的事我不会干。
"你是太过分了……"我的同伴说。"当然你为了成功是有所准备的！"	"你是太过分了——这增加了你的不道德。"
她会在下星期死去，会在明天死去——那时，我就能够得到她的信件。	……那时我就能奔向她的遗物，彻底搜寻她的抽屉。
……我第一次，也是最后一次和唯一的一次看见了她那非凡的双眼。这双眼睛瞪视着我，使我无地自容。	……这双眼睛瞪视着我，就像一片突然倾泻下来的煤气灯的强光，使一个被擒获的窃贼暴露无遗；它使我无地自容。

我曾当着布莱斯特太太的面表示要向她（侄女儿）求爱，但那是一个随随便便的玩笑，而且自己从未当着**蒂塔·博德罗**的面讲过（注意这里更有吸引力的蒂娜被修改为蒂塔）。	……我从未当着**我的受骗者**的面讲过。
她怎能怀疑呢？既然我在天黑前还未返回，也不曾拿出抵销这种想法的行动，甚至连一个简单的形式也没有（蒂娜小姐认为他是害怕她的求爱才出走的）。	……哪怕是通过一种简单的形式，哪怕是通过**一种具有人类共性的行动**去抵销这种想法？

对这两种版本所做的断章取义的摘引，当然只是人们发现的被强调的一个部分，它们强调的是詹姆斯的叙述者的道德败坏和极端卑劣。[9]上述以及其他一些修改所产生的效果，事实上绝不会使他更糟糕：在两个版本中，他的行动客观上保持着一致。这些行动只是损害了他自己的形象，并且使我们更加意识到，小说的戏剧性在于他与蒂娜小姐的不道德的关系。这些行动使小说不像原先那样难解和含混，因此也减轻了读者的负担。

那么，这个故事简单地说是这样的：那位不道德的人追寻阿斯彭的遗稿，他发现得到它们的最好办法是，去向手稿主人那没有吸引力的侄女蒂娜求爱，他进一步发现，换取这笔财产的代价是结婚，在这个冲突的面前他暂时撤退了——然而他应该用自己的话叙述这一高潮。看看当他再一次遇见那位如果他想要得到遗稿就必须学会接受她的爱的令人不快的妇女时，他是如何暴露出自己的本来面目的。他一走进房间就认识到，她已经明白，当她昨天提出用自己来交换那些遗稿时，他不自觉地流露出来的畏缩的含义。

……我同时还发现有些东西是我不曾预料到的。失败使可怜的蒂娜小姐发生了罕见的变化，但是我满心盘算着那些战利品，以至于没有想到

> 其他方面。现在我理解到这种变化，却难以描绘出它是如何令我吃惊。她停立在房间中央，温顺的脸对着我；她那宽容、不计前科的表情使她变得犹如天使一般。她变美了，年轻了；她不再是可笑的老处女了。她的表情造成的幻觉，她的精神产生的魅力，赋予她神采，我在欣赏她的那一时刻，听到了自己意识深处的微弱呼唤："既然如此，为什么不同意呢——为什么不同意？"我似乎能够付出这种代价。

这是他内心说出的想法。如果在那方面他是如此地不可信的话，即使她的面容真正起了变化又怎么样呢？这种变化仅仅是他主观上的解释吗？詹姆斯马上加深了我们的疑虑："但是，我听得更为清晰的却是蒂娜小姐自己的声音"，那声音说信件已被毁掉，当然，所有"付出代价"的理由也随之被毁掉了。

"在她讲话的过程中，我只觉得天旋地转，眼前一黑便晕了过去。等我恢复了常态，只见蒂娜小姐还停立在那里，但是刚才的幻觉已消逝，她又变成了相貌平平、衣着污秽的老处女。"因为叙述方法的缘故，我们永远也不知道事实上蒂娜小姐是否会宽容他，事实上她是否变化过，事实上她首先是否是一个衣着污秽的老处女。我们受到颇有心计的叙述者所玩的花招的限制，当他不无悔恨地承认他的损失时——"我指的是那些珍贵的遗稿"，至于他是否有点痛心于一种更重大的损失，至于我们是把那种损失看作他的幽默还是看作蒂娜小姐本人的，我们则永远也拿不准。可是，就是我们所了解的，也足以使小说的这个方面获得高度成功：玩花招的人表现为正是他自己精心设计的花招的主要受骗者。

但是，"序言"中所指出的另一个主题，这会儿又在哪里呢？"值得造访的过去"又怎么样了呢？好吧，可怜的盲目的叙述者必须每隔一段时间就努力使自己回复到敏感的程度，以便在读者明确许可下，记录下威尼斯，尤其是代表着过去的这个角落——博德罗的别墅的浪漫气氛。另一方面他还充当着一个喜剧性的阴谋家的角色，一位富有诗意的赞颂者："在威尼斯，办事就要有耐心，既然我崇拜这个地方，就更加要入境随俗，采用威尼斯精神去把事情办好，况且自己还投下大笔赌注。其实威尼斯精神无时不在伴随着我，它似乎是从那张再生的、不朽的伟大诗人的面孔——在这张面孔上焕发出他全部的才华——射向我，他鼓舞着我。我向他祈祷，他闻讯而来。”当然这不是滑稽的阴谋家，他是那位伟大诗人的忠实信徒，他代表着詹姆斯本人，说出了他对于威尼斯和想象中的阿斯彭的感情。叙述者继续保持着这种语气。直到第四段结束，都企图让他成为可靠的代言人，来说明詹姆斯的主题，就在第四段的结束部分表达了他对于阿斯彭，对于美国，以及对于美国艺术的看法：“我开始推崇他正是因为这一点：那时，我们的故乡还是光秃秃的、未经开发的、与世交往甚少的穷乡僻壤，人们认为缺乏著名的‘美国情调’，甚至那时也已有所觉察，文学在那里茕茕孑立，艺术和礼节几乎是不存在的，而他却能够设法在这种环境下生活和创作，开拓一条生活和创作的道路，能够任他的文思驰骋，能够无所畏惧地去体验、去理解、去表现一切。”

可能很难想象这一切都出自同一个人。然而就在这两种声音公开发生冲突时，这里还有第三种声调存在。

> 好像他的（阿斯彭的）光辉的灵魂又转回大地，告诉我这件事对他和对我同样重要，我们应进行兄弟般的合作，高高兴兴地把事办完。……我这异想天开的个人奋斗，变成了世界上“罗曼史”的一部分，变成世界之光的一炬——甚至，我觉得自己已与昔日所有那些崇仰艺术的人产生了不可思议的友谊，变成了兄弟。他们曾追求美，并为之呕心沥血，我现在追求的岂非如此？美已经体现在杰佛雷·阿斯彭的所有诗篇之中，而我正是要使它公之于世，以飨公众。

毫无疑问，詹姆斯精心设置的这些线索，正是为了让我们明白，叙述者是理智地思考着自己的行为的。崇仰艺术？仅仅是为了将美公之于世，以飨万众吗？阿斯彭自己的行为又怎么样呢？“我们乐于认为，至少在我们已发表的文章中，曾经诚心诚意地宣称阿斯彭绝无粗俗之处——就这样，我相信有些人还认为我们做得太过分了——关于博德罗小姐与诗人的关系，我们只做过附带的、十分谨慎的说明。说来也奇怪，即使我们搞到了那些材料……也感到无从入手，因为它可能是一段最棘手的轶事。”那么，阿斯彭也会受到叙述者所表现出来的不道德的影响吗？另一方面，通过讨论阿斯彭是否曾经在自己的诗作中“暴露过”朱莉安娜，“曾经把她的隐秘泄露给后代人，就像我们今天所说的那样”，古物收藏家宣称阿斯彭是光明正大的，这也许是他“做得太过火了”的又一例证：“此外，任何不朽的以及与因其美而不朽的著作相连的名人，不同样都是十分诚实无欺的吗？”难道詹姆斯是如此天真，允许他的叙述者侥幸地弄模糊那种舍之浪漫的诗作便完全不可能存在的暴露，与叙述者在追寻古物过程中个人的暴露之间的界限吗？小说中再三使人感到失望，使人不得不认为詹姆斯只不过为判断提供了一些极不充足的线索，而他依旧十分明确地指望我们据此便能够做出这些判断。

于是，我们在小说中看到三种不同的叙述语气：叙述者自我暴露的语气，对于任何一位细心的读者都是显而易见的；叙述者努力去直接召唤过去的语气，这可以从上下文中看出，但不易与詹姆斯自己的语气区分；还有一些含糊其词的段落，介于二者之间。小说有这么多长处，所以我们询问这三种叙述语气是否已真正达到和谐似乎是不必要的。批评家们一般总是跟随着詹姆斯回避这类问题。人们是多么易于因为晦涩而“厌恶詹姆斯”——没有十分麻烦地去解释我们意指什么——或者因为他那种微妙的含混而崇拜他。这两种态度都是十分安全的，尽管有过去好几十年开诚布公的论争传统，还是得到许多人的支持。困难在于如何公正地看待这位大作家并加以判断，他所做的究竟是否与他要做的一样，既不要搞偶像崇拜，也不要进行攻击。[10]

那么，这就到了我们要询问关于这部作品的最后一个难题的时候了，即使我们认为没有很大的把握能回答它：詹姆斯把这个故事“交给”单一的叙述者，这个叙述者过去一方面常常由于无意识的反讽暴露出自身的不足，另一方面又常常赞扬值得赞扬的事物，詹姆斯这样做是错误的吗？毫无疑问，詹姆斯自己是以富于经验的、敢于创新的、真挚的、客观的、非人格化的、难懂的面目出现的，但是根据上述一切，我们依然不知道他的选择是否正确。他对技巧的选择，在什么程度上帮助或妨碍他努力去认识这部作品内在的各种可能性呢？

我几乎不必再说，这并不是那种问题，可以通过重新建立另外的基本规则，以取代我早已讨论过的规则："我们不可能指望叙述者去完成互相矛盾的任务"，就能得到解决的。哈克贝利·费恩就把这种互相矛盾的任务完成得相当好，他一会儿唤起密西西比河的诗意，一会儿又表现得完全无知。表现一个人物，这个人物由于对那些本身是极其令人赞赏的道德标准产生误解而走入迷途，这并不是固有的错误。事实上，这正是小说值得骄傲的地方之一，因为它可能确切地包含着詹姆斯在这里试图取得的复杂性，同时又不失其清晰度与强度。不过，这种复杂性只有在组成小说的各种因素都以各自的方式被强化的条件下，才能得到增强。

显然，詹姆斯总是认为，这部作品要努力实现他自己描绘出的两大成分：作为背景与对照的反讽的喜剧与浪漫的召唤。詹姆斯绝不可能把流氓出版商或者把被唤起的过去看作具有独立效果的独立主题；对于威尼斯和它的过去的真正传奇的召唤越是强烈，侵犯过去、误入歧途的古物收藏家引起的反讽式的喜剧效果就越大。从另一个方面看，越是清楚地突出古物收藏家现在的事业，作为对照的对于浪漫主义的美的真挚激情，就越是给人以深刻的印象。实际上，这两种效果远非互相矛盾的，它们会很容易被看作是互相补充的；讽刺得越深刻，它与非讽刺的部分的对照就越鲜明。根据发表的有关这部作品的批评文章看，显然，大部分读者不是只看到它真正复杂性的这一面，就是只看到另一面，而这种复杂性无疑正是小说努力要达到的——这些读者的看法也不仅仅是头脑糊涂所致。

某些文学上的失误，表现在它们对所有的读者都产生同样的效果——无趣、厌烦，或诸如此类的东西。从这部作品的性质来看，却有所不同。它的失误是以不同的方式，在不同的读者中表现出来的。根据已发表的评论判断，到目前为止，显然很多读者都忽略了作品中存在的大量反讽与喜剧性，这是因为他们被叙述者关于威尼斯富于诗意的谈话所迷惑。而我发现自己却站在另一个极端——完全不能按詹姆斯所期望的那样，去读这些关于威尼斯的谈话，因为我耳朵里所回响的叙述者的声音是虚假的。也许还会有第三种人，喜欢这种令我头痛的含混，放过詹姆斯在谴责叙述者、逢迎地造访过去中所要表现出来的清晰。与其他那些情况一样，这也是严重的失误：詹姆斯的目标并不是最大程度上的反讽式含混，而是复杂中表现出来的清晰；他总是像喜爱“反讽”那样喜爱“喜剧与悲剧”，如果他知道，有人把《阿斯彭遗稿》当作模糊的、真实的、没有定论的含混不清的东西来阅读，他就会感到痛苦。

当然，我们可以设想，读者是如此柔顺，完全与詹姆斯自己的评价协调一致，所以，他能够灵活地改变态度，同时也允许叙述者随时改变自己的性格。在早期的小说与戏剧中，这种改变很易于让人们接受，但是詹姆斯已经放弃了这种常规做法。莎士比亚迫使他的一些人物做出叙述性和带有评价性的陈述，尤其是通过独白，在这些人物活动着的世界里，这些陈述已远远超出了对于他们实际能力的任何现实的估计，人们对此并无理解上的困难。因为莎士比亚没有发表声明，说他的方法实际上将是始终如一的。而詹姆斯却一页页地不断提醒我们，他企图在叙述方法上达到新的真实强度。那么，当我发现他的叙述者，在这一段中是一种人，在另一段中又是另一种人时，我怎么能原谅他呢？只有放弃我作为读者的责任心，宣称正因为这是詹姆斯写的，所以是完美的。事实上，即使詹姆斯为了一种可以信赖的声音保持着权利，去召唤确实可追寻的过去，同时利用现在的叙述者，仅仅是承担他有资格去做的工作，《阿斯彭遗稿》还是没有詹姆斯本可以做到的那么好。

查看小说中任何一段，如果其中叙述者必须同时做两种工作的话，就可能发现效果的削弱，这是任何一个从总体上认真把握这部作品的读者，必然得到的结果。一个很好的例子便是小说结尾的那句话：“每当我看到它”——杰佛雷·阿斯彭的肖像——“我几乎不能承受我所受的损失——我说的是那批珍贵的信件”。在最初的版本中读起来比较简单，“每当我看到它时，丧失那批信件的懊恼就会变得不可遏止”。但是，詹姆斯了解得很清楚，叙述者所丧失的并不真正是信件，他十分得体地进行了修改，以引起少许怀疑，和少许叙述者已经丧失的人类尊严所付出的代价的自我意识。然而经过这种修改，对于召唤值得造访的过去来说，又怎么样呢？这些信件珍贵吗？当然，人们会说，它们当然是珍贵的。不过它们又似乎不是那么珍贵的——它们确实几乎已变得不足挂齿了——修改的结果绝妙地提醒着我们，什么才是叙述者所真正失去的。

在讨论莎士比亚通过“不可信的代言人”把道德准则传达给我们的情况时，

阿尔弗雷德·哈贝奇认为，结果是“使这些准则的针对性不强，多少有点模糊不清，并使之失去定论”。詹姆斯同样如此，在使我们想起雪莱的意大利的传奇方面，某些——尽管绝非全体——叙述者所起的作用，已变得模糊不清，并且失去定论。

“深谙世故的读者，要当心！”

我并不怀疑，这样阅读《阿斯彭遗稿》，对于我的一些读者来说，好像是解释得过多，正如那种弗洛伊德式的解释《螺丝在拧紧》对于我一样。我希望即便这样我的观点也能成立：虽然绝不能仅仅视阅读的流畅为一部作品质量的最终检验，但是，把另一种紊乱的想象或混乱的状态，戏剧性地表现为这种紊乱的想象，或混乱的状态，会产生与某些文学效果不能共存的困难。

如果我能够凭借那可靠而合情合理的笔记来结束我的讨论的话，那么我的问题也许会相对简单一些。我只要根据作者的总的要求，匆匆写出几句——极少的几句——看法，便可去干自己的事了。可是这时，那位女家庭教师和她的弗洛伊德式的解释者们，正在左近等待着，等待着被加以说明，或为之辩解。还不单是这些。人们发现，越来越多的詹姆斯的反映者，其可靠性引起人们的怀疑；批评家们针对他们中的许多人，公开地争论，对于那位可爱而敏感的造物，弗莱达·维奇的怀疑与直接的“谴责”，来自于马克·范·多伦、罗伯特·坎特韦尔等人；伊莎贝尔·阿切尔的批评来自于威廉·特罗伊；维维尔们（父亲和女儿）的批评来自于F.O.马修森；斯特瑞塞（甚至斯特瑞塞）的批评来自于范·威奇·布鲁克斯；梅西的批评来自于斯蒂芬·斯彭德；默顿·登谢尔（“反面角色”）的批评来自于H.R.海斯；吉尔伯特·朗的批评来自于利昂·伊德尔；伯纳德·朗格维尔的批评来自于爱德蒙·威尔逊；《四次会见》的叙述者的批评，则来自于福特，等等。[12]这些批评和引起的争论的出现，比人们能够记录下的还要快。最近转向可怜的彭伯顿，《小学生》中的那位教师。两年前，特伦斯·马丁说他是这部作品中的“反面角色”，一俟文学季刊这种迟钝的机构许可，约翰·哈戈皮安就跳出来为彭伯顿辩护：他只是存在主义观念中的反面角色，就像《比利·巴德》中的维尔船长一样，做出了一个悲剧性的决定。威廉·比希·斯坦又用不同的指责作答：他是一个“伪君子”，他没有注意到，小学生已长大，不再适应他的清教徒式的道德准则，这就导致了小学生的悲剧命运。在这一点上，这位倒霉透顶的批评家，满脑子装着这一类问题，可能依稀记起了在此之前稍有不同的意见：与小学生“粗俗的异性爱的”父母相对照，彭伯顿实在是个同性恋者。小学生死了，小说中这样叙述，“死于突发的狂喜，因为他知道自己终于自由了，可以与彭伯顿一起远走高飞——也许是保持着情人的关系”[13]。但是，就在人们准备去重读一下《小学生》，了解什么地方出了毛病之前，又站出来一位参与争论的新人。看起来，我们已经太多地倾向于像《美国人》中的克里斯托弗·纽曼那样，简单地看待事物。现在，约翰·A.克莱尔直接向我们指出，纽曼“缺乏洞察力，已到不可救药的地步，他做出的那些冲动的判断，使他对于真实情况处于无知的状态”——真实情况，“一百个读者中只有一个”分辨得清它——那就是，克莱尔·德·辛特尔是布雷德太太的私生女！[14]

无疑，詹姆斯不会因为这一切而遭到责备。虽然有些故事在无意中表现出含混，这种含混肯定不会无限制到允许同一个叙述者，既是卑鄙无耻的伪君子，同时又是大胆的同性恋者。可是，如果我们赦免了詹姆斯，我们也不应该责备批评家吗？或者，因为批评自身完全无定论而否定它的权威吗？

要做出一个圆满的回答，也许要涉及大量的社会问题，涉及艺术家与读者大众的关系，以及20世纪这些关系的历史——要论述这么些问题，我感到无法胜任。然而一可以肯定，答案的一个部分确实存在于修辞学研究的领域内：对于特殊的读者来说，作者的成功或失败，部分地取决于他们习惯性的期待。最近几十年来出现了——不管是什么原因——一种读者，由于反讽作品的大量出现，已经使他们失去平衡。

《螺丝在拧紧》的最初读者，绝不会提出女家庭教师的诚实的问题。对于叙述性陈述的习惯经验，使他们期待于可信性，除非不可信性已明确地被加以证明。可是，到了19世纪20年代，第一次提出鬼魂是女家庭教师的幻觉这样的看法时[15]，读者对于极端的不可信性，已有两个十年的经验了。他们知道，被莱昂那样的既善于花言巧语，逻辑上又有错误的证人所骗的是什么，或者被斯蒂芬·代德路斯所迷惑的是什么。随着对于这些靠不住的人的体验的增加，读者变得越来越敏感于他们的疏忽，越来越怀疑一切关于可信性的声明。在第一次读《青年艺术家的肖像》时，我们当中的大多数人看不出乔伊斯与斯蒂芬之间的距离；我们已经了解到自己的错误——现在我们便在小说中到处寻找这种距离。我们被欺骗的次数太多了；结果是，女家庭教师和她的同伴——反映者，修辞上的作用已经完全调换过来。

当距离明显地呈现在他们面前时，最初的读者很可能犯错误，把它忽略掉；在1961年，缺乏经验的读者依然如此，因为我们发现，每年出现的大批新人，简直是把作者与叙述者混为一谈。不过，现在我们中的许多人恰好处于相反的状态中：当我们读一部作品时，我们不能接受直接和简单的说明。

结果是，我们之中几乎没有人能免除爱德蒙·威尔逊在阅读亨利·米勒的《回归线》时所犯的那种错误。威尔逊称赞米勒，认为他运用反讽，娴熟地描画出了一种特殊类型的“自夸的”装腔作势者的画像，使得他的主人公真正具有生气；“并且还不仅仅是他的自夸的装腔作势。他给我们描绘出，这位真正的美国游民在巴黎终于过上了美妙的生活；他把他的主人公永远埋葬在佩尔诺利口酒和梦幻的麻醉剂中。”对于所有这些关于反讽的称赞，米勒回答道，“主题是我自己，叙述者，或主角，正如你们这些批评家所指出的，也是我自己……如果他意味着叙述者，那么这就是我……我不用主角，顺便说一下，我也不写小说。我是主角，书就是我自己”[16]。

玛丽·麦卡锡，同样愤慨地指责一个大学一年级新生的英语班对于她的一部作品中隐含意义的研究，事实上，“这个‘故事’的整个要害在于它是真正发生过的；它用第一人称写出；我说的是我自己，用了我自己的姓，麦卡锡……我觉得，主要兴趣应该放在这么一个事实上，那就是，它是生活现实中发生过的事，就在去年夏天，并且发生在作家自己身上……”[17]。感兴趣的人会参与进来，与麦卡锡小姐一起，对那个班的犯有指导性错误的教授展开有趣的攻击。指责他们寻觅隐藏的象征和反讽，未免太过分了。然而如果我们更加仔细地思索一下那位教授的苦心，尤其是麦卡锡小姐自己就创作这部作品的意图所发表的一些意见，情况就不是那么清楚了。她告诉我们，事情发生“在作者自己身上，作者在这件事情上犯了很大错误。我想使自己感到困窘，如果可能的话，也使读者感到困窘”。就艺术家的目的而言，这是一个令人感兴趣的新的转变：她不是为了表现自己，而是要使自己感到困窘。既然她也打算使读者感到困窘，她就可能要求读者与她同样承担责任，要求读者在她的错误中看到他自身的反映。好极了。而这时，那位倒霉的教授和他的学生们正在教室里，读着这部作品，同时读着卡夫卡、詹姆斯、海明威和乔伊斯的一些作品，甚至也许同时还读着麦卡锡小姐自己的其他一些作品，这些作品中反讽密集。很难想象，他们所能根据的许多重要的现代派著作，不会使他们走入困境，正如他们研究麦卡锡小姐的作品时所遇到的情况一样。就是现在，我们知道了她对这部作品的态度，要推断出在她的叙述者所表现出来的品质中，她认为哪些揭示了她“犯了很大错误”，哪些足以引起读者的同情，使他们在她的困境中与她保持一致的态度，这也是很难做到的。[18]

索尔·贝娄得出了多少有点相同的观点，他告诫我们提防“深入理解”。“恐怕理解得最深的读者，就是那些对自己最没有把握的人。尤其令人不安的猜疑是，他们更爱解释而不是感受困难。”但是，这种警告不可能对我们起很大作用，因为，正如贝娄所说，“当代最优秀的小说家和诗人已经做出很多努力，去助长”这种令他痛惜的深入理解。贝娄自己的小说，无一不要求读者方面的深刻辨别力，这些小说的叙述者无一不是只有部分的可信性。谁能肯定地说，在什么程度上，奥吉，或亨德森，或者利文撒尔是遵照贝娄的准则说话呢？

那么，即使我们接受了麦卡锡和贝娄的建议，放弃对象征的追寻，同样遍布的反讽的追寻又将继续下去。一旦我们不能在这条路上回头，我们就不能借口事物正像它们外表上一度显示出来的那样简单。我们可能做出一些愚蠢的举动，不仅对最诚实的小家庭教师表示怀疑，而且把这种怀疑扩大到预期的可信性标准上，我们正是根据这个标准去理解内利·迪安（新近发现的《呼啸山庄》中的“女反面角色”）、克拉丽莎（并不十分像她一度表现出来的那个天使般的造物），甚至一些最明显的无所不知而又可信的叙述者。最直接表示的修辞手法也阻止不了我们。当塞万提斯竭力要把他的悲哀的骑士说成盲目的（虽然可爱）傻瓜时，我们差不多看不起他：堂是一位真正的圣徒，伟大的反讽式主角，塞万提斯自己并不完全理解他。[20]

这一切所导致的最坏结果之一就是，我们的批评越来越难以依据旧的检验标准；来自作品的证据绝不可能是决定性的。难道我们已经证明，詹姆斯认为鬼魂真的正在那里拧紧螺丝的确凿证据在作品中，而不只在他笔记所记录的意图中吗？那么，好吧，批评家只不过把我们的注意力从女家庭教师的心理引向詹姆斯的心理：是詹姆斯，而不是女家庭教师，已经失去了他“对于真实的把握”。爱德蒙·威尔逊说：“一些读者对女家庭教师的故事的可靠性感到怀疑，我相信这种怀疑正是詹姆斯的怀疑的反映，并由詹姆斯自己无意识地传达出来。”我们可以十分幸运地断定，“不仅仅是家庭教师在自我欺骗，关于她，詹姆斯自己也在自我欺骗”[21]。一旦我们认定，作者所取得的惊人成就与他们自觉的目的相抵触，那么，就没有什么批评的假设能被驳倒，不管它离开作者表现于作品内或作品外的可证实的意图有多远。换句话说，既然没有什么证据比其他的证据更确切,那就什么也不能被证实。具有最大说服力的批评家往往获胜——在某些读者心目中，这种批评家就是能够发现最大程度上的含混与反讽的批评家。最近在有关《螺丝在拧紧》的争论中，出现了一些不负责任的设想——除非把它们称作“不负责任的”，人们又怎样会去为赞成或反对它们而辩论呢？

> 那么，道格拉斯（雇主）可能就是迈尔斯（闹鬼的孩子）吗？是那位女家庭教师，爱上了迈尔斯（道格拉斯），在那种情况下又无力采取行动，自己写了一个故事、一部小说吗？说到底，作为一个孩子，从圣三主日起也是一位年轻男人的道格拉斯，也爱上女家庭教师了吗？

类似这种问题中，“可能的”这个词可能指什么呢？批评家的工作，就是引导一部作品的讨论，以决定作者本可以怎么写的吗？

> 然而即使道格拉斯与女家庭教师之间的关系，没有得到充分的表述，不同的批评家所生发出来的解释也未必是无效的。一个基本的事实仍旧在于，这个由女家庭教师讲述的故事，必须在不同层次上去理解。如果我们

> 说她的故事实际上是虚构的，这就更加正确了……我们依然可以认为，她的手稿完全不是真实的故事，那是一部虚构的作品，还在她口头向道格拉斯叙述之前，就已经被记录下来了。或者是，过了一些时候她就已虚构好，然后再把它写下来。

或者，有人“也许”还会说，她“可能”是从一部久已失传的中世纪手稿中抄袭得来。假如不要求人们拿出证据来，我们就可以无休止地提出各种设想来。可是，如果体现于作品之中的作者的直接修辞手法被看作是无关紧要的，那么我们又到哪里去寻求证据呢？

不时有人提出，任何一个为结果成为批评上的巴别尔塔哀悼的人，实际上是把注重字面意义的建筑条例强加给本当具有多面性的虚构大厦。亨利·詹姆斯可能仍旧相信，一部必须做出解释的作品，在某种程度上是失败的；我们的信条似乎是，“要求的解释越多，则越好”。当爱德蒙·威尔逊对詹姆斯或亨利·米勒做出过分的解释时，他承认没有外来的帮助，如荷马式的与乔伊斯的《尤利西斯》平行的“复杂结构”，他便不能做出“预言”，承认“研究的结果有时是令人困惑的”[23]，承认“《圣泉》是神秘化的，甚至使人感到恼火”，这时，也没有妨碍他去赞赏这些作品“严谨而客观的方法，使用这种方法的作者不必对情节评头品足”。虽然恩利克·奥尔巴克发现，在阅读许多非人格化的作者的作品时，尤其是那些使用“复杂意识”的反映者的作者的作品时，他无法解释“作品本身的目的与意图”，可是当我们不断地试图“赋予我们的生活以意义与秩序”时，这些作品实际上还是提供了一种“准确”的反映，这种反映，正是生活本身所显示给我们的，因而作品潜在的缺陷也就完满地得到了补偿（《论模仿》，第485—486页）。最后——如果还要从数不清的相同论述中再选出一种的话——那就是莱昂内尔·特里林的看法。最近莱昂内尔·特里林阅读纳博科夫的引起争议的作品《洛丽塔》时，曾表示他不能决定，是以严肃的态度，还是以嘲讽的态度，来看待最终叙述者对于自己不道德行为的告发，他又赶紧解释说，这种含混使得小说更好，而非更糟糕。他说：“确实，《洛丽塔》对我产生的吸引力之一，是它的含混的语气……和含糊的意图，它能产生不稳定性，使读者失去平衡。”此外，由于极力主张“道德上的灵活性”，作品独特而完美地再现了“美国生活的某些方面”。[24]论点是清楚的。我们生活中的道德标准是含混不清的，这本书使得这种道德标准越发含混——也许，它使我们比过去更加失去平衡——因此它的缺乏清晰性也就成为一个优点。

总之，在模糊不清的镜子中所反映出来的多雾的背景中，我们已寻觅了这么久，以至于我们自己也已经喜欢上雾了。清晰与简洁遭到怀疑；反讽居于首位。我们在第二至第五章中讨论了小说的某些一般性质，现在又增加了就其本身而言是合乎需要的反讽。在新近一本论及戏剧反讽的书中，我们看到这样的说法，因为菲尔丁是“更伟大的反讽作家”，所以他作为小说家，可能要比理查逊更伟大。[25]尽管没有一位负责任的批评家，通过辩论来证明，所有来自于反讽的含混都是好的，但是却看到了我们已变得如何不愿去辨别，或指出这种与那种来自于反讽的特殊困难，并且说，“这是一个错误”，这的确令人惊讶。我们说，只有文学的敌人，才会要求把它的结果现成地奉献给读者。

然而，我们都知道，我们进行交流的方法已经陈腐，这不是一件好事情。苦恼的评论家了解这一点，他们试图指明一部作品的精髓，而不花费毕生的精力于其上。“《致命的一击》，无论如何对于我来说，是一部令人特别惊奇的作品。问题在于，这种深思熟虑到了什么程度？毫无疑问，它是占突出地位的。埃里克十足是势利的吗？或尤斯纳尔夫人就一点也没有感觉到，计算那些数字实质上更值得比会计师还要多花一点时间吗？他十足是残酷的吗？……她完全意识到，埃里克冗长不堪的‘反映’的乏味与做假了吗？（果真如此的话）她怎么能够把这种反映强加给我们这么多呢？”[26]批评家了解这一点，正如他们发觉自己被迫去进行深奥的研究，以便发现对某一种已经出现的令人叫绝的手法，是笑，是哭，是臆想，还是惊叹。[27]最后，作者了解这一点，坐在写字台旁边，想知道他的哪一些隐秘的反讽将被忽视，哪一些直接的评价又将会被认为是反讽。他会屈从于持不信任态度的不谙世故的读者，向他们发出警告，让他们不要混为一谈。例如，威廉·格哈迪在《于事无补》序中指出：“这本书中的‘我’并非我”[28]；弗拉基米尔·纳博科夫在《洛丽塔》附录中说：“我所塑造的亨伯特是个外国人，一个无政府主义者，除去性格浪漫的少女少妇外，在许多事情上，我都不赞同他。”[29]此外，如果作者不得不更加害怕来自于深谙世故的读者的那种倾向，倾向于抵制感情上的效果，他可以为某种不同于冷静的、不偏不倚的、反讽式的阅读辩护，而这种阅读正是许多作品所要求的。弗朗索瓦·莫里亚克在一篇序言式的笔记中写道：“这里所描绘出来的这个人，是他自己的血肉之躯的敌人。他的心已被憎恶与贪婪吞噬掉。可是，不管他如何卑鄙，我还是要让你们感到怜悯，并为他尴尬的处境所感动……”[30]这个笔记是关于那位以日记的形式叙述《蝰蛇结》（1932）的吝啬鬼的。作者还可以对他的担忧一点不做公开的表示。但是，除非他表现出比大多数作家更突出的自高自大，并以此来保护自己，否则，他将会意识到，他使自己的作品受到一种被混淆的和混淆的接受。即使他愿意重新回到那些能直接控制的陈旧的方法上去，就像许多严肃的作家做过的那样，他也会面临着亨利·詹姆斯以前的作者可能不予理会的问题。

注　释

1.《小学生》序言，载《小说的艺术》，R.P.布莱克默编（纽约，1947年），第153、154页。

2. 本章内所有笔记的附注均参看《亨利·詹姆斯的笔记》，马西森和默多克编（纽约，1947年）。页码附注可参看“亨利·詹姆斯的著述”索引。

3. 一旦有人注意到主题的这种转换，便可惊奇地发现詹姆斯许多故事适合于这种模式。参看其他作品的笔记记载，如《鸽翼》《波士顿人》《知识之树》《圣泉》《在笼中》等。

4. 尽管詹姆斯能够混淆这两种主题——作为最初形成的观念的主题和作为观察者的体验的最终形式的主题，他还是十分清楚，评价一部完成了的作品，根据的是实现了的主题，而不是最初的材料构成的主题。例如，他指责威尔斯，认为甚至在威尔斯称赞他成功地表现了“相当少的一块生活”时，也没有给出他的“可以说，被确定的或被构成的主题”，詹姆斯说，艺术恰恰在于改变预定“主题”的相当大的部分，这是为了获得被构成的主题（《给威尔斯的信》，1900年6月17号）。还可参看雷内·威勒克的《亨利·詹姆斯的文学理论与批评》，载《美国文学》，第30期（1958年11月），第293—321页，特别是316页。

5. 小雷·B.威斯特和R.W.斯托尔曼，《现代小说艺术》（纽约，1949年），第213—215页。

6.《复杂的结局：霍桑，亨利·詹姆斯及其他一些美国作家》（伦敦，1952年），第84—87页。

7. 这里还有许多修改的地方，影响着同一效果：（1）修订本突出了卡巴多斯的一些给人以好感的特征。不说他是一个"大骗子"，而说他"吹牛"。通过与莱昂自私的"关心"相对照，告诉我们卡巴多斯的谎言是"非常无私的"。"凡是美好的、仁慈的事物"变为"凡是美好的、真诚的、仁慈的事物"。（2）同样地，莱昂在我们的眼中变得更坏了："莱昂太多虑了"被改成"莱昂同时表现出太谨慎与太喜欢自己的隐秘的感受"；"他有点儿害怕一种内心的厚颜无耻"被改成"他为一种厚颜无耻而脸红"；等等。莱昂正在给他自己画像："你不以为范戴克的肖像画告诉我们很多关于他自己的情况吗？"至少这个事实使我们受到了一次额外的警告，使我们警觉起来。

8. F.O.马西森，《亨利·詹姆斯：主要的阶段》（牛津，1944年），第167页。

9. 要清醒地领会叙述者很多方面的背信弃义，可参看萨姆·S.巴斯克特的《〈阿斯彭遗稿〉中的现在的意识》，载《密执安科学、艺术、文学学会论文集》第44期（1959年），第381—388页。巴斯克特认识到，叙述者想象中的过去是很不可信的、事实上，这个故事的反讽建立在叙述者"过去的意识"与读者和作者的意识之间暗含的对照上。他乐于利用过去来达到现在的"卑鄙的"目的。他唤起的过去是遭到玷污的——尽管巴斯克特没有强调这一点，这是由于叙述者召唤过去的方式所致。对于叙述者的另一种责备出现在威廉·比希·斯坦的《阿斯彭遗稿：假面的喜剧》中，此文载于《19世纪小说》，第14期（1959年9月），第172—178页。斯坦比较充分地论述了叙述者美学上的不足；他指出叙述者的美学观点是陈腐的，他唤起的过去，在很大程度上是荒谬的——正如我们在那过去的最后一个残存者朱利安娜身上发现的荒谬的行为一样。

10. 相同的努力出现在其他一些现代批评家那里，参看格雷厄姆·霍夫的《想象和体验：文学革命中的思索》（伦敦，1960年），例如："我不能认为我们已经正视《荒原》的结构所提出的问题了。这些问题已经变为一个党派的事情，一个为之争论或辩护的事情；……接受这种技巧，同时也就是运用现代诗艺的试金石……。当诗仍然能够引起困惑的时候，它使自己得到认可。鲜明的想象，以及它的最好的段落产生的听觉上具有魅力的博大宏伟的感受，钻进我们的意识，变成我们所形成的诗意的一个部分；询问这些片断是什么样的连续性中的一个部分，既使人不快又不适宜。我们欣赏的是这么一种一致性，即我们永远不要再去发现早期诗作中的满足……不过问题仍然存在——最大的问题是，如果它果然是一首诗的话，什么使它真正地成为一个整体”（第21—22页）。

11.《不可信的代言人》，载《如愿以偿：论莎士比亚与道德》（纽约，1947年），第106页。

12. 这些变化莫测的看法最早始于F.W.杜皮编的《亨利·詹姆斯的问题》（纽约，1945年）。不过这部文献的规模每年是以几何级数增长着。

13. 马丁、哈戈皮安和斯坦的看法见于《现代小说研究》，第4期（1958—1959年，冬季号），第335—345页，《现代小说研究》，第5期（1959年夏季号），第169—171页，以及《亚利桑那季刊》，第15期（1959年，春季号），第13—22页。关于同性恋的解释见文选，《名家短篇小说选》，查尔斯·尼德尔编（纽约，1948年），第15页。

14.《美国人：重新解释》，载《现代语言学会会刊》（1959年12月），第613—618页。当我在1961年1月中旬写这个脚注时，我听说还没有人尝试反驳克莱尔的论点。不过，我可以十分肯定地说，这种反驳或可供选择的假设已经在什么地方出现。无疑，就在此刻，关于这个问题的论争正在酝酿着，或者已经十分热烈地展开了，同样可以肯定的是，通过其他一些带有争议性的阅读理解，会使我这本书里的那些记载，在我的书出版时就显得好像是过时了。然而我必须在哪里停笔，否则，我将要重新开始，像项狄那样，比他所能写下的还要快地发表更新他的材料。

15. 亚历山大·E.琼斯，《〈螺丝在拧紧〉中的角度》，载《现代语言学会会刊》，第74期（1959年3月），第113页。

16. 威尔逊自己在《光明之岸》中报告了他与米勒之间意见的交换（纽约和伦敦，1952年），第708—709页。意见的交换发生在1938年。

17.《使上校哑口无言》，载《哈泼斯》，第208期（1954年，2月），第68—75页。

18. 有人可能会与玛丽·麦卡锡小姐的一位英国评论家产生共鸣：“完全不喜欢一个人物并且假定作者和他在一起的读者，屡次被可怕的疑虑突然打断而停下来（作者是无权留给读者机会，让他去怀疑的），即怀疑他事实上并不是独立的”（希拉里·科克：《失去自信》，载于《文汇》（1956年7月），第76页）。对于另一位作者的相类似的反对意见，可参看查尔斯·蔡尔德·沃尔卡特评论詹姆斯·F.法雷尔的《伯纳德·克莱尔》，载于《强音》（1946年，夏季号），第267页：“我相信法雷尔是在玩弄这种几乎是人物塑造的一般常规。因此这种含混：根据常规来看，法雷尔的表现是可鄙的，而根据真实来看，他的表现又要比一般虔诚的市民们要‘好一些’。因此法雷尔……可以因其勇敢的真实而要求信任，因为他在伯纳德身上揭示出大量的自私贪婪与阴险狡诈，其次，法雷尔可以指责任何一个人的伪善，只要这个人敢于把伯纳德看作一个低劣的人。”

19.《深谙世故的读者，要当心！》，载《纽约时报·书评副刊》（1959年2月15日），第1、34页。

20. 詹姆斯·哈夫雷，《〈呼啸山庄〉中的反面角色》，载《19世纪小说》第13期（1958年12月），第199—215页；诺曼·拉布金的《克莱丽莎：常规自然的研究》，载《英国文学史杂志》，第23期（1956年9月），第204—217页；W.H.奥登的《反讽的主人公》，载《地平线》，第20期（1949年8月），第86—93页。有关其他叙述者的不可信任的讨论，可参看《文献》，第五部分，A和B。

21. 出自于威尔逊的附录，增加在1948年版的《三重的思想家》中，再版于《小说：批评文选》，马克·肖勒编（新泽西，恩格尔伍德，1950年），第583—585页。不久前威尔逊自己又做了修改。

22.《论亨利·詹姆斯〈螺丝在拧紧〉的记录》，绪言，杰拉尔德·威伦编（纽约，1960年）。

23.《亨利·詹姆斯》，载阿克塞尔的《城堡》（纽约和伦敦，1931年），第三部分，特别是第213页。

24. 莱昂内尔·特里森，《最后的爱人》，载《文汇》，第11期（1958年10月），第19页。

25. 罗伯特·博伊斯·夏普，《戏剧中的反讽》（北卡罗来纳，教堂山，1959年），第45页。根据上下文看得很清楚，这里的“反讽”指的是观众对于生活和艺术之间的对照感，它十分不同于最初一些批评家所指的“反讽”，即通过寻找理查逊和他的女主人公之间的距离的征兆，在理查逊那里所发现的“反讽”。像我们已经讨论过的其他一般的术语一样，反讽具有许多不同的含义，任何一个人，仅仅通过声称自己赞成还是反对它是得不到什么的。讨论现代诗歌中的反讽的两大基本的论题为克林思·布鲁克斯的

《精致的瓮》（纽约，1947年），和《反讽及“反讽式的”诗》，载《大学英语》，第9期（1948年），第231—237页；R.S.克莱恩的《克林思·布鲁克斯的批评一无论》，载《批评家与批评》，R.S.克莱恩编（芝加哥，1952年），第83—107页。

26．希拉里·科克，《新小说》，载《听众》（1957年11月7日），第755页。

27．除去在其他地方援引的承认困惑和指责晦涩的所有例证外，下述两种材料来源有利于超越承认或攻击理智地分析问题的范围的讨论：（1）戴维·戴切斯的《弗吉尼亚·伍尔芙》（康涅狄格，诺福克，1942年）：“达洛威夫人生活环境中的资产阶级的顽固性与她自己的天良之间的对照，被解释为效果的一个部分吗？”“写完《到灯塔去》后，弗吉尼亚·伍尔芙似乎已经发现，在她企图表现经验的‘透明的封套’时……使得作者的思维过程与人物的思维过程之间的区别（不是）非常清楚的”（第77、104页）；（2）B.F.巴特的《〈包法利夫人〉的审美距离》，载于《现代语言学会会报》，第69期（1954年12月），第1112—1126页。巴特是福楼拜不多的几个敏感的读者之一，他承认困难也许归因于福楼拜本人；在他看来，福楼拜从来也没有解决不断变化的“审美距离”的问题，结果，读者总是不能肯定，究竟是同情爱玛，还是谴责她。

28．《全集》（伦敦，1947年），第1页对面。

29．《论一本名叫〈洛丽塔〉的书》，《洛丽塔》（纽约，未标出出版日期［1958年］，第317页）。

30．杰勒德·哈泼金斯翻译（伦敦，1952年），第7页。

第十三章　非人格化叙述的道德与技巧

诗人的作用——别被这话吓倒——不是体验诗的状态：那是一件私下的事。他的作用是在其他人身上创造它。

具有天才的人是把天才灌输给我的人。

——瓦莱里

作家需要一种与他的社会契合的因果联系，某种意义上就是，他的作品做到使每个人的隐秘成为一种特权而不是一种负担。

——赫伯特·戈尔德

我已假定，个别作品的目的将决定评判它的标准。我们无权把《夜林》强加给《爱玛》，或把卡夫卡强加给菲尔丁。[1]事实上很可能在某些读者看来，我在上两章中谈论非人格化叙述的危险时，几乎正是犯下了我已批评过的错误。当我谈到非人格化叙述可能导向混乱和非故意的含混时，我是在把出自早期小说的清晰或感情强度的标准强加于现代小说吗？我只能说，我试图做到的，就是较为严格地保留一种假说上的论争结构，我发现这种假说上的论争结构，是从亚里士多德到现在的有影响的批评家们最为共同的东西：如果一位作者要使那些不具有强烈美德的人物获得强烈的同情，那么，长久和深入的内心观察提供的心理生动性将会有助于他。如果一位作者想要获得读者的迷惑，那么，不可靠的叙述将会有助于他。另一方面，如果一部作品需要像强烈的戏剧性反讽那样一种效果，不论是喜剧的还是悲剧的，那么作者可能发现直接的可靠叙述的新用途。让每部作品做它“想要”去做的事；让它的作者发现它的内在力量，并且为实现那些力量去考虑他的技巧。

但是，在效果中是否没有选择呢？我们必须始终将詹姆斯所称之为作者的“主题”赋予作者，并只能讨论他实现这一主题的成就吗？在文学种类的趣味上没有争议吗？《爱玛》那类喜剧的充分实现完全等同于十分不同的《使节》那类喜剧的充分实现吗？或者它完全等同于《城堡》那类充分实现但无以名之的效果吗？

就批评家想要对艺术家或读者有所实际帮助而言，我确信他必须听从詹姆斯的教导，避开这些问题。批评家能对卡夫卡说点什么，也许能够帮助他改造作品，但这种可能性是很小的；如果他一开始就告诉卡夫卡说，他完全不该那样去写，那这种可能性就简直是没有了。然而，我们毕竟是用自己的全部身心去对每部文学作品做出反应，就此而言，我们将必然追随詹姆斯的实践，与进行手段判断一样进行目的判断，而不论多么隐蔽地去做这种判断。

为了某些目的，人们可能运用所有标准中的这样一些——社会的、心理的、两性的、历史的、政治的、宗教的，或其他什么——按照我的主题，仅有一种是我必须接受、不能忽略的：非人格化叙述已经引起了许多道德困难，以致我们不能把道德问题看成是与技巧无关的东西而束之高阁。

我们已经看到，内心观察可以为甚至最邪恶的人物创造同情。在运用得当时，这一效果可以在迫使我们看到这样一个人物的人性价值方面发挥无限作用，即一个我们从客观上考察其行动会加以谴责的人物；这一方法的最新成就，是福克纳的《大宅》(1959)中的明克·斯诺普斯。但是并不奇怪，运用这一效果的作品时常导致道德混乱。也许，反对严肃的现代小说的非道德倾向的大部分批评都能追溯到这一手法。人们可以认识到这类批评中的许多文不对题和判断错误之处，但是仍企图诚恳地讨论由叙述现代小说的这些诱人的恶棍所表现的问题。[2]

诱人的观察角度：以塞利纳为例

让我们设想一位非专业的读者，他聪明擅读，第一次阅读塞利纳的著作《茫茫黑夜漫游》（1932）。我们说，他是从杂货店的再版书架上选择它的。[3]他还有点记得塞利纳是个“优秀”或“重要”的作家，他在封面上看到，这是“20世纪的主要小说之一”，于是他买了它，把它带回家。他在扉页上读到，塞利纳已经被“美国批评家们”称为一位真正的新的写作之声——一位作品中具有几乎不可忍受的急切的动人特性的作者。他阅读了一篇安德烈·纪德所写的赞扬文章，然后，因为他是个细心的读者，他又阅读了塞利纳自己的题文：

> 旅行是件好事，它能激发想象。其他一切都是欺骗与虚妄。我们自己的旅程充满了想象。这是它的力量所在。
>
> 它从生命导向死亡。人类、野兽、城市，其中一切都是想象。它是一部小说，仅是一篇虚构故事。词典上是这么说的，这不会错。
>
> 还有，每个人都可以同样糊涂行事。闭上你的双眼，这就是应该做的一切。
>
> 这样，你就从另一面来看待生活了。

然后，我们的读者发现了一个惊人的问题。一位第一人称叙述者，一位现代的恶棍主人公，带领他经历了一系列下流污秽的冒险。当然，一切都是完全“客观的”：无可否认，塞利纳从未在场，他甚至不出现在冗长的议论中。但是，无可否认，他绝非与之毫无关系，问题就在这里。这位读者难免疑惑，对于费迪南的大量道德说教，是否应该认真听取。这是塞利纳的观点吗？它应该是我的，至少暂时如此，这样我才能满怀同情地追随这位主人公吗？或者它仅仅是“从另一面来看待的生活”，正如题文所预示的那样？即使假定这位读者对于塞利纳的个人身世一无所知，他在读了下面这类东西的百十页之后，还是不会相信，塞利纳正在把一位与他完全无关的叙述者戏剧化了：

当你房东的屋子失火时，你不会失去任何东西。

另一位房东总会随之而来，如果并非总是同一个房东的话——一位德国人、法国人、英国人或中国人——你会同样收到账单……你用马克还是法郎付账，这无关紧要。

事实上，道德是个肮脏东西……（第48页）

人的大部分青春在考验与失误中丧失。显然，我心爱的姑娘正打算抛弃我，显然，这事用不了多久就会发生。我还不懂这个星球上有两个种族，富人和穷人，我还不懂，他们完全不同呢。我和许多人一样，花了二十年时间打仗，才学会坚守在我自己的阵营中，才学会在找到自己的同伴，特别是在看重他们之前，询问事物和人们的价值。（第74页）

当一个人能够活着逃出一个疯狂的国际性屠场时，那就是说，最终是由于他的机智与谨慎。（第102页）

那时人们看到白人的全部反叛天性在刺激之下无拘无束，摆脱限制，完全自由地显露出来；他的真正自我，正如你在战争中看到的……真实，堕落的臭塘，充满虱子、尸骸和渣滓。（第103页）

这些是塞利纳的观点吗？如果不是，那么关于巴达米，它们告诉了我们什么？如果他关于白人的“真正本性”的观点是不正确的，那么关于正确的选择，我们就没有来自塞利纳的线索了。

我们的读者将会发现，评价巴达米判断人物的意图是什么并不容易。无论他把非洲要塞里他的一位前辈定为“十足的下流胚”（第154页），还是他毫无反讽色彩地把阿尔西德说成是：“这是一位与天使为伍的伙计，你连想也想不到。……他已经把这些岁月都献给……一位小姑娘……而且除了他自己的好心之外，没有别的意思。”这时，没有得到塞利纳指导的这位读者肯定会迷失——甚至在所有实例中，他自己的判断都与巴达米的相应这种未必会有的情况下也会迷失。在这一时刻，他对自己参与生活本身感到有罪，因为生活是腐败的；在另一时刻，他又这样为自己开脱："真可以说我是个两面派了。即使这样，它也不过是个何时去做和如何去做的问题。两面行为就像是在监牢里开个窗户。每个人都想这么干，但是，并不是你能得到这个机会。"在一个时刻，他在戏弄米基·斯皮兰："只要我能想到，我总要敲打敲打那张气呼呼的脸，就像这里的这张，为的是看看如果你这么做的话，这张气呼呼的脸面到底会怎么样……她开始笑了……打！砰！……我什么也看不见。这不是什么好事"。在另一时刻，他像那位读者可能做出有关他的说教那样，做出有关自己的说教，分析他缺乏"对其他人生活的爱"，分析他缺乏"同情之心"，分析他在尝试"误入歧途"中度过的"迷惘人生"。

如果这位读者考虑巴达米的风格——因为他读过大量现代小说，所以他很可能这样去做——他将同样对它企图达到的特征感到困惑。令人厌倦的反复出现的污物的隐喻是要成为他的——因此也是塞利纳的——诗的洞察力的标记呢，还是要成为这样一种诗的洞察力的标记，即结果造成一个与塞利纳相对的叙述者的诗的洞察力的标记？塞利纳把《茫茫黑夜漫游》的笨拙象征体系弄成笨拙的，意在使之成为其叙述者的特点吗？但是，那么究竟有何根据说明如下事实：即如封面断言，有时它的风格是"极富"天才的？

如果我们这位困惑的读者能够发言，表达他的不解，他会得到回答，"你在不该进行价值判断的地方硬要进行价值判断。本书的论点正是，人已迷失于困惑中"。但是，该书从第一页起，就坚持进行价值判断。当叙述者判断的时候，读者怎能避免判断呢？当"生动的图画"是由除非在价值背景中否则就无法看见的行动和言论组成的时候，强调该书只想表现一副"生动的图画"是毫无意义的。如果巴达米对文明价值的攻击不是攻击，那么同样来看，它们就什么也不是。

当然，通过对书外资料做一点查证，通过对该书仔细地反复阅读，人们可以逐步达到一个相当令人信服的结论：在巴达米那令人震惊的信念中，有些是塞利纳持有的，有些是他没有的，二者之间区别显著。塞利纳像我们在第十章中讨论过的其他探索小说的作者一样，对他的恶棍主人公进行了片刻的揭示，意在显示他和我们可能出现的模样：

> 我在那儿，站在莱昂身边，好像要帮助他，我从未感到那么局促不安。我无法控制这种感觉……他也没能发现我……他一定是在寻找另外某个费迪南，一个当然比我远为伟大的人，以求一死，或不如说，要我帮助他更为平静地死去……除我之外，别无他人，真的是我，也就是我，在他旁边——一个十分真实的费迪南，他缺乏使一位男人成为比他自己的卑琐生命更为伟大的东西，一种对他人生活的爱。

是的，我们开始告诉自己，这将是一种拯救。可怜的人。“我没有这种东西，或者有的也确实太少了，不足以显示我有。我不是死亡的对手。”唉，是的，我们之中有谁能说他是死亡的对手呢？“对它来说，我太渺小了。我没有人性的伟大思想。我相信，我为一条濒临死亡的狗比为鲁滨孙更容易感到伤心，因为狗并不狡诈；然而，不管人们怎么说，莱昂是有点狡诈的。我也是狡诈的，我们都是狡诈的”（第454页）。是的，是的，我们都是狡诈的。毕竟，我们都生活于其中的这个畜栏是多么肮脏啊。谁能责备巴达米，谁能责备塞利纳，他对人的轻蔑、对某些人种的轻蔑，配得上可怜的巴达米吗？我们这个污秽的世界使他们成了现在这副样子，塞利纳已经表明——以如此美妙的风格，以及如此诚恳、非人格的方式，把一切都戏剧化了，不带有任何作者介入——我们所都知道的东西，就是我们这个完全迷失的世界。正如查尔斯·贝拉尔所说：“他对怜悯的节制是无限的。”

然后我们就犹豫了。至少，如果我们有幸对于这类修辞并非完全脆弱，我们就要犹豫，并要否认我们所听到的东西。这并不是一幅诚实的画面，它根本不是一幅现实化的画面。没有对这些东西加以“鉴别，没有在整个计划中给予每一事物的指定位置”，正如凯瑟琳·曼斯菲尔德论及多萝西·理查森不加鉴别的细节堆积时所说的，“它们在艺术世界中全无意义”[4]。它含有一幅污秽的景象，这也和完全否定邪恶的感伤自居一样，不能使它成为诚实的画面。

然而，在我们阅读该书的过程中，不管可能会对它思考多少，我们毕竟已经被迷住了。我们受到一个受着磨难的意识的吸引，正如我们在视觉上屈服一样，我们也被引向道德屈服。我们看见萨克雷的巴里·林登的陷阱里又落进了特罗洛普身上，尽管萨克雷竭尽全力清楚地表明了他对巴里不道德的否定，而在这里，陷阱还是一个十足寡廉鲜耻的男子安放的。虽然塞利纳诉诸传统的借口——记住，这是我的人物说的，而不是我——我们仍然不能原谅他写了这么一本书，即一本如果读者当真，会毁掉他的书。越是去深入地理解它，它就越是显得不道德。说它不道德，不仅在塞利纳欺骗这个意义上是这样，虽然这也十分重要：他当作真实来加以描绘的这个世界没有包含可信的解释，说明居于这个世界上的人怎么能够使自己写一部著作——即使是这样一部著作。更为重要的是，如果读者当真接受它的花言巧语，没有提供给他一个完全不同于塞利纳的判断，那么，阅读本书的结果，不仅必然会模糊他对这种错误的认识，即敲打妇女脸面仅仅是为了看看它的感觉怎样，而且最终削弱他要尽可能有意义地去生活的愿望。说得认真一点，这本著作会使生活本身变得没有意义，变成只是一系列自私自利的对他人生活的侵扰。

无论我是否对塞利纳过于严厉，我想，我们都碰到了这样一种作品：通过强调某种多于技巧判断的东西，来这样突然地打断我们。但是，我们还在继续谈论，好像技巧的成功与它们所造成的价值无关。在这方面威胁我们的那种彻底混乱，在丛林版的罗布-格里耶的小说《窥视者》的封面介绍中，以一种吓人的形式表现出来了[5]：

> 罗布-格里耶的小说理论——物的表面比人的存在更有意义——在这部紧张可怖的小说中成功地实现了……罗布-格里耶没用传统小说的内心探查，就获得了从前小说中不曾有过的读者参与。我们的注意力被占去了，直到我们最终认识到自己处于马蒂亚斯的内心深处——成了杀人狂的同谋。

一旦我们仔细考虑一下，就会发现它是令人不可思议的颂扬。

本书是百多年来内心观察和它们能产生的共鸣自居的光辉顶点。的确，它引导我们去强烈地体验一位杀人狂的感觉和情绪。但是，这就是我们阅读文学真正所要的吗？假定作品是老练地写成的，那么，与这样一部作品如何能够影响已有杀人倾向的读者的问题完全不同，出现了这样一个问题，我们赞扬的东西是否还有限度？

要想正确回答这一问题，无疑将会导向完全不同的一类作品，它根据的是对善恶的周密规定，以及对其他媒介——如电影、电视等显示了同样赢得我们对邪恶产生共鸣的力量的媒介——所做的比较。通过一项道德判断而不以某种方式提供一份答案给流行的中立主义理论，可能是无效的。在回答道德批评时，作者只有这样说："我不想要改进。是你在把你的普遍标准强加给我。"可能最终无法以一种理性争辩来对付这种观点。这好像是试图劝导一位朋友不要自杀：你到哪里去找你的首要前提呢？如果一位作者并不关心他的著作是否留给读者一些仅比读过它们更有价值的意义，如果他感到他的艺术动机与读者的生活特点的改善绝无联系，那么企图证明这一联系也是徒劳无益的。完全可以相信，一个社会可能变得相当败坏，因而大多数艺术家都感到，要运用他们的艺术为破坏的目的服务。

但我确信，今天的大多数小说家——至少那些用英语写作的——都已感到艺术与道德之间有着不可分割的联系，与关于道德的流行说法完全不同；他们的艺术视界，部分地是由对他们所看见的画面的判断组成的，他们要求我们把这种判断作为画面的一个部分加以分享。[6]无论如何，只有对这样的小说家——无论他们数量多少——人们才有技巧的道德可言。在对那些中心意图是道德上可疑的作品进行考察失败而退出之后，我们必须转向这样一些作品，即其中作者的道德判断由于不道德的叙述者强有力的花言巧语而被误解的作品。

作者道德判断的晦涩

当然，并非仅有非人格化的作品可能造成无意危害。如果我们定要取消所有可能对误解内容的读者造成危害的那些作品，那么，我们可能就得听从柏拉图的话，禁止颂歌和哲学对话以外的一切文学。当批评家说《德伯家的苔丝》

可能危害没有经验的读者时，哈代的这一回答看来是公正的：

> 当人物的作为并不堪为鉴戒，赏罚也并非合于功过时，关于这种忠实的表现对脆弱的心灵产生的影响，我们并不承担过分仔细考虑的责任。一部会对十几个白痴造成道德危害的小说，只要能对普通知识分子产生激励作用，它的存在就是正当的；也许思想最纯的作者也没写过这样一部小说：既不可能有某些读者在道德上对它无动于衷，也没有其他读者在道德上不受其害。[7]

罗伯特·佩恩·沃伦引用这段话来为海明威的《永别了，武器》的道德辩护。对他来说，如果一部作品具有“意义”，如果它“严肃地讨论这样一个道德和哲学问题，即不论好坏，只要存在于现代世界之中，并且实质上以海明威所展现的方式存在着”，那么，它就完全无罪；它对脆弱心灵的有害影响就是无关紧要的。

但是，道德上受到危害的人数与受到激励的人数的这种平衡，是否仅仅意味着功利主义地计数人头，而我们并不能作为对文学的辩护加以接受呢？对于“激励”了很少、也许只是一个人，但却危害了许多人的一部作品，我们该说什么呢？更重要的，说明一位作者的意图是严肃的，他的主题是重大的或真实的，这对他的艺术成就并不说明什么问题。处理一个某方面重要的问题，可能是走向写好作品的必要步骤，但当然还是不够的。为一位作者的道德意图辩护，这并不比说明他想要创作一部杰作更有意义。在这方面，十分奇怪，许多在其他方面避免“意图谬误”的批评家却接受了它：如果一位作家的意图是“严肃的”，而不是“商业的”，或者如果他打算揭露污秽，而不是赞美高尚，那么许多人都似乎感到，他们至少应该给他的作品某些好评，尽管它的技巧可能十分粗陋。

其实，道德问题就是一位作者是否有责任，要在这个意义上写好作品，即使他的道德训诫十分清楚，并且如果是这样的话，还要了解对谁清楚。伊恩·瓦特最近提出，小说本质上是一种含混的艺术形式；小说的兴起本身就反映了“从古典世界的客观的、社会的和公众的方向向”现代生活和文学的“主观的、个人的和私下的方向的变迁”[8]。因为小说是在一个真实本身似乎日趋含混、相对和变动的世界里，追求他所谓的“表现的现实主义”，所以它必定要牺牲其他体裁的“评价的现实主义”的某些东西。

这一主张当然具有某种意味。一部戏剧的成功很大程度上取决于一种直接建立的、无须思考的观点上的一致；没有某种共同观点在一个场合里发挥着聚合作用，戏剧就根本无法存在下去，甚至最为令人疑虑的戏剧也几乎总是建立于容易领会、广为接受的思想规范之上，这与多数小说复杂扰人的价值形成鲜明的对照。还有，剧作家可能留在他的剧作中的任何无意的含混，在某种程度上都被优秀的演出消除掉了；每个导演都用自己的无数演出指示指明了潜在的含糊成分，把自己的解释强加进去。虽然《理查三世》在既可以看成是同情理查王的，又可以看成是反对理查王的这个意义上说，可能是含混的，但是，任何个别演出始终不是根据这条线索就是根据那条线索。但是在小说中，每位读者都是自己的演出人。

但是，这并不意味着小说应该或者必然是含混的。也并不意味着，小说家和读者之间交流的失败应被看作好像成功的交流都是一种个人的偶然事件。莱昂·埃德尔说，当交流失败时，它“有时可能是艺术家的过错”，但是，“一般说来，它更应该看作是参与建立一种和谐关系的两种意识的失败。这在生活中时常发生；我们没有理由不设想，它有时竟会发生在我们自己与我们阅读的某部小说的关系中”[9]。就其所说而言，这很正确；无疑，优秀的读者与优秀的作者有时无法在共同立场上相会，很少有读者能充分细心地抓住作者所提供的线索。但是，我们可以同样正确地从小说的潜在含混中得出结论说，小说家应该在他的作品中，设法提供优秀的演出给予一部戏剧的那种戏剧成分的指示。

正是在这一点上，“良好的写作”的道德时常被人误解。左拉说：“当你写得糟糕时，你完全该受责备。这是我能承认的文学的唯一罪过。如果他们自称要把道德放在什么地方，我看不出他们可以把它放在哪里。一个结构精巧的短语，就是一个良好的行为。”[10]左拉这一信条也许已被自他以来的大多数重要作者所接受，但是显然，即便对于这些人来说，它也仅仅是对了一半。如果它只意味着因为卓越总是值得追求，所以做好任何事情都是合乎道德的行为，那么，它并不适用于艺术，因为它也同样不适用于投掷原子弹或管理精密有效的煤气杀人室或杀人场。如果写好仅仅是创造一个好的短语，那么，这一说法只能意味着这点东西。但是，当我们说艺术中的道德在于“写好”的时候，我们便悄悄地把实现一个有价值的目的的概念放入了我们的论点。一个结构精巧的短语能够像为左拉的文学目的服务一样，为希特勒的演讲目的服务。但是，在小说中，写好的概念必须包括成功地安排你的读者对一个虚构世界的看法。小说中“结构精巧的短语”必须远远多于美的成分，它必须为更大的目的服务；艺术家具有一种道德义务，就像他想要把“写好”、把尽可能在一个给定距离上实现他的世界作为自己审美义务的一个实质部分一样。

从这一立场出发，作者对非人格化、不确定的技巧选择有着一个道德尺度。正如我们已经看到的那样，客观的叙述，特别是当它通过一个非常不可靠的叙述者这样做时，便形成了使读者误入歧途的特殊引诱。甚至当它表现作者深恶痛绝其行为的人物时，它还是通过他们自己的自我辩解的修辞这一诱人的手段来表现他们。结果毫不奇怪，对这些作品的反应带上了混乱和错误指控的印记。

阅读格雷厄姆·格林作品的天主教徒，时常谴责他使他笔下的邪恶人物过于令人同情，使罪恶本身具有魅力。也许，这些读者能使他们自己不受其害；至少，他们总是说到对其他读者的潜在危害。但是，我们可以推知，真正有害的误解，即读者与邪恶的意识中心的最令人悲伤的错误自居，从未在书中加以讨论。甚至于伟大的讽刺作品，其中道德问题似乎是一清二楚的，也时常在这方面引导幼稚的学生误入歧途。忽略潜藏在格林作品中的微妙谴责，是多么经常地把幼稚的读者引入造成重大危害的结论啊！

我的一位聪明的朋友承认，他在整个青少年时代一直把赫胥黎的作品当作色情文学的来源。《美妙的新世界》中所讽刺的狂欢作乐被他看成了真的狂欢，毫无喜剧的或讽刺的光线照耀；他没能看出讽刺的论点，这当然是由于没有受到来自作者的任何直接暗示的提示。我们中大多数人，特别是年轻时广泛阅读而没有较有经验的读者指导，都能够回忆起这种误解。误解方式千差万别，从在本来意在引起恐惧或厌恶的场面中感到虐待狂的快感，到对本来受到讽刺的精明见解的欣然接受。

也许，这样的误解表现得不多，可惜还有误解发生。当然，哈代的回答仍然有效。然而，正如它所强调的困难，以及又被仔细注意到的所有新的困难，应该指出，一位作者负有义务，尽可能地澄清他的道德立场。对于许多作者来说，会有这样的时候，那时，在要显得冷漠和客观，与要使作品的道德基础绝对清楚来提高其他效果的义务之间，有着一种公开的冲突。没有能为一位作者安排他的选择，但是，声称艺术选择永远只受纯洁性和客观性要求的指引，这就太荒唐了。

我们应该十分清楚，我们所谈到的失败，并非出自小说的任何内在因素，或者出于作者与读者之间的任何天然矛盾。它们是由于读者无力使自己摆脱这样一个邪恶的意识中心而产生的，即用诱人而老练的自我辩白的修辞表达给他的意识中心。当纳博科夫在《洛丽塔》中对亨伯特·亨伯特实施充分和无限的修辞策略的控制时，我们对读者忽略了他的反讽怎么会奇怪呢？“我不想表达我无法更加快活这种印象。读者必须理解，在一个色情狂的占有和奴役之下，旅行者的着迷好像是甚于快乐的。因为世界上没有一种快感能与抚弄一个色情狂的快感相比。这种快感**超出度外**，它属于另一级别、另一水平的感受。的确，这叫起来不错。“尽管我们口角，尽管她很淫荡，尽管她小题大做，反复无常，尽管庸俗、危险，以及这一切可怕的毫无希望，我还是深深沉溺于我所选择的天堂里——一个天空具有地狱火焰色彩的天堂——但毕竟还是个天堂”（第168页）。这一切都是为了爱。正如安东尼与克丽奥佩特拉，或其他任何伟大的情侣们一样！我们已经看到，莱昂内尔·特里林在阅读所有这类生动的自我辩解之后，已不能够把亨伯特后来的自我谴责当作真实的了。谁能责备他呢？“天堂”已被充分戏剧化、充分描写和充分赞扬了；而悔恨仅是加以说明的——虽然是有力地加以说明的：“除非能够对我证明——就像用我的心脏、我的胡须和我的腐化，在现在或今天证明我的存在一样去证明——在无限的旅行中，一位名叫多洛斯·黑兹的北美少女被一位色情狂夺去了童年，这无关紧要，除非能够证明这点（如果能够证明，那么生活是场玩笑），我看不出除去能言艺术的悲凉和非常局部的缓解之外，还有什么能治疗我的痛苦”（第285页）。纳博科夫之所以让亨伯特在这里说话，以及人们因此可以理解他的感觉，其意思是，他已做到了防止所有的人误解作品所需的一切，除去“无知的少年犯”。但是，艺术的规律反对他。是的，他的最为老练成熟的读者能从一开始就抵制亨伯特的花言巧语；有着无数线索，从头至尾的风格也是绝对廉价的——如果人们碰巧这么看的话。这部可爱、深奥的作品的主要趣味之一，就是观察亨伯特如何几乎使他自己成了一个病例。但是，纳博科夫保证他的许多读者，也许是大部分读者，不会把亨伯特与作者等同起来，至少不会比纳博科夫自己与亨伯特相等同的程度更高。然而对于他们来说，多少最后的更正也无法消除前面场景的生动性。[11]

正如肯尼思·伯克曾经谈到安德烈·纪德的拉弗卡迪时所说的那样，这是一个冷漠可爱的罪犯，他以谋杀来表达他的——以及纪德的——自由，这种小说假定“读者方面具有一种老练，读者就不应企图过于丧失独立判断的能力，成为他的作者思想的实际信徒”。它是为“虔诚”的读者而写的，不是为“投毒者和伪币制造者”而写的。[12]但是，这不是指作者的读者在道德上应该是健全的而不是幼稚的吗？读者都是头脑中有罪恶的凡人；他们很有可能沉溺于一种对拉弗卡迪的道德的快乐自居——因为纪德“坚持要”我们同情他——而不是让他们被对他描绘的前后矛盾推到纪德想达到的正确距离等级上。

精英的道德

我们已经看到，以不可靠方式写成的许多作品的效果取决于作者与读者之间的共谋。合理追求的这种效果与傲慢的快感之间的界限是很难划出的，但是，非人格化的、反讽的叙述使自己变得精巧了，甚至过于精巧，以致掩盖了如果以议论形式公开表达则不可忍耐的傲慢的表达。切斯特顿曾经把狄更斯的声望的衰落，部分地归之于“所有艺术嗜好中最为低下的东西（当然要比苦艾酒的快感或鸦片烟的快感远为低下），即欣赏普通人无法欣赏的艺术作品的快感”[13]。写作只是有选择的少数人才能理解的作品的快感甚至更为低下。决定运用自己的非人格化去投“在柏林、巴黎、伦敦、纽约、罗马和马德里的最为机敏的前后两代年轻人”之所好，而不管手头作品的需要，是和用毫不相干的东西迎合购买书籍的公众之所好的作者一样，都是非艺术的。

当然，我们并不按照作者的动机去判断完成了的作品。但是，禁令在两方面起着作用：如果我不能仅仅因为我知道作者是个势利小人而谴责他的作品，那么，我也不能仅仅因为作者拒绝成为商业性作家而赞扬他的作品，或因为作者决定写一部畅销书而谴责他的作品。作品本身就是我们的标准，如果读者可以看出，它的艰深除了一种由学术时尚支配的反商业性姿态外别无理由，那么，他只好被迫谴责它，正如他发现迎合读者的暂时偏见的廉价做法时他也会这样做一样。在这两种情况下，标准都是是否做到了一切应做的事——不多不少——使作品基本上可以读下去，在加以创造的基本词源学这个意义上，在这样一个东西中得以实现，即他有自身的存在，无须联系作者的自我。如果通过议论造成一种感伤之谊的虚假气氛是维多利亚小说家们的特殊诱惑物，那么，非人格化的小说家们便是积极企图给读者更少的帮助，至于他们知道应该给读者的那些帮助，其目的是保证他们自己被人看作是“严肃的”作者。

一种对于有时产生傲慢气氛的通常解释是，除了可贵的少数遗留下来的人，艺术已无所谓严肃读者了。例如，弗吉尼亚·伍尔芙常有这样的感觉萦绕于心，老一辈作家可以依赖具有共同思想规范的读者，而她则必须在写作时构造她的价值，然后悄悄把它们强加给读者。她说，无论奥斯丁还是司各特，都不多谈有关直接判断行为的事，“但是一切都取决于它……相信你的印象对其他人有效……就得从个性的束缚和限制下解脱出来”[14]。我们被一再告知，小说家不可避免地要把内心世界变为他自己的个人价值体系，因为没有外在世界留下来供他来诉诸。[15]但是，即使社会观点的一致性已经减退——有时这点很难证明，尽管我们喜欢这方面的老生常谈——那么艺术家们自己确实应该为这一减退承担一些责任。如果说社会观点一致性的消失迫使他们进入私下的价值体系，即私人神话，那么很难说可以迫使他们进入我在本书后部讨论过的那种个人技巧。对于一个破碎的社会的一种可能的反应也许是退回个人价值体系，但是另一种反应也许是创作本身有助于形成新的社会观点一致性的艺术作品。[16]

以这种积极方式面对假设中的社会观点一致性的减退，有着哲学和心理学上的障碍。破坏性最大的哲学障碍是虚无主义，它还带着可能出现的主观主义甚至唯我主义作为侍从。如果小说家真的相信没有客观意义存在，那么，他搞写作的唯一动机就是他要写作——这是一个在最终计划中既不比希特勒的，或胡涂乱画者的动机更好，也不比之更坏的动机。在一个真正荒唐的宇宙中为读者担忧可能是荒唐的。

但是，大多数所谓的虚无主义远未达到这种完全的否定；几乎所有作者都认为，某种意义是存在的，至少在艺术创作的活动中如此。自从康德以来，非哲学的作家所共同的哲学假说，就是一种主观的艺术主义：存在着价值，但它只是艺术家从混乱中创造出的东西。

我想，现在甚至能够从这样一种立场得出支持艺术家努力传送他想象的必然理由。但是，它已常常用于为激烈的审美唯我主义进行辩护，这种激烈的审美唯我主义好像受到了虚无主义的支配。被乔伊斯称为意识流技巧之父的杜雅尔丹说，“全部真实是由人所具有的清晰或混乱的意识组成。”他赞许地引用乔伊斯的话说，“在一种意义上，灵魂就是存在着的一切”[17]。

甚至这一立场，也可能被引申来这样要求作者：他应做到一切可能之事，以使他对真实的意识清晰，不仅是对“他自己”，而且是对与公众有关而生活着的他自己的那一角色；如果一部作品确实对于作为读者的作者十分清晰，我们则可以肯定，对于他自己的公众来说，它将是可以读进去的。但是在实践中，它都倾向于对所有读者抱一种冷漠姿态。我们不必成为俗人就可相信，甚至最纯洁的艺术家也可能受人的傲慢之害；忽视作为乔伊斯以来某些小说家的意见的这种破坏性——虽然有时是有趣的追求时尚的风气——我们必定会成为现代文学的盲目献身者。

很难看出，对于这样一种缺少对主观主义驳斥的、以主观主义为基础的形势，能够起些什么作用。虽然我在这里不能在哲学上证明这一情况，但是似乎很清楚，我们的修辞有困难的这一方面不能只用在读者中提高智力鉴别能力来加以纠正。作者自己必须达到这样一种客观性，它远比许多技巧讨论文章中赞扬的表面“客观性”更为困难、更为深沉。他必须首先洞察他的读者能够真正关心的普遍价值。但是，我怀疑，他仅仅在如我们的宗教批评家所介绍的某种永恒立场上活动，这也还是不够的。[18]他必须十分谦逊，去寻找方法帮助读者接受他对这一立场的看法。在这一意义上，艺术家必须既当观看者又当揭示者；虽然他无须企图像曼或卡夫卡那样，以预言小说家的方式发现新的真理，虽然他当然无须带有其作品所根据的思想规范的明确陈述，但是，他必须知道如何改造他的个人想象，因为这种想象时常装扮成为自我驱使的个人象征，使之成为某种基本上公共的东西。

但是，当然，一旦想象可以进入，那么它的主题本身就可以做出判断；最好的反讽之一，是作家越来越多地失去地位，我们则越来越好地理解他，我们看到的他在作品中没有加以改造的自我主义弱点就越多。

简而言之，作者应该关心他创造的他自己的形象，即他那隐含的作者，是否是他的最聪明、最有洞察力的读者可以赞扬的人物，他对这一方面的关心应该胜于对其叙述者是否是现实主义的关心。没有任何东西像讨厌自己读者的隐含作者[19]，或认为自己作品比它实际的要好的隐含作者那样，如此确定地注定一部作品最终会被人遗忘；也没有任何东西像作者企图显得比他实际上更光辉、更深奥、更少商业性那样，如此确定地引导作者去创造这样一幅他自己的画像。认为所有对公众的让步都是同样卑下的，认为公众本身是卑下的，认为作者本人不是“公众”的一个成员，这些便利然而最终可笑的概念，也和不惜一切代价成为畅销书的愿望一样，可能都是有害的。

那么，小说修辞的最终问题是，决定作者应该为谁写作。我们前面看到，回答“他为他自己而写作”，只有我们假定他为之写作的那个自我是公众自我的一种，也受到其他来读这部作品的人也会受到的限制，这时这一回答才有意义。另外一种经常提的回答是，他为他的同类人而写作。太正确了。根据定义，雇佣文人就是要获得连他自己也无法尊重的响应的人。但是，在无须帮助就能看到作者的世界这个意义上说，没有一个人是任何作者的同类人。如果小说家高高在上，消极等待理解力碰巧与他自己一致的同类人，那么很难理解他为什么不应该把一切都留给这样的读者。为什么非得烦神写作呢？如果在这个意义上说，读者真是艺术家的同类人，那么他将不再需要这部著作。在一个由这样的读者构成的世界中，我们可以完全停止考虑交流的问题，只是写作他自己的每一本书。但是，如果这样一个世界被看作是荒唐可笑的，不管它看上去多么接近我们当前世界的事实，那么，不能原谅没有提供对他自己的题材进行判断的小说家，仅这种判断一项就能把题材从福克纳所谓纯粹“人的记录”提高，转变成为能够帮助他完全成为人的“支柱”。我们可能嘲笑这位南方绅士在斯德哥尔摩演讲时的修辞，但是，这位仍健在的最伟大的作家解释了——至少一次——他所说的东西。

自从大战以来，我们已经看到许多呼吁，要求返回古老的、福楼拜之前的模式，不仅在角度问题上，而且在成为小说部分的一般结构和趣味方面。[20]由各种形式的客观性所强加的错误限制时时受到攻击，有时攻击带有基于写作小说的个人经验的巨大敏锐性。但是，认为我们需要的是返回巴尔扎克、返回19世纪英国，或返回菲尔丁或简·奥斯丁时代，那将是个严重错误。我们可以肯定，传统技巧将会发现新的用途，正如书信文学技巧，在多次被判死刑之后，又已一再复活，达到了卓越的效果[21]。但是，所需要的不是过去模式的任何简单恢复，而是一种对所有武断区别的否定，即对“纯形式”，“道德意义”，为读者实现形式统一的修辞手段，以及内容之间的武断区别的否定。当给予人类活动以形式来创造一部艺术作品时，创造的形式绝不可能与人类意义相分离，包括道德判断，只要有人活动，它就隐含在其中。除非作者努力使他的作品对于其他某人——他的同类人、作为想象中的读者的他的自我、他的读者——完全可以进入，否则作者所做的事可能最终无法使人理解。小说只有作为某种可以交流的东西才得以存在，交流的手段并不是令人羞愧地被强加的，除非它们是以令人羞愧的愚蠢形式构成的。

作者创造他的读者。如果他不好好创造他们，亦即如果他在所有纯洁性中等待理解能力和思想规范都碰巧与他自己的相一致的读者，那么，如果我们一定要原谅他的技巧低劣的话，我们只能说他确实是概念玄乎。但是，如果他很好地创造他们——亦即使他们看到以前从未看到的东西，使他们进入一个理解力和经验一体的新秩序中——那么，他会在他所创造的同类人中得到酬报的。

注 释

1. 这里不是调停下列两点的合适地点，一是所有优秀作品都是自成一格的这一半真理，一是我们没有按照效果的“种类”进行作品分组就完全无法从事实践批评。如有读者为怀疑我从前门赶出普遍标准时又从后门把它们偷偷放进来而感到不安，可以在克莱恩和奥尔森关于诗的种类的讨论中找到某些恢复信心的意见，参看《批评家与批评》，R.S.克莱恩辑（芝加哥，1952年），第12—24页，第546—566页，第646—647页。

2. 对现代小说的非道德的最近的全面攻击，是《现代小说中的人》一书，艾德蒙·富勒著（纽约，1958年）。富勒谴责现代作家放弃了“犹太—基督教传统”，忘掉了人“居住在一个有秩序的宇宙中”，“他的基本规律受他的造物主的支配”，他是“个别的，可靠的，有罪的，以及可以赎罪的”。也请参看哈罗德·C.加德纳，《小说的思想规范》（纽约，1953），以及马丁·贾勒特·克尔，《文学与信念之研究》（伦敦，1954年）。对这种努力的反击有时是恶毒的。例如，参看欧文·豪对艾德蒙·富勒论述，载《新共和》（1958年6月23日）。如不接受富勒的理论，我们可能不知道道德问题是否像豪认为的那样与批评事业无关。他在评论结尾时，引用了沃利斯·史蒂文斯的诗歌《一位唱高调的基督教老妇人》，“正在深切认真地思考艺术与道德的关系问题”：“想象的事物／自在地闪烁。当老寡妇退缩时闪得最亮。”真是妙笔。有谁想要像可怜的富勒那样成为一位退缩的老寡妇呢？然而，一旦我们停止骂街，考察概念，我们可能很难认真接近这种说法：当艺术使传统感到不快时，它一定最好。我们可能不必提及艾略特，他曾说过，虽然某些现代作家心在改进，但是，“当代文学作为一个整体”，可能甚至包括他自己的作品，“都倾向于堕落”（《宗教与文学》，1935年，转载于《美国文学评论》，M.D.扎贝尔辑〔修订版，纽约，1958年〕，第623页）。但是我们不能声称，它是正在堕落的与它的价值无关。

3. 约翰·H.J.马克斯译本（伦敦，1950年；纽约，未标出出版日期）。

4.《小说与小说家》，J.米德尔顿·默里（伦敦，1930年），第4页（写于1919年4月4日）。也请参看第40—41页，关于错误的价值秩序的另一番控诉。

5.《窥视者》（巴黎，1955年），理查德·霍华德译本（纽约，1958年）。

6. 正是在这一点上，我们某些具有高度道德感的批评家悲剧性地产生了误解。当莱斯利·菲德勒为了达到“艺术的基本功能，一种对激愤和反感的否定”，号召小说家们喊出“不”的时候，他含蓄地接受了艺术的道德功能。但是，他的批评的方式中没有做出下述两类作者的区分，一是说“不”，同时以清晰的形式说明理由的人，一是说“不”，仅仅退入个人天地和不负责任中去的人（莱斯利·菲德勒，《高喊，不》，载《先生》〔1960年9月号〕，第78页及其后诸页）。

7. 由罗伯特·佩恩·沃伦所引，《海明威》，载《美国文学评论》，第461页。首次发表于《肯庸评论》，第9期（1947年冬季号），第1—28页。

8.《小说的崛起》（加利福尼亚，伯克利，1957年），第176，206页，以及各处。

9.《心理小说》（伦敦，1955年），第139页。

10. 左拉，《实验小说及其他论文》，贝尔·M.谢尔曼译（纽约，1893年），第365页。

11.《新共和》杂志的编辑对各种心醉神迷和不负责任的公众对《洛丽塔》一书的误解的关注超过了对著作本身的关注，攻击它说好像它基本上是对亨伯特·亨伯特行为的辩解（1958年10月27日，第3页）。他对此书不够公正，但我希望我能指望他对此书对大多数读者的效果的看法也是错的。

12.《反驳》（纽约，1931年，第2版；海塞托斯，1953年），第104页。这篇论曼和纪德的文章对我们的问题正中要点。

13. 人人版《荒凉山庄》的《导言》（没有日期），第9页。

14. 弗吉尼亚·伍尔芙，《普通读者》（伦敦，1925年），第301—302页。

15. 罗伯特·利德尔谈到了混乱的现在与有序的过去之间的同一对照。“（现在）人们不一定更少道德，但是没有道德趣味的普遍标准——甚至在有原则的人中间——可供作者诉诸”（《小说的某些原则》〔伦敦，1953〕，第110页）。亚历克斯·康福特把传统戏剧及19世纪小说与现代小说进行对照，谈到后者“没能创造这样一种有关（读者）信念或行为的假设，即它可以与早期19世纪小说能够创造的相提并论，指引社会的一部分……在每本写出的书中，整个世界都被加以单独创造，并且居有不同的人”在最近的历史上，我们第一次有了一个完全被破碎的社会”（《小说和我们的时代》〔伦敦，1948年〕，第13页，第11页）。

16. 对于可供小说家选择的可能性的悲观论点的极有说服力的说明，参看厄尔·H.罗维特，《含混的现代小说》，载《耶鲁评论》，（1960年春季号），第413—424页：“现代小说家……似乎在简明直接与复杂含混二者之间没有选择。如果他试图诚实地对待他自己经验的可怕的不可捉摸性和20世纪人类状态的混乱，那么，在某种意义上说，他就必须发明自己的特殊形式。如果他企图运用传统的故事讲述形式……他就将冒接受过去形式中固有的确定性的极大危险，并且，因此将冒沉溺于感伤态度和情节剧方式的极大危险。因此，严肃的现代小说家被迫进入价值创造的地狱，结果，他的小说如果成功，也将必然反射地和象征地交流（也即，没有作者对作品依赖的价值的直接陈述）。而且，如果他成功地在一个令人满意的美学隐喻中把他的异化具体化了，那么很有可能他的作品将被大众读者有礼貌地忽略过去”（第424页）。

17．爱德华·迪雅尔丹《内心独白。它的出现、它的起源。詹姆斯·乔伊斯的地位和作品》（巴黎，1931），第99页。

18．埃德温·米尔，《小说的衰落》，载《论文学与社会的论文》（伦敦，1949年），第144—150页。

19．亨利·德·蒙泰朗的情况是这方面最有趣的事例之一。他的小说似乎提倡的贵族化的“伦理特点”，“轻蔑的德行”，已经导致了广泛的抗议。蒙泰朗他自己是否真正主持他的人物所鼓吹的东西很难判断，但是十分清楚，我们对他作品的赞扬按他这样去做的程度受到削弱。正如最近一位评论家说的，我们不可能相信，像《对妇女的怜悯》中的皮尔·柯斯特这样一个人物意在受人同情，而在同时，我们又充分尊重作者。他认为，“如果皮尔·柯斯特被看作像乔治·卡里翁，阿利萨；或者让-巴蒂斯特·克莱门斯那样的毫无作者的完全赞同的人物，那么M.德·蒙泰朗作为聪明作家的声誉可能不会太好”（《T·L·S》，1961年1月6日，第8页）。它确实可能是更好。但是，我们一定不向小说本身询问它们是否能够证明自身无罪吗？在任何情况下，小说家地位的起落都将取决于他们告诉我们的是什么。

20.例如，参看安格斯·威尔逊的话，载《观察者》1957年4月7日：“巴尔扎克一再成为小说家们正在返回到的传统形式的伟大先师之一……”

21．最近一本是马克·哈里斯令人愉悦的喜剧小说，《醒来吧，笨蛋》（纽约，1959年）。

参考文献

1. ALDRIDGE, JOHN W. (ed,).《关于现代小说的批评和论文：1920—1951》*Critiques and Essays on Modern Fiction*：1920—1951.*Representing the Achievement of Modern American and British Critics.* New York，1952.

2. ALLEN, WALTER《英语小说》*The English Novel: A Short Critical History*. London, 1954. New York，1955.

3. ——.《阅读小说》*Reading a Novel*. London and New York, 1949.

4. ALLOTT, MIRIAM《小说家论小说》*Novelists on the Novel*.New York, 1959.

5. ALTICK，RICHARD D.《英语普通读者》*The English Common Reader: A Social History of the Mass Reading Public*, 1800—1900. Chicago, 1957.

6. ANDERSON, SHERWOOD《舍伍德·安德森笔记》Sh*erwood Anderson's Notebook*. New York, 1926.

7. AUERBACH, ERICH.《模仿》*Mimesis: The Representation of Reality in Western Literature*. Translated by WILLARD TRASK. Princeton, 1953. Anchor ed.，Garden City, N.Y.，1957.Orig. Berne, 1946.

8. BAKER, ERNEST.《英语小说史》*The History of the English Novel*. 9 vols. London，1924—1938.

9. BEACH, JOSEPH WARREN:《美国小说，1920—1940》*American Fiction*：1920-1940. New York，1941，1948.

10.——.《乔治·梅瑞狄斯的喜剧精神》*The Comic Spirit in George Meredith*：*An Interpretation*. New York, 1911.

11.——.《亨利·詹姆斯的方法》*The Method of Henry James*.New Haven, 1918. Enlarged. ed，Philadelphia, 1954.

12.——《20世纪小说》*The Twentieth-Century Novel: Studies in Technique*. New York, 1932.

13. BLACKMUR，R. P.《雄狮与蜂巢》*The Lion and the Honey-comb*：*Essays in Solicitude and Critique*. New York, 1955. London, 1956.

14. BOOTH,BRADFORD A.《小说》"*The Novel*," in *Contemporary Literary Scholarship*. ed . LEWIS LEARY New York, 1958.

15. BOWEN，ELIZABETH.《印象集》*Collected Impressions*. London, 1950.

16. BRICKELL, HERSCHEL（ed：）《作家论写作》*Writers on Writing*.New York, 1949.

17. BROOKS, CLEANTH，and WARREN，ROBERT PENN《理解小说》*Understanding Fiction*. New York，1943.

18. BROWN, ROLLO WALTER（ed.）.《实践作家论作家的艺术》*The Writer's Art by Those Who Have Practiced It*. Cambridge, Mass., 1921

19. COMFORT，ALEX《小说与我们的时代》*The Novel and Our Time*. London, 1948.

20. COOK, ALBERT.《小说的意义》*The Meaning of Fiction*.Detroit, 1960.

21. CRANE, RONALD S.（ed.）.《批评家与批评》*Critics and Criticism*：*Ancient and Modern*. Chicago, 1952.

22.——.《批评的语言与诗的结构》*The Languages of Criticism and the Structure of Poetry*. Toronto, 1953.

23. DAICHES，DAVID.《现代小说家的问题》"*Problems for Modern Novelists*," in *Accent Anthology*. New York, 1946.

24.——.《小说与现代世界》*The Novel and the Modern World*.Chicago, 1939. Rev. ed.，1960.

25. DUIIAMEL, GEORGES.《小说评论》*Essai sur le roman*. Paris, 1925.

26.——《虚构回忆录评论》"*Remarques Sur les mémoires imaginaires*," Mercure de France, Vol. XXVI（1934）.

27. EDEL. LEON.《心理小说》*The Psychological Novel*, 1900—1950. London and Philadelphia, 1955.

28. EDEI, LEON, and RAY, CORDON.《亨利·詹姆斯与赫·乔·威尔逊》*Henry James and H. G. Wells: A Record of Their Friendship,Their Debate on the Art of Fiction, and Their Quarrel*. Urbana, 1958.

29. EDGAR, PELHAM.《小说的艺术：1700年至今》*The Art of the Novel: From 1700 to the Present Time*. New York, 1933.

30. FORSTER, E. M.《小说面面观》*Aspects of the Novel*. London, 1927.

31. FRANK, JOSEPH.《现代小说的空间形式》"*Spatial Form in Modern Literature*," *Sewanee Review*, LIII (Spring, Summer, and Autumn, 1945) , partly reprinted as "*Spatial Form in the Modern Novel*" in No. 1.

32. FRIEDMAN, NORMAN.《布局的形式》"*Forms of the Plot*, " *Journal of General Education*, VIII (July, 1955) , 241—253.

33. FRYE, NORTHROP《批评的剖析》*The Anatomy of Criticism*. Princeton, 1957.

34. GALLISHAW, JOHN.《小说作家的高深问题》*Advanced Problems of the Fiction Writer*. New York and London, 1931.

35. GOODMAN, PAUL.《文学的结构》*The Structure of Literature*.Chicago, 1954. Deserves much more attention than it has received.

36. GRANT, DOUGLAS.《小说及其批评术语》"*The Novel and Its Critical Terms*, " *Essays in Criticism*, I (October, 1951), 421—429.

37. HAMILTON, CLAYTON.《小说的题材与方法》*Materials and Methods of Fiction*. Norwood, Mass., and London, 1909.

38. HARDY, BARBARA.《乔治·艾略特的小说》*The Novels of George Eliot*. London, 1959.

39. HICKS. GRANVILLE (ed.).《当代小说》*The Living Novel*.New York, 1957.

40. JAMES, HENRY《小说的艺术及其他》*The Art of Fiction and Other Essays*, ed. MORRIS ROBERTS. New York, 1948. See Nos. 1, 43,50, and 324-338.

41. JOHNSON. R. BRIMLEY (ed.).《小说家论小说》*Novelists on Novels: From the Duchess of Newcastle to George Eliot*. London: 1928.

42. KENNEDY, MARGARET.《诗坛的罪人》*The Outlaws on Parnassus*.

London, 1958.

43. LEAVIS. F. R.《伟大传统》*The Great Tradition*. London,1948.

44. LEAVIS. Q. D.《小说与阅读大众》*Fiction and the Reading Public*. London, 1932.

45. LEGGETT，H. W.《小说中的观念》*The Idea in Fiction*.London,1934.

46. LERNER，LAURENCE D.《最真的诗》*The Truest Poetry*.London, 1959.

47. LEVIN，HARRY.《小说》"*The Novel*," in *Dictionary of World Literature*, ed. JOSEPH SHIPLEY. New York, 1943.

48. LEWIS, R. W. B.《邪恶的圣者》*The Picaresque Saint:Representative Figures in Contemporary Fiction*. New York, 1959.

49. LIDDELL，ROBERT.《小说论》*A Treatise on the Novel*.London, 1947.

50. LUBBOCK，PERCY.《小说的技巧》*The Craft of Fiction*. London,1921.

51. LUKÁCS，GYÖRGY《欧洲现实主义研究》*Studies in European Realism*: *A Sociological Survey of the Writings of Balzac, Stendhal, Zola, Tolstoy, Gorki, and Others*. Translated by EDITH BONE. London,1950.

52. MCCARTHY，MARY.《小说中的事实》"*The Fact in Fiction*," *Partisan Review*, XXVII（Summer，1960），438—458.

53. MCKEON，RICHARD.《艺术和批评的哲学基础》"*The Philosophic Bases of Art and Criticism*," in No. 21. First published, *Modern Philology*, XLI—XLII（November, 1943, and February,1944）.

54. MCKILLOIS, ALAN DUGALD.《英语小说的早期大师》*The Early Masters of English Fiction*. Lawrence（Kan.）, 1956.

55. MANSFIELD，KATHERINE.《凯瑟琳·曼斯菲尔德的旅程》*The Journal of Katherine Mansfield*, ed. J. MIDDLETON MURRY. New York and London, 1927. "*Definitive Edition*," 1954.

56. ——.《小说与小说家》*Novels and Novelists*, ed. J. MIDDLETON MURRY. London, 1930.

57. MENDILOW, A. A.《时代与小说》*Time and the Novel.London and New York*, 1952.

58. M'UDRICK, MARVIN.《小说中的人物和事件》"*Character and Event in Fiction*," Yale Review, L（Winter, 1961）, 202—218.

59. MU I R . EDWIN.《小说的结构》*The Structure of the Novel*.London, 1928. New York, 1929.

60. MULLER, H. J.《现代小说》*Modern Fiction: .A Study of Values*. New York, 1937.

61. O'CONNOR, WILLIAM VAN（ed.）.《现代小说的形式》*Forms of Modern Fiction: Essays Collected in Honor of Joseph Warren Beach.Minneapolis*, 1948.

62. PERKINS, MAXWELL, E.《编辑致作者》*Editor to Author*: *The Letters of Maxwell E. Perkins*, ed. JOHN HALL WHEELOCK. New York and London, 1950.

63. PEYRE, HENRI《作家及其批评家》*Writers and Their Critics:A Study of Misunderstanding*. Ithaca, N. Y., 1944.

64. RADER, MELVIN（ed.）.《现代美学论著》*A Modern Book of Aesthetics*. Rev. ed., New York, 1952.

65. RAHV, PHILIP.《小说与小说批评》"*Fiction and the Criticism of Fiction*," Kenyon Review, XVIII（Spring, 1956）, 276—299.

66. RANSOM, JOHN CROWE.《理解小说》"*The Understanding of Fiction*," Kenyon Review, XII（Spring, 1950）, 189—218.

67. RATHBURN, ROBERT C., and STEINMANN, MARTIN, JR.（eds.）.《从简·奥斯丁到约瑟夫·康拉德》*From Jane Austen to Joseph Conrad*.Minneapolis, 1958.

68. RICKWORD, C. H.《小说摘记》"*A Note on Fiction*," *in* No. 61, pp. 294—305.

69. SIMON, IRENE.《从狄更斯到乔伊斯的英国小说的形式》*Formes du roman anglais de Dickens a Joyce*.（"*Bibliothèque de la Faculté de Philosophie et Lettres de I'Université de Liege*," *Fascicule* CXVIII）, 1949.

70. SNOW. C. P.《科学、政治与小说家》"*Science, Politics, and the Novelist*," Kenyon Review, XXIII（Winter, 1961）, 1—17.

71. STANG, RICHARD.《英国小说理论，1850年—1870年》*The Theory of the Novel in England*, 1850—1870. New York, 1959.

72. TILLYARD, E. M. W.《英语小说中的史诗》*The Epic Strain in the English Novel*. London, 1958.

73. WARREN, AUSTIN，and WELLEK, RENL《文学理论》*Theory of Literature*. New York, 1949.

74. WATT, IAN.《小说的兴起》*The Rise of the Novel: Studies in Defoe*, Richardson and Fielding. Berkeley, 1957.

75. WEST, RAY B., JR., and STALLMAN, R. W.《现代小说的艺术》*The Art of Modern Fiction*. New York, 1949.

76. WHARTON, EDITH.《小说写作》*The Writing of Fiction*.New York and London, 1925.

77. WINTERS，YVOR.《现代文学批评家的问题》"*Problems for the Modern Critic of Literature*, "*Hudson Review*, IX（Autumn, 1956）,325—386.

78.《作家漫谈》*Writers at Work: The Paris Review* Interview. London, 1958.

79. ZABEL，M. D.《技巧与人物》*Craft and Character: Texts, Methods, and Vocation in Modern Fiction*. New York, 1957.

80. ZOLA, EMILE.《实验小说及其他》*The Experimental Novel,and Other Essays*. Translated by BELLE M. SHERMAN. New York, 1893.

81. AMES, VAN METER.《小说美学》*Aesthetics of the Novel*.Chicago, 1928, pp. 177—193.

82. ANON.《奥利农场》"*Orley Farm*，"*National Review*, XVI（January,1863）, 27—40. Cited in Stang, No. 71，pp. 95—96.

83. ANON.《女作家约翰·哈利法克斯的小说》"*Novels by the Authoress of John Halifax*, "*North British Review*, XXIX（November,1858）, 466—480. In No. 71，p. 95.

84. ANON.《两部新小说》"*Two New Novels*，"*Spectator*, XXXV（Dec. 27, 1862）, 1447—1448. In No. 71，p. 96.

85. ARISTOTLE.《诗学》*Poetics. Chaps*. xiv, xviii, and xxiv.

86. ARNOLD, MATTHEW.《〈诗篇〉序言》*"Preface"* to *Poems*（1_{st} ed., 1853）.

87. BENNETT, JOAN.《乔治·艾略特》*George Eliot: Her Mind and Her Art*.

London, 1948. Esp. p. 106.

88. BENTLEY，PHYLLIS《对叙述艺术的某些考察》*Some Observations on the Art of Narrative*. London, 1946.

89. BLACKMUR，R. P.《亨利·詹姆斯的放任松散的巨兽》"*The Loose and Baggy Monsters of Henry James*, " in No. 13.

90. BOOTH, BRADFORD.《安东尼·特罗洛普》*Anthony Trollope:Aspects of His Life and Art. Bloomington*, 1958. Esp. p. 178.

91.——.《小说的形式与技巧》"*Form and Technique in the Novel*," in *The Reinterpretation of Victorian Literature*, ed. JOSEPH E. BAKER. Princeton, 1950. Esp. pp. 79, 95.

92. BOWEIV, ELIZABETH.《 印 象 集 》*Collected Impressions*. London,1950. Esp. "Notes on Writing a Novel," pp. 249—263.

93. BROOKE-ROSE, CHRISTINE.《消失的作者》"*The Vanishing Author*," *Observer*（Feb. 12, 1961）, p. 26.

94. BROWN, E. K.《两种小说章程：詹姆斯和威尔斯》"*Two Formulas for Fiction*: *Henry James and H. G. Wells*," *College English*, VIII（1946），7—17.

95. [BULWER—LYTTON, EDWARD GEORGE].《卡克斯顿风格》"*Caxtoniana*." *Blackwood's Edinburgh Magazine*, XCIII（May, 1863）,558. Cited in No. 71, p. 123.

96. [CHAPMAN, R. W.].《简·奥斯丁的方法》"*Jane Austen's Methods*, "TLS（Feb. 9, 1922）; pp. 81—82.

97. COLERIDGE, SAMUEL TAYLOR.《关于莎士比亚的评论和演讲》*Essays and Lectures on Shakspeare*. London（Everyman ed.）, [1907].

98. COOPER, WILLIAM.《小说技巧》"*The Technique of the Novel*, "in *The Author and His Public:Problems in Communication*,ed. C. V. WEDGWOOD London，1957.

99. DEL Rio, ANGEL:《乌纳穆诺的三篇小说代表作导言》Introduction to *Three Exemplary Novels by Unamuno*. New York, 1956.

100. DEVOTO, BERNARD.《无形的小说家》"*The Invisible Novelist*, "*Pacific Spectator*, IV（Winter, 1950）, 30—45.

101.——.《小说的世界》*The World of Fiction*. New York，1950.

102. DICKENS, CHARLES.《查尔斯·狄更斯书信集》*The Letters of Charles Dickens*,

ed. WALTER DEXTER. 3 vols. London, 1938.

103. DIFFENE, PATRICIA I.《亨利·詹姆斯》*Henry James*: *Versuch einer Würdigung seiner Eigenart*. [Bochum, Germany], 1939.

104. DREW, ELIZABETH.《现代小说》*The Modern Novel: Some Aspects of Contemporary Fiction*. New York, 1926. Esp. pp. 243—262.

105. DRYDEN, JOHN.《剧体诗论》*An Essay of Dramatic Poesy*, London, 1668.

106. ——.《致尊敬的罗伯特·霍华德先生》"*A Letter to the Honorable Sir Robert Howard*, "prefacing Annus Mirabilis (1666) .

107. EDEL, LEON.《亨利·詹姆斯小说选篇导言》"*Introduction*," *Henry James*: *Selected Fiction*. New York, 1953.

108. EMPSON, WILLIAM,《〈汤姆·琼斯〉论》"*Tom Jones*,"*Kenyon Review*, XX (Spring, 1958) , 217—249. See No. 144, below.

109. FORD, FORD MADOX.《英语小说》*The English Novel*: *From the Earliest Days to the Death of Joseph Conrad*. London, 1930.

110. ——.《约瑟夫·康拉德》*Joseph Conrad: A Personal Re—membrance*. London and Boston, 1924.

111. ——.《技巧》"*Techniques*," *Southern Review*, I (July,1935), 20—35.

112. FRIEDEMANN, KATE.《小说中叙述者的作用》*Die Rolle des Erzählers in der Epik*. Leipzig, 1910.

113. FRIEDMAN, NORMAN.《小说中的视点》"*Point of View in Fiction*: *The Development of a Critical Concept*," *PMLA*, LXX (December, 1955), 1160—1184.

114. GARDINER, HAROLD C.《小说的思想规范》*Norms for the Novel*. New York, 1953.

115. GEROULD,GORDON HALL.《怎样阅读小说》*How To Read Fiction*. Princeton, 1937.

116. GIBSON, WILLIAM M., and EDEL, LEON.《豪威尔斯和詹姆斯》*Howells and James, a Double Billing*. New York, 1958.

117. GORDON, CAROLINE.《怎样阅读小说》*How To Read a Novel*. New York, 1957.

118. GORDON, CAROLINE, and TATE, ALLEN.《小说的世界》*The House of Fiction*. New York, 1950.

119. GRABO, CARL H.《小说的技巧》*The Technique of the Novel*. New York, 1928.

120. GREEN. HENRY.《访问记》"Interview" in *Paris Review*,XIX（Summer, 1958）, 60—77.

121. GUETTI, JAMES L., JR.《约瑟夫·康拉德的修辞》*The Rhetoric of Joseph Conrad*.（"*Amherst College Honors Thesis*," No. 2.）Amherst,1960.

122. HALLIDAY, E. M.《〈傲慢与偏见〉叙述的透视方法》"*Narrative Perspective in Pride and Prejudice*, "*Nineteenth-Century Fiction*, XV（June, 1960）, 65-71.

123. HARRIS. MARK.《来之不易》"*Easy Does It Not*," in No.39.

124. HARVEY, W. J.《乔治·艾略特和全知作者的惯例》"*George Eliot and the Omniscient Author Convention*, "*Nineteenth-Century Fiction*, XIII（September, 1958）, 81—108.

125. HOGARTH, BASIL.《小说写作技巧》*The Technique of Novel Writing*: *A Practical Guide for New Authors*. London, 1934.

126. JARRETT—KERR, MARTIN.《弗朗索瓦·莫里亚克》*Francois Mauriac*. Cambridge, 1954.

127. KNIGHT, KOBOLD.《小说写作指南》*A Guide to Fiction Writing*. London, 1936.

128.[LEwEs, G.H.].《简·奥斯丁的小说》"*The Novels of Jane Austen*, "Black wood's Edinburgh Magazine, LXXXVI（July, 1859）, 101—105.

129. LIDDELL, ROBERT.《小说的某些原则》*Some Principles of Fiction*. London, 1953. See esp. "Summary," pp. 53—69.

130. MAC CARTHY, DESMOND.《批评》*Criticism*. London and NewYork, 1932. Esp. pp. 230—234.

131 MANDEL, OSCAR.《〈堂·吉诃德〉中思想规范的功能》"*The Function of the Norm in Don Quixote*, " Modern Philology, LV（February, 1958）, 154—263.

132. MATLAW, RALPH E.《〈卡拉马佐夫兄弟〉的技巧》*The Brothers Karamazov*: *Novelistic Technique*. The Hague, 1957.

133. MAUGHAM, W. SOMERSET.《〈汤姆·琼斯传〉导言》Introduction to *The History of Tom Jones*. Toronto, 1948.

134. MEREDITH, GEORGE.《纯文学》"*Belles Lettres*," *Westminster Review*, LXVII (April, 1857), 615—616.

135. MONTAGUE, C. E.《作家工作摘记》*A Writer's Notes on His Trade*. London, 1930.

136. MORRISSETTE, BRUCE.《小说中的新结构》"*New Structure in the Novel: Jealousy, by Alan Robbe—Grillet*, "*Evergreen Review*, No.10 (November—December, 1959), pp. 103—107, 164—190.

137. MYERS, WALTER L.《晚期现实主义》*The Later Realism: A Study of Characterization in the British Novel*. Chicago, 1927.

138. OLIVER, HAROLD J.《爱·摩·福斯特》"*E. M. Forster: The Early Novels*," *Critique*, I (Summer, 1957), 15—32.

139. ORTEGA Y GASSET, JOSE.《艺术的非人化》*The Dehumanization of Art*. Translated by WILLARD TRASK. Princeton, 1948.Anchored.; Garden City, N. Y., 1956.

140. PARKS, EDD WINFIELD.《特罗洛普和阐述的辩护》"*Trollope and the Defense of Exegesis*, " *Nineteenth—Century Fiction*, VII (March,1953), 265—271.

141.——.《简·奥斯丁小说中的阐述》"*Exegesis in Austen's Novels*, "*South Atlantic Quarterly*, LI (January, 1952), 102—119.

142. PETER, JOHN.《乔伊斯与小说》"*Joyce and the Novel*,"*Kenyon Review*, XVIII (Autumn, 1956), 619—632.

143. PLATO.《理想国》*The Republic Book iii*. secs. 392D—394C.144. RAWSON, C. J.《燕卜逊教授的〈汤姆·琼斯〉》"*Professor Empson's Tom Jones*," *Notes and Queries*, N. S. VI (November, 1959),400—404.

145. ROVIT, EARL H.《含混的现代小说》"*The Ambiguous Modern Novel*, "*Yale Review* (Spring, 1960), pp. 413—424.

146. SAINTSBURY, GEORGE.《 技 巧 》"*Technique*," *Dial*, LXXX (April, 1926), 273—278.

147. SARTRE, JEAN PAUL.《文学与哲学论文》*Literary and Philosophical Essays.* [Extracts from "Situations I and III."] Translated by ANNETTE MICHELSON. London, 1955. Esp. "*Francois Mauriac and Freedom*, "originally published as a review of *Mauriac's La fin de la nuit*, in Nouvelle Revue Francaise(February, 1939).

148. ——.《文学是什么？》*What Is Literature*？ [An extract from"*Situations II.*"] Translated by BERNARD FRECHTMAN. London, 1950.

149. SCHORER, MARK.《作为发现的技巧》"*Technique as Discovery*,"Hudson Review, I(Spring, 1948), 67—87.

150. SCRUTTON. MARY.《小说迷》"*Addiction to Fiction*," *The Twentieth Century*, CLIX(April, 1956), 363—373.

151. SENIOR, NASSAU.《萨克雷的作品》"*Thackeray's Works*,"*Edinburgh Review*, XCIX(January, 1854), 196—243. Cited in No. 71,p. 96.

152. SHANNON, EDGAR E., JR.《〈爱玛〉的人物与构造》"*Emma*: *Character and Construction*, "*PMLA*, LXXI(September, 1956), 637—650.

153. SHERWOOD, IRMA Z.《作为评论者的小说家》"*The Novelists as Commentators*," in *The Age of Johnson*: *Essays Presented to Chauncey Brewster Tinker*, ed. by F. W. HILLES. New Haven, 1949.

154. SOSNOSKY, THEODOR VON.《人们如何写作小说》"*Wie man Romane schriebt*," *Die Gegenwart*(Berlin), LIX(June 1, 1901), 345—348.

155. STANZEL, FRANZ.《小说的叙述特征》*Die Typischen Erzählsituationen im Roman, dargestellt an Tom Jones, Moby—Dick, The Ambassadors, Ulysses, u.a.* Vienna, 1955.

156. STEINER, F. G.《〈米德尔马奇〉序言》"*A Preface to Middlemarch*, "*Nineteenth-Century Fiction*,IX（1955）, 262—279.

157. STEINMANN, MARTIN, JR《旧小说和新小说》"*The Old Novel and the New*, "in No. 67.

158. STEPHEN，LESLIE.《图书馆里的时光》*Hours in a Library*.New York, 1904.

159. STERN, RICHARD G.《普鲁斯特和乔伊斯正在工作》"*Proust and Joyce Underway*: *Jean Santeuil and Stephen Hero*, " *Kenyon Review*, XVIII(Summer, 1956), 486—496.

160. STEVENSON, ROBERT LOUIS.《谦卑的忠告》"*A Humble Remonstrance*,"

in *Memories and Portraits*. London and New York,1887, pp, 275—299.

161. TATE, ALLEN.《小说中观察的位置》"*The Post of Observation in Fiction*," *Maryland Quarterly*,II（1944），61—64.

162.——.《小说技巧》"*Techniques of Fiction*, "*Sewanee Review*,LII（1944），210—25. *Reprinted in Nos. 1 and 61*：*also in Tate's On the Limits of Poetry*. New York, 1948.

163. THACKERAY. WILLIAM MAKEPEACE.《德·费尼布》"*De Finibus*," *Cornhill, Magazine*（August, 1862）. Reprinted in No. 18, pp.263—274.

164. TILFORD, JOHN E., JR.《老式介入者詹姆斯》"*James the Old Intruder*," *Modern Fiction Studies,* IV（Summer，1958），157—164.

165. TILLO'I'SON, KATHLEEN.《故事与讲述者》*The Tale and the Teller. London*, 1959.

166. TINDALL, WILLIAM YOLK.《为马洛辩》"*Apology for Marlow*," in No. 67.

167. VAN GHENT, DOROTHY.《英语小说》*The English Novel,Form and Function*. New York, 1953.

168. WALZEL, OSKAR.《语言艺术作品》*Das Wortkunstwerk:Mittelseiner Erforschung*. Leipzig, 1926.

169.——.《艺术语言特征》*Ricarda Huch: Ein Wort* über*Kunst des Erzählens*. Leipzig, 1916. See esp. chap. i："*Bekennertum and künstlerische Objektivität*. "

170. WELLEK, RENL《亨利·詹姆斯的文学理论和批评》"*Henry James's Literary Theory and Criticism*, "*American Literature,* XXX（November，1958），293—321. See also No. 73.

171. WILLIAMS, RAYMOND.《阅读与批评》*Reading and Criticism*.London, 1950.

172. WRIGHT, ANDREW H.《简·奥斯丁的小说》*Jane Austen's Novels*：*A Study in Structure*. New York and London, 1953.

173. ADAMS, HAZARD.《乔伊斯·卡里的三位代言人》"*Joyce Cary's Three Speakers*," *Modern Fiction Studies*, V（Summer, 1959）,108—120.

174. BECK, WARREN.《概念与技巧》"*Conception and Technique*," *College English*, XI（March, 1950）, 308—317.

175. BLACK, F. G.《英语书信小说技巧》*The Technique of Letter Fiction in English:*

1740—1800. Cambridge, Mass., 1933.

176.——.《18世纪晚期书信小说》*The Epistolary Novel in the Late Eighteenth Century.* Eugene,Ore., 1940.

177. BOWLING, LAWRENCE EDWARD.《意识流技巧是什么》"*What Is the Stream of Consciousness Technique?* " *PMLA*, LXV（June,1950）, 333—345.

178. BROWN, E. K.《小说中的节奏》*Rhythm in the Novel.*Toronto, 1950.

179. DUJARDIN, EDOUARD.《内心独白》*Le monologue intérieur.Son apparition.* Ses origines. Sa place dans l' *oeuvre de James Joyce.* Paris, 1931.

180. FORSTREUTER, KURT.《德语第一人称短篇小说》*Die deutsche Icherzählung: Eine Studie zu ihrer Geschichte and Technik*: Berlin, 1924.

181. FRIEDMAN, MELVIN.《意识流》*Stream of Consciousness*: *A Study in Literary Method.* New Haven, 1955.

182. GREEN, HENRY.《访问记》"*Interview*," *Paris Review*, No.19（Summer, 1958）, pp. 60—77.

183. HATCHER, ANNA GRANVILLE.《作为现代小说家的手段的目击》"*Voir as a Modern Novelistic Device*, "Philological Quarterly, XXIII（October, 1944）, 354—374.

184. HOLLOWAY, JOHN.《维多利亚时代贤人》*The Victorian Sage:Studies in Argument.* London, 1953.

185. HUMPHREY, ROBERT.《现代小说中的意识流》*Stream of Consciousness in the Modern Novel.* Berkeley, 1954.

186. KERR, ELIZABETH M.《乔伊斯·卡里的第二个三部曲》"*Joyce Cary's Second Trilogy*, " *University of Toronto Quarterly*, XXIX（April, 1960）, 310—325.

187. LooMIs, C. C., JR.《乔伊斯〈死者〉的结构与同情》"*Structure and Sympathy in Joyce's "The Dead*," PMLA, LXXV（March, 1960）,149—151.

188. MARTIN, HAROLD C.（ed.）.《散文小说中的风格》*Style in Prose Fiction* （"*English Institute Essays*," 1958.）New York, 1959.

189. MATLAW, RALPH E.《〈地屋摘记〉的结构与综合》"*Structure and Integration in Notes from Underground.*" *PMLA*, LXXIII（March, 1958）, 101—109.

190. NEUBERT，ALBRECHT.《新派英语小说中的“间接叙述”风格》*Die Stilformen der "erlebten Rede" im neueren englischen Roman*.Halle, 1957.

191. POUILLON, JEAN《第一人称规律》"*Les règles du je,*"*Temps Modernes*, XII（April，1957）, 1591—1598.

192. ROPER，ALAN H.《〈波因顿的珍藏品〉的道德与隐喻意义》"*The Moral and Metaphorical Meaning of The Spoils of Poynton*, "*American Literature*, XXXII（May, 1960）, 182—196.

193. SCHORER, MARK《小说与“相似母题”》"*Fiction and the'Analogical Matrix*," in No. 1.

194. SINGER, GODFREY FRANK.《书信小说》*The Epistolary Novel: Its Origin, Development, Decline, and Residuary Influence*.Philadelphia, 1933.

195. SOSNOSKY, THEODOR VON.《小说中的“我”》"*Der 'Ich' im Roman*, " in No. 154, pp. 347—348.

196. STEINMANN, MARTIN, JR.《西·弗·波伊斯的象征主义》"*The Symbolism of T. F. Powys*," Critique, I（Summer, 1957）, 49—63.

197. STONE, HARRY.《狄更斯与内心独白》"*Dickens and Interior Monologue*, "*Philological Quarterly*, XXXVIII（January, 1959）, 52—65.

198. STRUVE, GLEB.《内心独白》"*Monologue intérieur: The Origins of the Formula and the First Statement of Its Possibilities*, "*PMLA*，LXIX（December，1954)，1101—1111.

199. TUVE，ROSEMOND.《伊丽莎白时代的玄学派意象》*Elizabethan and Metaphysical Imagery*: *Renaissance Poctic and Twentieth—Century Critics*. Chicago, 1947.

200. ——.《米尔顿的五首诗篇中的意象与主题》*Images and Themes in Five Poems by Milton*. Cambridge, Mass.，and London,1957.

201.——.《不朽英名》"*A Name To Resound for Ages*,"Listener（Aug. 28, 1958）, pp. 312—313.

202. VICKERY，OLGA W.《〈喧嚣与骚动〉透视研究》"*The Sound and the Fury*: *A Study in Perspective*," *PMLA*, LXIX（December,1954)，1017—1037.

203. WEATHERHEAD，A. KINGSLEY《亨利·格林最后小说中的结构与组织》"*Structure and Texture in Henry Green's Latest Novels*, "*Accent*, XIX（Spring, 1959）; 112—122.

204. WENGER, JARED.《巴尔扎克小说中作为技巧的讲话》*"Speech as Technique in the Novels, of Balzac," PMLA*, LV (1940) , 241—252.

205. WEST, RAY B., JR.《凯瑟琳·安妮·波特》"*Katherine Anne Porter*: *Symbol and Theme in 'Flowering Judas'*, " in No. 1. Originally published in *Accent*, (Spring, 1947) .

206. WICKARDT, WOLFGANG.《狄更斯小说中的透视形式》*Die Formender Perspektive in Charles Dickens Romanen: ihr sprachlicher Ausdruck und ihre strukturelle Bedeutung*. Berlin, 1933.

207. ZELLER, HILDEGARD.《英国小说中的第一人称叙述》*Die Ich Erzählung im englischen Roman*. Breslau, 1933.

208. BECKER, GEORGE J.《现实主义》"*Realism*: *An Essay in Definition*," Modern Language Quarterly, X (June, 1949) , 184—197.

209. BORGERHOFF, E. B. O.《"现实主义"与同类术语》"*Realisme and Kindred Words*: *Their Use as Terms of Literary Criticism in the First Half of the Nineteenth Century*, "*PMLA*, LIII (September,1938), 837—843.

210. BRISSENDEN, R. F.《塞缪尔·理查逊》*Samuel Richardson* ("*Writers and Their Work*, "No. 101) . London, 1958.

211. BROD, MAX.《福楼拜与现实主义方法》"*Flaubert and die Methoden des Realismus*," *Die Neue Rundschau*, *LXI* (1950), 603—612.

212. BULLOUGH, EDWARD.《作为艺术的一个要素和一项美学原则的"心理距离"》" '*Psychical Distance' as a Factor in Art and an Aesthetic Principle*," *British Journal of Psychology*, V (1912—1913) , 87—118.Reprinted in No. 64.

213. CARY, JOYCE.《艺术与现实》*Art and Reality*. Cambridge,1958.

214. CONRAD, JOSEPH.《〈水仙号上的黑家伙〉导言》*Preface to The Nigger of the "Narcissus. " Widely reprinted; e. g.*, in *Conrad's Prefaces to His Work*, ed. EDWARD GARNETT. London, 1937.

215. COOK, ALBERT.《小说的开端》"*The Beginning of Fiction:Cervantes*, "*Journal of Aesthetics and Art Criticism*, XVII (June, 1959) ,463—472.

216. CURTIS, JEAN— LOUIS.《高等学校》*Haute Ecole*. Paris, 1950

217. DAVIS, ROBERT GORHAM.《英语小说中真实的意义》"*The Sense of the*

Real in English Fiction", in No. 224.

218. DECKER，CLARENCE R.《维多利亚时代批评中对自然主义的美学反叛》"*The Aesthetic Revolt against Naturalism in Victorian Criticism*, "*PMLA*，LIII (September, 1938) , 844—856.

219. FLAUBERT, GUSTAVE. See No. 239 for excellent bibliography of Flaubert's varying attitudes toward realism. A carefully selected bibliography is included in No. 235: No. 7 is helpful on Flaubert's rcalism, especially in chap. xviii. See also James, No. 221，and the "critical introduction" James wrote for the William Heinemann edition of Madame Bovary (1902，1923，etc.). 关于福楼拜，见第239、235、221条参考文献。

220. HYDE, WILLIAM J.《乔治·艾略特与现实主义气候》"*George Eliot and the Climate of Realism,* " *PMLA*, LXXII (March, 1957) ,147—164.

221. JAMES, HENRY:《法国诗人与小说家》*French Poets and Novelists*. London, 1884.

222. JOHNSON, SAMUEL《莎士比亚作品序言》"*Preface to Shakespeare*. "1766.

223. KRIEGER, MURRAY.《诗的新辩护者》*The New Apologists for Poetry*. Minneapolis, 1956.

224. LEVIN, HARRY (ed.) .《现实主义讨论》"*A Symposium on Realism*," *Comparative Literature*, Vol. III (Summer, 1951) .

225.——.《现实主义是什么？》"*What Is Realism*?" Ibid., pp.193—199.

226. MCKEON, RICHARD.《古代的模仿概念》"*The Concept of Imitation in Antiquity*, " in No. 21.

227. O'CONNOR, FRANK.《路上的镜子》*The Mirror in the Roadway*. London, 1957.

228. PATTERSON，CHARLES I.《柯勒律治关于小说中的戏剧化幻觉的概念》"*Coleridge's Conception of Dramatic Illusion in the Novel*," *ELH*, XVIII (June, 1951) , 123—137.

229. REYNOLDS, SIR JOSHUA《演讲》"*Discourse* XIII" (December, 1786) .

230. RICHARDSON,SAMUEL. See No. 210.关于理查森,参见参考文献第210条。

231. ROBINSON, E. ARTHUR《梅瑞狄斯的文学理论与科学》"Meredith's Literary Theory and Science: Realism versus the Comic Spirit," *PMLA*, LIII (September, 1938) , 857—868.

232. SALVAN, ALBERT J.《法国现实主义特质》"*L'Essence du realisme francais,* " in No. 224, pp. 218—233.

233. SINCLAIR, MAY.《多萝西·理查森〈尖屋顶〉导言）Introduction to *Pointed Roofs.* by Dorothy Richardson. London, 1919.

234. STOLL, ELMER EDGAR.《从莎士比亚到乔伊斯》*From Shakespeare to Joyce. Authors and Critics*; *Literature and Life*. NewYork, 1944.

235. THORLBY，ANTHONY《居斯塔夫·福楼拜与现实主义艺术》*Gustave Flaubert and the Art of Realism*. London, 1956.

236. WOOLE VIRGINIA《普通读者》*The Common Reader*.London, 1925.

237. ——.《第二普通读者》*The Second Common Reader*.London, 1932.

238. YOUNG, EDWARD.《对原来组织的猜测》*Conjectures on Original Composition, In a Letter to the Author of Sir Charles Grandison*.London, 1759.

239. BONWIT，MARIANNE.《居斯塔夫·福楼拜与冷漠原则》*Gustave Flaubert et le principe d'impassibilité.*（"*University of California Publications in Modern Philology,*" Vol. XXXIII, No. 4, pp. 263—420）.Berkeley, 1950.

240. CHEKHOV, ANTON.《关于短篇小说、戏剧和其他文学论题的通信》*Letters on the Short Story, the Drama and Other Literary Topics*.Selected and edited by Louis S. FRIEDLAND. New York, 1924.

241. COLEY, WILLIAM B.《菲尔丁笑声的背景》"*The Background of Fielding's Laughter,*" ELH,XXVI（June，1959），229—252.

242. CRUTTWELL，PATRICK.《作者与个人》"*Makers and Persons,*" *Hudson Review,* XII（Winter，1959—1960），487—507.

243. ELLMANN, RICHARD《叶芝》*Yeats: The Man and the Masks*. New York, 1948. London, 1949.

244. ——.《詹姆斯·乔伊斯》*James Joyce*. New York, 1959.

245. EWALD, WILLIAM BRAGG, JR.《约拿旦·斯威夫特的假面》*The Masks of Jonathan Swift*. Oxford and Cambridge, Mass.，1954.

246. FARBER, MARJORIE.《现代小说中的主观性》"*Subjectivity in Modern Fiction,*" *Kenyon Review,* VII（Autumn，1945），645—652.

247. GIBSON, WALKER.《作者、代言人、读者，以及假想读者》"*Authors, Speakers, Readers, and Mock Readers,*" *College English*, XI（February, 1950）, 265—269.

248. KAIINERT, WALTER.《客观主义》*Objektivismus: Gedanken iiber einen neuen Literaturstil.*Berlin, 1946.

249. KEATS, JOHN《约翰·济慈的诗作及其他》*The Poetical Works and Other Writings of John Keats, ed.* H. BUXTON FORMAN.Vol.VII. New York, 1939.

250. KINGSLEY, CHARLES.《金斯利的通信及生平回忆》*His Letters and Mcmories of His Life, ed. by his Wife.* 4 vols. London,1902. First published, 1877.

251. MAUPASSANT, GUY DE《小说》"*The Novel*, "in No. 18, pp.198—201.

252. PACEY, DESMOND.《福楼拜和他的维多利亚时代的批评家》"*Flaubert and His Victorian Critics*, "University of Toronto Quarterly,XVI（October，1946）, 74—84.

253. RAY, GORDON N.《被遗忘的生活》*The Buried Life: A Study of the Relation Between Thackeray's Fiction and his Personal History.*Cambridge, Mass.，1952.

254. SCHLEGEL, A. W. VON.《莎士比亚》"*Shakspeare*," from"*Lecture XXIII*," in *Lectures on Dramatic Art and Literature*（1809—1811）. Translated by JOHN BLACK, 1815. Revised by A. J. W.MORRISON,London, 1861.

255. SCHORER，MARK.《〈好兵〉中的好小说家》"*The Good Novelist in 'The Good Soldier'*, "Horizon, XX（August, 1949）, 132—138.

256. STOCK, IRVIN.《〈威廉·迈斯特的学习时代〉考察》"*A View of Wilhelm Meister's Apprenticeship*, "PMLA, LXXII（March,1957）,84—103.

257. TOYNBEE, PHILIP.《活死人》"*The Living Dead—III: Thoughts on Andre Gide*," The London Magazine, III（October，1956）,46—53.

258. WEST, JESSAMYN.《被驱赶的奴隶》"*The Slave Cast Out*,"in No. 39.

259. ABRAMS, M. H.（ed.）.《文学与信念》*Literature and Belief.*（"*English Institute Essays*, "1957）, New York, 1958.

260.——.《镜与灯》*The Mirror and the Lamp.* New York,1953.

261. BAKER, JOSEPH E.《小说的美学表面》"*Aesthetic Surface in the Novel*, "*The Trollopian*, II（September, 1947）, 91—106.

262. BELLOW, SAUL.《作家与读者》"*The Writer and the Audi—ence*, "*Perspectives*,

IX (Autumn，1954)，99—102.

263. BURKE, KENNETH.《反驳》*Counter–Statement*. Los Altos,1953.First published, 1931. Esp. "*Psychology and Form*" and "*Lexicon Rhetoricae*."

264.——.《文学形式的哲学》*The Philosophy of Literary Form*. Rev. ed., New York, 1957. First published, 1941.

265. COLERIDGE, SAMUEL TAYLOR.《希腊戏剧》"*Greek Drama,* "in No. 97, pp. 13—19.

266. COLLINGWOOD, R. G.《艺术原理》*The Principles of Art*.New York, 1958. First published, 1938.

267. CROCE, BENEDETTO.《美学》*Aesthetic*. Translated by D.AINSLIE. 2d ed., London, 1922.

268. ELIOT, T. S.《哈姆雷特和他的问题》"*Hamlet and His Problems*, "Athenaeum, Sept. 26, 1919, pp. 940—941. Reprinted widely.

269. ELLISON, RALPH.《社会、道德，与小说》"*Society, Morality,and the Novel,* "in No. 39.

270. KEENE, DONALD.《日本文学》*Japanese Literature*. London, 1953. Esp. chap. iii.

271. KENNER, HUGH.《诗的艺术》*The Art of Poetry*. New York,1959.

272. PATER, WALTER.《文艺复兴》*The Renaissance*. London,1888.

273. POTTLE, FREDERICK A.《诗的风格》*The Idiom of Poetry*.Ithaca, N. Y., 1941.

274. POUND, EZRA.《使其新颖》*Make It New*. London，1934.New Haven, 1936.

275. STYRON, WILLIAM.《访问记》"*Interview*," in No. 78.

276. THIBAUDET, ALBERT.《小说迷》*Le liseur de romans*. Paris,1925.

277. VALERY, PAUL.《诗的艺术》*The Art of Poetry*. Translated by DENISE FOLLIOT. New York, 1958. Esp. the chap. entitled "PurePoetry."

278. VIVAS, ELISEO.《托·斯·艾略特的"客观对应物"》"*The Objective Correlative of T. S. Eliot*, "*American Bookman*, I (Winter,1944), 7—18. Reprinted in STALLMAN, R. W. (ed.). *Critiques and Essays in criticism*：1920—1948. New York，1949.

279. WARREN, ROBERT PENN.《纯的和不纯的诗》"*Pure and Impure Poetry*, "*Kenyon Review*, V (Summer, 1943), 228—254. Reprinted in STALLMAN，op. cit.

280. WEINBERG, BERNARD.《罗伯泰洛论〈诗学〉》"*Robertello on the Poetics*," in No. 21.

281. WIMSATT, W. K.《言辞的偶像》*The Verbal Icon*. Lexington, Ky., 1954.

282. ANON.《伦理道德品质》"*The Ethic of Quality*," *TLS*, Jan.6, 1961, p. 8.

283. BART，B: F.《〈包法利夫人〉的审美距离》"*Aesthetic Distance in Madame Bovary*, "*PMLA*, LXIX（December，1954），1112—1126.

284. BROOKS, CLEANTH.《反讽作为结构的一项原则》"*Irony as a Principle of Structure*, "in *ZABEL. MORTON, DAUWEN. Literary Opinion in America*. Rev. ed.，New York, 1951.

285. BURKE, KENNETH《托马斯·曼与安德烈·纪德》"*Thomas Mann and Andre Gide*, "*Bookman*, LXXI（June, 1930）, 257—264.Reprinted in No. 263.

286. CRANE, RONALD S.《克林思·布鲁克斯；或，批评一元论之破产》"*Cleanth Brooks; or, The Bankruptcy of Critical Monism*, "*Modern Philology*, XLV（May, 1948）, 226—245. Reprinted in No. 21.

287. HARBAGE, ALFRED.《如愿以偿：论莎士比亚与道德》*As They Liked It*：*An Essay on Shakespeare and Morality*. New York, 1947.

288. HOUGH, GRAHAM《想象与体验：对一场文学革命的看法》*Image and Experience*：*Reflections on a Literary Revolution*. London,1960.

289. JANKELEVITCH, VLADIMIR《反讽》*L'Ironie*. Paris，1936.

290. JARRELL, RANDALL《诗歌与时代》*Poetry and the Age*. New York, 1953.

291. KNIGHT, G. WILSON《火轮》*The Wheel of Fire*. Rev. ed., London, 1949.

292. KNIGHTS, L. C.《亨利·詹姆斯和落入圈套的旁观者》"*Henry James and the Trapped Spectator*, "*Explorations*：*Essays in Criticism Mainly on the Literature of the Seventeenth Century*. London, 1946.

293. LANGBAUM, ROBERT《诗歌的体验》*The Poetry of Experience*.London, 1957.

294. SARTON，MAY.《反讽之盾》"*The Shield of Irony*. "Nation,April 14, 1956, pp. 314—316.

295. SEDGEWICK, G. G.《关于反讽，特别是戏剧中的反讽》*Of Irony, Especially in Drama*. Toronto, 1935.

296: SHARPS, ROBERT BOIES《戏剧中的反讽：论模仿，震惊和净化》*Irony in the Drama*：*A" Essay on Impersonation, Shock, and.Catharsis*. Chapel Hill, N. C.，1959.

297. SPENDER STEPHEN.《创造的因素》*The Creative Element: A Study of Vision, Despair and Orthodoxy among Some Modern Writers*.London, 1953.

298. THOMPSON. ALAN R.《一本正经的模仿：戏剧反讽的研究》*The Dry Mock*：*A Study of Irony in Drama*. Berkeley, 1948.

299. TURPIN, A. R.《简·奥斯丁：缺陷或过失？》"*Jane Austen*：*Limitations or Defects?*" *The English Review*, LXIV（January, 1937），53—68.

300. RINGS. DONALD A.《〈我要知道什么〉的角度与主题》"*Point of View and Theme in 'I Want To Know Why,'* " *Critique*, III（SpringFall，1959），24—29.

301. HARDING，D. W.《受到控制的憎恶：简·奥斯丁小说的一个方面》"*Regulated Hatred*：*An Aspect of the Work of Jane Austen*, "Scrutiny, VIII（June, 1939—March, 1940），346—362.

302. BRICK, ALLAN R.《〈呼啸山庄〉：叙述者，读者和信息》"*Wuthering Heights*：*Narrators, Audience, and Message*, "*College English*,XXI（November，1959），80—86. See also No. 149.

303. HAFLEY, JAMES.《〈呼啸山庄〉中的反面角色》"*The Villain in Wuthering Heights,*" *Nineteenth—Century Fiction*, XIII（December, 1958），199—215.

304. BREE, GERMAINE.《加缪》*Camus*. New Brunswick, N. J.，1959.

305. VIGGIANI, CARL A.《加缪的〈局外人〉》"*Camus' LÉtranger,*"*PMLA*，LXXI（December，1956），865—887.

306. AUDEN, W. H.《反讽式主人公：对堂·吉诃德的一些看法》乔叟"*The Ironic Hero: Some Reflections on Don Quixote,*" *Horizon*, XX（August，1949），86—93. See also No. 131.

307. BLOOMFIELD, MORTON W.《特罗伊拉斯和克莱西德：距离与注定》"*Distance and Predestination in 'Troilus and Criseyde',*" *PMLA*,LXXII（March，1957），14—26.

308. DONALDSON, E. TALBOT.《朝圣者乔叟》"*Chaucer the Pilgrim,*"*PMLA*, LXIX（September, 1954），928—936.

309. MAJOR, JOHN M.《朝圣者乔叟的个性》"*The Personality of Chaucer the Pilgrim*,"*PMLA*, LXXV(June, 1960), 160—162.

310. WOOLF, ROSEMARY.《讽刺家乔叟》"*Chaucer as a Satirist in the General Prologue to the Canterbury Tales*, "*Critical Quarterly*, I(Summer, 1959), 150—157.

311. TINDALL, WILLIAM YORK.《为马洛辩护》"*Apology for Marlow*, "in No. 67.

312. FRANK, JOSEPH.《虚无主义和〈地下室手记〉》"*Nihilism and Notes from Underground*," *Sewance Review*, LXIX(January—March,1961), 1—33.

313. WALCUTT, CHARLES. CHILD.《伯纳德·克莱尔的"评论"》"*Review*" of *Bernard Clare*, Accent(Summer, 1946), p. 267.

314. FREY, LEONARD H.《〈那个黄昏的太阳〉中的反讽与角度》"*Irony and Point of View in "That Evening Sun*," *Faulkner Studies*, II(Autumn. 1953), 33—40.

315. WASIOLEK,EDWARD.《〈我弥留之际〉:目前评论中对于落伍的艾迪的曲解》"*As I Lay Dying: Distortion in the Slow Eddy of Current Opinion*,"*Critique*, III(Spring—Fall, 1959), 15—23.

316. HAELEY, JAMES.《〈好兵〉的道德结构》"*The Moral Structure of 'The Good Soldier'*," *Modern Fiction Studies*,V(Summer, 1959), 121—128.

317. SCHORER, MARK.《创作〈好兵〉的好小说家》"*The Good Novelist in 'The Good Soldier'*," Horizon, XX(August, 1949), 132—138.

318. LABOR, EARLE.《亨利·格林的爱之网》"*Henry Green's Web of Loving*, "*Critique*, IV(Fall—Winter, 1960—1961), 29—40.

319. CREWS, FREDERICK C.《〈福谷传奇〉的新的理解》"*A New Reading of The Blithedale Romance*, "*American Literature*, XXIX(May, 1957); 147—170.

320. DAVIDSON, FRANK.《关于〈福谷传奇〉的重新评价》"*Toward a Re—evaluation of The Blithedale Romance*, "*New England Quarterly*,XXV(September, 1952), 374—383.

321. HEDGES, WILLIAM L.《霍桑的〈福谷〉: 叙述者的功能》"*Hawthorne's Blithedale: The Function of the Narrator*," *Nineteenth— Cen—tury Fiction*, XIV(March, 1960), 303—316.

322. WAGGONER, HYATT H.《霍桑》*Hawthorne*. Cambridge, Mass., 1955.

323. BECK, WARREN.《梅康伯太太短暂而幸福的一生》"*The Shorter Happy Life of*

Mrs. Macomber, "*Modern Fiction Studies*, I (November, 1955), 28—37.

324. BLACKMUR, R. P. (ed.)《小说的艺术：亨利·詹姆斯批评的序言》*The Art of the Novel: Critical Prefaces of Henry James*. New York,1934.

325. MATTHIESSEN,F.O.,and MURDOCK, KENNETH B. (eds.).《亨利·詹姆斯的笔记》*The Notebooks of Henry James*. Oxford, 1947.

326. RICHARDSON, LYON.《亨利·詹姆斯的参考文献》"*Bibliography of Henry James*, "in No. 328.

327. SPILLER, ROBERT, *et al.*《美国文学史》*Literary History of the United States*. New York, 1948. III, 584—590.

328. DUPEE, F. W. (ed.) .《亨利·詹姆斯的问题》*The Question of Henry James*. New York, 1945.

329. Hound and Horn, Vol. VII, No. 3 (April—May, 1934) ,《向亨利·詹姆斯致敬》"*Homage to Henry James*."

330. Kenyon Review, V (Autumn, 1943),《亨利·詹姆斯专著》"*The Henry James Number*. "

331. CLAIR, JOHN A.《美国人：重新解释》"*The American: A Reinterpretation*, "*PMLA*, LXXIV (December, 1959) , 613—618.

332. BASKETT, SAM S.《〈阿斯彭遗稿〉中现在的意识》"*The Sense of the Present in The Aspern Papers*" ("*Papers of the Michigan Academy of Science, Arts, and Letters*," Vol. XLIV, 1959) , pp. 381—388.

333. STEIN, WILLIAM BYSSHE.《〈阿斯彭遗稿〉：假面的喜剧》"*The Aspern Papers*: *A Comedy of Masks*, "*Nineteenth—Century Fiction*.XIV (September, 1959) , 172—178.

334. MATTHIESSEN, F. O. (ed.) .《作家与艺术家的故事》*Stories of Writers and Artists*, by Henry James. New York, n. d.

335. WILSON, EDMUND.《亨利·詹姆斯的含混》"*The Ambiguity of Henry James*, "in No. 328.

336. BEWLEY, MARIUS.《复杂的结局：霍桑、亨利·詹姆斯及其他一些美国作家》*The Complex Fate: Hawthorne, Henry James and Some Other American Writers*. London, 1952.

337. EDEL, LEON (ed.) .《导论》"*Introductory Essay*," in *The Sacred Fount*. New

York, 1953.

338. CARGILL, OSCAR.《加布里埃尔·纳什——有几分不像天使？》"*Gabriel Nash-Somewhat Less than Angel?* " *Nineteenth—Century Fiction*, XIV (December, 1959), 231—239.

339. BURKE, KENNETH.《三种释义》"*Three Definitions*," *Kenyon Review*, XIII (Spring, 1951) , 173—192.

340. DONOGHUE, DENIS.《乔伊斯和有限的秩序》"*Joyce and the Finite Order*, "*Sewanee Review*, LXVIII (Spring, 1960) , 256—273.

341. EMPSON, WILLIAM《尤利西斯的主题》"*The Theme of Ulysses*," *Kenyon Review*, XVIII (Winter, 1956), 26—52.

342. GOLDBERG.S.L.《古典的倾向：关于詹姆斯·乔伊斯〈尤利西斯〉的研究》*The Classical Temper: A Study of James Joyce's Ulysses*.London, 1961.

343. ——.《乔伊斯与艺术家的指甲》"*Joyce and the Artist's Fingernails*, "*A Review of English Literature*, II (April,1961), 59—73.

344. KAIN, RICHARD M.《乔伊斯：阿奎那或者达德路斯？》"*Joyce:Aquinas or Dedalus?*" *Sewanee Review*, LXIV (Autumn, 1956) ,675—683.

345. KENNER, HUGH.《都伯林的乔伊斯》*Dubin's Joyce. Bloomington*, Ind., 1956.

346. ——.《透视的肖像》"*The Portrait in Perspective*," *Kenyon Review*, X (Summer,. 1948) , 361—381.

347. NOON, WILLIAM T., S. J.《乔伊斯和阿奎那》*Joyce and Aquinas*. New Haven, 1957.

348. REDFORD, GRANT.《乔伊斯〈肖像〉中结构的作用》"*The Role of Structure in Joyce's 'Portrait,'*" *Modern Fiction Studies*, IV (Spring,1958), 21—30.

349. THOMPSON, FRANCIS I.《睡眠中的艺术家的肖像》"*A Portrait of the Artist Asleep*, "*Western Review*,XIV (1950), 245—253.

350. THOMPSON, LAWRANCE《斯泰恩—梅瑞狄斯—乔伊斯作品中的喜剧性》*A Comic Principle in Sterne—Meredith—Joyce*. Oslo, 1954.

351. CORKE, HILARY.《丧失自信》"*Lack of Confidence*," *Encounter*, VII (July, 1956) , 75—78.

352. BOWEN, MERLIN.《莱德伯恩和幻想的角度》"*Redburn and the Angle of Vision,*" *Modern Philology*, LII(November, 1954) , 100—109.

353. SCHIFFMAN, JOSEPH.《麦尔维尔晚期,反讽:重新检查〈比利·布德〉的批评》"*Melville's Final Stage, Irony: A Reexamination of Billy Budd Criticism,*"*American Literature*, XXII(1950), 128—136.

354. EMPSON, WILLIAM《为大利拉一辩》"*A Defense of Delilah';Sewanee Review*, LXVIII(Spring, 1960) , 240—255.

355. BREE, GERMAINE.《马瑟尔·普鲁斯特和从时间中解放出来》*Marcel Proust and Deliverance from Time*. Translated by C. J. RICHARDS and A. D. TRUITT. New York, 1955; London, 1956.

356. SAMUEL, MAURICE.《马瑟尔的隐匿: 普鲁斯特的犹太作风》"*The Concealments of Marcel: Proust's Jewishness,*" *Commentary* (January, 1960) , 8—28.

357. BOYCE, BENJAMIN.《论伊恩·瓦特的〈小说的崛起〉》*Review of Ian Watt's The Rise of the Novel*, *Philological Quarterly*, XXXVII (July, 1958) , 304—306.

358. RABKIN, NORMAN.《克拉丽莎: 习俗的研究》"*Clarissa: A Study in the Nature of Convention,*" *ELH*, XXIII(September, 1956), 204—217.

359. SHERBURN, GEORGE.《关于慧骃的谬误》"*Errors concerning the Houyhnhnms,* "*Modern Philology*, LVI(November, 1958) , 92—97.

360. WILLIAMS, KATHLEEN.《乔纳森·斯威夫特和妥协的时代》*Jonathan Swift and the Age of Compromise*. Lawrence, Kan., 1958.

361. GIRAULT, NORTON R.《作为象征的叙述者的思想:分析〈全体国王的臣民〉》"*The Narrator's Mind as Symbol: An Analysis of All the King's Men,* "*Accent*(Summer, 1947) . Reprinted in No. 1.

出版后记

美国著名文学批评家、“芝加哥学派”第二代领军人物韦恩·布斯的代表作*The Rhetoric of Fiction*初版于1961年，其后再版多次，被列为西方现代小说理论的经典之作。《美国百科全书》将该书誉为“20世纪小说美学的里程碑”。

1986年，《小说修辞学》的中文简体版第一次在国内出版。该版的翻译分工如下：华明译序言、第一至第五章、第七至第九章、第十三章，胡苏晓译第十至第十二章，周宪译第六章。在该版的翻译过程中，得到北京大学哲学系叶朗、英语系王宁以及北京大学出版社江溶的帮助与指导。《小说修辞学》中文版面世后，对国内的小说批评和理论研究起到了积极的推动作用，众多大学中文系将此书列入文艺理论或者外国文学专业参考书目。

此次重出简体中文版，由南京师范大学文学院影视艺术研究所所长、博士生导师华明教授对译稿进行了修订。南京大学人文社会科学高级研究院院长、博士生导师周宪教授撰写了修订版序言。本版订正了正文及注释中的错译、漏译之处，梳理了部分语句，将部分人名、书名改为时下通行译法，并更新了部分注释中的作家生卒年等资料。为了保全该书的原貌，便于研究者参考，保留了原著的参考文献，只是略去了最后一部分作品的索引，特此说明。希望这一版的《小说修辞学》能带给读者新的启示，若仍有不足之处，也欢迎读者批评指正。

后浪出版公司

2017年7月